DE BEREN LOS

JOHN IRVING BIJ DE BEZIGE BIJ

De watermethodeman
De wereld volgens Garp
Bidden wij voor Owen Meany
Hotel New Hampshire
De koning van het kinderspeelgoed
De regels van het ciderhuis
De redding van Piggy Sneed
Weduwe voor een jaar
De vierde hand
Tot ik jou vind

John Irving

De beren los

Vertaling C.A.G. van den Broek

2008
DE BEZIGE BIJ
AMSTERDAM

Negende druk 2008
De eerste acht drukken verschenen bij Uitgeverij Agathon /
Unieboek bv, Weesp
Oorspronkelijke titel *Setting Free the Bears*
Oorspronkelijke uitgever Random House, New York
Omslagontwerp Dog & Pony
Foto auteur Renato Tan
Vormgeving binnenwerk Peter Verwey, Heemstede
Druk Wöhrmann, Zutphen
ISBN 978 90 234 2920 3
NUR 302

www.debezigebij.nl

Dit boek is voor Violette en Co
ter herinnering aan George

EERSTE DEEL

Siggy

EEN VAST DIEET IN WENEN

Elke dag kon ik hem rond het middaguur aantreffen op een bankje in het Rathaus Park, met een kleine, bolle zak kasradijsjes op zijn schoot en een flesje bier in zijn hand. Hij bracht altijd zelf een zoutvaatje mee; hij moet er heel wat gehad hebben, want ik kan me geen speciaal exemplaar herinneren. Maar het waren nooit zulke chique zoutvaatjes en eenmaal gooide hij er zelfs een weg; hij wikkelde het ding gewoon in de lege radijsjeszak en smeet het in een van de papiermanden van het park.

Iedere middag en altijd op dezelfde bank: die welke het minst splinterde, aan de rand van het park, vlak bij de universiteit. Zo nu en dan had hij een notitieblok bij zich – maar altijd, altijd, droeg hij die corduroy eendenjagersjekker met de steekzakken opzij en de grote splitzak op de rug. De radijsjes, de fles bier, een zoutvaatje en soms dat notitieblok – het kwam allemaal uit die brede, uitpuilende achterzak. Als hij liep, had hij niets in zijn handen. Zijn tabak en zijn pijpen gingen in de zijzakken van zijn jekker; hij had minstens drie verschillende pijpen.

Hoewel ik aannam dat hij student was, net als ik, was ik hem nog nooit tegengekomen in een van de universiteitsgebouwen. Alleen in het Rathaus Park, rond het middaguur van iedere nieuwe lentedag. Vaak zat ik op de bank tegenover hem, terwijl hij at. Dan las ik mijn krant en het was een fijn plekje om naar de meisjes te kijken die over het pad kwamen aanlopen; je kon een oogje wagen aan hun bleke winterknieën – die hoekige, slonzige meisjes met hun zijden kousen. Maar hij keek nooit naar hen; hij zat daar gewoon over zijn zak radijsjes gebogen, waakzaam als een eekhoorn. De zon tussen de latten van de bank trok zebrastrepen over zijn schoot.

Al ruim een week had ik dit soort contact met hem, voordat ik een andere gewoonte bij hem opmerkte. Hij krabbelde soms iets neer op de radijsjeszak en voortdurend stopte hij stukjes daarvan in zijn zakken. Maar nog vaker schreef hij iets op in zijn notitieblok.

Op een dag deed hij het volgende: ik zag hoe hij een aantekening op een papiersnipper bij zich stak, wegliep van de bank en iets verder op het pad besloot er nog eens naar te kijken. Hij haalde het stukje radijsjeszak weer tevoorschijn en las het over. Toen gooide hij het weg en dit is wat ik las:

Een fanatiek bijhouden van goede gewoonten is geboden.

Pas later, toen ik zijn beroemde notitieblok las – zijn Poëzie, zoals hij het zelf omschreef – besefte ik dat deze aantekening niet echt was weggegooid. Hij had hem alleen een beetje gestroomlijnd.

Goede gewoonten zijn het waard om fanatiek over te doen.

Maar daar in het Rathaus Park, met het snippertje van de radijsjeszak in mijn hand, kon ik nog niet weten dat hij een dichter en een spreukenschrijver was; ik vond hem gewoon een interessante vent en wilde hem leren kennen.

ZWARE TIJDEN

In de Josefsgasse, achter het parlementsgebouw, is een zaak die bekendstaat om zijn snelle en bedenkelijke omzet in tweedehands motorfietsen. Mijn ontdekking van dit bedrijf heb ik te danken aan dr. Ficht. Want ik was zojuist gezakt voor dr. Fichts examen en dat bracht me in de stemming om af te wijken van mijn gewone middaggangetje naar het Rathaus Park.

Ik ging ervandoor via een aantal kleine poortjes met zompige geuren, langs kelderwinkeltjes vol schimmelige kleding, tot in een gebied van garagebedrijven, bandenhandelaren en zaken in autoonderdelen, waar besmeurde mannen in overall een hoop herrie maakten en dingen naar buiten rolden op het trottoir. Ineens stond ik ervoor: een vuile etalage met een kartonnen bordje FABER in een hoekje van de ruit; verder geen enkele vorm van reclame, afgezien van het lawaai dat uit de open deur spatte. Rookpluimen, zo donker als donderwolken, en een aanwakkerende reeks schetterende echo-ontladingen; door het etalageraam kon ik nog net de twee monteurs onderscheiden die twee motorfietsen in de vrijloop lieten loeien; op de verhoging pal achter het raam stonden nog een paar motorfietsen, glanzend en stil. Vlak bij de deur, verspreid over de betonnen vloer en half verdoezeld door de uitlaatwalm, lagen allerlei gereedschappen en tankdoppen – stukken spaak en velg en spatbord en kabel – en daarginds dus die twee monteurs, gespannen bezig, gebogen over hun machines; terwijl ze met de gashendels speelden, leken ze even serieus hun oren te spitsen als musici die voor het optreden hun instrument stemmen. Ik snoof de lucht op die uit de deuropening kwam.

Vlak over de drempel stond een grijze man met brede, vette revers naar me te kijken; de knopen vormden het dofste gedeelte van zijn pak. Een groot tandwiel leunde naast hem tegen de deurpost – een gevallen maan met zaagtanden, zo dik ingevet dat hij het licht opslorpte en me bescheen.

'Herr Faber in eigen persoon,' zei de man, terwijl hij met een duim in zijn borst prikte. En hij schoof me de deuropening uit en de straat op. Toen we een flink eind van het lawaai vandaan waren, bekeek hij me met een flauw, met goud bekroond glimlachje.

'Aha,' zei hij. 'Van de universiteit?'

'Zo het God belieft,' antwoordde ik. 'Maar erg waarschijnlijk is het niet.'

'In zware tijden beland?' vroeg Herr Faber. 'Wat voor motor had u in gedachten?'

'Ik heb helemaal niets in gedachten,' antwoordde ik.

'Tja,' zei Faber. 'Het is nooit gemakkelijk om zoiets te beslissen.'

'Het is verpletterend,' zei ik.

'Alsof ik dat niet wist,' zei hij. 'Sommige van die fietsies zijn net dieren onder je, hè – ware *beesten* zijn het. En dat is precies waar sommige mensen op uit zijn. Dat is wat ze zoeken.'

'Alleen de gedachte al,' zei ik. 'Je wordt er duizelig van.'

'Dat is zo, dat is zo,' zei Herr Faber. 'Ik weet precies wat u bedoelt. U moet eens met Herr Javotnik praten. Een student – net als u! Hij is zo terug van zijn lunch. Herr Javotnik is er verschrikkelijk goed in om andere mensen te helpen beslissen. Een *virtuoos* in besluitvorming.'

'Verbazingwekkend,' zei ik.

'En voor mij is hij een vreugd en een vertroosting,' zei hij. 'Wacht maar af.' Herr Faber hield zijn vettige hoofd schuin en luisterde vol liefde naar het *burrrt, burrrt, burrrt* van de motorfietsen daarbinnen.

HET BEEST ONDER ME

Ik herkende Herr Javotnik aan zijn corduroy eendenjagersjekker en aan de pijpen die uit de zijzakken staken. Hij zag eruit als een jongeman die terugkeerde van een lunch waarvan zijn mond nog zoutig naprikkelde.

'Aha,' zei Herr Faber en hij maakte twee zijwaartse pasjes, alsof hij een dans voor ons ging opvoeren. 'Herr Javotnik,' zei hij, 'deze meneer moet een beslissing nemen.'

'Oh, zit het zo,' zei Javotnik. 'Daarom was je niet in het park!'

'Aha! *Aha!*' riep Herr Faber schril. 'Dus jullie kennen elkaar?'

'Heel goed,' zei Javotnik. 'Heel goed, mag ik wel zeggen. Dit wordt ongetwijfeld een zeer persoonlijke keuze, Herr Faber. Dus als u ons even alleen wilt laten...'

'Eh, jazeker,' zei Faber. 'Uitstekend, uitstekend' – en hij schuifelde zijwaarts bij ons vandaan, terug naar de uitlaatgassen in zijn deuropening.

‘Een enorme knuppel, hè,’ zei Javotnik. ‘Je bent helemaal niet van plan iets te kopen, nietwaar?’

‘Nee,’ zei ik. ‘Ik kwam toevallig langs.’

‘Ik vond het al gek dat ik je niet in het park zag.’

‘Ik zit in zware tijden,’ zei ik.

‘Welk examen was het?’ vroeg hij.

‘Bij Ficht.’

‘Ach ja, Ficht. Van hem kan ik je iets vertellen. Hij heeft rottend tandvlees; tussen de colleges door werkt hij met een kwastje – hij smeert zijn tandvlees in met spul uit een bruin flesje. Met zijn adem kun je onkruid wieden! Die man beleeft zelf ook zware tijden.’

‘Blij dat ik het weet,’ zei ik.

‘Voel je echt niets voor een motor?’ vroeg hij. ‘Ik heb er zelf wel zin in – gewoon erop springen en wegwezen uit deze stad. Wenen is eigenlijk geen plek voor de lente, hè? Maar ik heb nog niet de helft voor een van die motoren daar.’

‘Ik ook niet,’ zei ik.

‘Nee?’ zei hij. ‘Hoe heet je eigenlijk?’

‘Graff,’ antwoordde ik. ‘Hannes Graff.’

‘Nou, Graff, er staat hier een motor die echt heel aardig is – mocht je soms zin hebben in een tochtje.’

‘Tja,’ zei ik, ‘ik heb nog niet de helft, zie je. En jij schijnt vast te zitten aan dit baantje.’

‘Ik zit nooit ergens aan vast,’ zei Javotnik.

‘Maar misschien is het al een gewoonte voor je geworden,’ zei ik. ‘Met gewoonten mag je niet spotten, weet je.’ En hij zette zich schrap op zijn hielen, haalde een pijp uit zijn jekker en begon ermee tegen zijn tanden te tikken.

‘Ik ben ook altijd in voor een goeie gril,’ zei hij. ‘Ik heet Siggy. Siegfried Javotnik.’

En ofschoon hij er op dat moment geen aantekening van maakte, zou hij deze gedachte later in zijn notitieblok opnemen, vlak onder de bijgeschaafde regel over gewoonten en fanatiek zijn – en ook deze uitspraak werd toen opnieuw geformuleerd:

Laat u verzaligd meevoeren op de ware opwelling!

Maar die middag op de stoep had hij zijn notitieblok misschien niet bij zich en ook geen stuk van een radijsjeszak en hij moet gevoeld hebben hoe Herr Faber hem stond op te jutten, want die gluurde vol verlangen in onze richting; zijn hoofd schoot telkens als een slangentong tevoorschijn uit de rokerige garage.

'Ga eens mee, Graff,' zei Siggy. 'Ik zal jou eens op een beest laten zitten.'

Dus liepen we over de glibberige garagevloer naar een deur in de achtermuur, een deur waarop een pijltjesbord hing; deur en pijltjesbord hingen scheef. Het pijltjesbord was helemaal aangevreten; de roos zelf was niet meer te zien door de klonters losgewoelde kurk die erop zaten – alsof het ding te lijf was gegaan met schroefsleutels in plaats van pijltjes of door monteurs met verscheurende tanden.

We kwamen uit in een steegje achter de garage.

'Maar, Herr Javotnik,' zei Faber. 'Denkt u dat heus?'

'Reken maar,' zei Siegfried Javotnik.

De machine stond tegen de muur van de garage, onder een zwart, matglanzend zeil. Het achterspatbord was zo dik als mijn vinger, één stevig brok chroom, ofschoon grijs aan de rand waar het enigszins de kleur aannam van de diepe slikgroeven in het loopvlak van de achterband – oh, die band en dat spatbord en de volmaakte gaping ertussen! Siggy trok het zeil weg.

Het was een oude, wreed aandoende motorfiets, zonder vloeiende lijnen en opgevulde plekken; tussen de verschillende delen zaten eerlijke ruimten, leegtes waar alleen een knoeier een gereedschapskastje zou hebben aangebracht, en ook tussen het motorblok en de tank zat een kleine open driehoek – en de tank, een slanke druppel als een zwarte traan, zat als een te klein hoofd op een fors lichaam. De motor was prachtig, zoals een vuurwapen soms mooi kan zijn – vanwege de overduidelijke, kwaadaardige functie die uit zijn meest sprekende onderdelen blijkt. Hij was loodzwaar, dat wel, maar hij leek zijn buik in te houden als een magere, taaie hond die wegduikt in het hoge gras.

'Een virtuoos, die jongen!' zei Herr Faber. 'Een vreugd en een vertroosting.'

'Het is een Engelse,' zei Siggy. 'Een Royal Enfield van een paar jaar geleden, toen ze de onderdelen er nog lieten uitzien naar wat ze doen. Zevenhonderd kubieke centimeter. Nieuwe banden, nieuwe kettingen en de koppeling is gereviseerd. Als nieuw.'

'Die jongen is dol op dat ouwe ding,' zei Faber. 'Hij heeft er al zijn vrije tijd in gestoken. Dat ding is als *nieuw*!'

'Hij is echt nieuw,' fluisterde Siggy. 'Ik heb alles zelf in Londen besteld – nieuwe koppeling, nieuwe kettingwielen, nieuwe zuigers en veren – en hij heeft steeds gedacht dat het voor de andere motoren was. Die ouwe oplichter weet niet wat dit ding waard is.'

'Ga maar zitten!' zei Herr Faber. 'Ga er maar eens op zitten, dan voel je het beest onder je!'

'Ieder de helft,' fluisterde Siggy. 'Jij betaalt nu het hele bedrag en ik betaal je terug van mijn salaris.'

'Start hem eens,' zei ik.

'Tja, eh...' zei Faber. 'Herr Javotnik, hij is nog niet helemaal klaar om hem te laten lopen, nietwaar? Misschien moet er nog benzine in.'

'Niks hoor,' zei Siggy. 'Hij hoort meteen aan te slaan.' En hij kwam naast me staan en pompte even met de kickstarter; er hoefde maar weinig gemorreld te worden – wat gekietel aan de carburateur en de naontsteking werd uitgetrokken en teruggezet. Toen rees hij naast me omhoog en liet zijn volle gewicht op het startpedaal neerkomen. De motor maakte zuigende geluiden en nieste en het pedaal vloog weer naar hem omhoog; maar hij stampte er opnieuw op en meteen daarna nog eens en ditmaal sloeg de motor aan – niet met het *burrrt, burrrt, burrrt* van de machines daarbinnen, maar met een dieper, evenwichtiger *borp, borp, borp*, zo klankrijk als bij een tractor.

'Hoor je dat?' riep Herr Faber; hij stond ineens zelf te luisteren, terwijl hij zijn hoofd een beetje scheef hield en met een hand over zijn mond wreef, alsof hij verwacht had een klep te horen tikken, maar niets bemerkte; alsof hij een zekere rauwheid verwacht had in de vrijloop van de motor, maar die niet kon ontdekken – niet helemaal, tenminste. Zijn hoofd ging nog schuiner hangen.

'Een virtuoos,' zei Faber en langzamerhand klonk het alsof hij het zelf geloofde.

HET BEEST VAN HERR FABER

Herr Fabers kantoor was op de bovenverdieping van de garage, die eruitzag alsof hij helemaal geen bovenverdieping kon hebben.

'Een plek als een grimmig urinoir,' zei Siggy, wiens optreden Herr Faber steeds zenuwachtiger maakte.

'Hadden we voor dat ding al een prijs bedacht?' vroeg Faber.

'Nou en of,' zei Siggy. 'Eenentwintighonderd schilling was het, Herr Faber.'

'Aha, een mooi prijsje,' zei Faber met een ziek stemmetje.

Ik betaalde.

'En mag ik u ook nog even lastigvallen, Herr Faber?' zei Siggy.

'Huh?' kermde Faber.

'Kunt u mij mijn loon uitbetalen tot en met vandaag?'

'Maar, Hen Javotnik!' riep Faber.

'Maar, Herr Faber,' zei Siggy. 'Zou het lukken, denkt u?'

'Je bent een hardvochtige intrigant die uit is op het geld van een oude man,' zei Herr Faber.

'Hoor eens, ik heb een paar zeldzaam mooie zaakjes voor u geregeld,' zei Siggy.

'Je bent een lage, konkelende, achterbakse, jonge smeerlap,' zei Herr Faber.

'Zo zie je maar weer, Graff,' zei Siggy. 'Ach, Herr Faber,' zei hij, 'ik geloof dat er een waar beest huist in uw zachtmoedige hart.'

'*Vuile frotteurs**!' brulde Herr Faber. 'Vieze, stelende buikschuivers – overal om me heen!'

'Als u mij nu eens mijn loon gaf?' zei Siggy. 'Als u dat even kunt doen, dan ben ik zo verdwenen met Graff hier. We hebben nog wat moois te regelen.'

'Jaja!' riep Herr Faber. 'En die motor hoeft niet eens gewassen te worden!'

MOOI REGELWERK

Dus zaten we die avond in het Volksgarten Café en keken uit over de rotstuin naar de bomen en keken neer in de vijvers met rood en groen water, waarin de rode en groene lampjes weerkaatst werden die boven het terras hingen. De meisjes waren allemaal het huis uit; hun stemmen kwamen op ons toe tussen de boomstammen door, pardoes en opwindend; net als vogels, worden ook meisjes in de stad altijd voorafgegaan door de geluiden die ze maken – hun hakken op het pad, hun doodzekere stemmen waarmee ze elkaar in vertrouwen nemen.

'Ziezo, Graff,' zei Siggy. 'Het is een bloeiende avond.'

'Dat is het,' beaamde ik – de eerste lome lenteavond, met een vochtige, onheuglijke warmte in de lucht. En de meisjes weer met blote armen.

'We zullen er een *drrrommelse* tocht van maken,' zei Siggy. 'Ik heb hier allang over nagedacht, Graff, en ik weet precies hoe we het niet moeten verknoeien. Geen plannenmakerij, Graff – dat ten eerste. Dus geen routes uitzetten, geen vaste data om ergens aan te komen, geen vaste datum om terug te zijn. Gewoon van alles bedenken! Je denkt ineens aan de bergen, bijvoorbeeld, of je denkt aan stranden. Je denkt aan rijke weduwen en boerenmeisjes! Dan mik je gewoon

* *Frotteur:* iemand die seksuele genoegens beleeft door zich tegen anderen aan te drukken, bijvoorbeeld in een volle tram.

op de richting waarin je voelt dat ze zijn. En zo zoek je ook de wegen uit; je kiest ze vanwege de bochten en de heuvels. Want dat is het tweede – je moet de wegen kiezen waar het beest van houdt. Hoe vind je de motor, Graff?' vroeg hij.

'Ik ben gek op hem,' zei ik, al had hij nog pas een paar blokjes met me gereden – vanaf Faber eerst een rondje om de Schmerlingplatz en vandaar naar de Volksgarten. Het was een fijn, luid, bonkend gevaarte onder je en bij de stoplichten sprong hij weg als een grote, behoedzame kat; zelfs wanneer hij stationair stond te draaien, konden de verachtelijke voetgangers hun blikken niet van hem afhouden.

'Je zult nog meer van hem gaan houden,' zei Siggy. 'In de bergen. We gaan naar Italië! We reizen met zo weinig mogelijk – want dat is het derde punt, weinig meesjouwen. Ik neem mijn grote rugzak mee; al onze spullen kunnen bij elkaar en de slaapzakken erbovenop. Verder niets. Alleen een paar hengels. We vissen ons door de bergen heen naar Italië! En dr. Ficht mag buikschuiven!' riep hij.

'Of geschoven worden,' zei ik.

'Mogen al zijn tanden uitvallen!'

'In de opera.'

'Laat hem maar schuiven!' riep Siggy. En toen zei hij: 'Graff? Je vindt het toch niet erg dat je gezakt bent, hè? Ik wil maar zeggen – zo belangrijk is het niet.'

'Het kan niet belangrijk zijn,' zei ik en dat was het ook niet – zeker niet nu de avondlucht geurde als meisjeshaar. De twijgen van de slaperige bomen bogen zich ruisend over de rotstuin en dempten het gekabbel van het water in de vijvers.

'Morgenochtend vroeg laden we op en dan zijn we weg,' zei Siggy. 'Hè, ik hoor het al! We denderen voorbij de universiteit nog voordat Ficht zijn tandvlees heeft ingesmeerd. Voordat hij zijn vunzige flesje heeft ontkurkt, zijn wij Wenen al uit.

We gaan langs het paleis. En we maken iedereen wakker! Ze denken minstens dat het een op hol geslagen *Strassenbahn* is – of een nijlpaard!'

'Een nijlpaard dat winden laat,' zei ik.

'Een heel leger van winderige nijlpaarden!' zei Siggy. 'En dan komen we op die bochtige buitenwegen. Met de bomen boven ons hoofd. En krekels die tegen onze helmen ketsen.'

'Ik heb geen helm,' zei ik.

'Ik heb er wel een voor je,' zei Siggy, die zich allang op deze tocht had voorbereid.

'Wat heb ik nog meer nodig?' vroeg ik.

'Een stofbril,' zei hij. 'Die heb ik ook voor je. Een eerste-wereldoorlogpilotenbril; van die kikvorsogen, met gele glazen. Fantastisch! En laarzen,' zei Siggy. 'Ik heb een paar echte stampers voor je.'

'We moeten eigenlijk gaan pakken,' zei ik.

'We moeten ons bier opdrinken.'

'En dan vertrekken.'

'Onder luid geloei,' zei Siggy. 'En morgenavond nemen we een slokje uit een rivier in de bergen of ergens uit een meertje. We slapen in het gras, we laten ons wakker maken door de zon.'

'Met de dauw op onze lippen.'

'En de boerenmeisjes naast ons!' zei Siggy. 'Behoudens een ingreep van God.'

Dus dronken we ons glas leeg. Boven het terras hing een geroezemoes van stemmen; de gezichten aan de tafeltjes rondom ons dreven en dobberden in onze biertjes.

Daarna volgden het pompen met de kickstarter en het verre, slurpende geluid van de zuigers die van kilometers diep leken op te rijzen onder het motorblok. De diepe grom waarmee de motor aansloeg en het langzame, onbelemmerde bonken van zijn gelijkmatige vrijloop. Siggy liet hem warmdraaien en ik keek over de rand van de heg naar de tafeltjes op het terras. De mensen keken, maar niet geërgerd; ze waren opgehouden met hun gemompel en hadden hun gezicht in onze richting gedraaid. De langzame klop van onze motor had hetzelfde ritme als de eerste windvlaagjes in de lentezoele lucht.

En er zat een nieuwe bobbel in de achterzak van Siggy's eendenjagersjekker; toen ik nog eens naar ons tafeltje keek, zag ik dat het zoutvaatje verdwenen was.

DE EERSTE INGREEP VAN GOD

Siggy reed. We kwamen door een poort op de Heldenplatz en ik boog mijn hoofd achterover om te zien hoe de duiven over de daken van de huizen scheerden; de mollige barokengeltjes keken op mij neer vanaf de regeringsgebouwen. De ochtend leek goudkleuriger dan hij was, dankzij de gele tint van mijn eerste-wereldoorlogpilotenbril.

Een oude vrouw duwde een bloemenkar door de Mariahilferstrasse, sabbelend op haar uitgezakte wangen; we stopten langs het trottoir om een paar gele krokussen te kopen en staken die in de luchtgaten van onze valhelmen. 'Deugnieten van jongens,' zei de oude feeks met haar verslapte tandvlees.

We reden verder en wierpen onze bloemen naar de meisjes die op de bus stonden te wachten. De meisjes hadden geen sjaaltje om hun hoofd; de sjaaltjes wapperden om hun hals en de meeste meisjes hadden al bloemen.

We waren vroeg; overal kwamen we bespannen wagens tegen die met groente en fruit en nog meer bloemen op weg waren naar de Naschmarkt. Ergens kwamen we langs een paard dat een zenuwzwakte had overgehouden aan het verkeer; het begon te steigeren door onze motor. De voerlui waren goedgehumeurd en riepen naar ons vanaf hun krakende bok; sommige hadden vrouw en kinderen bij zich – het was ook zo'n grandioze dag.

Paleis Schönbrunn zag er eenzaam uit; geen bussen met toeristen, geen mensendrommen met fototoestellen. Een koele nevel hing boven de paleistuinen; een ijl waas kroop langzaam langs de keurig geknipte hagen, sloop als een schildpad naderbij over het groene, groene gazon. We zagen hoe het platteland kwam aangolven en weer werd teruggeduwd.

In het voorstadje Hietzing, aan de kant van de paleistuinen waar het platteland echt begon, roken we de eerste dierentuingeuren uit de Hietzinger Tiergarten.

We hielden stil voor een verkeerslicht en een olifant trompetterde boven ons stationaire geronk uit.

'We hebben toch geen haast, hè?' zei Siggy. 'We hebben alle tijd van de wereld, als je het mij vraagt.'

'Eigenlijk mogen we Wenen niet verlaten voordat we gezien hebben hoe de lente heeft toegeslagen in de dierentuin,' zei ik.

Nou, enfin – de Hietzinger Tiergarten, dus: stenen poorten en de toegang welwillend toegestaan door een breedkakige pad-van-eenman met een groen pokerschermpje boven zijn ogen. Siggy parkeerde de motor buiten het druipbereik van de bomen, pal tegen het pokerhok aan – het koepelachtige huisje van de kaartjesverkoper, waarboven we de kop van de giraf al zagen wiebelen op zijn hoge nekpaal. Onder die nek volgde de sukkelige massa van de giraf zelf; de poten met de emmerhoeven deden hun best om overeind te blijven. Op zijn magere kin, daar waar hij ermee over de hoge verschansing wreef, zat een rauwe, onbehaarde plek.

De giraf keek over zijn schutting naar de kassen van de botanische tuinen; de ruiten waren nog beslagen van de dauw. Het was nog te vroeg voor een echt sterke zon en behalve ons was er niemand die de giraf wilde zien. In de lange hobbelkeitjeslaan tussen de kooien en de gebouwen was alleen een schoonmaker bezig – even slapjes als zijn eigen dweil.

De Hietzinger Tiergarten bestond nog niet zo lang, maar de gebouwen waren even oud als Schönbrunn zelf; ze behoorden tot de terreinen van het paleis en ze lagen half in puin zonder dak, soms met maar drie muren, de open tussenruimten opgevuld met tralies en schotten. De dieren hadden een ruïne geërfd.

De dierentuin werd wakker en maakte publiekelijk geluiden. De walrus boerde in zijn duistere poel; we zagen zijn oudbakken, stijf geworden vissen op de rand van het bassin liggen waar hij ze zelf uit het water had geduwd, zodat hun schubben nog in zijn snorharen zaten. De eendenvijver kwekte luidkeels over het ontbijt en verderop in het laantje zat een dier tegen zijn kooi te bonken.

Het Zeldzame Vogelverblijf maakte een hoop lawaai voor ons – allemaal kleine en grote dames met fantasiehoeden en gebarsten koorstemmetjes. De saai geklede condors zaten groot en oppermachtig op scheefgezakte zuilen of in wankel evenwicht op de gevallen buste van een Habsburgse grootheid. Ze hadden de sokkels van de standbeelden in beslag genomen en staarden vol wrok naar het gaas dat boven ze over de ruïne was gespannen. Een opengekerfd schapenkarkas lag tussen het onkruid op de vloer van het gebouw en een van die Zuid-Amerikanen, met een angstaanjagende vleugelwijdte, had nog wat oud vlees in zijn borstveren zitten; vliegen gonsden heen en weer tussen schaap en vogel en de condor hapte fel naar ze met zijn ingekeepte, botkleurige snavel.

'Onze gevederde vrienden,' zei Siggy en we liepen verder om te zien wie daar zo tegen zijn kooi zat te bonzen.

Het was de Beroemde Aziatische Zwarte Beer, die ineengedoken in een hoekje achter in zijn kooi zat en zijwaarts wiegend met zijn achterste tegen de tralies beukte. Op de kooi hing een kort levensverhaal van de beer, gedrukt en wel, vastgemaakt op de wereldkaart waarop het verblijfsgebied van deze diersoort in zwart stond aangegeven; een rood sterretje duidde de plaats aan waar hij gevangen was – in de Himalaya – door iemand die Hinley Gouch heette. De Aziatische Zwarte Beer, zo meldde het verhaal, bewoonde een kooi die van de andere beren afgewend was, want hij werd 'woedend' als hij ze zag; hij was een buitengewoon verscheurend dier, zei de tekst, en zijn driezijdige ruïne was geheel met ijzeren tralies omgeven aangezien hij in staat was zich door beton heen te graven.

'Ik vraag me af hoe die Gouch hem te pakken heeft gekregen,' zei Siggy.

'Misschien met netten,' zei ik.

'Of misschien heeft hij hem gewoon omgepraat om eens in Wenen langs te komen,' zei Siggy. Maar we veronderstelden niet dat Hinley Gouch een Wener was. Hij was waarschijnlijk zo'n misplaatste Brit die, geholpen door een stuk of honderd potige sjerpa's, de beer in een vooraf gegraven valkuil had gedreven.

'Het zou best leuk zijn om hem en Gouch weer eens bij elkaar te brengen,' zei Siggy, en we gingen niet meer naar de andere beren kijken.

Achter ons kwamen nu mensen de laan af en een groepje bleef staan kijken hoe de giraf zijn kin schuurde. Het gebouw dat nu voor ons lag, was bestemd voor de kleine zoogdieren; het was een opgeknapte bouwval met vier min of meer oorspronkelijke muren en een dak en dichtgetimmerde ramen. Binnen, zo leerde een bordje ons, bevonden zich de nachtdieren – 'die in andere dierentuinen altijd slapen en anoniem blijven'. Maar hier hadden ze infrarood licht in kooien van dik glas en dus gedroegen de dieren zich alsof het nacht was. Wij konden ze zien rondscharrelen in een roodachtige gloed, maar voor hen was de wereld achter het glas pikdonker; ze gingen onbekommerd hun gang met hun nachtelijke gewoonten en beseften geen moment dat ze werden gadegeslagen.

Er was een aardvarken dat zijn oude borstelhaar afwreef aan een ruwe plank die voor dat doel boven hem was opgehangen. We zagen grote miereneters die insecten van het glas likten en een boomrat uit Mexico. Er waren een voskoesoe en een ringstaartmaki; een tweevingerige luiaard die, ondersteboven hangend, onze bewegingen aan de andere kant van het glas leek te bespeuren – zijn donkere oogjes, nauwelijks groter dan zijn neusgaten, leken ons vaagjes te volgen in een buitenwereld die voor hem niet helemaal donker was. Maar voor de rest was er niets; voor de vliegende koeskoes noch voor de grote plompe lori bestond er iets voorbij het infrarood onder het glas. En misschien ook niet voor de luiaard; misschien kwam het alleen door de duizeligheid van het ondersteboven hangen, dat zijn oogjes ons achterna zwierven.

De paden tussen de kooien waren donker, maar onze handen hadden een donkerrode kleur en onze lippen waren groen. Op het glazen huisje van de grote miereneters hing een speciaal bordje; een pijl wees naar de benedenhoek van het glas, waar een soort drinkbak zat die doorliep tot in het verblijf van de miereneters. Als je daar je vingers in stak, kwam een van de beesten eraan likken. De lange tong drong door het verwarde waas dat de wereld belette binnen te komen; in de ogen van de miereneter verscheen een nieuwe blik, nu hij in het donker een vinger ontdekte. Maar de tong likte als elke andere tong en dat gaf ons het gevoel dat we iets meer betrokken waren bij de nachtelijke gewoonten van deze dieren.

'Grote God!' zei Siggy.

De mensen hadden het Kleine Zoogdierenhuis nu gevonden. Kinderen renden joelend door de infrarode gangpaden – lichtpaarse haren, bleekroze ogen en tongen die groenig bewogen.

Dus sloegen wij op het laantje snel een zijpad in; we kregen ondertussen genoeg van die ruïnes. Zo kwamen we bij een ruimer opgezet gedeelte waar de Gemengde Steppedieren huisden – met inbegrip van een Assortiment Antilopen. Dit hier was een stuk beter. Er waren zebra's die aan de omheining snuffelden en dan op elkaar toe huppelden om elkaar in de oren te blazen. Hun strepen vormden rare kruispatronen met de zeshoekige mazen van de afrastering – je werd duizelig als je ze zag bewegen.

Vóór de afrastering stond een kleine jongen die met verwarde haren op ons toe kwam rennen, hijgend en piepend en met één hand in zijn kruis. Toen hij ons voorbijliep, bleef hij even staan en bukte zich alsof hij een gemene schop had gekregen. Hij liet zijn gekromde hand van zijn kruis tot tussen zijn knieën zakken. 'Jezus! Wat een ballen!' brulde hij. Toen greep hij zichzelf weer vast en dartelde over het grindpad bij ons vandaan.

Het was duidelijk dat hij de spiesbok had gezien met zijn horens als degens, heel lang en bijna recht, de onderste helft geringd en daarna licht achteroverhellend in hetzelfde vlak als het rimpelige voorhoofd en de smalle, zwarte neus; het was duidelijk dat hij die oude spiesbok had zien staan onder zijn magere schaduwboom, gevlekt door de licht- en schaduwplekken die zijn rug bespikkelden – en met een zachte blaatblik in zijn grote donkere ogen. En reken maar dat het een mannetje was, met die lage en zware borst en die dikke plooinek. Zijn rug helde sterk af van zijn gebochelde nek tot aan het begin van zijn staart – en reken maar dat hij ook onder zijn billen een mannetje was, helemaal tot aan de knobbels op zijn magere knieën.

'Goeie God, Siggy,' zei ik. 'Hoe groot zijn die, denk je?'

'De grootste van de wereld, Graff,' zei Siggy. Ze moesten schuin achter elkaar hangen, anders pasten ze niet in de smalle ruimte tussen zijn achterpoten.

Dus lazen we het verhaal van de beisa of spiesbok uit Oost-Afrika, 'die van alle antilopen het best bewapend is'.

'Die grote klootzak Hinley Gouch zal dit toch ook niet op zijn geweten hebben?' zei Siggy.

Maar dat was niet zo, zoals we lazen – deze spiesbok was in de Hietzinger dierentuin geboren en daar werden we nog beroerder van.

Dus liepen we het pad weer op, terug naar het toegangshek; we lieten de bordjes van de dikhuidigen links liggen en keken alleen even naar de bergkangoeroe – 'de bekende, zeer vlugge kangoeroe die in heuvelachtige streken woont'. Het dier lag lui op zijn zijde, half opgericht op een elleboog, en krabde met een gekromde vuist aan zijn heup. Heel even bekeek het ons met een lang, verveeld gezicht.

Toen kwamen we langs het bordje van de Katachtige Roofdieren en langs de glanzende weerschijn van het groene oogscherm van de pokerspeler – zijn kaartenhokje was nu omgeven door een gretige mensentroep – en langs hoofden die naar het suffe, ontwakende gebrul van een leeuw werden gedraaid, hoofden die werden opgeheven om de giraf te begroeten.

Voor de dierentuin stonden twee meisjes onze motor te bewonderen. Een van hen bewonderde hem zozeer dat ze erop was gaan zitten en de benzinetank stevig tussen haar knieën geklemd hield; het was een dik, boezemig meisje met een zwarte sweater die omhooggeschoven was over haar buikje. En haar trillende heupen trokken telkens even strak wanneer ze die prachtige druppeltank omklemde.

Het andere meisje stond voor de motor en friemelde aan de kabels van de koppeling en de voorrem; ze was een erg mager meisje dat meer ribben dan borsten liet zien. Over haar gezicht lag een gelig waas en ze had een brede, droeve mond. Haar ogen waren zo zacht als die van de spiesbok.

'Kijk, Siggy,' zei ik, 'dit is nu een ingreep van God.'

En het was nog niet eens tien uur.

GODS WEGEN ZIJN WONDERBAAR

'Graff,' zei Siggy, 'die dikke is echt niks voor mij.'

Maar toen we dichterbij kwamen, zagen we dat er een blauwig kleurtje op de lippen van het magere meisje zat, alsof ze te lang in het water had gelegen en een kou had opgelopen.

En Siggy zei: 'Die magere ziet er niet erg gezond uit. Misschien kun jij haar een beetje opkalefateren.'

Toen we bij hen waren, zei het dikke meisje tegen haar vriendin: 'Zie je wel? Ik zei toch dat het twee jongens waren die op reis zijn.' Ze wipte op en neer in het zadel en liet de benzinetank schommelen tussen haar dijen.

'Zozo,' zei Siggy. 'Was jij van plan ermee vandoor te gaan?'

'Ik niet,' antwoordde het dikke meisje. 'Maar ik zou best met dit ding kunnen rijden, als ik dat wilde.'

'Vast wel,' zei Siggy. Hij gaf een liefkozend klapje op de benzinetank en zijn vingers tokkelden over haar knie.

'Kijk maar uit met hem,' zei het magere meisje. Ze had een vreemde spiertrekking in haar kin en ze bleef maar aan de kabels friemelen; de kabels, die met een boog onder het stuur door liepen, waren helemaal in de war geraakt door haar gefrunnik.

'Zeg, Graff,' fluisterde Siggy, 'zou die magere iets besmettelijks hebben, denk je? Je mag haar van me hebben, hoor. Ik doe het wel met dat dikkerdje.'

En de dikke vroeg: 'Hé, jongens, krijgen we een biertje van jullie?'

'In de dierentuin kun je wel iets drinken,' zei de magere.

'We zijn net in de dierentuin geweest,' zei ik.

En Siggy fluisterde: 'Het is hondsdolheid, Graff. Ze lijdt aan hondsdolheid.'

'Maar je bent nog niet met een *meisje* in de dierentuin geweest,' zei de dikke. 'En jullie hebben vast de Tiroler Garten nog niet gezien. Daar heb je kilometers mos en varens en je kunt er je schoenen uittrekken.'

'Nou, Graff,' zei Siggy. 'Wat denk jij ervan?'

'Hij staat te popelen!' riep het dikke meisje.

'Eh, mij best,' zei ik. 'We hebben geen haast.'

'Het Noodlot bestemt onze weg,' zei Siggy.

Dus gingen we naar de *Biergarten*, waar we omringd waren door de beren – en ze keken allemaal naar ons, behalve de Beroemde Aziatische Zwarte Beer, want diens kooi belet hem naar de Biergarten te kijken, of naar de andere beren.

De ijsberen zaten te hijgen in hun zwembassin; zo nu en dan trokken ze een langzaam, lawaaierig baantje. De bruine beren liepen gedurig heen en weer en wreven hun dichte vacht tegen de tralies; hun koppen zwaaiden vlak langs de grond, op de maat van een plechtige steelsheid die ze sinds hun geboorte kenden en die ze nooit zouden vergeten, hoe zinloos ook – en hoezeer hun waakzaamheid ook misplaatst was op deze plek.

Aan de loefzijde van ons tafeltje met Cinzano-parasol plomp en verhit in hun tweepersoonskooi, zat een sterk geurend paartje Zeldzame Brilberen uit de Andes – 'de beren met het cartoon-uiterlijk'. Ze keken alsof ze juist uit Ecuador waren weggelachen.

En Siggy was buiten zichzelf toen er in de Biergarten geen radijsjes te krijgen waren. Het donkere, dikke meisje heette Karlotta en zij nam een gebakje bij haar bier; de magere heette Wanga en zij wilde alleen maar het zoetige bockbier. Siggy pakte zijn mollige Karlotta onder de tafel beet; de hand van mijn Wanga was droog en koud.

'Hè, ze zouden de ijsberen een beetje meer ijs moeten geven,' zei

Wanga. Maar jij krijgt niet meer, dacht ik.

'Siggy mag ook best een beetje afgekoeld worden,' zei Karlotta. En haar handen verdwenen onder de tafel en grepen naar hem. Het ponyhaar van kleine, donkere krulletjes plakte vochtig glanzend op haar voorhoofd.

De brilberen hadden een witte plek die van voorhoofd tot neus liep en vandaar over hun keel. Hun tuuroogjes zaten in dievenmaskers van zwarte, warrige plukken, net als de rest van hun haar; hun vacht zag er vreemd *beslapen* uit en leek op een hele verzameling spuuglokken. Ze tikten met hun lange klauwen op het beton.

De arme Wanga ging even met haar tong langs haar lippen, alsof ze wilde voelen waar het kloofje zat dat zo schrijnde.

'Is dit jullie eerste reis?' vroeg ze.

'Oh, ik ben al overal geweest,' zei ik.

'Ook in het Verre Oosten?' vroeg ze. 'Overal in het Verre Oosten.'

'In Japan?'

'Bangkok,' zei ik.

'Waar ligt Bangkok?' vroeg Wanga, zo zacht dat ik me naar haar toe moest buigen.

'In India,' zei ik. 'Bangkok, India.'

'Oh, India,' zei ze. 'Daar zijn de mensen erg arm.'

'Ja, heel erg,' beaamde ik en ik keek hoe ze heel voorzichtig haar brede mond bevoelde, hoe ze haar dunne lippen verborg achter haar bleke hand.

'Hé daar!' zei Karlotta tegen mij. 'Je doet haar niks, hoor! Wanga, als hij je iets wil doen, dan zeg je het maar.'

'We zitten te praten,' zei Wanga.

'Oh, dan is het een aardige jongen,' zei Karlotta en onder tafel prikte ze met een wriggelende teen in mijn onderlijf.

De brilberen leunden slap tegen elkaar, schouder aan schouder; de een legde zijn kop tegen de borst van de ander.

'Graff,' zei Siggy, 'zou Karlotta de spiesbok leuk vinden, denk je?'

'Ik wil het nijlpaard zien,' zei Karlotta. 'Het nijlpaard en de neushoorn.'

'Karlotta houdt van grote dingen,' zei Siggy. 'Nou, Karlotta, dan wordt het dus de spiesbok voor jou.'

'We zien jullie wel achter het Nijlpaardenhuis,' zei ik. Want ik wilde niet dat de tengere Wanga die spiesbok te zien kreeg. Zoals Siggy in zijn notitieblok heeft staan:

Ergens moet je een grens trekken.

'Karlotta,' zei Siggy, 'die spiesbok wordt een hele schok voor je.' En Karlotta wreef met een hand over haar buikje.

'Huh!' zei ze.

De Zeldzame Brilberen gingen rechtop zitten en staarden ons aan.

HET NIJLPAARDENHUIS

Rondom het loopveldje van de neushoorn was een gracht en rondom de gracht stond een schutting. Mocht de neushoorn die schutting willen rammen, dan zou hij zijn poten breken bij zijn val in de gracht; de kniestukken van zijn bepantsering zaten vol openstaande barsten, als kloven in door de zon verzengde aarde.

Het veldje waarover hij rondsjokte was volkomen vlak en het gras was tot stof vertrapt. Het veldje lag bovendien iets hoger – een hard, uitgedroogd plateau dat omringd werd door het Nijlpaardenhuis en de hoge ijzeren hekken van de Tiroler Garten. Als je helemaal aan de rand van de Tiroler Garten op de grond ging liggen, kon je onder de afhangende boomtakken door kijken – over alle tuinen heen, helemaal tot aan het Maxing Park. Als je rechtop ging zitten in de varens, kon je nog net de rug van de neushoorn zien en de bovenkant van zijn drijfhoutkop en het puntje van zijn hoorn. De grond schudde als hij begon te hollen.

Wanga en ik lagen in de varens en we keken of we Siggy en de dikke Karlotta zagen.

'Waar gaan jullie eigenlijk naartoe?' vroeg ze.

'Naar de poolcirkel,' zei ik.

'Ach!' zei ze. 'Ik zou best mee willen. Ik bedoel – als jij alleen ging, zou ik vragen of ik mee mocht.'

'En ik zou je meenemen,' zei ik. Maar toen ik met mijn neus langs het dons op haar arm streek, ging ze rechtop zitten en keek weer uit naar Siggy en Karlotta.

We hoorden Siggy redekavelen tegen de neushoorn; ik kon hem nog niet zien, maar ik kende zijn poëziestem al. Hij liep iets uit te kramen in de buurt van het neushoornveldje en we hoorden Karlotta giechelen. Toen we hen in het oog kregen, kwamen ze arm in arm achter het Nijlpaardenhuis vandaan en liepen naar het hek van de Tiroler Garten.

Aan Karlotta's wilde blik was duidelijk te zien dat ze een der onzen was geworden – getekend voor het leven; voor altijd behept met de herinnering aan de spiesbok.

'Laten we wegkruipen,' zei ik en ik trok Wanga neer in de varens.

Maar haar ogen stonden heel verschrikt en eenmaal op haar rug, sloeg ze haar armen stijf om zich heen. 'Karlotta!' gilde ze.

'Hé, joh!' brulde Karlotta. 'Je doet haar niks, hoor!'

'We praten gewoon,' antwoordde Wanga, 'maar we zijn hier.'

Dus kwamen ze langs de omheining naar ons toe; Siggy ploegde door de varens en hield één hand onder Karlotta's sweater en op haar bolle flank.

'Nou, Graff,' zei hij, 'mijn Karlotta was behoorlijk onder de indruk.'

'Wie niet?' zei ik.

'Hoezo?' vroeg Wanga. 'Waarvan?'

'Dat is niks voor jou, meid,' zei Karlotta. En tegen mij zei ze: 'Je bent een schatje. Zoiets is inderdaad niet bestemd voor Wanga's ogen.'

'Voor het oog van de wereld!' zei Siggy.

'Ach, vlieg op,' zei Karlotta en ze troonde hem mee naar een ander stuk met varens.

Toen we allemaal lagen, konden we elkaar niet zien. Vlak boven de grond stond een zwakke luchtstroming en de zware geur van dierenmest trok over ons heen.

'Dat moet van de neushoorn zijn!' riep Siggy.

'Of van het nijlpaard!' riep ik.

'Iets wat heel groot en vruchtbaar is,' zei Siggy.

'Nijlpaarden komen nooit uit het water,' zei Karlotta.

'Maar dat *moet* soms toch wel?' zei Siggy. 'Je kunt je anders nauwelijks voorstellen hoe ze...'

En Wanga rolde zich op in de holte van mijn arm, met haar knieën stijf opgetrokken en één koude hand op mijn borst. We hoorden de bewegingen van Siggy en Karlotta; tweemaal kraste Siggy als een woeste vogel.

Enfin, zoals het notitieblok in al zijn wijsheid zegt:

De tijd verstrijkt, Gode zij dank.

Ineens hoorden we Karlotta. 'Je bent niet *altijd* leuk,' zei ze. En toen ik keek, zag ik hoe Siggy's uitgestrekte arm boven de varens uitstak en met een omvangrijke ballonbroek van zwarte kant wuifde.

'Jij moet ook altijd de clown uithangen,' zei Karlotta en ik zag haar dikke blote voeten spartelend omhoogkomen door de varens. 'Kun je dan nooit eens ernstig zijn?' vroeg ze. 'Er is zeker iets mis met jou, hè?'

Toen ging Siggy overeind zitten en grinnikte in de richting van ons hoekje in de varens; hij had de broek met de wijde pijpen als een muts op zijn hoofd. Karlotta sloeg naar hem met een graspol en Siggy huppelde op ons toe.

Karlotta sloop hem achterna; naast haar, in haar ene hand, bungelde een beha van zwarte kant met een roze strik – één cup geladen met een kluit aarde. Het ding hing aan haar pols als de slinger van een krijger.

'Daar komt de reuzendoder,' zei Siggy.

Karlotta's borsten zakten neer op haar beweeglijke buikje. Toen haar sweater even opkroop, zag ik heel vluchtig een donker tepeltipje.

Toen vloog Wanga uit mijn armen en rende langs de omheining naar het hek; ze liep met horten en stoten, als een boomblad dat telkens door een ander zuchtje wind wordt voortgeblazen – het hek door en de dierentuin in.

'Hé!' riep ik. 'Hé, Wanga!'

'Die is van mij!' zei Siggy. 'Van mij, Graff. Ik haal haar wel.' Hij smeet de broek naar Karlotta en rende haar al achterna.

'Nee!' brulde ik. 'Siggy, ik ga wel!' Maar Karlotta was naar mij toe gekomen; toen ik wilde opstaan, dreef ze haar heup in mijn lijf en wierp me weer op de grond.

'Ach, laat *hem* nu maar de clown spelen,' zei ze en ze knielde naast me. 'Beste jongen,' zei ze, 'jij hebt tenminste een beetje *moraal* in je. Jij bent heel anders dan hij.' En toen ik wilde gaan zitten, smoorde ze mijn gezicht in haar ballonbroek en hield me neer. Daarna gluurde ze onder het glorieuze kledingstuk en kuste me met haar perzikzoete lippen. 'Sst, sst,' zei ze en ze perste me in de vochtige bodem.

We rolden samen door het ongeziene, bedompte en naar mest stinkende stukje tuin; de geluiden uit de dierentuin smolten ineen en gingen verloren in het zwiepen van de varens. En de neushoorn deed de bodem trillen.

En toen we de vogels weer konden horen, waren hun stemmen schril en dwingend geworden. De Katachtige Roofdieren vroegen grauwend om vlees en revolutie.

'Het is voedertijd,' zei Karlotta. 'En ik heb het nijlpaard nog niet gezien.'

Dus probeerde ik te lopen en ze kwam met me mee en stuurde me het Nijlpaardenhuis binnen – een grote tobbe, verzonken in het midden van een broeikas, met een reling eromheen zodat er geen kinderen in het water konden vallen. Eerst zat er alleen maar donkerte in de tobbe.

'Hij kan elk ogenblik bovenkomen,' zei Karlotta. Ze krabde zich en trakteerde me op een wellustige blik. 'Mijn linkertiet jeukt,' fluisterde ze. 'Er zit een hele lading aarde in mijn beha.' Ze schurkte zich een beetje en kneep me ter plekke in mijn achterste en ik staarde naar de galkleurige poel waarin fruit ronddreef – en grote, zachtjes dobberende struiken selderij. Ineens ontstonden er luchtbellen.

Eerst zagen we de neusgaten – twee gapende openingen, waarlijk bodemloos – en daarna volgden de ogen met de dikke oogleden. De kop rees hoger en hoger en de langwerpige, roze muil sperde zich steeds wijder open; ik zag het stompje van een onmogelijke strotklep; ik rook wat er opsteeg uit zijn vunzig-natte, lege bek: een hele plantenbak met rottende geraniums. De kinderen gooiden voedsel naar hem toe en hij legde zijn kin op de rand van het bassin; de kinderen gooiden pinda's en schuimpjes en zoete popcorn – ze gooiden papieren zakken en souvenirs van de dierentuin en de krant van een oude meneer en een klein roze schoentje. Toen het nijlpaard genoeg had, liet hij gewoon zijn kop van de rand rollen en veranderde het bassin in een golvende zee. Hij spetterde ons nat en zonk weg in zijn tobbe.

'Straks komt hij weer boven,' zei Karlotta. 'Gosj, hij kan me helemaal doorslikken!'

Achter op haar stevige been zat de afdruk van een varen – een nauwkeurig fossiel op haar donkere, ronde kuit. Ik glipte ongemerkt bij de tobbe vandaan en liet Karlotta achter in het Nijlpaardenhuis.

GRENZEN TREKKEN

'Ik begrijp niet hoe je het hebt kunnen doen,' zei Siggy. 'Dat getuigt van slechte smaak.'

'Waar is Wanga gebleven?' vroeg ik.

'Ik ben haar ergens kwijtgeraakt, Graff. Ik probeerde alleen bij die dikzak vandaan te komen.'

'We zijn naar het Nijlpaardenhuis geweest,' zei ik. 'Zeg, over een paar uur wordt het alweer donker.'

'Dat heb je aan jezelf te danken, Graff. Eerlijk, ik begrijp niet hoe je zoiets kon doen! Weet je, er komt een moment waarop je je moet inhouden en je hoofd moet gebruiken.'

'Als we nu weggaan, zijn we vóór het donker al ergens buitenaf.'

'Karlotta!' zei Siggy. 'Ik kan het me gewoon niet voorstellen. Zo vet als modder, zeker? Je zult je wel danig bezoedeld voelen.'

'Je bent een grove boerenkinkel,' zei ik. 'Terwijl je nota bene zelf met haar onderbroek op je hoofd liep! En maar rondhuppelen als een pias!'

'Maar ik weet ergens een grens te trekken, Graff. Ik wel.' En hij begon aan de motor te prutsen.

'Nou, dat is dan geweldig van je,' zei ik. 'Misschien interesseert het je dat het helemaal niet zo beroerd was. Helemaal niet!'

'Daar twijfel ik niet aan, Graff,' zei hij. 'Handigheid komt nu eenmaal vaker voor dan schoonheid.' Enfin, ook die uitspraak staat – opgedirkt en opdringerig – tussen zijn losse aantekeningen:

Bedrevenheid is geen surrogaat voor liefde.

Daar, bij het hek van de dierentuin, deed hij verder of ik lucht was; hij verhief zich boven het startpedaal en liet zijn volle gewicht erop neerdalen.

'Je bent een dogmatische klootzak, Siggy,' zei ik.

Maar de motor sloeg aan en hij liet het toerental rijzen en dalen, terwijl zijn hoofd meeknikte met die muziek. Ik zwaaide mij achter hem in het zadel en we gespten onze helmen vast. Daarna ging mijn eerste-wereldoorlogpilotenbril op om mijn wereld geel te kleuren – om mijn geest suf en bekrompen te maken.

'Siggy?' zei ik. Maar hij hoorde me niet.

Hij draaide het plein voor de Hietzinger Tiergarten af, terwijl achter ons de leeuwen om vrijheid en vreten brulden en Karlotta – voor mijn geestesoog althans – bezig was zichzelf aan het nijlpaard te voeren, bedremmeld en bewonderend tegelijk.

RUITERS VAN DE NACHT

Al een paar dorpen lang hadden we geen verlicht *Gasthaus* meer gezien. Hier en daar stond een boerderij waar nog een enkel lichtje brandde, waarschijnlijk een zolderlamp die altijd aan bleef – een baken dat aangaf: Er is nog iemand op, als je soms van plan was te komen gappen... En natuurlijk zou er ook een hond zijn die echt wakker was.

Maar de dorpen waren in duisternis gehuld en we jakkerden erdoorheen zonder iemand te zien; slechts eenmaal ontdekten we een man die in een fontein stond te plassen. Ineens hielden we hem gevangen in de lichtbundel van onze koplamp en het lawaai van onze motor en hij dook weg naar de grond, nog friemelend aan zijn lijf, alsof we een lading megatonnen waren die neerviel uit de nacht. Dat gebeurde in het plaatsje Krumnussbaum; even voor Blindenmarkt hield Siggy stil. Hij zette de motor af en doofde het licht en onmiddellijk werd de weg afgegrendeld door de stilte van de bossen.

'Zag je die man daarstraks?' vroeg hij. 'Heb je die dorpen gezien? Zo moet het ook geweest zijn tijdens de verduistering in de oorlog.' En we dachten daar even over na, terwijl de bossen weer voorzichtig aan hun nachtgeluiden begonnen en allerlei *dingen* naar ons kwamen kijken.

Toen hij de koplamp aandeed, leken de bomen weer van de weg te springen; de nachtgluurders der eeuwen schuifelden haastig naar hun schuilplaats terug – fretten en uilen en de geesten van de verspieders van Karel de Grote.

'Op een keer heb ik een heel oude helm in het bos gevonden,' zei Siggy. 'Er zat een piek op en een vizier.' Zijn stem deed de nachtgeluiden stilvallen; voor de eerste keer hoorden we de rivier.

'Is dat ergens vóór ons?' vroeg ik.

Dus startte hij weer en we reden langzaam verder. Even voorbij Blindenmarkt kwamen we over de Ybbs en Siggy zette de motor dwars op de brug. Vlak buiten het bereik van de koplamp was de rivier als een zwart, verkreukeld laken in de wind; maar de plek waar het licht neerstreek leek droog te staan – de rivier was erg ondiep en helder en we konden de kiezelstenen op de bodem zien liggen alsof er geen water was dat ze bedekte.

Langs de rivier liep een houthakkersweg en in de koele bossen lag zelfs nog sneeuw – afzonderlijke plekken die gelig oplichtten onder onze koplamp en die dooraderd waren met donkere dennennaalden. Felgekleurde krijtstrepen markeerden de bomen die geveld moesten worden en het pad kronkelde mee met de stroom.

Toen de rivier een bocht maakte en van ons wegdraaide, werd de oever breder; we hobbelden van het pad af en reden slippend door het natte gras naar een vlak plekje op de oever.

Er zaten kikkers en veldmuizen in het gras.

Ik luisterde of ik honden hoorde. Als er een boerderij in de buurt was geweest, had er vast ergens een hond geblaft. Maar in plaats daarvan hoorden we slechts de rivier en de wind die de brug in de hoofdweg liet kraken, de wind die door het dichte geboomte streek – als stille stadsbewoners die door kleerkasten kruipen; dus niet het geluid dat soldaten maken als hun ijzeren rusting rinkelt tussen de bomen.

De Ybbs liet een gedempt gemurmel horen en duizend afzonderlijke klateringen. We laadden de bagage fluisterend af, want we wilden geen woord van de nacht missen. Toen we het grondzeil uitlegden, moesten we de muizen er onder vandaan duwen. We lagen nog in het zicht van de brug, maar zolang we wakker waren kwam er niemand voorbij. De kromming van de brug tegen de nachtelijke hemel vormde de enige meetkundige figuur boven de rivierbedding; de overige lijnen bestonden alleen uit de grillige rimpelingen in het water en de donkere, onregelmatige bomenrij tegen de lichtere nachtlucht. Bij de pijlers van de brug hadden zich kleine poelen gevormd tussen de rotsen; het langssijpelende water zond zijn weerkaatsende licht omhoog naar de maan.

Siggy zat rechtop in zijn slaapzak.

'Wat zie je?' vroeg ik.

'Giraffen. Ze komen gebukt onder de brug door.'

'Dat zou leuk zijn,' zei ik.

'*Nou!*' zei Siggy. 'En de spiesbok! Je ziet hem al door de rivier waden met die fantastische ballen half ondergedompeld.'

'Dan vriezen ze eraf,' zei ik.

'Niks hoor!' zei Siggy. '*Niets* kan die spiesbok kwaad doen.'

LEVEN VAN HET LAND

Onder de brug lag een groot rotsblok en dat zorgde voor een watervalletje waarin we onze forellen konden schoonmaken. We lieten het water in hun opengesneden, slap hangende buikje lopen en over hun sierlijke ribbetjes spoelen; we lieten ze vollopen tot aan hun hoge, elastische borstbeen. Je kon de snee in hun buik dichthouden en in het gezwollen lijfje knijpen; het water kwam dan uit hun kieuwen, eerst roze en daarna helder.

Samen vingen we twaalf forellen en we kwakten hun ingewanden boven op het rotsblok. Daarna gingen we bij de motor zitten kijken hoe de kraaien onder de brug door scheerden en naar het visafval doken tot de rots was leeggepikt. Toen de zon zich van het water had losgemaakt en ter hoogte van de brug hing, vonden we het tijd worden om een boerderij op te zoeken en over een ontbijt te onderhandelen.

Het weggetje was erg rul en we gleden steeds van de hoge kruin in de diepe karrensporen. Siggy reed langzaam en we zaten flink rechtop om alle geuren in de lucht te kunnen opsnuiven – de geur van dennenhars in de bossen, van klaver en zoetig hooi daarachter. De bebossing werd dunner; achter en naast de bomen verschenen golvende akkers. De rivier begon wit te bruisen, stroomde dieper en sneller en schoof fijne schuimbelletjes langs de uitgesleten oevers.

Toen steeg de weg een beetje en de rivier daalde af en zwenkte van ons vandaan; we zagen een dorpje – een lage, plompe kerel met een uivormige torenspits en een paar stevige huizen die dicht opeen stonden langs één enkele straat. Maar vlak voor het dorp stond een boerderij en daar draaide Siggy het hek in.

De oprit was één geweldige modderpoel, zo klef als deeg, en ons achterwiel zakte weg tot aan de ketting; we begonnen te slingeren, vastgelopen in een zuigende spons. Op de berm langs de oprit stond een geit en daar stuurden we op af, staande op onze voetsteunen. We haalden de berm, maar de geit sloeg op hol. We ronkten langs een varkenshok; de biggetjes sprongen rond als katten en de grote varkens renden weg als dikke dames op naaldhakken. De groeven in het loopvlak van de achterband slingerden zichzelf weer schoon; grote kluiten modder kletterden achter ons neer. De op hol geslagen geit had de boer en zijn vrouw doen verschijnen.

Een zeer joviale Herr Gippel en zijn Frau Freina leken maar al te graag bereid tot een ruilhandeltje – koffie en aardappelen voor de helft van onze forellen en de koffie was zwart en vers gebrand.

Frau Freina leek met haar lichtgekleurde, knipperende oogjes te willen zeggen: Oh, kom toch eens kijken hoe fijn mijn keukentje is! Haar boezem vertoonde een trotse, moederlijke, korhoenderachtige zwelling.

En die Gippel leek een expert op het gebied van voedsel.

'U bent een keurig viseter,' zei Siggy tegen hem.

'Oh, wij eten hier nogal wat forel,' antwoordde hij. Hij kneep ze met duim en wijsvinger in de staart en schoof het vlees er netjes af. Op de rand van zijn bord bouwde hij een mooi hoopje graten.

'Maar het zijn er wel *veel*,' zei Freina.

'En dan te bedenken dat we nog maar pas begonnen zijn,' zei Siggy. 'Leven van het land, Graff! Terug naar de simpele wetten van de natuur!'

'Hè, jakkes,' zei Gippel. 'Waarom moet u nu zo nodig beginnen over *wetten*?'

'En we hebben juist zo lekker gegeten,' zei Frau Freina.

'Maar nu is de *wet* ter sprake gekomen, liefje,' zei Gippel. 'En ze hadden samen *twaalf* forellen.'

'Dat weet ik,' zei Freina. 'Maar als het er *tien* geweest waren, zou dit een heel ander ontbijt zijn geweest.'

'Vijf per man,' zei Gippel. 'Zoveel is *toegestaan*, natuurlijk. Maar mijn Freina heeft gelijk. Het zou een heel ander ontbijt zijn geweest.'

'Ik vind dit heel erg,' zei Freina en ze liep naar buiten, naar de waranda.

'Herr Siggy,' zei Gippel, 'ik wou dat u er niet over begonnen was.'

'Waar ben ik over begonnen?' vroeg Siggy.

'Over de wet!' antwoordde Gippel. 'Maar u hebt me er zelf aan herinnerd.' En Freina kwam weer binnen door de deur van vliegengaas; met gebogen hoofd overhandigde ze Siggy een groen formulier.

'Wat is dat?' vroeg ik.

'Een bekeuring!' zei Siggy.

'Ach!' riep Gippel. 'Wat ben ik toch voor een vent!'

'Ja, wat bent u, verdomme?' vroeg Siggy.

'De jachtopziener,' zei Gippel. 'Voor wild *en* water.'

'Het is gewoon verschrikkelijk,' zei Freina en ze ging weer naar buiten.

'Mooi is dat,' zei Siggy. 'Ik heb altijd al gezegd dat het goed is om vriendschap te sluiten met de plaatselijke koddebeier.'

'Dat is tenminste iets om dankbaar voor te zijn,' zei Gippel. 'Daarom kost het ook maar vijftig schilling.'

'Vijftig schilling?' zei ik.

'Ik kan er echt niet minder van maken,' zei Gippel, die nu zelf naar de vliegendeur liep. 'U wilt me wel even verontschuldigen?' zei hij. 'Ik schaam me zo.' En hij stapte droevig zijn waranda op.

'Stelletje stelende frotteurs!' riep ik. 'Staat de motor erg ver weg?'

'Tja, Graff,' zei Siggy. 'Die staat ongeveer een halve meter van de plaats waar Gippel zijn lieve vrouwtje zit te troosten.'

'Vijftig schilling, Sig!' zei ik.

Maar Siggy haalde het juiste bankbiljet uit zijn eendenjekker. 'Jij mag hun deze troost gaan brengen, Graff,' zei hij. 'Dan blijf ik nog even binnen.'

Dus ging ik het gemoedelijke landvolk een beetje opmonteren; we bleven gedrieën op de waranda zitten kijken naar de dwaze geit, die zich in postuur stelde tegenover de motorfiets en moed trachtte te verzamelen voor de eerste kopstoot.

Toen kwam Siggy naar buiten, blijkbaar ook met een vol gemoed, en dat was voldoende om Freina weer te laten beginnen. 'Oh, het zijn zulke schatten van jongens!' snikte ze.

'Ja, aardig, aardig,' zei Gippel. 'De *wet* is gemeen!' riep hij uit. 'Bij zulke knapen zouden ze wat door de vingers moeten zien!'

Maar Siggy zei: 'Kom kom...' – met één hand als een steuntje voor zijn buik geslagen. 'We hebben zo'n feestmaal gehad – dat was wel vijftig schilling waard.' En *dat* verbaasde ons allemaal en het bracht Frau Freina weer bij haar verstand en bij haar slimme, lichte, knipperende oogjes. De arme Gippel raakte zo opgewonden dat hij geen woorden meer vond.

Dus bleven ze staan kijken toen we de motor bestegen. We ontweken de geit en meden ditmaal zorgvuldig de oprit. De varkens begonnen weer aan hun waanzinnige gehol.

'Je staat er versteld van hoe handig men om een ontbijt kan sjacheren,' zei ik tegen Siggy en toen voelde ik iets hards tegen zijn buik, onder zijn eendenjekker. 'Wat heb je daar?' vroeg ik. 'Frau Freina Gippels koekenpan,' antwoordde hij. 'Plus één aansteker, één flesopener, één kurkentrekker en één zoutvaatje.'

Enfin, toen we bij de weg kwamen, raakten we nog even in het nauw door de paaltjes van de omheining, zodat we toch nog gedwongen waren de oprit te gebruiken. Maar ditmaal hadden we onze snelheid mee en we glibberden de weg op. We zagen hoe Gippel met twee armen stond te zwaaien als een gek. Frau Freina liet haar boezem zwellen; ze wuifde en drukte een afscheidskus op haar vingertoppen. De banden zakten weer in de karrensporen en roffelden zichzelf opnieuw schoon. De modder van de oprit vloog als razend achter ons vandaan; *zzot, zzot, zzot* klonk het op de afhellende weg.

'Bepaalde investeringen zijn nu eenmaal noodzakelijk als je van het land wilt leven,' zei Siggy. De koekenpan onder zijn jekker was nog warm.

WAAR DE WALRUSSEN ZIJN

Zoals in het notitieblok staat:

Bepaalde investeringen zijn noodzakelijk.

Vandaar. Het was alweer lunchtijd toen we Ulmerfeld binnenreden en twee flesjes bier kochten. We waren net het dorp uit, toen Siggy de plantenbak zag die aan een vensterbank hing op de eerste verdieping van een *Gasthaus.*

'Radijsjes!' zei Siggy. 'Ik zag hun blaadjes over de rand gluren!'

We reden tot onder het raam en ik hield de motor in evenwicht, terwijl Siggy op de benzinetank klom; als hij op zijn tenen stond, kon zijn hand net over de rand van de plantenbak komen.

'Ik voel ze!' zei hij. 'Ze hebben net water gehad – en het zijn van die lekkere, pittige kleintjes!'

Hij propte ze in zijn eendenjekker en we reden Ulmerfeld uit, nog steeds langs de loop van de Ybbs. Een paar kilometer buiten het dorp reden we dwars door een weilandje naar de rivier.

'Zeg nou zelf, Graff,' zei Siggy. 'Deze dag is ons nog heel wat verschuldigd voor onze vijftig schilling.'

En met dit dankgebed maakten we onze biertjes open met Frau Freina's flesopener en bestrooiden we onze radijsjes met zout uit Frau Freina's vaatje. Freina had een wonderbaarlijk klonterloos zoutvaatje. De radijsjes waren sappig en knapperig en Siggy stak de groene stengeltjes weer in de grond.

'Zouden ze gaan groeien, denk je?' vroeg hij.

'Alles is mogelijk, Siggy.'

'Ja, alles,' zei hij. We schoten de staartjes met de afgekloven stompjes in de rivier en keken hoe ze lagen te dobberen en begonnen te draaien op de stroming, als papieren molentjes op de feestmutsen van verdrinkende jongetjes.

'Er moet ergens een dam zijn,' zei ik. 'Stroomopwaarts.'

'Ja, een grote waterval in de bergen!' zei Siggy. 'En reken maar dat je lekker kunt vissen boven die dam.'

'Wedden dat er zalm zit?'

'En walrussen, Graff.'

We lieten ons achteroverzakken in de wei en bliezen op de hals van ons bierflesje. Opnieuw waren er kraaien; stroomafwaarts draaiden ze kringetjes boven de staartjes van de radijzen.

'Is er iets wat een kraai *niet* eet, Sig?'

'Walrussen,' zei hij. 'Een walrus krijgt hij nooit op.'

'Zou je denken?' zei ik.

De voorjaarsvochtigheid zat nog in de grond, maar het dichte gras leek de zon vast te houden en tegen me aan te drukken; ik werd zo warm dat mijn ogen dichtvielen. Ik hoorde de kraaien schelden tegen de rivier en de krekels zagen in de velden. Siggy tikte met het bierflesje tegen zijn tanden.

'Graff,' zei hij.

'Hm.'

'Graff?'

'Hier,' zei ik.

'Het was een vreselijke toestand in die dierentuin,' zei hij. 'Het zou toch veel beter zijn als we ze hier konden hebben?'

'Die meisjes?' vroeg ik.

'Niet die meisjes!' riep hij. 'Ik bedoel de dieren! Zouden die het hier niet geweldig hebben?'

En ik zag het voor me, met mijn ogen dicht. De giraffen knabbelden aan de jonge loten in de boomtoppen; de miereneters slurpten de watertorren uit het fijne kantwerk van schuim dat langs de oevers dreef.

'Die *meisjes*!' zei Siggy. 'Godallemachtig, Graff – wat kun jij soms toch een verrekte *kever* zijn...'

En zo zorgden de zon en het bier voor slaap; de Zeldzame Brilberen kusten elkaar met fluisteringen en de spiesbok joeg al die verrekte kevers uit het weiland. Op de Ybbs, blauwig als een bloeduitstorting, dobberde de walrus in een bootje dat hij voortroeide met zijn zwempoten; hij koesterde zijn slagtanden in de zon en liet zijn snor opbleken en hij zag het nijlpaard niet dat op de loer lag in het diepe stuk langs de oever – vermomd met een sluier van schuim, de muil wijd open om de walrus met roeiboot en al op te slokken.

Ik schrok wakker om de walrus te waarschuwen; de giraffen hadden het weiland afgegraasd totdat ze aan de zon toekwamen; ze hadden hem naar beneden getrokken en hij kwam nu aanglinsteren door het gras, stuitte op de motorfiets en rekte de schaduw van wielen en motorblok wanstaltig uit over de rivier; de rivier raasde als een snelle, bruisende weg onder de motor door.

'Siggy,' zei ik. 'Het wordt tijd om door te rijden.'

'Zachtjes, Graff,' zei hij. 'Ik lig naar ze te kijken. Ze komen uit hun kooien – net zo vrij als wij.'

Dus liet ik hem nog een poosje kijken en ik zag hoe het weiland door de zon werd gladgestreken in een rood waas en hoe de rivier gebrek aan zonlicht kreeg. Ik keek ook even stroomopwaarts, maar over bergen viel nog niet te piekeren.

NERGENS HEEN

Eenmaal buiten het dal – en buiten het bereik van de nachtelijke insecten – veranderde de weg in asfalt en daarna weer in zand, terwijl de rivier nu steeds voor ons verborgen bleef in onze dichtbegroeide tunnel van dennenbomen. Het diepe rochelen van de motor beukte tegen het bos en de echo sloeg van opzij naar ons terug – alsof andere motorrijders ons probeerden bij te houden, maar dan ongezien tussen de bomen.

Daarna klommen we ook boven de dennenbomen uit en de nacht werd zo pittig dat je hem met voorzichtige beetjes moest inademen. We kregen weer een gevoel van ruimte en van plotseling opdoemende dingen die die ruimte vulden – een langstrillende zwarte schuur met grote deuren die heen en weer zwaaiden in de wind en met driehoekige stukken vensterglas die onze gekortwiekte lichtbundel naar ons terugkaatsten; iets wat haastig de weg af schuifelde en een felle blik achterom wierp, ineengedoken als een beer – of misschien was het gewoon een bosje; een boerderij die schuddend langstrok in zijn slaap en een keffende hond die een stukje met ons meeholde –, over mijn schouder zag ik zijn ogen kleiner worden en uitdoven in ons rood-dansende achterlicht. En op de helling van het dal dat achter ons wegzakte, staken de pieken van de boomtoppen omhoog als tenten die naast de weg waren opgezet.

'Ik geloof dat we de rivier kwijt zijn,' zei Siggy. Hij schakelde terug om beter te klimmen; hij ging van drie naar twee en gaf vol gas. We lieten een spoor van zacht, donker stof in ons kielzog achter en ik leunde voorover met mijn kin op zijn rug; ik voelde hoe hij zich bij het sturen opzij wierp, nog voordat de motor begon te hellen, en ik ging meehangen in elke bocht – volmaakt meegevend als een rugzak op zijn rug.

Toen zakte de weg onder ons vandaan, en onze koplamp priemde recht de nachthemel in terwijl de motor ons rechtstandig de lucht in joeg door zijn eigen snelheid; zodra het voorwiel weer op de grond kwam, werden we als razenden heuvelafwaarts gejaagd in de richting van een houten brug. Siggy gooide de motor in zijn eerste, maar hij moest bijremmen en het achterwiel kwam bijna naast ons glijden; we schoven als een kreeft over de planken van de brug.

'Dat is de rivier,' zei Siggy en we reden terug om te kijken.

Hij wrikte de koplamp naar beneden en richtte de lichtbundel schuin op de rivier, maar er was geen rivier. Hij drukte op de knop waarmee de motor werd afgezet en toen *hoorden* we de rivier – we hoorden ook de wind die de planken van de brug liet kraken – en we voelden dat de brugleuningen vochtig waren van een opspattende sproeiregen. Maar in onze lichtbundel was alleen de diepe kloof te zien die wegviel in de duisternis; de scheefgegroeide dennen die zich vastklampten aan de wanden van de kloof, reikten hulpzoekend naar omhoog en durfden niet naar beneden te kijken.

De rivier had een kortere weg gekozen; hij had de berg doormidden gezaagd. We tuurden een tijdje in het niets. Morgen zou er geen vis op tafel komen, tenzij we ons vóór het ontbijt al aan een gruwelijke klauterpartij waagden.

We zochten een plekje dat vlak genoeg was voor ons grondzeil – en ver genoeg verwijderd van de rand van de kloof. Het was zo koud, dat we ons met veel gehannes uitkleedden in onze slaapzakken.

'Graff,' zei Siggy. 'Als je soms moet pissen, loop dan niet de verkeerde kant op.'

Later moeten onze blazen gedacht hebben aan wat hij had gezegd – of anders hadden ze te lang geluisterd naar het ruisen van de rivier. Want we moesten allebei. God, wat was het koud om zo bloot en bangig door het gras te lopen.

'Hoe zou de spiesbok die van hem warm houden?' zei Siggy.

'Ik heb er nog eens over nagedacht,' zei ik. 'Maar denk jij ook niet dat het eigenlijk een soort ziekte is geweest?'

'Graff toch!' riep Siggy. 'Het is duidelijk een geval van supergezondheid.'

'Hij zal zich wel erg kwetsbaar voelen,' zei ik.

En terwijl wij onze kwetsbaarheid omvatten, huppelden we terug naar onze slaapzakken. Die hadden hun warmte voor ons bewaard; we kropen erin en rolden ons op en voelden de muizenrijke bodem wriemelen. Het was die nacht zo koud dat de muizen volgens mij dichterbij kropen en lekker warm tegen ons aan kwamen slapen.

'Graff,' zei Siggy. 'Ik heb ook nagedacht.'

'Heel goed, Siggy.'

'Nee, echt.'

'Waarover dan?' vroeg ik.

'Zou er een nachtwaker zijn in de Hietzinger Tiergarten – op het terrein zelf, bedoel ik? Iemand die steeds rondloopt om te kijken?'

'En die contact opneemt met de spiesbok?' zei ik. 'Om hem naar zijn geheim te vragen?'

'Nee, gewoon in de dierentuin,' zei Siggy. 'Zou er 's nachts iemand zijn, denk je?'

'Allicht.'

‘Ik denk het ook,’ zei hij.

Ik zag al voor me hoe de bewaker stond te mompelen tegen de beren, hoe hij de spiesbok wakker maakte om die potente vraag te stellen; tegen het krieken van de dag liep hij voorover als een aap, slingerde zich van kooi tot kooi, treiterde de dieren in hun eigen taal.

‘Graff?’ vroeg Siggy. ‘Heb jij in het Kleine Zoogdierenhuis soms dichte deuren gezien? Was er iets wat op een dienstvertrek leek?’

‘Een kamer in infrarode uitvoering?’

‘Een nachtwaker moet toch ergens blijven, Graff. Ergens waar hij kan zitten en koffie kan drinken. Een plek om de sleutels op te hangen.’

‘Maar Siggy!’ zei ik. ‘Beraam jij soms een overval op die dierentuin?’

‘Zou dat niet fantastisch zijn, Graff? Ongehoord, man! Alleen maar om ze vrij te laten.’

‘Ja, zeldzaam leuk,’ zei ik.

En een ware stoet van beren waggelde voor mijn ogen het toegangshek uit, terwijl ze het huisje van de kaartjescontroleur meesleurden waarin de man met het groene oogscherm om genade smeekte.

Maar ik zei: ‘Alleen is het natuurlijk *niet* leuk om naar Wenen terug te gaan. Dat is het uitgangspunt bij alles wat ik zou willen doen.’

Ik deed mijn ogen open en zag de prachtige, bleke sterren boven me staan; de gedrochtelijke dennen klommen wanhopig uit de kloof. Siggy was rechtop gaan zitten.

‘En wat is het *eindpunt* van wat je zou willen doen, Graff?’

‘Heb jij de zee al eens gezien?’ vroeg ik.

‘Alleen in de film.’

‘Heb je *From Here to Eternity* gezien?’ vroeg ik. ‘Dat is een Amerikaanse film met Deborah Kerr en Burt Lancaster in de hoofdrollen. Burt lag steeds met Deborah in de branding te rollen.’

‘Het ging jou blijkbaar niet om de zee, Graff.’

‘Maar zou het dan niet geweldig zijn?’ zei ik. ‘Ergens kamperen aan het strand – in Italië misschien.’

‘Ik heb die film ook gezien,’ zei Siggy. ‘Ik dacht steeds aan al het zand dat ze in hun kruis moesten hebben zitten.’

‘Nou, ik wil graag de zee zien,’ zei ik. ‘En nog een beetje vissen, ergens hoog in de bergen.’

‘En met Deborah Kerr in de branding rollen, Graff?’

‘Waarom niet?’

‘En buikschuiven bij een hele kudde plattelandsmeisjes, Graff?’

‘Geen hele kudde,’ zei ik.

‘Maar wel bij één lekker stuk, Graff. Eéntje maar – om je een poosje een hele bink te voelen?’

‘Ik wel,’ zei ik.

‘Ja, jij wel, Graff,’ zei hij. ‘Wat ben je toch een dagdromende, romantische keverkontenklootzak.’

‘Nou, wat wil *jij* dan?’ vroeg ik.

‘Ach, jij mag buikschuiven zoveel je wilt, hoor,’ zei Siggy en hij ging liggen, zijn armen over elkaar geslagen boven de slaapzak; zijn armen hadden dezelfde naakte, bleke kleur als de sterren in de bijtend koude nacht. ‘Die dierentuin loopt niet weg,’ zei hij.

Ik keek even naar de dennen in de kloof, maar ze waren er nog niet uit. Siggy verroerde zich niet meer; zijn haar viel over het eendenjekkerkussen en hing tot in het glanzende gras. Ik wist zeker dat hij in slaap was gevallen, maar vlak voordat ik zelf wegzakte, mompelde hij nog een slaapdronken rijmpje voor me:

Frau Freina zoekt haar koekenpan,
die nooit zal wederkeren.
De Frau heeft tanden op haar kont –
maar dat zal *hem* niet deren.

’s Morgens lag er een lichte rijp en het gras weerkaatste de zon in wel duizend verschillende prismavormen; het weiland aan de rand van de kloof was als de vloer van een danszaal waarin de lichtpatronen van een rijk bewerkte kroonluchter werden opgevangen. Ik bleef op mijn zij liggen en tuurde langs de berijpte grasvacht naar de wand van de kloof. Het grondzeil voelde koud aan onder mijn wang en de scherp gepunte grassprietjes leken groter dan de bomen; gesmolten rijm lag in heldere plasjes tussen de halmen. Een krekel kwam langs; hij gebruikte de grassprietjes als polsstok om over de druppels heen te komen die zo groot waren als een meer – voor een krekel tenminste. Zijn gewrichten leken stijf bevroren, maar het was alsof hij ontdooide tijdens het lopen.

Als je op gelijke hoogte bent, ziet een krekel er woest uit – een reusachtig antropoïde monster dat het oerwoud doet buigen en over oceanen stapt. Ik gromde naar hem en hij bleef staan.

Toen hoorde ik klokgelui, niet ver bij ons vandaan.

‘Koebellen!’ zei Siggy. ‘Straks worden we tot moes getrapt! Of in de kloof geduwd!’

‘Kerkklokken,’ zei ik. ‘We zitten vlak bij een dorp.’

‘Stelletje frotteurs,’ zei Siggy en hij gluurde uit zijn slaapzak.

Maar mijn krekel was verdwenen.

‘Wat zoek je, Graff?’

‘Een krekel.’

‘Een krekel doet niemand kwaad.’

‘Dit was een heel grote,’ zei ik. Maar hij zat ook niet onder het grondzeil, dus kroop ik uit mijn slaapzak en stapte op het gras dat nog stijf stond van de vorst.

Enfin, de bevroren dauw maakte dat ik niet stil kon blijven staan en met die duizelingwekkende kloof zo vlakbij, had ik meer aandacht voor mijn gespring dan voor mijn speurtocht naar de krekel. Siggy lag me koeltjes op te nemen, ofschoon niet lang; hij schoof mismoedig uit zijn slaapzak en begon rond te stampen op het grondzeil – een heel andere dans dan ik uitvoerde.

'Je hoeft er nog niet uit,' zei ik.

'Ik acht het niet aan te bevelen om jou in je blote kont te zien staan.'

'Kijk een beetje uit waar je loopt,' zei ik. 'Straks stap je op mijn krekel.' Maar ik voelde me vreemd verlegen worden, toen ik daar zo voor hem stond.

'We zullen eerst een kop koffie zetten en dan gaan we op zoek naar een plek waar de rivier geschikt is om te vissen,' zei hij – als de eerste de beste hopman. En ik dacht niet meer aan mijn verpletterde krekel, zeker niet toen hij de motor begon op te laden als de eerste de beste sergeant-majoor.

We reden naar het eerstvolgende dorp.

Hiesbach bevond zich nog geen kilometer verderop; het dorp lag opgehoopt tegen een heuvelhelling – oude, rondgesleten huizen van grijze steen, als eierdozen opgestapeld rondom het bekende, iets hogere, plompe en met een ui bekroonde kerkje dat naast de weg zat neergehurkt als een oude, tandeloze leeuw die nooit meer zou toespringen.

Toen we aankwamen, ging net de mis uit; stijve, verfrommelde boerenfamilies verdrongen zich op de treetjes voor de kerk en kraakten met hun eens-per-weekse schoenen. De kleinere jongens renden stoeiend naar het café dat tegenover de Sint-Uiekruin lag: FRAU ERTLS ALTER GASTHOF.

Bij het binnengaan tikte Siggy tegen het uithangbord. 'Graff,' fluisterde hij, 'hoed u voor de Ertls!' Zo betraden we giechelend het lokaal.

'Kijk!' zei een dikke Frau Ertl. 'Hartelijk welkom.'

'Ach!' zei Siggy. 'Dank u wel.'

'Koffie?' vroeg ik. 'Is-ie goed warm?'

'En kunnen we ergens onze handen wassen?' vroeg Siggy.

'Maar natuurlijk,' zei ze en ze wees de weg vanuit haar achterdeur. 'Alleen is het bolletje gesprongen, meen ik.'

Alsof er ooit een lampje had gezeten. Want de pissoir was een soort open stal achter de *Gasthof*, met een vloer vol viezigheid en naast een langwerpig, benauwd geitenhok. De geiten keken belangstellend toe terwijl we aan de pomp zwengelden. Siggy liet het water over zijn achterhoofd stromen; toen hij zijn hoofd schudde, begonnen de geiten te mekkeren en ze duwden tegen het deurtje van hun hok.

'Mijn arme, arme diertjes,' zei Siggy en hij liep ernaartoe en begon aan sikken te trekken. Ze waren dol op hem – dat was duidelijk. 'Graff,' zei hij, 'ga eens naar binnen om te zien of er iemand aankomt.'

Binnen liep het al aardig vol; de gezinnetjes zaten bij elkaar achter de koffie en de worst, de alleenstaande mannen waren met hun bierpullen aan een lange tafel geschoven.

'Aha!' zei de Ertl. 'Ik heb uw koffie bij het raam gezet.'

Dus toen Siggy binnenkwam, gingen we aan ons tafeltje bij het raam zitten – vlak naast een familie die onder leiding stond van een knorrig uitziende grootvader. De dreumes van het gezin, een jongetje, staarde ons aan boven zijn broodje braadworst; zijn kin hing in zijn bord.

'Onbeschoft knaapje,' fluisterde Siggy en hij trok een lelijk gezicht tegen het joch. Het kind hield op met eten en staarde nog veel harder, vandaar dat Siggy een dreigend gebaar maakte met zijn vork – een felle priem in de lucht. Het jongetje trok zijn grootvader aan het oor. Toen de oude man ons aankeek, zaten Siggy en ik onschuldig van onze koffie te genieten; we groetten beleefd en de oude man gaf het jongetje een stevige kneep onder de tafel.

'Dooreten,' beval hij.

Dus keek het jongetje maar uit het raam, en zo was hij de eerste die de geiten zag.

'De geiten zijn los!' riep hij en zijn grootvader gaf hem nog een kneep. 'Jongetjes die gekkigheid zien, moeten hun mond houden,' zei hij.

Maar de anderen keken ook naar buiten en de grootvader zag het nu zelf.

‘Ik heb het hek dichtgedaan!’ zei Frau Ertl. ‘Ik heb ze vóór de mis al opgesloten.’

Een paar oudere jongens begonnen op te snijden en stommelden duwend het lokaal uit; de geiten stonden schuw op een kluitje bij de kerk. En de knijpende grootvader boog zich naar ons over. ‘Frau Ertl is weduwe,’ zei hij. ‘Ze heeft iemand nodig om haar geitenhok dicht te houden.’ Toen verslikte hij zich in zijn eten, zodat hij er een lichte kramp aan overhield.

De geiten knikten tegen elkaar en liepen heen en weer over de treden van de kerk, voortdurend uit hun evenwicht. De jongens dreven ze bijeen tegen de kerkdeur, maar niemand wilde de trap op gaan en zijn zondagse pak verknoeien.

Wij liepen ook naar buiten om te kijken. En om te luisteren naar de klokken van een ander dorp – die de zondagmorgen inluidden met dwingende, gehaaste, weergalmende echo’s die van elke voorgaande klank het laatste stukje afsneden.

‘Dat zijn de klokken van Sankt Leonhard,’ zei een vrouw. ‘Wij hebben zelf ook klokken en ik vraag me af waarom die op zondag niet geluid worden.’ Het onderwerp sloeg aan en werd onmiddellijk overgenomen door andere stemmen.

‘Maar onze klokkenluider zit zijn ontbijt te eten.’

‘Te *drinken*, zul je bedoelen.’

‘Die ouwe zuiplap.’

‘En kinderen zien alles!’

‘We hebben onze eigen kerk en onze eigen klokken, dus waarom moeten we dan luisteren naar die van anderen?’

‘Godsdienstmaniakken!’ fluisterde Siggy – maar hij was het meest geboeid door de geiten. Het gepeupel probeerde ze nu van de kerktrap te jagen.

‘Ga die klokkenluider halen,’ beval de vrouw die erover begonnen was. Maar de klokkenluider was al gewaarschuwd voor deze samenzwering; hij stond op de stoep van de Gasthof, met een biertje in zijn hand, en liet de adertjes in zijn neus rimpelen onder de zon.

‘Kijk, dames,’ zei hij. ‘Lieve dames, nooit ofte nimmer zal ik als klokkenluider het meesterschap bereiken' – en hij slikte een oprisping weg waarvan zijn ogen traanden –, 'behalen,' zei hij, 'dat mijn geëerde collega uit Sankt Leonhard heeft' – en toen liet hij hem komen: een felle, knetterende boer. 'Buh-reikt,' zei hij en hij ging weer naar binnen.

'Iemand anders moest de klokken maar eens leren luiden,' zei de vrouw.

'Dat is doodgemakkelijk,' zei de knijpende grootvader.

'Maar jij kunt het niet meer,' zei de vrouw, 'want anders deed je het al wel. Jij snakt ernaar om iets te doen te hebben.'

En een meisje met een bits gezicht gaf de oude man een duwtje met haar stevige, brutale achterste; ze kwam voor hem staan en aaide met het dons van haar blote arm over zijn kin; toen stapte ze, zich langzaam rekkend, weer weg en het was of ze één been liet staan – de teen op de grond, haar rok opgetrokken tot halverwege de dij. Haar kuit sprong tot hoog boven haar enkel en balde zich als een vuist.

'Jij kunt het niet meer,' zei ze en ze wipte bij hem vandaan.

'Kijk nu toch eens naar die geiten,' zei Siggy. 'Waarom gaan ze er niet vandoor? Ze moeten toch langs die rotzakken kunnen komen? Vort! Foetsie!'

En de grootvader keek in onze richting; hij stapte voorzichtig een treetje lager en kwam naast ons zitten op de stoep. 'Wat zei je daar?' vroeg hij.

'Dat was een geitenroep,' zei Siggy. 'Bij sommige werkt het.'

Maar de grootvader keek ons een beetje al te scherp aan; hij liet zijn tanden klikken. 'Jij bent een raar ventje,' zei hij en hij pakte Siggy's hand vast. 'Ik zag je wel,' fluisterde hij en Siggy rukte zijn hand weer los.

'Waar ligt Sankt Leonhard met zijn beroemde klokken?' vroeg ik.

'Aan de andere kant van de berg,' zei de grootvader. 'Niet dat het zoveel berg is, hoor, maar als je de mensen hier hoort praten, zou je denken dat het de Alpen waren. En zo'n geweldige kerk is het ook niet en er woont echt niet zoveel soeps, maar als je de mensen hier hoort praten! Dat klokkenluiden is toch doodgemakkelijk?'

'Doe het dan,' zei Siggy.

'Ik kan het best,' zei de grootvader.

'Nou, *doe* het dan,' zei Siggy. 'Beier de pis uit hun donder! Tot het hele dorp door de straten rolt en zijn oren dichthoudt!'

'Ik kan al die trappen niet op,' zei de grootvader. 'Halverwege raak ik al buiten adem.'

'Dan *dragen* we u naar boven,' zei Siggy.

'Wie zijn jullie eigenlijk?' vroeg de grootvader. En tegen mij fluisterde hij: 'Ik zag hem wel! Hij heeft het zoutvaatje gepikt – het zoutvaatje van Frau Ertl. Hij heeft het in die rare zak gestopt.'

'Hè, waarom gaan ze er nu niet vandoor, Graff?' zei Siggy. Een van die rotzakken had de poot van een geit te pakken; het dier mekkerde en trapte naar hem, maar het werd de trap af gesleept.

'Dus jij weet zoveel van geiten,' zei de grootvader. 'Jij hebt ze zeker losgelaten, hè? Zo gek ben jij wel.'

Ze hadden die ene geit eindelijk in hun macht.

'Laten we gaan, Graff,' zei Siggy.

'Ik ga het zeggen,' zei de grootvader. Hij kreeg er een kleur van. 'De weduwe Ertl denkt dat ik een ouwe sufferd ben die van niks weet.'

'Als hij het zegt, vindt ze hem een nog veel grotere sufferd – denk je ook niet, Graff?'

'Oh,' zei de grootvader, 'maar ik vertel het pas als jullie weg zijn.'

'Mijn hemel, Graff,' zei Siggy, 'wat durven ouwe sufferds soms toch vreselijke risico's te nemen!'

Toen we de motor startten, hadden ze net de tweede geit naar beneden gehaald. De eerste geit stond weer op zijn poten, maar een stevig meisje hield zijn kop klemvast onder haar arm. Zijn sik was slordig uiteengerafeld en zijn roze bek stond wijd open van het mekkeren, maar door het lawaai van de motor konden wij niet horen hoe hij naar ons riep.

Zoals in het notitieblok staat:

Geiten gaan er niet vandoor. Ze zijn geen wilde dieren.
Vat moed, wilde dieren!

FLIKKERS GINDS EN HER

Toen we in Sankt Leonhard kwamen, was de klokkenluider nog volop bezig; hij deed de kerk trillen.

'Wat een herrie!' zei Siggy. 'Boing! Boing! Boing!' brulde hij naar de klokkentoren.

Een klein, mager meisje met een zuurstok zag hem roepen. Ze keek omhoog naar de kerk, alsof ze verwachtte dat de klepel los zou breken van de klok en op ons af zou vliegen.

'Boing!' zei Siggy tegen haar en we gingen een Gasthof binnen.

De mis was allang uit en het café was bijna leeg. Bij het raam stond een zeer verzorgde, schichtig bewegende man naar onze motor te turen. Telkens wanneer hij zijn bier omhoogbracht, leek het of hij het over zijn schouder wilde gooien; hij stond met zijn ene voet op de andere, verloor regelmatig zijn evenwicht en herstelde zich dan met een huppelend danspasje.

De vermoeide *Wirt* achter de tapkast las een krant die voor hem lag uitgespreid. We kochten twee flesjes gekoeld bier, een heel brood en een kluitje boter van twee schilling.

En de vermoeide waard vroeg: 'Alles in één zak?'

'Ja, graag,' zei ik.

'Ik zal jullie twee zakken moeten geven,' zei hij. 'Ik heb geen zak die groot genoeg is voor het hele zooitje.'

De dartele man bij het raam keerde zich zo heftig om dat we ervan schrokken.

'Steek die flesjes maar in je hol!' schreeuwde hij. 'Doe dat brood in een andere zak!'

'Jezus,' zei Siggy. 'Vuile buikschuiver!'

'Eh?' riep de man en hij maakte zijn huppelpas in onze richting. 'Buikschuiver, eh? *Eh*?' kraste hij, alsof er iets vastzat in zijn keel.

'Ik zou maar uitkijken met hem,' zei de Wirt.

'Dat zal ik zeker,' zei Siggy.

'Want anders dient hij een aanklacht tegen je in,' zei de Wirt.

'Een aanklacht?' vroeg ik.

'Daar maakt hij zijn beroep van,' zei de Wirt.

En de man die ons zou aanklagen zei: 'Stop je reet maar in die ene zak!'

'Zeg, hoor eens even,' begon Siggy.

Maar de Wirt greep hem bij zijn arm. 'Kijk nou maar uit,' zei hij. 'Hij laat zich een klap geven en dan dient hij een aanklacht in. Dan beweert hij dat hij niet kan ademen vanwege zijn zere kaak. Of dat hij hoofdpijn krijgt van het eten. We krijgen hier niet veel vreemdelingen, maar hij pakt hen allemaal.'

'Je zult ervan lusten!' schreeuwde de aanklager. Hij trakteerde ons opnieuw op zijn huppelpas; hij had zijn glas nog in de hand en morste met zijn bier.

'Ik waarschuw je – vechten doet hij niet,' zei de Wirt. 'Hij brengt je alleen maar aan.'

'Niet te geloven,' zei ik.

'Ik weet het, het is raar,' zei de Wirt vermoeid, alsof hij erbij in slaap viel. 'En het lukt hem nog altijd ook,' zei hij.

'Hoe krijgt hij dat voor elkaar?' vroeg Siggy.

We bleven gedrieën naar hem kijken, terwijl hij stond te wiebelen met zijn ene voet op de andere, zijn knieën tegen elkaar gedrukt als een klein kind dat zijn best doet om niet in zijn broek te plassen. Maar in zijn gezicht zat niets kinderlijks. Hij ritste zijn gulp open en goot het bierglas leeg in zijn gulp.

'Hij is ook een beetje van de verkeerde kant,' zei de Wirt.

Opnieuw kwam die danspas – maar de keurigheid begon hij nu toch snel te verliezen. Hij ritste zijn gulp open en dicht, open en dicht, en het bierschuim droop langs zijn broekspijp. Hij knipoogde tegen Siggy. 'Hé, jij!' jankte hij. 'Jij daar, jij daar!'

'Hij brengt je aan, hoor!' riep de Wirt, maar hij kon Siggy's arm niet meer tegenhouden.

Want Siggy had zijn helm al van de tapkast gegraaid en nu zwaaide hij hem tweemaal aan het kinriempje rond, over de volle lengte van zijn arm, waarna hij hem omhoogbracht onder het lichaam van het verblufte, dartele mannetje – pal in diens kruis, zodat zijn eenbenige houding ruw doorbroken werd. De man sloeg jammerend achterover en zijn knieën schoten omhoog tot aan zijn borst.

'Heus,' zei de Wirt, 'dit wordt een aanklacht. Dat weet ik zeker.'

'U bent niet goed snik,' zei Siggy. 'Bovendien kunt u tegen hem zeggen dat we de andere kant op zijn gegaan.'

'Dat wil ik best doen,' zei de Wirt mokkend. 'Met alle plezier, jongens.'

We liepen vlug naar buiten – en zonder zak voor de spullen die we gekocht hadden; haastig verlieten we de sloomste Wirt die ik ooit had meegemaakt – met zijn Gasthof en zijn andere klant en diens luide gekrijs vol slimme bijbedoelingen.

Bij de motor propte ik onze aankopen in Siggy's achterzak.

'Jezus, Sig,' zei ik. 'Geiten loslaten, flikkers in elkaar slaan...'

'Je kunt mijn buik schuiven,' zei hij nors.

'Zijn wij even een paar,' zuchtte ik. Ik bedoelde er niets mee, maar hij draaide zich om in het zadel en staarde me aan.

En zijn stem schoot uit – zo schril dat de motor ervan leek te schrikken. 'Vind je dat, Graff? Nou, we hebben boter om te bakken en brood om te verkruimelen, dus kunnen we de forel paneren. En verder is er bier dat ik in mijn gulp kan gieten! En misschien stik ik wel in een graat – dan mag jij de hele verdere dag in je dooie eentje doortobben!'

'Oh, verdorie,' zei ik. 'Oh, Jezus toch, Sig.'

Net toen hij de motor in zijn versnelling schopte, dook het kleine magere meisje weer op, als uit het niets; heel even beroerde ze Siggy's hand met haar zuurstok – heel licht en heel magisch, alsof hij het toverstokje was van een goede fee.

Het notitieblok vermeldt het in dichtvorm:

Oh, de dingen die je zoekt
zijn erg persoonlijk –
persoonlijk, persoonlijk,
erg persoonlijk.
En de manier om ze te krijgen

is erg openbaar –
openbaar, openbaar,
akelig erg openbaar.
God sta ons bij dus, Graff.
Lieve Heer, Grote Beer,
sta ons beiden bij.

Het moet een van zijn allerslechtste gedichten zijn geweest.

DE TWEEDE LIEVE INGREEP VAN GOD

Vanaf Sankt Leonhard kronkelde de weg steil naar beneden; via een serie haarspeldbochten met hoge bermen en een dikke laag kiezel daalde hij af naar de plaats in Waidhofen waar de Ybbs weer uit het gebergte zou komen. Het gruis lag rul en los tegen de bermen aan en we probeerden in het midden van de weg te blijven; het achterwiel slipte voortdurend weg en we reden met ons gewicht los van het zadel, half vooroverstaand op de voetsteunen.

De eerste boomgaarden begonnen op ruim een kilometer buiten Sankt Leonhard. Allemaal appelbomen, in uitgestrekte rijen aan weerskanten van de weg – de jonge exemplaren lenig in de wind, de oude knarren in een onbeweeglijk-gedrongen houding. Het gras tussen de bomenrijen was pas gemaaid en bijeengeharkt en het rook weeïg-zoet in de zon. Overal raakten de knoppen in bloei.

Nu stonden we helemaal rechtop op de voetsteunen en onder ons lieten we de motor zijn gang gaan als een paard. Want het was me het weggetje wel – met al die bochten en die steile stukken, met nu eens links en dan weer rechts de naderbij zwiepende boomtakken, met de gemeen schampende sprinkhanen die uit de greppels wipten en de merels die kwamen aanscheren voor een bijna-botsing.

Ineens vloog de haarvlecht van het meisje op ons af, omdat ze – op het horen van ons geronk – met een ruk haar hoofd omdraaide en haastig uit de weg sprong. Het was een dikke, kastanjebruine vlecht die zeker tot aan haar middel reikte; het uiteinde ervan vlijde zich weer om haar lange, wiegende romp en haar rok werd meer door de wind gevuld dan door haar heupen. Het kiezel was te rul om te remmen, zodat we slechts die ene glimp van haar opvingen – de lange, gebruinde benen en de slanke handen die naar haar knieën schoten om de rok netjes vast te klemmen tegen haar lijf. Dus keek ik over mijn schouder, maar ze draaide haar hoofd om – zodat de vlecht weer naast haar kwam slingeren; gedragen door de wind danste hij een slangendans in de zon. Ik had hem bijna kunnen pakken, maar toen legde de wind hem over haar schouder en trok ze hem met een geërgerd gebaar tegen haar wang. Dat was alles wat ik van haar opving, afgezien van de zak met wasgoed die over haar ene arm hing. Ze trok haar bruinleren jasje recht, net zo bruusk als ze daarstraks aan haar vlecht getrokken had. En daarna verloren we haar uit het oog door de eerstvolgende haarspeldbocht.

'Zag jij haar gezicht, Siggy?'

'Jij hebt toch ook niet naar haar *gezicht* gekeken?'

'Toen ik omkeek wel. Maar ze draaide het expres weg.'

'Aha,' zei Siggy. 'Ze krijgt er schuldgevoelens van. Een slecht voorteken, Graff.'

Maar ik keek of ik er nog meer zag lopen op deze weg – alsof meisjes met zulke volle, kastanjebruine vlechten even rijkelijk voorhanden waren als appelbloesems en sprinkhanen.

LIEVE HEER, GROTE BEER, UW WEGEN ZIJN WAARLIJK WONDERBAAR

Enfin, onder de appelbomen lag dor hout en snoeiafval dat aan de wintersprokkelaars ontgaan was. De overhangende takken zaten vol bloesemtrossen; bijenkasten stonden op appelkisten tussen de bomen – witgeverfd en zo hoog mogelijk opgesteld om te voorkomen dat tractoren en boerenkarren ertegenaan zouden rijden en de korven zouden vernielen. Het was één en al bijengedoe in de boomgaard; de diertjes braken overal de knoppen open en zweefden van bloesem naar bloesem – oh, vriend van bloem en bevruchting, gij stuifmeeldragende bij!

'Wat is bevruchten toch een mooi iets,' zei Siggy.

En het dorre hout onder de bomen was gemakkelijk in stukjes te breken – en het bezorgde ons een snel opgloeiend houtskoolvuurtje; we besprenkelden het met water om de vlammen te temperen. Toen zetten we de koekenpan op de verhitte stenen en gooiden er onze boter in. Siggy maakte het brood fijn en we rolden er de natte forellen in totdat ze er donzig uitzagen van de kruimeltjes.

Een forellenbeek, smal als een nietig stroompje, stak hier de weg over en liep door de boomgaarden voordat hij kabbelend de berg afdaalde naar Waidhofen, dat we na de lunch zouden gaan bekijken.

Het beekje was zo smal dat we het bijna voorbijgereden waren; de brug in de weg was zo iel dat we bijna door de planken waren gezakt. Maar de forellen sprongen zonder schuwheid omhoog – en nu lagen ze te spetteren in de pan en stemden ze hun muziek af op het zoemen van de bijen in de boomgaard.

En een bij vloog met een bloempje de beek over; de luchtstroom zakte onder hem weg en toen kreeg hij natte vleugels omdat hij ineens moest roeien op een bloemblaadje. Maar luchtfietsen ging hem beter af dan waterfietsen; een reusachtige forel schoot tevoorschijn van onder de oever, dook op en slokte bloem en bij in één hap weg – waarna hij weer afdaalde en nauwelijks een rimpeling achterliet.

'Die hebben we gemist,' zei ik.

'Die zou je hele hengel hebben opgevreten,' zei Siggy.

We aten zelf een beetje slonzig; we kerfden met onze zakmessen in de forellen totdat ze koud genoeg waren om beet te pakken. Het bier hielden we natuurlijk koel in het beekje, waar het lag te wachten op onze pijp van na het eten.

En daarna dus op onze rug in de zon, met overal rondom ons het gonzen van de bijen. Vanuit de boomgaard kon ik de weg niet zien, alleen de brugleuning; die zette een dikke streep onder de boomtoppen en de groen-doorspekte ruikers van appelbloesem. Deze wereld is goed voor zichzelf, dacht ik. De bijen maken honing voor de bijenhouder en ze vermenigvuldigen de appels voor de fruitteler; niemand heeft ergens nadeel van. Als de geoliede Herr Faber nu eens bijenhouder was geworden en Herr Gippel een boomgaard had bezeten – zouden ze dan niet een stuk aardiger zijn geweest?

Dus zei ik: 'Hé, Sig, hier zou ik nooit genoeg van krijgen.'

'Er komt een dag dat het regent,' zei hij. 'Er komt een dag dat het sneeuwt.'

En het notitieblok verandert alles in poëzie:

Het Noodlot wacht.
Of je nu hard loopt
of juist zacht –
het Noodlot behoudt zijn kracht

Toen zag ik haar hoofd heel voorzichtig voorbijschuiven boven de brugleuning; ze hield de leuning met één hand vast en ik denk dat ze op haar tenen liep om ons niet wakker te maken. De kastanjerode vlecht was over haar ene schouder geslagen en zat weggestopt onder haar leren jasje; ze had de dikke haarwrong als een sjaal rond haar keel getrokken en hield hem vast met haar langwerpige gezicht. De brugleuning sneed haar gestalte af bij de taille, dus sloop er slechts iets meer dan een borstbeeld aan ons voorbij.

Ik hield mijn ogen half gesloten en fluisterde: 'Kijk, Sig, kijk... Maar pas op – niet je ogen opendoen! Op de brug, Sig – kijk dan!'

'Godallemachtig, Graff,' zei Siggy en hij schoot overeind. '*Waar* moet ik kijken zonder mijn ogen open te doen? En *hoe*?'

En het meisje gaf een gilletje; ze verdween bijna onmiddellijk uit het zicht. Ik moest rechtop gaan zitten om te kunnen zien hoe ze de brug af holde en aan de overkant van de weg ging lopen. Ze hield de waszak voor haar benen.

'Het is dat meisje, Siggy.'

‘Oh, geweldig,’ zei hij.
Maar het meisje liep nu haastig door.
‘Hé!’ riep ik. ‘Wil je een lift hebben?’
‘Van ons?’ zei Siggy. ‘Met zijn drieën op onze motor?’
‘Waar moet je heen?’ brulde ik. Nu moest ik gaan staan om haar nog te kunnen zien.
‘Ze is van huis weggelopen, Graff. En daar doen wij niet aan mee.’
‘Niet waar,’ zei het meisje zonder om te kijken. Maar ze bleef staan.
‘Ik dacht al dat ze doof was, Graff. Trouwens,’ fluisterde hij, ‘ik weet zeker dat ze weggelopen is.’
Het meisje draaide zich half om; ze verborg haar benen nog steeds achter de zak met kleren.
‘Waar moet je heen?’ vroeg ik.
‘Ik heb een nieuwe baan in Waidhofen,’ zei ze. ‘Daar ga ik nu naartoe.’
‘Wat was je oude baan dan?’ vroeg Siggy.
‘Ik heb voor een tante gezorgd in Sankt Leonhard,’ zei ze. ‘Maar in Waidhofen heb ik nog een tante – en die heeft een Gasthof. Zij betaalt tenminste loon en ik krijg er een eigen kamer.’
‘Die andere tante is zeker doodgegaan, hè?’ zei Siggy.
‘We waren net op weg naar Waidhofen,’ zei ik.
‘We waren net een tukje aan het doen, Graff,’ zei Siggy.
Maar het meisje kwam een eindje teruglopen. Ze duwde met haar knieën tegen de waszak die voor haar uit bengelde en ze bleef verlegen naar omlaag kijken – zodat haar ogen schuilgingen achter haar wimpers, in de schaduw van haar roodbruine haar. Het was of haar gezicht een bloskleurtje overnam van haar vlecht. Ze keek naar de motor.
‘Er is toch geen plaats genoeg?’ zei ze. ‘Waar moet ik zitten?’
‘Tussen ons in,’ antwoordde ik.
‘En wie stuurt er?’ vroeg ze.
‘Ik,’ zei Siggy. ‘En Graff hier zal je liefderijk omvatten.’

'Je mag mijn helm op,' zei ik.

'Eerlijk? Vind je dat niet erg?'

'Je vlecht zal er wel niet in passen,' zei Siggy. 'Denk je ook niet, Graff?'

Maar ik stuurde hem weg om de visspullen in te pakken. We koelden de braadpan af in het forellenbeekje. Het meisje bond de koorden van de waszak rond haar middel, zodat het ding voor haar onderlichaam hing.

'Ik kan hem toch wel op mijn schoot houden?' vroeg ze.

'Natuurlijk, natuurlijk,' zei ik. En Siggy porde me met de steel van de koekenpan in mijn buik.

'Wat een mager scharminkel, Graff,' fluisterde hij. 'Daar valt niet veel tegenaan te rijden!'

'Hè, hou nou op, Siggy,' antwoordde ik zachtjes. 'Hou alsjeblieft op.'

'Het Noodlot wacht,' fluisterde hij. 'Lieve Heer, Grote Beer, hoe lang kunt u wachten!'

WAAROP WE ALLEMAAL WACHTTEN

'Ik heb het nog nooit gedaan,' zei ze.

En toen ze eenmaal achter Siggy zat, schoof ik zo dicht mogelijk tegen haar aan – waarbij ik onze plunjezak naar achteren duwde over het spatbord, zodat ik een stukje van mijn achtereinde over de rand van het zadel kon laten hangen.

'Je hoeft me niet vast te houden,' zei ze. 'Ik zit hier stevig genoeg.'

Toen steigerde Siggy door de greppel de boomgaard uit; hij liet het voorwiel omhoogkomen en zette het daarna zo zachtjes neer, dat het de weg leek te kussen. Het achterwiel sloeg even door in de zachte ondergrond.

'Hou vast,' zei het meisje; ze werd heel even achteruit geworpen, tegen mij aan, en haar vlecht hing tot in mijn schoot. Ik ving haar op tussen mijn knieën en drukte haar vast in het zadel. 'Goed zo,' zei ze. 'Dat is genoeg.' En opnieuw suisden we de helling af, door de haarspeldbochten; de weg zag er zo versleten uit en had zo'n vreemde, leerachtige kleur dat hij wel een scheerriem leek. Het was of de bomen door de hemel werden omgebogen – maar in werkelijkheid zat die kromheid in onszelf, want we gingen schuin door de haarspeldbochten en we waren de ene bocht nog niet uit of we helden al over voor de volgende.

'Hou vast,' zei het meisje. 'Steviger!' Maar er was geen plaats waar ik mijn voeten neer kon zetten; het meisje had de hakken van haar sandalen om mijn voetsteunen gehaakt en ik moest met opgetrokken benen rijden om te voorkomen dat ik ze zou branden aan de hete uitlaatpijpen. Ik legde mijn handen op haar heupen en zette mijn duimen tegen elkaar op haar ruggengraat. 'Goed zo,' zei ze. 'Dat is genoeg.'

De wind greep het kwastpuntje van haar vlecht en blies het omhoog naar mijn kin, maar het haar zelf hing in al zijn zwaarte op mijn borst – in de vorm van een wijnkleurige bokaal, die los en vol neerdaalde van de helm tot aan de eerste lus van haar vlecht. Ik leunde wat voorover en drukte de vlecht tegen mijn borst; zij drukte zich wat meer tegen Siggy aan.

Meisje, dacht ik, wat een heerlijke strakke pezen hechten je enkel aan je kuit!

De waszak hield haar rok vast in haar schoot en met haar ellebogen klemde ze hem links en rechts tegen haar dijbenen; ze had haar handen weggestopt in de beroemde splitzak van Siggy's eendenjagersjekker, alsof ze hem als mof gebruikte tegen de rijwind.

Haar haar rook zoeter dan de maaigeuren, voller dan de honing die neerdrupte langs de gazen deurtjes van de bijenkorven.

We namen de haarspeldbochten met veel geglij en lieten het losse gruis opspuiten tot in de berm.

'Jezus,' zei Siggy. 'Dat is heel wat vracht wat we meesleuren!'

'Je hebt je helm achterstevoren gezet,' zei ik in haar oortje, zo zacht dat het kietelde aan mijn neus.

'Laat nou maar,' zei ze. 'Hou me maar vast.'

Ik kon zien dat de helm bijna over haar ogen zakte en ver omhooggeschoven zat op haar achterhoofd; ze had de kinband in haar mond genomen, zodat van al haar woorden het laatste stukje werd afgesneden.

'Daar is de Ybbs,' zei ze – en in de diepte van de glooiende boomgaarden ving ik een glimp op van een brede waterstroom, zo zwart als olie in de schaduwrijke dennen aan de overkant van een veldje.

Bij de volgende bocht zagen we de rivier weer, maar ditmaal denderde hij over een waterval heen. Een uit leem opgetrokken stadje met roestkleurige daken rees op waar het zwart van de rivier tot schuim uiteenviel – uiteenspatte in gebruis, beenkleurig en vol belletjes. Er waren torens waarop de vlag van de landstreek wapperde; kijkgaten en schietsleuven zaten in de vestingwerken langs het water; stenen boogbruggen en kleine, wankele vlonders overspanden de zijarmen van de rivier die door de straten liep. En er waren stukken tuin te zien, met de verwelkende nepkleuren van bloemenmarkten in grote steden.

Maar Siggy keek er te lang naar; in de eerstvolgende bocht kwam hij te hoog in de berm terecht en het wegdek speelde ons parten. Hij worstelde met het kiezelstof op de brede flank van de berm. 'Oh, verrek,' hijgde hij. 'Verrek, verrek, verrek!'

Mijn ene bil gleed op het achterspatbord; ik kwam vreemd schuin terecht en nergens kon ik mijn voeten kwijt.

Dus gleden mijn duimen op de ruggengraat van het meisje weer uit elkaar; ik schoof met een ruk mijn handen onder haar waszak en in haar schoot.

'Laat dat!' zei ze. En haar ellebogen schoten omhoog onder mijn armen, als de opgeschrikte wieken van een korhoender; haar rok fladderde op langs haar dij. Eindelijk kreeg ik dus iets te zien van dat stevige, ronde been – en toen zakte ook mijn andere bil op het achterspatbord. Ik kwam ergens tussen het zadel en de rugzak terecht en mijn voeten waren nergens meer en op geen enkele manier kon ik verhinderen dat ik verder wegzakte. Het spatbord boog door onder mijn gewicht; ik voelde me warm worden door de wrijving van de achterband. En ik bleef wegglijden. Toen kwam mijn linkerbeen als eerste in aanraking met de gloeiendhete uitlaatpijp, ergens halverwege mijn kuit; maar ik kon niet anders – ik moest de motor met een schaarbeweging omklemmen om er niet af te vallen.

Zodat de hete uitlaten mijn kuiten in ontvangst namen zoals de braadpan dat doet met het spek.

'Oh! Hij brandt zich!' zei het meisje.

'Is dat Graff?' vroeg Siggy. 'Ik dacht dat het mijn remvoeringen waren.'

Maar op een steile helling met losse kiezel is het moeilijk stoppen; natuurlijk moest hij daarvoor de berm in. Siggy zette ons rechtop klem in de greppel van een boomgaard en daar tilde hij me van de motor, over de rugzak heen, ook al zat ik aan de uitlaten vastgeplakt en moest hij stevig aan me rukken.

'Jezus, we zullen die broek eraf moeten weken,' zei hij.

'*Au!*' kermde ik. 'Oh, au, *au!*'

'Kop dicht, Graff,' zei hij. 'Zo verlies je al je waardigheid.'

Dus verbeet ik de grote brullen die op en neer renden in mijn keel; ik liet ze er niet uit en ze zakten neer tot in mijn arme kuiten – mijn plakkerige, met gruis bespatte kuiten die eerder gesmolten leken dan verbrand.

'Nee, niet aanraken!' zei het meisje. 'Oh, kijk nou toch eens!'

Maar ik keek naar haar, met die scheefgezakte helm, en ik dacht: Kon ik jou maar eens op je donder geven – of je een tijdje ophangen aan dat vervloekte haar van je!

'Hè, gosj,' zei ze. 'Ik wist niet dat je viel, toen je me zo beetpakte.'

'Jezus,' zei Siggy. 'Stinkt hij even!'

'Oh, barst jij!' zei ik.

'We hebben een bad nodig om hem te laten weken,' zei Siggy.

'Mijn tante!' antwoordde het meisje. 'In haar Gasthof zijn massa's baden!'

'Die zul jij kunnen gebruiken, Graff – massa's baden.'

'Zet hem maar weer op de motor,' zei het meisje. 'Dan wijs ik jullie de weg.'

Mijn hemel, wat sneed die wind – ijs op mijn schroeiplekken! Ik klampte me vast aan het meisje; ze stak een arm naar achteren en trok me half om zich heen. Maar die vreselijke brullen bleven in me omhoogkomen; ik stikte er bijna in, dus duwde ik mijn mond tegen haar nek – om te zwijgen en omdat het zo lekker was.

'Hoe heet je eigenlijk?' vroeg ze langs het kinbandje heen en haar nek bloosde warm onder mijn lippen.

'Laat hem maar niet praten,' zei Siggy. 'Hij heet Graff.'

'Ik ben Gallen,' fluisterde het meisje. 'Gallen heet ik.'

Gallen von Sankt Leonhard? mompelde ik in mezelf en in haar nek.

En zo, gedrieën en gewond, reden we het beest de stad door, donker dreunend over de stenen bruggen met hun hoge leuningen, knetterend met korte echogalmen onder de nauwe poortjes door.

'Daar is je waterval, Graff,' zei Siggy. 'De Watervallen van Ybbs.'

Maar ik ging net over op een ander nekplekje om te zoenen. We doken van de zon in de schaduw en de snijdende wind ging van heet naar koud – een blaasbalg aan mijn brandende voeten – en een heel orkest van brullen wilde uit me naar buiten.

'Het spijt me dat het zo'n pijn doet,' zei Gallen. 'Ik zal goed voor je zorgen.'

Maar ik kon nooit hard genoeg in haar hand knijpen om een einde te maken aan dat schrijnen; dus liet ik mijn ogen strelen door de neervallende bokaalvorm van haar haar.

'Toe maar,' zei ze. 'Ja, toe maar.'

De kinderhoofdjes vervaagden voor mijn ogen; we leken kilometers door de lucht te vliegen en we bleven maar stijgen. Onder mij renden beren mee en ze bliezen op de vurige kolen die de een of andere fielt op mijn kuiten had gelegd.

'Het is een kasteel!' riep Siggy. 'Gosj, de Gasthof is een kasteel!'

Maar mij verbaasde het niet. Als ik verzorgd zou worden door Gallen von Sankt Leonhard, kon ik een kasteel verwachten.

'Nou ja,' zei Gallen. 'Het is een kasteel *geweest*.'

'Het is *nog steeds* een kasteel,' zei Siggy. Zijn stem was ver weg en werd onder de voet gelopen door de beren. En zo'n veertig motorzadels verderop zei hij: 'Een kasteel blijft een kasteel.'

En het laatste dat ik zag waren de bloemblaadjes van forsythia's – miniboemerangetjes waarmee ons pad bezaaid was en die als confetti achter ons opdwarrelden, meegesleurd door de verschrikkelijke zuiging van onze uitlaten.

Ik sloot mijn ogen en zakte duizelig weg in Gallens heerlijke haar.

WEL VERZORGD

'Nou,' zei Siggy, 'we mogen van geluk spreken dat Graff zo netjes van zijn stokje is gegaan. Anders zou hij heel wat beroering gewekt hebben toen zijn broek werd uitgetrokken.'

'Je hebt het toch wel voorzichtig gedaan?' vroeg Gallen.

'Natuurlijk, meisje,' zei hij. 'Ik heb hem met zijn broek aan in het bad gezet en daarna heeft alles onder water plaatsgevonden. Toen heb ik het bad onder hem leeg laten lopen en hem erin laten liggen.'

Maar ik *voelde* me nog onder water en ik kon niets onderscheiden. Rondom mij waren hoge, harde muren en mijn benen zaten verpakt in slijm.

'Help,' fluisterde ik, maar nog geen speldenprik van licht brak door in mijn duisternis.

En Siggy vervolgde: 'Toen heb ik een paar handdoeken ingesmeerd met dat goedje van je tante en daarmee heb ik hem ingebakerd als het kindje Jezus.'

'Maar waar is hij nu?' vroeg Gallen.

'Waar ben ik?' brulde ik.

'In het bad,' zei Siggy en een schelle deuropening van licht sloeg over me heen; ik keek omlaag naar mijn lijf, naar de handdoeken waarin ik van scheen tot buik gewikkeld was.

'Hij heeft lekker liggen pitten,' zei Siggy.

'Je hoefde hem toch niet zo erg in te pakken?' zei Gallen.

'Ach, ik dacht dat jij wel even naar hem wilde kijken,' zei Siggy, 'en die handdoeken gingen veel gemakkelijker dan hem aan te kleden.'

Hun hoofden gluurden in de badkuip, maar alles was in de war – alsof ze op de vloer knielden, want hun kinnen kwamen maar net over de rand.

'Ga staan!' riep ik nijdig. 'Waarom liggen jullie daar zo?'

'Oh, hemel,' zei Gallen.

'Volkomen getikt,' zei Siggy.

Wat een bakbeest van een badkuip, zei ik tegen mezelf. Maar ik riep: 'Hé, daar boven, haal me naar beneden – maar zachtjes hè!'

'Jezus, Graff,' zei Siggy. En tegen Gallen zei hij: 'Hij is een beetje van slag. Hij heeft meer slaap nodig.'

Toen zag ik hun schaduwen doormidden knikken, scharnierend over het plafond en het bovenste stuk van de muur; ze liepen in een schuine lijn naar de deur en hun schaduwen werden monsterachtig groot en hoekig.

'God!' riep ik.

'Zij geprezen,' vulde Siggy aan en ze lieten me over aan mijn duisternis.

Al was het eigenlijk niet eens zo'n beroerde duisternis; ik kon de koele, gladde wanden van de badkuip aftasten met mijn tong en ik kon met beide handen naar de rand graaien en mezelf iedere kant uit sturen waarheen ik me ook maar gedrongen voelde – maar alleen als ik mijn ogen dichthield.

Ik glibberde juist in waanzinnige kringetjes door de badkamer, toen ineens dat licht-in-deurvorm weer op me afkwam en er een schaduw open scharnierde van muur tot plafond – en daarna ineenkromp en dartel wegvluchtte over de tegenoverliggende muur, vlak voordat de lichtdeur weer dichtging.

'Ik zag je wel!' riep ik tegen datgene wat niet was weggegaan. 'Ik weet best dat je nog binnen bent, vuile buikschuiver!'

'Stil, Graff,' zei Gallen.

'Goed,' zei ik en ik luisterde hoe ze dichterbij kwam; zo te horen bevond ze zich onder de badkuip. Toen voelde ik een zijdezacht trillinkje van haar bloes tegen mijn hand die op de rand lag.

'Dag, Gallen,' zei ik.

'Hoe gaat het nu, Graff?'

'Ik kan je niet zien,' zei ik.

'Nou, dat is maar goed ook,' zei Gallen. 'Want ik kom je verband vernieuwen – en een beetje beter omdoen.'

'Oh, maar dat doet Siggy wel.'

'Hij heeft je veel te veel ingepakt.'

'Ik voel me prima zo,' zei ik.

'Helemaal niet. Ik zal die oude handdoeken weghalen en er echt verband omdoen.'

'Leuk dat je hier werkt,' zei ik en het puntje van haar vlecht streek over mijn borst.

'Ssst,' zei ze.

'Waarom zit je zo ver beneden me, Gallen?'

'Ik ben boven je, rare,' zei ze.

'Dan is het vast een heel diep bad.'

'Dat lijkt maar zo,' zei ze. 'De kuip staat op een verhoging.'

Toen voelde ik hoe haar handen op mijn borst terechtkwamen en omlaag gleden naar mijn heupen.

'Til je rug eens op, Graff.'

Eén handdoek werd afgewikkeld, zo voorzichtig dat haar handen me geen ogenblik aanraakten.

'Nog eens,' zei ze en ik spande me voor de volgende; ik voelde hoe badkuipkoel ik was – naakt tot aan mijn knieën. Toen ze zich bukte om mijn tenen beet te pakken, viel haar vlecht in mijn schoot.

'Je haar kietelt,' zei ik.

'Waar?'

'Het kietelt,' zei ik en ik pakte de vlecht met twee handen beet en liet hem boven me heen en weer zwiepen. Ze trok hem weg.

'Niet doen, Graff.'

'Ik wil je nek nog eens zien,' zei ik.

Ze begon de omslagen af te wikkelen die van mijn enkels naar omhoog liepen. Toen ze bij de hete, kleverige plekken op mijn kuiten was gekomen, deed ze het heel voorzichtig; daar zaten dan ook de handdoeken die het ergste vastplakten.

'Heb je je vlecht weggestopt?'

'Maak je daar nu maar niet druk om,' zei ze. Alle handdoeken waren nu verwijderd.

'Kun jij soms zien in het donker, Gallen?'

'Helemaal niet!'

'Als dat waar was,' zei ik, 'zou je me zien...'

'Ja, allicht.'

'... liggen zoals ik ben,' zei ik. 'Helemaal roze en heel dun behaard, net een pasgeboren aapje.'

'Wat leuk,' zei ze. 'En hou er nu maar over op.'

Maar ik tastte naar haar en ik wist haar hoofd te vinden. Ik schoof mijn hand onder haar kin en liet mijn knokkels langs haar keel glijden tot de eerste lus van haar vlecht, die inderdaad weggestopt zat in haar bloesje.

'Ik wil je nek weer eens zien,' zei ik.

Nu bracht ze het nieuwe verband aan; het steriele gaas werd snel en luchtig om mijn benen gewikkeld. Ze verbond alleen mijn kuiten en ze legde mijn benen ook niet aan elkaar vast; zoiets was meer het werk van Siggy.

'Ik zal een schone handdoek om je heen doen,' zei ze.

'Zeker een heel grote?'

'Omhoog,' zei ze en ze sloeg hem zo snel om mijn lichaam dat ik de tocht langs me heen voelde waaien.

'Maak nu maar eens een beetje licht,' zei ik.

'Ik hoor hier helemaal niet te zijn, Graff. Mijn tante denkt dat ik bezig ben de bedden terug te slaan.'

'Ik wil alleen even naar je nek kijken, Gallen.'

'En dan grijp je me zeker, hè?'

'Nee.'

'Of je trekt die handdoek weg.'

'Natuurlijk niet!'

'Dat heeft iemand al eens gedaan – midden in de hal, zei mijn tante. Hij liet ineens zijn handdoek zakken waar zij bij stond.'

Toen liet ze het felle deurlicht weer over ons komen en ze boog zich naar me toe. Ik draaide haar gezichtje naar mijn schouder en tilde haar dikke vlecht op; ik vouwde haar oortje om en keek.

En ja hoor, in het dons op haar nek zat de vage rode striem die ik haar had bezorgd.

'Je bent zelf ook niet ongeschonden gebleven,' zei ik en ik drukte een kus op dat plekje.

'Je blijft toch van me af, hè?' zei ze. En ik liet mijn handen op de bodem van de badkuip liggen; ik kuste haar nog twee keer op haar oortje. En zij legde haar hand op mijn borst – alleen de vingertoppen maar; ze wilde haar handpalm niet eens vlak neerleggen. Ze bleef met haar gezicht tegen mijn schouder zitten; ze beroerde me zo licht als ze maar kon. Haar gewicht drukte nergens op me. Ze was als een grote, iets versufte vis – geschapen om koel en trillend, maar heel luchtig, in je handen te liggen.

'Nu moet ik weg,' zei ze.

'En waarom moet ik in dit bad blijven?'

'Dat moet helemaal niet, denk ik.'

'Waar is Siggy?'

'Die plukt bloemen voor je.'

'Plukt hij bloemen voor me?'

'Ja,' zei Gallen. 'Hij heeft een kom met water meegenomen en die doet hij nu vol forsythiablaadjes.'

Toen trilden de kuipwanden met een houtachtig gekraak dat tot onder het bad kroop. Mijn Gallen flitste even geluidloos als haar schaduw de kamer door; de heldere deur-rechthoek verschrompelde binnen zijn eigen lijnen en mijn licht verdween als een waterdruppel in een spons.

Grimmige Graff,
Heer van de Kuip,
waar nimfen zich vermeien.
Grijpgrage Graff,
Sluw in de Kuip,
zoekt maagden te verlei'en.
Grondeloze Graff,
Geest van de Kuip,
van Beest en nimf de vrijer.
Gruwelijke Graff,
steels in de Kuip,
maakt maagden tot temeier.

Oh, Graff!
Jij schurk van een Graff! Oh, hoor 's!
Voor jouw kont een doornenstaf –
want dat slechts leert je mores!

Aldus schrijft Siegfried Javotnik, zondagsdichter voor het dovemansoor – en aandrager van bloemblaadjes, drijvend in een geleende kom.

Nog nooit had iemand me een gedicht geschonken, dus zei ik: 'Ik vind dat je sjoemelt met het rijm.'

'Je had niet uit bad moeten komen,' zei Siggy. 'Als je duizelig was geworden, had je ook nog een barst opgelopen in je stomme kop.'

'Die bloemen zijn prachtig, Siggy. Mag ik je hartelijk bedanken?'

'Nou, ze zijn heus niet alleen voor jou,' zei hij. 'Ze zijn voor onze kamer in het algemeen.'

'Het is een fijne kamer,' zei ik.

We hadden een groot raam met een brede richel ervoor en voorzien van ijzeren traliewerk; het was een draairaam en het liet de geluiden van de waterval vrijelijk binnenkomen. Het oude kasteel had een soort voorhof waarop we uitkeken; we zagen de motor geparkeerd staan bij de weligste forsythiastruik – een prachtig brok mechaniek, in al zijn doeltreffendheid gelijkend op een gevaarlijk wapen en totaal niet op zijn plaats tussen de gele tinten in de tuin.

Er stonden twee bedden, van elkaar gescheiden door een krullerige lectuurbak. Het ene bed was opengeslagen. Het laken lag kreukloos en krakerig teruggevouwen; het kussen was hoog en luchtig opgeschud.

'Heb jij mijn bed klaargemaakt, Sig?'

'Nee, Graff, ik niet. Dat zal jouw nimf wel gedaan hebben. Of anders haar lieve tantetje.'

'Is het een aardig mens?'

'Het is zo'n lieve ouwe schat, Graff – echt een goeie ziel. Zij heeft me immers die kom geleend voor de bloemen.'

'Ach,' zei ik.

'Maar niet voor niets,' zei Siggy. 'Ik moest er een kleinigheid voor terugdoen.'

'Wat dan?'

'Al haar gevraag uitzitten,' zei Siggy. 'Waar we vandaan kwamen en hoe we gekomen waren. En waarom we kwamen. En wat voor werk we deden.'

'Werk?'

'Werk, Graff. Datgene waarvan men bestaat.'

'Een goede vraag,' zei ik.

'Maar niet haar beste, Graff. Ze wilde ook weten wie van ons beiden een oogje heeft op Gallen.'

'Tjee,' zei ik. 'Wat een leuke tante.'

'Dus heb ik haar in dat opzicht gerustgesteld,' zei Siggy. 'Ik heb gezegd dat we twee geheide flikkers zijn en dat ze zich dus geen zorgen hoeft te maken.'

'Verrekte frotteur!' zei ik. 'En hoe reageerde ze?'

'Ze leende me die kom,' zei Siggy. 'Om bloemen voor je te plukken.'

'Ik ben Frau Tratt,' zei Gallens tante. 'Toen u binnen werd gebracht, hebben we niet kunnen kennismaken.'

'Wat ik ten zeerste betreur, Frau Tratt,' zei ik.

'Hoe gaat het met uw benen?' vroeg ze.

'Ze hebben de juiste verzorging gehad,' antwoordde ik.

'Ja, ik zorg goed voor mijn Graff,' zei Siggy.

'Dat zie ik,' zei Tante Tratt en ze liet ons samen met één spijskaart doen.

De eetzaal van *Gasthof Schloss Wasserfall* keek uit over de dam, waardoor het eten en drinken vergezeld ging van een beneveld, gemelijk gevoel. De grote waterval spuwde een fijne schuimlaag op de ruiten; grillige deltapatronen dropen langs het glas. Mijn maag draaide om en rispte een oude smaak op.

'Ik heb Gallen al een tijdje niet gezien,' zei ik.

'Ze ligt waarschijnlijk in ons bad, Graff. Uitziend naar jou.'

In het stadje gingen de straatlantaarns aan, ook al was de echte duisternis nog wel een roestbruin avonduurtje van ons verwijderd. Het lamplicht bespikkelde de neergutsende waterstroom, liet zich filtreren door de glanzende boog waar hij zich kromde om naar beneden te storten; de rivier droeg miljoenen plekjes mee die met vrolijke kleuren waren opgesierd, weerkaatst vanuit de stad.

Siggy zei: 'Tenzij ze natuurlijk van haar tante heeft gehoord dat jij geen belangstelling hebt voor meisjes.'

'Dat hebben we dan aan jou te danken,' zei ik. 'Ik zal dat toch echt moeten rechtzetten.'

'Helaas, Graff, je zult bemerken dat het niet meevalt om zoiets recht te zetten.'

'Zij gelooft het toch niet,' zei ik.

Enkele winkels goten hun lamplicht over de rivier; stroomafwaarts leken de vestingwerken te gaan drijven en om te duikelen op de waterval.

'Geen honger?' vroeg Frau Tratt.

'Alleen door hier te zitten raak ik al overvoerd,' zei ik.

'Ach, Frau Tratt,' zei Siggy. 'Als je verliefd bent, laat alle andere trek het afweten.'

'Zo zo,' zei Tante Tratt en ze nam onze spijskaart weer mee.

'Ik vind niet dat je hiermee moet doorgaan, Siggy.'

'Maar Graff! Die ouwe taart is nu tenminste het spoor bijster!'

'Bovendien zet ze ons straks uit haar Gasthof.'

'Dit kunnen we ons toch niet veroorloven,' zei hij. 'En jouw lieve Gallen kan het zich ook niet permitteren.'

HET VOETENEINDE VAN JE BED

Gallen lag niet in de badkuip, dus vond Siggy dat hij maar eens een bad moest nemen.

'Als je het niet erg vindt,' zei hij.

'Het is je gegund,' zei ik. Ik bleef in de vensterbank zitten, terwijl hij neuriënd rondploeterde in de kuip; hij sloeg met de vlakke hand op het water en maakte felle, beverachtige petsgeluiden.

De kasteelhof was vol zachtgele en zachtgroene kleuren; de avonden deden er al steeds langer over om te vallen. De waterval legde een dunne nevel rondom het kasteel; ik voelde de vochtige lucht in mijn gezicht.

'Kom eens beneden, Graff,' zei Gallen.

'Waar ben je?' vroeg ik aan de tuin.

'Op je motor,' zei ze, maar ik zag de motor nors en morsig als een oude stier onder de forsythia's staan – nukkig weggescholen in het sprookjeslicht van de avond – en mijn Gallen was nergens te bekennen.

'Niet waar,' zei ik. 'Ik zie het zelf.'

'Goed dan – ik sta pal onder je raam. Ik kan je kin zien.'

'Kom eens wat naar voren.'

'Ik ben helemaal naakt,' zei Gallen. 'Ik heb niets aan.'

'Wel waar,' zei ik.

'Kom je beneden, Graff?'

'Ik heb ook niets aan,' zei ik.

'*Doe* dan wat aan,' zei Gallen en ze stapte naar voren, zodat ik haar kon zien – roodwangig in haar plissé bloesje met lange mouwen en haar schort met frutseltjes. En ik dacht: God, ze kan hooguit veertien zijn.

'Is je tante bij je?' vroeg ik.

'Natuurlijk niet,' zei ze. 'Kom nou.'

Dus danste ik door de hal met de prikkerige vloerbedekking. De kroonluchters wiegden boven mijn hoofd en knipoogden vermoeid naar me, alsof het ze de keel uithing om steeds weer te moeten zien hoe die steelse, avondlijke intriges onder ze voorbijtrokken. En de plaatselijke voetbalteams keken me berispend aan vanuit hun ingelijste, verstarde opstelling aan de muur; door de jaren heen waren hun gezichten nooit veranderd. Er was één jaar waarin ze allemaal hun snor hadden afgeschoren. En dan had je natuurlijk de oorlogsjaren, toen het elftal uit meisjes had bestaan – maar desondanks die eigengereide, atletische gezichten. Het waren gezichten die jou al eerder hadden gezien, die talloze avonturiers en minnaars door de hal hadden zien sluipen – en die altijd misprijzend hadden toegekeken. Ongeduldige tenen kromden zich in gretige voetbalschoenen. Als ze niet zoveel soortgelijke geheimen hadden aanschouwd, zouden ze ongetwijfeld van hun foto zijn gekomen om me een schop te geven.

Het kasteel liet me veilig gaan en Gallen vroeg: 'Wie is daar?'

'De rozerode Graff,' antwoordde ik. 'Naakt en glimmend als het Kerstkindje.'

'Kom maar tevoorschijn,' zei ze.

Ik zag haar staan tussen de klimopranken langs de kasteelmuur; ze bleef zorgvuldig onder de brede vensterbanken en wenkte dat ik haar moest volgen.

'Kom mee,' zei ze. 'De hoek om, Graff.'

We rondden samen de hoeksteen van het kasteel; een hevige

sproeiregen kwam ons tegemoet van de waterval. Het ruisen van de rivier overstemde de krekels en de verlichte schietgleuven in Waidhofens vestingtorens kerfden lichtstreepjes in de romige schuimkolken onder aan de dam.

'Ik had je al zo lang niet meer gezien,' zei Gallen.

We gingen naast elkaar zitten met onze rug tegen de kasteelmuur; haar schouder zat iets vóór de mijne. Haar vlecht lag opgerold op haar kruin en ze duwde ertegen voordat ze me aankeek.

'En? Heb ik je benen goed verzorgd?' vroeg ze.

'Het gaat uitstekend met me, Gallen. Mag ik je nek nog eens zien?'

'Waarom praat je niet gewoon met me?' zei ze.

'Ik kan geen andere woorden bedenken,' zei ik.

'Nou, probeer het eens.'

'Ik wou dat onze kamers naast elkaar lagen,' probeerde ik.

'Ik zal maar niet verklappen waar mijn kamer is,' zei ze.

'Dan kijk ik achter alle deuren.'

'Mijn tante heeft een hond die aan haar voeteneinde slaapt.'

'En wie slaapt er aan jouw voeten?'

'Als je lang bleef, zou ik een leeuw aanschaffen. Hoe lang blijf je eigenlijk, Graff?'

'Het Noodlot bestemt onze weg.'

'Als je lang bleef, zou ik je vertellen waar mijn kamer is.'

'Zou je tante je een bruidsschat meegeven?'

'Volgens mij blijf je geen dag langer.'

'Waar wil je heen op huwelijksreis?' vroeg ik.

'Waar zou je me mee naartoe nemen?'

'Op een cruise in een badkuip,' zei ik. 'Een enorme badkuip.'

'En zou Siggy met ons meekomen?' vroeg Gallen.

'Tja,' zei ik, 'ik kan geen motor rijden.'

'Kijk eens,' zei ze. 'Zie je mijn nek? Wat jij gedaan hebt, trekt al aardig weg.'

Maar het was te donker om het nog te kunnen zien. Ik pakte haar schouders beet, draaide haar om en trok haar met haar rug tegen me aan. Oh, geen moment liet ze haar volle gewicht tegen me aan rusten; een deel van haar bleef stijf rechtop zitten en een eindje bij me vandaan – ook toen ik haar nek begon te zoenen.

'Straks komt het weer terug, Graff.'

'Mag ik je haar eens zien als het loshangt?' vroeg ik.

En ze reikte omhoog om de vlecht los te maken. Onder mijn vingers voelde ik de lange, harde lijn van haar sleutelbeenderen die boven haar schouders uitstaken zodra ze haar armen ophief.

'Wat heb je een hoop botten, Gallen,' zei ik.

Ze nam de vlecht over haar schouder en begon het puntje los te halen. Toen trok ze de dikke, ineengevlochten strengen uit elkaar, begon het haar uit te kammen met haar vingers en schudde het zacht ruisend los, totdat het als roodbruine goudenregen deinde in de sproeiregen van de waterval.

'Ik heb niets om mijn botten mee te bedekken,' zei Gallen. 'Ik ben al jaren niet meer dikker geworden.'

'Ja, het is eeuwen geleden dat je zo mollig was.'

'Wat doe je nu?' vroeg ze. 'Zoenen of bijten?'

'Een klein beetje dik ben je toch nog wel,' zei ik. En ik sloeg mijn armen om haar middel en legde mijn vingertoppen behoedzaam op haar kleine buikje. Ze leek zich onder me vandaan te trekken; ik voelde dat ik terrein verloor in haar binnenste.

'Je laat me schrikken, Graff,' zei ze. 'Je wilt me alleen maar laten schrikken.'

'Geen van beide,' zei ik.

'En dat vriendje Siggy van je,' vervolgde ze, 'die wil mijn tante laten schrikken.'

'Oh ja?'

'Nou en of,' zei ze. 'Dat wilde hij zeker – want er is niets van waar. Als het waar was van jou, dan zou ik het toch wel weten.'

'Reken maar,' zei ik.

Haar haar was ingedeukt van het vlechten en liet achter haar oor een plekje vrij. Dus kuste ik haar daar en ze schoof een beetje weg en toen kwam ze weer terug en drukte mijn handen op haar flanken. 'Voel maar weer aan mijn botten,' fluisterde ze.

Ze ontspande zich en toen weer niet; ze schokte ineens bij me vandaan en stond op. 'Oh, Graff,' zei ze, 'je zult wel denken dat ik alles wat ik doe expres doe. Maar ik weet helemaal niet meer wat ik doe.'

'Wees maar niet bang voor wat ik denk,' zei ik.

'Ben je echt een beetje aardig, Graff?' vroeg ze. 'Al laat je me dan schrikken... Ben je echt fijn, Graff?'

'Voor jou ben en blijf ik de rozerode Graff,' zei ik.

En boven de rivier verschenen dramatische bliksemflitsen die het geel in de tuin deden verbleken. De donder rommelde droog en splinterig – ver weg, in een wereld die ik niet bewoonde. Gallens haar werd door het weerlichten tot een lichter rood gebleekt.

Ze gleed langs de muur naar de hoek van het kasteel. Toen ze bij de hoeksteen kwam, liet ze zich door mij inhalen; ik sloeg mijn armen weer om haar middel en ze kwam tegen me aan leunen. Maar ze draaide zich niet om; ze hield alleen mijn handen tegen haar heupen. 'Lieve Graff,' zei ze.

'Wat een botten,' fluisterde ik.

We keken samen naar de kasteelhof. De weinige verlichte ramen wierpen hun heldere vierkanten en de kruispatronen van hun traliewerk over het gazon. Tegen een van die kruisen zag ik Siggy's schaduw hangen met de armen boven het hoofd.

'Wat is dat?' zei Gallen.

'Siggy doet zijn avondgymnastiek,' zei ik. Maar nee hoor, dat was het niet. Hij stond op de richel voor het raam, steun zoekend bij het traliewerk; met hoog gestrekte armen klampte hij zich vast aan het weefsel van stangen en staven en hij leek zich af te zetten tot ver boven de kasteelhof – als een tot leven gewekt nachtdier dat de sterkte van zijn kooi beproeft.

'Hij doet helemaal geen gymnastiek,' zei Gallen.

'Ja hoor, dat is een strekoefening,' zei ik. En ik nam haar haastig mee tot onder de brede vensterbanken; bij de monsterlijk grote voordeur gaf ik haar een vluchtige, wegglijdende zoen.

'We moeten uitkijken voor je tante,' zei ik en ik glipte voor haar uit het kasteel binnen.

En verbeeldde ik het me of waren de voetballers nu ineens vol belangstelling? Blonk er in hun ogen een licht dat nooit meer geschenen had sinds ze waren afgedrukt, ingelijst en opgehangen?

Maar er scheen geen licht onder de deur van onze kamer en ik bleef lange tijd op de overloop staan wachten – luisterend naar het volmaakte ritme van vriend Siggy's nagebootste gesnurk.

EEN KREET VAN DE PROFEET

Ga je mee met mij?
De gevangenis der sybarieten
is nog altijd sterk en rijk.

Zul je altijd zo'n gewillig
prooidier zijn voor laag gevlei?

Zul je nooit willen bekennen
dat er hoger doelen zijn?

Ga je mee met mij?
Terwijl de sybarieten slapen
laten wij hun gevangenen vrij.

'Als snurker ben je beter dan als dichter,' zei ik. 'Maar dat snurken doe je dan ook veel bewuster, denk ik.'

'Heeft de donder je wakker gemaakt, Graff?'

'Ik heb je gedicht gelezen tijdens het bliksemen.'

'Aha,' zei hij. 'En een ware lichtstraal scheen over je pad.'

'Had jij die soms opgeroepen?' vroeg ik.

'Dat was een beetje al te gedienstig van me,' gaf hij toe.

'Vanuit het raam, Sig? Toen je aan die tralies hing? Deed je dat om verdoolde bliksemstralen op te roepen?'

‘Eerst niet,’ zei hij. ‘Eerst keek ik alleen maar naar buiten. Maar bij het vallen van de avond kwam het Noodlot toevallig bij me langs en dat bracht me tot een nadere beschouwing.’

‘Hoor het eens regenen, Sig. Heb jij daar ook de hand in gehad?’

‘Daar heb ik niets mee te maken, Graff. Die regen is een vergissing. Want altijd en overal moeten we vooral rekening houden met de vergissingen, Graff.’

‘Ik wou dat ik ook het Noodlot had gezien,’ zei ik. ‘Daar moet je vreselijk wijs van worden, volgens mij.’

‘Lekker aan het buikschuiven geweest, Graff?’

‘Ik niet.’

‘Je hebt een aangeboren respect voor de jeugd,’ zei hij.

‘Wanneer gaan we weg, Sig?’

‘Ach, het tranenrijke afscheid! Wanneer kun je je losrukken?’

‘Soms kun je verdomd stekelig zijn, Siggy. En nou wil ik slapen.’

‘Dus Graff wil slapies doen, hè?’ riep hij. Hij ging rechtop zitten tegen zijn kussen. ‘Ga je gang en slaap,’ zei hij.

‘Jij ook.’

‘Als een vulkaan, Graff. Siggy zal slapen als een vulkaan.’

‘Het kan me geen barst schelen hoe je slaapt,’ zei ik.

‘Dat is zo, Graff. Het kan je geen barst schelen.’

‘Oh, Jezus,’ zei ik.

‘Die zit in de badkamer, Graff,’ zei Siggy. ‘Om weer iets nieuws te bekokstoven voor jou en mij.’

WAT JEZUS BEKOKSTOOFDE IN DE BADKAMER

Het licht drong al vroeg onze kamer binnen, ook al plensde de regen nog steeds neer op de kasteelhof; ik hoorde de dikke druppels *pingen* op de uitlaatpijpen van de motor. Ik duwde me overeind op mijn ellebogen en tuurde tussen de tralies door naar buiten; de natte keitjes van de oprit leken op aaneengekoekte, eivormige klonters en ik zag hoe Tante Tratt alles gereedmaakte voor de melkboer.

Ze leek op te duiken van een plek onder het kasteel; ze rolde twee melkbussen voor zich uit door er met haar slappe overschoenen tegen te schoppen. De roze zoom van haar ochtendjas hing onder haar zakvormige regenkleding uit; haar haarnetje was tot op haar wenkbrauwen geschoven, zodat haar voorhoofd eruitzag als een pafferig iets dat zojuist uit zee was opgehaald. Stuitende stukken kuit gluurden tussen de zoom van haar peignoir en de rand van haar stappers door; haar vlees was wit als spek.

Ze zette de melkbussen rechtop naast de voordeur van het kasteel; toen liep ze haastig naar het hek en zette het open voor de melkboer. Helaas was de melkboer er nog niet; Tante Tratt spiedde in beide richtingen de straat af en rende – wapperend met haar doorweekte zoom – terug naar het kasteel. Ze liet het hek openstaan.

De regen roffelde neer op de melkbussen; dat *pongen* was een veel donkerder geluid dan de uitlaten maakten.

En met een plotseling, waanzinnig gejakker – zo doldriest als dansen op ijs – verscheen de melkboer.

Ik zag hoe het scheefgebekte paard het hek in laveerde, hoe het zijn oogkleppen schuin hield als tegenwicht voor het doorduwen van de wankele kar en zijn eigen slingerende lijf; het lamoen schoof omhoog langs zijn doorzakkende ruggengraat en de hele mikmak van rugdek en leren riemwerk vloog uit de bocht die het dwaze dier zo snel trachtte te nemen. Toen zag ik hoe de voerman aan de leidsels rukte en de paardenbek pijnlijk opzij trok – en de hele kar kwam omhoog en slingerde achter het dier aan, wringend aan het lamoen en met zijn volle, logge gewicht aan één kant van het paardenlijf, alsof er een ruiter op had gezeten die in volle galop uit het zadel was gevlogen en zich nu door de teugels liet meesleuren, even zwaar als het paard zelf.

De voerman riep: 'Jeee-*zus*!' en de wagen schoof zijdelings verder op zijn twee wielen, die geblokkeerd raakten en niet meer wilden draaien.

Het paard wachtte tot al zijn poten weer op de grond zouden komen en de kar hem weer zou volgen. En ik wachtte tot die idioot van een bestuurder zou ophouden met de kop van het arme dier zozeer omhoog te sjorren, dat het alleen de toppen van de forsythia's kon zien – en dus niet zijn eigen hoeven, die slippend neerkwamen op de rand van de natte, eigladde keitjesoprit.

Het paard viel op zijn zij en het lamoen schampte verder langs zijn ruggengraat en boorde zich in zijn oor; het karretje stopte ergens halverwege de paardenromp. '*Griff*!' zei het paard, toen zijn ribben met een sponzig geluid op de keien ploften.

De stompzinnige voerman schoot van de bok en belandde op handen en knieën op de nek van het paard, in een wirwar van leren riemen en rinkelende ijzeren ringen. De melkbussen maakten een verschrikkelijk kabaal in de wagenbak van smalle latten. De broek van het paardentuig gleed omhoog en tilde de staart als een banier in de lucht.

'Wat was dat?' vroeg Siggy.

En de melkboer zat ineengedoken op de paardennek en danste op en neer als een springveer die net uit een oud bed is gebarsten.

'Jeee-*zus*! *Rot*paard!' riep hij.

'Godallemachtig, Graff,' zei Siggy. 'Wat gebeurt er?'

De melkboer greep het liggende paard bij de oren en trok de kop van het dier in zijn schoot. Hij omklemde de kop met beide armen en begon gehurkt heen en weer te wiegen. '*Oh, lieve God Jeee-zus*!' brulde hij. '*Rotbeest!*'

Toen bonkte hij de kop tegen de keien; hij tilde hem op bij de oren en smeet hem weer neer, meegevend met heel zijn gewicht. De hoeven van het paard begonnen door de regen te maaien.

De deksels van de melkbussen hingen schuin voorover in de wagen; ze leken op ronde, natte gezichten die over de zijschotten probeerden te gluren. Op de stoep van de kasteeldeur wurmde Tante Tratt haar hielen in de overschoenen. Ze kloste met scheef staande voeten over de oprit naar het hek.

'Hé daar,' zei ze tegen de melkboer. 'Wat is er met jou aan de hand?'

De melkboer, als een jockey voorovergebogen op de nek van het paard, liet de oren niet los; hij legde nu zijn wang in de holte onder de kaak van het dier en gebruikte zijn hoofd om de paardenkop des te harder omlaag te beuken. Hij werd er steeds handiger in; hij trok niet meer, maar liet het paard zelf zijn kop optillen – precies ver genoeg, tot waar hij zelf erboven hing met beide handen aan de oren. Daar kon hij kracht zetten; daar kon hij zijn gewicht zo heftig op de paardennek laten neerdalen dat de kop telkens even stuiterde voordat hij bleef liggen – met schuim rond het bit, trillend, maar steeds weer worstelend om omhoog te komen.

'Graff, ouwe frotteur!' zei Siggy. 'Als je me niet *wilt* vertellen wat er gebeurt...' En hij hulde zich in het satijnzachte dekbed en trippelde naar het raam.

Het paard raakte nu buiten zinnen, terwijl de melkboer juist kalm en verschrikkelijk was. De kar was nog verder opgeschoven langs de romp en het lamoen stond krom als een reusachtige dubbele handboog die aan de rug van het paard gegespt zat. En steeds wanneer het paard even ophield met spartelen, veerde het lamoen terug en rukte de doorgezakte rugwervels ongelooflijk recht.

Maar dat kon de melkboer niets schelen, terwijl hij zich vastklampte aan nek en oren en zijn hoofd in de holte van de onderkaak boorde.

'Grote God,' zei Siggy.

'Die vent is gek,' zei ik. 'Zijn hersens zijn door elkaar geraakt toen hij viel.'

'*Aaaah*!' riep Siggy.

En Tante Tratt trippelde rond het hele gebeuren, zich voortdurend bewust van haar roze zoom in de regen. En Siggy schoot langs me heen – één naakte voet gekromd als een kattenrug in het natte gras. Met het dekbed als een mantel om zijn schouders, slechts vastgehouden bij zijn keel, sprong hij over de lectuurbak heen en was hij de deur al uit en de gang in. Bij de trap draaide hij een weinig sierlijke pirouette, maar het opwolkende dekbed haakte zich vast aan de leuning en trok hem achterover toen hij de eerste treden afdaalde; hij liet het ding eenvoudig los en liep door. En hij nam niet de moeite terug te keren. Het dekbed wapperde naar me vanaf de leuning, waar het opwaaide in de tocht die binnenkwam door de wijd en wild opengeworpen voordeur.

Ik holde weer naar het raam.

En dit is wat ik in een onderdeel van een seconde zag: een nieuwe figuur in de kasteelhof, een grote man met rozige knieën en onbehaarde benen onder een *Lederhose* – plus een ongeknoopte en uiterst brede stropdas boven de kraag van zijn pyjamajasje en een paar sandalen met zeer dikke zolen. Hij stond ergens halverwege de voordeur en de plek waar Tante Tratt rondscharrelde om het gevallen paard. En hij stond met zijn handen op zijn heupen – handen die als stompjes aan zijn armen zaten, want hij was min of meer een man zonder polsen en eigenlijk ook een soort nekloze en enkelloze man.

Hij zei: 'Frau Tratt, wat een vreselijke herrie – ik ben gisteravond erg laat naar bed gegaan' – en toen draaide hij zich om naar het kasteel en spreidde zijn armen alsof iemand hem een bos bloemen toewierp vanuit de deuropening.

Siggy rende met de plompheid van een zandzak tegen hem aan en de man kreeg niet eens de tijd om zijn armen weer bijeen te brengen, zo snel viel hij om en zo snel stapten Siggy's blote voeten over zijn pyjamaborst.

Tante Tratt keerde zich om en haar armen begonnen aan een gebaar, met de handpalmen naar boven. Vermoeid zei ze: 'Hij is gek, die man – hij is een halfgare dronkenlap.' Ze keek op en zag de roze, pafferige man op zijn stropdas liggen; zijn vingers trilden en zijn hoofd ging heel zachtjes heen en weer. 'Het blijft de hele dag regenen,' zei ze en toen viel haar oog op Siggy die langs haar heen flitste; ze draaide zich om en sloeg de handen ineen.

Siggy's verbijsterende achterwerk was ook zo glad en glanzend in de regen.

En de grote man zonder gewrichten bevochtigde zijn stropdas in een plasje, bette er zijn lippen mee en bleef liggen waar hij lag, op zijn rug. 'Nee toch!' brulde hij. 'Niks! Hij had niks aan, *helemaal niks*!'

Waarop Siggy de melkboer besprong. Hij wrikte zijn handen onder 's mans kin om hem bij zijn keel te kunnen grijpen; toen bracht hij zijn hoofd tot vlak bij de melkboer en beet hem in zijn melknek.

Ergens op de prikkelige overloop schoot ik hinkend in mijn broek. Tante Tratt kwam door de hal, knikkend als een koerduif; ik zag haar hoofd onder me voorbijwiebelen en in en uit het trapgat schuiven.

Gallen had het dekbed; ze stond tegen de trapleuning met een stukje satijn tegen haar wang en ze tuurde door de voordeur naar de kasteelhof, waar geluiden klonken van grote pijn en gruwelijk lijden – waar het spartelende paard met de melkkar solde en waar de omgevallen man nu rechtop ging zitten met de stropdas in zijn mond, terwijl hij met grote ogen naar de deur van het kasteel keek, alsof hij een horde naakte mannen verwachtte die hem in de voegen tussen de keitjes zouden trappen. En waar Siggy nu op de melkboer door de tuin reed, in en uit de forsythiastruiken.

'Graff,' zei Gallen, 'mijn tante belt de politie.'

Ik nam het dekbed van haar over en duwde heel even mijn elleboog tegen een kleine, rechtopstaande borst. 'Wat een schattig boezempje,' zei ik. 'Ik vrees dat we je vandaag gaan verlaten, Gallen.'

'Ik heb de hele nacht niet geslapen, Graff,' zei ze.

Maar ik bezat nu het dekbed en ik holde langs haar heen naar buiten.

De arme, scheefgezakte man op de grond trok met beide armen grote cirkels door de lucht; hij tilde zijn brede zitvlak op en ging toen weer zitten. 'Hij is overal,' zei hij. 'Haal netten en touwen!' Hij verslikte zich in zijn stropdas. 'Haal de honden!' Hij stikte bijna, maar zijn armen bleven kringetjes draaien.

En bij de forsythia's, waar de klokvormige bloemblaadjes slap neerhingen van de regen, danste een vreemde gestalte in en uit de struiken – diep voorovergebogen aan de rand van het struikgewas, rechtop en rennend bij de motorfiets, nu eens hier en dan weer daar opduikend, met vier armen en twee hoofden; een hoog, van angst doortrokken hondengehuil duidde telkens de plaats aan waar ik hem weer zou zien verschijnen.

De regen tikte als ijskoude speldenprikken op mijn rug; ik hield het dekbed als de cape van een stierenvechter omhoog, want ik wilde er niet op trappen.

'Siggy?' zei ik.

Een hologige man in een glimmende regenjas en met doorschijnende oren kwam steigerend tussen twee dichte bosjes door, terwijl hij de regen van de opengebarsten bloemkelkjes schudde en met zijn dof ploffende overschoenen de boemerangblaadjes in het rond sproeide – en op zijn rug een naakte man meevoerde die zich in zijn melkwitte nek had vastgebeten.

'*Blaaah-roeoeoe*!' krijste de dwaze voerman.

Twee bosjes verderop stak ik nu zelf een rij struiken over na de volgende woeste kreet en na de zoveelste glimp van deze dubbelman, die steeds weer opdook en almaar verder ploeterde.

Toen waren ze nog maar één bosje bij me vandaan; ik keek over een lage struik en ik had hun hoofden kunnen aantikken als de struik me niet geprikt had toen ik dat probeerde.

'Siggy!' riep ik.

In de kasteelhof, op het stoepje voor de voordeur, hoorde ik de omgevallen man roepen: 'Stuur de honden op hem af! Waarom zijn er geen honden?'

En nu renden we langs dezelfde rij struiken; ik liet me leiden door die nattig gevlekte, gekromde kont en die lange, achterwaarts gebogen tenen en ik zwoegde achter de melkboer aan, die steeds langzamer en steeds dieper gebukt voortstrompelde. Ik had ze!

Toen kreeg de melkboer drie hoofden; hij kon niet meer lopen, hij slingerde heen en weer, zijn schouders rechtten zich en zijn knieën begaven het.

'Oh, lieve God!' steunde hij. En we kwamen op één grote hoop in de zwarte tuinmodder terecht – de melkboer onder Siggy, opzij kronkelend met zijn heupen, om zich heen slaand met beide armen. Ik had Siggy's hoofd beet, maar hij wilde niet loslaten. Ik greep hem onder zijn kin en probeerde zijn mond open te trekken, maar hij perste zijn kaak tegen mijn handen tot mijn knokkels ervan kraakten. Toen gaf ik hem een draai om zijn oren en knielde op zijn ruggengraat; maar hij hield stand. En de melkboer begon aan een nieuwe jammerklacht en begroef zijn vingers in Siggy's haar.

'Sig, laat los,' zei ik. 'Laat hem gaan!' Maar hij bleef zijn tanden in de melkboer zetten om te voorkomen dat de man zich zou omdraaien.

Dus brak ik een tak van de forsythia af en sloeg ermee op Siggy's achterste en hij draaide zich half op zijn zij; maar ik kon hem nog altijd raken en dat deed ik dan ook. Pas na de derde striemende slag liet hij zich van de melkboer rollen en ging met zijn schrijnende achterwerk in de koele, verzachtende blubber zitten.

Hij stak zijn handen onder zich en schepte de modder over zijn onderlijf, alsof hij zich erin kleedde; zijn mond vormde een rimpelige O. Hij haalde fluitend adem en ik hield hem het dekbed voor.

'De politie is op komst, Sig,' zei ik.

Ondertussen kroop de melkboer centimeter voor centimeter bij ons vandaan; hij schepte een grote kwak modder op de lichtpaarse plek in zijn nek. Ook hij maakte van die fluitende geluiden.

Siggy omhulde zich met het dekbed. Ik greep hem onder zijn oksels en duwde hem voor mij uit – de bosjes uit, langs de muur van het kasteel. Hij begon mee te lopen; hij nam zulke grote stappen dat zijn hoofd ervan knikte. Zijn voeten lieten wijd uiteen staande, schrikwekkende teenafdrukken achter in de smurrie. 'Ik heb een hele verzameling aarde in mijn reet, Graff,' zei hij; hij schudde zich.

In de hal was ook een soort verzameling. Tante Tratt was bezig de dikke, duizelige man af te sponzen in een stoel. Ze probeerde het vuil van zijn leren broek te krijgen; mijn Gallen hield de emmer vast waarin de spons werd gedoopt.

'Nou,' zei de man, 'ik hoorde iemand aankomen en ik draaide me om om te kijken.' Toen kwam Siggy het stoepje op; het dekbed hing over zijn ene schouder gedrapeerd en liep van onderen tussen zijn benen door.

De man schokte overeind in zijn stoel; hij uitte een vreemd, visachtig gereutel. Hij beukte met twee vuisten in zijn schoot, waar de brede, bezoedelde stropdas als een servet over zijn helderroze knieën lag; zijn onderlip was dik en rood als een biet.

'Frau Tratt!' zei Siggy. 'Daarbuiten wordt een stortvloed bij elkaar geregend waarvan de dam zal breken. Het einde van de wereld nadert!' En hij schreed langs haar heen.

Het dekbed waaierde breed uit toen hij zwierig om de trapleuning heen draaide en de treden begon te beklimmen – ritmisch, fier, met twee tegelijk.

DE WETTIGE MACHT VERZAMELT ZICH

Soms verscheen er in de lucht boven de forsythia's een grote klont modder, die een lange sliert viezigheid achter zich aan sleepte. De kluiten vlogen steeds recht omhoog en gingen vergezeld van redeloze stampgeluiden en een heftig geschud van de bosjes. De melkboer was bezig te kalmeren in de tuin.

Het arme paard maakte zijn lot alleen maar erger. Het had zich een kwartslag gedraaid en nu lag het haaks op het lamoen en nog steeds eronder; het was zo stevig in het tuig verward geraakt dat het geen ruimte meer had om te bewegen. Op het randje van zijn ene wenkbrauw groeide een buil ter grootte van een tennisbal, waardoor zijn oog dicht kwam te zitten. Het andere oog knipperde in de regen en het paard bleef snuivend liggen; de staart sidderde.

'Regent het nog, Graff?' vroeg Siggy.

'Harder dan ooit.'

'Maar er is geen onweer, hè?'

'Nee,' zei ik. 'Niet meer.'

'Gelukkig maar,' zei hij. 'Met al die elektriciteit in de lucht is het niet zo verstandig om een bad te nemen.'

'Je loopt geen gevaar,' zei ik.

'Het is een enorme badkuip, Graff. Nu begrijp ik pas hoe je het voor elkaar gekregen hebt.'

'De melkboer zit nog steeds in de bosjes,' zei ik.

'Neem jij hierna ook een bad, Graff?'

'Ik ben niet zo vuil geworden.'

'Wat kleinzielig van je,' zei Siggy.

'De politie is er, Sig.'

De groene Volkswagen met de staaf van blauw licht op het dak had enige moeite om door het hek en langs de melkwagen te komen. Er waren twee agenten met hoge laarzen en onberispelijke uniformen; de kragen van hun regenjassen waren met precies dezelfde hautaine minachting opgezet. En misschien was er ook een derde politieman, zonder uniform – in een lange, zwartleren overjas met ceintuur en onder een zwierige, zwarte baret.

'Ze hebben een moordenaar meegebracht,' zei ik.

'De politie?'

'Met een geheim wapen.'

'Het zal de burgemeester wel zijn,' zei Siggy. 'Een kleine stad, een regenachtige dag – wat heeft zo'n man anders te doen?'

Het drietal ging het kasteel binnen; ik hoorde hoe de man die afgesponsd werd zijn stoel liet kraken en hen luidkeels begroette.

'Siggy?' zei ik. 'Hoe vaak moet je trappen om die motor van ons aan de praat te krijgen?'

Maar hij antwoordde met een badkuipliedje:

Een ramp, een ramp,
we hebben weer
een ramp.
Maar wie op de
loop wil gaan,
loopt tegen
de lamp.

'Val dood met je gerijmel,' zei ik.

'Je moet ook een bad nemen, Graff,' zei Siggy. En hij spetterde nog een beetje voor me.

Een van de geüniformeerde politiemannen verscheen gewapend met een heggenschaar in de kasteelhof. Hij ging schrijlings op het paard zitten en boog zich over de rug van het arme dier; toen begon hij langs het lamoen te knippen om het tuig los te maken. Maar het paard bleef suffig liggen met dat ene knipperende oog. De agent riep 'Kssst!' tegen hem en liep terug naar het kasteel.

Toen zag hij een opwervelende modderkluit boven de forsythia's en hoorde hij de zwoegende stampgeluiden van de melkboer in de struiken.

'Hallo?' riep de agent. 'Hallo? Hé daar!'

En de melkboer slingerde handenvol aarde en takjes in de lucht.

'Jij daar!' brulde de agent. Hij liep op het parkje toe, terwijl hij de heggenschaar als een wichelroede voor zijn maag hield.

Ik zag de melkboer van bosje naar bosje wippen, diep gebukt en graaiend in de modder en de takjes op de grond; soms loerde hij langs een struik om te zien hoe zijn bommetjes neerkwamen en dan holde hij weer verder – en dat alles gebeurde met de potsierlijke steelsheid van een tekenfilm.

'Sig, de melkboer is geflipt,' zei ik, terwijl de politieman op zijn tenen de struiken in liep met de grote, gemene bek van de schaar voor zich uit.

Toen bespeurde ik het oploopje in de gang voor onze deur. De lichtstreep boven de drempel werd in stukken geknipt en half verduisterd door sluipende voeten; een elleboog, een bil of een buik streek langs het hout. Ze schuifelden rond en hun stemmen waren hoog en fluisterig – met nu en dan een woord of een zin die duidelijk opklonk maar die meteen met veel gesis gesust werd:

'als bij zijn geboorte'

'daar moet toch'

'samenleving'

'schoffel'

'zal wel'
'wetten'
'honden'
'tegennatuurlijk'
'God weet'

En al het andere werd fijngehakt – alsof iemand door een ventilator praatte en alleen de snelste stukjes spraak door de rotorbladen konden komen – en ineengezwiept tot één enkele stem die niet te onderscheiden was van het geschuifel van kleren en lichaamsgewicht aan de andere kant van de deur.

'Sig,' zei ik. 'Ze staan voor de deur.'

'De wettige macht verzamelt zich, hè?' zei hij.

'Blijf je in bad zitten?'

'Toe maar!' riep hij. 'Kijk nou eens!' En er volgde een hoop geplas. 'Striemen!' zei hij. 'Zweepslagen! Zo roze als jouw tong, Graff. Je bent wel bezig geweest met die karwats, zeg. Moet je toch eens zien!'

'Ik kreeg je niet van hem af,' zei ik.

'Mijn kont ziet er niet uit, man!' zei hij. 'Het zijn echte *groeven*.' En ik hoorde hem plonzen en glibberen in het bad.

Toen werd er heel zacht op de deur geklopt. In de gang werd het doodstil; de lichtspleet onder de deur werd nog slechts door twee voeten onderbroken.

'Graff?' zei mijn Gallen.

'Hebben ze jou tot onze judas gemaakt?' vroeg ik.

'Oh, Graff!' riep ze.

Toen werd er tegen de deur geduwd en iemand probeerde een sleutel.

'Achteruit!' zei Tante Tratt.

'Hij is niet op slot!' riep ik.

Een van de agenten trapte de deur zo hard open dat de knop eraf sprong; hij kwam zijdelings de kamer binnen en achter hem vulde de deuropening zich onmiddellijk met gestalten. Een verontruste Tante Tratt, de armen over elkaar geslagen; een pas afgesponsde man die zijn glanzende knieën de kamer in duwde; tussen hen de moordenaar of burgemeester. Maar mijn Gallen was nergens meer te zien.

'Waar is die ander?' vroeg de afgesponsde man. Hij hielp zijn knieen verder de kamer in.

En Siggy zei: 'Moet je eens kijken, Graff!' en hij opende de deur van de badkamer.

En zijn schrijnende, pas gewassen zitvlak straalde ons tegemoet. De roze schrammen gloeiden over zijn billen als de schuinse glimlachjes van twee nieuwe manen.

'Alsjeblieft!' zei Tante Tratt. 'Ziet u nu wel?'

En het was inderdaad de burgemeester – een formidabele *Bürgermeister*, die niet de moeite had genomen zijn baret voor Tante Tratt af te nemen, maar die hem nu met één trefzekere zwaaibeweging verwijderde en ermee uithaalde naar de kont om de hoek van de badkamer. Een volmaakt dopgebaar was het, snel genoeg om doel te treffen voordat Siggy zijn achterwerk weer in de badkamer trok en de deur met een klap dichtgooide.

'Ik zie het, Frau Tratt,' zei de burgemeester. 'We hebben het allemaal gezien, dat is zeker.' En hij verhief nauwelijks zijn stem. 'Herr Javotnik?' riep hij. 'Herr Siegfried Javotnik!'

Maar we hoorden Siggy over de vloer van de badkamer trippelen; hij klom met een bons op de houten verhoging en plonsde weer in de kuip.

ONTHULLINGEN VAN DE MISDADEN

Hij wilde het slot niet van de deur doen, dus gingen we allemaal naar beneden en wachtten in de hal – met uitzondering van één agent, die werd achtergelaten om onze kamer te doorzoeken.

De zeer van zijn stuk gebrachte, roze man zei: '*Herr Bürgermeister*, ik begrijp niet waarom we die deur niet gewoon openbreken!' Maar de burgemeester had slechts oog voor zijn andere politieagent, die de melkboer door de kasteelhof stuurde en de treetjes bij de voordeur op hielp.

'Weer eens dronken, Josef Köller?' zei de burgemeester. 'De boel vernielen, hè? En je paard afranselen?'

De melkboer zat zozeer onder de modder dat zijn beroemde rode nekplek moeilijk te zien was. Maar de burgemeester liep naar hem toe en keek ernaar.

'Je hebt een lesje gehad, hè?' zei hij; hij voelde aan de verwonding en de melkboer trok als een schildpad zijn nek in. 'Misschien een beetje erger dan je verdiende,' zei de burgemeester.

'En mijn melk is één en al schuim,' zei Tante Tratt.

'Dan laat Josef wel een extra kan achter,' zei de burgemeester. 'Niet waar, Josef?'

De melkboer probeerde te knikken, maar zijn kaakspieren raakten in de knoop en hij zette een kermgezicht.

'Hij is gek,' zei ik tegen de burgemeester.

'Hij is in zijn nek gebeten,' zei de burgemeester. 'En hard genoeg om het vel te beschadigen en een blauwe plek achter te laten die zo groot is als mijn hand. *Wie* is er dan gek? Naakt door de tuin rennen! Op iemands rug klimmen! Iemand bijten! En in een badkuip liggen lanterfanten met de deur op slot! Hij is een exhibitionist! Een flagellant!' bulderde de burgemeester.

'Erger,' zei Tante Tratt. 'Hij is pervers!'

'Een schroevendraaier!' schetterde de roze man. 'Een schroevendraaier is genoeg om in die badkamer te komen. En als de honden hier op tijd waren geweest, zouden jullie nou niet met de rotzooi zitten!'

Toen verscheen de agent van boven weer op de trap; hij zette de neuzen van zijn laarzen zo precies naast elkaar dat het leek of hij zou gaan vallen.

'Hij zit er nog steeds in,' rapporteerde hij. 'Hij heeft een liedje voor me gezongen.'

'Heb je iets gevonden?' vroeg de burgemeester.

'Zoutvaatjes,' zei de agent.

'Zoutvaatjes?' zei de burgemeester en zijn stem werd hoog als het schrille geknabbel van de regen aan de holle dakpannen van het kasteel.

'Veertien,' zei de agent. 'Veertien zoutvaatjes.'

'Mijn God,' zei de burgemeester. 'Hij *is* pervers, dat is zeker.'

BIJZONDERHEDEN HALEN

Wat gebeurt er allemaal? Al die onderbrekingen ook! Dat komt ervan als je zo lang blijft stilstaan dat de echte en onredelijke wereld je kan inhalen. En begrijp me goed, Graff – erg lang hoef je daarvoor niet stil te staan.

Mijn vader Vratno (Vratno Javotnik, geboren in Jesenje, nog voordat er motoren waren doorgedrongen in dat deel van Joegoslavië) verhuisde naar Slovenjgradec, waar hij zich aansloot bij de Duitsers – die met hun motoren dingen uithaalden zoals men nog nooit gezien had. Met hen trok hij naar Maribor, waar een goede weg liep die hem rechtstreeks over de Oostenrijkse grens bracht. Helemaal alleen, want hij was slim.

De jonge Vratno volgde de door tanks platgewalste weg naar Wenen, waar mijn moeder mooi en kalm zat te verhongeren en wachtte tot ze iemand tegenkwam die zo slim was als hij – zonder te vermoeden, denk ik, dat ze een rol zou spelen bij het ontstaan van iemand die zo voor motoren geboren is als ik.

De jonge Vratno, die boven de soep tot mij zei: 'Het wordt steeds en steeds moeilijker om zelf iets op touw te zetten dat niet tegelijkertijd ook een soort praktijkoefening is van iets wat al eens eerder is gedaan – en dat dus niet echt van jou is en dat ook nooit zal worden. En dat je dus ook nooit gelukkig zal maken.' Dat heeft die arme donder tegen mij gezegd – of althans, dat heb ik me laten vertellen.

Oh, mijn vader was in zijn dooie eentje één prachtige, melodramatische ballade over het uithalen van allerhande gekte – en dat ben ik dus ook, Graff. En jij ook. Daarom kan de wereld misschien toch nog gered worden van de kille, muffe afstomping die de dood-door-saaiheid is.

Maar al die onderbrekingen! Al dat afdwalen! Oh, telkens weer betekent het de dood als je je door de wereld laat inhalen.

De jonge Vratno zei – de scheppende lepel één geworden met zijn lip en de soep één geworden met zijn spraak –, hij zei: 'Luister, je moet toeslaan in die ene fractie van een seconde tussen het moment dat ze je doorhebben en het moment dat ze beslissen wat ze met je gaan doen. Altijd één stap voor blijven, dan sta je één streep boven hen.' Dat zei hij, Graff – dat heb ik me althans laten vertellen.

Siggy's briefje. Vastgespeld aan het onderlaken van mijn bed, waar mijn onderlijf het aantrof – een stug gekreukel dat me meteen naar het lichtknopje liet tasten. Want ik had helemaal niet gezien dat hij een briefje voor me achterliet.

Toen de burgemeester me zo gek had gekregen dat ik zou proberen hem uit de kuip te halen en toen ik dus onze kamer binnenkwam, stond Siggy al na te glimmen van het bad – aangekleed en wel, met uitzondering van zijn eendenjagersjekker die hij juist voorzag van de laatste, dikke lagen zadelzeep.

En de stem van de burgemeester rees op vanuit de hal: 'Als u hem er niet uit krijgt, zal hij een nieuwe deur moeten betalen!'

Siggy had zijn regenspullen uit de rugzak gehaald: plastic zakken om over zijn schoenen te doen, elastiekjes om die zakken stevig om zijn kuiten te binden en zadelzeep om zijn jekker waterafstotend te maken. De eendenjekker begon te glimmen als kaarsvet en leek op iets wat om hem heen gesmolten was. 'Maak je maar niet ongerust,' fluisterde hij. 'Jij leidt hun aandacht af en later kom ik je weer halen.'

'Ze zitten in de hal, Sig. Ze zullen je horen.'

'Roep ze dan naar boven. Ik kom terug, Graff – een dag, twee nachten, op zijn hoogst. Jij houdt de bagage bij je en al het geld dat ik niet nodig heb voor benzine.'

'Sig,' zei ik.

Maar hij deed het raam open en stapte op de richel. Hij zette helm en bril op – een dappere parachutist die zijn losse onderdelen vastmaakt. Toen schoof hij zijn schoenen in de plastic zakken; ze gingen bol staan; het was net of hij met zijn voeten in een paar glazen potten stond.

'Siggy?'

'Graff,' zei hij, 'we moeten meer *bijzonderheden* hebben! Per slot van rekening hebben we het terrein nauwelijks kunnen bekijken – met al jouw gepruts aan dat nijlpaardengrietje en met ons gehakketak vlak daarna. Waar of niet?'

En ik dacht: Wat? Sig, wat kan jouw geest toch rare bokkensprongen maken – naar iets waarvan de draagwijdte mijn pet te boven gaat.

Hij sprong.

En ik dacht: Wat een vertoning! Je had ook naar beneden kunnen glijden langs het klimop.

Hij maakte een *splotz*-geluid in de tuinblubber.

Opnieuw hoorde ik de stem van de burgemeester. 'Herr Graff? Heeft hij al een besluit genomen?'

'Oh, ik denk dat hij nu wel wil praten,' riep ik en ik liep de gang in. 'Komt u maar naar boven!' Ik hoorde hen stommelend de trap op komen.

Ik hoorde ook de vochtig-koude motor; hij maakte korte, mechanische zuiggeluiden – en eenmaal sloeg hij aan en stierf weer, alsof iemand als een stier begon te brullen maar halverwege stikte in zijn eigen geloei. Natuurlijk werd het ook gehoord door al degenen die net om de bocht in de trap kwamen; we keken elkaar aan met de veilige lengte van de gang tussen ons in.

Toen holde ik mijn kamer binnen en liep naar het raam; ik hoorde de anderen weer de trap af denderen naar de hal. Alleen de burgemeester kwam naast me staan; zijn gespannen gezicht vertrok krampachtig van wang tot oor.

Siggy had de motor nu aan de praat gekregen en hield hem lopend. Dikke, grijze rookballen werden uit de uitlaten geblazen, wollig en gewichtloos als stofkleurige jonge katjes – en dan weer leken ze op doorzichtige plukken haar die zo verstrengeld waren, dat ze later ongetwijfeld terug te vinden moesten zijn in de tuin, vastgehaakt aan de forsythia's als de flarden van een verminkte pruik.

Met één felle draaibeweging aan de gashendel – open en weer dicht – bracht Siggy de motor tot rust en toen ronkte hij naar het hek, dat nog steeds half versperd werd door de omgevallen kar.

En voordat de agenten van het trapje bij de voordeur waren gesprongen – nog voordat de duwende melkboer, de rozige wassen man en Tante Tratt zich naar buiten gekwetterd hadden –, stoof Siggy al door de nauwe opening, balancerend op zijn voetsteunen. De bultige, ingevette eendenjagersjekker leek op het rugschild van een kever. En zelfs met die regen hoorde ik hem opschakelen naar z'n drie.

Oh, verzot op slecht weer was hij – en op alleszins hachelijke situaties. En ja – dit werd de marathon vol beproevingen naar Wenen! Siggy's verkenningstocht naar de Hietzinger dierentuin!

DE ECHTE EN ONREDELIJKE WERELD

Dus las ik het briefje nog een paar keer over en zo zag Gallen het licht onder mijn deur. En ik zag haar voetschaduwen, zacht en sluipend.

‘Gallen?’ zei ik. ‘Hij is niet op slot.’ Want niemand had de knop gerepareerd die de agent vernield had.

En ik verwachtte haar te zien in nachtgewaad – van schaamteloze zwarte zijde, glad en strak en zonder tierelantijnen.

Maar ze had gewoon haar werkschort aan; ze kwam rinkelend mijn kamer binnen, de handen in de gebloemde schortzak waarin ze haar fooiengeld bewaarde.

‘Ik weet het, ik weet het,’ zei ik. ‘Je wilt met me naar bed.’

‘Hou op,’ zei ze. ‘Ik kan maar heel even blijven.’

‘Maar het duurt uren!’ zei ik.

‘Oh, Graff,’ zei ze. ‘Ze zitten over je te praten.’

‘En vinden ze me aardig?’

‘Je hebt hem geholpen om weg te komen,’ zei ze. ‘Niemand weet wat er nu moet gebeuren.’

‘Ze verzinnen wel iets,’ zei ik.

‘Graff, ze zeggen dat je niet zoveel geld hebt.’

‘Wil je daarom niet met me trouwen, Gallen?’

‘Graff! Ze zijn echt van plan je te pakken.’

‘Kom bij me zitten, Gallen,’ zei ik. ‘Ik ben echt van plan je te pakken.’

Maar ze ging op Siggy’s bed zitten; het was zo zacht en er zat zo’n kuil in dat haar knieën schuin omhoogwipten en me aankeken – schattige knietjes als kleine kinnetjes.

‘Bloos niet zo, Gallen.’

‘Wat doe je eigenlijk in dat bed?’ vroeg ze.

‘Ik lag te lezen.’

‘Ik wed dat je niets aanhebt,’ zei ze. ‘Onder die dekens slaap je natuurlijk zonder een draad aan je lijf.’

‘Je wordt al opgewonden als je eraan denkt, hè?’ zei ik.

‘Ze zijn eropuit je te pakken, Graff,’ zei ze. ‘Ik zag licht branden, dus wist ik dat je nog op was. Maar ik dacht dat je nog aangekleed zou zijn.’

‘Nou, ik ben bedekt,’ zei ik. ‘Kom eens op mijn bed zitten.’

‘Graff – de burgemeester en mijn tante zijn iets aan het bekokstoven.’

'Wat dan?' vroeg ik.

'Ze hebben jullie spullen doorzocht, nietwaar? Dus hebben ze gezien hoeveel geld je hebt.'

'Ik heb genoeg om deze kamer te betalen,' zei ik.

'En daarna is er niet veel meer over, Graff. Ze kunnen je oppakken omdat je geen geld bij je hebt.'

'Ik ben een landloper,' zei ik. 'Ik wist dat het vroeg of laat zou uitkomen.'

'En je hebt hem geholpen om weg te komen, Graff. Daar kunnen ze je ook voor grijpen.'

'Ik ben reuze benieuwd wat ze zullen doen,' zei ik.

'Ze willen je dwingen een baantje te nemen,' zei ze.

Ja, dat was me nogal wat – een lullig baantje! Natuurlijk kon ik er ook vandoor gaan; ik kon de bergen in trekken om er te vissen en ik kon aan Gallen vertellen waar Siggy me kon vinden als hij terugkwam. En het geld voor de rekening van de Gasthof kon ik nu alvast aan haar meegeven.

Zoiets dacht ik inderdaad, maar Gallen keek me aan met die ogen van haar – en daarbij dan die ene, lieflijke lijn die aan haar kaak zo'n fijne, scherpe hoekigheid verleende en die de glooiing van haar schouder bepaalde en voortliep naar haar pols en in de buiging van haar hand; haar vingers waren zo gevoelig als van een braillelezer, dat wist ik zeker; en de donkere tint van haar lippen, de roestkleurige blos op haar wang, die paar sproeten hoog op haar bleke voorhoofd. Alles paste zo goed bij elkaar als de verschillende rijpings- en zonneplekken in het vel van een perzik.

Dus vroeg ik: 'Wat is dat voor een baantje?'

'Gewoon een baantje,' zei ze. 'Gewoon een manier om een oogje op je te kunnen houden, want dan weten ze wanneer hij terugkomt.'

'Dus ze denken dat hij terugkomt?'

'Dat denk ik ook,' zei ze. 'Komt hij terug, Graff?'

'Ben jij onze judas, Gallen?'

'Oh, Graff!' zei ze. 'Ik waarschuw je toch alleen voor wat ze van plan zijn te doen!' En ze zorgde dat haar gezicht schuilging achter de vlecht. 'En ik moet toch weten wanneer je weggaat? Ik wil weten waar je heen gaat, want dan kan ik je schrijven. En jij moet steeds weer schrijven dat je van plan bent terug te komen.'

'Kom bij me zitten,' zei ik, maar ze schudde haar hoofd.

'Ze denken dat hij terugkomt, Graff. Want mijn tante heeft gezegd dat jullie vriendjes zijn.'

'Wat is dat voor werk?' vroeg ik.

'Je moet de bijen binnenhalen,' zei ze.

'Wat voor bijen?'

'De bijenkasten uit de appelboomgaarden,' zei Gallen. 'De korven zijn vol en eigenlijk staan ze klaar om binnengehaald te worden. Dat moet 's nachts gebeuren – en zij denken dat je juist op die tijd zult proberen met hem weg te komen.'

'En als ik dat baantje nu eens niet aanneem, Gallen?'

'Dan word je opgebracht,' zei ze. 'Ze zullen zeggen dat je een zwerver bent en dan sluiten ze je op. Je hebt hem helpen ontsnappen en daar kunnen ze je voor grijpen.'

'Ik kan er vannacht tussenuit knijpen,' zei ik.

'Oh ja?' zei ze en ze liep om naar de andere kant van Siggy's bed; ze ging met haar rug naar me toe zitten. 'Als je denkt dat je het kunt,' fluisterde ze, 'dan zou ik je kunnen helpen.'

Enfin. Ik dacht: Is het de forsythia die het maanlicht zo geel maakt en het mijn raam binnenstuurt naar jouw haar en de lucht boven jouw kleine, lieve kopje zo'n donkerrode weerschijn geeft? 'Ik geloof niet dat het kan, Gallen,' zei ik.

Ze rinkelde met haar geldzak. 'Ik moet nu echt weg, Graff,' zei ze.

'Kom je me dan niet even instoppen?' vroeg ik.

Ze draaide zich haastig om en glimlachte. Nou en of. Mijn hemel, ja.

'Als je maar van me afblijft,' zei ze. En ze liep om naar mijn bed en deed mijn lampje uit. 'Doe je armen onder de dekens,' zei ze tegen het donker.

Het instoppen gebeurde met één enkele beweging en toen liep ze al om naar de andere kant van mijn bed. Ik wurmde een arm naar buiten, maar ze stopte veel te *snel* in. Toen drukte ze met beide handen op mijn schouders; haar vlecht viel op mijn gezicht.

'Hè, wat ben ik toch een oen,' zei ze, maar ze liet me niet los.

'Waar is je kamer, Gallen?' vroeg ik.

Maar tegen de tijd dat ik me had losgewrikt, was ze de deur al uit. Haar voetschaduwen kropen uit de lichtstreep vandaan, maar ik hoorde niets bewegen in de gang.

Ik stapte uit bed, opende de deur op een kiertje en gluurde om de hoek; daar stond ze op me te wachten – wel kwaad, maar toch niet zo erg dat ze niet kon blozen.

'Het gaat jou niks aan waar mijn kamer is, Graff,' zei ze.

Dus keerde ik terug naar mijn zielige, zakkende bed; ik bleef nog een tijdje liggen woelen en probeerde bij nader inzien de wereld te doorgronden. Enfin, dacht ik, de bijen zijn klaar met bestuiven; de honing is volop aanwezig en de korf is rijp voor het aftappen. Dus kijk uit.

OP DE UITKIJK

Ik werd wakker met de geur van de zon op mijn kussen. Dus dacht ik: Siggy vertrekt nu uit Wenen; hij heeft tijd genoeg gehad om zijn bijzonderheden op te halen – om de hele nacht door de dierentuin te sluipen.

Ik zag hem al afscheid nemen van de dieren, terwijl hij zijn best deed ze op te vrolijken.

'God zegene je, Siggy!' zei de giraf met vol gemoed.

En de bergkangoeroe koesterde een traan in zijn vuist.

'Graff,' zei Gallen onder mijn deur door. 'Ze zitten in de eetzaal.'

Enfin, het beviel me helemaal niet; hun gekonkel lag drukkend over de sfeer in de hal. Het was of ze de deur van een onderaardse kerker op een kier hadden gezet; ik rook de vunze, vochtige schimmel van gedachten die daarbeneden waren achtergelaten om te rijpen en te rotten, terwijl ik de deur niet kon vinden – om hem dicht te doen.

In de eetzaal zaten ze aan het tafeltje naast de mijne: de sluwe Herr Bürgermeister, onze lieve Tante Tratt en iemand die naar cider rook – Herr Windisch, appelkweker en werkgever voor de behoeftigen. In de omslagen van zijn broekspijpen zaten verwelkte bloesems.

Er was nog iemand, maar die lieten ze niet bij zich zitten; hij hing slungelig in de deuropening – Keff, de tractorbestuurder. De knecht van Windisch. Hij was groot en sterk, een zuivere afstammeling van de *pithecanthropus erectus*, en zijn leren broek had een kersverse geitengeur.

En hoe zouden ze het aanpakken? Eerst toekijken terwijl ik mijn *Bröttchen* beboterde? Zou Keff mij de pas afsnijden bij de deur? En mijn ruggengraat tot moes drukken met de vlezigheid zijner knie?

Maar, wacht eens, Siggy had het zelf geschreven:

Altijd één stap voor blijven, dan sta je één streep boven hen.

Dus liet ik het ontbijt staan dat Gallen voor me had opgediend. En ik liep regelrecht naar hun tafeltje.

'Neem me niet kwalijk dat ik stoor,' zei ik, 'maar u allen kunt me vast wel raad geven, denk ik. Aangezien ik hier nog een poosje blijf, zou ik graag een baantje hebben. Oh, niets bijzonders hoor – en het liefst 's nachts. Misschien weet u iets?' vroeg ik.

En ik hoorde het allemaal! De deur van de kerker ging met vreselijk knarsende geluiden dicht en diep in mijn oren – want het geluid kwam helemaal uit Wenen – stampten de Zeldzame Brilberen met hun poten en ze schudden hun kop met een woede waarvan hun kaken hingen te flapperen.

'Ach, hemel,' zei Tante Tratt. 'Is dat geen goed idee?'

En de hele tafel was stomverbaasd.

Maar ergens achter mijn ogen – zodat ze begonnen te tranen – begon Siggy steeds harder te rijden. De motor jankte onder hem als een dier dat pijn leed.

Ik nam een paar biertjes mee naar de tuin en ging ergens zitten waar ik langs het kasteel naar de waterval kon kijken. Ik zag een plek waar de motor olie had gelekt en het gras besmeurd had. Nog even en de forsythia zou helemaal verdwenen zijn; de tuin zou vol bruingroenig onkruid komen te staan, tropisch en al te ruig. De sproeiregen van de rivier maakte alles een beetje vochtig en de tuin slaakte dreigende groeigeluiden in de wind. Alleen de olievlek op de grond hield stand; de sproeiregen lag in druppeltjes, als zweet, op de kleine zwarte plek.

En ik dacht: Hij is net afgestapt voor de lunch. De uitlaten *pingen* van de hitte; hij heeft erg hard gereden. Als je op de uitlaatpijpen spuugde, zou het speeksel samenballen en wegspatten als waterdruppels van een voorverwarmde bakplaat. Hij is vroeg van start gegaan en heeft er flink aan getrokken. Hij is al een heel eind uit het dal van de Donau; misschien volgt hij ondertussen de Ybbs al. En natuurlijk heeft hij alles uitvoerig beschreven in dat verrekte notitieblok, compleet met plattegrondjes van de kooien en alle bijzonderheden die een mens maar nodig kan hebben.

Achttien minuten van zijn schuilplaats achter de bosjes in Maxing Park tot aan de rand van Hietzing; achttien minuten, vier keer open terugschakelen, twee hellingen, één keer de *Strassenbahn* kruisen en één geel-knipperend licht.

En achter je het kabaal van ontsnappende miereneters.

Nou, dacht ik, waarschijnlijk stapt hij niet eens af voor de lunch!

En toen verscheen Tante Tratt in mijn kamer – om mijn lucht eruit te laten; ze wierp een vluchtig glimlachje naar beneden toen ze mijn raam opendeed en mijn kussen begon te ranselen.

Tja, tantetje, ouwe kwijl – hij komt echt niet binnenrijden terwijl jij staat te kijken. Nee, slijmbaltantetje, mijn vriendje Siggy is slimmer dan jouw oude vissenoogjes.

En daar verscheen ook Gallen achter mijn raam. Om mijn bed aan de randen glad te strijken, natuurlijk, in melkblanke onschuld.

Eh, in welk bed slaapt die Graff eigenlijk? vraagt de sluwe Tratt.

Ik zou het niet weten, tante, maar dit bed ziet eruit alsof het pas beslapen is.

'Herr Graff?' riep de Tratt. 'In welk bed slaapt u?'

'Aan de kant van de badkuip, Frau Tratt,' antwoordde ik. En Gallen ijlde langs het raam zonder naar me te kijken.

Wel wel, Gallen, je had gelijk, liefje, zegt de Tratt – en ondertussen denkt ze koortsachtig na.

En ik dacht natuurlijk ook na. Frau Tratt aan het snuffelen in mijn kamer; zou ze iemand sturen om de deurknop te maken, stiekem, terwijl ik op werk uit was – zodat ze me konden opsluiten? En al die wazige wolken boven mijn hoofd; ze stalen het geel van de laatste, gevallen forsythia's en hokten in de lucht als de stofwolken van een bombardement.

En waar zat Siggy? Inmiddels voorbij Ulmerfeld? In Hiesbach, misschien, of zelfs al op de weg naar Sankt Leonhard? Als hij tenminste via die weg komt. Want misschien maakt hij wel een omtrekkende beweging.

Hoeveel uur is Siggy nog hiervandaan? En wat zal mijn Gallen dragen als ze vannacht mijn kamer bezoekt?

De sproeiregen legde zo'n vochtige zwaarte in de lucht – en de tuin ging maar door met dat verrekte gegroei, tot alles uit de hand liep. Enfin, zoals het Noodlot – de Oude Ongein, de Grote Grieper – het tegen me zou zeggen: Kijk uit, kijk uit!

Dit was het soort situatie waarover Siggy een gedicht zou hebben geschreven. Eigenlijk staat er al een eerste begin van in het notitieblok:

Oh, Leven – vette zeepbel, spatbereid!
Het Noodlot heeft voor u de juiste speld.

Maar het zou vast een verschrikkelijk gedicht geworden zijn. Een van zijn allerslechtste.

De volvette zon, heel laag, veranderde alles in de kleur van forsythia's – vergeelde de vierkanten van de late avond, die door de tralies van mijn raam naar binnen viel, en bevlekte mijn bed en mijn rustende tenen.

'Hij komt, hè?' vroeg Gallen.

'Hij kan nu elk ogenblik hier zijn,' zei ik.

'Graff,' zei ze, 'als hij over Sankt Leonhard komt, zullen ze hem zien. Als hij de weg door de boomgaarden neemt, Graff, staan Windisch en Keff naar hem uit te kijken.'

'Nou, hij zal echt niet met de motor komen aantuffen.'

'Ik denk dat hij hem in de stad zet,' zei ze. 'Hij komt natuurlijk niet zomaar de kasteelhof op draaien, maar hij zal ook niet uit Sankt Leonhard komen lopen – als hij tenminste zo stom is dat hij over Sankt Leonhard komt en geen andere weg neemt.'

'Bedenk jij maar eens wat,' zei ik. 'Zeg jij maar eens welke weg hij het beste kan nemen.'

'Graff, je zult me niet eens gedag zeggen, nietwaar?'

'Kom eens bij me zitten, Gallen,' zei ik. Maar ze schudde haar hoofd en ze verroerde zich niet van haar plaats op de vensterbank. Vanaf mijn lage plekje op het bed kon ik langs haar knieën gluren; haar been vertoonde een fraaie ronding waar de vensterbank het samendrukte.

'Kijk niet zo onder mijn rok!' zei ze; ze trok haar benen op en draaide haar rug naar me toe. Ze wierp een blik uit het raam. 'Er kwam iemand uit de tuin rennen,' zei ze.

Toen ging ze op haar knieën liggen en boog zich uit het raam.

'Beneden staat iemand tegen de muur,' zei ze. 'Iemand zit aan het klimop te graaien, maar ik kan niets zien.'

Dus hees ik me naast haar op de vensterbank; we knielden naast elkaar en bogen ons ver voorover. De vlecht gleed van haar rug en viel over haar schouder; haar gezicht werd erdoor afgeschermd. Ik legde mijn arm om haar middel en ze verstrakte een beetje. We lagen op handen en knieën, ik half over haar rug.

'Hè, verdorie, Graff,' zei ze en ze beukte haar elleboog in mijn keel. Ik moest er zó van kokhalzen, dat ik rechtop moest gaan zitten en de tranen in mijn ogen sprongen. Ze kwam met gekruiste benen tegenover me zitten op de vensterbank.

'Oh, Graff!' zei ze. 'Het allerbeste, hoor! Ga jij maar gewoon weg!'

Ze werd een beetje snotterig; ik kon haar niet aankijken. Ik tuurde nog eens uit het raam, maar daar was niemand. Ik slikte nog altijd moeilijk; net of ik aan het zwemmen was, zoveel water zat er in mijn ogen.

'Oh, Graff,' zei ze, 'als jij nu ook nog gaat huilen!' En ze knakte voorover in mijn richting en begroef me in haar armen. Haar gezicht lag nattig tegen mijn wang. 'Ik kan toch ergens naar je toe komen, Graff? Ja toch? Ik krijg eerstdaags mijn loon uitbetaald en ik koop toch nooit wat.'

Mijn adamsappel zat zo propperig in mijn keel, dat ik geen woord kon uitbrengen; ik denk dat ze hem zo'n harde tik had gegeven dat hij in zijn geheel was omgedraaid.

'*Gak*,' zei ik.

En ze smolt weg in tranen; ze beet op het puntje van haar vlecht en kwam heel kleintjes tegen me aan zitten bibberen.

'Gallen,' wist ik er eindelijk uit te krijgen, 'er is niemand in de tuin.'

Maar ze luisterde niet. En ze zat nog steeds te schokken van verdriet, toen die twee vreemde ellebogen en die kin als een vuist omhoog kwamen wriggelen over de rand van de vensterbank, begeleid door een dierlijk gesnuif en gesteun en gevolgd door het Grote Griekse Masker der Komedie zonder één haartje op het hoofd – het hoofd dat een uiterst kale gelijkenis vertoonde met mijn vroegere vriend Siggy.

'Godallemachtig, help eens even,' zei hij. 'Mijn voet zit vast in dat verdomde klimop.'

Dus moest ik Gallen van mijn schoot zetten en de gruwelijk vermomde Siggy in onze kamer sjorren.

'Hier ben ik weer,' zei hij.

En hij liet zich naast mijn zielige hoopje Gallen op de vloer vallen.

HET NOODLOT IN VERMOMMING

De arme, beteuterde Gallen durfde niet meer naar hem te kijken – en ik moet toegeven dat één blik ruimschoots voldoende was.

'Siggy?' zei ik.

'Reken maar, Graff. Ik snap het al – je herkende me natuurlijk niet, hè?'

'Niet meteen,' zei ik. 'Zonder je eendenjekker.' Ofschoon ik bedoelde: zonder je haar. Hoe kan ik je onmiddellijk herkennen als je helemaal geen haar meer hebt?

'Hoe vind je mijn nieuwe kruinschering, Graff?' vroeg hij. 'Een slimme zet, hè?'

'Maar – je hele hoofd, Siggy!'

'De wenkbrauwen ook, Graff. Had je dat gezien?'

'Je ziet er afschuwelijk uit,' zei ik.

'Een wandelende koepel, Graff. Eén ononderbroken kletskop, van de kin tot aan het allerhoogste kruinpunt. Wist je trouwens dat er zoveel deuken in een schedel zitten?'

'In *jouw* schedel,' zei ik. 'De mijne is niet zo.' Maar misschien toch wel – met overal van die groefjes en bobbeltjes, als een uitgedroogde perzikpit.

Hij zei: 'Ik ben door de stad gelopen, gewoon over de brug. En niemand herkende me, Graff. Ik zag de burgemeester en hij liep me voorbij alsof ik een overblijfsel uit de oorlog was.'

Een overblijfsel van de *kapper* – en het voelde nog ijskoud aan ook; ik rilde. Zijn overblijfsel was bespikkeld met muggen en andere, nog meer uitgesmeerde vliegbeesten die tegen zijn voortjakkerende schedel waren gebotst; boven zijn ene oor zat een soort vleugelpulp die van een kraai afkomstig moest zijn. Natuurlijk had hij zonder helm gereden en deze kappersmisgreep laten afkoelen door de wind.

Ik zei: 'Siggy, je bent afzichtelijk om te zien.'

'Natuurlijk, Graff, natuurlijk,' zei hij. 'De motor staat verdekt opgesteld aan de andere kant van de stad. Dus pak je spullen maar.'

'Eh, Siggy.'

'Pak alles in, dan wachten we tot het donker is,' zei hij. 'Het is allemaal geregeld, Graff. Het kan niet misgaan.'

En mijn verfrommelde Gallen zat ineengedoken op de grond; een foetus die heel waanzinnig op deze wereld was geworpen, gekleed in een dienstmeisjesjurk.

'Gallen?' zei ik.

'Zo te zien heb je haar dus gekregen,' zei Siggy.

'Stil nou,' zei ik.

'Ga pakken!' zei hij. 'Ik heb de plek gevonden.'

'Welke plek?'

'Om de nachtwaker op te bergen.'

'Siggy...'

'Ik ben er de hele nacht geweest, Graff. Het is allemaal uitgedacht.'

'Ik verwachtte niet anders,' zei ik.

'Ik wist niet dat je zoveel vertrouwen in me had, Graff.'

'Vertrouwen!' zei Gallen.

'Ze gaat toch niet gillen, hè?' zei Siggy.

'Vertrouwen,' zei Gallen. 'Is hij over de weg langs de boomgaarden gekomen?' Ze wilde niet naar hem kijken. 'Dan hebben ze zijn motor gezien!' kermde ze. 'En ze hebben iedereen gevraagd ernaar uit te kijken!'

'Wat kan het haar schelen?' vroeg Siggy.

'Ben je over Sankt Leonhard gekomen, Sig?' vroeg ik.

'Graff,' zei hij. 'Kijk me aan en vertel me dan of je een amateur voor je ziet staan.'

Enfin, ik hoorde het eerste houtgekraak vanaf de trap naderbij sluipen door de gang – en het geluid van de bovenste trede waarop geknerpt en de leuning waarop geleund werd.

'Wie is dat?' fluisterde Gallen.

'Dat is niet voor mij,' zei Siggy. 'Mij heeft niemand gezien.'

Dus ik keek om de hoek van de deur. Het was de oude Tratt die scheefgezakt tegen de leuning hing, buiten adem van de klim.

'Herr Graff!' riep ze. 'Herr Graff?'

Ik stapte de gang in, zodat ze me kon zien.

'Keff is er,' zei ze. 'Het is Keff – om u te halen voor uw werk.'

'Werk?' fluisterde Siggy.

'Hij is veel te vroeg,' zei ik tegen Tante Tratt. 'Zeg maar dat hij te vroeg is.'

'Hij weet dat het vroeg is,' antwoordde ze, 'en toch wacht hij op u.' En heel even begrepen we elkaar volkomen, de verschrikkelijke Tratt en ik. Toen wiegelde ze weer de trap af.

Maar de kale Siggy stond over mijn Gallen gebogen. Hij hield haar vlecht in zijn vuist geklemd en Gallen beet op haar onderlip.

'Heeft hij *werk*?' vroeg Siggy. 'Heeft hij een *baantje*, donderse meid?'

'Siggy,' zei ik.

'Vertrouwen!' zei hij. 'Je hebt geen moment gedacht dat ik terug zou komen, hè? Je hebt je een baantje aangeschaft en een buikschuifgrietje!'

'Ze wilden hem oppakken,' zei Gallen over haar onderlip.

'Ik ben alles wezen regelen,' zei Siggy. 'Dacht je dat ik ervandoor was gegaan?'

'Ik wist dat je aan het regelen was,' zei ik. 'Maar, Siggy, ze zagen me hier als een soort landloper. En hier regelden ze ook van alles.'

'En nu zit Keff te wachten,' zei Gallen. 'Oh, het is allemaal afgesproken werk, Graff! Als jij niet naar beneden gaat, komt hij naar boven.'

'Sig,' zei ik, 'waar kan ik je ontmoeten na mijn werk?'

'Wel ja,' zei hij. 'Je bedoelt zeker dat je nog niet aan het schuiven bent geweest met dit lekkere lorretje hier?'

'Toe nou, Siggy,' zei ik.

'Wou je dat beweren?' riep hij. 'Of wou je beweren dat je met me mee wilt komen. Maar dan wel na je *werk*, goddorie?'

'Die Keff,' zei ik. 'Hij houdt me in de gaten.' En ik hoorde het krampachtige kraken in het hout van het trappenhuis; een zwaar iemand kwam naar boven, met twee treden tegelijk.

'Sig, naar buiten!' zei ik. 'Straks word je gepakt. Noem een plek waar we elkaar kunnen ontmoeten.'

'Waar je *mij* kunt ontmoeten,' zei Gallen. 'Graff moet nu weg.'

'*Jou* ontmoeten?' zei Siggy. 'Een afspraakje met Graffs kleine sloerie? En voor *wat*?'

Grote stappen kwamen de gang in en een gesnuif als de adem van een tractor bracht de lucht voor onze kamerdeur in beroering.

'Eruit, Sig,' zei ik.

'Ik wil mijn slaapzak en mijn tandenborstel hebben, Graff. Mag ik alsjeblieft mijn spullen terug?'

'Oh, Jezus, Siggy,' zei ik. 'Maak dat je wegkomt!'

En *bons*! deed Keff op de deur. *Bons!*

'Laat die krachtpatser maar binnen,' zei Siggy. 'Laat hem maar binnenkomen, de ruggengratenbreker!'

Keff bonsde.

'Ik kom terug voor mijn spullen,' zei Siggy.

'Oh, je bent gek!' zei Gallen. 'Kale klojo!' zei ze. 'Akelige, gemene flikker!'

'Graff,' zei hij, 'Graff...' Hij schuifelde achteruit tussen de bedden door. 'Graff, ik had zo'n mooi plannetje.'

'Hoor nou eens, Sig,' zei ik.

'Verdomme-nog-an-toe, Graff,' zei hij – zo zachtjes. Toen stond hij in het zonlicht op de vensterbank.

'Sig, ik kom echt naar je toe,' zei ik.

'Oh, luister!' zei Gallen. 'Keff!' Hij bonsde erg hard.

'Sig, zeg op. Waar zien we elkaar?'

'Waar *hebben* we elkaar voor het eerst gezien, Graff? Je keek naar de meisjes in het Rathaus Park,' zei hij. 'Maar je keek ook naar mij.'

'Siggy,' zei ik.

'Enfin, je hebt tenminste om me kunnen lachen,' zei hij. 'Jij en dat lekkere jonge wipdingetje voor wie je de hele reis gemaakt hebt.'

En de schroeven van de scharnieren rezen als jonge spruiten uit de deur. Wat kon die Keff bonzen!

'Jij met je *baan*!' zei Siggy. En hij sprong, *splotz*, in de gruwelijke tuinblubber.

De ondergaande zon viel op zijn verschrikkelijke onbehaarde bol. Schaduwen maakten de deuken in zijn schedel en de doodskopgaping van zijn mond nog dieper – en graaiden het leven uit zijn ogen.

'Graff?' zei Gallen.

'Hou je mond,' zei ik. 'Jij laat me weten wanneer hij terugkomt, Gallen. Al moet je ervoor door alle boomgaarden naar Sankt Leonhard lopen, je zoekt me op en je zegt me wanneer hij terug is. Begrepen?'

'Hè, verdorie, Graff!' riep ze. En toen zei ze: 'Oh, Keff!' die nu aan de scharnierkant van de deur verscheen en de deur verder naar binnen duwde totdat hij lossprong van de sponning aan de andere kant. Verbaasd bleef hij staan met de deur in zijn hand – niet wetend waar hij hem moest laten.

'Oh, Jezus!' zei ik.

Maar niemand gaf antwoord.

HET DIER VERLOOCHEND

Zoals het notitieblok zegt:

> Hinley Gouch haatte loslopende dieren omdat hij zo lang en met zoveel eigendunk het dier in zichzelf verloochend had.

Maar Keff was geen man om het dier in zichzelf te verloochenen. Dat deed hij niet toen hij mijn spartelende Gallen de trap af droeg naar haar tantetje; en ook niet toen hij de trekstang van de lage, platte wagen optilde en tractor en aanhanger aaneenklonk met één machtige Keff-hef.

Ik hield me in evenwicht op de kar en Keff reed; het ijzer zong onder mijn voeten en de achterkant van de aanhanger slingerde door de haarspeldbochten. We gingen weer omhoog over de weg langs de boomgaarden en een poosje werd de avond alleen maar helderder; we haalden het laatste daglicht in dat door de berg werd vastgehouden.

Toen we bij de bovenste boomgaard waren, vlak bij Sankt Leonhard, wachtte Keff op een nog definitievere duisternis.

'Zit je allang in de bijenbisnis, Keff?' vroeg ik.

'Je bent een slimmerik, hoor,' zei hij.

De spaarzame neonreclame in Waidhofen en de zwakke lichtjes langs de rivier knipoogden naar ons van ver beneden. De nieuwe witte verf van de bijenkasten nam een groenige kaaskleur aan; ze stonden verspreid in de boomgaarden, als zigeunertenten die een eigen leven leidden.

Keff leunde achterover op het zadel van de tractor, ineengedoken tussen handkoppeling en voetrem, versnellingspoken en metertjes en ijzeren onderdelen; hij zat met gespreide armen en gebruikte de grote achterwielen als de armleuningen van een oorlogszuchtige luie stoel.

'Het is donker, Keff,' zei ik tegen hem.

'Het wordt nog donkerder,' zei hij. 'Jij bent de man die de korven op moet pakken. Dan wil je toch dat het goed donker is?'

'Zodat de bijtjes nog vaster in slaap zijn?'

'Je zegt het, slimmerik,' zei Keff. 'Dan kun je stilletjes naar ze toe sluipen en hun deurtje dichtdoen. En als ze daarna wakker geschud worden, kunnen ze er niet meer uit.'

Dus wachtten we totdat de bergtop gewoon een wolkenformatie was geworden in de lucht, totdat de maan voor de enige kleur zorgde en het verre, pinkelende Waidhofen nog als enige een levensteken gaf van nachtmensen die wakker waren bij lamp en lantaarn.

Keff deed het als volgt: ik stond wiebelend op de aanhanger, terwijl hij boomgaard na boomgaard binnendraaide en tussen de rijen bomen door reed. Als hij bij een bijenkast stilhield, liep ik er zachtjes op af. Ze hadden allemaal een opening ter grootte van een brievenbus. Soms zaten er een paar slaperige bijen op de rand daarvan; ik duwde ze naar binnen – *nog* zachter – en deed haastig het gazen deurtje voor wat tegelijkertijd hun ingang en hun uitgang was.

Als je het ding optilde, werd de hele korf wakker. Binnen begonnen ze luid te zoemen; ze lieten je armen trillen, als verre elektriciteit.

De bijenkasten waren erg zwaar; als ik ze op de kar zette, droop er honing tussen de bodemlatten door.

Keff zei: 'Als je er een laat vallen, slimmerik, barst hij vast en zeker open. En als hij openbarst, slimmerik, rij ik heel hard weg en laat jou staan.'

Dus liet ik er niet één vallen. Toen er een stuk of zes op de kar stonden, moest ik ze met mijn rug tegenhouden om te voorkomen dat ze gingen glijden. Als we een stukje bergafwaarts gingen, gleden ze naar de tractor toe en daarna, als we klommen, schoven ze weer naar achteren.

'Hollen, slimmerik,' zei Keff dan.

Er pasten veertien bijenkasten op de platte wagenvloer; dat was de eerste laag. Daarna moest ik ze gaan stapelen. Toen ze in twee lagen stonden, gleden ze niet zo gemakkelijk weg; er was te veel gewicht en dat hield ze op hun plaats. Maar ik moest in de tweede laag één plek openhouden om de derde laag te kunnen opladen. Daarvoor moest ik op een bijenkast gaan staan met een andere bijenkast in mijn armen. Bovendien moest ik over de tweede laag kruipen om de kasten van de derde laag tot in de hoeken te schuiven.

'Drie lagen is toch wel genoeg, Keff?'

'Als je er maar niet doorheen stapt,' zei Keff. 'Dan word je vast en zeker gestoken.'

'Dat zal best, Keff.' Een dief in de nacht, druipend van de honing, tot aan zijn knieën door het huis gezakt.

Keff deed het zo: ik hield de bijenkasten tegen terwijl hij de weg overstak, omdat hij nu eens links en dan weer rechts moest zijn. Hij daalde de berg af en nam daarbij de boomgaarden aan beide kanten – maar de moeilijkheid was steeds om over de weg te komen. Als we uit de ene greppel kwamen en daarna in de andere afdaalden, ging de aanhanger zo scheef hangen dat de bijenkasten van de tweede laag bijna op hun kant stonden. Ik zette me schrap en Keff deed steeds het volgende: hij zette de motor af, draaide de koplamp uit, liet al het gekreun en gepiep van zijn tractor ophouden en wegsterven. Daarna luisterde hij of er auto's op de weg waren; als hij iets hoorde, bleef hij wachten.

Het duurde nu eenmaal erg lang voordat de tractor met aanhanger aan de overkant was, en de weg kronkelde zo erg, dat koplampen niet op tijd ontdekt konden worden. Dus luisterde Keff naar het geluid van een automotor.

'Is dat een auto, slimmerik?'

'Ik hoor niets, Keff.'

'Luister dan maar goed,' zei hij. 'Of wou je soms iemand door de bijenkorven laten rijden als we net dwars op de weg staan?'

Dus luisterde ik. Naar de vele manieren waarop de tractor zijn hitte uitzong. Naar de praatgrage bijen.

Ik werd maar één keer gestoken. Een bij, die ik van zijn eigen stoepje had geveegd en die zijn huis niet was binnengegaan, raakte in mijn manchet en wist mijn pols te vinden. Het brandde niet eens zo erg, maar mijn pols werd dik.

Toen er nog maar vier à vijf bijenkasten aan de derde laag ontbraken, zette Keff de tractor stil om de bandenspanning te controleren bij de aanhanger. 'Ik denk wel dat ze hem nu te pakken hebben, slimmerik,' zei hij.

'Wie?' vroeg ik.

'Je homovriendje, slimmerik. Hij kwam terug om jou te spreken, maar nu komt hij niet meer weg.'

'Je hebt alleen maar stemmen gehoord, Keff. In die kamer waren alleen Gallen en ik.'

'Ach, slimmerik,' zei hij. 'Er staan voetafdrukken in de tuin en bijna iedereen heeft dat geruzie gehoord. Snap je? Van homo-zijn word je een beetje *stom*, slimmerik.'

Hij keek op de bandenspanningsmeter. Hoeveel luchtdruk is er nodig om een eenassige aanhanger met twee wielen aan weerszijden overeind te houden als hij geladen is met een paar ton honing en bijen?

Keff bukte zich vlak bij de plek die ik had opengelaten om de derde laag te kunnen stapelen. Ik had zo naar boven kunnen wippen en een hele rij bijenkasten op hem kunnen schuiven; ik stapte op de kist van de tweede laag.

'Wat was jij aan het uitspoken met die kleine Gallen, slimmerik?' Hij keek niet omhoog. 'Ik wacht zelf tot ze oud genoeg is,' zei hij. 'En een beetje steviger.' En zijn dikke, nekloze hoofd draaide zijn grijnzende gezicht naar me toe.

'Wat doe je daar?' vroeg hij. En zijn voeten schoven terug onder zijn achterste, als een sprinter die zich schrap zet voor de start.

Ik vroeg: 'Waarom hebben we geen imkerpakken, Keff? Waarom hebben we geen maskers en zo?'

Maar hij schoof langzaam achteruit en wendde zijn blik niet af van die derde laag bijenkorven.

'Waarom hebben we wat niet?' vroeg hij.

'Imkerpakken,' zei ik. 'Als bescherming – voor het geval er een ongelukje gebeurt.'

'Dat wil de bijenhouder zo,' zei Keff, die nu weer rechtop stond. 'Als je goed beschermd bent, word je onvoorzichtig, slimmerik. En als je onvoorzichtig bent, gebeuren er ongelukken.'

'Waarom haalt de bijenhouder zelf zijn korven niet binnen, Keff?'

Maar Keff tuurde nog steeds naar dat rijtje op de derde laag. 'De derde laag is bijna vol,' zei hij. 'Nog één keer de weg over en dan gaan we terug naar de schuur.'

'Laten we dat dan maar doen,' zei ik.

'Denk je dat hij er nog is, slimmerik? Hierna moeten we nog een lading halen. Dacht je dat hij dan nog rondloopt? Om versierd te worden?'

'Tja, Keff,' zei ik en ik dacht: Bijna was je zelf versierd, Keff – bijna liep je zelf al niet meer rond. In die korven zitten gretige bijen, Keff, en het scheelde niet veel of je was versierd met honing. En met bijensteken waarvan je dikke kop nog meer was gaan zwellen.

Keff luisterde of er iets aankwam.

Maar ach, dacht ik, natuurlijk gebeurt dat niet. Al die tijd ben je volkomen veilig geweest, Keff. En zie jij nu zelf, Siggy, dat ik een grens weet te trekken? Trouwens, wat verwacht je eigenlijk van me, Siggy?

'Er komt iemand aan,' zei Keff. Hij liet de motor uit.

Enfin, zelfs de bijen werden er stil van. Ook zij luisterden.

'Iemand die hard loopt,' zei Keff en hij maakte zijn gereedschapskist open.

Ik hoorde het hijgen op de weg; geschuifel in gruis en ademgeluiden.

'Iemand die je kent, slimmerik?' vroeg Keff, met een steeksleutel in zijn klauw.

Toen draaide hij aan de bevestiging van de koplamp en richtte de voorkant op de weg; maar hij deed het licht nog niet aan. Hij hield zich alleen maar gereed.

Stil, bijen, dacht ik. Dat zijn kleine, korte stappen; dat zijn vlugge, ondiepe ademhalinkjes.

En Keff richtte zijn lichtbundel op mijn Gallen – met loshangend haar dat tijdens het hollen door de nacht waaierde.

HOEVEEL BIJEN ZIJN GENOEG VOOR JOU?

Ze kwam met nieuws – en met knikkende knieën omdat ze vanaf Waidhofen bergopwaarts had moeten hollen. Gallen bracht ons het nieuws van Siggy's grootse terugkeer om zijn tandenborstel te halen. Hoe hij zich als een aap van klimop naar venstertralies had geslingerd om op een nieuwe manier binnen te komen, hoe hij brullend door de gang was gerend, langs de trapleuning naar de hal was gegleden en luidkeels een grafschrift had uitgesproken voor iedereen – voor Tante Tratt, die klokkend als een broedse kip zat weggedoken in haar holletje onder de trap; en ook voor Gallen, die hij trakteerde op een uitgeschreeuwde metafoor over teloorgegane maagdelijkheid. En voor mij, want ook voor mij – zei Gallen – had hij een schimpscheut overgehad, een voorspelling van mijn latere castratie.

'Oh, hij is gek!' hijgde ze. 'Echt waar, Graff. En hij heeft de tuin omgewoeld met zijn handen – hij gooide met modder tegen de muren!'

Enfin, de bijen hoorden het allemaal; ze drongen zoemend tegen haar aan toen ze zich tegen hun kasten liet zakken – bijenkasten als kussens in haar lange, tengere rug.

'Kijk uit dat ze niet te hard leunt,' zei Keff. 'Kijk uit dat ze niks omvergooit, slimmerik.'

Oh, zo is het welletjes, Keff. Nu krijg ik werkelijk genoeg van je, dacht ik.

'Ze krijgen hem heus wel,' zei Keff.

'Oh, hij is woest,' zei Gallen. 'Graff, de hele stad zit achter hem aan. Ik weet niet waar hij heen is.'

'Ze moeten hem omsingelen,' zei Keff – en achter hem, verderop langs de weg, stonden de bomen geschrokken in het schijnsel van de vreemd verdraaide koplamp, ze doken weg langs de rand van de haarspeldbochten. De stad knipoogde geluidloos langs de inkepingen en de uitstulpingen van ronde boomgroepjes die zich samenbalden tegen de nachtelijke hemel.

'Oh, Graff,' zei Gallen. 'Het spijt me zo. Echt, het spijt me, Graff – als hij je vriend is,' zei ze.

'Luister,' zei Keff, maar ik hoorde niets. 'Luister, slimmerik!' Beneden in de stad kronkelde het onze kant uit, ofschoon nog nauwelijks meer dan een gemurmel. 'Hoor je die auto?'

Een paar boomgroepjes vingen het blauwig-schitterende licht op dat over de weg flitste en bij iedere haarspeldbocht van richting veranderde.

'Hoor maar,' zei Keff. 'Dat is een Volkswagen. Het is de politie, natuurlijk.'

Natuurlijk. Zonder sirene. Stiekem.

Ze zaten met twee man in de wagen en ze bleven niet lang.

'Helemaal bovenaan gaan we de weg afzetten,' zei een van hen en een zwarte handschoen knipte met zijn vingers.

'Vóór Sankt Leonhard,' zei de ander. 'Voor het geval hij deze kant uit komt.'

En de bijen hoorden het; het vervagende blauw schitterde weer weg van hun korfhuizen; ze verdrongen zich tegen mijn arme, steun zoekende Gallen die al voor de tweede keer deze avond tot een zielig hoopje mens was geworden. Door mijn schuld.

En ik kon alleen maar denken: Hij zal toch niet proberen met die motor de stad uit te rijden? En hij zal toch zeker niet in *deze* richting komen?

En Keff zei: 'Slimmerik, we kunnen hier niet de hele nacht staan gapen. Als dat meisje er niet af valt, zou ik graag naar de overkant willen.'

'Doe maar gerust,' zei Gallen, maar haar stem trilde alsof een kille valwind uit de bergen helemaal was komen aanwaaien vanaf de Raxalpe, helemaal vanuit afgelopen januari, en haar overrompeld had terwijl ze warm en lieflijk en kwetsbaar terneerlag, pas ontwaakt in de ochtend, zonder dekens. Ze was eigenlijk zo verschrikkelijk ontdaan en er was niets wat ik met enige helderheid kon bedenken.

'Laten we dan nog maar eens goed luisteren,' zei Keff en hij klom in het grote, verende zadel en nestelde zich tussen zijn bedieningsspullen met hun ijzeren gerinkel. We luisterden en hij wrikte de lamphouder terug, zodat we weer recht en fel naar de overkant schenen. Toen zette hij op elke wielrem een zware poot en wrong de tractor worstelend uit zijn versnelling. De aanhanger verschoof een beetje; de bijen zongen.

'Ik hoor niets,' zei ik.

'Nee, niks,' zei Keff en hij tastte naar het knopje van de startmotor.

Hij tastte; ik zei: 'Keff?'

'Slimmerik?' zei hij en zijn hand bleef hangen in de lucht.

'Luister,' zei ik. 'Hoor je wel?'

En hij verstarde ter plekke, zonder iets te laten knarsen in de tractor, zonder zijn adem uit te blazen.

'Ja,' zei hij.

Misschien was het nog niet eens de stad uit, maar het kwam eraan – en misschien kwam het ook niet onze kant uit. In die lage, smalle poortjes, misschien – misschien was dat het, wat het geluid deed komen en het dan ineens weer afsloot. Aan en uit, steeds weer.

'Tjee, slimmerik,' zei Keff. 'Dat noem ik pas luisteren.'

En nu was het de stad uit; het kwam onze weg op. Een hese man die zijn keel schraapt, vele afgesloten kamers verderop een grote paardenkeel die geschraapt werd. En niet van tijd tot tijd, maar onafgebroken; het bleef nu doorgaan en het bleef in onze richting komen.

'Ja hoor!' zei Keff.

Ja hoor, ik had hem uit miljoenen anderen kunnen herkennen. Oh, de fraaie geluiden van het gorgelende beest waarop onze Siggy reed!

'Aha!' zei Keff. 'Hij *is* het, slimmerik! De flikker!'

En toen was je er bijna geweest, Keff. Eén bijenkast van de derde laag op je hoofd, Keff, daar waar het zich bevond – precies op gelijke hoogte met de top van de zoemende stapel. Eén flinke bijenkast voor jou, Keff, daar waar je op je hoge zadel zat. En daarna misschien nog een – of een hele rij die over je heen kwam vallen, dikke Keff. Als ik het gedurfd had, Keff. Als ik gedacht had dat het enig verschil zou maken of enige zin zou hebben.

Hoeveel bijen zijn genoeg voor jou, Keff? Een potige vent als jij – hoeveel bijensteken kun je verdragen? Wat is jouw dosis, rot-Keff?

En was het Gallens koude hand die me weer tot mezelf bracht? Die me deed wegduiken achter de aanhanger, terwijl ik dacht: Wat nu, Siggy? Hoe kan ik voorkomen dat je op de top van de berg tegenover de blauw-schitterende Volkswagen komt te staan en die knippende, zwart gehandschoende vingers daarbinnen, daarbinnen?

Bergopwaarts, op het weggedeelte vanwaar Keff en ik net waren afgedaald, waren de met gruis bedekte bochten veel scherper dan hier; drie S-bochten boven onze bijenwagen lag de mooiste S-bocht van allemaal. Die was zo scherp als een Z. Nou, dacht ik, voor die bocht zal hij toch moeten afremmen – zelfs Siggy, zelfs het beest, zal voor die bocht een tweetal versnellingen terug moeten. Misschien wel helemaal naar zijn eerste. En dat is langzaam genoeg om hem tegen te houden of toch minstens zo langzaam dat hij me langs de weg ziet staan.

Ik rende weg en nam niet de moeite om Keffs geschreeuw te ontcijferen; nee, ik stoorde me niet aan zijn schorre stemgeluid.

'S Nachts denk je altijd dat je zo hard vooruitkomt, zelfs bergopwaarts; je ziet niet hoe langzaam de weg onder je voorbijglijdt of hoe traag de bomen langs je heen trekken. Alle oude nachtdingen doemden weer op en fladderden weer rond. En intussen hoorde ik het beest steeds luider tekeergaan.

Komt het door deze terugblik, dat ik alles zo precies omschrijf en alle feiten zo duidelijk naar voren haal? Of hoorde ik ze toen echt? De bijen. Hun miljoen – twee miljoen, drie miljoen – stemmen die zo dringend en ongeduldig aan het zoemen waren.

Maar *dit* weet ik zeker: ik rende drie S-bochten tegen de wankelende berg op en toen kwam de Z. Was mijn plan zo volmaakt uitgevoerd, dat ik de koplamp de bosjes rondom mij zag beschijnen op hetzelfde moment dat ik de Z-bocht in rende? Of gebeurde dat al ergens in de laatste S, toen de Z nog moest komen? Of heb ik een tijdje op de loer moeten liggen, voordat het *zrog* en het *zdomp* van zuiger en achterband de Z-bocht binnendraaiden?

Hoe dan ook, ik was daar; ik zag zijn sturende gestalte beneden me uit de S-bocht komen slippen – ik hoorde dat hij in de derde versnelling zat en ik bemerkte dat het dansende licht van zijn koplamp mij met een maankleur omspoelde en me voor altijd vastnagelde aan die plek op de weg.

Toen hoorde ik de versnellingen teruggaan tot aan nummer een. In de laatste hoek van de Z – zou hij zijdelings op me af komen slippen? Kwam die koplamp op zijn dooie eentje aanhobbelen?

'Vuile buikschuiver!' zei hij en het beest rochelde zichzelf tot stilte.

'Oh, Siggy!' zei ik en ik had zijn glanzende helm wel kunnen zoenen – alleen was het geen helm. Het was zijn kale schedel, kaal als de maan, ontbloot voor de nacht van zijn ontsnapping. En koud als een vuurwapen.

'Vuile frotteur!' zei hij en hij tobde even om de motor uit zijn versnelling te krijgen. Zijn voet ging alweer naar de kickstarter.

'Sig, ze hebben een versperring opgezet bij Sankt Leonhard!'

'En jij hebt een versperring in je hersens,' zei hij. 'Laat me los.'

'Siggy, je kunt niet doorrijden. Je moet je verbergen.'

Maar zijn voet ging weer naar achteren; ik wierp hem met een duwtje uit zijn evenwicht, zodat hij twee benen nodig had om de motor overeind te houden.

'Verdomme, Graff! Je hebt alles verknoeid – jij ook met je keverkonterige gevrij met dat *kind*!'

En hij sjorde de motor recht en tastte achter zich met zijn startvoet. Maar ik liet hem niet gaan.

'Siggy, ze liggen je op te wachten. Je kunt daar niet heen.'

'Heb jij dan een beter plan, Graff?' vroeg hij. 'Dan wil ik dat wel eens van je horen, verrekte Graff!'

Eh, nee, ik had geen plan. Natuurlijk niet.

Maar ik zei: 'Je moet de motor verbergen. Rij ergens een boomgaard in en hou je koest tot morgenochtend.'

'Is dat een *plan*?' zei hij. 'Zou er ooit een goed plan uit jou kunnen komen, Graff? Zolang er op deze aardbol nog een juffie rondloopt dat niet gepakt is, zul jij niet met een plan komen dat het overwegen waard is.'

En hij rukte het stuur uit mijn greep, maar ik drukte zijn been tegen de motor en dus kon hij niet starten.

'Nooit komt er een plan uit jou, verrekte Graff! Nooit zal er een idee van enige grootheid uit jou komen – zolang er nog een paar jonge, rechtopstaande, ongekietelde tieten over zijn!'

En hij sleurde de motor rond, trekkend aan het stuur, zijn hakken diep in de grond gegraven. Maar ik hield zijn startvoet gevangen.

'Kleingeestige, kortzichtige Graff!' brulde hij. 'Jouw hoofd zit vol met alle opbollende vrouwenbobbels van de hele wereld!'

En hij wrikte aan het voorwiel totdat het naar beneden gericht stond. Hij liet zijn beest de weg af rollen; ik greep de splitzak van zijn eendenjekker en rende met hem mee.

'Je reinste hymenhysterie!' riep hij. 'Dat mankeert jou, Graff! Jou, Graff!'

Oh, hij was buitengewoon, hij was door het dolle heen. En de motor begon nu vaart te krijgen; hij probeerde een versnelling te vinden, hij trok de koppeling in om het beest zichzelf te laten aanlopen op de helling.

'Jij zult altijd alles weggooien, Graff,' zei hij, ineens vreemd zachtmoedig.

En ik kon hem niet bijhouden. Dus sprong ik achter hem in het zadel en de motor begon te slingeren. Ik drukte me tegen zijn rug, maar hij had de voetsteunen voor de duopassagier omhooggeklapt. Hij had dit reisje alleen voor zichzelf uitgedacht.

Ik voelde dat hij met een metalige *knap* een versnelling te pakken had.

Maar ik deed dit: ik boog me over zijn schouder en drukte de muis van mijn hand op de knop waarmee de motor werd afgezet. Dus sloeg de motor niet aan. Hij maakte een gedempt, luchtig scheetgeluid achter ons – en de versnelling remde ons sterk af. Ik werd nog vaster tegen Siggy's rug gedrukt en hij gleed zelf tot op de benzinetank, waar zijn knieën vastgeklemd raakten onder het stuur;

zijn voeten schoten van zijn voetsteunen en hij kon niet meer bij de versnelling komen.

En de versnelling waarin we zaten, hield het niet. Het oude, dol geworden, door zijn eigen gewicht voortgedreven beest schoot terug in de vrijstand. We freewheelden naar beneden en het koplicht danste voor ons uit de weg af; we zeilden zonder motor verder, alsof we zweefden – het zachte geritsel van kiezelgruis spatte onder ons vandaan, het fluisterende gezoem van de banden droeg ons deinend omlaag. We maakten geen enkel geluid.

Het is de vraag of zelfs de bijen ons hoorden aankomen.

De ene S-bocht na de andere – ze flitsten sneller voorbij dan de nacht die langs ons heen schoot.

'Ga achteruit!' zei Siggy. 'Ik moet in een versnelling zien te komen.'

Maar de helling was te steil; mijn gewicht drukte loodzwaar naar voren, op hem, op de benzinetank. En net toen ik probeerde op te schuiven, kwam de volgende S-bocht razendsnel op ons af.

'Schakelen, Graff!' riep hij. 'Jij kunt erbij, kever!'

En hij trok haastig de koppeling in; ik schoof mijn tenen onder het vreemde, kleine schakelpedaal, maar het wilde niet wijken.

Onze woelige schijnwerper smeet stukken en brokken van het gebarsten wegdek op ons toe – en de schrik van bosjes en bodemloos diepe greppels, van een koude en vredige nachthemel en van de stad in zijn engelachtige schijnsel, talloze haarspeldbochten beneden ons. Alles kwam op ons af in scherp gepunte spiegelscherven die schuin waren neergezet.

Bijna nonchalant zei hij: 'Je moet het wel *doen*, Graff.'

Mijn tenen bleven pijnlijk rukken en ineens maakte het schakelpedaal een ratelend geluid; de motor sputterde, als een kanon zo hard, en hinnikte als een paard. Ik voelde hoe ik opnieuw tegen Siggy's rug geworpen werd en ik graaide in het rond om me vast te houden. De schokbrekers van het voorwiel sisten luid; de motor hing sterk voorover.

Siggy's lichaamsgewicht was te ver naar voren geschoven om goed te kunnen overhellen in de bochten; we zwabberden log en wiebelend door het eerste stuk van een eindeloze S-bocht, maar we reden nu tenminste een beetje langzamer.

'Dat is de tweede versnelling,' zei Siggy. 'Zoek de eerste op, Graff. Dat remt beter af.'

De tweede kromming van de S begon voor ons af te buigen; de motor richtte zich op en huppelde zijdelings over de kruin van de weg, maar we raakten nog steeds niet in de berm. We bleven overeind en Siggy zei: 'De eerste versnelling, Graff. De *eerste*!' En mijn tenen begonnen weer te graven, op de tast bezig met het schakelpedaal. Ik meende te voelen dat het ding bewoog. En Siggy zei. 'Je mag hem niet missen, Graff. Hij moet er helemaal in, Graff.' En ik dacht: Ja, bijna – het is bijna voorbij, we komen zonder kleerscheuren uit deze krankzinnige rit. Toen suisden we de S-bocht uit. Ik dacht: Ziezo, dat is dat; alles komt nu in orde.

Maar wat deed Keff daar, vlak voor ons? Wat deden zijn tractor en zijn bijenwagen daar, dwars over de weg?

En wat keken ze toch verbaasd! Keff, die het grote stuurwiel vasthield alsof het een wereld was die aan zijn greep ontglipte. En Gallen, die achter op de aanhangwagen stond en de drie lagen bijenkasten in evenwicht hield.

Keff, de grote luisteraar, die natuurlijk niets gehoord had van het eerste gedeelte van onze motorloze afdaling. En wat wil jij nu doen, Keff, zo dwars op de weg, waar je alle levensruimte in beslag neemt?

'O!' zei Siggy, zo zacht dat het ofwel een fluistering was ofwel een jammerklacht die rechtstreeks werd geuit tegen het ruisen van de wind.

Onze lichtbundel danste over hen heen: de plompe, tierige bijenkasten die voor ons opdoemden, drie lagen dik – vóór ons en al heel snel boven ons. De gonzende ijzeren bodem van de wagen – doorzakkend onder de honing, zodat hij op gelijke hoogte was met onze aanstormende koplamp – kaatste onze weinig fraaie nadering naar ons terug.

Siggy's elleboog kwam tweemaal pompend omhoog, beukte me in mijn borst en stootte me van zijn schouders. Maar ik hielp hem al daarbij; de knokkels van mijn handen boorden zich al in de gleuf tussen het zadel en de benzinetank. Ik duwde me omhoog en zette me af vanuit de polsen; ik rechtte met een ruk mijn armen en ik voelde hoe ik van Siggy en het beest wegvloog. Heel langzaam, naar het scheen – terwijl wel honderd kilometer wegdek onder mij de berg af suisde, duwde ik me omhoog en bij de motor vandaan; honderd kilometer lang zweefde ik achter en steeds verder weg van het beest, dat nog altijd in de tweede versnelling zat en de eerste nooit zou vinden.

Het rood-rennende achterlicht danste onder mij door en voor mij uit. En ik dacht: Ik blijf in de lucht hangen en zo zweef ik over deze weg naar Waidhofen. Ik vlieg een kilometer over die bijen heen; in nog geen honderd kilometer kom ik naar beneden.

En het achterlicht schoot bij me vandaan, maakte een zijsprong, probeerde een besluit te nemen en richting te kiezen en kon natuurlijk nergens heen.

De langste honderd kilometer die ik ooit gezweefd heb, duurden vreemd genoeg maar even. De onvermoeibare Siggy kreeg niet eens tijd om zijn knieën onder het stuur vandaan te halen, al had ik tijd genoeg om te zien hoe hij het probeerde – waarbij zijn kale kop naar achteren knakte en de griezeligste weerspiegelingen opving van koplamp, achterlicht, randen en vlakken van bijenkasten, aanhanger, plomp tractorspatbord en de ijzeren delen in Keffs openstaande mond.

Het achterlicht, dat een vermaledijde dans uitvoerde, viel op de weg en spuwde splinterpatronen van rood en wit licht en volbracht zijn dans en doofde uit. Siggy trok zijn schedel in de schaduwen en in zijn eendenjekker en legde het oude beest op zijn kant.

De koplamp priemde onder de aanhanger door naar de veilige weg daarachter. En de motor *nam* die route – op zijn zij, terwijl de vonken rondsproeiden van de snelheid waarmee de uitlaat over de weg schuurde en de voetsteun en de kickstandaard en de stuurhendel en de wielnaaf die allemaal stukjes uit het verkruimelende wegdek beten.

En zou je niet verbaasd gestaan hebben, Keff, wanneer ik over de hele bliksemse boel heen was gevlogen en aan de andere kant weer bij Siggy was terechtgekomen, op het moment dat hij daar opdook van onder jouw gruwelijke lading?

Maar wat deed jij, Keff? Wat was jij eigenlijk aan het doen – toen je met een ruk vooruitschoot, Keff, en daarna stilhield; toen je stilhield en daarna vooruitschoot of hoe de volgorde ook geweest mag zijn? Wat probeerde je eigenlijk te doen, Keff? Wat heb je in vredesnaam zitten denken in dat al te trage brein van jou? Waarom dacht je dat je op tijd uit de weg kon gaan, Keff?

Waarom trok je op, Keff – zodat Siggy onder de aanhanger gleed, maar *niet* opdook aan de andere kant?

Oh, je reed niet ver, Keff, maar het was net genoeg. Want alleen daardoor kon het gebeuren dat iets zich aan Siggy of aan zijn beest vasthaakte – een as? een stukje band? de uitstekende rand van de wagenbodem? God, iets zei BOING! – een holle, ijzeren galm waarvan de maan huiverde.

Je reed niet ver, Keff, maar je *trok* op.

Net toen ik over je geduchte lading zou vliegen, Keff, schoot je vooruit! En Siggy – of een deel van zijn beest – deed BOING! onder de bodem van de aanhanger. En Gallen, die met haar lange en liefdeloze armen alleen maar deed alsof ze de verschrikkelijke lading kon bedwingen, nam een sprong. Ze wist dat het spel uit was, dat de bijenkasten niet te houden waren. Ze sprong naar de veiligheid,

Keff, op het moment dat ik over jouw bijen zou suizen. En juist toen trok je op, bleef je aarzelend steken, nam je weer gas terug – of wat je ook allemaal doet, of deed, tussen je metertjes en je versnellingen en je onheilspellende ijzeren dingen.

En de bijenkasten van de derde laag gingen schuin hangen – net zo lang als ik nodig had gehad om mijn honderd kilometer door de lucht af te leggen. Daarna vielen ze met een vertraagde beweging naar beneden, dwarrelden vederlicht neer op het poederzachte wegdek en de wachtende ijzeren rand van de wagen. De bijen en ik, we vielen in slow motion, Keff.

Besloot ik te landen toen ik ze zag vallen? Ik kwam als een zoutzak neer op de weg, die veel harder was dan hij eruitzag en die al het vel van mijn handpalmen schuurde.

Maar de bijenkasten vielen harder dan ik. Ze waren log en kwetsbaar als met water gevulde luchtballonnen. Hun dunne zijkanten barstten open en ze lieten hun druipende, sponzige honingraten de vrije loop.

God, wat hebben ze tegen elkaar gezegd? Wat zeiden de bijen? Was het: 'Wie vermorzelt mijn huis in het holst van de nacht?' Of was het: 'Wie maakt me wakker – wie blundert mijn korf binnen en vertrapt mijn kinderen in hun slaapcelletjes van was? *En wie verblindt me daar met dat licht?*'

Want het beest wilde niet dood, het wilde zijn licht niet doven; onder de aanhanger, die nu zo mooi geelbruin was, scheen zijn koplamp over de grote kwakken honing die van de rand van de wagen dropen.

Enfin, dat licht scheen ook op jou, Keff, toen je over de weg op me afkwam. Je sjokte als een beer en je maaide met je lange armen rond je hoofd en je sloeg op de omslagen van je broekspijpen, Keff, en soms maakte je een luchtsprong – ja, je sprong! – en dan draaide je je om in de lucht, met je armen stijf om je heen. En soms bukte je diep en dan draafde je weer in mijn richting.

Was Gallen eerder bij me dan jij, Keff? Of verbeeldde ik me maar dat ze er was, heel even, vlak voordat jij me van de grond schepte als een rugbybal en me half wegdroeg, half wegrolde – uit het licht dat al die bijen de weg wees?

En is het steken toen begonnen? Ik herinner me niet dat ik iets gevoeld heb. Ik herinner me dat ik een gedempte, veel doffere herhaling hoorde van het BOING! waarmee het beest – of iets anders – tegen de aanhanger was geslagen. Ik herinner het me heel goed: *boing-whomp, boing-whomp* – onder de wagen.

Siggy, probeerde je de wagen van je af te tillen – probeerde je nog steeds je arme, vastgeklemde knieën onder het stuur vandaan te krijgen? Je vuist of je onderarm – je kale hoofd? deed *boing-whomp* en nog eens *boing-whomp.* Wist je soms dat ik het hoorde en dat ik aan kwam rennen?

Ik hoorde je. Ik kwam aanrennen. En ik zou bij je gekomen zijn, als de bijen niet mijn ogen hadden dichtgedaan, als ze mijn oren niet volgepropt hadden en me niet hadden afgeremd totdat ik alleen nog maar kon kruipen. Zelfs dan zou ik nog bij je gekomen zijn, als Keff niet op me af was komen klossen; hij nam me over zijn heup en onder zijn arm en strompelde weer met me de weg af.

Als ik soms gegild heb, dan was het om een menselijke stem te horen; om het gonzen van de bijen te overstemmen – en wat zeiden ze tegen elkaar?

'Daar is de huizenkraker, de pletter van babybijen! En hij kan niet weg als we zijn licht volgen!'

En daarna – wat was daarna de echte volgorde waarin de dingen gebeurden?

Keff was er en hij vertelde me wat ik al wist: 'Oh, slimmerik, slimmerik, ik heb geluisterd! *Ik heb geluisterd!* Ik hoorde jullie motor afslaan en toen heb ik geluisterd of hij weer startte, maar dat deed hij niet. Ik hoorde hem niet, slimmerik! Ik zei tegen het meisje: "Als jij nou even die bijenkasten vasthoudt, dan kan ik eindelijk naar de overkant van de weg." Vraag het maar aan haar, slimmerik! We hebben *allebei* staan luisteren en jullie kwamen *niet.* Er kwam niemand. Hoe konden jullie zo gauw hier zijn zonder dat ik het hoorde?'

En daarvoor, of ondertussen, of misschien daarna, kwam de blauw-schitterende Volkswagen naar beneden vanuit Sankt Leonhard, waar ze de BOING! ook gehoord hadden, zeiden ze – zelfs daar.

Ergens te midden van dit alles probeerde ik mijn ogen open te doen. Maar ze wilden niet open en Gallen drukte er haar mond op en hield ze nat en koel voor me.

En opnieuw bezwoer Keff me dat hij geluisterd had.

Verder weet ik eigenlijk niet wat ik allemaal hoorde en waar ik naar luisterde. Ik weet niet of er nog een paar maal *boing-whomp* kwam en of ik echt aan Keff gevraagd heb: 'Hoeveel bijen, denk je?' En of Keff en ik een hoogst technische discussie hadden over het aantal bijen per kast en het aantal kasten dat gevallen was – of de derde laag alleen aan de achterkant en de bergkant van de wagen was geschoven of dat er juist meer of minder rijen waren gekanteld. En of het er echt toe deed, hoeveel het er waren.

En ik weet niet of Keff echt een antwoord of een schatting gaf. En of dit alles gebeurde binnen drie minuten nadat ik echt de laatste *boing-whomp* had gehoord of drie dagen daarna – of drie baden met epsomzout later.

En werden toen reeds de gezichten van de ware getroffenen over mij heen gebogen, daar op die hellende weg, in die nacht vol samenzwerende bijen? Gebeurde het toen, dat de dieren mij beschuldigden en om hem treurden? Of werd dat ook uit me naar buiten geweekt door al dat epsomzout?

De huilende bergkangoeroe, de diep geschokte spiesbok, de tot wanhoop gebrachte Zeldzame Brilberen – wanneer zag ik dat ze om hem rouwden?

Was het daar, toen mijn ogen nog dichtgezwollen zaten? Of was het talloze zuiverende baden later, lang nadat Siggy zijn dosis bijensteken had bereikt en overschreden?

TWEEDE DEEL

Het notitieblok

Eerste dierentuinwake:
Maandag 5 juni 1967, 13.20 uur

Ik ga pas halverwege de middag naar binnen. Nog een uurtje of wat in deze zon zal me geen kwaad doen; misschien droog ik zelfs op. Zoals je natuurlijk weet, Graff, verliet ik Waidhofen in een behoorlijke plensbui. En de wegen waren overal glibberig, bijna helemaal tot aan Hietzing toe, ook al hield het op met regenen zodra ik de bergen uit was.

Toen ik wegging, wist ik niet precies hoe laat het was. Wanneer kwam die melkboer eigenlijk opdagen? Alles gebeurde erg snel en erg vroeg; maar rond negen uur was ik verdwenen, dat weet ik zeker, en nu zit ik nog maar pas op dit terrasje – net lang genoeg om iets te kunnen bestellen. Thee met rum, want de regen heeft me rillerig gemaakt. Als ik dus om negen uur vertrokken ben en als het nu één uur twintig is, dan komen we uit op vier uur – van Waidhofen naar de Hietzinger Tiergarten. Niet gek, met een natte weg.

Ken je het café waar ik zit? Op de Platz, waar de Maxing Strasse erop uitkomt, pal tegenover de hoofdingang van de dierentuin. Ik zit gewoon even bij te komen en op te drogen. Zo halverwege de middag wandel ik naar de overkant, snuffel een beetje rond in de dierentuin en zoek een plekje om weg te kruipen wanneer ze de bezoekers gaan wegsturen en alles op slot gaan doen voor de nacht. Op die manier kan ik van binnenuit het aflossen van de wacht bekijken, als ze er zoiets hebben, en de gewoonten van de nachtwaker gadeslaan. Ik hoop dat ik ook de kans krijg met een paar dieren te babbelen om ze te laten weten dat ze van mij niets te vrezen hebben. Ik blijf binnen tot de dierentuin weer opengaat; als het druk genoeg is, slenter ik gewoon het hek uit als een vroege klant die netjes heeft betaald.

Momenteel zit ik heel lekker op dit terras. Mijn kelner heeft het zonnescherm een beetje opgerold, zodat ik nu een tafel vol zon heb; het trottoir voelt warm aan onder mijn voeten. Hij is een heel aardige kelner, zoals de meeste kelners in de buitenwijken. Hij heeft een Balkan-uiterlijk en zijn accent is zo licht als het getinkel van wijnglazen.

'Bent u hier na de oorlog gekomen?' vroeg ik hem.

'Ach, ik heb het allemaal gemist,' antwoordde hij.

'Wat hebt u gemist?'

'Die hele rotoorlog,' zei hij.

Ik kon niet ontdekken of dat een teleurstelling voor hem was – zelfs niet of het wel *waar* was. Voor jou is het waar, hè, Graff? Jouw hele familie kwam uit Salzburg, nietwaar? En voor de oorlog zijn jullie al een flink eind ten westen van Zürich gaan wonen, heb je me verteld. Enfin, Zwitserland was natuurlijk minstens zo goed als elke andere plek op het vasteland. En jullie konden later terug naar Salzburg. Salzburg is door de Amerikanen bezet, nietwaar? Naar ik gehoord heb, hebben ze het daar netjes aangepakt.

Mijn kelner bracht me zojuist mijn thee met rum. 'Amerikanen zijn een vreselijk net volkje, nietwaar?' zei ik tegen hem.

'Ik heb er nooit een ontmoet,' zei hij.

Slim hoor, die Balkan-jongens. Hij heeft precies de goede leeftijd voor de oorlog en ik durf te wedden dat hij er *niets* van gemist heeft. Neem mij nou, bijvoorbeeld; ik heb precies de verkeerde leeftijd. Ik bevond me wel op de juiste plaats, maar de oorlog ging aan me voorbij terwijl ik in de moederschoot zat of op weg was daar naartoe – en later kwam ik zo kersvers uit de moederschoot, dat ik niet eens kon deelnemen aan de lijkschouwing. Daar moet je mee zien te leven als je eenentwintig bent in 1967 – in Oostenrijk; je hebt eigenlijk geen verleden en voor zover je kunt zien ook geen nabije toekomst. Ik wil maar zeggen, wij zijn op een interimleeftijd in een interimtijd; we leven precies tussen twee perioden vol monsterlijk grote beslissingen – de een is voorbij en de ander moet nog komen. Wij moeten het doodtij in de geschiedenis vullen en de hemel mag weten voor hoe lang. Ik wil maar zeggen, *ik* heb alleen maar een voorgeschiedenis; ik leidde een moederschoot en een voor-moederschoot-bestaan op een tijdstip dat hele volkeren de grootste beslissingen namen die verschrikkelijke gevolgen hadden. Wij kunnen wel vijftig worden voordat zoiets opnieuw gebeurt; de wetenschap heeft er trouwens al voor gezorgd dat monsterachtig grote beslissingen geen steun meer nodig hebben van het volk. Weet je, Graff, in ons geval is het de voorgeschiedenis die ons gemaakt heeft en die heeft meegeteld in wat we zijn geworden. Mijn eigenlijke *vita* begint bij mijn grootouders en is al bijna voorbij op de dag dat ik werd geboren.

Mijn kelner heeft me zojuist een krant uit Frankfurt gebracht. Hij vouwde hem open op pagina drie en liet hem op mijn schoot vallen. Er staat een foto in uit Amerika; een Duitse herder doet zich te goed aan de jurk van een negerin. Een onmiskenbaar blanke politieman staat erbij met geheven knuppel; het ziet ernaar uit dat hij de negerin gaat afranselen zodra de hond van haar is afgestapt. Op de achtergrond – en nogal vaag te zien – wordt een rijtje zwarten tegen een winkelpui geplakt door een ongelooflijke waterstraal uit een brandslang. Zei ik niet dat ze slim waren, die jongens van de Balkan? Mijn kelner liep gewoon weg en liet dit achter op mijn schoot. Vreselijk net volkje, die Amerikanen; ze wassen hun negers met een brandslang.

Als je in Amerika eenentwintig bent, in 1967, hoef je je niet blind te staren op je voorgeschiedenis, denk ik; in Amerika is er elke dag wel weer een nieuwe campagne voor een goed doel, heb ik gehoord. Maar ik ben niet in Amerika. Ik ben in de Oude Wereld. En wat die wereld zo oud maakt, ligt niet aan de voorsprong die hij ooit heeft gehad. Iedere plek die achterblijft, die wacht op de volgende Nationale Crisis – *dat* is een Oude Wereld en dikwijls is het jammer om daarin jong te zijn.

Als het me echt veel kon schelen, zou ik waarschijnlijk naar Amerika gaan en me aansluiten bij extreem zwart en al die blanken wassen met een brandslang. Maar dat plan komt slechts zo nu en dan boven en eigenlijk denk ik er niet veel over na.

Mijn kelner kwam terug om zijn krant te halen.

'Uitgekeken, meneer?' vroeg hij en hij stak zijn hand uit. Hij mist een wijsvinger – helemaal tot aan de knokkel. Ik gaf hem zijn krant terug, met mijn duim op het gezicht van de blanke agent.

'Nou ja, het is een Duitse krant,' zei ik. 'Voor sommige Duitsers is het vast een opkikkertje om een beetje racisme te zien in Amerika.' Ik zei het alleen maar om hem te plagen.

'Ik zou het niet kunnen zeggen,' antwoordde hij, met de geslepenheid hem eigen. Werkelijk piekfijne kelners, die jongens van de Balkan. De helft schijnt professor te zijn geweest voordat ze hun nederige handwerk aanvingen.

Zo zet Wenen je altijd weer voor een raadsel. De stad is één en al voorgeschiedenis – zelfvoldaan en afwerend. Zodat ik me steeds weer buitengesloten weet. Maar als wij de generatie zijn die moet leren van de fouten van onze ouders, dan vind ik dat ik *ieders* fouten behoor te kennen.

Mijn thee is koud geworden, maar hij staat stijf van de rum. Een goede kelner, wat ik ook allemaal van hem gezegd mag hebben. Hoe is hij die vinger kwijtgeraakt? Als je het aan hem vraagt, zal hij het wel vertellen – als jongetje overreden door een tram. Alleen *waren* er geen trams in de dorpse, oostelijke uithoek van Joegoslavië waar hij een jongetje is geweest; misschien zijn ze er zelfs nu nog niet. Maar als je in Amerika was en je zou aan een man zonder wijsvinger vragen hoe hij hem had verloren – dus waarschijnlijk iemand die hem tot op het bot had opengehaald aan de hals van een fles – dan zou hij zeggen dat zijn vinger eraf geschroeid was door de gloeiendhete trekker van zijn geweer, toen hij de vijand bestookte in Mantsjoerije.

Sommige mensen zijn trots en andere hebben zo hun twijfels.

En ik kan kijken naar mezelf – hoe ik me buiten deze tijd geplaatst voel, hoe ik bij mijn voorgeschiedenis te rade ga om enige zin en invloed te ontdekken – en dan kan ik de opgeklopte taal van hiervoor een beetje afzwakken. Ik kan zeggen: Een voorgeschiedenis is het enige wat *iedereen* heeft. Het gevoel dat je in een interimperiode leeft, heeft te maken met het feit dat je geboren bent en dat allerlei dingen na jouw geboorte niet meer zullen gebeuren.

En soms, zeldzaam zelden, rijst er een groots plan bij je op waardoor alles anders wordt.

Dus zal ik deze aardige kelner een flinke fooi geven en me naar de overkant begeven. Want daar zit menig dier waarmee ik nog een babbeltje wil maken.

De uiterst selectieve autobiografie van Siegfried Javotnik: Voorgeschiedenis I (begin)

30 mei 1935: Hilke Marter, mijn aanstaande moeder, viert haar vijftiende verjaardag. In een wijnbouwerstuin in Grinzing ligt ze lui achterover in haar stoel, met haar rug tegen het nog onbegroeide lattenwerk. Een paar kilometer lager trekt de zon een smeltspoor door de laatste, barokke schuilplaatsen die de sneeuw nog resten in de binnenstad van Wenen; boven haar sijpelt het smeltwater door het Wiener Wald, waar de toppen van de bomen ronddobberen in een grondmist die zo fijn geweven is als het kantwerk van grootsteedse lingerie. Wegsmelten, zegt de dag – en mijn moeder smelt weg.

Zahn Glanz, Hilkes eerste vriendje, heeft toch zulke zachte, omfloerste modderpoelogen. Maar wat mijn moeder het meest aan hem bewondert, is het korenarenpluis dat in dunne draadjes aan zijn roze kin hangt. En Zahn kan zijn wijnglas laten zingen door met zijn tong over de rand te strijken; door een steviger greep op het steeltje kan hij overgaan naar een hoger octaaf. In 1935 is de kunst ook in glasserviezen nog rijkelijk aanwezig, zelfs in openbare gelegenheden, en elegante talenten als die van Zahn bereiken nog grote hoogten.

Zahn denkt dat hij journalist wil worden of politicus. Nooit gaat hij met Hilke naar een tent waar de radio het niet doet – of waar de radio niet altijd aanstaat, met genoeg volume; want anders blijft hij niet op de hoogte van de laatste gebeurtenissen.

'Kijk uit dat je dat hek niet omgooit,' zegt Zahn en mijn moeder gaat rechtop zitten, met haar vingers op de tafel, en ze kijkt over haar schouder naar de luidspreker die boven haar hoofd tussen het lattenwerk zit.

Zelfs de kelner zorgt ervoor dat hij Zahns contact met de wereld buiten de wijngaard niet verstoort; hij loopt op zijn tenen – een peperkoekzachte man die kruimelend over het terras gaat.

En Radio Johannesgasse voldoet gaarne aan Zahns gretigheid. Men haalt Hitler aan, die gezegd heeft dat Duitsland noch de intentie noch het verlangen koestert om zich te mengen in de binnenlandse aangelegenheden van Oostenrijk of om Oostenrijk in te lijven of anderszins aan zich te binden.

'Als dat ook maar in de verste verte waar is,' zegt Zahn Glanz, 'dan snijd ik mijn slurf af.'

Je *wat*? denkt Hilke. Oh, nee toch. Alsjeblieft niet.

Tweede dierentuinwake:
Maandag 5 juni 1967, 16.30 uur

Kort na mijn binnenkomst zag ik hoe de Katachtige Roofdieren gevoederd werden. Het leek wel of iedereen in de dierentuin daar de hele dag op had gewacht.

Omstreeks die tijd nam ik juist een kijkje bij de Bennetts kasuaris, een vogel zonder vleugels, verwant aan emoe en struisvogel. Hij heeft enorme voeten die nogal gevaarlijk kunnen zijn, naar men zegt. Maar wat ik het interessantste vond, was dat het dier een benige helm op zijn kop heeft; het bordje met de beschrijving vermeldde dat dit nodig was om hem te beschermen 'wanneer hij met verbazingwekkende snelheid door de dichte onderbegroeiing rent'. En waarom zouden kasuarissen met verbazingwekkende snelheid door de dichte onderbegroeiing rennen, hè? Zo stom zien ze er niet uit. Mijn eigen theorie over de evolutie van die kopbepantsering luidt dat de kasuaris zo'n helm alleen heeft laten groeien toen de mensen hem met verbazingwekkende snelheid achterna gingen zitten om hem te vangen in de dichte onderbegroeiing. Misschien is dat ding ontstaan door een soort angstklier. Als kasuarissen met rust worden gelaten, hebben ze zoiets in elk geval niet nodig.

Enfin, ik stond dus naar de Bennetts kasuaris te kijken, toen de Katachtige Roofdieren met hun gebrul begonnen. Nou, iedereen rondom me begon te hollen en te duwen omdat men zo graag bij dat spektakel aanwezig wilde zijn.

In het Roofdierenhuis hangt een erg sterke geur. Natuurlijk had iedereen daar wat van te zeggen. En ik zag twee verschrikkelijke dingen.

Eerst had je die oppasser, die een paardenbiefstuk naar een leeuwin gooide – tussen de tralies door en precies in een grote plas urine. Iedereen begon te giechelen en wachtte tot de leeuwin een vies gezicht zou trekken.

En ten tweede de jachtluipaard; daar pakte de oppasser het een beetje vakkundiger aan. Hij deed het vlees op een soort dienblad en wipte het eraf in de kooi – en de jachtluipaard dook erop af, nam het in zijn bek en schudde het wild heen en weer. Zoals een huiskat bij een muis de nek breekt. Groot geschater van iedereen. Maar de jachtluipaard schudde te hard met zijn vlees; een groot stuk vloog eraf en viel buiten de tralies op een soort richel. Iedereen raakte buiten zichzelf van plezier. Want weet je, de jachtluipaard kon er niet bij en omdat hij bang was dat iemand het zou stelen, zette hij een enorme keel op. Een stuk of wat kinderen moesten naar buiten worden gebracht, want de andere roofdieren begonnen ook te brullen. Ze dachten dat de jachtluipaard hun eigen maaltje bedreigde. Ze lagen allemaal ineengekrompen boven hun stukken vlees en ze aten veel te snel. In de hele rij kooien zag je de staarten zwiepen; flanken kromden zich en trilden. En natuurlijk begonnen ook de mensen te loeien. Iemand begon voor de jachtluipaard op en neer te dansen, terwijl hij net deed of hij de homp vlees wilde weghalen. Het beest raakte geheel van streek, want het probeerde zijn kop tussen de tralies te wringen. Toen kwam de oppasser terug met een lange stok waaraan een soort pikhaak zat. Hij viste het vlees op en slingerde het als een pelotebal tussen de tralies door. De jachtluipaard nam het in zijn bek en wankelde naar het achterste gedeelte van zijn kooi. Mijn God, hij at het met twee verschrikkelijke hap-slokken op zonder een ogenblik te kauwen – en natuurlijk begon hij te kokhalzen en spuugde hij ten slotte alles weer uit.

En toen ik het Roofdierenhuis verliet, was de jachtluipaard bezig zijn eigen braaksel op te schrokken. De andere Katachtigen liepen in kringetjes rond, vol afgunst dat iemand nog iets overhad om te eten.

Op dit moment, om halfvijf, zie ik nog geen enkel teken waaruit blijkt dat de dierentuin zich gereedmaakt om te gaan sluiten. Ik zit in de Biergarten onder een parasol. Weet je nog wel? De Zeldzame Brilberen? Nou, sinds wij hier waren, zijn ze in elk geval niet in bad geweest: ze stinken erger dan ooit. Maar ze lijken nog steeds erg aardig – ze zijn heel lief voor elkaar. Dat wordt dus onze beslissing: ofwel we laten ze samen los, ofwel we laten ze samen zitten. Ze van elkaar scheiden kan natuurlijk niet. Dat zou pas echt gemeen zijn.

Voor de Katachtige Roofdieren kunnen we natuurlijk niets doen. Ik ben bang dat die zullen moeten blijven. Al geef ik het niet graag toe, we hebben een bepaalde verantwoordelijkheid jegens de *mensen* van deze wereld.

De uiterst selectieve autobiografie van Siegfried Javotnik: Voorgeschiedenis I (vervolg)

22 februari 1938: ochtend in het Rathaus Park. Hilke Marter en Zahn Glanz genieten samen van een zak gemengde noten. Met hun hoofd diep in de kraag van hun jas maken ze een nogal koude wandeling, terwijl ze precies bijhouden hoeveel verschillende eekhoorns hen achterna zijn gekomen en een nootje gevraagd en gekregen hebben. Hilke en Zahn hebben er vier geteld: één met een smal gezichtje, één met een ontbrekende tand, één met een hap uit zijn oor en één die

hinkt. Zahn maakt eekhoornlokkende geluiden. En Hilke zegt tegen degene met het magere snuitje: 'Nee, jij hebt al gehad. Eén noot per persoon. Is er verder niemand?'

'Er zitten maar vier eekhoorns in het hele park,' zegt Zahn.

Maar mijn moeder meent een vijfde te zien; ze tellen ze nog eens.

'Niet meer dan vier,' zei Zahn.

'Nee hoor,' zegt Hilke. 'Die hinkende is er niet meer.' Maar Zahn denkt dat nummer vier dezelfde eekhoorn is – alleen is hij van hinken overgegaan op huppelen.

'Dat is een andere,' houdt Hilke vol en ze lopen naar een eekhoorn toe die zijn eigen schaduw achternazit. Maar de schaduwjager zit helemaal niet achter zijn schaduw aan. Zahn knielt neer en schermt de zon af en Hilke biedt het diertje een amandel aan. Maar de eekhoorn gaat door met zijn redeloze gespring in kleine kringetjes.

'Zeker een soort schoonheidsgymnastiek,' zegt Zahn en Hilke houdt de amandel dichterbij. De eekhoorn wankelt, deinst terug, springt verder – draaiend om zijn as, zonder richting, als een half wild paard dat zijn berijder tracht af te werpen.

'Misschien is het een gedresseerde eekhoorn,' zegt Hilke en dan ziet ze de roze plek op zijn kop.

'Hij is kaal,' zegt Zahn en hij grijpt naar het dier. De eekhoorn kan alleen maar draaien; zijn enige koers is in de rondte. En wanneer Zahn hem op zijn schoot tilt, ziet hij dat de kale plek een bepaalde vorm heeft; er is iets in de kop van de eekhoorn gekerfd. Het dier knijpt zijn ogen dicht en bijt naar de lucht; Zahn houdt zijn adem in om de mist voor zijn ogen te laten wegtrekken. In de kop van de eekhoorn is een lichtroze, onbehaard, volmaakt gevormd hakenkruis gesneden.

'Grote God,' zegt Zahn.

'Het arme dier,' zegt mijn moeder en ze biedt de amandel opnieuw aan. Maar de eekhoorn lijkt duizelig te zijn en bijna flauw te vallen. Misschien is hij juist door een amandel in de val gelopen. Het litteken heeft blauwige randen; het klopt pijnlijk – een teken dat deze eekhoorn niets meer met nootjes te maken wil hebben. Zahn laat het diertje gaan; het begint kringetjes te draaien.

Mijn moeder moet nodig even geknuffeld worden. Zahn trekt haar hoofd binnen de brede bontkraag van zijn cavaleristenjas, die zo goed past bij jongemannen die journalistiek of politiek studeren; op de dagen dat het sneeuwt hangt er in de collegezalen zo'n doordringende geur van nat bont, dat de universiteit wel een konijnenfokkerij lijkt.

Een rij trams komt schommelend aanrijden door de Stadiongasse; de wagons kermen en wiebelen voorbij, als dikke mannen met koude, broze voeten. Handen vegen de wasem van de ruiten, een paar vrolijke hoeden gaan heen en weer; vingertoppen spreiden zich over het glas en wijzen naar het paartje dat elkaar omvat houdt in het Rathaus Park.

De wind steekt op; de eekhoorns krimpen ineen terwijl hun vacht ruiger lijkt te worden. De vijfde eekhoorn gaat zijn gangetje, zonder zich aan wind of wat dan ook te storen; steeds in het rond, steeds weer die sprongen – misschien om de hoofdbedekking in te halen die hij kwijtgeraakt is of om bepaalde gevoelens terug te vinden die bij eekhoorns niet dieper zitten dan de huid.

'Naar een warm plekje?' vraagt Zahn en hij voelt hoe Hilke Marter haar ademen bedwingt, dicht tegen hem aan. Mijn moeder antwoordt met een hoofdknikje dat tegen Zahn Glanz' rozige, gladde kin botst.

Derde dierentuinwake:
Maandag 5 juni 1967, 19.30 uur

Ik moet bekennen dat ik bij oppassers noch bezoekers enig bewijs heb gezien van wreedheden die aan deze dieren worden begaan. Een ongelukkige aanpak soms, dat wel; maar echte wreedheden niet. Natuurlijk blijf ik opletten, maar momenteel is het beter om niet uit mijn schuilhoek te komen. Straks wordt het donker en dan kan ik het grondiger controleren.

Ik had tijd genoeg om me te verstoppen. Even voor vijven liep een portierachtig mannetje door de Biergarten, terwijl hij de tegels schoonveegde met een grote bezem. Dus stond ik op en slenterde weg. In de hele dierentuin kon je de veeggeluiden horen. Als je langs zo'n bezemer kwam, zei hij: 'De dierentuin gaat sluiten, meneer.'

Ik zag sommige mensen zelfs *op een holletje* naar de uitgang gaan – schijnbaar in paniek geraakt bij de gedachte dat ze hier een nachtje zouden moeten overblijven!

Het leek me beter om geen schuilplaats te zoeken bij een van de dieren; als ik bij een van de ongevaarlijke exemplaren in het hok kroop, zou ik ontdekt kunnen worden door een oppasser wiens taak het is om de dieren na sluitingstijd te wassen of zo – of ze in bed te stoppen met een verhaaltje. Of met een pak slaag.

Ik heb wel even staan kijken bij het hoog verheven hutje van het Yukon Dali schaap, dat op de top van een namaakberg woont – een door mensenhanden opgeworpen puinhoop, aaneengebreid met beton. Het Yukon Dali schaap heeft het mooiste uitzicht van de hele dierentuin, maar de gedachte aan die schoonmakers na sluitingstijd zat me toch niet lekker en bovendien vermoed ik dat de dieren ook hun eigen alarmsysteem hebben.

Dus zit ik nu weggekropen tussen een hoge heg en de omheining rondom het Assortiment Antilopen. Het is een lange en dichte haag, maar ter hoogte van de wortels zitten genoeg gaten om doorheen te gluren. Ik kan langs een pad naar het Roofdierenhuis kijken, ik kan de daken van het Kleine Zoogdierenhuis zien en ook het Dikhuidigenhuis zie ik staan. Via een ander pad kan ik langs de particuliere woning-met-erf van onze grootse spiesbok kijken, helemaal tot aan het onderkomen van de dieren uit Australië. Bovendien kan ik onder dekking van de heg heen en weer kruipen, ongeveer vijftig meter in beide richtingen.

En wat de bewaking betreft, die zal geen problemen opleveren. De schoonmakers zijn na sluitingstijd meermalen langsgekomen. Ze bezemden maar door en riepen op een zangerig toontje: 'De dierentuin is dicht! Is er nog iemand aanwezig?' Ze maken er gewoon een spelletje van.

Daarna zag ik pas iemand die je een officiële *bewaker* zou kunnen noemen – liever gezegd, ik zag twee bewakers of dezelfde bewaker twee keer. Hij (of zij) was (waren) een uur lang bezig de kooien te controleren; hier een rukje en daar een rammeltje aan de deur, onder luid gerinkel met een grote sleutelbos. Daarna leek hij weg te gaan door de hoofdingang. Dat wil zeggen, ik kan de hoofdingang van hieruit niet zien – maar een uur nadat ik voor het laatst een glimp van iemand opving, hoorde ik het hek opengaan en met een klap dichtvallen.

Sindsdien heb ik niemand meer gezien. Ik hoorde dat hek om kwart voor zeven dichtslaan. De dieren komen langzamerhand tot bedaren; eentje met een zware basstem heeft blijkbaar kougevat. Ik blijf nog maar een poosje achter deze heg. Volgens mij wordt het niet zo'n donkere nacht als ik zou willen en ofschoon er alweer een uur voorbij is gegaan sinds ik de laatste mens gezien of gehoord heb, blijf ik het gevoel houden dat er nog iemand in de buurt is.

De uiterst selectieve autobiografie van Siegfried Javotnik: Voorgeschiedenis I (vervolg)

22 februari 1938: een middag in een *Kaffeehaus* in de Schauflergasse. Mijn moeder en Zahn vegen de wasem van de ruit en kijken naar de kanselarij op de Ballhausplatz. Maar kanselier Kurt von Schuschnigg zal vandaag niet voor zijn open venster verschijnen.

De schildwacht voor de kanselarij stampt met zijn laarzen en tuurt verlangend naar het koffiehuis, waar het lijkt te dooien; de sneeuw bouwt steeds nieuwe lagen op zijn snor en zelfs zijn bajonet ziet blauw van de kou. Volgens Zahn is zijn geweerloop met sneeuw gevuld en dus volkomen weerloos.

Per slot van rekening is het maar een eenmanserewacht – zoals ook in 1934 algemeen bekend was, toen Otto Planetta langs het eerbiedwaardige, ongeladen geweer liep en met zijn eigen eerloze wapen de vorige kanselier doodschoot, de kleine Engelbert Dollfuss.

Maar het verging de man, die door Otto als vervanger was uitgekozen, ook niet zo goed: de nazi dr. Rintelen deed een zelfmoordpoging door zichzelf nogal onhandig neer te schieten in Hotel Imperial. En Kurt von Schuschnigg, een vriend van Dollfuss, stapte met enige aarzeling in de schoenen van de vermoorde kanselier.

'Zou die schildwacht tegenwoordig een geladen geweer hebben?' vraagt Zahn zich af.

En Hilke laat haar handschoen piepend over de vensterruit gaan; ze drukt haar neus tegen het glas. 'Het ziet er wel geladen uit,' zegt ze.

'Geweren *horen* er geladen uit te zien,' zegt Zahn. 'Maar dat ding ziet er alleen maar zwaar uit.'

'Hé, student,' zegt de kelner. 'Waarom ga je hem niet aflossen? Dan weet je het meteen.'

'Dan kan ik jullie radio niet horen,' zegt Zahn, die zich hier niet erg thuis voelt – een onbekende tent met een nog onbeproefd radiovolume, maar wel het meest nabije warme plekje in de buurt van het Rathaus Park.

Toch staat de radio hard genoeg; het geluid trekt zelfs de aandacht van de schildwacht aan de overkant en zijn laarzen beginnen aan een wals.

Buiten houdt een taxi stil en de passagier rent de kanselarij binnen, terwijl hij een hand opsteekt naar de schildwacht naast de deur. De chauffeur draait om het plein heen, stapt uit en perst zijn gezicht tegen het raam van het Kaffeehaus – hij heeft neusgaten als een vis en lijkt een hele besneeuwde oceaan te zijn overgezwommen tot aan dit uiterst verre, glazen uiteinde van zijn aquariumwereld. Hij komt binnen.

'Ziezo, er staat iets te gebeuren,' zegt hij.

Maar de kelner vraagt alleen: 'Cognac? Thee met rum?'

'Ik heb een vrachtje,' zegt de taxichauffeur en hij komt naar Zahns tafeltje. Boven mijn moeders hoofd veegt hij een kijksleuf schoon op het beslagen raam.

'Een cognac gaat het vlugste,' zegt de kelner.

En de chauffeur groet Zahn met een hoofdknikje – om hem te feliciteren met de sierlijkheid van mijn moeders hals.

'Zo'n vrachtje heb ik niet elke dag,' zegt hij.

Zahn en Hilke maken zelf ook een paar kijkgaatjes. De taxi staat te mompelen in zijn eigen uitlaat; de voorruit begint te bevriezen en de ruitenwissers slippen schrapend door.

'Lennhoff,' zegt de taxichauffeur. 'En reken maar dat hij haast had.'

'Je had die cognac allang op kunnen hebben,' zegt de kelner.

'Lennhoff?' vraagt Zahn. 'De hoofdredacteur?'

'Van de *Telegraph*,' zegt de taxichauffeur. Hij veegt zijn adem van het raam en gluurt langs Hilkes halslijn naar beneden.

'Lennhoff is de beste die er is,' zegt Zahn.

'Hij zegt waar het op staat,' beaamt de chauffeur.

'Hij maakt van zijn hart geen moordkuil,' zegt de kelner.

De chauffeur ademt net als zijn wachtende taxi – korte pufjes met zo nu en dan een lange uitschieter. 'Ik neem toch maar een cognacje,' zegt hij.

'Daar heb je geen tijd meer voor,' zegt de kelner, maar hij heeft hem al ingeschonken.

En Hilke vraagt: 'Hebt u vaak zulke belangrijke vrachtjes?'

'Och,' zegt de taxichauffeur, 'belangrijke mensen stappen nu eenmaal graag in een taxi. En na een poosje raak je aan ze gewend. Je leert hoe je ze op hun gemak kunt stellen.'

'Hoe dan?' vraagt de kelner en hij zet het glas cognac op Zahns tafeltje.

Maar de chauffeur is met zijn blikken en zijn gedachten een heel eind afgedaald langs mijn moeders halslijn; het duurt even voordat hij terug is. Hij buigt zich over Hilkes schouder om zijn cognac te pakken; hij houdt het glas een beetje schuin en draait het rond om ook de bovenrand te bevochtigen. 'Och,' zegt hij, 'je moet eerst zelf op je gemak leren zijn. Je moet *rustig* tegen ze doen. Je moet ze laten voelen dat jij ook iets van de wereld hebt gezien. Neem nou die Lennhoff, bijvoorbeeld – tegen zo'n man zeg je toch niet: "Oh, meneer Lennhoff, ik knip al uw hoofdartikelen uit om ze te bewaren!" Maar je moet hem wel laten weten dat je slim genoeg bent om hem te herkennen; dus zei ik bijvoorbeeld tegen hem: "Een heel goede middag, meneer Lennhoff – en nog een koude ook, vindt u niet?" Ik noemde hem bij zijn naam, zie je, en toen zei hij: "Ja, het is koud, maar hierbinnen is het lekker warm." Kijk, dan voelt hij zich onmiddellijk thuis bij je.'

'Tja, het zijn gewone mensen,' zegt de kelner. 'Net als iedereen.'

En net als iedereen duikt Lennhoff een beetje in elkaar als hij de kou weer in moet; zijn sjaal wappert en brengt hem uit zijn evenwicht; hij fladdert de kanselarij uit en botst bijna op de verraste schildwacht die juist met zijn bajonet op zijn rug probeert te krabben en daarom zijn geweer omgekeerd boven zijn hoofd houdt. De soldaat steekt zich net niet in de rug en laat zijn wapen rondsuizen als de stok van een majorette. Lennhoff krimpt ineen onder het ronddraaiende geweer; de schildwacht begint het te presenteren, maar houdt daarmee halverwege op – in het besef dat dit niet voorgeschreven is voor hoofdredacteuren – en steekt zijn hand uit. Lennhoff wil hem de hand schudden, maar bedenkt dat *dat* weer niet past in zijn eigen protocol. Het tweetal staat met schuifelende voeten tegenover elkaar en dan laat Lennhoff zich naar de rand van het trottoir helpen; hij steekt de Ballhausplatz over naar de trillende taxi.

De chauffeur slaat zijn cognac achterover, waarbij het grootste deel door zijn neus naar binnen gaat; zijn ogen schieten vol tranen. Hij zwemt daarin omhoog langs Hilkes halslijn, schudt zijn hoofd wakker en zoekt heel even steun bij mijn moeders schouder. 'Oh, neem me niet kwalijk,' zegt hij en opnieuw knikt hij Zahn een complimentje toe. Zahn wrijft over het raam.

Lennhoff bonkt op het dak van de taxi; hij opent het portier aan de kant van de bestuurder en drukt op de claxon.

Met een wonderbaarlijk, vloeiend gefriemel grist de chauffeur het benodigde kleingeld voor de kelner uit zijn zak; hij raakt mijn moeders schouder nog één keer aan, dan stopt hij zijn kin in zijn sjaal. De kelner houdt de deur voor hem open; de sneeuw glipt over zijn schoenen en wolkt omhoog langs zijn broek. Hij slaat zijn knieën tegen elkaar, dan maakt hij zich zo smal mogelijk en boort zich door het witte gedwarrel. Als hij in zicht komt, begint de claxon weer te loeien.

Lennhoff heeft blijkbaar nog altijd haast. De taxi stuift het plein rond, slipt tegen een stoeprand aan en kaatst terug. Op het rechte stuk dat daarna volgt lijkt de taxirit in de sneeuwjacht ineens heel traag en heel geluidloos te worden.

'Ik zou best taxichauffeur willen wezen,' zegt Zahn.

'Dat is makkelijk genoeg,' zegt de kelner. 'Je hoeft alleen maar te kunnen rijden.'

Zahn bestelt een kom warme wijnsoep. Eén kom met twee lepels. Hilke doet moeilijk over de kruiden die erin gaan; Zahn strooit er niet genoeg kaneel over en te veel kruidnagel. De kelner kijkt toe terwijl de twee lepels met elkaar wedijveren.

'Ik had jullie ook twee kommen kunnen geven,' zegt hij.

Dan hoort Zahn het piepsignaal dat hij zo goed kent – het is tijd voor de nieuwsberichten van Radio Johannesgasse. Hij klemt de lepel van mijn moeder vast met zijn eigen lepel en zorgt dat de golven in de soep gaan liggen.

Wereldnieuws: men fluistert dat de Franse zaakgelastigde in Rome, monsieur Blondel, een onzegbare belediging heeft moeten ondergaan van graaf Ciano. En Anthony Eden heeft afgezien van wat hij ergens aan het doen was.

Oostenrijks nieuws: rijkskanselier Kurt von Schuschnigg heeft de benoeming bevestigd van zijn nieuwe kabinetsleden – Seyss-Inquart en nog vier nazi's.

Plaatselijk nieuws: in het eerste district, op de kruising van Gumpendorfer Strasse en Nibelungengasse, heeft zich een tramongeluk voorgedaan. De bestuurder van lijn 57, Klag Brahms, verklaart dat hij met een slakkengangetje uit de Gumpendorfer kwam, toen een man halsoverkop uit de Nibelungen kwam rennen. De tramrails waren natuurlijk aangevroren en de bestuurder kon geen ontsporing riskeren. Klag Brahms beweert dat het slachtoffer heel hard holde of anders door een stormvlaag werd gegrepen. Maar een vrouw in de volgwagon zegt dat de man werd nagezeten door een groepje jongelui. Een andere passagier uit dezelfde wagon bestrijdt die theorie; zijn identiteit is niet bekend, maar hij beweert dat de vrouw altijd en overal jeugdbendes schijnt te zien. Ook de identiteit van het slachtoffer is nog niet bekend; wie meent hem te herkennen, wordt verzocht naar Radio Johannesgasse te bellen. De man wordt beschreven als oud en klein.

'En dood,' zegt de kelner, terwijl Hilke zich alle oude en kleine mannen voor de geest haalt die ze kent. Maar ze kan niemand bedenken die de gewoonte heeft te gaan hardlopen in de Nibelungengasse.

Zahn zit iets af te tellen op zijn vingers. 'Hoeveel dagen is het geleden dat Schuschnigg naar Berchtesgaden ging om een bezoek te brengen aan Hitler?' vraagt hij. En de kelner begint te tellen op zijn eigen vingers.

'Tien,' zegt Zahn, met precies genoeg vingers. 'Tien dagen maar – en nu hebben we al vijf nazi's in de regering.'

'Een halve nazi per dag,' zegt de kelner en hij houdt een handvol vingers omhoog.

'De oude meneer Baum!' zegt mijn moeder. 'Die heeft toch een schoenenwinkeltje in zo'n straatje als de Nibelungengasse?'

En de kelner vraagt aan Zahn: 'Denk je dat die man opgejaagd werd? Ik heb genoeg van die bendes gezien.'

Hilke heeft ze ook gezien, bedenkt ze. In de tram of in het theater zitten ze met hun lange benen in het pad; ze lopen arm in arm over het trottoir en duwen je eraf. Soms lopen ze echt te marcheren en soms volgen ze je tot aan je huis – dat doen ze vooral graag.

'Zahn?' zegt mijn moeder. 'Kom je vanavond bij ons eten?'

Maar Zahn kijkt uit het raam. Als de wind even gaat liggen, doemt de schildwacht duidelijk en roerloos op aan de overkant; dan stuift de sneeuw hem weer onder. Een totemsoldaat, veranderd in ijs; als je hem in het gezicht zou slaan, zou zijn wang afbreken en zonder te bloeden in de sneeuw vallen.

'Volkomen weerloos,' zegt Zahn. En hij voegt eraan toe: 'Nu begint de ellende.'

'Nu pas?' zegt de kelner. 'Die is vier jaar geleden al begonnen. Vier jaar geleden, in juli van dit jaar – toen jij nog helemaal geen student was. Hij kwam hier binnen en nam een kopje mokka. Hij zat precies waar jij nu zit. Ik zal het nooit vergeten.'

'Wie?' vraagt Zahn.

'Otto Planetta,' zegt de kelner. 'Hij dronk een kopje mokka en zat uit het raam te kijken, dat varken. En toen werd er buiten een hele vrachtwagen uitgeladen van dat tuig. SS-Standarte 89, maar ze zagen eruit als gewone soldaten. En Otto Planetta – hij hield zijn geld klaar! – die zei: "Hé! Daar heb je mijn broer!" En hij ging weg, marcheerde met de rest naar binnen en vermoordde die arme Dollfuss. Hij heeft twee keer op hem geschoten.'

'Nou, het heeft niet veel geholpen,' zegt Zahn.

'Als ik geweten had wie hij was,' zegt de kelner, 'dan had ik hem gepakt waar hij zat – precies waar jij nu zit.' En de kelner graait in de ruime zak van zijn voorschoot en haalt een grote vleesschaar tevoorschijn. 'Met dit ding zou hij er geweest zijn,' zegt hij.

'Maar Schuschnigg heeft het overgenomen,' zegt mijn moeder. 'En Dollfuss *wilde* Schuschnigg toch?'

'Sterker!' zegt Zahn. 'Toen Dollfuss op sterven lag, vroeg hij of Schuschnigg de nieuwe rijkskanselier kon worden.'

'Hij vroeg om een priester,' zei de kelner. 'En ze lieten hem zonder priester sterven.'

Mijn moeder kan zich nog meer herinneren; het zijn de droevige stukjes familiegeschiedenis die ze het eerst van al heeft onthouden. 'Zijn vrouw en kinderen waren in Italië,' zegt ze. 'Op de dag van zijn dood hadden de kinderen hem bloemen gestuurd, maar hij heeft ze nooit gekregen.'

'Schuschnigg is niet half zo goed als Dollfuss,' zegt de kelner. 'En weet je wat zo gek was? Dollfuss was maar zo *klein*. Ik heb vaak gezien hoe hij de kanselarij in en uit liep, weet je. Ik bedoel maar, hij was zo'n *hummel* – met kleren die altijd te groot voor hem waren. Echt, hij was bijna een *kabouter*. Maar dat maakte geen verschil, hè?'

'Hoe wist u dat het Otto Planetta was, die hier kwam zitten?' vraagt

Zahn. En dan pas valt hem de lengte van de kelner op. Het is een heel klein kelnertje. En de hand die de vleesschaar omklemt, lijkt breekbaarder dan die van mijn moeder.

Vierde dierentuinwake:
Maandag 5 juni 1967, 21.00 uur

Er is inderdaad een nachtwaker. Maar voor zover ik weet, is het er maar één.

Toen het donker was, heb ik een uur gewacht – maar ik zag niemand. Desondanks nam ik me voor om niet achter de heg vandaan te komen voor ik wist waar de bewaker zat. En een halfuur geleden zag ik een lamp waarvan ik *wist* dat hij zich binnen de dierentuin bevond. Het licht kwam uit het Kleine Zoogdierenhuis. Waarschijnlijk heeft die lamp al gebrand sinds het donker werd, alleen had ik nog niet bemerkt dat die *in* de dierentuin zat en dat het geen weerkaatsing was vanuit Hietzing. Eerst schrok ik nogal; ik dacht dat het Kleine Zoogdierenhuis in brand stond. Maar het schijnsel flikkerde niet. Ik kroop langs mijn heg naar het hoekje vanwaar ik het beste uitzicht had. Er stonden bomen in de weg en hier en daar rees ook nog een kooi op; ik kon de deuropening niet onderscheiden, maar ik zag de onderkant van de overhangende dakrand en daar zat een rossige gloed, die alleen afkomstig kon zijn van de grond vóór het gebouw. Dat moest het wel zijn; in het Kleine Zoogdierenhuis zitten immers geen ramen.

Ik was er nu wel zeker van, maar ik bleef voorzichtig. Diep gebukt sloop ik dichterbij, vlak langs de kooien en de hokken, en soms kroop ik zelfs een stukje. Er was iets wat van me schrok. Het kwam vlak naast me overeind en trappelde er in galop vandoor; het snoof of hinnikte of schraapte zijn keel. Ik nam een koers die langs de vijvers van de Verschillende Watervogels liep; al die vijvers hebben hoge opstaande randen en hier en daar staan palen met de gegevens en de achtergronden van de vogels. Tussen de vijvers had ik een uitstekende dekking en daar vond ik een plekje met een onbelemmerd uitzicht op de ingang van het Kleine Zoogdierenhuis. De deur stond open; ergens achter in de lange gang scheen licht – het viel naar buiten op het bordes en weerkaatste tegen het gebouw. Volgens mij kwam het uit een openstaande deur om de hoek aan het einde van de gang. Je herinnert je het Kleine Zoogdierenhuis toch wel – met al die paden en gangen die steeds maar afbuigen in de infrarode namaaknacht?

Terwijl ik afwachtte, dacht ik na. Misschien was daar de kamer van de nachtwaker, maar misschien ook niet. Het kon een lamp zijn die men liet branden om deze nachtdieren de kans te geven te gaan slapen – in een daglicht dat even bedrieglijk was als hun infrarode nacht.

Ik kroop in een bosje en leunde met mijn armen op de rand van een vijver. In het maanlicht las ik het bordje op de dichtstbijzijnde paal. Het ging over alken. De Hietzinger Tiergarten heeft maar één lid van de familie alken – de dwergalk, heel klein en met een verschrompeld snuitje en verder nogal stom; het is bekend dat dit dier bij voorkeur over paden sjokt, waar het algauw onder de voet gelopen wordt. Zelfs de koning van de familie alken was al zo'n dom beest dat hij uitgestorven is geraakt. De reuzenalk werd in 1844 voor het laatst levend gesignaleerd; de laatste dode reuzenalk spoelde in 1853 aan in Trinity Bay, Ierland. De reuzenalk was tegelijkertijd nieuwsgierig en onnozel, vermeldde het bordje. Als je hem rustig benaderde, bleef hij gewoon staan. Hij werd bij voorkeur gebruikt voor de proviandering van vissersboten; de vissers gingen de kust langs, benaderden de alken rustig en sloegen ze dan met knuppels dood.

Wat een aanmatigende tekst! Bedoelen ze daarmee echt dat de reuzenalk zo dom was – of dat de reuzenalk is uitgeroeid door domme mensen?

Ik zocht even naar het langstlevende familielid van de reuzenalk, maar ik kon het stomme dier nergens ontdekken; het zwierf ook niet rond over de paden om onder de voet te worden gelopen.

Ik werd zelf ook een poosje in het oog gehouden. Een vogel met zwempoten kwam over de vijverrand op me af waggelen, bleef op enige afstand staan en begon zachtjes tegen me te brabbelen; waarschijnlijk wilde hij weten wie ik op dit vreemde uur kwam bezoeken. Hij plonsde in het water en peddelde met zacht klokkende geluiden langs me heen – alsof hij zich tegen me beklaagde. Aan zijn steile achterhoofd meende ik een geoorde fuut te herkennen. Ik ga er maar van uit dat hij me wilde aanmoedigen.

Ik werd een beetje stijf en klam tussen al die vijvers, maar ten slotte kreeg ik de bewaker te zien. Hij stapte in het verlichte halletje en tuurde door de gang naar de open deur. Hij is in uniform en draagt een holster aan zijn riem – en daar zit vast en zeker een wapen in, al kon ik het niet goed zien. Even later ging hij zijn zaklantaarn halen om een wandelingetje te maken door de vaag verlichte gang en de donkere dierentuin – ofschoon lang niet zo donker als ik zou willen; er is te veel maanlicht.

Maar ach, wat is het
makkelijk
om bewakers
te bewaken.

De uiterst selectieve autobiografie van Siegfried Javotnik: Voorgeschiedenis I (vervolg)

Op 9 maart 1938 – en op iedere woensdagmiddag, rond theetijd – is mijn grootmoeder Marter bezig de tanden van de vorken recht te buigen. Grootvader Marter wacht vol ongeduld op de pruimentaart; de velletjes van de pruimen zijn opengesprongen van de ovenhitte en een kind kan zien dat de taart nog te warm is om te eten. Maar toch brandt mijn grootvader steeds weer zijn tong. Hij loopt ongedurig door de keuken; soms giet hij stiekem nog wat rum in zijn thee.

'Ik heb er toch zo'n hekel aan om te moeten wachten tot die verrekte taart is afgekoeld,' moppert hij. 'Als je er nu eens eerder aan begon? Dan is hij tegelijk klaar met de thee.'

Grootmoeder wijst naar hem met een vork. 'Dan zou jij alleen maar eerder willen theedrinken,' zegt ze. 'En daarna zou je weer wat eerder gaan lopen wachten – en zo zou alles blijven opschuiven, totdat we onmiddellijk na het middageten aan de thee begonnen.'

Zahn zet zijn theekopje op zijn schoot; op die manier zit hij klaar wanneer grootvader met zijn smokkelrum om de tafel heen loopt. Grootvader schenkt in vanuit de heup.

'Kijk maar uit voor Hilke, Zahn,' zegt hij. 'Straks wordt ze net zo'n wijsneus als haar Mutti.'

'Mutti heeft gelijk,' zegt Hilke. 'Het maakt niets uit hoe laat die taart uit de oven komt – u zult toch blijven mopperen en uw mond verbranden.'

'Zie je wel, Zahn?' zegt grootvader.

'De vorken zijn weer recht,' verklaart grootmoeder. 'Nu kan niemand zich in zijn lip steken,' kraait ze vrolijk. En tegen Zahn zegt ze: 'Weet je, het is echt zilver – en dat is zo zacht dat het altijd ombuigt.'

'Mutti,' zegt Hilke, 'Zahn heeft een baan.'

'En ik dacht dat je op school zat?' zegt grootvader.

'Hij rijdt in een taxi,' zegt Hilke. 'Nu kan hij me overal naartoe brengen.'

'Het is maar een baantje voor halve dagen,' zegt Zahn. 'En ik blijf studeren.'

'Ik zit graag in een taxi,' zegt grootmoeder.

'Wanneer doe je dat dan?' vraagt grootvader. 'Als ik met je uitga, wil je altijd met de tram.'

Grootmoeder prikt met een van haar vorken in de pruimentaart. 'Ziezo, nu is die koud genoeg,' kondigt ze aan.

'Wijsneus,' zegt grootvader. 'Allemaal wijsneuzen tegenwoordig.' Maar voordat hij een stoel bij de tafel schuift, voelt hij zich nog geroepen om het gekraak weg te regelen uit de radio – louter en alleen om Zahn te gerieven.

Zahn is daar blij om. Hier is Radio Johannesgasse, klaar voor de thee – en hij wacht op het pieptoontje van de nieuwsberichten. Want zo vast ligt de tijd op woensdagmiddag: als de vorken recht zijn en de pruimentaart is afgekoeld, is het tijd voor het nieuws.

Wereldnieuws: kasteel Steenockerzeel te België, waar de Habsburgse kroonpretendent woont. De leider van zijn aanhangers, Freiherr von Wiesner, roept alle Oostenrijkse monarchisten op zich te verzetten tegen de niet-aflatende druk van Duitsland, bedoeld om Oostenrijk in te lijven bij het Reich. Von Wiesner heeft kanselier Schuschnigg er nogmaals op gewezen dat een terugkeer van de monarchie het beste verweer is tegen de Duitsers.

Oostenrijks nieuws: tijdens een massabijeenkomst te Innsbruck heeft Kurt von Schuschnigg, Tiroler van geboorte, aan zijn land van herkomst en aan de hele wereld bekendgemaakt dat over vier dagen – dus aanstaande zondag – een volksstemming zal worden gehouden in het gehele land. De kiezers mogen zelf beslissen: een zelfstandig Oostenrijk of de *Anschluss* bij Duitsland. Kanselier Schuschnigg beëindigde zijn toespraak door de twintigduizend aanwezigen op de Maria Theresien Platz in Tirools dialect toe te roepen: 'Mannen, de tijd is gekomen!' In Innsbruck hebben deze woorden natuurlijk een speciale betekenis, want honderddertig jaar geleden heeft de boerenheld Andreas Hofer zijn landgenoten met dezelfde kreet opgewekt het hoofd te bieden aan Napoleon.

Plaatselijk nieuws: een jonge vrouw, geïdentificeerd als Mara Madoff, dochter van kleermaker Sigismund Madoff, is deze morgen aangetroffen, hangend in haar eigen jas aan een kapstokhaak van de garderobekast bij het tweede balkon van het Weense Operagebouw. De man die het lijk ontdekte, Odilo Linz, custos van de Opera, verklaart dat juist deze kast vrijwel nooit wordt gebruikt, zeker niet gisteravond, tijdens de voorstelling van *Lohengrin*. Tijdens de ouverture heeft Odilo er nog in gekeken; volgens hem hing er toen niets in. De doodsoorzaak kan volgens gezaghebbende bronnen slechts worden toegeschreven aan een reeks fijne, stervormig gerangschikte steekwonden in het hart, terwijl het tijdstip van overlijden geschat moet worden op ergens aan het einde van de opera. Volgens de autoriteiten was de jonge vrouw op geen enkele wijze misbruikt; desondanks waren de kousen verdwenen, terwijl de schoenen weer aan de voeten waren gedaan. Een onbekende heeft verklaard dat hem de vorige avond een groepje jongemannen is opgevallen in de Haarhof Keller; het schijnt dat een van hen een paar dameskousen bij wijze van sjaal om zijn nek droeg. Maar dat is tegenwoordig onder jongelui een bekende manier om de aandacht te trekken.

Nog meer plaatselijk nieuws: de woordvoerders van verschillende antinazigroeperingen hebben reeds hun bijval betuigd aan het door Schuschnigg aangekondigde referendum. Karl Mittler heeft de steun beloofd van de noodgedwongen ondergedoken socialisten; kolonel Wolff heeft iets dergelijks gezegd namens de monarchisten, doctor Friedmann namens de joodse gemeenschap, kardinaal Innitzer namens de katholieken. Kanselier Schuschnigg zal de late avondtrein uit de Alpen nemen en wordt morgenochtend vroeg in Wenen teruggverwacht. Men neemt aan dat hem een hartelijk welkom zal worden bereid.

'Een hartelijk welkom, reken maar!' zegt Zahn. 'Hij heeft tenminste iets gedaan om te laten zien dat we hier niet in Hitlers achtertuintje wonen.'

'Wijsneus,' zegt grootvader. 'Wie denkt hij wel dat hij is? Een tweede Andreas Hofer die zich opstelt tegen Napoleon? Toejuichingen in Tirol – ja, dat wil ik best geloven. Maar wat denken ze in *Berlijn* over Schuschnigg? Deze keer hebben we niet met een Fransoos te maken!'

'Hè, God,' zegt Zahn. 'Heb toch een beetje vertrouwen, meneer Marter. Met die volksstemming zit het wel goed. Niemand wil de Duitsers hier binnenhalen.'

'Jij denkt nu al als een taxichauffeur,' zegt grootvader. '*Niemand*, zeg je – maar wat doet dat ertoe? Niemand *wil* het, zeg je en wat maakt dat uit? Ik zal jou eens vertellen wat *ik* wil en hoe weinig dat uitmaakt! Ik wil iemand die doet wat hij zegt. Zo iemand was Dollfuss en hij werd vermoord door een stel *niemanden* over wie jij het hebt. En nu zitten we met Schuschnigg. Klaar ben je.'

Maar hij heeft nu toch een referendum uitgeschreven!' zegt Zahn.

'Pas over vier dagen,' zegt grootvader nijdig – en dan ziet hij hoeveel taartkruimels hij over de tafel sproeit. Hij begint onduidelijk te mompelen en zijn oren worden rood. 'Ik zal jou eens wat vertellen, meneer de student of taxichauffeur of wat je ook mag zijn,' zegt hij, een beetje voorzichtig aan doend met de taart. 'Het is maar goed dat de aarde niet plat is, want anders was jouw Schuschnigg er allang afgevallen – zo dikwijls krabbelt hij terug.'

'U bent een ouwe pessimist,' zegt Hilke.

'Ja, dat is zo,' zegt grootmoeder, terwijl ze met een van haar vorken de kruimels van het tafelkleed schraapt. 'En je bent een grote wijsneus ook. Bovendien heb je de slechtste tafelmanieren die ik ooit ben tegengekomen bij iemand van jouw kolossale leeftijd.'

'Mijn *wat*?' roept grootvader; het regent taart. 'Waar heb je zoiets in vredesnaam leren zeggen?'

En grootmoeder likt nuffig aan een vingertop en prikt ermee naar een kruimeltje op grootvaders das. 'Dat heb ik gelezen in een boek dat jij hebt meegebracht,' zegt ze trots. 'Ik vond het heel dichterlijk klinken. Jij beweert toch altijd dat ik te weinig lees, wijsneus?'

'Laat me dat boek eens zien?' vraagt grootvader. 'Dan zal *ik* niet zo gek zijn het te lezen.'

Zahn zit alweer scheve gezichten naar hem te trekken – om aan te geven dat zijn thee te weinig rum bevat. 'Enfin, er wordt morgen weer iets gevierd,' zegt hij. 'Dan zal ik wel een hoop vrachtjes krijgen.'

En Hilke bedenkt al wat ze aan zal trekken. Die rode wollen trui met de aangebreide mouwen en de grote rolkraag. Als het tenminste niet sneeuwt.

Vijfde dierentuinwake:
Maandag 5 juni 1967, 23.45 uur

De nachtwaker begint om kwart voor negen aan zijn eerste ronde en is om kwart over negen bij het Kleine Zoogdierenhuis terug. Van kwart voor elf tot kwart over elf heeft hij een tweede ronde gemaakt. Dat ging precies hetzelfde.

De tweede keer bleef ik achter mijn heg en liet hem vlak langs me heen komen. Ik weet nu hoe hij er onder de gordel uitziet. Een legerholster met knipsluiting, hangend aan een smalle patroongordel met twaalf kogels; ik weet niet hoeveel kogels er in zijn revolver zelf zitten. Zijn sleutelring zit om de patroongordel geschoven; het ding is zo zwaar, dat het niet aan een gewoon lusje kan hangen. Zijn zaklantaarn heeft een polsriempje en is gevat in een stevige metalen huls – misschien om het feit goed te maken dat hij geen knuppel bij zich heeft. Een uniformbroek van grijze keperstof, de pijpen zonder omslagen en uitlopend bij de enkels. De sokken zijn nogal raar; er zit een kronkelig werkje in en een ervan glijdt telkens weg in zijn schoen, zodat hij steeds moet stilstaan om hem op te halen. Hij draagt gewone zwarte schoenen, echt alledaagse schoenen. Daaruit blijkt dat hij niet veel aandacht besteedt aan zijn uniform.

Ik liep geen gevaar ontdekt te worden. Hij scheen met zijn lamp langs de heggen, maar die zijn zo dichtgegroeid dat het licht er niet doorheen komt. Als hij op handen en knieën was gaan liggen en langs de wortels had geschenen – en als hij daarbij ook nog een scherp gezichtsvermogen had gehad – dan had hij me misschien gezien. Enfin, nu weet je tenminste dat ik een goede schuilplaats heb.

Deze bewaker lijkt me overigens geen kwade kerel. Soms is hij een beetje onbekookt aan het schijnen met zijn lamp. Hij richt hem op ieder kuchje of beweginkje, terwijl je toch zou denken dat hij inmiddels gewend moet zijn aan het droomgepruttel van zijn beschermelingen – zodat hij niet op ieder snurkje hoeft af te gaan. Maar het lijkt me geen boze opzet van hem. Misschien is hij alleen zenuwachtig.

Of anders verveelt hij zich en probeert hij zoveel mogelijk dingen te vinden waarnaar hij even moet kijken.

Hij schijnt zelfs bepaalde lievelingen te hebben. Ik zag dat hij over een schutting naar een zebra stond te roepen. 'Hé, gek paard!' riep hij. 'Kom eens hier, gek paard!' En een van de zebra's kwam naar hem toe en stak zijn snuit over de omheining. Het dier moet wakker geweest zijn en op hem gewacht hebben. De bewaker gaf hem iets te eten – wat natuurlijk tegen de voorschriften is – en trok hem een paar keer aan zijn oren. Nou, iemand die van zebra's houdt, kan niet helemaal slecht zijn.

Hij heeft ook een interessante relatie met een van de kleinere kangoeroes. Volgens mij was het de wallabie of anders de wallaroe; ze lijken nogal op elkaar, zeker uit de verte. De grote, grijze reuzenkangoeroe was het in elk geval niet; de afmetingen van dat monster zou ik herkend hebben – over de volle lengte van het pad dat ons scheidt. Hoe dan ook, de bewaker riep iemand naar zich toe. 'Hé, Australiër,' zei hij. 'Hé, opschepper, kom eens even boksen!' En iemand maakte een dof bonzend geluid; een lang, spits oor schoot omhoog en een stijve staart klopte op de grond. Misschien klonk de stem van de bewaker wel een beetje spottend en misschien was het niet zo netjes van hem om de buren van zijn Australiër wakker te maken, maar verder lijkt het me echt een zachtaardig type. Als dit de bewaker blijkt te zijn die we moeten grijpen en een tijdje moeten opbergen, dan wil ik dat zo fatsoenlijk mogelijk doen.

Er is zojuist iets vreemds gebeurd. In het Kleine Zoogdierenhuis ging een belletje over; heel duidelijk, ik hoorde het rinkelen. De dieren hoorden het ook. Er ontstond een gewoel, een algemeen omdraaien in de slaap – met kuchjes, gegrom, verschrikt gesnuif. Veel jachtig en waakzaam geadem. En een hoop geluiden zoals dieren maken wanneer ze zich stil willen houden: kaken klikken op elkaar, magen knorren, er wordt hoorbaar geslikt.

Eerst ging het belletje over en toen kwam de bewaker uit het Kleine Zoogdierenhuis. Ik zag zijn lamp aan komen dansen door de gang. Toen zag ik die lichtflits aan het einde van een van de paden; volgens mij kwam hij van de hoofdingang en ik geloof dat de bewaker terugseinde.

Langs de schutting achter mijn haag schuifelen de antilopen met hun hoeven. Er staat iets te gebeuren! Ik meen het – het is middernacht en deze hele dierentuin is klaarwakker.

De uiterst selectieve autobiografie van Siegfried Javotnik: Voorgeschiedenis I (vervolg)

10 maart 1938: een warme donderdag zonder sneeuwdreiging, uitstekend geschikt voor Hilkes rode wollen trui met de aangebreide mouwen en de grote rolkraag.

Vroeg in de morgen, omstreeks de tijd dat kanselier Schuschniggs trein uit Innsbruck de Westbahnhof binnenloopt – en vlak nadat Zahn Glanz de woorden JA! SCHUSCHNIGG! op de zwarte motorkap van zijn taxi heeft gekalkt –, begint een kippenboer aan de landelijke buitenrand van Hacking zichzelf te kleden voor de feestelijkheden die vandaag in de stad worden verwacht. Ernst Watzek-Trummer heeft vanmorgen de eieren laten liggen en in plaats daarvan slechts kippenveren vergaard. Wat nauwelijks minder vreemd is dan het karweitje dat hem de hele nacht uit bed heeft gehouden: gaten boren in blikken eierrekjes en deze aan elkaar binden om er een namaakmaliënkolder van te maken, die daarna met varkensreuzel moest worden ingesmeerd zodat de buitenkant kleverig genoeg werd om de kippenveren vast te houden waarin hij nu ligt te rollen. Wie Ernst Watzek-Trummer bezig zou zien terwijl hij zich uitdost, zou nooit meer een ei bij hem kopen. Maar niemand ziet het, behalve natuurlijk de kippen die kakelend uit de weg fladderen terwijl hij heen en weer rolt in de hoop veren op de vloer van het kippenhok. Bovendien zou niemand hem van verspilling kunnen beschuldigen; dit kostuum heeft Ernst Watzek-Trummer geen cent gekost. Hij heeft meer dan genoeg eierrekjes en ze kunnen later altijd nog gebruikt worden om er eieren in te verkopen – en wat de kippenveren betreft, daarvan heeft hij nog nooit zo'n nuttig gebruik kunnen maken. Zelfs de kop van zijn pak bestaat uit eierrekjes, een helm van eierrekjes, twee als oorbedekking, één aan de bovenkant en één exemplaar dat kromgebogen is om over zijn gezicht te passen – met twee kijkgaten, een gat om te ademen en twee boorgaatjes voor het touwtje waarmee de zorgvuldig in vorm geklopte blikken snavel is vastgemaakt. Een snavel die puntig genoeg is om iemand vast te spietsen. En tussen de kijkgaten zit een plakplaatje van de Oostenrijkse adelaar dat Ernst Watzek-Trummer van de bumper van zijn vrachtwagentje gestoomd heeft en daarna met reuzel op zijn helm heeft geplakt. Dat heeft hem dus ook niets gekost. Het is onmiskenbaar een adelaarspak en het doet akelig echt aan – en mocht het *niet* lijken, dan is het in elk geval erg stevig. De bevederde maliënkolder hangt tot op zijn knieën en de eierrekjesmouwen zitten los genoeg om ermee te kunnen fladderen. De kop laat hij onbedekt, maar hij wrijft hem wel in met reuzel – niet alleen om het plakplaatje vast te kleven, maar ook om de blikken schedel goed te laten glimmen. Ernst Watzek-Trummer, voor vandaag in een adelaar veranderd – en dan uiteraard de Oostenrijkse adelaar –, legt in zijn kippenhok de laatste hand aan zijn uitmonstering en daarna loopt hij met luid gerammel naar de rand van de stad, in de hoop dat men hem zal toestaan de tram te nemen.

En Zahn Glanz, op weg naar de straat waar mijn moeder woont, is die morgen maar één keer gestopt om wat lucht uit zijn banden te laten lopen – zodat ze beter knerpen – en nu beproeft hij het geluid van zijn bochtenwerk op de rotonde tussen de Technische Hogeschool en de Karlskirche.

En grootvader Marter heeft besloten vandaag niet naar zijn werk te gaan, omdat er nu toch niemand naar de Leeszaal Buitenlandse Talen van het Internationale Studentenheim zal komen en de hoofdbibliothecaris dus niet gemist zal worden. Grootvader staat op de uitkijk naar Zahns taxi, want hij moet de jeugd toch minstens hun optimisme gunnen, heeft grootmoeder tegen hem gezegd – en hij is vast van plan zichzelf de stevige borrel te gunnen die bij zo'n feestdag hoort.

Op zijn vierde ritje rond de rotonde ziet Zahn dat in de Karlskirche de vroegmis juist is uitgegaan. Zahn, toch wel een beetje op geld belust, bedenkt dat een vroeg vrachtje een aardige voorbereiding zou zijn op zijn triomfantelijke aankomst bij mijn moeder thuis. Dus zet hij zijn taxi langs het trottoir voor de Karlskirche en terwijl hij zijn motor laat lopen, verdiept hij zich in de *Telegraph* die voor hem uitgespreid ligt op het stuur. Lennhoffs hoofdartikel juicht Schuschniggs referendum van harte toe en verklaart zich op schampere toon nieuwsgierig naar de reacties van Duitsland.

Terwijl inmiddels bij de halte Hütteldorf-Hacking van lijn 49 een norse tramconducteur de toegang weigert aan een man in een adelaarspak. Ernst Watzek-Trummer zet zijn snavel recht, bonst op zijn borstveren en loopt met trotse gang verder.

En op de Ballhausplatz kijkt bondskanselier Kurt von Schuschnigg uit het raam van de kanselarij en ziet een spandoek dat van de balustrade van de Michaelerkirche naar de balustrade van de Hofburgpronkzalen loopt, dwars over de Michaelerplatz heen. Het bestaat uit aan elkaar genaaide beddenlakens en de letters zijn mooi afgewerkt en zeer groot: SCHUSCHNIGG, VOOR EEN VRIJ OOSTENRIJK. En de kanselier vermoedt dat de komma zo groot moet zijn als een mensenhoofd, want anders zou hij hem op deze afstand niet kunnen zien. En tot in het uiterste puntje van zijn Tiroler-zijn voelt hij zich warm worden bij de gedachte dat voorbij dat spandoek, in de hele Augustinerstrasse, tot aan de Albertinerplatz en zelfs nog verder – ja, in de gehele binnenstad, het publiek hem nu zit toe te drinken.

Hij zou nog warmer zijn geworden als hij de vastberadenheid had kunnen zien van Ernst Watzek-Trummer, die op dit moment de vernedering ondergaat om ook bij station St. Veit van de tram geweerd te worden – voor het oog van een omvangrijke kinderschaar die zich vanaf Hacking achter hem gevormd heeft en die hem onder voortdurende beschimpingen op een afstandje blijft volgen. De adelaar laat een paar smoezelige reuzelveren achter; maar hij schrijdt voort. Helaas kan kanselier Kurt von Schuschnigg niet over vijf stadsdistricten heen kijken, zodat hij geen getuige kan zijn van deze ongeëvenaarde demonstratie van vaderlandsliefde.

Grootvader Marter zou gezegd hebben dat de kanselier nooit een ruime blik heeft gehad. Mijn grootvader meent trouwens het alleenrecht te hebben op een vooruitziende blik. Zo zegt hij bijvoorbeeld tegen mijn moeder: 'Hilke, trek je jas aan. Daar is Zahn...' – terwijl Zahn nog wel drie blokken weg is en nu pas bedenkt dat bezoekers van de vroegmis natuurlijk mensen zijn die graag lopen. Dus stuift hij weer van de stoep voor de Karlskirche vandaan. En of het nu een vooruitziende blik was of louter ongeduld, grootvader en Hilke staan al met hun jas aan als Zahn hun straat in komt.

'Als je maar met niemand slaags raakt,' zegt grootmoeder.

'Lees jij maar eens een goed boek,' zegt grootvader tegen haar.

Pas halverwege de middag begint grootvader Marter vreemde dingen te zien door de vuile vegen op het raam van de Augustiner Keller; hij morst een plens bier en drukt zijn gezicht tegen de kraag van Zahns jas. Hij giechelt vreemd.

'Vader!' zegt Hilke verlegen.

'Moet u overgeven?' vraagt Zahn, maar mijn grootvader draait zijn gezicht weer met een ruk naar het raam; hij blijft Zahns brede revers vasthouden, klaar om meteen weg te duiken als het schepsel uit zijn visioen opnieuw verschijnt.

'Dat was de grootste vogel die ik ooit gezien heb,' mompelt hij en dan doemt zijn hersenschim op in de draaideur – en wordt met een onthutsend, blikkerig vleugelgefladder de *Keller* binnengeslingerd, zodat een rijtje worst etende mannen aan de tapkast de schrik van hun leven krijgt; de mannen deinzen in een golfbeweging achteruit; een dikke lap vlees valt kletsend op de grond en iedereen staart ernaar alsof iemands hart of hand daar ligt.

'Jezus!' zegt grootvader en hij verstopt zich opnieuw in de revers van Zahns jas.

De verschijning met de angstwekkende spanwijdte slaat onder luid gekletter op zijn bevederde eierrekjesborst. '*Kawk*!' roept hij. '*Kawk!*

Kawk! Oostenrijk is vrij!' En aarzelend, na een indrukwekkende stilte, stromen de drinkebroers toe om het nationale symbool aan hun hart te drukken.

'*Kawk*!' zegt grootvader, weer de waardigheid zelve, en Zahn pakt de adelaar bij zijn maliënkolder en voert hem mee naar hun tafeltje; grootvader wordt bijna aan de lange snavel geregen als hij de grote vogel met een beerachtige omarming begroet.

'Kijk nou toch eens!' roept grootvader. 'Wat een *prachtige* adelaar!'

'Ik ben helemaal naar de Europaplatz komen lopen,' zegt de adelaar. 'Eerder mocht ik niet in de tram.'

'Wie heeft je eraf gegooid?' roept grootvader kwaad.

'Conducteurs,' zegt Ernst Watzek-Trummer. 'Zo'n beetje overal.'

'In de buitenwijken zit niet veel vaderlandsliefde,' constateert grootvader.

'Ik heb het helemaal zelf gemaakt,' zegt de adelaar. 'Eigenlijk ben ik eierhandelaar. Ik heb kippen...' – hij strijkt over de veren, dan tikt hij op het blik dat eronder zit – '... en die blikken had ik toch liggen. Daarin worden de eieren verkocht.'

'Fantastisch!' zegt Zahn.

'U ziet er schitterend uit,' zegt Hilke tegen de adelaar en ze voelt aan zijn donzigste delen, waar de veren hele bosjes vormen en het dichtst zijn vastgeplakt – onder zijn vooruitstekende blik-kin, in woeste slagorde over zijn borst, te hoop gelopen onder zijn vleugeloksels.

'Zet die kop nu maar af,' zegt Zahn. 'Met die kop op kunt u toch niet drinken?'

En een ware toeloop van duwende mannen dringt op achter de adelaar. 'Ja! Doe die kop af!' brullen ze en ze komen graaiend en morsend op de vogel af.

'Niet dringen,' zegt grootvader. 'Een beetje eerbied, alstublieft.'

Een violist klimt haastig naar het balkon boven hun tafeltje; een cellist volgt hem, steunend en diep gebukt onder zijn instrument. Ze vouwen hun zakdoeken.

'Muziek!' zegt grootvader, die nu heer en meester is in de Keller.

De violist klemt zijn strijkstok vast. De cellist schraapt langs een vingerdikke snaar; iedereen grijpt naar zijn ruggengraat, alsof de cellist langs hun wervelkolom geschampt heeft.

'Stilte!' zegt grootvader; hij heeft nog altijd de leiding in handen. De adelaar spreidt zijn vleugels.

'Zet die kop af!' fluistert Zahn en dan begint de muziek – een volkslied dat zelfs de allergrootsten zou doen grienen.

Hilke helpt de adelaar met zijn kop. Ernst Watzek-Trummer trekt zijn oude kaboutergezicht vol rimpels en laat een diepe put verschijnen in zijn kin. Mijn moeder kan hem wel zoenen; mijn grootvader *doet* het – achteraf misschien dolblij dat er zoveel grijze haartjes uit de oren van de adelaar steken. Want alleen iemand van grootvaders generatie kan de ware Oostenrijkse adelaar zijn.

Ernst Watzek-Trummer is diep geroerd – toegedronken en gekust als hij is door een geletterd man, want dat kan hij wel zien. Hij probeert krampachtig in de maat te blijven met het volkslied. De mensen geven zijn kop vol ontzag aan elkaar door; het ding glibbert van hand tot hand en verliest heel wat reuzel en iets van zijn glans.

De ramen beslaan. Iemand stelt voor een manier te verzinnen om de adelaar te laten vliegen – om hem bijvoorbeeld verend op te hangen aan de balustrade van de Michaelerkirche. Als ze het daar doen, kan Schuschnigg hem zien. Bretels worden aangeboden. De adelaar lijkt wel bereid, maar mijn grootvader is onvermurwbaar.

'Heren,' zegt hij en hij geeft een paar brede, vuurrode galgen aan de eigenaar terug. 'Heren, alstublieft!' En zijn blik gaat over de verbaasde, omfloerste gezichten van de mannen die hun broek met de duimen ophouden. 'Mijn dochter is erbij,' zegt grootvader en zachtjes tilt hij Hilkes gezichtje op, zodat iedereen het kan zien. Na dit vermaan druipen ze af en de adelaar ontkomt maar net aan zijn reuzenzwaai – want het had een zeer elastische vlucht kunnen worden met het afwisselend krimpen en rekken van sterke en zwakke bretels.

Ernst Watzek-Trummer weet veilig Zahns taxi te bereiken. Op voorstel van mijn grootvader schermt hij de punt van zijn snavel af met de kurk van een wijnfles, zodat hij in het gedrang op weg naar de deur niemand kan verwonden. Met gekurkte snebbe, die bij het instappen een beetje verbogen is, zit hij op de achterbank en legt zijn vlerken om de schouders van mijn moeder en mijn grootvader, terwijl Zahn met hen over de Michaelerplatz jakkert – onder de kreukelende beddenlakens door waarop Schuschnigg zo geprezen wordt – en daarna door de nauwe straatjes vol koffiehuizen naar de Graben rijdt.

Met luide kreten en met zijn claxon verkondigt Zahn de redding van Oostenrijk. '*Kawk*! *Kawk*!' roept hij. 'Het land is vrij!' Maar de toeschouwers, die ondertussen moe zijn geworden en achter de schoongewreven kijksleuven op de beslagen ruiten zitten te ontnuchteren bij de koffie, schenken er maar weinig aandacht aan. Ze hebben schoon genoeg van wonderen. Dit is gewoon een erg grote vogel achter in een hardrijdende taxi.

En mijn grootmoeder wacht hen op – met een opengeslagen boek en koud geworden thee. Als ze ziet hoe de adelaar haar keuken wordt binnengebracht, valt ze tegen grootvader uit alsof hij is thuisgekomen met een huisdier dat ze onmogelijk kunnen onderhouden. 'God, kijk nu toch eens!' roept ze. 'En dat terwijl je dochter erbij was?'

'*Kawk*!' zegt de adelaar.

'Wat wil hij, Zahn?' vraagt grootmoeder. En tot grootvader: 'Je hebt hem toch niet gekocht, hè? Je hebt toch niets getekend?'

'Het is de Oostenrijkse adelaar,' zegt grootvader. 'Een beetje eerbied, alsjeblieft.'

En grootmoeder kijkt nog eens goed, ofschoon niet al te eerbiedig; ze gluurt langs de gekurkte snavel in de kijkgaten.

'Frau Marter,' zegt de adelaar. 'Ik ben Ernst Watzek-Trummer. Uit Hacking.'

'Een waarachtig patriot!' roept grootvader en hij beukt de adelaar op zijn schouder. Een veer laat los; het lijkt of hij eeuwig blijft neerdwarrelen.

'Mutti,' zegt Hilke. 'Hij heeft dat pak zelf gemaakt.'

En grootmoeder steekt behoedzaam een hand uit en voelt aan de pluimage op de adelaarsborst.

Grootvader zegt zachtjes: 'Ik wilde voor de laatste keer nog eens feestvieren, Mutti. En we hebben goed op je dochter gepast.'

'Reken maar,' zegt Zahn en hij klopt op de adelaar.

En grootvader vervolgt droevig: 'Voor Oostenrijk was het ook de laatste keer, Mutti.' En hij zakt voor de adelaar op zijn knieën.

Ernst Watzek-Trummer slaat de vlerken voor zijn ogen, trilt met zijn veren en begint te huilen – een gejammer dat rondknarst in zijn blikken snavel.

'*Kawk*! *Kawk*!' zegt Zahn, nog steeds een beetje lollig, maar de helm van de adelaar rammelt van het snikken.

'Hé, zeg,' zegt grootvader, terwijl hij overeind komt. 'Je bent toch een goed vaderlander, nietwaar? Kom kom – we hebben toch een leuke dag gehad? En Zahn zal je naar huis brengen.'

'Arme kerel,' zegt grootmoeder.

En met zijn allen zetten ze de adelaar in Zahns taxi.

'Nu hebt u de hele achterbank voor u alleen,' zegt Zahn.

'Haal zijn kop eraf,' zegt grootvader. 'Anders verdrinkt hij.'

En Hilke zegt tegen haar vader: 'Het is allemaal uw schuld. Ouwe pessimist!'

'Wijsneus!' zegt grootmoeder.

Haar grootvader smijt met de portieren en regelt het denkbeeldige verkeer op straat. Hij geeft Zahn een teken dat hij veilig weg kan rijden.

Zahn rijdt door de kerkhofstilte van de buitenste stadsdistricten – Hadik en St. Veit en Hütteldorf-Hacking – waar, naar hij vermoedt, de geesten uit het verleden noch de tegenwoordige bewoners staan te trappelen om het Heilige Roomse Rijk of Adolf Hitler te verwelkomen.

Terwijl de adelaar zich inmiddels uit elkaar peutert op de achterbank. En wanneer Zahn de donkere boerderij gevonden heeft, weggedoken buiten het schijnsel van het leghok dat 's nachts verlicht blijft, ziet hij in zijn achteruitkijkspiegel een verfrommelde oude man die zit te huilen – en door de hele taxi warrelen de kippenveren.

'Toe nou,' zegt Zahn, maar Ernst Watzek-Trummer doet een aanval op de lege adelaar en drukt hem met zijn schouder tegen de voorbank. Hij probeert het ding de rug te breken, maar de adelaar zit verbazend goed in elkaar; hij zakt in een half zittende houding opzij, want het vlechtwerk van eierrekjes is sterker dan een ruggengraat.

'Goed, goed, kalm nu maar,' zegt Zahn sussend. 'Kijk nu toch eens wat u met uw mooie pak hebt gedaan!' Maar Ernst Watzek-Trummer blijft stompen, trekt de veren met handenvol los, graait met zijn schoppende voeten langs de vloer – in een poging de gevallen kop te vinden en plat te trappen.

Zahn kruipt bij hem op de achterbank en werkt hem moeizaam de auto uit. Ernst Watzek-Trummer klapwiekt met zijn armen. Zahn gooit het portier dicht en stuurt de eierboer in de goede richting.

'Toe nou,' zegt Zahn. 'U gaat nu lekker slapen, hè? En zondag kom ik terug om u naar het stemlokaal te rijden.'

De eierhandelaar zakt door de knieën; Zahn laat hem gaan, maar loopt snel om hem heen om aan de voorkant zijn hoofd omhoog te houden. Ze liggen geknield tegenover elkaar.

'Kunt u dat onthouden?' vraagt Zahn. 'Ik kom u halen voor de volksstemming. Ik breng u naar het stembureau. Afgesproken?'

Ernst Watzek-Trummer tuurt gespannen voor zich uit en tilt zijn achterste op als een hardloper die in de startblokken staat; hij steekt zijn hoofd naar voren alsof hij in de aanval gaat, dan rukt hij zich los en schuifelt om Zahn heen – eerst op handen en voeten, maar al lopend komt hij overeind. Hij blijft staan en kijkt om naar Zahn. Zahn overweegt wat hij moet doen.

'Toe nou,' zegt Zahn. 'U gaat nu zeker naar bed, hè? U gaat toch geen domme dingen doen, nietwaar?'

Ernst Watzek-Trummer laat zijn armen hangen. 'Er komt geen volksstemming,' zegt hij toonloos. 'Dat krijgen ze nooit voor elkaar, sufferd.' En hij draaft naar zijn kippenhok; Zahn wil hem achternagaan, maar hij besluit te blijven staan. Een deuropening vallicht ontvouwt zich aan Zahns horizon en dan doet Ernst Watzek-Trummer de deur achter zich dicht. Het kippenhok hurkt neer onder zijn eigen dak en kreunt; er moet een ogenblik zijn – daarvan is Zahn overtuigd – waarop eieren net *bezig zijn* gelegd te worden, als het ware op heterdaad betrapt. Binnen klinkt gekakel; Zahn ziet een kip die langs het venster vliegt of valt; de lamp schommelt of wordt weggeduwd. Een andere kip – of misschien dezelfde – krijst luid. Dan gaat het licht uit; vannacht worden er geen eieren meer gelegd. Zahn wacht totdat hij er zeker van is dat Ernst Watzek-Trummer een slaapplaats heeft gevonden – of iemand anders van zijn stok heeft geduwd. Maar als er werkelijk een kip van zijn stokje is gegaan, dan maakt het dier er blijkbaar geen misbaar over.

Zahn wankelt terug naar zijn taxi, gaat op de treeplank zitten en neemt een flinke slok cognac uit de fles die grootvader bij hem heeft achtergelaten. Hij probeert een sigaret aan te steken, maar kan de lucifers niet aanhouden. En hij zit alweer bijna achter het stuur, van plan om weg te rijden, als hij ineens de adelaar ontdekt die onbewoond over de leuning van de voorbank hangt. Zahn zet het ding naast zich neer, maar het zakt steeds weg; hij zoekt de kop op en legt hem bij de adelaar op schoot. Dan biedt hij de vogel een slokje aan van mijn grootvaders cognac.

'Morgen heb je een houten kop,' zegt Zahn tegen de adelaar en hij krijgt prompt de slappe lach, maar die gaat over in een niesbui, een hoestaanval – een proeststuip die luid genoeg is om enig gekakel te veroorzaken in het kippenhok. Zahn kan niet meer ophouden; half hysterisch ziet hij zichzelf al in dat adelaarspak het kippenhok binnendaveren, het licht aandoen en aan het *kawken* slaan totdat de opgezweepte kippen aan een waar eierfestijn beginnen – of nooit meer een ei zullen leggen. Hij hoort zichzelf al zo oorverdovend kawken, dat Ernst Watzek-Trummer zelf het allergrootste ei legt.

Maar in plaats daarvan biedt hij de adelaarskop opnieuw een slokje aan; als hij geen antwoord krijgt, draait hij de kop om en giet een scheut cognac in de halsopening.

Zahn heeft het gevoel dat ze uren blijven praten, terwijl de fles tussen hen heen en weer gaat en ze de wacht houden bij het donkere kippenhok – terwijl ze waken over de slapende Ernst Watzek-Trummer op zijn verheven legerstee.

'Drink op, dappere adelaar,' zegt Zahn en hij zet de omgekeerde fles ten slotte in de halsopening, waar het ding onmiddellijk verzwolgen wordt.

Zesde dierentuinwake: Dinsdag 6 juni 1967, 01.30 uur

Het aflossen van de wacht gebeurde om middernacht en sindsdien is alles anders geworden. Nog steeds is iedereen wakker. Echt waar – deze dierentuin is één en al rusteloos geschurk en geschuifel; niemand slaapt. Rond middernacht is hier een algehele slapeloosheid opgetreden.

Eerst dacht ik dat het om mij te doen was. Ik dacht dat de man van de eerste wacht tegen zijn opvolger gezegd had dat er iemand rondsloop. Of dat de dieren het misschien hadden doorgegeven; dat ze elkaar voor mij gewaarschuwd hadden via een allesomvattend roddelcircuit van tikkende hoeven, getjilp, gesnuif en dergelijke. En dat ze vol spanning afwachtten wat ik ging doen.

Maar volgens mij is dat niet de reden waarom de hele dierentuin wakker is. Het komt door die nieuwe bewaker. Na dat rinkelende belletje zat iedereen klaar; de dieren verwachtten hem al. En dit is een heel andere bewaker, dat kan ik je wel vertellen.

Hij kwam daarstraks voorbij. Nou, deze heeft een gummiknuppel; hij draagt hem bij zich in een schede die in zijn linkerlaars is genaaid. Het zijn halfhoge, speciaal aangepaste legerlaarzen die losjes dichtgeregen zitten op de kuit. Zijn grijze broekspijpen zijn in de laarzen gestopt. Hij draagt een open holster, als een echte cowboy, en zijn pistool heeft een forse patroonhouder en een loop van minstens vijftien centimeter lang. Met zijn sleutelring doet hij iets eigenaardigs. Hij steekt zijn arm erdoor en sjort hem dan tot op zijn schouder, waar hij hem vastzet met zijn epaulet – want hij draagt een uniformjasje waaraan nog epauletten zitten. De sleutels hangen onder zijn oksel tegen hem aan te rinkelen. Dat lijkt me nogal onhandig; als je een bos sleutels in je okselholte hebt, hangt je arm er zo vreemd bij. Maar het is zijn rechterarm en misschien heeft hij zo een betere uitgangspositie als hij naar zijn holster grijpt die nogal hoog op zijn rechterheup zit. Hij weet hoe hij met zijn spulletjes moet omgaan, al lijkt hij me een beetje verknipt. Hij heeft natuurlijk ook een zaklantaarn bij zich. Die draagt hij in zijn linkerhand en het ding hangt aan een polsriempje – zo heeft hij er geen last van als hij zijn gummiknuppel trekt. Dat is logisch, nietwaar. Als je zo dichtbij bent dat je een knuppel kunt gebruiken, heb je geen lantaarn nodig om jezelf bij te lichten; als je zo ver weg bent dat je je pistool moet trekken, wil je in de andere hand graag een goede lamp hebben. Deze bewaker vat zijn taak niet lichtzinnig op.

Hij liep langs mijn hele heg. Zodra hij voorbij was, stak ik mijn hoofd door een gat in de wortels – net ver genoeg om hem ook boven de gordel te kunnen bekijken: de sleutelbos, de epauletten, de rare buiging van zijn rechterarm. Maar ik zag hem alleen op de rug en het moest een snelle blik zijn, want hij is erg vlug met zijn lamp. Hij laat het licht op de neuzen van zijn schoenen dansen en dan, ineens, draait hij zich met een ruk om en beschrijft een cirkel van licht om zich heen.

Hij is hier nu anderhalf uur en hij loopt nog steeds met zijn licht te flitsen in de dierentuin. Misschien vindt hij zijn collega van de eerste wacht te onzorgvuldig. Misschien wil hij voor zichzelf de gerustheid hebben dat alles veilig is, voordat hij aan een normale wacht begint.

Maar als deze stoornis iedere nacht optreedt, moeten de dieren wel zenuwachtig worden. Ik zie de plotselinge lichtkringen nog altijd aan en uit flitsen – soms drie of vier keer in hetzelfde gedeelte. Bovendien is hij erg doortastend als hij het sluitwerk controleert. Een enkel rukje is voor hem niet genoeg – hij staat echt aan de kooien te schudden.

Geen wonder dat iedereen wakker is.

De uiterst selectieve autobiografie van Siegfried Javotnik: Voorgeschiedenis I (vervolg)

Zwarte Vrijdag, 11 maart 1938: kort na halfzes in de morgen zijn de priesters van de Stephansdom bezig de zijaltaren gereed te maken, als Kurt von Schuschnigg komt binnenlopen voor een kort maar krachtig gebed. Hij is onmiddellijk opgestaan en naar de kanselarij vertrokken toen hij door Skubl, onderminister voor Veiligheid, werd opgebeld met de mededeling dat de Duitsers de grens bij Salzburg gesloten hebben en al het douanepersoneel hebben teruggetrokken. Skubl heeft bovendien gesproken over Duitse troepenconcentraties van Reichenhall tot aan Passau. En op de kanselarij vindt Schuschnigg het bittere telegram van het Oostenrijkse consulaat-generaal in München: LEO IS KLAAR VOOR DE REIS. Dit alles gebeurt al voordat het buiten licht is geworden en voordat de inhoud van de Duitse ochtendbladen naar Wenen is getelegrafeerd om door Schuschnigg te worden doorgenomen. De Duitse pers kan alleen maar werken met Duitse sentimenten, maar dat is voldoende. Het nazipersbureau DNB beweert dat in heel Wenen de vlaggen met hamer en sikkel al zijn gehesen en dat de opgezweepte burgers in één adem 'Heil Schuschnigg!' en 'Heil Moskou!' roepen. DNB zegt dat de Führer wellicht gedwongen zal zijn een 'antibolsjewistische kruistocht' te ondernemen in het belang van Oostenrijk. De arme Kurt von Schuschnigg moet toegeven dat dit wel een uiterst creatieve verslaggeving is van zijn voorgenomen volksstemming. Hij voert een dringend telefoontje met de Britse gezant, die op zijn beurt naar Lord Halifax in Londen telegrafeert – om te vragen of Engeland partij zal kiezen of niet. Daarna kijkt Schuschnigg naar het eerste licht van de dag en hoe dat door de beroete vensters van de Hofburg-pronkzalen gluurt, op zoek naar de zeldzaam oude juwelen en gouden voorwerpen daarbinnen.

Het trage maartlicht doet ook in het slaperige St. Veit de blinden opengaan als Zahn Glanz de dageraad met luid gekraai begroet. Het is maar goed dat het nog zo vroeg is en dat er pas weinig verkeer rondrijdt, want Zahn handelt niet erg logisch op de kruispunten. De ongelijke keitjes bezorgen hem hoofdpijn en daarom rijdt hij zoveel mogelijk in de tramrails; de spoorbreedte van de taxi klopt niet helemaal, maar het lukt hem aardig om althans aan één kant de wielen niet te laten hobbelen.

Hij is al in de buurt van het centrum, als hij in de Währinger Strasse stilhoudt om een vrachtje op te pikken. Een man die met peinzend gebogen hoofd uit de vroegmis in de Votivkirche is gekomen, kruipt op de achterbank. En voordat hij het portier achter zich heeft dichtgeslagen, is Zahn er al met hem vandoor.

'*Kawk*! *Kawk*!' zegt Zahn. 'Waar naartoe?'

De man klopt een paar veren van zijn broek en vraagt: 'Wat is dit? Een taxi of een kippenren?' Dan kijkt hij op en ziet Zahns verbogen snavel in het achteruitkijkspiegeltje; hij ziet de plukkerige verenschouders die zich over het stuurwiel buigen. En hij laat zich meteen weer uit het portier rollen dat hij nog niet gesloten had.

'Wilt u de deur dichtdoen?' vraagt Zahn, maar hij kijkt om naar een lege achterbank waar het dons rondwervelt.

Zahn draait de Kolingasse in en houdt stil; hij hijst zich uit de wagen en sjokt terug naar de hoek van de Währinger Strasse, waar hij zijn passagier naar het trottoir ziet hinken. De man, net terug uit de vroegmis, denkt waarschijnlijk dat hij een aartsengel heeft gezien.

Dus huppelt Zahn terug naar zijn taxi, waarbij hij een cafébaas laat schrikken die juist zijn zonnescherm oprolt om het zwakke zonnetje zoveel mogelijk in de gaten te kunnen houden. De man laat verbouwereerd zijn slinger los; het scherm valt in grote plooien over hem heen, terwijl de slinger waanzinnig blijft ronddraaien en de rug van zijn handen kapotslaat.

'Ik ben vandaag vroeg op,' zegt Zahn en vanaf de treeplank van zijn taxi laat hij een doordringend hanengekraai horen. Want voor hem zijn kippenveren, hanengekraai en adelaars eigenlijk één pot nat.

Toch voelt hij een zeker gemis; dat komt, besluit hij, doordat hij geen poten heeft. En hij *hoort* poten te hebben – wat voor vogel hij ook moge zijn. Dus stopt hij bij een slager op de Kohlmarkt en koopt een hele kip. Hij wringt de poten eraf en bevestigt ze tussen het vlechtwerk van zijn maliënkolder, aan het uiteinde van de brede manchetten die zijn onderarmen bedekken. De klauwen liggen gekromd over zijn handen; ze krabben hem als hij stuurt.

Maar slagers staan bekend om hun gebrek aan fantasie en de slager van de Kohlmarkt vormt daarop geen uitzondering. Hij belt naar Radio Johannesgasse om te melden dat een man in een vogelpak op onbeholpen wijze rondtoert in een taxi.

'Ja, zeg nou zelf,' zegt de slager. 'Wie koopt er nu een hele kip en kraakt er dan de poten af op de rand van het portier van zijn taxi? Want zo ging het – hij deed het portier net zolang open en dicht op de poten van het arme dier tot ze eraf geknepen waren. En daarna gooide hij de kip weg!' zegt de slager, die vindt dat de mensen gewaarschuwd moeten worden.

Maar Radio Johannesgasse heeft al eerder bericht ontvangen over een verenverschijnsel; een verontrust personeelslid van een taxibedrijf heeft ook al gebeld, nadat in de Währinger Strasse iemand is aangehouden wegens het uiten van godslasterlijke taal en andere ordeverstoringen die verband hielden met een aartsengel. Zahn is dus duidelijk gesignaleerd. En van al degenen die het over de radio vernemen, is er één die zich er niet voor interesseert – en dat is Kurt von Schuschnigg, voor wie de tijd vandaag lijkt te kruipen.

En het volgende dat de arme Kurt overkomt, is een bezoek van zijn naziminister Seyss-Inquart, die verslag doet van een zeer onhebbelijk telefoontje uit München, afkomstig van een scheldende Goebbels. Seyss-Inquart heeft opdracht gekregen de regering over te nemen en ervoor te zorgen dat Schuschnigg de volksraadpleging afgelast. De naziminister doet bijna verontschuldigend; misschien vraagt hij zich af of alles niet een beetje te snel gaat. Samen met Schuschnigg gaat hij op bezoek bij president Miklas – maar eerst nadat Schuschnigg, of iemand uit zijn omgeving, een bode van de kanselarij heeft weggestuurd om het neergevallen kluwen beddenlakens op te rapen dat het verkeer op de Michaelerplatz hindert.

En grootvader Marter heeft opnieuw besloten dat de hoofdbibliothecaris vandaag thuis mag blijven; sinds hij de eerste radioberichten over een vogelachtig, taxi-besturend schepsel heeft gehoord, is mijn grootvader niet van het venster weg te slaan. Grootmoeder brengt zijn koffie bij hem en Hilke komt naast hem staan turen naar de Schwindgasse. De zon is nog niet doorgedrongen in de smalle straat. Hij schijnt trouwens maar bij vlagen en als hij schijnt, doet hij dat alleen op de daken en de bovenste verdiepingen aan de overkant – en dat is pas indrukwekkend als het zonlicht weerkaatst op de koperen bal in de gekromde handen van de cupido op het dak van de Bulgaarse ambassade. Overal zitten cupido's, maar alleen de Bulgaren hebben die van hen een bal in de handen gegeven; of misschien heeft iemand anders dat gedaan om de Bulgaren te beledigen. Hoe dan ook, het is de enige ambassade in de Schwindgasse en het bezorgt grootvader iets om naar te kijken terwijl hij op Zahn staat te wachten. Grootvader heeft gemerkt dat zelfs de Bulgaren vandaag heel wat in- en uitgaande telefoontjes te verwerken hebben. Een kleine, stevige man, die ongetwijfeld overal haar heeft groeien, zit achter het raam van het kantoor aan de straatzijde over een telefoontoestel gebogen – en hij zit daar al zolang grootvader op de uitkijk staat.

Als grootvader in het laatste nieuwsoverzicht de ervaringen van de slager op de Kohlmarkt hoort, vraagt hij zijn vrouw om een kop thee met rum. De slager op de Kohlmarkt heeft blijkbaar oog voor details. In geuren en kleuren schildert Radio Johannesgasse het beeld van een krankzinnige in een vogelpak die stinkend naar cognac rondzwerft in een taxi op welks motorkap de woorden JA! SCHUSCHNIGG! geschilderd staan.

Zo Schuschnigg al enige aandacht aan dit plaatselijke gebeuren schenkt, dan kan het slechts zijn omdat hij genoeg fantasie heeft om te begrijpen wat het nazipersbureau van zo'n bericht kan maken: een geheim genootschap van bolsjewistische terroristen heeft, vermomd als vogels, het openbaar vervoer van de hele stad in handen gekregen en probeert zo de kiezers te beletten aan Schuschniggs gemanipuleerde volksstemming deel te nemen. Maar plaatselijke beroeringen zullen op dit moment ongetwijfeld niet zo belangrijk zijn in Schuschniggs ogen. Hij heeft al moeite genoeg om de oude president Miklas ervan te overtuigen dat de Duitse eisen met betrekking tot Seyss-Inquart waarschijnlijk ingewilligd moeten worden. En de oude Miklas, die zo lang niets heeft gedaan, kiest uitgerekend deze gelegenheid uit om dwars te gaan liggen.

Misschien heeft Schuschnigg die ochtend al de tekenen aan de wand gezien, toen hij langs de donkere lambrizeringen in de kanselarijkantoren liep; Maria Theresia en Aehrenthal en de kleine houten madonna ter nagedachtenis van de vermoorde Dollfuss – een galerij van mensen die voor Oostenrijk moesten beslissen. En altijd vóór of tegen Duitsland.

Zulke sombere gedachten drukken echter niet op Zahn Glanz. Hij is een vogel en hij zweeft. Hij rijdt door de Goethegasse en vergeet bijna te stoppen voor de tram die aankomt over de Opernring. Helaas maakt Zahn nogal wat vertoon van zijn noodstop; het gekrijs van zijn banden trekt de aandacht van een paar ruige gemeentearbeiders die op een nieuwe drilboor staan te wachten Een van hen moet naar de radio geluisterd hebben, want het JA! SCHUSNIGG! op de motorkap lijkt hem iets te zeggen. Maar gelukkig doen ze geen moeite hun opwinding te verbergen; ze kiezen dan ook niet voor een heimelijke benadering. Integendeel, ze heffen een vreselijk gebrul aan en stormen op de taxi af en zo krijgt Zahn tijd genoeg om zich bedreigd te voelen. Hij schiet het kruispunt over, al weet één arbeider nog net op de treeplank te springen. En het kan zijn dat die arbeider daar trots op was, zeker nadat hij door het raampje een glimp van Zahn had opgevangen – maar nu is hij toch niet zo gelukkig als Zahn op de Schillerplatz komt en daar een vlucht duiven doet opwieken die van schrik hun mest laten vallen.

'*Kawk*!' roept Zahn ze toe, als vogels onder elkaar. En de arbeider raakt ervan overtuigd dat hij met zijn vrienden op de drilboor had moeten blijven wachten, want alles is beter dan aan de kruk van een afgesloten autoportier te hangen en zijn hoofd te stoten aan een dichtgedraaid raampje en daarbij – slechts eenmaal en maar heel kort – de verschrikkelijke blik op te vangen uit de holle ooggaten van de gepantserde adelaar.

Ze draaien de Schillerplatz rond en duiken door een nauwe boog van de Academie voor Grafische Kunsten, terwijl de arbeider zich tegen de taxi drukt en de echo's hoort van een verschrikkelijk gekerm dat hij nauwelijks als het zijne herkent.

Zahn Glanz, die heel even helder kan denken, mindert vaart en richt zijn wagen op de achterste boog van de Academie voor Grafische Kunsten. Dan doet hij zijn portier open. Niet al te bruusk; hij laat de deur openzwaaien, zodat de overrompelde gemeentewerker van de treeplank wordt geschoven. De man blijft aan de portierkruk hangen en ziet het smalle poortje naderen; hij laat de kruk los en Zahn sluit het portier. In zijn achteruitkijkspiegel ziet Zahn de arbeider meehollen alsof hij tegelijkertijd terugtrapt; bijna wordt hij zijn eigen snelheid de baas, maar dan begint hij potsierlijk te struikelen en tuimelt uit Zahns spiegeltje.

Zahn besluit om van nu af aan de kleinere steegjes te nemen, want hij weet niet precies wie hem allemaal achtervolgen. Maar in het steegje naast het Atelier Theater is opeens zijn benzine op. De taxi komt tot stilstand voor het aanplakbord met de enorme foto van de donkerogige Katrina Marek, die al veertien dagen lang een sensationele Antigone op de planken heeft gezet.

'Neem me niet kwalijk,' zegt Zahn, want bij het openen van zijn portier geeft hij Katrina een flinke por. Heel even vindt hij het maar gek dat een actrice als Katrina Marek een laken omdoet als ze een taxi wil aanroepen, maar hij denkt er verder niet over na. Hij is zelf ook niet zo netjes gekleed.

En opnieuw krijgt mijn grootvader last van wat hij zijn vooruitziende blik noemt.

'Hilke?' zegt hij. 'Wil je mijn jas halen? Ik denk dat ik nog even wegga.' En ofschoon er twee mogelijkheden zijn om de Schwindgasse in te rijden, blijft grootvader slechts naar één kant kijken.

Ondertussen neemt de adelaar nog altijd de smalste steegjes; hij kiest zijn route langs de vuilnisbakken en pas als hij uitkomt op de

Rilkeplatz, beseft hij dat hij in de woonbuurt van mijn moeder is. In de Gusshausstrasse stapt hij op het achterste achterbalkon van een tram die juist wegrijdt van de halte achter de Technische Hogeschool. Het lijkt hem verstandiger om niet in de wagon te gaan zitten, maar als de tram snelheid krijgt, beginnen de eierrekjes stevig te klapperen. De conducteur tuurt door het gangpad van de wagon; hij denkt dat een onderdeel van de tram is losgeraakt. Zahn grijpt zich stevig vast aan de koperen stang naast de deur en laat zich zakken op de bovenste trede van het opstapje naar het balkon. In de etalage van een banketbakker wijst iemand naar hem. Zahn rijdt mee op het trapje van de tram; zijn staartveren leren eindelijk vliegen.

En er zou geen haan naar gekraaid hebben – zeker niet in de paar straten die hij nog te gaan had – als in die tram niet een groepje studenten van de Technische Hogeschool had gezeten bij wie ineens het verlangen rijst om een sigaret te gaan roken op het achterbalkon.

'Morgen, jongelui,' zegt de adelaar, maar niemand zegt iets terug. Dus vraagt Zahn: 'Hebben jullie vandaag Katrina Marek al gezien? Ze draagt een laken.'

En een van de leerling-mecaniciens zegt: 'Jij bent toch niet toevallig dat vogelmens, hè?'

'Wat voor vogelmens?' vraagt een ander.

'Wat voor vogelmens?' vraagt Zahn.

'Die de bevolking terroriseert,' zegt de student en hij komt een stapje dichterbij. Een van zijn vrienden herinnert het zich nu ook; ook hij komt wat naar voren.

Had ik mijn kop maar afgezet, denkt Zahn, dan had ik beter om me heen kunnen kijken – en kunnen zien of ik tegen een lantaarnpaal of een papierbak terechtkom als ik moet springen.

'Ik geloof dat dit mijn halte is,' zegt hij, ofschoon de tram geen vaart mindert. Hij zet zijn ene voet nog een treetje lager en gaat nog meer naar buiten hangen aan de koperen stang.

'Pak hem!' roept de student die het dichtstbij is en hij slaat met zijn broodtrommeltje op Zahns hand. Maar de adelaar duwt zich af, waarbij hij een van zijn poten kwijtraakt.

Zahn maakt een verschrikkelijke herrie en zijn eierrekjes slaan vonken uit het trottoir; verscheidene bevestigingstouwtjes van zijn maliënkolder snijden gemeen in zijn rug. Maar hij is nu geen straat meer van mijn moeders huis vandaan; bovendien heeft hij geen tijd om te treuren over de losgeraakte eierrekjes die over de stoep rollen en in de goot terechtkomen.

Mijn grootvader zegt: 'Zet die snertradio maar uit, Hilke!' – want hij heeft net het nieuws gehoord van de brutale ontvoering van een gemeentearbeider, die door het vogelmens is weggesleurd uit zijn ploeg op de Opernring.

Hilke heeft haar jas ook al aan en nu doet ze haar sjaal om – losjes om de hals geslagen. Ze stapt met mijn grootvader het trappenhuis voor de deur van hun appartement in. Grootvader kijkt omhoog langs de brede wenteltrap van marmer en ijzer en hij spitst de oren om de geluiden van opengaande deuren of brievenbussen op te vangen. Dan daalt hij met zijn dochter de trap af en loopt door de hal naar de grote voordeur met de decimeterslange koperen kruk. Hilke tuurt naar twee kanten de straat af, maar mijn grootvader kijkt alleen naar links – naar de hoek van de Argentinierstrasse. Een man staat met zijn rug naar de zijstraat toe en drukt met zijn duim de tabak in zijn pijp aan.

Dan draait de man zich met een ruk om en trekt zijn hoofd tussen zijn schouders, omdat hij de naderende wiekslag van wel honderd duiven meent te horen. En Zahn Glanz komt de hoek om laveren, loopt de man omver, verliest zijn evenwicht en rolt een naburige keldertrap af totdat hij tegen de deur van een souterrain tot stilstand komt. Zodat hij zich nu beneden het straatniveau bevindt en uit het zicht van de man, die overeind krabbelt en de pijptabak uit zijn haar schudt en links en rechts de straat af tuurt en daarna, als hij niets bijzonders kan ontdekken, door de Argentinierstrasse wegvlucht met een geheel eigen wiekslag.

Grootvader wenkt. Zahn klimt juist terug naar het trottoir, als de kelderdeur geopend wordt door een kleine, kwieke wasvrouw. Ze bedreigt de adelaar onmiddellijk met een sokkenstrekker en wipt lenig de keldertrap op; ze wil de vogel een flinke tik verkopen, maar Zahn legt de slappe, koude kippenpoot die hem nog rest tegen haar verontwaardigd zwoegende boezem. De wasvrouw valt onmiddellijk op haar knieën, overtuigd van de echtheid van deze verschijning.

Zahn wappert met zijn vleugels naar mijn moeder. Hij probeert de laatste meters te vliegen, waarbij hij keurig een geparkeerde auto omzeilt – ofschoon zijn snavel vasthaakt aan de antenne en zijn hele kop wordt afgerukt. Grootvader grijpt hem stevig beet onder de eierrekjes en sleurt hem met veel gekletter de hal in. Hilke graait de adelaarskop van de grond en bedekt hem met haar sjaal. Op straat ligt de wasvrouw nog steeds geknield op het trottoir, beide handen voor het gezicht geslagen; met haar omhooggestoken achterste lijkt ze een weinig ridderlijk bezoek te verwachten van een vreemde god.

Mijn moeder raapt veertjes en stukjes dons op. Bedrijvig graait zij ze allemaal bij elkaar, van de geparkeerde auto tot aan grootmoeders keuken waar Zahn tegen de tegelkachel hangt – een bijna geplukte vogel, gehuld in blinkende folie, klaar om gebraden te worden.

'Zahn,' zegt grootvader. 'Waar heb je de taxi gelaten?'

'Bij Katrina Marek,' zegt Zahn.

'Waar?' vraagt grootvader.

'De benzine was op,' zegt Zahn. 'Vlak voor haar neus.'

'Hoe ver hiervandaan, Zahn?' vraagt grootvader.

'Ze had een laken om,' zegt Zahn.

'Heeft iemand gezien dat je uitstapte?' vraagt grootvader.

'Het proletariaat,' zegt Zahn. 'Ze komen in opstand, ze verwoesten de stad!'

'Heeft iemand gezien waar je de taxi hebt gelaten, Zahn?' brult grootvader.

'Katrina Marek,' zegt Zahn. 'Ik moet haar gaan ophalen.'

'Stop die arme jongen toch in bed,' zegt grootmoeder. 'Hij is helemaal van slag. Haal hem uit dat pak en breng hem naar bed.'

'Jezus,' zegt Zahn. 'Is me dat een lange dag geweest.' En mijn moeder is zo aardig om hem niet te vertellen dat de ochtend net is begonnen.

En ook voor Schuschnigg moet het een lange dag zijn, al weet ik bijna zeker dat hij de afloop al geraden heeft. Het is nog pas halftien als Hitler persoonlijk opbelt en de arme kanselier een ultimatum voorlegt: de volksstemming moet minstens twee weken worden uitgesteld of Duitsland zal Oostenrijk vanavond nog binnenvallen. Dus overlegt Schuschnigg haastig met zijn trouwe Skubl; lichting 1915 van de Oostenrijkse reservisten wordt onder de wapenen geroepen, zogenaamd om de orde te handhaven op de komende verkiezingsdag, en de Socony Vacuüm Oliemaatschappij wordt verzocht een extra hoeveelheid brandstof te leveren voor eventuele troepenbewegingen. En de kanselier bemerkt niet zonder triestheid dat de stad zich rond twaalf uur alweer opmaakt voor een nieuwe feestdag ter ere van het Oostenrijk van Schuschnigg. Folders met propaganda voor het referendum waaien door de straten. Omstreeks het middaguur is de zon warm en helder. De mensen bemerken blijkbaar niets van het groeiend aantal militairen dat zich ergens aan de rand van hun feestjes ophoudt. En de soldaten zelf laten hun laarzen vrolijk tikken op de maat van de walsen en de vaderlandslievende marsmuziek uit de radio's die in de open ramen zijn gezet.

Schuschnigg belt voor de derde keer naar Mussolini, maar de Duce is nog altijd *niet beschikbaar.* Iemand stuurt maar weer een boodschap naar Frankrijk.

Het nieuwsoverzicht van twaalf uur op Radio Johannesgasse doet nogal vaagjes over het wereldnieuws. Het gaat vooral over de grens bij Salzburg die nu gesloten is en over de niet te tellen troepenmacht die is opgebouwd – en dat de tanks die nacht naderbij zijn gekomen als een kudde neushoorns en dat het aantal koplampen, dat over de grens gluurde, om te duizelen was en dat er die morgen een scherm van rook boven de Duitse wouden hing, afkomstig van een miljoen sigaretten die waren aangestoken en die na één haal alweer gedoofd moesten worden. En dat Radio Berlijn het laatste nieuws uitzendt over de bolsjewistische rellen die zich gisteren en vandaag hebben voorgedaan in Wenen – waar sinds de bestorming en de inname van het Schlingerhofpaleis in 1934 geen enkele bolsjewiek meer gerebelleerd heeft.

Het plaatselijke nieuws is uitgebreider. De ontvoerde gemeentearbeider is teruggevonden; hij is door de vogelmens van de voortrazende taxi gegooid en heeft er slechts een paar schrammen aan overgehouden, hoe wonderbaarlijk ook. De arbeider schat dat de vogelmens wel twee meter dertig lang is. Zijn redding gebeurde op de Schillerplatz. De vogelmens is daarna gezien op een tram in de Gusshausstrasse; een groepje dappere studenten van de Technische Hogeschool heeft getracht hem te grijpen, maar ze waren niet tegen hem opgewassen. En ten slotte heeft de vogelmens in de Schwindgasse een zekere Frau Drexa Neft, wasvrouw van beroep, aangevallen. Frau Neft beweert dat het schepsel niets menselijks heeft, maar ze kon niet zien waar het bleef nadat het handtastelijk was geworden. De autoriteiten laten nu de struiken en de bomen van het nabijgelegen Belvédèrepark uitkammen. En er is nog geen spoor gevonden van de blijkbaar achtergelaten taxi met JA! SCHUSCHNIGG! op de motorkap.

Maar mijn grootvader weet waar hij moet zoeken. Omdat hij alle theaterprogramma's heeft nageplozen en ontdekt heeft waar Katrina Marek schittert als Antigone, en omdat hij weet waar het Atelier Theater ligt – ergens halverwege de verstekeling-arbeider van de Schillerplatz en de eerste taxiloze verschijning van de adelaar op de tram in de Gusshausstrasse. Dus leegt mijn grootvader een grote stopfles van aardewerk waarin snoepgoed zit; hij maakt een spons nat en steekt een trechter in de zak van zijn overjas. Zahn heeft geen autosleuteltje bij zich, dus kan grootvader alleen maar hopen dat de adelaar het in het contact heeft laten zitten. Dan stopt Hilke de spons in haar handtasje en neemt grootvader de stopfles onder zijn arm, hijsend alsof het ding nog vol zit. Samen verlaten ze het appartement in de Schwindgasse, vol vertrouwen dat mijn grootmoeder zal toezien op de ongestoorde slaap van Zahn Glanz, die in Hilkes bed is gestopt.

Het is jammer dat Kurt von Schuschnigg zich sneller gewonnen geeft dan mijn grootvader. Even na halfdrie buigt de kanselier voor een van de Duitse ultimatums. Hij verzoekt Seyss-Inquart naar Berlijn te bellen en zijn besluit aan Göring over te brengen – de volksstemming zal worden uitgesteld; Seyss-Inquart vertelt Göring natuurlijk ook dat Schuschnigg het kanselierschap nog niet heeft neergelegd. En mijn grootvader had Kurt het een en ander kunnen vertellen over de onverzadigbaarheid van veldmaarschalk Görings verlangens.

Maar mijn grootvader is niet beschikbaar om geraadpleegd te worden. Hij komt net met mijn moeder van de *Tankstelle* op de Karlsplatz en onder zijn arm draagt hij een stopfles met benzine voor driekwart gevuld, zodat hij onder het lopen niet kan morsen. En mijn moeder grinnikt harder dan bij een familiewandelingetje gebruikelijk is, want mijn grootvader heeft tegen de pompbediende gezegd dat de stopfles een verrassing is voor een oom die te veel snoept en steeds weer zonder benzine staat.

Ze steken de Getreidemarkt over en wisselen fluisterend familiegeheimpjes uit; ze gaan iets langzamer lopen om naar de aanplakborden bij het Atelier Theater te kijken.

'Ach, kijk eens,' zegt grootvader, die de aanvangstijden van de middagvoorstellingen begint te lezen.

En Hilke zegt: 'Om de hoek is nog veel meer, geloof ik.' En ze loopt het zijsteegje in, waarbij ze probeert niet te schrikken van de taxi die pal onder de neus van Katrina Marek staat. 'Kom eens kijken!' roept ze naar grootvader. 'Dat is echt de mooiste foto die ik ooit van haar gezien heb.'

'Ja, dadelijk,' zegt grootvader, die nog altijd naar de matineetijden staat te staren. Maar al lezend schuifelt hij een stukje verder en dan werpt hij een vlugge blik naar beide kanten; hij steekt zijn hand om de hoek van het steegje en geeft mijn moeder een teken met zijn vinger. Ze haalt de natte spons uit haar tas en veegt het JA! SCHUSNIGG! van de motorkap van de taxi. Ze kijkt nog eens goed naar Katrina Marek en dan slentert ze om de taxi heen, terwijl ze hier en daar een kalkspettertje verwijdert. Daarna komt ze het steegje uit en trekt mijn grootvader aan zijn mouw.

'Schiet op, ga ook eens kijken,' zegt ze. 'Het is een schitterend portret.'

'Lees jij dit maar eens,' zegt grootvader. 'Moet je dat toch zien. Vind je het niet geweldig?' En wijzend op het middagprogramma slaat hij de hoek om. Hilke schudt haar haar naar achteren en kijkt naar links en naar rechts; dan seint ze naar grootvader met haar armband.

'Je hebt gelijk!' roept grootvader vanuit het steegje. 'Het is een schoonheid!' En tijdens zijn eerste rondje om de taxi maakt hij de dop van de benzinetank los; terwijl hij over een spatbord leunt en vol genegenheid naar Katrina staart, zet hij de trechter in de tuit. 'Wat denk jij van dat programma?' roept hij en mijn moeder rinkelt opnieuw met haar armband. Grootvader giet de stopfles leeg in de benzinetank. Als hij het steegje verlaat, komt hij langs het raampje aan de kant van de bestuurder; tot zijn blijdschap ziet hij het sleuteltje in het contactslot zitten.

'Dit is toch ongelooflijk?' zegt Hilke, wijzend op de aanvangstijden. Ze steekt haar arm door die van grootvader en ze lopen door, voorbij het steegje en een heel blok verder. Dan maakt grootvader een buiginkje voor haar, kust haar op de wang en geeft haar de stopfles. Mijn moeder kust hem terug en loopt verder, terwijl grootvader een zijstraat inslaat. Hij komt ergens achter het theater terecht en vandaar glipt hij het steegje weer in en loopt nu op de voorkant van de taxi toe.

Intussen stapt mijn moeder stevig door, terwijl ze opnieuw haar haar uit haar ogen schudt om in de etalages te kunnen kijken; ze drukt de stopfles tegen haar hoge, kleine borsten; ze ziet zichzelf, geheel doorschijnend, voorbijkomen over rekken met kleren, rijen schoenen, draaiplateaus met taarten en gebakjes; ook in de ramen van de koffiehuizen kijkt ze, waar ze zichzelf de gezichten ziet opheffen van de rand van de koffiekopjes – en waar ze, hoe doorschijnend ook, onuitwisbaar door de gedachten trekt van ieder die naar buiten kijkt op het moment dat mijn moeder een blik naar binnen werpt. Ze stelt zich voor dat ook Zahn Glanz naar haar kijkt – in zijn dromen, veroorzaakt door haar meisjesachtig geurende bed. Maar hoezeer ze ook in zichzelf verzonken is, ze vergeet de straathoeken niet; op de kruising van Faulmangasse en Mühl houdt ze haar pas in en ze aarzelt tot ze de chauffeur herkend heeft, voordat ze de taxi aanroept die net komt aanrijden.

'Waar naartoe?' vraagt grootvader, zijn kin op de borst gedrukt. En hij wacht tot ze op weg zijn, voordat hij zegt: 'Wat een verrekt slim vadertje heb jij toch, hè? Ik ben helemaal naar de Elisabethstrasse gereden om te tanken en toch kon ik je oppikken zodra je daar op de hoek stond. Ik zag je juist aankomen. Je hoefde geen seconde te wachten. Dat noem ik nog eens precisiewerk!'

Hilke stopt haar haar achter haar oren; ze lacht een heldere lach vol verering en grootvader lacht hoofdschuddend mee. 'Slim, hoor, verrekte slim. Dat hele karweitje ging gesmeerd, mag ik wel zeggen.'

Wie hen daar zo ziet rijden, schuddend van het lachen in de ontsnapte taxi, moet wel denken: Wat kan zo'n oude man allemaal te vertellen hebben, dat hij zo'n leuk jong ding doet schateren?

Zo krijgt mijn grootvader alles voor elkaar – subtiel en met zwier.

Ook Göring krijgt zijn zin – maar met minder zwier en zeker niet subtiel. Nauwelijks twintig minuten na het telefoontje waarin Schuschniggs eerste concessie werd medegedeeld, belt Göring zelf terug. Hij zegt tegen Seyss-Inquart dat Schuschniggs gedrag ontoelaatbaar is en dat de kanselier en zijn kabinet dringend verzocht worden af te treden; van president Miklas wordt geëist dat hij Seyss-Inquart tot kanselier benoemt. Göring heeft een nogal merkwaardige manier om het te zeggen. Hij belooft dat Duitsland militaire *hulp* zal geven als de regering-Schuschnigg niet onmiddellijk gewijzigd kan worden.

Seyss-Inquart is zeer in verlegenheid gebracht als hij het nieuws aan Kurt von Schuschnigg komt overbrengen. En Schuschnigg doet zijn voorlaatste stap terug. Om halfvier, dus slechts een halfuur na Görings telefoontje, biedt Schuschnigg aan president Miklas eenvoudigweg het ontslag van zijn hele regering aan. Het is en blijft een arbitraire zaak; het zou (na de oorlog) zoveel aardiger gestaan hebben als Schuschnigg het één uur langer had volgehouden, totdat hem vanaf de Britse ambassade in Wenen de boodschap bereikt had van Lord Halifax: dat Zijner Majesteits regering niet de verantwoordelijkheid zou willen dragen om de kanselier te adviseren zijn land bloot te stellen aan gevaren waartegen Zijner Majesteits regering geen bescherming zou kunnen garanderen.

De vraag is maar of je het pas moet opgeven als je in de steek gelaten bent – of jezelf al gewonnen moet geven als je weet dat je in de steek gelaten *zult worden.* Maar achteraf is haarkloven een gemakkelijke bezigheid.

Om halfvier heeft Schuschnigg geen formele verklaringen nodig om te weten dat hij in de steek gelaten is. Hij ziet het allemaal aankomen – dat Lord Halifax ontwijkend zal blijven antwoorden; dat de Franse zaakgelastigde te Rome, monsieur Blondel, van graaf Ciano's particuliere secretaris te horen zal krijgen dat hij, als Oostenrijk de reden van zijn bezoek is, niet hoeft te blijven wachten; dat Mussolini nooit per telefoon te bereiken zal zijn, omdat hij zich koest houdt en luistert hoe het toestel blijft rinkelen.

Dus laat Schuschnigg de keuze van een nieuwe kanselier maar over aan bondspresident Miklas. De oude Miklas heeft dit al eerder meegemaakt. Tijdens de naziputsch van vier jaar geleden – toen de arme Dollfuss vermoord in het heiligdom van zijn kanseliersbureau lag en de binnenplaats beneden wemelde van woestelingen, klaar om het grote publiek mee te sleuren in de richting die dit voorgeborchte van de hel zou nemen. In die benauwde ogenblikken deed Miklas een beroep op Kurt von Schuschnigg. Nu heeft Miklas tijd tot halfacht. En dus gaat de bejaarde president op zoek naar een kanselier.

Skubl, bijvoorbeeld, de trouwe politiecommandant? Maar Skubl weigert – hij is te goed bekend in Berlijn en zijn benoeming zou Hitler nog meer irriteren. Dr. Ender misschien, zeer gezaghebbend op het gebied van constitutioneel recht; maar diens hang naar het kanselierschap is tijdens een vorige regering al bevredigd. En generaal

Schilhawsky, de inspecteur-generaal van de strijdkrachten, verklaart dat hij officier is en geen politicus. Dus kan Miklas geen kandidaten vinden.

Jammer dat hij mijn grootvader niet gekend heeft, want die zou wel iets gevoeld hebben voor een nieuwe slimme zet.

Grootvader, die de taxi zorgvuldig afgesloten op het parkeerterrein bij de Karlskirche heeft achtergelaten, loopt met Hilke en de stopfles naar huis. Ze storen zich niet aan grootmoeders protesten en gluren even om de hoek bij Zahn Glanz. De adelaar – uit zijn eierrekjes gepeld, ontdaan van zijn laatste klauw – steekt met zijn voeten uit het korte meisjesbed. Een kippenveer siert zijn oor, een roze kussen verleent hem iets knussigs; vredig slaapt hij in het poppen- en prulletjesparadijs dat mijn moeders kamer is. Hilke stopt hem goed in en hij verslaapt zijn avondeten; hij slaapt door tot de nieuwsberichten van zeven uur op Radio Johannesgasse. Want het nieuws wil grootvader hem niet ontzeggen.

Het uitstel van de volksstemming wordt bekendgemaakt. En het aftreden van het gehele kabinet – met uitzondering van Seyss-Inquart, die aanblijft als minister van Binnenlandse Zaken.

Zahn Glanz is nog niet helemaal de oude; als hij zonder een woord te zeggen weer in bed stapt, zit de oude president Miklas geheel alleen aan zijn bureau en ziet hoe de klok voorbij halfacht tikt. Het ultimatum van veldmaarschalk Göring is afgelopen en Seyss-Inquart is nog altijd niet de kanselier van Oostenrijk. Miklas weigert het *officieel* te maken.

Dan doet Kurt von Schuschnigg opnieuw een stap terug, de laatste en de meest ingrijpende van zijn loopbaan – een bevel aan generaal Schilhawsky om het Oostenrijkse leger van de grens met Duitsland terug te trekken; om geen weerstand te bieden; om vanachter de rivier de Enns te blijven toezien – en misschien te wuiven. Het Oostenrijkse leger heeft trouwens toch maar munitie voor achtenveertig uur. Wat heeft het voor zin om zoveel bloed te laten vloeien? Iemand belt op vanuit Salzburg en meldt dat de Duitsers al over de grens trekken; het is niet waar, het is vals alarm, maar – en ook dit is haarkloverij achteraf – Schuschnigg gunt zich niet de tijd om het na te gaan. Hij krabbelt terug.

Om acht uur vraagt hij aan Radio Johannesgasse voorrang voor een toespraak tot de gehele natie. De microfoonsnoeren worden omhooggeleid langs de balustrade van de prachtige trap op het Ballhausplatz. En grootvader schudt Zahn opnieuw wakker.

Schuschnigg is een en al droefheid en hij maakt niemand verwijten. Hij spreekt over het wijken voor geweld; hij smeekt de bevolking zich niet te verzetten. Hij verklaart dat er geen spoor van waarheid zit in de berichten van Radio Berlijn over arbeidersrellen die Oostenrijk terroriseren. Het Oostenrijk van Kurt van Schuschnigg wordt niet geterroriseerd, het wordt gedwongen tot grote droefheid. En in die hele vertoning is er maar één sentiment dat doordringt tot mijn grootvaders diep wegschuilende hart – de ruwe uitbarsting van de commissaris voor culturele propaganda, de oude en invalide Hammerstein-Equord. Als de kanselier is uitgesproken, grijpt hij de microfoon en brult, voordat de technici de stekker kunnen uittrekken: 'Lang leve Oostenrijk! Vandaag schaam ik me dat ik Duits ben!'

Voor grootvader is het triest dat te horen. Zelfs een taaie ouwe hinkepoot als Hammerstein-Equord beschouwt *Duits* dus als iets wat in het bloed zit en ziet de Duitsers als een *ras* waartoe ook de Oostenrijkers behoren.

Maar zo heeft mijn grootvader het nooit bekeken. 'Inpakken, Mutti,' zegt hij. 'Vlak om de hoek staat een taxi vol benzine.'

En mijn moeder grijpt de arm van Zahn Glanz beet; nog nooit heeft ze een levend iets zo stevig vastgehouden en ze wacht tot Zahn zijn ogen naar haar opslaat; haar vingers zeggen: Hilke Marter zal niet loslaten, zal zichzelf noch haar spullen inpakken, voordat deze adelaar genoeg ontneveld is om een besluit te nemen en daarvoor op te komen.

Terwijl Miklas, die geheel alleen *zijn* besluit genomen heeft, weigert het ontslag van Schuschnigg zelf te aanvaarden en voortdurend over terugvechten praat – zonder dat er één enkele Oostenrijkse soldaat te bekennen is tussen de Enns en de Duitse grens. In het bureau van de bondspresident legt luitenant-generaal Muff, de Duitse militaire attaché te Wenen, aan Miklas uit dat de gemelde grensoverschrijding van Duitse troepen een vals alarm is. Maar die troepen *zullen* de grens overschrijden, zegt Muff, als Seyss-Inquart niet snel tot kanselier wordt benoemd. Misschien is het verzet van de oude Miklas toch niet zo nutteloos als het schijnt; misschien ziet hij hoezeer Hitler er behoefte aan heeft om de machtsovername wettig te doen schijnen. Maar de geduldige Muff blijft op hem inpraten. Weet de bondspresident dat alle provincies nu in handen zijn van plaatselijke nazibonzen? Weet de president dat Salzburg en Linz het stadszegel al hebben overgedragen aan leden van de nazipartij? Heeft de president al een kijkje genomen in de gang voor zijn kantoor, waar de Weense nazijeugd sigaretten staat te roken en iedereen uitjouwt over de rand van het balkon in het grootse trappenhuis; ze blazen rookkringetjes om het hoofd van de houten madonna die treurt om de arme Dollfuss.

Om elf uur roept de geduldige Muff nog steeds zulke beelden op. Seyss-Inquart heeft zijn lijst met kandidaat-kabinetsleden herzien. Miklas, al tien uur in de contramine, vertelt een anekdote over Maria Theresia.

Om elf uur velt mijn grootvader een oordeel in de kwestie van het zilver en het porselein. Het porselein is breekbaar en minder goed te verkopen. Dus blijft het porselein in Wenen en gaat het tafelzilver mee. En of Zahn Glanz meegaat of achterblijft – daar wordt nog altijd naar gespeurd door mijn moeders greep.

'Het hoeft toch niet te betekenen dat ze zomaar binnen komen marcheren?' zegt Zahn. 'Waar wilde u trouwens heen in mijn taxi?'

'Het *betekent* dat ze binnen komen marcheren,' antwoordt grootvader. 'En we gaan met jouw taxi naar mijn broer. Die is directeur van het postkantoor in Kaprun.'

'Dat ligt ook in Oostenrijk,' zegt Zahn.

'Juist de grote steden worden onveilig,' zegt grootvader. 'De Kitzbühler Alpen zijn nog erg landelijk.'

'Landelijk genoeg om dood te gaan van de honger, hè?' zegt Zahn.

'Sommige bibliothecarissen hebben een beetje gespaard,' zegt grootvader.

'En hoe krijgt u dat van de bank?' vraagt Zahn. 'In het holst van de nacht?'

Grootvader antwoordt: 'Als jij liever nog een poosje hier blijft, Zahn, zal ik je een machtiging geven voor mijn spaarbankboekje. Dan kun jij het geld overmaken.'

'Naar uw broer de postdirecteur,' zegt Zahn. 'Ik snap het.'

'Kunnen we morgenochtend niet vertrekken?' vraagt Hilke. 'Kan Zahn niet met ons meekomen?'

'Natuurlijk kan dat, als hij wil,' zegt grootvader. 'Dan blijf ik hier tot morgen. En Zahn kan jullie wegbrengen.'

'Maar waarom gaan we dan niet *allemaal* morgen?' vraagt grootmoeder. 'Misschien horen we morgen dat alles weer in orde is.'

'Morgen vertrekken er heel veel mensen,' zegt grootvader. 'En Zahn heeft zich al heel lang niet gemeld met zijn taxi. Denk je ook niet dat ze je taxi zullen gaan zoeken, Zahn?'

'Ja, die taxi kan het beste vannacht nog weg,' beaamt Zahn.

'Maar als Zahn hier blijft,' zegt Hilke, 'hoe komt hij dan in Kaprun?'

'Zahn hoeft hier niet te blijven,' zegt grootvader. 'Als hij dat niet wil...'

'Waarom zou hij dat ook willen?' zegt Hilke.

'Tja, ik weet het eigenlijk niet,' zegt Zahn. 'Misschien om te kijken wat er de eerste paar dagen gebeurt of zo.'

En mijn moeder blijft de hartenklop opnemen in zijn arm. Hilke Marter praat weer met haar vingers: Oh, Zahn, op straat is niemand te bekennen; buiten is er niets te zien.

Maar even voor middernacht zijn op de binnenplaats van het gebouw aan de Ballhausplatz veertig misdadigers verschenen van de SS-Standarte 89, waarvan ook de moordenaar Otto Planetta deel uitmaakte. Misschien is dat het ogenblik – als hij hen ziet staan – waarop de bejaarde president iets begint te begrijpen van Schuschniggs spookbeelden over het bloedbad dat Wenen kan overkomen. Misschien is dat het moment waarop Miklas zijn onderkinnen laat zakken tegenover de bemiddelaar Muff.

Zahn Glanz voelt zich ook een bemiddelaar – met mijn grootvaders bankboekje op zak. Hij loopt van de Schwindgasse naar de Karlskirche, terwijl mijn moeder vast verbonden blijft met zijn arm. Bij de Gusshausstrasse zijn ze genoodzaakt van het trottoir te gaan. Zes jongens, arm in arm en stevig in de pas, komen van een op alfabet bijeengeroepen vergadering van de Weense nazi-jongeren. Ze banen zich breeduit een weg over het trottoir. Het moet een bijeenkomst geweest zijn van de S-en van het vierde district. Hun pas opgenaaide naamplaatjes glimmen triomfantelijk: P. Schnell, misschien, en G. Schritt, vergezeld van F. Samt, J. Spalt, R. Steg en O. Schrutt – om maar een paar gangbare namen te noemen.

Zahn zegt geen woord tegen hen; mijn moeder houdt zijn polsslag afgeknepen. Op de parkeerplaats doet hij de taxi open en dan rijdt hij via een omweg naar de Schwindgasse terug. Het zou niet verstandig zijn om aan die rondschuimende jeugdclub te laten weten dat ze ineens gemotoriseerd zijn. Zahn draait met gedoofde lichten de Schwindgasse in. Mijn grootvader doet de grote vleugeldeuren van de hal open en Zahn rijdt achteruit de stoep op en het gebouw binnen.

Het is al laat, maar op de hogere verdiepingen zal vandaag waarschijnlijk niemand rustig kunnen slapen. Natuurlijk horen ze de motor, voordat Zahn hem kan afzetten. Is dat de vuilniswagen – denken ze wellicht – die een afschuwelijk vrachtje komt halen dat niet tot morgen kan wachten? Maar niemand brengt vuilnis naar beneden. Er verschijnen geen angstige gezichten over de rand van de trapleuning – alleen wat lichtstrepen van brievenbussen en kierende deuren. Grootvader wacht totdat ook de laatste steelse lichtstraal van de wenteltrap is verdwenen; dan posteert hij mijn grootmoeder op de overloop om te luisteren of er ergens aan een telefoon wordt gezwengeld.

Het is één uur in de morgen als ze de taxi beginnen te laden.

Zevende dierentuinwake:
Dinsdag 6 juni 1967, 02.15 uur

Een paar dieren doezelen langzaam weg. Iets van nervositeit blijft in de dierentuin hangen, maar de bewaker is terug naar het Kleine Zoogdierenhuis en sommigen van ons krijgen slaap.

Toen de bewaker voor de eerste keer naar binnen ging, kreeg ik zelf ook zin in een tukje. Ik hoorde hoe het Assortiment Antilopen achter me met zachte ploffen ging liggen. Ik was echt van plan te gaan slapen en ik nestelde me al tussen de wortels van de heg, toen het Kleine Zoogdierenhuis plotseling van kleur veranderde. Dat was precies wat er gebeurde – het schijnsel boven de kooien was wit en ging ineens over in bloedrood. De bewaker had het infrarode licht aangedaan.

Dus daar zitten ze nu weer – terwijl het ene licht gedoofd is en plaats heeft gemaakt voor een ander dat ze niet kunnen zien; daar zitten ze dus weer, met hun verknipte ideeën over de snelheid waarmee de avond valt.

Enfin, ik sloop weer stilletjes langs mijn heggen en ik verliet zelfs heel even mijn dekking om naar een plek te gaan vanwaar ik de deur kon zien.

Waarom had de bewaker dat gedaan? Vindt hij het leuk om naar ze te kijken als ze wakker zijn? Dan is het wel een beetje egoïstisch van hem om louter voor zijn genoegen hun slaap te verstoren. Als het zoveel voor hem betekent, moet hij gewoon op de openingstijden komen. Maar volgens mij is het dat niet.

Ik geloof niet dat hij er zo over denkt, zeker niet nu ik die bewaker wat beter heb kunnen bekijken. Ik wil maar zeggen – ik moest er het mijne van weten. Ik wilde eens een kijkje nemen in dat kamertje van hem.

Ik zat veilig weggedoken achter een kooi. Ik kon niet ver *in* die kooi kijken; het maanlicht reikte niet verder dan de rand ervan. Maar ik wist dat dit hok bij het Apencomplex behoorde dat gedeeltelijk overdekt is en gedeeltelijk in de buitenlucht ligt. Ik zat naar de donkerrode gang van het Kleine Zoogdierenhuis te turen, toen twee zeer ruige handen mijn hoofd beetgrepen en me tegen de tralies trokken. Ik kon me niet losrukken, maar ik wist mijn hoofd heen en weer te wringen in de greep van dat ding. Mijn blik stuitte op de onbehaarde, lichtrode borst van de gelada – de woeste, krachtige bandiet van de hoogvlakten van Abessinië.

'Ik ben hier om je te helpen,' fluisterde ik. Maar hij snoof spottend.

'Alsjeblieft geen herrie, hoor!' smeekte ik, maar zijn duimen drongen in de holten achter mijn oren; met die greep kon hij me het bewustzijn doen verliezen. Dus graaide ik in mijn jaszak en haalde mijn meerschuimen pijp tevoorschijn.

'Wil je eens een pijpje proberen?' vroeg ik. Hij keek. Eén onderarm kwam losser op mijn schouder te liggen.

'Toe dan, pak hem maar,' fluisterde ik, in de hoop dat ik niet gedwongen zou worden om de pijpensteel in een van zijn wijde neusgaten te rammen.

Hij greep toe; één hand maakte zich los van mijn nek en sloot zich om mijn vuist, met pijp en al. Toen begon de andere hand voorzichtig aan de pijp te pulken, tussen mijn vingers door. Ik trok mijn hoofd terug, maar ik kreeg mijn hand niet los; de baviaan stak de pijp in zijn bek en bleef mijn arm met twee handen vastklemmen. Ik kon natuurlijk niet tegen hem op – maar ik zette mijn voeten tegen de tralies en drukte me af met mijn hele gewicht. Ik rolde bij de kooi vandaan, buiten zijn bereik. De aap, die mijn mooie meerschuimer tot gruis vermaalde en daarna uitspoog op de vloer van de kooi, begreep dat hij voor de gek gehouden was. Hij begon een vreselijk misbaar te maken.

Hij krijste en rende zijn kooi rond en stuiterde tegen de tralies en plonsde door zijn waterbak. Het hele Apencomplex, zowel binnen als buiten, begreep wat er gebeurd was – een baviaan had het moeten afleggen tegen een schepsel van een lagere orde.

En als bepaalde dieren net onder zeil waren gegaan, dan spijt het me echt. Want natuurlijk zijn ze daarna weer wakker geschrokken van het algemene primatenlawaai. De Katachtige Roofdieren brulden terug, de beren gromden, in de hele dierentuin klonk het getrappel van hoeven die van de ene omheining naar de andere stoven. En ik wankelde juist weer het pad af, op weg naar mijn schuilheg, toen ik de bewaker om de hoek van zijn roodpaarse halletje zag komen.

Dat verbaasde me. Ik had gedacht dat hij eerst het infrarode licht zou doven; ik had gedacht dat de bewaker, gecamoufleerd en in tijgersluipgang, mij in een man-tegen-mangevecht van achteren zou besluipen met zijn wapenstok. Maar hij bleef met open mond staan luisteren aan het einde van de gang, als verstijfd van schrik; voor een schutter zou hij een gemakkelijk doelwit zijn geweest.

Ik lag alweer veilig achter mijn heg, toen ik over het pad zijn lichtbundel met die draaiende bewegingen zag aankomen; zodra zijn licht begon te cirkelen, werd de dierentuin stil. Zijn lamp schoot van bosje naar bosje, van kooi naar kooi. Toen hij de plek bereikte waar ik was aangevallen, verwachtte ik wel wat moeilijkheden. Maar misschien had de gelada de stukjes van mijn pijp opgeraapt en was hij ermee verdwenen door de deuropening in de achtermuur, zodat hij nu rondzwierf langs de gemetselde muurtjes en de verspringende paadjes van het Apencomplex.

Toch leek de bewaker te weten dat het hier allemaal begonnen was. Hij bleef staan en scheen rond met zijn lamp – van de boomtoppen in de buurt tot in de verste uithoeken van de kooi. Hij schopte voorzichtig tegen de tralies waar de baviaan zojuist nog achter had gestaan. 'Was jij dat?' riep hij met een hoog, lispelend stemgeluid.

De dierentuin was klaarwakker en doodstil; op wel honderd plaatsen werd de adem ingehouden en bij stukjes en beetjes losgelaten.

De bewaker liep verder, voorbij het Apencomplex – en toen bleef hij staan op de hoek van mijn heg; het getemperde bloedlicht uit het Kleine Zoogdierenhuis viel vaagjes over hem heen. Hij keerde zich naar alle kanten, op zoek naar ons allemaal, en hij zwaaide met zijn lamp. 'Wat was er aan de hand?' riep hij.

Iets met hoeven verstapte zich even, wist zich te herstellen en vond vaste grond onder de voeten. De lichtstraal van de bewaker schoot naar het gedeelte met de Australiërs en priemde daarna de lucht in.

De man liet het schijnsel over een nabije boom spelen, op zoek naar luipaarden of panters die er mogelijk op de loer lagen om hem te bespringen. 'Hé daar, jullie!' schreeuwde hij. 'Ga slapen, allemaal!'

De lantaarn, schuin op de heup en gericht op iets wat boven hem was, bescheen hem nu volkomen. Hij zette zichzelf in het zonnetje.

Ik zag hem van voren; zijn niet meer zo jonge gezicht vertoonde een schimmige franje van infrarood licht – en een felrood litteken, smal en scherp omlijnd, dat van zijn grijze, kortgeknipte haar langs zijn oor naar zijn linkerneusgat loopt, waar het doordringt tot in zijn tandvlees. Een stuk van zijn bovenlip is daardoor ineengeschrompeld, zodat het lijkt of hij als een hond zijn tanden laat zien – met inbegrip van de bloedrode glinstering van zijn tandvlees aan de linkerkant. Het moet geen fatsoenlijk duel geweest zijn, waarbij dit veroorzaakt werd. Misschien een schermdegen die te zeer werd meegesleept.

Ik keek hem pal in zijn gezicht – *dat* gezicht en daaronder dan de voorkant van zijn merkwaardige uniform. En niet alleen is het vreemd dat hij nog steeds niet zijn epauletten heeft afgedankt; zijn uniform draagt bovendien nog altijd een naamplaatje. O. Schrutt is hij – of is hij ooit geweest. En als hij niet O. Schrutt is in dat oude uniform, waarom zou hij dan dat naamplaatje hebben laten zitten? O. SCHRUTT, met een sterk vervaagde punt ertussen. Wat lijkt het je toch een overwicht te bezorgen – als je iemands naam te weten komt nog voordat hij ook maar je gezicht heeft gezien. Deze bewaker is een O. Schrutt.

Vreemd, maar die naam heb ik al eerder gebruikt; het O. Schrutt heeft al eerder op mijn lippen gelegen. Misschien heb ik een O. Schrutt gekend; ja, ik moet vast ergens in mijn bestaan een O. Schrutt tegen het lijf gelopen zijn. Het wemelt in Wenen van de families Schrutt. Ik geloof bovendien dat ik die naam al eens in een verhaal gebruikt heb. Ja, dát is het; ik heb al eens een O. Schrutt *verzonnen.*

Maar deze O. Schrutt is erg echt; hij speurt de hoogste boomtakken af naar panters en dergelijke. Als O. Schrutt rondwaart, kunnen de dieren de slaap niet vatten – en ik evenmin.

Ook nu kan ik niet slapen, ofschoon O. Schrutt weer naar het Kleine Zoogdierenhuis is gegaan. Hij trok zich terug van mijn heggen en deed daarbij net alsof het hem niet langer interesseerde; hij slenterde nonchalant weg over het pad – om dan ineens weer los te branden in felle lichtkringen die elk schuilhoekje in de omringende duisternis aan de kaak stellen. O. Schrutt slaakt klinkergeluiden als hij zijn licht laat rondflitsen. 'Aaah!' roept hij. 'Oooh!' – terwijl hij de donkere schaduwen probeert te betrappen die net buiten het bereik van zijn lichtbundel blijven.

Op het ogenblik sukkelen de dieren weer in slaap; gekreun, uitrekkingen, gezucht, een vermoeid neervallen. In het Apencomplex ontstaat een korte, met schelle stem uitgevochten ruzie en iemand slingert een schommel tegen een weergalmende muur. Maar ik kan niet slapen.

Als O. Schrutt voor zijn volgende ronde naar buiten komt, wil ik doordringen in zijn bloederig verlichte verblijfplaats – alleen om te zien waarom O. Schrutt het infrarode licht ontstoken heeft. Er is eigenlijk maar één reden die ik bedenken kan: O. Schrutt is iemand die niet graag gezien wordt. Zelfs niet door dieren.

De uiterst selectieve autobiografie van Siegfried Javotnik: Voorgeschiedenis I (vervolg)

Zaterdag 12 maart 1938: één uur 's nachts in de kanselarij op de Ballhausplatz. Miklas heeft zich gewonnen gegeven. Seyss-Inquart is de nieuwe kanselier van Oostenrijk.

Seyss-Inquart overlegt met luitenant-generaal Muff. Ze willen nagaan of Berlijn inderdaad begrijpt dat alles in orde is en of de Duitse grenstroepen nu geen aanstalten meer maken om binnen te vallen.

De arme Seyss-Inquart had beter moeten weten:

Als je leeuwen mee naar huis neemt,
willen ze zeker blijven eten.

Maar omstreeks twee uur is Muff degene die naar Berlijn belt en de buren probeert af te poeieren. Misschien zegt hij: 'Alles is in orde, u kunt uw legers nu terugtrekken; alles is in orde, we voeren nu dezelfde politiek als u; u hoeft echt niet meer aan de grens te blijven staan, want alles is hier volmaakt in orde.'

En om halfdrie, na een koortsachtige schermutseling tussen het ministerie van Oorlog, het ministerie van Buitenlandse Zaken en de Reichskanzlei, verzoekt men Hitlers persoonlijke adjudant de Führer te wekken.

Haal iemand om halfdrie 's nachts uit zijn bed, zegt grootvader, en je zult zien wat ervan komt – zelfs als het een *redelijk* iemand is.

Om halfdrie perst Zahn Glanz mijn moeder tegen de grote deur van de hal. Grootmoeder heeft aan geen enkele telefoon horen zwengelen. Grootvader brengt nu de kleine dingen aan: een kist met keukengerei, een tas met voedsel en wijn, een doos met sjaals en winterhoeden en de gehaakte beddensprei.

'Als niet *alle* porselein mee kan,' zegt grootmoeder, 'mag ik dan alleen de juskom houden?'

'Nee, Mutti,' zegt grootvader. 'Alleen wat we nodig hebben.' En hij kijkt voor de laatste keer het kamertje van Hilke rond. Hij stopt het adelaarspak onder in een militaire plunjezak.

In de keuken maakt grootvader het kruidenrekje leeg; hij gooit de potjes in de plunjezak, ervan overtuigd dat alles naar voedsel smaakt als er maar genoeg specerijen in zitten. Daarna volgt de radio.

Vanuit het trappenhuis fluistert grootmoeder: 'Ik keek net even in de auto, maar zo te zien laat je een hele zitplaats leeg.'

'Dat weet ik,' zegt grootvader. En hij denkt: Dan is er tenminste ruimte voor *nog* iemand die voor het aanbreken van de dag uit Wenen vertrokken wil zijn.

Maar die iemand is Schuschnigg niet. Hij verlaat het gebouw op de Ballhausplatz, geeft de tot tranen bewogen schildwacht een hand en keurt de nazigroet, gebracht door een rij mensen met hakenkruizen op hun armbanden, geen enkele blik waardig.

Seyss-Inquart, die erg verontschuldigend doet, brengt Schuschnigg naar huis – naar tien weken huisarrest en zeven lange jaren in Gestapo-gevangenissen. En dat alleen omdat Kurt van Schuschnigg volhoudt dat hij geen misdrijf heeft begaan en omdat hij de bescherming weigert die hem door de Hongaarse ambassade wordt aangeboden – en omdat hij zich niet aansluit bij de lange rijen monarchisten, joden en ook wel katholieken, waarmee sinds middernacht de Tsjechische en Hongaarse douaneposten verstopt zitten.

Grootvader bemerkt dat al het verkeer de andere kant op gaat. Naar het oosten. Maar grootvader is schijnbaar van mening dat de Tsjechen en de Hongaren hierna aan de beurt zijn en hij wil niet nog eens verkassen; vooral niet omdat er dan geen keuze tussen oost of west zal zijn, maar alleen het oosten in aanmerking zal komen – en dat is Rusland. Mijn grootvader komt zichzelf wel eens in een nachtmerrie tegen; voortgedreven tot aan de Zwarte Zee, nagejaagd door kozakken en Turken met woeste haren.

Nu hij naar het westen rijdt, vindt hij nauwelijks verkeer op zijn weg. St. Veit is donker, Hacking nog donkerder. Alleen de verlichte trams gaan nog dezelfde richting uit als mijn grootvader; de conducteurs zwaaien met hakenkruisvlaggetjes; bij de haltes staan mannen met armbanden en naamplaatjes luid te zingen; iemand *broept* op een bazuin.

'Is dit de snelste route naar het westen?' vraagt mijn grootmoeder.

Maar mijn grootvader weet waar hij heen wil. Hij houdt stil bij het onverlichte kippenhok aan de rand van Hacking.

Ernst Watzek-Trummer heeft drie anonieme kippen geplukt en ze aan het spit geroosterd boven een laag kolenvuurtje op de vloer van het kippenhok. Zittend op de rand van zijn bed kluift hij aan een botje. Grootvader en de kippenpatriot rapen een grote pan met eieren bij elkaar, halen water en koken de eieren flink hard. Ernst Watzek-Trummer slacht en plukt zijn mooiste kapoen; ook die gaat in de pan. Dan vangen ze vier puikbeste hennen en een eersteklas fokhaan en binden de poten van de dieren bijeen. Hilke rolt ze hardhandig in een deken. Ze gaan als razenden tekeer onder de achterbank en tegen de langwerpige plunjezak die de scheiding vormt tussen mijn moeder en mijn grootmoeder. Ernst Watzek-Trummer gaat bij grootvader op de voorbank zitten, ieder aan een kant van de kist met keukengerei; de pan met de eieren staat tussen hen op de vloer. Voordat ze weggaan, laat Ernst Watzek-Trummer zijn overige kippen los en steekt hun hok in brand. Zijn beste slachtmes doet hij in het handschoenenkastje.

De drie anonieme en aan het spit geroosterde kippen en de pas gekookte, maar niet helemaal gaar geworden kapoen worden door Ernst Watzek-Trummer in stukken gehakt, terwijl grootvader onverstoorbaar doorrijdt. Ernst deelt stukken kip en hardgekookte eieren uit en grootvader koerst naar het zuiden, door Gloggnitz en Brück an der Mur, en daarna naar het westen en zelfs weer een beetje naar het noorden, langs de rand van het gebergte. Dan rijdt hij pal westwaarts naar Sankt Martin.

Dat is een heel eind bij Wenen vandaan; daarmee zitten ze vrijwel ten zuiden van Linz – en bijna zonder benzine. De Mercedes, gewend aan een taxibestaan, laat slechts één keer zijn radiator borrelen – ook al is het nog pas maart – en Ernst Watzek-Trummer moet voor afkoeling zorgen met het lauwe water uit de eierenpan.

Op de achterbank zit mijn moeder en ze zegt geen woord. Ze heeft een gevoel alsof ze nog steeds de knie van Zahn Glanz tussen de hare geklemd houdt, alsof Zahns wanhopige lichaamsgewicht nog altijd tegen haar aan drukt – zodat haar rug de nerven overneemt van het hout waaruit de brede haldeuren vervaardigd zijn.

Grootmoeder zegt: 'Die levende kippen stinken.'

'We hebben benzine nodig,' zegt grootvader.

En in Pruggern bemerken ze dat er een feestje aan de gang is. Grootvader draait het raampje naar omlaag en laat de wagen uitrollen tot vlak voor een agent wiens uniformjas wijd openstaat op zijn borst; een swastika-armband, waarin blijkbaar voldoende rek zat, is over zijn hoofd geschoven en zit nu om zijn hals. Het is niet duidelijk of hij het ding zelf heeft omgedaan of dat zijn hoofd werd vastgehouden terwijl iemand anders dat deed.

Ernst Watzek-Trummer zet het handschoenenkastje op een kier en houdt het deurtje half gesloten met zijn knie; het hakmes lonkt naar hem. Mijn grootvader schuift een nazigroet het raam uit. 'Ik ben blij dat niet het hele land in bed ligt op een nacht als deze!' zegt hij. Maar de agent gluurt naar binnen en doet achterdochtig over de eierenpan en de overal verspreide kippen.

Ernst Watzek-Trummer bonkt hol op mijn grootvaders rug. 'Zijn broer is zegelbewaarder geworden in Salzburg!' zegt hij. 'U had Wenen eens moeten zien – en alle bolsjewieken die we onderweg zijn tegengekomen, op de vlucht naar het oosten.'

'Is uw broer zegelbewaarder?' vraagt de agent.

'Ik word zelf misschien naar München gezonden,' zegt grootvader opgewekt.

'Nou, gefeliciteerd,' zegt de agent. Watzek-Trummer geeft hem een hardgekookt ei.

'Hou ze maar aan de gang!' zegt grootvader. 'Hou de hele stad aan de gang tot morgenochtend!'

'Ik wou dat ik wist *wat* er aan de gang was,' zegt de politieman. 'Ik bedoel, *echt*, begrijpt u?'

'Hou de gang er maar in,' zegt grootvader; hij begint weg te rijden, maar dan stopt hij weer. 'U hebt zeker geen benzine voor ons?' vraagt hij.

'Er staat wel iets wat we kunnen aftappen,' zegt de agent. 'Hebt u misschien een slang bij u?'

'Toevallig wel,' zegt Watzek-Trummer.

Ze vinden een postauto in een achterafstaand gebouw op de parkeerplaats van het donkere postkantoor. De agent doet zelf al het zuigwerk om de hevelslang op gang te brengen, dus geven ze hem ook een poot van de kapoen.

En mijn moeder klampt zich vast aan de denkbeeldige knie tussen de hare; met de muis van haar hand wrijft ze het raampje schoon, alsof het een kristallen bol is waarin ze iedere veilige, van dwaasheid gespeende handeling kan zien die Zahn Glanz zal verrichten om uit Wenen te komen.

En de rest bestaat grotendeels uit geruchten. Dat Zahn Glanz – naar

Hilke aanneemt – vrijwel tegelijk met de verwarde Muff ontdekt dat de Duitse grenstroepen *toch* binnentrekken. Dat Zahn het tegoed van grootvaders spaarbankboekje overmaakt naar de directeur van het postkantoor te Kaprun – een van de weinige feiten die vaststaan. Dat Zahn omstreeks twaalf uur wellicht Lennhoffs hoofdartikel over de Duitse putsch heeft gelezen en daarna gehoord heeft welk een hartelijke ontvangst Hitler gekregen heeft in Linz – waar de Führer, begeleid door soldaten en tanks, vanaf de grens bij Passau naartoe gesneld is 'om het graf van zijn moeder te bezoeken'. En dat Zahn – of iemand als hij – de taxi geleend of gestolen heeft waarmee de misdadige hoofdredacteur Lennhoff bij Kittsee over de Hongaarse grens wordt gebracht, nadat hij door de Tsjechen is weggestuurd. Als Zahn Glanz die taxichauffeur niet was, waarom is hij dan nooit bij mijn moeder in Kaprun gekomen? Dus moet hij de taxichauffeur geweest zijn. En dus moet hij de helft van wat ik toen was hebben meegenomen, want op dat moment was ik op z'n hoogst nog maar een idee van mijn moeder – waarvan de helft dus bij Kittsee over de Hongaarse grens verdween en zo niet, dan is die helft in elk geval gegaan waarheen Zahn Glanz ging.

En de rest is gewoon een kwestie van zeven jaar het leven rekken in de beschermende schaduw van mijn grootvaders broer, de postdirecteur van Kaprun, die zijn ambtelijke functie wist te behouden door zich aan te sluiten bij de nazipartij. Omdat Kaprun toen nog zo klein was, vond hij zijn baantje niet erg moeilijk en de nazischijn was gemakkelijk op te houden – behalve in het bijzijn van de enige jeugdclub waarop hij toezicht hield, want een van de leden trok de oprechtheid van de postdirecteur in twijfel en nam hem te pakken toen hij er het minst op verdacht was, namelijk in de slecht afgewerkte latrine van de kazerne van de Hitlerjugend, waar hij hem roosterde met een lichtgewicht SS-vlammenwerper die de postdirecteur dezelfde morgen nog gedemonstreerd had. Maar toen was de oorlog al bijna voorbij en ik geloof niet dat mijn moeder en mijn grootouders veel geleden hebben en veel ontberingen hebben moeten ondergaan, zeker niet met Ernst Watzek-Trummers talenten op het gebied van voedselverwerving en met de specerijen die mijn grootvader wijselijk had opgeborgen in de laatste plunjezak die in Wenen werd gepakt.

En de rest ligt besloten in het telegram dat Göring aan Hitler zond toen hij in Linz was. Want Göring zat in Berlijn bij de radio en daar hoorde hij van het triomfantelijke welkom dat de Führer in die eerste Oostenrijkse stad werd bereid. Göring vroeg: 'Als het enthousiasme zo groot is, waarom dan niet doorzetten?' En dat was precies wat Hitler daarna deed. Alleen al in Wenen werden bij de eerste arrestatiegolf 76 000 mensen door de Gestapo opgepakt. (En als Zahn Glanz niet de chauffeur van Lennhoffs vluchttaxi was geweest, zou hij dan niet bij die zesenzeventigduizend arrestanten hebben behoord? Dus moet hij wel die taxichauffeur geweest zijn.)

En de rest zou, waar het mijzelf betreft, moeten wachten op mijn moeders tweede minnaar. Let wel, ik zou niet willen beweren dat hij als minnaar minder waard was dan de eerste – of dat ik het mijn moeder kwalijk neem dat ze Zahn Glanz niet mijn vader heeft laten worden. Want ook al werd het dan niet via de genen doorgegeven, *iets* van Zahn Glanz moet zeker in mij zitten. Ik wil alleen maar laten zien hoe Zahn Glanz het *idee* van mij in mijn moeder heeft gestopt. Ook al stopte hij er niets anders in.

Achtste dierentuinwake:
Dinsdag 6 juni 1967, 03.00 uur

Bijna iedereen is nu in slaap. Een van de Verschillende Watervogels staat iets uit te kramen – voorspellingen of een maagstoornis. Ik ben zelf in elk geval wakker en volgens mij zal de slaap nimmer over O. Schrutt komen. Maar verder is iedereen eindelijk ingedut.

Ik heb zitten nadenken. Hoe weten ze eigenlijk dat de laatste reuzenalk dood is? Die Ieren van de Trinity Bay – hebben ze echt de laatste woorden van die reuzenalk gehoord? Zei hij werkelijk 'Ik ben de laatste, meer zijn er niet'?

Ik heb gehoord dat Ieren altijd dronken zijn. Hoe kunnen ze dan zo zeker weten dat deze aangespoelde reuzenalk de laatste was? Misschien was het wel doorgestoken kaart. Misschien hadden de reuzenalken hun uitroeiing voorzien en hebben ze toen een kamikaze-alk gestuurd – met de opdracht zich bekend te maken als de allerlaatste. En misschien leeft ergens, bijvoorbeeld in een paar verlaten hutten aan de kust van Wales, nog een hele stam van reuzenalken, die zich daar voortplanten en aan hun jongen het verhaal vertellen van de martelaar die zich liet aanspoelen opdat zij zouden leven – opdat ze nooit meer onnozel zouden zijn.

Ik vraag me af of de reuzenalk een verbitterde vogel is geworden. Ik vraag me af of hun jongen erg oorlogszuchtig zijn, of ze zijn ingedeeld in duikeskaders die kleine vissersboten tot zinken brengen en voedsel geven aan geruchten die even oud en ongelooflijk worden als de fabels over zeeslangen en meerminnen – tot op de dag dat de Reuzenalkse Vloot zal heersen over de waterwegen van de wereld. De *menselijke* geschiedenis verloopt op die manier. Ik vraag me echt af of de overlevende reuzenalken geen wrok zullen koesteren.

Ik heb ook nagedacht over O. Schrutt. Toch gek dat ik ooit een naamgenoot van hem heb verzonnen. In gedachten heb ik teruggebladerd door mijn velerlei verdichtsels, echt en vals, en toen kwam ik die andere O. Schrutt tegen. Een O. Schrutt die aanzienlijk priller was dan deze bewaker. Toch gek, dat mijn verzonnen O. Schrutt een bijrol had, een figurant was – als gealfabetiseerd lid van de nazi-jeugd in Wenen. Dat is heel merkwaardig, nietwaar?

Denk je eens in – als mijn verzonnen O. Schrutt alle bijrollen overleefd had die ik voor hem voorzag, *wat* zou die O. Schrutt dan nu doen? Wat zou dan beter bij hem passen dan een baantje als nachtwaker tijdens de hondenwacht in de Hietzinger dierentuin?

De uiterst selectieve autobiografie van Siegfried Javotnik: Voorgeschiedenis II (begin)

Het lukt me niet mijn vader in te passen in de etnografische kaart van Joegoslavië. Hij werd in 1919 geboren in Jesenje, iets wat hem minstens tot Kroaat maakt en mogelijk tot Sloveen. Hij was zeker geen Serviër – al was Vratno Javotnik zo'n modern soort Joegoslaaf, dat hij volgens mij de enige Joegoslaaf was voor wie het geen verschil maakte of hij Serviër was of Kroaat. En haarkloverijen tussen Serviërs en Kroaten moeten hem absurd zijn voorgekomen. Zijn politieke opvattingen waren strikt persoonlijk.

Daarmee bedoel ik, dat hij zich bij geen enkele partij thuis voelde. Aangezien hij in Jesenje geboren was, was hij waarschijnlijk katholiek gedoopt. Zo niet, dan was hij in elk geval niet dicht genoeg bij Servië om orthodox te zijn. Maar voor Vratno zou het niets uitgemaakt hebben wat hij was.

Eén ding schijnt echter wel van belang te zijn geweest. Mijn vader was nogal een talenkenner en Jesenje ligt nog geen zeventig kilometer van de universiteit van Zagreb vandaan, waar mijn vader vreemde talen ging studeren. Dit kan een voorgevoel van hem zijn geweest, een vorm van jeugdig pessimisme – de aandrang om zich de talen van verschillende bezettingslegers eigen te maken nog voordat ze het land kwamen bezetten.

Wat zijn beweegredenen ook waren, op 24 maart 1941 bevond Vratno zich in Zagreb – op de dag dat Cincar-Marković, de minister van Buitenlandse Zaken, vanuit Berlijn naar Wenen vertrok en de Servische studenten van de universiteit van Belgrado betogingen organiseerden, Duitse leerboeken verbrandden en alle colleges Duits boycotten.

De Kroaten in Zagreb reageerden waarschijnlijk nogal misnoegd – met het gevoel dat de Serviërs iedereen om zeep zouden helpen door de Duitsers zo waanzinnig uit te dagen. Vratno vond alleen dat ze de kern van de zaak niet zagen. Het deed er niet toe aan welke kant je ging staan – maar *als* de Duitsers Joegoslavië binnenvielen, kon het op zekere dag je leven redden als je Duits sprak. Leerboeken verbranden was dus in elk geval onverstandig.

De volgende dag vertrok mijn vader uit Zagreb naar Jesenje. Ik denk dat hij maar weinig meenam.

Die dag werd in Wenen het Driemogendhedenverdrag getekend; Vratno hoorde het nieuws waarschijnlijk toen hij op weg was naar Jesenje. Hij zal wel vermoed hebben dat verscheidene Servische heethoofden deze knieval voor Duitsland niet zouden aanvaarden. En ik weet zeker dat Vratno zijn Duitse idioom nog maar eens doornam.

Ik hoor hem oefenen, helemaal tot aan Jesenje.

De volgende avond, toen de revolutionaire Generale Staf in Belgrado aan zijn laatste, beslissende vergadering bezig was, schaafde Vratno waarschijnlijk zijn onregelmatige werkwoorden bij. Toen de stoutmoedige machtsovername in werking was gezet en er plannen werden gesmeed voor de onmogelijke weerstand tegen de Duitsers, maakte Vratno umlautgeluiden.

In Belgrado werd de Quisling-regering omvergeworpen; eerste minister Cvetković werd om halfdrie 's nachts gearresteerd. En prins Paul werd later gegrepen in een trein in Zagreb; hij werd naar Griekenland verbannen. In Belgrado zaten de helden: luitenant-kolonel Danilo Zobenica, commandant van een tankbrigade en redder van de jonge koning Peter; professor Radoje Knezević, de vroegere leermeester van de koning; Ilja Trifunović Birčanin, de leider van de Četniks, de onverzettelijke Servische guerrillastrijders uit de Eerste Wereldoorlog – de enige vechters, zegt men, die het tegen de Turken kunnen opnemen in een gevecht van man tegen man.

En in Jesenje zat mijn vader, die zich een veelzijdige welbespraaktheid aanmat – als voorbereiding op de sluwe wijze waarop hij het allemaal zou overleven.

Negende dierentuinwake:
Dinsdag 6 juni 1967, 03.15 uur

Een paar minuten geleden kreeg ik ineens zin om te gaan kijken hoe de olifanten sliepen. Iedereen heeft, net als ik, wel eens gehoord dat olifanten nooit slapen. Dus besloot ik dat eens na te gaan, ook al bestond er een kans dat ik de dieren zou storen die net waren ingeslapen – of dat ik de aandacht zou trekken van O. Schrutt, de beroepsslapeloze. Hoe dan ook, deze wereld biedt slechts zelden de gelegenheid een mythe op zijn waarheid te beproeven. En ik heb altijd gevonden dat de mythe van de nimmer slapende olifanten beproefd diende te worden.

Laat ik je dit zeggen – ik heb er altijd mijn twijfels over gehad. Ik verwachtte in het Dikhuidigenhuis alleen ronkende olifanten aan te treffen, als grote rotsblokken verspreid in een donker veld – of kooien vol stille olifantterpen. Ik stelde me voor dat ze op een kluitje bij elkaar zouden liggen of in een wijde kring, zoals de geparkeerde huifkarren tijdens de Grote Trek naar het Westen met de slurven over elkaars rug, als grote pythons die liggen te zonnen op de rotsen.

Maar als je kijkt naar het voorbeeld van vannacht, dan wordt de mythe slechts in stand gehouden. Want in de olifantenverblijven hing een akelig wakkere sfeer. De dieren stonden keurig in de rij en staken hun kop over de voorkant van de boxen, zoals rusteloze paarden doen in een gewone stal. Ze knikten met hun kop en zwaaiden met hun slurf; hun ademhaling ging in slow motion.

Toen ik langs de boxen liep, staken ze hun slurf naar me uit en ze deden hun neusgaten open en dicht. Al die slurven kusten mijn handen. Een van hen had kougevat – zijn slurf reutelde en liep een beetje.

'Als ik terugkom voor het grote gebeuren,' fluisterde ik, 'dan breng ik hoestdruppels voor je mee.'

Hij knikte: Graag, als je eraan wilt denken. Maar ik ben haast altijd verkouden.

De verveelde olifanten knikten allemaal met hem mee: Breng maar een heleboel hoestdruppels mee. Tegen die tijd zijn we waarschijnlijk allemaal verkouden. Alles slaat hier zo gauw over.

Ik vind het maar vreemd. Misschien bestaat er een verband tussen hun slapeloosheid en hun lange levensduur? Zeventig jaar zonder één uiltje te knappen! Hoe onwaarschijnlijk het ook lijkt, misschien gaat er onder de olifanten wel een fabeltje van slurf tot slurf – dat je doodgaat zodra je in slaap valt.

Iemand zou ze eens moeten vertellen dat slapen heel gezond is.

Maar ik wed dat niemand erin slaagt om O. Schrutt daarvan te overtuigen.

Ik hoorde hem bezig, toen ik van het Dikhuidigenhuis naar mijn eigen heg terugsloop. Ik hoorde hoe hij de slaap van de dieren opnieuw op het spel zette. In het Kleine Zoogdierenhuis werd met deuren gekraakt en met schuiframen geschoven.

O. Schrutt waart rond in de infrarode droesem. Ik wed dat O. Schrutt niet veel goeds in de zin heeft. Maar zolang hij in het Kleine Zoogdierenhuis verkiest te blijven, moet ik gewoon mijn kans afwachten.

Of zal ik teruggaan naar de olifanten, die – met hun wantrouwen jegens de slaap – over een zekere wijsheid moeten beschikken. Zal ik ze vragen wat O. Schrutt ertoe brengt te zwelgen in infrarood? En wat O. Schrutt zo'n twintig jaar geleden uitspookte?

De uiterst selectieve autobiografie van Siegfried Javotnik: Voorgeschiedenis II (vervolg)

Ik vraag me af waar mijn – door niemand opgemerkte – vader was toen de Luftwaffe de open stad Belgrado platgooide, natuurlijk zonder oorlogsverklaring. Maar ik heb zo'n gevoel dat Vratno er ook weinig plichtplegingen op na hield.

Op 6 april 1941 werden er tegelijkertijd Heinkels en Stuka's ingezet. De Wehrmacht viel met drieëndertig divisies, waaronder zes pantseren vier gemotoriseerde divisies, Joegoslavië binnen. Het hoofddoel was om halverwege de maand mei tegen Rusland op te trekken – in het droge seizoen, als de wegen nog hard waren. Vandaar dat het Duitse geweld tegen deze aanmatigende revolutie zo heftig was. Zelfs zo heftig, dat Duitsland op 4 mei verkondigde dat de Joegoslavische staat had opgehouden te bestaan. Maar op 10 mei hees kolonel Draža Mihajlović met zijn troep woeste Četniks de Joegoslavische vlag op de berg Ravna Gora. Mihajlović en zijn fanatieke vrijheidsstrijders bleven dat soort dingen de hele zomer doen.

Oh, er worden zoveel verhalen verteld, weet je. Hoe Kroatische verraders en andere Joegoslaven na hun capitulatie met de Duitsers optrokken om op Četniks te jagen. Hoe de Četniks zich als Kroatische verraders vermomden en net deden alsof ze zichzelf opjoegen. Hoe Mihajlović als een tovenaar bezig was in de bergen en de Duitsers in heel Servië op de korrel nam. Ja, in het waakzaam toekijkende Amerika werd Draža Mihajlović door *Time Magazine* gekozen tot Man van het Jaar. En de communistische pers was ook vol lof. Want het lukte de Duitsers niet om Rusland rond half mei binnen te vallen. Ze liepen vijf weken vertraging op en blubberden over weke modderwegen de grens over. Hun sterkte bedroeg ook geen drieëndertig divisies meer: tussen de tien en de twintig divisies werden achtergelaten als bezettingsleger – dat onafgebroken op die fanatieke Četniks bleef jagen.

Maar dat waren helden en ik vraag me af waar mijn vader toen zat. Ik vermoed dat hij de zomer doorbracht in Jesenje, waar hij zich de talen eigen maakte van de mogelijke overwinnaars en zelfs de namen leerde van buitenlandse wijnen en soepen, van sigarettenmerken en filmsterren. Zijn verblijfplaats is me domweg niet bekend – tot aan de herfst van 1941, toen Vratno Javotnik opdook in Slovenjgradec.

De stad zat vol Kroaten en Slovenen die het hoofd in de schoot hadden gelegd, die zich redelijk veilig voelden nu ze door de Duitsers bezet waren en die zich kwaad maakten op de terugvechtende Serviërs in het zuidoosten. De enige mensen van wie mijn vader in Slovenjgradec iets te vrezen had, waren de Serviërs die daar verdwaald waren. Zij lieten op 21 oktober 1941 van zich spreken door hun woedende protesten na de – elkaar tegensprekende – berichten over de massamoord in Kragujevac, waar volgens de ene radiouitzending 2300 Servische mannen en jongens met machinegeweren waren neergemaaid als vergelding voor tien Duitse soldaten die door de Četniks waren gedood: een ander radiobericht meldde dat er ten minste 3400 Serviërs waren doodgeschoten, iets wat een grove overschrijding zou zijn van de vergeldingsmaatregel die door de Duitsers was afgekondigd om de Četnik-sluipschutters te bestrijden – namelijk honderd Serviërs per gedode Duitser en vijftig Serviërs voor een gewonde Duitser.

Maar welk bericht ook op waarheid berustte, de vrouwen van Kragujevac waren van woensdag tot zondag bezig met het delven van graven. En Slovenjgradec werd gesust met de mededeling dat de Duitsers aan de gemeenteraad van Kragujevac een bedrag van 380 000 dinar hadden aangeboden voor de behoeftigen. Wat vrijwel iedereen was, na die slachtpartij. Vreemd genoeg schatte men de omvang van die Duitse schenking op iets minder dan de helft van wat 2000 à 3000 dode Servische mannen en jongens op zak zouden hebben gehad.

Maar de massamoord in Kragujevac zorgde er wel voor dat heel Slovenjgradec de straat op ging. Alleen al om te luisteren naar de elkaar tegensprekende radioverslagen en om het algemeen gevoelen van de stad te peilen in de gesprekken op de trottoirs. Ja, de massamoord bracht zelfs mensen naar buiten die zich anders geheel afzijdig zouden hebben gehouden.

Zoals mijn vader, die de verschillende dialecten van zijn Servo-Kroatische moedertaal beluisterde en een paar gemeenzame Duitse uitdrukkingen opving bij zijn gang langs de cafés.

En zoals de voltallige familie Slivnica; de Slivnica-familiebende, zoals ze genoemd werden – stuk voor stuk gevreesd als de duivel en allemaal in dienst van de terroristische Ustaša-organisatie die in naam geleid werd door de fascist Ante Pavelić. Het was een huurling van Pavelić, zoals we allemaal weten, die in 1934 te Marseille de moordaanslag pleegde op koning Aleksander en de Franse minister van Buitenlandse Zaken Barthou.

Volgens de geruchten zat het fascistische Italië achter de Ustaša; het was alom bekend dat Joegoslavië's buren maar al te graag gebruikmaakten van het eindeloze geruzie tussen Serviërs en Kroaten. Maar de Slivnica-familiebende vormde een speciaal soort Ustašaterroristen. Oh, de terreur die zij uitoefenden had niets met politiek te maken; ze kregen gewoon goed te eten voor hun werk. En ze *zaten* dan ook te eten toen Vratno hen ontmoette – al was het alleen de knappe Dabrinka die mijn vaders oog trof.

De Slivnica's zaten aan een lange tafel op het terras van een openluchtrestaurant aan de oever van de Mislinja-rivier. De schone Dabrinka schonk juist wijn in voor haar twee zusters en haar vier broers. Haar zusters leken niet in het minst op wat Vratno in Dabrinka zag. Het waren gewoon de plompe Baba met haar pruimenmondje en de norse, meloenronde Julka. Maar Dabrinka was een schepping in lijnen en beenderen – meer vormen dan vlees, beweerde mijn vader graag. Dabrinka was een koele, slanke vloeiing – eerder de groene stengel dan de bloem. Mijn vader dacht dat ze een serveerster was en vermoedde geen ogenblik dat ze deel uitmaakte van de uiterst forse familie die ze van wijn voorzag.

Vratno, aan het tafeltje naast hen, hief zijn lege glas naar haar op. 'Meisje,' zei hij, 'doe mij ook eens vol, wil je?' En Dabrinka drukte de karaf tegen haar borst; ze draaide zich om. De mannelijke Slivnica's keken mijn vader aan, de talenkenner die nu Servo-Kroatisch sprak. Mijn vader voelde hun kwaadheid. Nou en of. Het waren er vier: de stevige tweeling Gavro en Lutvo; Bijelo, de oudste – en de leider van het stel – en de verschrikkelijke Todor, ontzagwekkend lijvig.

'Waarmee zullen we je vol doen?' vroeg Bijelo.

'Spijkers?' zei Todor. 'Of gemalen glas?'

'Oh, u bent van dezelfde familie!' riep mijn vader uit. 'Ach ja, nu zie ik het.'

Want ze leken sprekend op elkaar, behalve natuurlijk Dabrinka. Hun zwartgroene olijfkleur zat bij haar alleen in de ogen, maar ze miste die duistere getaandheid van de familie en dat laag terugwijkende voorhoofd. Ze miste de vlakke, als geplette wangen – die zelfs Saba en Julka hadden – en de dicht bijeen staande oogspleten van de tweeling. Ze miste de overdreven wangkuiltjes van Bijelo, de oudste, en ze had niets van de omvang van haar grote broer Todor noch van diens gespleten kin – waarbij je je een urenlange arbeid met een ronde vijl kon voorstellen.

'Met zijn zevenen!' zei mijn vader. 'Wat een grote familie!' En hij dacht: Welk onbegrijpelijk koppel kan hen bij elkaar gepaard hebben?

'Ken je ons niet?' vroeg Bijelo. De tweeling zat er sprakeloos bij en wiebelde met het hoofd; Baba en Julka likten langs hun lippen en probeerden zich iets voor de geest te halen; Dabrinka bloosde door haar bloesje heen; Todor zat een gevaarte te zijn.

'Nee, maar het zou me een eer zijn,' zei mijn vader in alledaags Servo-Kroatisch; hij kwam wankelend overeind. Toen zei hij in het Duits: 'Het genoegen is geheel aan mijn kant.' En in het Engels: 'Prettig kennis te maken.' En in de taal van Moedertje Rusland, in de hoop dat hij een panslavische welwillendheid zou wekken: 'Heel aangenaam!'

'Hij is een talenkunner!' zei Todor.

'Een talenkenner,' zei Bijelo.

'Hij is wel aardig,' zei Baba.

'Gewoon een snotneus,' siste Julka, terwijl Lutvo en Gavro er nog steeds sprakeloos bij zaten.

'Ken je ons dan nergens van?' vroeg de oudste Bijelo.

'Maar ik *hoop* u te leren kennen,' zei mijn vader in zijn beste Servo-Kroatisch.

'Kom hier zitten en breng je wijnglas mee,' beval Bijelo.

'Misschien kunnen we de rand van je glas een beetje fijnslijpen,' zei Todor. 'Dan mag je een slokje glassplinters nemen.'

'Hou op met die humor, Todor,' zei Bijelo.

'Ik wou alleen maar weten welke taal hij sprak met een portie glasstof in zijn keel,' zei Todor.

Bijelo gaf een van de tweeling een klap. 'Geef jouw stoel aan de talenkenner en ga zelf een andere halen,' beval hij. Gavro en Lutvo gingen allebei op zoek.

Toen mijn vader ging zitten, zei Baba: 'Pak hem dan!'

'Ga je gang,' zei Julka. 'Als je zo graag wilt.'

Gavro en Lutvo kwamen elk terug met een stoel.

'Ze zijn zo dom,' zei Baba.

'En nog stom ook,' zei Julka.

'Ze doen samen met één stel hersens,' zei Todor. 'En dat is een kleine toelage om van te leven.'

'Afgelopen met die humor, Todor,' zei Bijelo en Todor werd even stil als de tweeling, die zich afvroeg wat die extra stoel daar deed.

En toen de jeugdige Dabrinka zich omdraaide, bemerkte mijn vader dat zijn wijnglas ineens te zwaar was om op te tillen.

Zo kwam Vratno Javotnik in contact met de Slivnica-familiebende, de klusjeskunstenaars van de Ustaša-terroristen. Ze konden een talenkenner goed gebruiken.

De Ustaši hadden een netelig werkje in gedachten. Ja, het was zo'n delicaat karweitje, dat de Slivnica's al twee weken stil hadden gezeten – wachtend op de ontdekking van de enig juiste man. De Slivnica's snakten waarschijnlijk naar werk, althans naar werk dat minder op toeval berustte dan het zoeken naar een talenkenner. Bij hun laatste opdracht was de medewerking van de hele familie nodig geweest en ze hadden ervan genoten. Een Franse journalist die illegaal in Joegoslavië verbleef had een tijdje in de schoot van een typisch gezin uit Slovenjgradec willen vertoeven – om uit eigen waarneming te ontdekken in welke mate de gemiddelde Sloveen of Kroaat gevoelig was voor het fascisme of de Italiaans-Duitse denkwijzen. Maar de Ustaši voelden weinig voor dat soort publiciteit, want ze wisten dat de Fransen nog steeds ontstemd waren over de moord op minister Barthou. Dus werden de Slivnica's uitgekozen als het typische gezinnetje voor de Franse journalist.

Maar deze monsieur Pécile vond de Slivnica's helemaal niet typisch of anders gaf hij de voorkeur aan een verblijf in een gezin *zonder* stemloze tweeling en *met* een levende vader en moeder. Misschien twijfelde hij net als Vratno aan de mogelijkheid dat de Slivnica's langs natuurlijke weg verwekt waren of misschien probeerde hij aan te pappen met Dabrinka – iets wat wellicht de familiegevoelens kwetste, vooral omdat Baba en Julka zich zo openlijk aanboden. Hoe dan ook, de opgetogen tweeling Gavro en Lutvo schilderde uitvoerig – door middel van tekeningen op de stoffige motorkap van monsieur Péciles auto – hoe de Fransman op spectaculaire wijze in de Mislinja was geslingerd.

Dat was dus een karweitje geweest waaraan de hele familie had deelgenomen: een echt familieproject. Maar jagen op een talenkenner was iets heel anders. Het was zo saai dat Todor de vrees had uitgesproken dat zijn humor aan het verschalen was.

Oh ja, het karweitje dat de Ustaša-organisatie voor Vratno in petto had, was veel fijngevoeliger dan het opruimen van een illegaal aanwezige Fransman. Het nieuwe doelwit was een Duitser die Gottlob Wut heette en hij was in Joegoslavië even legaal aanwezig als de rest van zijn horde. En het werk dat van Vratno gevraagd werd, had niets met opruimen te maken – voorlopig althans niet. Gottlob Wut was de commandant van de verkenningsgroep van de Motorrijderseenheid Balkan 4 en de Ustaši zochten geen moeilijkheden met de Duitsers. Ze wilden allereerst dat mijn vader zo snel mogelijk vriendschap sloot met Gottlob Wut.

De Slivnica's moesten mijn vader voorbereiden op deze belangrijke taak. Voor zover bekend had Wut nog nooit een vriend gehad.

De arme Wut voelde zich in deze oorlog helemaal niet op zijn plaats – iets wat je lang niet van alle Duitsers kon zeggen. Hij had zijn verfijnde kunst moeten verruilen voor deze legerdienst en als gevolg daarvan maakte hij een zwartgallige heimweeperiode door. De Ustaši hoopten dat Gottlob in zijn huidige toestand tegenover een vriend iets zou loslaten van zijn geheimzinnige verleden.

Het is niet helemaal duidelijk wat de Ustaši tegen Gottlob hadden, maar ik denk dat het iets te maken had met gekwetste trots. Voor de oorlog was Gottlob Wut de monteur geweest van het rennersteam van de NSU-motorrijwielfabrieken te Neckarsulm. De rennerswereld beweerde steeds dat Wut iets mystieks over zich had. De Ustaši meenden dat hij ook iets hardhandigs en zelfs iets misdadigs over zich had – want in 1930 had een nieuw model NSU-racemotor heel verrassend de Grand Prix van Italië gewonnen met de Engelsman Freddy Harrell aan het stuur, en de Ustaši veronderstelden nu dat Gottlob aan die overwinning niet alleen had bijgedragen door zijn geniale nauwkeurigheid bij het kleppen stellen. De Italiaanse tegenhanger van de Ustaša was met vage bewijzen komen aandragen dat Wut aan méér had gezeten dan alleen aan klepveren. Gottlob Wut had blijkbaar ook gezeten aan het hoofd van de Italiaanse favoriet Guido Maggiacomo, wiens lijk na de wedrennen in de werkplaats van het Grand-Prix-circuit werd aangetroffen – vredig uitgestrekt naast zijn veel getipte Velocette, die tijdens de race had geschitterd door afwezigheid. Een van de slapen van Guido Maggiacomo was volgens de autoriteiten ernstig ingedeukt met een Amal-racecarburateur die op de plaats van het misdrijf gevonden werd. Men zei in die dagen van Gottlob Wut dat hij nooit van huis ging zonder een Amal-racecarburateur op zak. De nieuwe NSU-racer had zijn hoge snelheid verkregen door deze carburateur schuin te monteren onder een licht afhellende hoek.

Helaas had de Italiaanse evenknie van de Ustaša het voorbeeld gevolgd van een paar maffiagroepen die hun geld op Guido Maggiacomo en zijn veel getipte Velocette hadden gezet. Toen de uitkeringen van de weddenschappen eenmaal berekend waren, bleek het NSU-team van de Engelsman Freddy Harrell en de Duitser Klaus Worfer voor een bom duiten te hebben gezorgd. En de annalen vermeldden bovendien dat *die* uitslag voorspeld was door de mystieke monteur Gottlob Wut. Het was Wut die er met de buit vandoor ging.

Maar dit was al in 1930 voorgevallen en als de Ustaši dit misdrijf nu aan Wuts nazi-overheden zouden onthullen, zou het de Duitsers geen zier kunnen schelen. Gottlob Wut was een waardevol leider van de verkenningsgroep van Motorrijderseenheid Balkan 4.

De eenheid zelf leek op het ogenblik niet erg waardevol. Het was de Duitsers gebleken dat hun motorrijders in deze Joegoslavische campagne nogal uit de tijd waren. In de bergen van Servië waren ze een gemakkelijk doelwit voor sluipschutters; gezien de manier waarop die Četniks beurtelings vochten en in het niets oplosten, werden motorrijders blijkbaar erg snel opgemerkt. Anderzijds was het niet erg nuttig om Gottlob Wuts eenheid in Slovenjgradec te laten. In Slovenië en Kroatië was geen echte oorlog meer – alleen een niet te moeilijke bezetting. En voor politietaken had men betere middelen beschikbaar dan motorfietsen.

Gottlobs ruige rijders deden een beetje dwaas aan in zo'n rustig stadje.

Natuurlijk hadden de Ustaši voor Gottlob Wut wel meer in petto dan hun wrok over een oude centenkwestie. Het zou in hun ogen wel aardig zijn om de oude mysticus op een nieuwe misgreep te betrappen – een die als anti-Duits kon worden voorgesteld. Eén schandaaltje was hun al bekend. Gottlob mocht dan geen vrienden hebben, een vrouw bezat hij wel: een Servische die in Slovenjgradec als een politiek vogelvrijverklaarde werd gezien. Misschien kon de Ustaša aantonen dat Wut het niet zo nauw nam met zijn Duitse bloed. Maar ja, die hele oorlog leek hem eigenlijk geen bliksem te kunnen schelen.

Dit alles bracht dus de actie 'Bezorg-Wut-zijn-trekken-thuis' op gang, waarbij mijn vader aan de keukentafel van de Slivnica's allerlei motormerkwaardigheden leerde. Vratno leerde de namen van racers en de data van wedstrijden uit zijn hoofd; Vratno leerde alles van boring en slag en de belangrijkste compressieverhoudingen; Vratno leerde de zijklepper onderscheiden van de tweecilinder met dubbele bovenliggende nokkenas, zowel in 350 cc- als in 500 cc-uitvoering. Mijn vader had nog nooit op een motor gezeten, dus hielpen de Slivnica's hem zoveel ze konden.

De brede Todor ging op handen en knieën liggen en mijn vader stapte op. Todor bood hem zijn ellebogen als stuur; hij deed omstandig het bochtenwerk voor. Bijelo noemde de verkeerssituaties op.

'Scherpe bocht naar rechts,' zei Bijelo dan.

'Overhellen vanuit je ruggengraat,' zei Todor. 'Niet bewegen, die ellebogen! Je moet nooit proberen een motor te sturen; het stuur is er alleen om je aan vast te houden. Je moet een motor door de bocht *leunen*, met je heupen en je hoofd. Laat me maar een beetje scheef hangen.'

'Scherpe bocht naar links,' zei Bijelo en hij keek toe terwijl mijn vader voorzichtig en met wegglijdende knieën naar links ging hangen op de vette rug.

'Die zou je nooit gehaald hebben,' zei Todor. 'Je zou eruit gevlogen zijn, jongen. Ik wil die knieën voelen, Vratno – kom op, pak me maar flink beet.'

En Baba giechelde: 'Ik zal wel voor motor spelen. Laat mij maar.'

'Todor is een uitstekende motorfiets,' zei Bijelo, de oudste; hij had nu eenmaal kijk op motorfietsen. In Tarvisio, vlak over de grens, had hij ooit de Norton van een Italiaan gestolen – oh, nog voordat hij de verantwoording droeg voor de hele familie, hoor – en met die grote ploffer was hij dwars door de bergen naar Joegoslavië teruggereden. Hij was de grens overgestoken op een plek waar geen douanepost was, omdat daar helemaal geen weg gelegen had. Maar toen hij eenmaal op een echte weg gekomen was, werd hij zozeer meegesleept door het feit dat hij met deze machine door zijn vaderland reed, dat hij aan de rand van Bled in de rivier de Sava was gevlogen. Hij was kletsnat maar wild enthousiast uit het water gekropen, overtuigd dat hij dit nog eens zou doen als hij er de kans voor kreeg – en dan zou hij helemaal naar Slovenjgradec rijden, beweerde hij altijd.

Voor Vratno was hij in elk geval een goede leermeester. Onder zijn kritische blik maakte mijn vader elke avond een urenlange rit op Todor Slivnica – terwijl Baba haar eigen brede rug aanbood als Todor er soms genoeg van kreeg en Julka beweerde dat ze op haar broers ribbenkast een benzinetank heel wat steviger zou kunnen vastklemmen dan Vratno deed.

Tijdens zijn lange rijtijden in de avondlijke keuken kreeg mijn vader de schuchtere Dabrinka maar een of twee keer te zien. Ze schonk wijn, ze zette koffie, ze werd geknepen door haar zusters en nooit sloeg ze haar blik op naar mijn vader. Eenmaal, tijdens een scherpe bocht naar links, sloeg Vratno zijn glimlach naar haar op; hij zou zo eeuwig zijn blijven zitten, als hij daarmee haar aandacht had kunnen trekken. Maar Todor keek om, ofschoon zijn achterhoofd eigenlijk dienstdeed als de koplamp met de noodzakelijke metertjes. En Todor wierp mijn vader af in de scherpe bocht naar links.

'Dat was net iets te scheef, Vratno,' zei hij en toen ging hij zelf overhangen naar de plek waar mijn vader zat. 'Voor jou moeten het maar volwassen vrouwen zijn,' zei hij. 'Om die te krijgen hoef je niet eens dit huis uit – en op die manier hoef je jezelf niet om zeep te brengen met al dat gekijk.' En Todor maakte een schaar van zijn wijs- en zijn middelvinger, eigenlijk meer een heggenschaar, en daarmee knipte hij vlak boven mijn vaders schoot.

Nu de jacht op talenkenners voorbij was, leefde de humor van Todor Slivnica weer op. Dat kon je duidelijk zien.

Tiende dierentuinwake: Dinsdag 6 juni 1967, 03.45 uur

Het kijken naar de olifanten heeft me slaperig gemaakt; maar als zij zeventig jaar of langer zonder slaap kunnen, moet ik het nog een paar uur kunnen uithouden. Het komt gewoon door de stilte hier: ik begon me even te vervelen.

Toen ik van het Dikhuidigenhuis terugkeerde, was het overal zo rustig dat ik mijn schuilheg voorbijliep. Ik ging het pad af dat naar het verblijf van de spiesbok leidt. Ik weet niet waarom, maar ineens besefte ik dat ik een bezoekje aan de spiesbok steeds maar had uitgesteld.

Het was niet moeilijk om over de omheining te klimmen; maar zodra ik op zijn terrein stond, zag ik dat hij in zijn slaaphok was. Zijn achterpoten staken uit de deur en lagen half over het vlondertje voor zijn hok; wit, zijdeachtig haar viel over zijn vetlokken. Hij leek op iemand die bij het betreden van zijn huis met een moker was neergeslagen – iemand die op zijn eigen drempel in een hinderlaag was gelopen. Maar toen ik voorzichtig achter hem kwam staan, hief hij zijn kop op en stak zijn snuit in het maanlicht buiten de deur; ik raakte zijn natte, zwarte neus aan en hij zei zoiets als *moeoeoe.* Het viel een beetje tegen – hij was zo mak; ik had verwacht dat hij zich uitgedaagd zou voelen, dat hij terug zou deinzen tegen de wand van zijn hok en me met hoeven en horens zou bedreigen, totdat ik bewezen had dat ik van het soort was dat hij kon vertrouwen. Maar de spiesbok had geen bewijs nodig; hij ging weer liggen, rekte zich uit, rolde zich weer recht en schoof zijn grote achterwerk onder zich vandaan – zodat hij waarachtig geknield lag! Zijn grote ballonnen bonsden tegen de planken van het vlondertje. Hij stond vermoeid op, alsof hij wilde zeggen: Goed, goed, dan *wijs* ik je de wc wel even. Zelf zul je het waarschijnlijk nooit kunnen vinden.

Hij nodigde me in zijn hok; dat wil zeggen, hij krabbelde achteruit, helemaal van de vlonder af, en terwijl hij zachtjes met zijn kop schudde, liet hij me zijn kamer zien: Hier slaap ik als het koud is – en als het warmer is hang ik een stukje van me uit de deur, zoals je hebt gezien. En hier gebruik ik mijn late ontbijt of mijn vroege lunch, bij dit venster zonder glas. En hier zit ik altijd te lezen.

Hij kloste zijn hok rond (in de verwachting dat ik hem iets te eten zou geven, denk ik) en toen ik liet zien dat ik niets bij me had, wandelde hij een beetje verontwaardigd zijn woning uit. Het maanlicht kaatste terug van het vlondertje; zijn ballen schommelden heen en weer en werden doorgelicht door het stroboscopische effect van de manestralen.

Een nadere omschrijving van hun afmetingen is gewenst. Het zijn geen basketballen, natuurlijk – dat is overdreven. Maar ze zijn groter dan een softbal en zelfs groter – heus waar! – dan de olifantenballen die ik zojuist in de houding heb zien staan. Ze hebben de omvang van een volleybal, alleen zijn ze te zwaar om volkomen rond te kunnen zijn. Het zijn volleyballen die eruitzien alsof iemand erop gezeten heeft; volleyballen waar de lucht uit wegloopt – met kleine deuken op de plaatsen waar de bal gekrompen is wegens gebrek aan luchtdruk. Dat komt er nog het dichtste bij, al moet ik ook nog vermelden dat ze bengelen in lange, wijde, leren geldbuidels die een beetje aangekoekt lijken – ongetwijfeld door het vuil dat in het kot van het arme dier ligt.

Denk je nu toch eens in: de spiesbok is hier in de Hietzinger dierentuin geboren! Compleet met hersenspoeling! Hij denkt dat zijn ballen alleen bedoeld zijn om ermee rond te sjouwen. Ze hebben hem nooit voorgelicht; hij zou waarschijnlijk niet weten wat hij met een dametje moet beginnen.

En toen zei ik bij mezelf: Zou er nu geen antilope of zo zijn of een berggeit of een gnoe met levenservaring – kortom, iemand die deze arme spiesbok kan leren waarvoor zijn ballen dienen?

Want ik ben ervan overtuigd dat hun grootte veroorzaakt is door *onthouding*!

Dus ben ik gaan kijken in de omringende hokken, op zoek naar een dame die onze naïeve en apathische spiesbok uit de droom kan helpen. Maar dat viel niet mee. De blesbok was te klein en te schichtig – daarvan zou de spiesbok alleen maar gefrustreerd raken. Ik vond de witstaartgnoe veel te harig; Mrs. Gray's waterbok zag er idioot maagdelijk uit; de kleine koedoe had erg weinig te bieden; de rug van het hartenbeest was veel te smalletjes en het enige vrouwtjeswildebeest had een baard. In de hele Hietzinger Tiergarten was niets te vinden dat zo heilzaam zou werken als een doodgewone, lieve, oude koe.

Ik heb de knoop maar doorgehakt. Alles liever dan onze spiesbok te verpesten met een liederlijk stuk lama en dus moest ik mijn hoop vestigen op de dag van de uitbraak. Ik kon alleen maar bidden dat onze spiesbok voor altijd zou ontsnappen naar de Wachau-weiden langs de Donau, waar hij de koninklijke koeien kon pakken en kon heersen over de van ontzag vervulde kudden.

Daardoor aangemoedigd, sloop ik langs het Kleine Zoogdierenhuis. O. Schrutt was ergens bezig in een achterafstraatje van de Kleine Zoogdierendoolhof – waar hij nog altijd met deuren kraakte en met schuiframen schoof, zoals ik hoorde.

Maar op mijn plekje naast de openstaande deur ving ik behalve de prutsgeluiden van O. Schrutt nog iets anders op. O. Schrutt had de rust verstoord van degenen die aan hem waren toevertrouwd; er klonk geschuifel, gekrabbel, het tikken van nageltjes tegen glas. En net toen ik begon te vermoeden dat deze algehele ongedurigheid de voorbode was van O. Schrutts plotselinge verschijnen in de gang en zijn snelle run naar de openstaande deur – net toen ik weer een stukje het pad was op gelopen om mij terug te trekken achter mijn heg – hoorde ik een kreet opklinken uit een afgelegen gangetje van het Kleine Zoogdierenhuis. Een kreet die op zijn hoogtepunt werd afgekapt, alsof O. Schrutt het hok geopend had van een dier dat aan nachtmerries leed en de deur weer had dichtgesmeten zodra hij hem open had – om vooral niet betrokken te raken bij dat beestachtige gedroom.

Maar de kreet sloeg over. Het hele Kleine Zoogdierenhuis begon te janken en te kermen. Oh, de jammerklachten laaiden op en werden meteen weer afgesneden; gesmoord maar niet helemaal weg. Alsof een soort dierentuintrein met grote snelheid langskwam en de kreten van de bange beesten op je af suisden als de zweep van een voorbijrijdende voerman; heel even hingen de angstkreten overal om je heen, zoals ook het schrijnen van de zweep in je nek zou achterblijven nadat de voerman naar je had uitgehaald en toen weer doorgereden was.

Dus zocht ik op de tast naar de dichtstbijzijnde opening tussen de wortels en kroop erdoorheen tot achter mijn heg. Terwijl ik mijn adem inhield.

Pas toen ik weer uitademde en rondom mij wel duizend ademtochten hoorde ontsnappen, begreep ik dat de rest van de dierentuin weer helemaal wakker was.

De uiterst selectieve autobiografie van Siegfried Javotnik: Voorgeschiedenis II (vervolg)

Op zondag 26 oktober 1941 oordeelden de Slivnica's dat Vratno Javotnik voldoende was voorbereid om kennis te maken met Gottlob Wut, wiens zondagse gewoonten niet ongeschikt waren voor een toevallige ontmoeting.

De verkenningsgroep van Balkan 4 was op zondag vrij. De kazerne van de motorrijderseenheid werd niet door een schildwacht bewaakt, evenmin als de garage van Balkan 4 – één blok verderop in de Smartinstraat, die evenwijdig liep aan de oever van de Mislinja.

De zondag was voor Gottlob Wut de dag waarop hij een lui ontbijt genoot in het gezelschap van zijn Servische maîtresse, die hij in alle openheid had ondergebracht in een bovenhuis aan dezelfde Smartinstraat, ergens halverwege de kazerne en de garage. Iedere zondagmorgen stapte Wut kwiek de kazerne uit en de straat over, in badjas en op schoenen die nog niet vastgemaakt waren, zijn uniform onder de arm; het was de enige dag van de week waarop hij zijn valhelm niet ophad of meesjouwde. Wut had een eigen sleutel van het huis van de Servische vrouw en de hele Smartinstraat keek toe hoe hij zich bij haar binnenliet.

Soms moest een van de verkenners zich op zondag gereedhouden voor koeriersdiensten. In dat geval stond er één zijspancombinatie de 600 cc NSU-zijklepper – voor de kazernepoort. Maar meestal stonden alle motoren veilig weggeborgen in de garage.

Wut had ook een eigen sleutel van de garage. Laat in de middag verliet hij zijn maîtresse en ging naar zijn motorfietsen, waar hij zichzelf eveneens binnenliet, ditmaal gekleed in uniform en met zijn badjas onder de arm. Daarna ging hij aan de machines knoeien tot het donker werd. Hij startte ze, keek ze na, stelde ze bij, liet ze veren, hing hier en daar een kaartje aan het stuur waarop hij de aard van de gebreken vermeldde die hij had ontdekt of de slechte gevolgen beschreef van gebreken die maar niet verholpen werden, of waarop hij soms ook een bestraffing in het vooruitzicht stelde voor zijn slordigste motorrijders.

Als hij zo bezig was, liet hij de garagedeuren open om de uitlaatgassen kwijt te raken – en om zijn publiek toe te laten; meestal waren dat kinderen die in de deuropening kwamen staan en zelf ook motorgeluiden maakten. Wut liet hen wel eens op de zijspancombinaties klimmen, maar nooit op de motorfietsen die van hun standaard konden vallen en een kind konden vermorzelen. Hij had altijd koekjes bij zich van de Servische vrouw en die peuzelde hij samen met de kinderen op voordat hij de boel weer op slot deed. Maar kinderen die stalen – al was het maar een eenvoudig insigne – liet hij nooit meer binnen. Wut wist ook altijd precies wie wat gestolen had.

Gottlob Wut was een pezige man zonder heupen en zonder achterwerk, met een iets gebogen rug en een vreemde stijfheid in zijn schokkerige bewegingen; hij had een ineenkrimpend loopje over zich, alsof het hem pijn deed zijn gewrichten te buigen. Dat was waarschijnlijk ook zo. Want Gottlob Wut had op de gekste momenten de gekste dingen gebroken – al zijn vingers en de helft van zijn tenen, beide polsen en beide enkels, zijn ene been en zijn andere elleboog, al zijn ribben behalve de bovenste aan de linkerkant, eenmaal zijn kaak, tweemaal zijn neus en driemaal zijn ingevallen linkerwang – maar de rechter nooit. Wut had nimmer een wedstrijd gereden, maar hij had alle racemotoren getest voordat de fouten eruit gehaald waren. NSU ontdekte de fouten dankzij Gottlob Wut. Zo kwam de arme Wut telkens weer onder het een of andere proefmodel terecht, met zijn hand aan de hendel van de voorrem gespietst, terwijl de benzine in golven over zijn borst liep en de oude handversnellingspook van een Tourensport in zijn dijbeen gedrongen was – en als het monster dan door een paar gehuurde krachten van zijn lijf getild werd, zei Wut: 'Tja, ik zou zeggen dat er helemaal geen achtervering was. En we zullen de voorvork wat moeten terugstellen als we nog een *beetje* vering willen overhouden. Want ik had in elk geval geen enkele vering meer, waar dan ook, toen ik daarstraks de bocht uit ging.'

Maar nu had Wut een saai baantje, want hij schreef kaartjes uit:

Bronsky, je banden zijn altijd en eeuwig te zacht; Gortz, met vloeipapier krijg je dat lek niet dicht, je hebt een kapotte afdichting aan je versnellingsbak en heb het hart eens om er ooit nog zulke rotzooi als vloeipapier in te stoppen; Wallner, je legt hem te veel op zijn kant, je uitlaten zijn kaal geschuurd en je standaard is verbogen – dat gescheur leidt nergens toe, idioot, hooguit tot het monteren van een zijspan om je wat af te remmen; Vatch, het IJzeren Kruis van je achterspatbord is weg en zeg me nou niet dat mijn kinderen het hebben gejat, want ik hou ze in de gaten en ik weet best dat je het aan een grietje hebt gegeven of naar huis hebt gestuurd met de smoes dat het een onderscheiding is, al heb je zoiets nooit gekregen – dat ding zit vol schroefgaten en je belazert er niemand mee, dus zorg dat het weer op je achterspatbord komt; Metz, je bougies zijn smerig en ik ben niet van plan kool te gaan zitten krabbelen voor iemand anders, dat stomme werk mag je zelf doen – maandag, tussen de middag, in plaats van te gaan eten.

Ja, Gottlob Wut had een saai baantje; hij had menig avontuur overleefd om zich nu dood te vervelen. Hoe graag had hij niet aan Wallner, zijn beste rijder, uitgelegd hoe hij zijn uitlaten tot poeder kon afslijpen, hoe hij hem *echt* op zijn kant kon leggen tot er niets meer van de uitlaten over was – maar kijk dan wel uit voor je standaard, want die kan blijven haken, vandaar dat je er nooit een monteert op een motor waarmee je gaat racen en soms ook geen uitlaten... Maar Gottlob zat op zondag kaartjes uit te schrijven en dat moest hij wel om de verkenningsgroep van Balkan 4 op peil te houden, ook al waren ze dan een beetje uit de mode geraakt; onderdelen en rijders waren in Slovenjgradec niet zo gemakkelijk te krijgen als bij zijn oude fabriek in Neckarsulm.

Het was dus niet zo'n slechte keus van de Slivnica's, toen ze zondag 26 oktober 1941 bestemden tot de dag waarop mijn vader enige opwinding zou gaan brengen in het saaie bestaan van Gottlob Wut.

Het was ook de vijfde en laatste dag waarop de vermoeide en door blaren geplaagde weduwen van Kragujevac hun graven delfden.

En het was waarschijnlijk een dag vol aalgladde gevechten, uitgevoerd – als op zovele andere dagen – door de Četniks van Mihajlović en door de communistische partizanen die omstreeks deze tijd de Četniks steunden in hun strijd tegen de Duitsers, waarbij ze geleid werden door de weinig bekende zoon van een Kroatische hoefsmid uit het dorpje Klanjec. De zoon van de smid was ooit met het Oostenrijks-Hongaarse leger naar het Russische front getrokken, maar daar was hij overgelopen naar de Russen en tijdens de revolutie vocht hij in het Rode Leger; daarna was hij naar Joegoslavië teruggekeerd als leider van de communistische partij. In 1928 werd hij als communist gearresteerd en ging hij voor vijf jaar de gevangenis in; in de daaropvolgende illegale periode was hij, naar men beweert, nog steeds belast met de leiding van de Joegoslavische communistische partij – al zullen bepaalde mensen, die destijds betrokken waren bij de ondergrondse Weense centra van Balkan-communisten, beweren dat ze nog nooit van de zoon van de smid gehoord hadden. Leden van diezelfde Balkan-ondergrondse beweren dat de zoon van de smid in werkelijkheid een lid van de Russische geheime dienst was en dat hij in Rusland had gezeten totdat de verlate invasie van de Duitsers op gang was gekomen. Wat de ware geschiedenis ook moge zijn, de zoon van de smid was de mysterieuze leider van de communistische partizanen, die samen met de Četniks tegen de Duitsers vochten – als ze tenminste niet tegen de Četniks zelf vochten. Hij was communist; hij had een groot en mooi Slavisch hoofd; hij vocht aan de zijde van Mihajlović totdat hij zich tegen Mihajlović keerde; hij was inderdaad mysterieus.

Omstreeks de tijd dat mijn vader op weg ging om kennis te maken met Gottlob Wut, hadden nog maar weinig mensen gehoord van Josip Broz Tito, de zoon van de smid.

Mijn vader had zeker niet van hem gehoord, maar Vratno had weinig aandacht voor politiek, zoals ik al gezegd heb. Hij lette op dingen die meer houvast boden: de verschillende gebruikswijzen van de Amal-carburateur, de voordelen van de dubbele bovenliggende nokkenas, het nut van umlaut en werkwoordvervoegingen. Toen zondag 26 oktober 1941 eenmaal aanbrak, had mijn vader zijn eerste zinnen feilloos uit het hoofd geleerd.

Vratno oefende zijn Duits nog eens zachtjes voor zich heen; hij mompelde zelfs een paar verzonnen antwoorden van Wut. Toen slenterde hij door de wijd open deuren de garage van Motorrijderseenheid Balkan 4 binnen. Een indigoblauwe racehelm, voorzien van een rood getint vizier, zat luchtig naar achteren geschoven op zijn hoofd; de kinriem hing losjes en vlot langs zijn keel; boven de ooropening van zijn helm zat een plakplaatje van twee gekruiste, zwartwit geblokte startvlaggen, bekroond met een wolk waarin gedrukt stond: AMAL-CARBURATEURS EINDIGEN HET EERST – EN HET LAATST!

'Herr Kommandant Wut!' zei mijn vader. 'Oh ja, ik herken u nog wel. U bent ouder, natuurlijk. Ik was nog pas elf, dus ben ik ook wat ouder geworden. De geweldige Wut!' slijmde Vratno. 'Hè, had mijn arme oom nog maar geleefd om u hier te kunnen zien.'

'Wat?' zei Wut, strooiend met gereedschap en kinderen. 'Wie?' zei Wut, met een flinke pijpsleutel in zijn opgezwollen hand – de vuilste hand met de meest beschadigde knokkels die mijn vader ooit had gezien.

'Ik heet Javotnik,' zei hij. 'Vratno Javotnik.'

'Je spreekt Duits,' zei Wut. 'En wat doe je met een motorpak aan?'

'Herr Wut,' zei Vratno, 'ik wil bij uw team.'

'Mijn wat?' zei Wut.

'Ik ben gekomen om alles opnieuw te leren, Herr Wut – nu ik mijn meester gevonden heb.'

'Ik heb helemaal geen team,' zei Wut. 'Ik ken helemaal geen Javotnik.'

'Maar u weet toch nog wel van de Italiaanse Grand Prix van 1930?' zei Vratno. 'Oh, Herr Wut, wat hebt u toen een slag geslagen!'

Gottlob Wut opende het knipje van zijn revolverholster.

Vratno vervolgde: 'Wijlen mijn arme oom nam me mee, Herr Wut. Ik was pas elf. Mijn oom zei dat u de allerbeste was.'

'Waarin?' vroeg Wut, met geopende holster.

'In motorfietsen, natuurlijk,' zei Vratno. 'Om ze klaar te maken en ermee te rijden, om ze te testen en de renners te begeleiden. Een genie, zei mijn oom altijd. Helaas kwam de politiek ertussen, anders had mijn oom zich gemeld voor uw team.'

'Maar ik *heb* geen team,' zei Wut.

'Luister,' zei mijn vader. 'Ik zit met een probleem.'

'Dat spijt me,' zei Gottlob Wut oprecht.

'Ik begon het als motorrenner net te maken,' zei Vratno, 'en toen kwam mijn oom om het leven – hij reed met zijn Norton in de Sava, net aan de rand van Bled. Dat maakte me kapot, Herr Wut. Sindsdien heb ik niet meer op een motor gezeten.'

'Ik begrijp niet precies wat je wilt,' zei Gottlob.

'U kunt het me weer leren, Herr Wut. Ik moet helemaal opnieuw beginnen – ik moet weer leren rijden. Ik was erg goed, Herr Wut. Maar toen mijn oom ten onder ging in de Sava, heb ik mijn zelfbeheersing verloren. Mijn oom zei altijd dat u de allerbeste was.'

'Hoe kende je oom mij?' vroeg Wut.

'De hele wereld kende u, Herr Wut! De Grand Prix van Italië in 1930! Wat een klap gaf dat!'

'Zoiets heb je al eerder gezegd,' klaagde Wut.

'Mijn oom leidde me op, Herr Wut. Mijn oom zei dat ik het in me had. Maar ik ben mijn zelfbeheersing kwijt, ziet u. En er is een ware grootmeester nodig om mij weer aan het rijden te krijgen.'

'Er is een oorlog aan de gang, idioot,' zei Wut. 'Wat ben je trouwens voor iemand?'

'Ik ben Kroaat, geloof ik – als het er iets toe doet,' zei Vratno. 'Maar motoren zijn internationaal!'

'Maar er is een *oorlog* aan de gang,' zei Wut. 'Nu ben ik de leider van de verkenningsgroep van Motorrijderseenheid Balkan 4.'

'Dat is het team waar ik bij wil!' zei mijn vader.

'Het is geen *team*!' zei Wut. 'Het is *oorlog*!'

'Doet u echt mee aan de oorlog, Herr Wut?' vroeg Vratno. 'En wat zal er van NSU worden?'

'Die raakt tien jaar achter,' zei Wut. 'Er worden geen racers meer gemaakt, er worden geen verbeteringen ingevoerd. Als ik terugga, staat er misschien geen fabriek meer – en al mijn renners kunnen hun benen verloren hebben. En al het materiaal komt terug met dikke lagen camouflageverf.'

'Ja, u hebt gelijk – in de politiek is geen plaats voor motorfietsen,' zei mijn vader. 'Herr Wut, is er een manier om mijn angst te overwinnen?'

'Grote genade!' zei Wut. '*Begrijp* je het dan niet? Je kunt niet zomaar meedoen met een Duits legeronderdeel!'

'Maar u kunt me helpen, Herr Wut, dat weet ik zeker. U kunt weer een echte motorrenner van me maken.'

'Waarom praat je eigenlijk Duits?' vroeg Wut.

'Spreekt u Servo-Kroatisch?' vroeg mijn vader.

'Natuurlijk niet,' zei Gottlob.

'Dan kan ik maar beter Duits spreken, vindt u ook niet? Weet u, ik heb in heel Europa gereden – voornamelijk amateurwedstrijden, natuurlijk. Maar ik was reserve voor de Grand-Prix-races van 1939. Jammer dat NSU in 1939 geen winnaar had, hè – een beetje te log, nietwaar, uw racemodel van dat jaar? Maar ik heb in die jaren wel een paar talen geleerd.'

'Voordat je je zelfbeheersing kwijtraakte?' vroeg Wut, die zelf de draad kwijt was.

'Ja, voordat mijn arme oom op zijn Norton verdronk.'

'En je was pas elf tijdens de Italiaanse Grand Prix van 1930?'

'Elf jaar, Herr Wut. Een kind vol bewondering.'

'En nu heb je ontdekt dat ik hier ben.'

'Inderdaad, Herr Wut.'

'Hoe heb je dat dan ontdekt?' vroeg Gottlob.

'De hele wereld kent u, Herr Wut – de motorwereld, bedoel ik.'

'Ja, zoiets heb je al eerder gezegd,' gaf Wut toe.

'Wat zou u doen om over die motorangst heen te komen?' vroeg Vratno.

'Je bent getikt,' zei Wut. 'Straks maak je de kinderen bang.'

'Alstublieft, Herr Wut,' zei Vratno. 'Ik had het in me en nu is het allemaal verlamd.'

'Je moet je hoofd laten nakijken,' zei Wut en mijn vader wierp een wild-wanhopige blik de garage rond.

'Wat een hoop zijspannen,' zei hij. 'Maar dat zijn eigenlijk geen motorfietsen, hè? En al die zijkleppers,' zei hij. 'Met zo'n laag koppel – dat is wel goed voor de oorlog, denk ik, maar je wint er geen wedstrijden mee.'

'Ho eens even,' zei Wut. 'Ik heb ook twee zeshonderden staan en dat zijn kopkleppers. Die willen wel.'

'Maar zonder achtervering,' zei Vratno. 'Het zwaartepunt ligt te hoog en dat maakt ze moeilijk hanteerbaar – als ik me het type 1938 goed herinner.'

'Dat je dat nog weet!' zei Wut. 'Hoe oud was je toen, jongen?'

'Dus twee 38-modellen, wat zijkleppers en een heel stel bakkies,' telde mijn vader minachtend. 'Het spijt me, Herr Wut,' zei hij, 'ik heb me blijkbaar vergist. U hebt hier niets voor me staan.' En hij liep naar de deur. 'Tegen de tijd dat de oorlog voorbij is,' voegde hij eraan toe, 'is NSU terug bij de produktie van lichte hakkepuffen.'

'En mij sturen ze niet eens naar een plek waar gereden kan worden!' zei Wut.

Mijn vader liep weer de straat op – met een ineenkrimpende Gottlob Wut achter zich aan; de pijpsleutel zat nu in de schacht van zijn laars.

'Misschien vonden ze u te oud voor het front, Wut,' zei Vratno. 'Misschien dachten ze dat u uw beste tijd gehad had. De fut gaat eruit, hè?'

'Maar je hebt die racemotor niet zien staan,' zei Wut verlegen. 'Ik houd hem onder een zeil.'

'Wat voor racemotor?' vroeg Vratno.

'De Grand-Prixracer van '39,' zei Wut en hij bleef wankel staan, met zijn voeten te dicht bijeen; achter zijn rug balden en ontspanden zich zijn vuisten.

'Die was toch te zwaar?' zei Vratno.

'Ik kan hem een stuk lichter maken,' zei Wut. 'Ik moest er wat dingetjes op schroeven; dan denken ze tenminste dat het een gewoon werkpaard is, net als de rest. Maar als ik soms een stukje ga rijden, haal ik alles er weer af. Je weet wel – kickstandaard, gereedschapskastje, bagagerek, radiobeugel en die rommel voor de zadeltassen.

Ik moest hem een beetje opdirken om hem een oorlogsuiterlijk te geven, maar verder is het gewoon de Grand-Prixracer van 1939. De 500 cc-uitvoering.'

Mijn vader liep achterdochtig terug naar de deur. 'Dat is de tweecilinder, nietwaar?' zei hij. 'De geforceerde tweecilinder met dubbele bovenliggende nokkenas? Die met het duplex wiegframe en de weggewerkte plunjervering aan de achterkant?'

'Wil je hem zien?' vroeg Wut en hij bloosde.

De racemotor onder het zeil was inderdaad vermomd als een legermachine, al hadden de camouflagekleuren een iets donkerder tint vanwege de zwarte laklagen die eronder zaten.

'Wat loopt hij?' vroeg Vratno.

'Als je hem aftuigt, haalt hij de tweehonderdveertig,' zei Wut. 'Zijn gewicht blijft natuurlijk hoog, met die tweehonderdvijfendertig kilo, maar een groot deel daarvan is brandstof. Die gooit hij er vrij snel uit; als hij droog staat, komt hij beneden de tweehonderd.'

'En de wegligging?' vroeg Vratno, terwijl hij wantrouwende duwtjes stond te geven tegen de voortrein – alsof hij alles af wist van schokbrekers.

'Tja, een beetje kreen,' zei Wut. 'Moeilijk te houden, soms, maar dan heb je altijd zijn trekkracht nog.'

'Dat kan ik me voorstellen,' zei Vratno en Gottlob Wut keek naar de startvlaggen die gekruist boven mijn vaders ooropening zaten. Toen stuurde hij een van de kinderen naar de kazerne om zijn valhelm te halen.

'Javotnik was het, nietwaar?' zei hij.

'Vratno. Vratno Javotnik.'

En Gottlob zei: 'Tja, Vratno, wat die angsten betreft...'

'De vraag is: Hoe kom ik eroverheen, Wut.'

'Ik denk, Vratno, dat goede motorrijders hun angsten op iets anders moeten richten.'

'Waarop dan, Wut?'

En Gottlob zei: 'Je moet doen alsof het een *andere* angst is, jongen. Maak jezelf maar wijs dat je bang bent omdat je nog moet *leren* rijden.'

'Moet ik mezelf dat wijsmaken?' vroeg Vratno.

'Als het niet te moeilijk is,' zei Wut, 'doe dan net alsof je nog nooit op een motor hebt gezeten.'

'Dat zal niet zo moeilijk zijn,' zei Vratno en hij keek toe terwijl Gottlob Wut een paar diepe kniebuigingen maakte – om zijn oude, vastzittende gewrichten los te maken voordat hij het Grand-Prixmonster uit 1939 ging bestijgen.

Als je niet uitkijkt met de naontsteking, kan de kickstarter zo hard terugslaan dat je enkelgewricht uitkomt ter hoogte van je knie – zodat je dijbeen zich in zijn volle lengte onder je longen boort.

Dat beweerde Gottlob Wut althans. Gottlob Wut, de motormeester, de geheime behoeder van de Grand-Prixracer uit 1939. Gottlob Wut, die zich even weinig van politiek aantrok als mijn vader en die ook nog nooit van Josip Broz Tito had gehoord.

Elfde dierentuinwake:
Dinsdag 6 juni 1967, 04.15 uur

Ik kan me niet voorstellen wat O. Schrutt met ze uithaalt. Ik hoor ze nog steeds; de hele dierentuin luistert. Zo nu en dan gaat er ineens een deur open om die verschrikkelijke dierenmuziek door te laten en dan gaat hij even plotseling weer dicht – zodat de kreten gesmoord worden.

Ik kan er alleen naar raden. Misschien geeft O. Schrutt ze om de beurt een pak ransel.

Want het is duidelijk angst. Als het gejammer uit alle macht opklinkt, komt er antwoord van de rest van de dierentuin. Een aap krijst, een roofdier hoest, de Verschillende Watervogels oefenen hun opstijg- en landingstechnieken; beren sjokken heen en weer; de grote grijze kangoeroe is hevig aan het schijnboksen; in het Reptielenhuis, waar het er subtieler aan toegaat, kronkelen de grote slangen in en uit elkaar. Iedereen verkeert in een soort nijdige rouw om die zielenpoten onder dat infrarood.

Ik kan er alleen naar raden. Misschien paart O. Schrutt wel met ze, om de beurt.

Achter mijn heg graast een kudde Gemengde Steppedieren; nu staan ze op een kluitje bij elkaar te samenzweren. Ik kan wel raden wat ze zeggen, terwijl ze met hun vreemde herbivorentanden aan elkaars oren knabbelen: Schrutt is weer bezig. Hebben jullie die laatste gehoord? Brannicks reuzenrat. Zijn verschrikkelijke gekef zou ik overal herkennen.

Oh, de dierentuin zit vol geruchten.

Daarstraks ben ik even uit mijn haag gekropen en naar de verlaten Biergarten gegaan om een praatje te maken met de beren. Ze zaten allemaal in de rats. De beroemde maar zeer felle Aziatische Zwarte Beer zat op zijn hurken; toen ik langs zijn kooi glipte, sprong hij brullend overeind en wierp zich tegen de tralies. Zijn harige armen grepen nog naar me toen ik al een halve dierentuinstraat verder was. Waarschijnlijk heeft de Beroemde Aziatische Zwarte Beer zitten denken aan Hinley Gouch, de man die hem gevangen heeft – en dus moet hij de onbekende maar duivelse praktijken van O. Schrutt hebben aangezien voor de zoveelste gevangenneming door het achterbakse Gouch-soort. Voor de verschrikkelijke Aziatische Zwarte Beer moet ieder mens een Hinley Gouch zijn – en vooral iemand als O. Schrutt.

Ik probeerde ze allemaal te kalmeren, maar de Aziatische Zwarte Beer was niet voor rede vatbaar. Ik fluisterde tegen de ijsberen dat ze het niet op elkaar moesten afreageren en daarna bleven ze in het water drijven, ofschoon niet erg op hun gemak; ik smeekte de grizzlybeer te gaan zitten en zijn zelfbeheersing te herwinnen, iets wat hij – na een half blindelingse uitval in mijn richting – schoorvoetend deed; mijn teerhartige paartje Zeldzame Brilberen was zo ontdaan, dat ze elkaar staande aan het knuffelen waren.

Oh, ik kan er alleen naar raden. O. Schrutt, waanzinnige fetisjist, wat zijn dat voor boosaardige bezigheden waarmee je de hele dierentuin horendol maakt?

Maar niemand kan het me zeggen; ik bevind mij in een behekste oosterse bazaar, op een plek die intrigerender is dan Istanboel – de dieren in hun kooien en achter hun heiningen spreken een taal die heftiger klinkt en vreemder is dan Turks.

Ik probeerde zelfs een beetje Servo-Kroatisch tegen een grote bruine beer die er nogal Slavisch uitzag. Maar niemand vertelt me iets.

Ik kan alleen raden wat die laatste angstschreeuw betekent. O. Schrutt is bezig met rituele traagheid de bergcoati te wurgen. De kreet wringt zich gorgelend door de lavendelkleurige doolhof; nu wordt hij afgekapt, net als de rest.

Een schuifraam wordt dichtgeschoven. De dierentuin geeft me een verklaring in het Turks.

De uiterst selectieve autobiografie van Siegfried Javotnik: Voorgeschiedenis II (vervolg)

Het lesritueel waarmee Vratno op de Grand-Prixracer uit 1939 leerde rijden, werd beperkt tot de zondagen. Mijn vader placht Gottlob Wut op te wachten op de stoep voor de deur van de Servische vrouw in de Smartinstraat. Wut was altijd stipt op tijd, compleet met badjas, helm, nog niet vastgemaakte schoenen en een uniform onder zijn arm. Mijn vader, gekleed in het motorpak van Bijelo Slivnica, poetste tijdens het wachten zijn indigoblauwe valhelm op.

Op zondagmorgen had Gottlob Wut een bad nodig dat twee uur duurde. Aan de badkuip zat een brede rand voor zijn broodjes en zijn koffie. Mijn vader at zijn ontbijt op de toiletpot, waarvan het deksel naar omlaag was gedaan. Ze praatten langs en soms door het bedrijvige lijf van Wuts maîtresse heen, die voortdurend voor verse koffie en warm badwater zorgde – al zat ze soms ook op haar hurken tussen bad en plee om te kijken naar Wuts littekens, die onder water van kleur veranderden.

Zivanna Slobod was zo ongeveer de meest vanzelfsprekende maîtresse die je maar kon tegenkomen. Ze was van middelbare leeftijd en zwaar van kaak en heupen, maar tegelijkertijd zat er een glanzende, zwartharige zigeunerkracht in haar. Ze zei nooit een woord tegen Wut, en als mijn vader in het Servo-Kroatisch haar diensten prees, hief ze haar hoofd een ietsje op en toonde hem het fijne, kloppende adertje in haar hals en al haar schitterende, brede tanden.

Na het bad ontfermde ze zich een halfuurtje over Wut, waarna ze hem bij mijn vader terugbracht. Dat was hun afdrooguurtje; de zorgvuldig slapgeweekte Wut werd in handdoeken gewikkeld en door de sterke Zivanna meegenomen uit de badkamer. Vratno zette dan de radio harder en liet luidruchtig het bad leeglopen, zodat hij niet kon horen hoe Gottlob Wuts gewrichten werden losgemaakt op een manier die zijn verbeelding te boven ging – en op de grote, stille stapel beddengoed in Zivanna's enige kamer waarvan de deur op slot kon. Vratno kreeg die stapel maar één keer te zien; de deur stond op een kier, toen hij op een ochtend met Gottlob naar de badkamer liep. Het moest een gevoel geven of je op een grote bal sliep, want Zivanna's bed – als dat tenminste onder al die spullen schuilging – was overladen met zijden lappen en ruige vachten, met bontkussentjes en grote, glimmende omslagdoeken; een wiebelige fruitschaal stond boven op de stapel.

God zegene Gottlob Wut voor zijn genotvolle zondagen. De man wist in elk geval hoe hij de week moest inluiden.

En hij wist alles van zijn Grand-Prixracer uit 1939. Hij kon hem binnen tien minuten aftuigen. Het bezorgde hem eindeloos veel verdriet dat hij geen tijd had om iets aan de camouflageverf te doen; een bepaalde uiterlijke schijn moest nu eenmaal gehandhaafd blijven. Maar Wut kon zich gelukkig prijzen met een motorrijderseenheid die van harte meewerkte; nooit werd de aanwezigheid van de racemotor aan de inspectie van de Duitse verkenningstroepen gerapporteerd. Gottlob wist zijn mensen zoet te houden door hun om de beurt zijn racemachine mee te geven, ook al ging hem dat aan het hart. Wallner deed er veel te eigenwijs mee – hij had geen eerbied voor de kracht die erin zat; Vatch was er bang van en schakelde nooit hoger dan de tweede versnelling; Gortz knarste met de tandwielen; Bronsky zwabberde de hoek om in een te hoge versnelling; Metz was zo stom om te veel met de remmen te werken – als hij de racer terugbracht, sloeg de rook eraf. Zelfs buiten Slovenjgradec, op een zeer vlakke weg, vond Gottlob het maar niets als iemand anders op zijn racemotor zat. Maar soms moest je er iets voor overhebben.

Met mijn vader was Wut extra voorzichtig. Ze begonnen met zijn tweeën op de motor – Wut natuurlijk aan het stuur, terwijl hij voortdurend instructies naar achteren doorgaf voor zijn passagier. 'Zie je wel?' zei Wut dan en hij ging keurig de hoek om, terwijl hij jankend maar onberispelijk terugschakelde bij de inzet van de bocht. Mijn vader kneep zijn ogen stijf dicht; de wind gierde in zijn ooropeningen en duwde zijn helm op en neer. 'Je kunt hem in een hogere versnelling nemen als de bocht schuin ligt,' zei Wut. 'Snap je?' En in hun gestage, steeds toenemende vaart kwam niet de geringste aarzeling als hij opschakelde. Hij miste ook nooit een versnelling. 'Je mag er nooit naast zitten,' zei Wut. 'Je hebt te veel gewicht achter je: als je een versnelling mist, hou je hem niet op de weg.' En hij deed het voor; hij trok de koppeling in en stuurde de racer freewheelend de bocht in. 'Voel je wel?' vroeg hij. 'Zonder versnelling haal je de bocht niet.'

'Mijn God, nee!' antwoordde mijn vader om maar zo vlug mogelijk te laten zien hoezeer hij ervan overtuigd was dat ze de bocht niet zouden halen. En Gottlob Wut liet langzaam de koppeling los; ze voelden hoe de gave, krachtige versnelling hen weer op de weg trok.

Als je doof was, kwam je nooit te weten wanneer Gottlob Wut schakelde; hij deed het soepeler dan een automatische transmissie.

'*Voel* je het, Vratno?' vroeg hij telkens weer.

'Het is een geconditioneerde reflex van je,' zei mijn vader dan. 'Je bent één en al Pavlov, Gottlob.'

Helaas was de maand november nog niet ver gevorderd toen het al begon te sneeuwen; daarom moest mijn vader een poosje wachten voordat hij voorbij het passagiersstadium kwam. Wut leerde hem de versnellingen aanvoelen op de grote 600 cc-zijklepper met zijspan, maar hij wilde mijn vader niet op een solomotor laten rijden voordat het ijs van de weg verdwenen was.

Wut was zelf niet zo voorzichtig. Op een zondag in februari 1942 nam hij een van de 600 cc-kopkleppers, type 1938, en reed met Vratno achter zich naar het dorpje Bucovska Vas, gelegen in een bocht van de rivier de Mislinja, waar volgens de geruchten het ijs het allerdikst was. Mijn vader bleef bibberend tussen de pijnbomen op de oever staan, terwijl Wut zijn 38'er voorzichtig het ijs op reed. 'Kijk, zie je wel?' zei Wut en hij begon langzaam van mijn vaders linkerkant naar mijn vaders rechterkant te rijden; heel langzaam – en steeds in de eerste versnelling – draaide hij een bocht en kwam terug, van rechts naar links; daar draaide hij opnieuw om en kwam terug, van links naar rechts – maar ditmaal opschakelend naar twee. Toen hij in zijn tweede versnelling de bocht nam, glipte zijn achterwiel weg en raakte hij met een uitlaat het ijs; maar hij richtte de motor op, slipte neer tot op de andere uitlaat en haalde hem weer overeind. En hij kwam terug, van rechts naar links – nu overschakelend naar drie. 'Zie je wel?' riep hij en hij zwaaide zijn been over de motor om niet beklemd te raken aan de zijde die weer tegen de ijsvloer ging – en ditmaal helemaal tot op de wielnaaf; hij stond met twee voeten op de ene voetsteun en hield de gashendel open terwijl de motor zichzelf oprichtte. Hij ging weer zitten en kwam terug en door zijn grotere snelheid moest hij telkens een stukje verder in beide richtingen, voordat hij opnieuw een bocht kon maken – zodat mijn vader met open mond tussen de bomen vandaan kwam en met zijn tenen op het deinende ijs van de rivier ging staan om ook het verste bereik van Wuts fantastische bochtenwerk te kunnen zien. Telkens opnieuw knikte de motor over zijn eigen uitlaat heen en legde de naaf van zijn achterwiel op het ijs, terwijl Wut zijn stijve been naar de andere kant zwaaide om de machine weer op te richten. 'Zie je?' brulde Wut, terwijl hij de bevroren rivier onder zich deed gonzen en dreunen. Heen en weer ging het, sneller en sneller, over een steeds grotere afstand – terwijl de motor bijna plat op het ijs kwam te liggen, terwijl de wielnaaf zich door de ijslaag heen wilde vreten tot in het stromende water daaronder. Toen tikte Wut heel even, bijna zwierig, op zijn achterrem en opnieuw gleed de motor onder hem weg, terwijl hij zijn been opzwaaide – maar ditmaal liet hij de motor volledig neergaan, legde hij hem zachtjes plat, waarbij hij op de benzinetank bleef staan totdat de machine uitgetold was.

Het enige wat Gottlob daarna nog moeite bezorgde, was de vraag hoe hij de zware, oude 38'er weer op zijn wielen kon krijgen. Telkens wanneer hij eraan begon te tillen, gleden zijn voeten weg. Dus sprong mijn vader van de oever en samen zetten ze de motor overeind en veegden ze de tank schoon, omdat er wat benzine gemorst was.

'Natuurlijk moet je het precies kunnen aanvoelen,' zei Wut. 'Maar dat is de manier waarop het gaat.'

'Over rivieren rijden?' vroeg mijn vader.

'Nee, idioot,' zei Wut. 'Zo doe je het met nat asfalt of met een plasje olie. Je houdt je gas in dezelfde stand, je trekt je been eronderuit en als je maar niet aan de rem komt, moet hij vanzelf weer overeind gaan staan.'

Toen schuifelden ze voorzichtig over het ijs en duwden de oude 38'er naar een plek waar de oever niet zo hoog was. En vanaf de andere oever kwam een slee met donker gonzende lopers op hen af glijden, bezet met vier joelende ijsvissers; ergens in de buurt hadden ze de voorstelling gadegeslagen en nu kwamen ze hun vreemde, gehandschoende applaus aanbieden.

Misschien had Gottlob Wut nog nooit publiek gehad; hij leek volkomen van zijn stuk gebracht. Hij deed zijn helm af en nam hem onder zijn arm en het was of hij op een krans of een beker wachtte of misschien alleen op de baardige kus van een ijsvisser. Hij was zeer verlegen en wist met zichzelf geen raad. Maar toen de slee met vissers dichterbij kwam, zag mijn vader dat de vier Slovenen stomdronken waren en geen oog hadden voor Wuts uniform. Ze duwden hun slee tot vlak bij Gottlobs linkerlaars; een van de vissers gebruikte zijn wanten als megafoon en brulde in het Servo-Kroatisch tegen Wut: 'Jij bent zeker de grootste gek van de wereld!'

Toen begonnen ze allemaal te lachen en in hun wanten te klappen.

Gottlob Wut glimlachte; zijn vriendelijke ogen smeekten mijn vader om een vertaling.

'Hij zegt dat je absoluut de beste van de wereld bent,' zei Vratno, maar tegen de dronken vissers op de slee zei hij in een opgewekt klinkend Servo-Kroatisch: 'Blijf glimlachen, stommelingen, en buig netjes als je weggaat. Dit is een Duitse officier en hij schiet je blaas lek als je nog één woord zegt.'

Ze glimlachten als gekken omhoog vanaf hun slee en hun hakken gleden weg op het ijs, zo snel probeerden ze achteruit te gaan. De stevigste van het viertal ging op zijn knieën liggen en zette zich grommend schrap tegen de lopers van de slee. Ze zaten er wijdbeens op en hielden elkaar stevig vast, de dijen en heupen dicht opeen; ze leken op kleine kinderen die waren terechtgekomen op een plek waar een slee verboden was of volkomen uit de toon viel.

Mijn vader hield de motor voor Wut in evenwicht, terwijl die zijn vertrekkende bewonderaars uitzwaaide. De arme, lichtgelovige Gottlob Wut die met opgeheven kin, de helm in zijn oksel, op het krakende ijs stond – kwetsbaar als geen ander.

'Dat was werkelijk geweldig, Gottlob,' zei mijn vader. 'Je was fantastisch.'

Twaalfde dierentuinwake:
Dinsdag 6 juni 1967, 04.30 uur

Ik was door en door koud geworden en had me net ingegraven tussen de wortels van mijn heg, toen O. Schrutt met zijn sleutelbos kwam aanrinkelen door de middengang achter de voordeur; heel even dook ik op uit mijn heg en hurkte op het pad om naar hem te kijken. Hij wankelde het Kleine Zoogdierenhuis uit en de bloederig beschenen treetjes af.

O. Schrutt drinkt tijdens zijn werk! Hij rookt hasj, neemt lsd of peppillen. O. Schrutt spuit heroïne – in de dieren! Misschien.

God, hij zag er vreselijk uit. Alsof ze hem aangerand hadden. Een broekspijp was uit zijn legerlaars geschoven; een epaulet was losgeknoopt en hing er slapjes bij; zijn lichtstraal bibberde; hij droeg zijn sleutelring mee als een middeleeuwse goedendag.

Misschien wordt zijn geest door duistere, af en aan vloeiende, met de maan verweven krachten verruimd en vervormd en dan weer in de oude banen geperst. Misschien maakt O. Schrutt per nacht wel drie gedaanteverwisselingen door.

Maar welke kringloop zijn waanzin ook neemt – en welke fase dit ook geweest mag zijn –, zijn verschijning had een hypnotiserende uitwerking op me. Ik bleef bijna te lang op het pad hurken; ik zou als versuft aan zijn voeten hebben gezeten, als hij me niet had laten opschrikken met zijn plotselinge geschreeuw bij het Apencomplex. Toen schoot ik haastig in dekking achter mijn heg.

'*Rrrauf!*' brulde hij – misschien omdat hij weer aan de gelada dacht. '*Raaa-oeoe-ff.*' Maar alle apen hielden zich stil, uit haat of uit medelijden.

En toen hij verder sjokte over het pad, liep hij in zichzelf te grommen.

'*Aaaaarr,*' zei hij zachtjes. '*Uuuuurr.*'

Terwijl het Parlement der Gemengde Steppedieren zo nonchalant mogelijk deed over zijn gedrentel en zijn samengeschool. Maar langs mijn hele heg bleef O. Schrutt naar ze kijken. Toen hij het pad naar de Biergarten insloeg, rende ik hem gebukt achterna aan mijn kant van de heg – helemaal tot aan de hoek, waar ik hem zag wegslenteren. En ineens, als een heel ander mens – verwaand, ik zweer het je! –, draaide hij zich met een ruk om en tuurde naar de Gemengde Steppedieren.

'Allemaal wakker, hè?' schreeuwde hij – met zo'n hoge uithaal dat de kleine kiang, het wilde ezeltje uit Tibet, bij de kudde vandaan stoof.

En letterlijk laverend liep O. Schrutt verder naar de Biergarten – want zo ver kon ik kijken. Hij bleef staan voor de Aziatische Zwarte Beer, een stukje bij hem vandaan, en toen boog hij zich over naar de kooi en haalde zijn sleutelbos als een gong langs de tralies.

'Mij belazer je niet!' schreeuwde O. Schrutt. 'Je ligt daar wel, maar je *doet* maar alsof je slaapt en alsof je niet wilt aanvallen!' Waarop de Aziatische Zwarte Beer zich keer op keer tegen de tralies wierp en brulde zoals ik nog nooit gehoord heb en zelfs de Katachtige Roofdieren zo bang maakte, dat ze niets tartends terug durfden te brullen maar alleen iets terugpruttelden met schorre en mauwende geluiden die niet bij ze pasten. Oh, voeder me of vergeet me – dan eet ik O. Schrutt wel op of iemand anders. Maar wat je ook doet, laat nooit die Oosterling los. In godsnaam niet.

Maar O. Schrutt bleef als een hele durfal staan schimpen. Ten slotte liet de Aziatische Zwarte Beer zich uitgeput tegen de tralies zakken en zijn grote voorpoten graaiden door de lege pindadoppen op het pad, aan zijn kant van het dikke touw dat het publiek op een veilige afstand moest houden – want verder reikte hij niet en zijn klauwen bleven zo'n twintig centimeter bij O. Schrutt vandaan.

O. Schrutt liep verder, bezig met wat de agressieve fase van zijn bewakingsperiode moet zijn. Ik hoorde hoe hij een grote steen in het bassin van de ijsberen smeet.

Hij is nog niet ver genoeg weg naar mijn zin; volgens mij is hij pas bij de vijvers van de Verschillende Watervogels. Als hij het is wat ik nu hoor, dan keilt hij platte steentjes over het water van de vijvers – waarbij hij zo nu en dan een zeldzame en kwade watervogel raakt.

O. Schrutt moet nog een stukje verder weg. Hij moet helemaal naar het Dikhuidigenhuis, hij moet de neushoorn wakker maken of zijn sleutels laten galmen in het Nijlpaardenhuis. Als hij een hele dierentuinlengte bij me vandaan is, wip ik dat Kleine Zoogdierenhuis binnen om te kijken wat er gaande is.

En als ik tijd heb, ouwe O., ben ik nog iets anders van plan. Het is gemakkelijk genoeg: gewoon dat veiligheidstouw een stukje opschuiven naar de kooi van de Beroemde Aziatische Zwarte Beer. Dat is helemaal niet moeilijk. Het touw zit tussen twee paaltjes gespannen; die hebben een lelijke, betonnen voet, maar ze staan zeker niet onwrikbaar vast.

Wat dacht je daarvan, O. Schrutt? Gewoon dat touw zo'n twintig à dertig centimeter verder hangen – zodat je dichterbij bent dan je denkt, ouwe O. Schrutt, en als je dan weer eens met je spottende kop staat te wiebelen, zullen we eens zien of hij eraf geslagen wordt.

Als hij het is wat ik nu hoor, dan staat O. Schrutt luidkeels te verkondigen hoe goed hij zich kan inleven in de waanideeën die de olifanten hebben over slapen. Ja, nu is hij ver genoeg uit de buurt.

De uiterst selectieve autobiografie van Siegfried Javotnik: Voorgeschiedenis II (vervolg)

De 500 cc-Grand-Prixracer uit 1939 was goed voor 90 pk bij 8000 toeren en hij haalde met gemak de 240 kilometer als hij van alle onnodige onderdelen was ontdaan, maar mijn vader mocht niet harder dan 120 toen hij de machine in de lente van 1942 eindelijk besteeg. Vratno had een uiterst noodzakelijk onderdeel bij zich. Dat was zijn passagier, Gottlob Wut – met zijn nimmer aflatende, steeds verbeterende stemgeluid in mijn vaders indigoblauwe ooropening.

'Je hoort nu in zijn drie te zitten. Bij die laatste bocht stuurde je te veel, je moet erdoorheen *hangen*. Je bent veel te zenuwachtig, jongen; je zit te stijf, zo krijg je kramp in je handen. En gebruik bij een afdaling nooit je achterrem. Altijd je voorrem – als er al geremd moet worden. Als je nog eens aan die achterrem komt, koppel ik hem los. Je bent erg zenuwachtig, vind ik.'

Maar Gottlob Wut zei nooit hoe goed mijn vader zichzelf wijsmaakte dat hij nog nooit op een motor had gezeten. En pas nadat Wut gedwongen werd de achterrem los te koppelen, vroeg hij aan Vratno waar hij woonde en wat hij eigenlijk deed. Kantoorwerk, antwoordde mijn vader – zo nu en dan wat vertaalwerk voor pro-Duitse Slovenen en Kroaten met een aanvullende overheidstaak. Wat dat ook mocht betekenen. Wut vroeg er in elk geval nooit meer naar.

Het was misschien niet helemaal juist om de Ustaši pro-Duits te noemen; ze waren pro-winnen – en in de lente van 1942 wonnen de Duitsers nog steeds. Er was zelfs een Ustaša-militie die Wehrmacht-uniformen droeg. Gavro en Lutvo, de Slivnica-tweeling, hadden ook zo'n uniform, maar dat droegen ze alleen bij plechtige gelegenheden en om 's avonds in uit te gaan. Voor zover Vratno wist, hoorden ze niet bij een legeronderdeel en eenmaal sprak Bijelo hen bestraffend toe over de manier waarop ze aan die uniformen gekomen waren; ze schenen er zelfs verschillende te hebben. De Ustaša-contactman die toezicht hield op de Slivnica's, toonde zich nogal verontrust en sprak van een 'relatierisico' als hij het over de tweeling had.

'Onze familie is nooit bang geweest om risico's te lopen met welke relatie dan ook,' zei Todor.

Maar in de lente van 1942 was Todor dikwijls kortaangebonden. Na al het werk dat de Slivnica's gedaan hadden, hadden de Ustaši ofwel hun belangstelling verloren ofwel de hoop opgegeven dat ze Gottlob Wut ooit zouden betrappen op iets wat hem kwetsbaar genoeg zou maken. Zolang de Duitsers aan de winnende hand waren – en zolang de Ustaši pro-winnen bleven – leek Wut veilig voor iedere poging tot wraak. Wuts enige fout was dat hij er een vermomde Grand-Prixracer op na hield in een motorrijderseenheid die het met langzamer en minder uitgekiende modellen behoorde te doen. En Zivanna Slobod, Wuts maîtresse met zoveel gevoel voor rituelen, bleek eerder bij toeval dan door eigen verkiezing een Servische te zijn – en ze was alleen 'politiek vogelvrij', zoals in haar dossier vermeld stond, omdat de lange rij van haar minnaars haast iedere politieke en niet-politieke richting omvatte die denkbaar was. Zodat Gottlob Wut ook met haar niet zwartgemaakt kon worden. En de zondagen waren vrije tijd; wat Wut met de racemotor en met mijn vader deed, kwam geheel voor zijn eigen rekening. Men zou zelfs kunnen stellen dat Wuts zondagen blijk gaven van een extra inspanning – een soort vrijwillige oefeningen om als leider van een gemotoriseerde verkenningspatrouille in goede vorm te blijven. Nee, de Ustaši hadden gewoon niets wat ze in Gottlobs schoenen konden schuiven.

'We kunnen zijn geliefde racemotor stelen,' stelde Bijelo voor. 'Misschien doet hij dan iets stoms.'

'We kunnen de Servische vrouw stelen,' zei Todor.

'Die grote, dikke koe,' gromde de jaloerse Baba, zelf een meisje als een piepgrage pad – zoals mijn vader haar heeft omschreven. 'Om haar te versjouwen heb je een vrachtwagen nodig.'

'Volgens mij houdt Wut meer van zijn racemotor,' zei Julka.

'Dat klopt,' beaamde mijn vader. 'Maar het heeft geen zin die te stelen. Hij heeft uitstekende militaire mogelijkheden om het ding terug te halen of toch minstens om ernaar te laten zoeken. En ik vraag me af of het Duitse opperbevel het zo verschrikkelijk zou vinden dat hij er een racemotor op na houdt.'

'Dan maken we hem gewoon dood,' zei Todor.

'De Ustaši zijn genoodzaakt binnen de grenzen van de wet te blijven,' zei Bijelo. 'Tot op zekere hoogte.'

'De Ustaši beginnen me danig te vervelen,' zei Todor.

'Ze moeten aan de goede kant blijven staan,' zei Bijelo. 'Wut is een Duitser en de Ustaši zijn momenteel op de hand van de Duitsers. Het gaat erom van Wut een slechte Duitser te maken.'

'Dat kan niet,' zei Vratno. 'Het Duitser-zijn zegt hem totaal niets. Dus hoe kan hij een slechte worden?'

'Ik geloof niet dat de Ustaši nog zoveel belangstelling hebben voor Wut,' zei Bijelo. 'Jan en alleman lopen nu eenmaal over naar de tegenpartij en de Ustaši moeten het zo uitmikken dat ze bij de winnaar terechtkomen. Dat is tegenwoordig niet zo gemakkelijk meer.'

Want er werden binnen de oorlog te veel bij-oorlogen uitgevochten; hele partijen liepen over naar de tegenpartij. In de lente van 1942 veranderde de internationale communistische pers ineens van mening over de Četnik-kolonel Draža Mihajlović – die inmiddels generaal was geworden. Radio Vrij Joegoslavië, waarvan de zender heel bedenkelijk op Russisch grondgebied stond, meldde dat Draža Mihajlović en zijn Četniks de zijde van de Duitsers hadden gekozen. Radio Vrij Joegoslavië – en als gevolg daarvan ook de BBC – beweerde dat een zekere zoon van een dorpssmid al die tijd de enige echte vrijheidsheld was geweest. Josip Broz Tito was de leider van het ware verzet en de ware verdedigers van Joegoslavië waren communistische partizanen en geen ruige Četniks. Zo te merken hielden de Russen rekening met de toekomst; met een opmerkelijk optimisme leken ze langs de Duitsers heen te kijken naar een vraagstuk dat voor Joegoslavië van veel groter belang was:

Wie zou het land regeren als de oorlog voorbij was?

'De communisten,' zei Bijelo Slivnica. 'Dat is duidelijk, nietwaar? De Četniks vechten tegen de Duitsers, de partizanen vechten tegen de Duitsers en over een poosje is het hele Rode Leger hier – om ook tegen de Duitsers te vechten. Tussen de Duitsers door en na afloop van de Duitsers worden de Četniks dan door partizanen en het Rode Leger aangepakt – met de bewering dat de Četniks de kant van de Duitsers hebben gekozen. Als er maar veel propaganda wordt gemaakt.'

'Een verrukkelijk plan,' zei Todor.

'Publiciteit is je ware,' zei Bijelo. 'Ga maar na. De Četniks hebben de Duitsers in Bosnië flink in de pan gehakt, nietwaar? Maar Radio Vrij Joegoslavië roept om dat het de partizanen waren die dat pak slaag hebben uitgedeeld. En dat ze daarbij Četniks hebben ontdekt in Wehrmacht-uniform.'

Zodra dat woord viel, gingen Gavro en Lutvo hun uniform aantrekken.

'Stomkoppen,' zei Julka – terwijl de tengere Dabrinka wijnglazen waste in de keuken. Mijn vader durfde niet meer naar haar te kijken.

'En daarmee zijn we weer bij Wut,' zei Bijelo.

'Ik zou niet weten hoe,' zei Todor.

'Omdat de Ustaši zekerheid moeten hebben,' zei Bijelo. 'Wut is een Duitser. Duitsers maken Servische Četniks dood en de laatste tijd ook partizanen. Partizanen maken Servische Četniks dood en de laatste tijd ook Duitsers. De Ustaši maken dood wat de Duitsers doodgemaakt willen hebben – maar als het enigszins kan, maken ze geen partizanen dood.'

'Waarom niet?' vroeg mijn vader.

'Omdat de Ustaši binnenkort Duitsers zullen doodmaken *voor* de partizanen,' zei Bijelo. 'Want op den duur zullen de partizanen winnen.'

'Nou en?' zei Todor.

'Maar wie worden er door vrijwel *iedereen* doodgemaakt?' vroeg Bijelo.

'De Serviërs!' riep Todor.

En Bijelo Slivnica zei ter afronding: 'Daarom moet Gottlob Wut door een Serviër doodgemaakt worden. Want de Ustaši houden zich aan de vergeldingspercentages die door de Duitsers zijn afgekondigd en daarom zullen ze honderd Serviërs doodmaken voor die ene Duitser Wut. Op die manier zijn de Duitsers tevreden. En als het Rode Leger en de partizanen samen de Duitsers uit Joegoslavië gooien, hebben de Ustaši bij hen een goede naam omdat ze zoveel Serviërs hebben doodgemaakt – van die gemene Četnik-typen. Dus zullen de partizanen blij zijn dat ze de Ustaši bij zich hebben. En de Ustaši zijn ook blij; zij hebben de overwinnaars uitgekozen. En ondertussen hebben ze natuurlijk de rekening vereffend met Gottlob Wut. Zeg nu zelf eens,' zei Bijelo, 'is dat niet mooi uitgedacht?'

'Welke Serviër krijg je zo gek dat hij Gottlob Wut vermoordt?' vroeg mijn vader.

'Jou,' zei Bijelo. 'Alleen zorg je dat het lijkt of Zivanna Slobod het heeft gedaan. Zij is een Servische, nietwaar? En daarna maak je haar ook dood. Dan zullen de Ustaši en de Duitsers nog negenennegentig andere Serviërs bij elkaar halen en afschieten – om te zorgen dat het afgekondigde aantal klopt. Honderd tegen één, weet je wel?'

'Bijelo heeft er een handje van om iedereen gelukkig te maken,' zei Todor.

Maar mijn vader zei: 'Ik heb helemaal geen zin om Gottlob Wut te vermoorden.'

Julka sloeg haar dijen tegen elkaar. *Flap*! deden ze. In de keuken brak Dabrinka het steeltje van een wijnglas.

'Oh hemeltje,' zei Baba.

En mijn vader zei tegen Bijelo: 'Als alles gaat zoals jij zegt, krijgt de oorlog die arme Wut toch wel te pakken. En de Ustaši hebben eigenlijk geen belangstelling meer voor Wut. Dat heb je zelf gezegd.'

De tweeling kwam binnen en begon in uniform door de kamer te paraderen.

Bijelo zei heel kalm: 'Het moet gebeuren op een zondag. Zie je de uniformen van de tweeling? Je neemt er een mee in een papieren zak. Wut zit natuurlijk weer eindeloos in het bad. Herinner je je het deksel van de spoelbak achter het toilet? Dat ding is van porselein, nietwaar? En heel, heel zwaar. Dus als Zivanna naar de koekjes in haar oven gaat kijken, laat jij dat deksel op de nietsvermoedende Wut in zijn bad vallen. Je kunt hem heel handig onder water houden met dat ding. En waar hangt Wuts koppelriem? Over de badkamerspiegel, nietwaar? Je pakt zijn revolver en schiet Zivanna dood als ze terugkomt met de koekjes. Dan trek je het uniform van Gavro of Lutvo aan en je waarschuwt de staf van Balkan 4. Het is zondag, weet je wel; de motorrijders hebben een vrije dag. Het is lente, weet je wel; ze hangen dus niet te lanterfanten in hun kazerne. Bij de staf houden ze je natuurlijk voor een van Wuts mannen – je kent hun namen, dus kies er maar een uit. Als je maar uitkijkt met de onregelmatige werkwoorden. Je vertelt een mooi verhaaltje over de Servische vrouw – dat je gehoord hebt van een komplot om Wut dood te maken, maar dat je te laat kwam. In Slovenië en Kroatië lopen ruim twee miljoen Serviërs rond. De Ustaši en de Duitsers kunnen er alleen al in Slovenjgradec gemakkelijk negenennegentig bij elkaar halen. En nog dezelfde dag neerschieten – dat zou me niets verbazen.'

Maar Vratno zei: 'Ik vind Gottlob Wut *aardig*.'

'Natuurlijk,' zei Bijelo. 'Ik ook.'

'We vinden Gottlob Wut allemaal aardig,' zei Todor. 'Maar jij vindt dit baantje bij ons toch ook aardig, Vratno?'

'Natuurlijk,' zei Bijelo. 'Zou je niet eens een uniform passen, Vratno?'

Maar mijn vader schuifelde achteruit tot in de deuropening van de keuken; achter zich hoorde hij het zachte knerpen van een droogdoek op glas – de iele, nerveuze geluiden waarmee Dabrinka's rappe vingers aan het werk waren.

'Doe het meteen maar even, Vratno,' zei Todor en hij greep de dichtstbijzijnde tweeling, Lutvo, en rukte diens broek tot op zijn enkels; hij kiepte hem op de vloer en kleedde hem uit.

Baba porde met haar platte eendenvoet de nog geüniformeerde Gavro aan en wees op het omhooggekeerde gezicht van de naakte Lutvo – waarop Gavro als een volmaakte tweelingbroer reageerde en zich uitkleedde. Todor graaide de twee uniformen bij elkaar en slingerde ze naar mijn vader in de keukendeur.

'Zoek er maar een uit,' zei hij. 'Ze zijn allebei geschikt.'

Mijn vader deinsde onwillekeurig achteruit, de keuken in. Achter zich hoorde hij de tedere Dabrinka opnieuw een wijnglas breken en hij wilde zich juist omdraaien om te zien of hij kon helpen, toen haar slanke onderarmen over zijn schouders gleden; haar ranke meisjesvingers drukten de naaldscherpe punt van het versplinterde glazen steeltje tegen mijn vaders halsslagader.

'Jij doet een van die uniformen aan,' zei ze in Vratno's blozende oor. 'Opschieten.' En dat was de eerste en enige keer dat er ooit een woord tussen hen gewisseld werd.

Dertiende dierentuinwake: Dinsdag 6 juni 1967, 04.45 uur

Er is hier inderdaad iets raars aan de hand.

Toen O. Schrutt de slapeloze bewoners van het Dikhuidigenhuis stond te treiteren, ging ik het Kleine Zoogdierenhuis binnen. Het zag er heel griezelig uit – met al die infrarood uitgestalde dieren, die dachten dat ze in een wereld leefden waarin de nacht vierentwintig uur duurt. Ze zaten allemaal waakzaam en soms een beetje loerderig in hun glazen huisjes – diep ineengedoken in een hoekje van hun kooi, al werd er ook wel heen en weer gelopen.

Maar ik kon nergens iets ontdekken dat duidelijk fout zat. Nergens was bloed te zien en niemand zag eruit of hij geslagen of aangerand was of op de Drempel des Doods verkeerde. Ze waren alleen op hun hoede, vol achterdocht – eigenlijk een beetje te waakzaam voor nachtdieren die juist in een nachtelijke omgeving op hun gemak dienen te zijn. Als je alleen al de gevlekte linsang nam, die hijgend op zijn buik lag met zijn achterpoten uitgespreid als bij een zeehond. Hij sloeg hevig met zijn staart, terwijl hij lag te wachten op de muis of de halve gek die schijnbaar elk ogenblik door de achterdeur van zijn kooi kon binnenkomen.

Deze achterdeuren, zo ontdekte ik, komen uit op smalle paadjes tussen de tegenover elkaar liggende achterkanten van de kooien in de verschillende woonblokken van de Kleine Zoogdierendoolhof. Die paadjes lijken eerder op steenkoolgoten – een oppasser die tussen en achter de kooien wil, zal moeten knielen als hij de achterdeuren gaat controleren. Op iedere deur zit een bordje; het ziet er allemaal keurig uit. Als de nachtwaker of de voederman of de schoonmaker door dit gangetje kruipt en wil weten bij welk dier hij binnendringt, hoeft hij alleen het naamplaatje op de deur te lezen. En dat is heel verstandig. Want zoiets moet je niet zomaar doen; je moet nooit onverhoeds je hoofd in een kooi steken, in de verwachting dat je daar het kleine Braziliaanse zijdeaapje zult aantreffen – om dan de grote, gekromde vechtklauwen van de grote miereneter tegen te komen of een onstuimige, lichtgeraakte faraorat.

Vanaf dat paadje krijg je wel een idee hoe de buitenwereld er voor de dieren uitziet. Ik deed de achterdeur open bij de ratel, in de mening dat een ratel een klein soort rat was of iets dergelijks, en ik ontdekte tot mijn verbazing dat het een fel, dasachtig schepsel is van Afrikaans-Indische herkomst, met een zijdeachtige vacht en lange klauwen; maar voor ik de deur in zijn grauwende gezicht dichtgooide, zag ik in een flits hoe hij de wereld ervoer. Donkerder dan donker, als een massief zwart vierkant, zwarter dan de ingang van een grot; een gapende leegte was als een scherm neergetrokken voor het raam van zijn woning.

Nog terwijl ik de deur dichtdeed, kreeg ik een akelig gevoel; als O. Schrutt stilletjes was teruggekeerd en even bij de ratel had willen kijken, dan zou hij mij plotseling hebben zien opduiken in de achterdeur van de kooi en gezien hebben hoe ik haastig de deur dichtsmeet voor mijn eigen, geschrokken gezicht. Ik kroop vlug het achterpaadje uit, terwijl ik ieder ogenblik verwachtte hem tegen te zullen komen – O. Schrutt, hijgend en blazend op handen en voeten. Of anders een aap die speciaal was opgeleid om vreemde dingen uit de achterpaadjes te jagen.

Dus toen ik weer in de echte gangen van de doolhof stond, treuzelde ik niet meer en ging meteen aan de slag. Ik liep naar de kamer van O. Schrutt, het verblijf van de nachtwakers. Een koffiepercolator, een kopje met een restje drab, een soort register op een rommelig schrijfbureau – het logboek voor de dieren van de Hietzinger Tiergarten, met kolommen voor speciale aantekeningen en dingen waarop gelet moest worden. Zoals:

> Het reuzenwoudzwijn heeft een ingegroeide slagtand; doet soms pijn. Dan aspirinezoutklompjes geven (2).
>
> De ocelot is drachtig; kan elk ogenblik gebeuren.
>
> De bintoerong (beermarter uit Borneo) heeft een vreemde ziekte; goed opletten.
>
> De konijnbandicoot ligt op sterven.

En elk dier had een nummer; op een plattegrond van de dierentuin waren de kooien systematisch genummerd, met de klok mee.

Mijn God. *Een vreemde ziekte!* Is dat alles – alleen maar opletten bij een vreemde ziekte? De bintoerong heeft een naamloos, ongeneeslijk lijden te verduren. En de konijnbandicoot ligt op sterven! Alsof het niks is – op sterven liggen; die zeldzame, kleine spring-in-'t-veld. Let er een beetje op en veeg hem maar de deur uit, als het zover is.

En in zo'n wereld moet de ocelot nieuw leven baren? Mijn God! Maak daar een eind aan, alstublieft.

Het hok van O. Schrutt. Dat register, die vunzige koffiepot – en aan een haak achter de deur, hangend aan een leren riempje, zo'n elektrische stok waarmee ze het vee een prik geven. Daarnaast stond een lange staak met een gaffelachtige haak aan het uiteinde.

Al sla je me dood, ik zou je niet kunnen zeggen wat O. Schrutt daar uitspookt.

Ik snuffelde rond zolang als ik durfde. Toen hoorde ik hem weer langs de beren komen. Ik hoorde de machteloze woede van de Beroemde Aziatische Zwarte Beer, die naar O. Schrutts legerlaarzen graaide maar ze net niet kon bereiken. Ik begreep dat ik mijn eerste kans voorbij had laten gaan om dat veiligheidstouw een stukje op te schuiven naar de onveilige kant. Toen ging ik ervandoor, langs het Apencomplex.

Ditmaal bleef ik een beetje uit de buurt. Ditmaal zag ik hem, de vuile buikschuiver – de gelada, die ineengedoken en bewegingloos op me zat te wachten aan de donkere, terrasachtige rand van zijn kooi, erop vlassend dat ik weer te dicht bij de tralies zou komen. Maar toen hij zag dat ik hem gezien had en dat ik niet van plan was in zijn buurt te komen, sprong hij op de dichtstbijzijnde schommel en slingerde zich luid krijsend door het halfdonker, zodat hij hoog tegen de tralies terechtkwam, pal tegenover me. Daar ging hij tekeer als een razende en het meekonkelende Apencomplex viel hem bij en barstte los in spotternijen waarvan de hele dierentuin weer verwoed aan de praat raakte.

O. Schrutt kwam aanwiebelen met zijn lichtbundel, maar ik was een flink eind voor hem uit en ik zat allang onder mijn heg toen hij bij het Apencomplex was.

En opnieuw was er bij zijn aankomst zelfs geen slingeraap meer op het buitenterrein te zien. Ze hingen allemaal zwijgend te schommelen in de hokken; een paar maal hoorde je het bonken van een trapeze of enkele doffe klappen – alsof een aap over de grond rolde of zich op borst en knieën sloeg om een lachbui na te apen in een pantomime van luid en levensgroot plezier.

'Was jij dat weer?' brulde O. Schrutt. 'Wat ben je van plan?' En hij leek iets van zijn agressiviteit te verliezen; hij krabbelde langzaam achteruit, liet zijn lichtbundel over de boomtoppen flitsen en keek met rukkerige hoofdbewegingen rond naar de ingebeelde, klauwende ondieren die hij op zich toe zag springen. 'Wat is hier bezig?' riep onze O. Schrutt. En terwijl hij steeds sneller achteruit schuifelde, met een duidelijke hang naar de veiligheid van het Kleine Zoogdierenhuis, schreeuwde hij: 'Verrekte baviaan! Mij hou je niet voor de gek! Ik lach me een aap om jouw spelletjes!'

Daarna draaide hij zich om en holde naar de deur van het Kleine Zoogdierenhuis en toen hij halsoverkop het trapje op stoof, keek hij nog steeds over zijn schouder.

En ik dacht: Als op dat moment nu eens de Aziatische Zwarte Beer – of alleen een visioen van hem – in de deuropening was verschenen; als die verschrikkelijke Oosterling nu eens één seconde – en net toen O. Schrutt omkeek voordat hij naar binnen ging – zijn barse poot in O. Schrutts nek had gelegd... Dan zou O. Schrutt van angst gestorven zijn, zonder een woord te uiten.

Maar hij kwam veilig binnen. Ik hoorde hem vloeken. Toen hoorde ik deuren kraken. Nu wist ik tenminste welke deuren dat waren en waar ze zaten. Daarna hoorde ik glasruiten schuiven. En ik dacht: Wat zijn dat voor ruiten? Want ik had nergens schuiframen gezien.

Maar spoedig daarop drongen het geschreeuw en het gegrom weer bij stukjes en beetjes tot me door en ik begreep dat ik het Kleine Zoogdierenhuis zou moeten bekijken terwijl O. Schrutt *binnen* was, bezig met zijn vuile werk.

Ik vind dat ik dat risico moet nemen. Al was het alleen maar omdat de konijnbandicoot op sterven ligt. En omdat de glanzende ocelot drachtig is en het elk ogenblik kan gebeuren.

De uiterst selectieve autobiografie van Siegfried Javotnik: Voorgeschiedenis II (vervolg)

De familie Slivnica had een zeldzaam vooruitziende blik. Het plan om Gottlob Wut in zijn badkuip te laten ondergaan, werd door de Ustaši goedgekeurd. En de vergelding van honderd tegen één, die op de Serviërs zou worden toegepast voor de moord op een Duitser, kwam de Ustaši ook bekend voor. Sinds de zomermaanden van 1941 hadden ze zelf dergelijke massamoorden onder de Serviërs op touw gezet. Ook van de tegenpartij waren er slachtingen gekomen, maar de Ustaši waren verreweg in de meerderheid. Ze hadden hetzelfde percentage afgekondigd als de Duitsers – honderd Serviërs voor elke gedode Ustaši-terrorist. Daarmee werd slechts één ding bereikt: de Serviërs kregen het gevoel dat alle Slovenen en Kroaten tot de Ustaši behoorden – en de Slovenen en Kroaten hadden het idee dat alle Serviërs van die ruige Četniks waren. Omstreeks de zomer van 1942 was er dan ook een enorme warboel ontstaan, zoals Bijelo Slivnica in zijn wijsheid had voorspeld, en als gevolg van al dat geknoei werden Tito's partizanen alleen maar sterker. De Duitse troepen lagen wijd verspreid, vanaf Slovenjgradec tot aan Moskou toe, en de Italianen hielden de Dalmatische kuststreek van Joegoslavië bezet en ondersteunden de Ustaši met gulle hand.

'Dat van Wut is prima geregeld,' zei Bijelo Slivnica vanachter een enorme sandwich.

Maar mijn vader kon zelf ook een beetje vooruitzien.

Op een mooie zondagmorgen in augustus, bij de familie Slivnica bekend als de Wut-zondag, zat mijn vader weer in de badkamer terwijl Gottlob Wut zich liet weken. Toen Zivanna Slobod naar haar oven ging kijken, zei Vratno: 'Aan de overkant staat een vreemde auto, Gottlob – met een vreemde, grote familie op een vreemd soort uitstapje.'

'Oh ja?' zei Wut.

Mijn vader tilde het deksel van het spoelreservoir en legde het op zijn schoot.

'Ochtendgymnastiek?' vroeg Wut.

'Men verwacht van me dat ik je vermoord,' zei Vratno. 'Ik moet je verdrinken onder dit ding en je liefje doodschieten als ze de koekjes binnenbrengt.'

'Waarvoor dan?' vroeg Wut.

'Ach, het is allemaal zo'n rotzooi,' zei mijn vader.

'Ben je een Četnik?' vroeg Wut. 'Of een partizaan?'

'Op het ogenblik ben ik in dienst van de Ustaši,' antwoordde mijn vader.

'Maar die staan nu aan onze kant,' zei Wut.

Mijn vader verklaarde: 'Ze stonden ook aan de kant van Guido Maggiacomo – tijdens de Italiaanse Grand Prix van 1930. Dus ligt het voor hen ook een beetje moeilijk, denk ik.'

'Oh jeetje, ik snap het al,' zei Wut. 'Ja, dan zullen ze het er niet gemakkelijk mee hebben.' Hij stond op en bleef bedremmeld in de badkuip staan; zijn talloze, iets verzonken littekens hielden het badwater vast en drupten als open wonden.

Toen Zivanna Slobod in de badkamer terugkeerde, bemerkte ze dat haar ritueel in de war geschopt was en ze liet haar koekjes in Gottlobs verlaten badkuip vallen. Wut zelf legde juist het porseleinen deksel op zijn plaats en Vratno trok een Wehrmacht-uniform van de Slivnica's aan. Daarna kleedde ook Wut zich in uniform, terwijl de snotterende Zivanna een met nootjes belegd broodje uit het badwater viste. Ze hield niet erg van verrassingen.

Ook de Slivnica's hielden niet erg van verrassingen. Toen Gottlob Wut geheel alleen naar buiten kwam en op zijn gemak naar de garage van de motorrijderseenheid slenterde, moet Bijelo eenvoudig tegen de rest gezegd hebben: Hou je koest. Want het hele vrachtje Slivnica's bleef in de auto naar Wut zitten kijken en wachtte tot Vratno ervandoor zou gaan.

En ze wachtten geduldig – net zolang als Wut nodig had om een van de 600 cc-zijspanmodellen te starten en hem in de geopende deur te rijden, met zijn neus naar de straat en klaar om te vertrekken. Daarna sloopte Wut de carburateurs van de overige motoren in de garage, behalve natuurlijk van de Grand-Prixracer uit 1939. Wut gooide alle carburateurs in het gereedstaande zijspan – plus een gereedschapskist, contactpuntjes, bougies, kabels, een sortering onderdelen, een primaire en een aandrijfketting, stafkaarten van Slovenië en Kroatië en twee dozijn handgranaten. Hij nam één eihandgranaat in zijn gekromde hand en startte de racemotor.

De Slivnica's zaten nog steeds te wachten toen Gottlob Wut weer op straat verscheen met de Grand-Prixracer, die van alle franje ontdaan was; ze moeten gedacht hebben dat Wut moeilijkheden met zijn machine had, want hij reed diep voorovergebogen en hield zijn ene hand onder de tank – misschien was het benzineslangetje losgeraakt. De Slivnica's keken hoe Wut langzaam slingerend in hun richting kwam, met gebogen hoofd en frunnikend onder de benzinetank, en het is heel goed mogelijk dat ze de ontzekerde granaat niet eens onder hun auto hebben zien rollen.

Ik denk dat Bijelo Slivnica en zijn onaangename familie zich nog altijd koest hielden toen hun auto in de lucht vloog.

Op het geluid waarvan mijn vader de Smartinstraat in stoof en achter Wut op de racemotor sprong. Gottlob reed terug naar de garage en zette mijn vader op de soepel lopende, warmgedraaide zijspancombinatie.

'Waarom heb je dat gedaan, Gottlob?' vroeg mijn vader.

'Al geruime tijd,' antwoordde Gottlob Wut, 'heb ik zin om weer eens de weg op te gaan.'

Maar welke reden hij ook opgaf, één ding was duidelijk: nu stonden ze quitte. Mijn vader had Gottlob Wut niet onder water gehouden en Gottlob had mijn vader niet in de steek gelaten.

Ze werden niet achtervolgd. Balkan 4 was op zondag moeilijk te vinden en toen ze eenmaal gevonden waren, waren ze moeilijk in beweging te krijgen. Wegens een gebrek aan carburateurs.

Toen Wut en mijn vader in Dravograd kwamen, hoorden ze het zorgvuldig gecensureerde nieuws. Een zeer geziene Ustaša-familie van zes personen was te Slovenjgradec door sabotage om het leven gekomen. Ustaši en Duitsers hadden tezamen Zivanna Slobod gearresteerd, een bekende Servische prostituée – en de moordenares die voor deze misdaad verantwoordelijk was. In overeenstemming met de afgekondigde maatregelen zouden er honderd Serviërs worden doodgeschoten voor elke vermoorde Duitser of Ustaša-aanhanger. In Slovenjgradec werden nu Serviërs bijeengebracht om voor de misdaad te boeten. Zes Slivnica's waren goed voor zeshonderd Serviërs – Zivanna Slobod en vijfhonderdnegenennegentig anderen.

En in Dravograd dacht mijn vader: Maar er waren *zeven* Slivnica's. Bijelo, Todor, Gavro, Lutvo, Baba, Julka en Dabrinka. Degene die de dans ontsprongen was, had de levens gered van honderd Serviërs – maar mijn vader, die zich niet bezighield met politiek, werd door die gedachte niet getroost.

'Volgens mij is Dabrinka degene die niet de lucht in is gegaan,' zei Vratno tegen Wut. 'Zij had het minste vlees om bij zo'n drukgolf in de weg te zitten.'

'Dat betwijfel ik,' zei Wut. 'Het moet de chauffeur geweest zijn. Hij was de enige die het misschien heeft zien aankomen en hij kon zich vastklampen aan het stuur – om te voorkomen dat hij door het dak ging.'

Later bespraken ze het nog eens boven de waterplaats van een armoedige knijp in Dravograd.

'Wie zou er achter het stuur hebben gezeten?' vroeg Wut.

'Todor was altijd de man die reed,' zei Vratno. 'Maar hij had ook het meeste vlees om bij zo'n drukgolf in de weg te zitten, als je mijn theorie volgt.'

'Ik volg geen enkele theorie,' zei Gottlob Wut. 'Ik ben alleen maar blij dat ik weer op de weg ben.'

Veertiende dierentuinwake:
Dinsdag 6 juni 1967, 05.00 uur

Ik zit tijd te rekken. Maar daar heb ik mijn redenen voor!

Ten eerste begint het buiten al licht te worden – alsof deze maan niet helder genoeg is geweest. Verder zie ik niet hoe ik in het Kleine Zoogdierenhuis kan komen zonder dat O. Schrutt me ziet. Als ik nu binnen zat en O. Schrutt daarna binnenkwam, dan zou het iets anders zijn: dan kon ik luisteren waar hij was en hem ontlopen in die doolhof van paden. Maar ik voel er weinig voor om dat trapje op te stormen en door die deur te rennen als ik niet precies weet in welk deel van de doolhof O. Schrutt zich bevindt.

Dus heb ik mijn besluit genomen: ik zal wachten tot de slinkse gelada weer naar buiten komt. Nu het lichter wordt, kan ik het buitenterras van het Apencomplex zien liggen vanaf het uiteinde van mijn heg. En als die gelada opduikt, doe ik mijn meesterzet.

Het is doodeenvoudig. Ik posteer me achter het drinkfonteintje voor de kinderen, vlak bij de ingang van het Kleine Zoogdierenhuis. Dan probeer ik de aandacht van de gelada te trekken – ik gooi stenen naar hem, ik spring tevoorschijn vanachter het fonteintje en maak onbeschaamde, beledigende gebaren. Daarmee krijg ik hem wel aan de gang. En als hij eenmaal flink tekeergaat, komt O. Schrutt natuurlijk naar buiten rennen – op moord belust. Wanneer O. Schrutt bij het Apencomplex zijn half waanzinnige ritueel afwerkt, schiet ik stilletjes en op blote voeten het Kleine Zoogdierenhuis binnen; ik zorg dat ik flink achteraan in de doolhof ben. Misschien komt O. Schrutt zo hard naar buiten hollen dat hij ditmaal zijn bloederige bewijzen open en bloot laat liggen. En zo niet, dan ben ik tenminste binnen als hij verder gaat.

Er zijn althans geen aanwijzingen dat hij ermee wil ophouden. De fielt lijkt erop gebrand iedereen uit de slaap te houden tot de dierentuin weer opengaat. Geen wonder dat die beesten er altijd zo slaperig uitzien.

Misschien vind je het allemaal nogal overdreven klinken, Graff.

Maar als deze dierentuinkraak een bijbedoeling mag hebben, dan komt de ontmaskering van O. Schrutt daarvoor zeker in aanmerking. Ook al weet ik nog niet precies wat hij is.

Maar ik weet waar hij vandaan komt. Twintig of meer jaar geleden – ach, het is zo'n bekend verhaal wat al die O. Schrutts toen van plan waren. Ik ken de weg die O. Schrutt heeft afgelegd en ik durf te wedden dat langs die weg menigeen is achtergebleven die nu verbaasd zou opkijken als hij weer van O. Schrutt zou horen. In elk geval zal menigeen grote belangstelling koesteren voor een O. Schrutt die nog steeds zijn naamplaatje draagt en zijn epauletten in ere heeft gehouden.

Oh zo! En hoe toepasselijk om onze O. juist hier in het zand te laten bijten – na alle wreedheden, aan voorgaande kleine zoogdieren begaan.

De uiterst selectieve autobiografie van Siegfried Javotnik: Voorgeschiedenis II (vervolg)

Mijn vader en Gottlob Wut zwierven twee jaar door de bergen in het noorden van Slovenië. Tweemaal begonnen ze zich eenzaam te voelen en maakten ze plannen voor een reis. De eerste – naar Oostenrijk – eindigde bij de Radelpas aan de grensovergang in het gebergte. De schildwachten van het Oostenrijkse leger leken erg formeel en erg grondig met hun geweren en hun paperassenwerk bij de doorlaatpost. Wut besloot daaruit dat een passage slechts mogelijk was als ze de motoren achterlieten en dus reden ze diezelfde nacht nog terug naar de Sloveense bergen. En de tweede reis, naar Turkije, eindigde even ten zuidoosten van Maribor aan de rivier de Drava, waar de Ustaši de vorige avond net een slachtpartij onder de Serviërs hadden georganiseerd; een scherpe bocht van de Drava was helemaal dichtgeslibd met lijken. Mijn vader zou zich altijd dat vlot herinneren dat in een luwte langs de oever was vastgelopen. Het vlot was keurig volgestapeld met mensenhoofden; de bouwer had geprobeerd een zuivere piramide te maken. Het ding was bijna volmaakt in orde. Maar vlak bij de top was één hoofd van zijn plaats gegleden; het haar zat vast tussen de andere hoofden en nu wiegde het zachtjes van gezicht tot gezicht, op het briesje dat boven de rivier stond; sommige gezichten keken naar het gewiebel, andere staarden een andere kant op. Mijn vader en Gottlob reden opnieuw terug naar de Sloveense bergen, naar hun schuilplaats bij het dorpje Rogla, en die nacht sliepen ze in elkaars armen.

In Rogla werden ze in leven gehouden door een oude boer die Borsfa Durd heette en die dan ook het voorrecht genoot om ritjes met de 600 cc-zijspancombinatie te maken. Borsfa Durd was bang van de racemotor – hij heeft nooit begrepen wat dat ding nu rechtop hield – maar hij vond het heerlijk om tandeloos mummelend in het zijspan te zitten, terwijl mijn vader met hem door de bergen hobbelde. Borsfa Durd zorgde voor benzine en voedsel; dat roofde hij uit een opslagplaats van de Ustaši in Vitanje – tot de dag in augustus 1944 dat hij naar Rogla werd teruggebracht in de mestkar van een dorpsgenoot. De doodsbange dorpeling vertelde dat de Ustaši de hevig spartelende Durd ondersteboven op de vloer van de wagen hadden gezet en de kleffe mest om hem heen hadden geschept en stevig aangestampt; in het topje van de berg stromest waren dan ook slechts zijn schoenzolen zichtbaar, toen men hem probeerde uit te graven voor een behoorlijke begrafenis. Maar de stromest was zo nat en zwaar en zo stevig aangeplempt, dat men ermee volstond een bepaalde hoeveelheid los te hakken en in een gat te laten rollen; het gat was cirkelvormig, want dat was ook de meest geschikte hakmanier geweest om de mestmassa los te maken die volgens zeggen Borsfa Durd bevatte. Eigenlijk kreeg niemand méér van hem te zien dan zijn schoenzolen, maar de dorpsgenoot die hem in zijn sterk riekende wagen had teruggebracht, verklaarde plechtig dat dit zonder enige twijfel Borsfa Durd was – en Gottlob Wut zei dat hij de schoenen herkende.

Dus werd Borsfa Durd zonder doodskist begraven in een homp stromest en daarmee kwam een einde aan de benzine- en voedseltoevoer voor de gedroste motorfietsen en hun bazen. Mijn vader en Gottlob Wut vonden het maar beter om te verhuizen; als de Ustaši van het depot in Vitanje zich gingen afvragen waarom Borsfa Durd uit hun voorraden had gestolen, konden Vratno en Gottlob spoedig bezoek verwachten. Dus vertrokken ze, waarbij ze alle kleren meenamen die Borsfa Durd had bezeten.

Aan de hand van hun stafkaarten zochten ze overdag de route af; gekleed als boeren verkenden ze de omgeving te voet, terwijl de motoren in de bosjes verborgen waren. Ze liepen zo'n zeven kilometer door de bergen, speurden de dorpen af naar legertjes van welke aard ook en liepen dan weer zeven kilometer terug naar de motorfietsen – waarop ze dan 's nachts verder reden, ditmaal in Duits uniform. Doordat ze overdag de route controleerden, wisten ze niet alleen hoe ver ze van de dorpen verwijderd bleven, maar konden ze ook meestal zonder licht rijden en redelijk zeker zijn van de weg die ze namen. Ze hadden nog wat benzine over van Borsfa Durds voorlaatste bezoek aan Vitanje, maar het zou ongetwijfeld veiliger zijn geweest om de motoren achter te laten; gekleed als boeren en te voet door de bergen trekkend, zouden ze weinig gevaar hebben gelopen. Die mogelijkheid kwam echter nooit ter sprake; men dient te beseffen dat de commandant van de verkenningsgroep van Motorrijderseenheid Balkan 4 gedeserteerd was om zijn tijd aan motorfietsen te wijden en niet om voor iets te vluchten – zeker niet te voet.

Eigenlijk was Gottlob Wut zo'n slechte loper, dat ze hun vaste zeven kilometer heen en terug per dag niet lang konden volhouden. Wut kreeg last van scheenspat of water op zijn ruggengraat of een kwaal die nog uit zijn vroegste kindertijd stamde, toen hij bij het leren lopen met zijn verantwoordelijkheden had gesjoemeld en – ook toen al! – meer vertrouwen had gesteld in wielen. En zijn eerste triomfen, zo vertelde hij aan Vratno, had hij op slechts één wiel gevierd. Op de Technische Hogeschool te Neckarsulm was Wut gedurende drie achtereenvolgende jaren kampioen geweest op de eenwielige fiets. Voor zover Gottlob wist, was hij nog steeds in het bezit van het schoolrecord op de eenwieler: drie uur en eenendertig minuten rijden en balanceren zonder te rusten en zonder de grond met hiel of teen aan te raken. Deze verrichting werd geboekstaafd tijdens een ouderavond op het podium van de aula, terwijl honderden vermoeide ouders langzaam inzakten en ongedurig verschoven op harde houten banken en drie uur plus eenendertig minuten lang zaten te bidden dat Wut zou vallen en zijn vervelende nek zou breken.

Maar Gottlob Wut had nu eenmaal een paar wielen onder zijn ruggengraat nodig om redelijk rechtop te kunnen blijven.

Ze bleven lange tijd in de bergen en eigenlijk deed zich maar één incident voor. Het was hun gewoonte een maaltje bij elkaar te vissen of 's nachts de dorpen te beroven die ze overdag zagen liggen. Maar op 3 september 1944 hadden ze al twee dagen op bessen en water moeten leven, toen ze ineens terechtkwamen tussen een uiterst merkwaardig groepje. Het waren Kroaten – een in vodden gehuld boerenlegertje dat op weg was om zich aan te sluiten bij Mihajlović en zijn taaie Četniks. Gelukkig droegen Gottlob en mijn vader de oude kleren van Borsfa Durd, toen ze in een vallei onder Sv. Areh in hun hinderlaag liepen. De hinderlaag bestond uit veel geschreeuw, een paar stokken en een zeer oud geweer dat in de lucht werd afgevuurd. De Kroaten waren onder andere verdwaald en ze boden Vratno en Gottlob een vrije doorgang aan in ruil voor aanwijzingen waarmee ze weg konden komen uit waar ze zich bevonden. Het was inderdaad een zeer merkwaardig stelletje – Kroaten die zich wilden aansluiten bij Serviërs! Het bleek dat ze tegen hun wil hadden moeten deelnemen aan een moordpartij die door partizanen en Ustaši was opgezet, zodat ze begrepen hadden hoezeer de Serviërs mishandeld werden. Hun positie was natuurlijk hopeloos; een georganiseerde Četnik-beweging van enige omvang was in Slovenië eenvoudig ondenkbaar. Maar mijn vader en Gottlob bleven een dag en een avond bij hen, aten mee van een gevangen koe en dronken een wijn die zo jong was dat hij brijachtig aandeed. Vratno zei tegen de Kroaten dat Gottlob niet meer kon praten omdat hij in zijn hoofd geschoten was. Zodat Wut geen Servo-Kroatisch hoefde te spreken.

De Kroaten zeiden dat Duitsland de oorlog ging verliezen.

De Kroaten hadden ook een radio en zo ontdekten Vratno en Gottlob dat het drie september was – en zo werd ook hun vermoeden bevestigd dat dit het jaar 1944 moest zijn. Die avond hoorden ze over Radio Vrij Joegoslavië een communiqué waarin melding werd gemaakt van een grote overwinning die door de partizanen op de Duitsers behaald was te Lazarevac. De Kroaten protesteerden heftig; volgens Servische bronnen, zeiden ze, waren het de Četniks geweest die Lazarevac hadden omsingeld en dus moesten *zij* verantwoordelijk zijn geweest voor de overwinning en voor de gevangenname van ongeveer tweehonderd Duitsers. De Kroaten beweerden dat er in de wijde omtrek van Lazarevac geen partizaan te bekennen was; toen vroeg een van hen waar Lazarevac eigenlijk lag en daarna begonnen de arme, halfdronken Kroaten weer luidkeels te jammeren over het feit dat ze zo verdwaald waren.

Diezelfde avond verontschuldigde Vratno zich bij zijn gastheren en sjokte met Gottlob naar de motorfietsen terug. Hij legde aan de Kroaten uit dat Gottlob nogal wat pijn leed aan zijn stomheid en dat ze een dokter moesten zoeken. De arme Kroaten waren zo reddeloos verloren; niemand was zo slim om op te merken dat mijn vader en Gottlob de richting uit gingen vanwaar ze gekomen waren toen ze in de hinderlaag terechtkwamen.

Vratno vertaalde het radiobericht voor Gottlob Wut.

'Met Mihajlović is het gedaan,' zei Wut. 'De moeilijkheid met die Četniks en al die andere stomme Serviërs is dat ze geen flauw benul hebben van propaganda. Ze hebben niet eens een partijbeginsel – nee, zelfs geen fatsoenlijke leuze! Er is niets wat houvast biedt. Maar neem nu eens die partizanen,' zei Wut. 'Zij hebben de radio in handen. Ze hebben een eenvoudige, vaststaande partijlijn: Rusland moet verdedigd worden, het communisme is anti-nazi en de Četniks zijn eigenlijk op de hand van de Duitsers. Het doet er toch niets toe of dat allemaal waar is?' zei Wut. 'Het wordt gewoon herhaald, telkens en telkens weer, en het gaat uit van zeer eenvoudige principes. Dat is het wezenlijke van een doeltreffende propaganda.'

'Ik wist niet dat jij er zoveel verstand van had,' zei mijn vader.

'Het staat allemaal in *Mein Kampf*,' zei Wut. 'En je zult toch moeten toegeven dat Adolf Hitler de grootste propagandakunstenaar aller tijden is.'

'Maar Duitsland verliest de oorlog,' zei mijn vader.

'Dat kan best zijn,' zei Wut, 'maar die drol heeft er heel wat mee bereikt. Kijk maar eens hoe ver hij ermee gekomen is.'

Vijftiende dierentuinwake:
Dinsdag 6 juni 1967, 05.15 uur

O. Schrutt is te ver gegaan!

Oh, mijn rol was heel makkelijk. Toen die sacherijnige baviaan weer op de loer kwam liggen, holde ik om het Apencomplex heen en verliet – heel even maar – mijn dekking om in volle vaart naar het drinkfonteintje te rennen. Ik hoefde helemaal geen drukte te maken; de gelada zag me al aankomen voordat ik achter het fonteintje zat. Hij schetterde, hij blafte, hij krijste; hij beet als een razende in de ketting van zijn schommel. En natuurlijk viel de hele dierentuin hem bij.

En natuurlijk liet O. Schrutt een paar kleine zoogdieren in hun verschillende angsten zitten en stormde naar buiten.

Ditmaal waagde hij het erop; ditmaal ging hij het Apencomplex binnen. Ik wachtte maar even, al rilde ik van het lawaai dat O. Schrutt en de apen maakten; het barstte allemaal naar buiten door een kleine, open lichtkoker in het dak van het Apencomplex alsof de inhoud van een geweldige long in een fluit geblazen werd en door één schril vingergat naar buiten werd geperst. Maar voordat O. Schrutt weer naar buiten kwam, stoof ik het trapje op en het Kleine Zoogdierenhuis in.

Ik bleef niet staan om in de kooien te kijken. Ik holde de dichtstbijzijnde zijgang in, nam de eerstvolgende aan mijn linkerhand en daarna een nog smaller gangetje rechts – terwijl ik even overwoog of ik in zo'n achterpaadje zou kruipen, maar daar zag ik van af – en ten slotte bleef ik staan op een plekje waar ik me veilig voelde. Ik was binnen gehoorsafstand van de voordeur en ik was meerdere hoeken omgeslagen sinds ik de gang verlaten had waarlangs O. Schrutt misschien zou terugkeren; er lagen nu genoeg hoeken en afbuigingen tussen ons – dus als ik hem hoorde aankomen, had ik tijd genoeg om mijn eigen ontwijkende bewegingen te verzinnen.

Vaagjes zag ik dat ik was blijven staan bij het glazen huisje van het aardvarken. Maar pas toen ik mijn hijgende ademhaling trachtte te beheersen, ontdekte ik dat het aardvarken niet alleen was.

Het was een waar machtsevenwicht. Het aardvarken stond op zijn achterpoten in een hoekje van zijn verblijf, balancerend op zijn staart, de klauwen van zijn voorpoten als bokshandschoenen uitgestoken; in het hoekje dat schuin tegenover hem lag, stond de kleine maar venijnige Indochinese viskat – een gemeen diertje, met ontblote tanden en een fel gekromde rug. Ze bewogen zich nauwelijks. Zo te zien zou geen van de twee tot de aanval overgaan, maar telkens als het aardvarken zijn evenwicht verloor en het met behulp van zijn dikste staartgedeelte terugvond, begon de viskat te blazen en te grommen en drukte zijn kin in het zaagsel op de vloer. En het aardvarken – het oude, slome aardvarken – snoof dan een gedempt soort gesnuif. Ik probeerde net hun kansen te berekenen, toen ik O. Schrutt hoorde.

Volgens mij was hij ergens bij het Apencomplex, maar zijn tierende stemgeluid kwam duidelijk op mij toe. 'Er is niets aan de hand, maffe baviaan! Als je dat nog eens uithaalt, mag je een robbertje vechten met mijn jaguarondi! Dan heb je een reden om zo tekeer te gaan!'

Terwijl naast me de viskat een jankende kreet slaakte en deed of hij ging springen – en het aardvarken knorde en prompt verstijfde op zijn achterpoten en zijn staart. Zo hielden ze elkaar in bedwang – en hoe lang al? Mijn God!

O. Schrutt maakt hier zijn eigen theater! Hij organiseert een nachtvoorstelling alleen voor zichzelf!

Toen kwam O. Schrutt het Kleine Zoogdierenhuis binnendenderen.

Ik hoorde hoe hij iemand uitschold; toen hoorde ik de legerlaarzen een hoek omslaan, niet ver bij me vandaan – één gangetje naar links en naar voren. Ik sloeg een gangetje naar rechts in en trippelde koeltjes op mijn blote voeten over het beton. Daarna wachtte ik op de volgende beweging van O. Schrutt.

Slechts tweemaal kreeg ik hem in de doolhof te zien.

De eerste keer, toen ik stijf tegen de wand van een kooi gedrukt zat – maar beneden het glas, dus buiten de infrarode weerschijn – zag ik onze O. op een hele ganglengte afstand naar een van zijn theaterproducties lopen. En hij schoof het glas van die kooi opzij! Dat is dus het schuivende glas – de hele voorkant van zo'n ding kan worden weggehaald. O. Schrutt heeft een sleuteltje waarmee hij het schuifraam kan ontgrendelen – en dat is natuurlijk erg verstandig; als een zwaar dier sterft of een venijnig exemplaar ziek wordt en er niet uit wil komen, dan wil niemand liggen tobben met die kleine achterdeurtjes. Maar O. Schrutt doet de schuiframen open om zijn gladiatoren aan te vuren! Als hij vindt dat een spiegelgevecht te kalm verloopt, steekt hij zijn elektrische prikstok in de kooi en geeft een van de strijdende partijen een duwtje. En natuurlijk kunnen ze hem niet zien, als hij daar in de zwarte leegte staat en zijn elektrische arm naar binnen steekt; dat ding tast naar ze vanuit het duister en geeft ze een paar mooie schokken.

Ik zag hoe hij het stemniveau van de dieren opvoerde en het glas weer op zijn plaats schoof, zodat de jammerklachten werden afgeknepen. Daarna bleef hij belangstellend staan kijken naar de Tasmaanse duivel, die schichtig heen en weer rende en krijste alsof hij over hete kolen liep – steeds in toom gehouden door de nijdige ratel. O. Schrutt stond er heel kalm bij, vond ik, alsof zijn malende geest nu tot rust was gekomen of verdoofd was met drugs.

Ik zag O. Schrutt nog een tweede keer. Ditmaal was ik volkomen veilig toen ik hem bekeek. Hij was in een van de achterpaadjes tussen de kooien gekropen, dus hoefde ik alleen maar langs de hele rij glasdieren te lopen om te zien in welke kooi O. Schrutt zich aan de achterdeur zou vertonen – vanwaar hij hetzelfde uitzicht had als de dieren en dus niets kon onderscheiden aan de andere kant van het glas.

Ik zag dat hij een krachtmeting afbrak die, zo te zien, al te lang geduurd had. Twee dodelijk vermoeide grote miereneters wekten de indruk dat ze tot het uiterste waren gegaan en nu niets meer zouden dulden van de wild heen en weer lopende, zwaar hijgende jaguarondi – die lange, laag gebouwde, lenige tropische kat. Oh, onze O. Schrutt is zo sluw! Hij wil niet dat er bloed vloeit. Verminkte kleine zoogdieren zouden zijn bazen immers achterdochtig maken. O. Schrutt is een voorzichtig regisseur; hij houdt de wedstrijden op een uitputtend gelijkspel; wanneer het uit de hand dreigt te lopen, staat hij klaar met zijn prikstok.

Ik zweer het je – ik heb heel wat gezien. Want O. Schrutt werkt op alle fronten.

De grote plompe lori wisselt dodelijk verschrikte blikken met een maki. De Maleise boomspitsmuis staart ontzet naar het angstige gespring van de kangoeroegoffer. En ik schaamde me toen ik het zag – maar zelfs de stervende konijnbandicoot is gedwongen de capriolen van de reuzenkoeskoes te verdragen. En de aanstaandemoederocelot ligt met holle ogen in een hoekje van haar kooi en luistert naar het gehijg en het geschuifel in het paadje langs haar achterdeur.

O. Schrutt weet geen grens te trekken.

Ik wachtte tot hij aan de andere kant van de doolhof was en toen ontvluchtte ik dit doelbewust opgezette griezelpaleis.

Ik kroop achter mijn heg en dacht: Hoe is hij op het idee gekomen? Waar heeft O. Schrutt die perverse gewoonte opgedaan om kleine zoogdieren tegen elkaar uit te spelen?

Het wordt allengs lichter om me heen en ik heb nog steeds geen allesomvattend plan ontworpen. Maar voor O. Schrutt heb ik plannetjes genoeg, dat kan ik je wel vertellen.

De uiterst selectieve autobiografie van Siegfried Javotnik: Voorgeschiedenis II (vervolg)

Op 14 oktober 1944 rukte het Rode Leger Belgrado binnen, vergezeld van een Joegoslavisch contingent onder leiding van de exverrader Marko Mesić. Enfin, de tijden veranderen; en de oorlog was moeilijk door te komen als je aan de kant bleef waar je ooit begon.

Op 24 oktober 1944 ontdekte een Russische partizanengroep tot zijn verbazing dat de Četniks bij Čačak een strijdmacht van twintigduizend Duitsers aanvielen. Terwijl de Russen en de Četniks die Duitsers in de tang namen, merkte een Russische officier op dat de partizanen tegelijkertijd de Četniks in de rug aanvielen. Na de slag leverden de Četniks ongeveer vijfenveertighonderd Duitsers aan de Russen uit; de volgende dag werden de Četniks door Russen en partizanen ontwapend en gevangengenomen. Hun leider Raković ontsnapte en de partizanen organiseerden een uitgebreide klopjacht tot in de wijde omtrek van Čačak.

Mijn vader en Gottlob Wut bevonden zich nog steeds in de Sloveense bergen, ergens ten westen van Maribor, toen de jacht op de Četnik-leider Raković begon.

Maar in de Sloveense bergen werd niet gejaagd. De Duitsers waren nu in het defensief gedrongen en de Ustaši hielden zich op de vlakte en wachtten de loop der gebeurtenissen af. Het Rode Leger kwam nog niet zo ver naar het westen en de partizanen waren nog niet al te sterk; de Ustaši vochten eigenlijk niet meer *voor* de Duitsers – want ze wilden de partizanen niet tegen zich in het harnas jagen –, maar het was ook nog niet veilig genoeg om *tegen* de Duitsers te vechten. Althans niet in Slovenië.

En Gottlob Wut kwam meer en meer in de put te zitten. Zijn benen en zijn rug, ja zijn hele bewegingsapparaat was deerlijk versleten en in de bergen lagen maar zeer weinig wegen waarop Gottlob in alle rust en vrijheid op zijn motor kon toeren. Omstreeks november werd het bovendien erg koud in het gebergte; de motoren hadden dunnere olie nodig.

Ergens halverwege november begon de radio van de 600 cc-zijspancombinatie ineens te brabbelen; tot aan die dag hadden Vratno en Gottlob gedacht dat de radio onklaar was geraakt of dat de Duitse gemotoriseerde bewegingen buiten het bereik van hun ontvanger plaatsvonden. Gottlob luisterde stiekem mee; gedurende twee dagen werd het gebrabbel almaar luider, maar het bestond slechts uit een soort cijfercode. Op de derde dag herkende Wut echter een stem van Motorrijderseenheid Balkan 4.

'Dat is Wallner!' zei Gottlob. 'Die scheurnozem – hij heeft mijn baantje gekregen!' En voordat mijn vader hem kon wegduwen, zette Wut de zendschakelaar om en riep: 'Varken! Onbekwaam stuk varken dat je bent!' Toen kiepte Vratno hem uit het zadel, holde terug naar de radio en haalde de zendknop over. Maar hij liet het toestel wel op ontvangen staan. Waarop ze een motor hoorden die stationair draaide en bijna afsloeg.

Toen fluisterde of hijgde Wallners stem: 'Wut? Herr Kommandant Wut?' Terwijl Wut het gras uit de grond rukte. 'Herr Kommandant Wut?' zei de stem nog eens.

Maar alleen de sputterende vrijloop kwam nog over de radio en Gottlob zei: 'Hoor die motor toch eens! Dat ding staat zo slecht op tijd, dat hij verbrandt zodra ze er de gang in zetten.'

Maar de zendknop bleef op uit staan; Wallner kreeg geen gelegenheid zich nog eens te overtuigen van wat hij gehoord meende te hebben. Radio Wallner zei: 'Bronsky, heb je hem aanstaan? Over, over.' En er gebeurde niets, dus zei Wallner: 'Gortz, melden! Melden, Metz! Het is Wut – hebben jullie hem gehoord?' En daarna brulde hij: 'Vatch, ben je daar, Vatch?' Toen sloeg de motor af en Wallner gromde een verwensing die van weinig liefde getuigde. Vratno en Gottlob hoorden hem op de kickstarter springen.

'Hij heeft de choke helemaal uit,' zei Wut. 'Hoor dat ding eens lucht zuigen.'

En ze hoorden de kickstarter ratelend op en neer gaan; maar de motor slobberde alleen maar en weigerde aan te slaan.

'Melden, klootzakken!' schreeuwde Radio Wallner. 'Dat ding hoort aan te staan bij jullie!' En hij zwoegde op het startpedaal en hijgde in de radio. 'Hé, klunzen!' schreeuwde hij. 'Ik heb die ouwe Wut gehoord!'

'*Ouwe* Wut,' zei Wut, maar mijn vader hield hem bij de zendknop vandaan.

'Ouwe Wut is in de buurt!' brulde Wallner in zijn radio. 'Hé, Wut, waar zit je?'

'In je hol,' zei Gottlob, rukkend aan het gras.

'*Wut!*' schreeuwde Wallner.

En een andere radiostem zei: 'Wie?'

'Wut!' zei Wallner.

'Wut? Hoezo?' vroeg de andere stem.

'Dat is Gortz,' zei Wut tegen mijn vader.

'Bronsky?' vroeg Wallner.

'Nee, Gortz,' zei Gortz. 'Wat is er met Wut?'

'Ik heb hem gehoord,' zei Wallner.

Een derde radiostem zei: 'Hallo?'

'Dat is Metz,' zei Wut.

'Bronsky?' vroeg Wallner.

'Nee, Metz,' zei Metz. 'Wat is er aan de hand?'

'Wut is in de buurt,' zei Wallner.

'Ik heb niets gehoord,' zei Gortz.

'Je radio stond niet aan!' krijste Wallner.

'Ik heb Wut gehoord!'

'Wat zei hij dan?' vroeg Metz.

'Oh, weet ik veel,' zei Wallner. ' "Varken" geloof ik. Ja, hij zei: "Varken"!'

'Dat woord heb ik vaker van hem gehoord,' zei Metz.

'Twee jaar geleden, ja,' zei Gortz. 'Maar nu heb ik niets gemerkt.'

'Klootzak, je radio stond niet aan!' riep Wallner.

'Hallo?' zei nummer vier.

'Bronsky,' zei Wut tegen mijn vader.

'Vatch?' vroeg Wallner.

'Bronsky,' zei Bronsky.

'Wallner heeft Wut gehoord,' zei Metz.

'Wallner *denkt* dat hij Wut heeft gehoord,' zei Gortz.

'Ik heb hem gehoord!' zei Wallner. 'Heel duidelijk!'

'Wut?' zei Bronsky. 'Is Wut hier in de buurt?'

'*Waar* in de buurt,' zei mijn vader tegen Gottlob. 'Dat zou ik wel eens willen weten.'

'Het was zo helder als wat!' riep Wallner.

'Hallo?' zei Vatch, de laatste die zijn toestel inschakelde.

'Vatch?' vroeg Wallner.

'Ja,' zei Vatch. 'Wat is er aan de hand?'

'Dat is een beetje ingewikkeld,' zei Gortz.

'Klootzakken!' riep Wallner. 'Ik hoorde hem echt!'

'Wie?' vroeg Vatch.

'Hitler,' zei Gortz.

'Churchill,' zei Metz.

'Wut!' krijste Wallner. 'Ik weet dat je hier ergens zit, Wut! En je bent zelf een varken! Kom op, Wut, zeg eens wat!' Maar Gottlob zat te grinniken in het gras. Hij luisterde naar de verslonsde motorfietsen en naar de woedende Wallner, wiens maten stuk voor stuk weer uit de lucht verdwenen.

Toen kwam er een stem die Wut niet kende – van een grotere afstand en beladen met storing; er klonken nog meer cijfers. En Wallner antwoordde: 'Ik heb mijn oude commandant gehoord – Wut, de deserteur. Hij zit hier ergens.' En de cijfers zeiden iets terug. 'Nee, echt! Wut zit hier,' zei Wallner. En een stem vol storingen zei van *nog* grotere afstand: 'Gebruik uw cijfercode, Herr Kommandant Wallner.' En Wallner begon cijfers te brabbelen.

'*Kommandant* Wallner!' snoof Gottlob spottend. Hij bleef met Vratno zitten luisteren tot er niet meer gezonden werd en de radio alleen nog maar zoemde en knetterde.

'Waar zouden ze zijn, denk je?' vroeg Vratno.

'Waar zijn wij?' vroeg Wut. Samen keken ze nog eens op de kaart.

Ze zaten waarschijnlijk een kleine tien kilometer ten noorden van de Drava en de weg naar Maribor.

'Troepenverplaatsingen?' zei Wut. 'Misschien trekken ze weg uit Slovenjgradec. Zouden ze naar het oosten gaan om tegen de Russen te vechten? Of naar het noorden om zich aan te sluiten bij de Oostenrijkers?'

'Het zijn in elk geval troepenverplaatsingen,' zei Vratno. 'Over de weg naar Maribor.'

Die nacht luisterden ze opnieuw naar de radio. Er kwamen nog meer cijfers, gestoord en ver weg. Pas na middernacht hoorden ze Wallner opnieuw.

'Wut?' fluisterde de radio. 'Kun je me horen, Wut?'

En Gortz moet meegeluisterd hebben, want hij zei: 'Vooruit, Wallner, hou een beetje je gemak. Ga slapen, man.'

'Blijf van je radio!' snauwde Wallner. 'Misschien praat hij alleen maar met mij.'

'Dat geloof ik graag,' zei Gortz.

'Weg jij!' zei Wallner en opnieuw fluisterde hij: 'Wut? Over, over! Verdorie, Wut, kom op, man!' Waarna hij werd weggedrukt door cijfers.

Toen keerde de onbekende maar gezagvolle stem terug. 'Herr Kommandant Wallner, ga slapen! En ik moet u verzoeken uw cijfercode te gebruiken als u in de lucht bent.' Wallner begon cijfers te spuien maar kreeg geen antwoord.

Vratno fluisterde tegen de giechelende Wut: 'Als hij straks alleen is, moet je het doen. Als je zeker weet dat hij als enige aan de radio zit, moet je hem te pakken nemen.' En Wut liet de radio op ontvangen staan, maar hield zich gereed bij de zendknop.

Later begon Wallner weer cijfers te fluisteren. Er kwam geen antwoord. 'Balkan 4,' fluisterde Wallner toen. 'Hier Balkan 4.' Nog steeds geen antwoord. Toen zei hij, weer iets luider: 'Hé, Wut, ouwe lul! Laat eens wat van je horen?' Gottlob wachtte of er nog iemand kwam, maar er klonk geen antwoord. 'Wut!' riep Wallner. 'Vuile verrader! Wut, lafbek Wut!'

Toen zei Gottlob zachtjes: 'Slaap maar lekker, *Herr Kommandant*

Wallner.' En hij zette de zendknop meteen weer terug.

'Wut!' siste Wallner. '*Woeoeoeoet!*' krijste hij en er volgden weer storingen en daarna een paar stampende, schuivende geluiden. Wallner had de radio blijkbaar uit zijn beugel gehaald en meegenomen in een tent; ze hoorden de tent flapperen en bepaalde radio-onderdelen knetteren. Waarschijnlijk rende Wallner de tent uit met de radio als een rugbybal tegen zijn borst gedrukt, want zijn kreten leken nu een stuk verder weg, alsof zijn mond niet meer bij de microfoon zat. 'Hij is er weer! Luister dan! Klootzakken, zet je radio aan, dan hoor je het zelf!'

En Gortz fluisterde nogal luid: 'Wallner! In Jezusnaam, man!'

En de onbekende, gezagvolle stem zei: 'Herr Kommandant Wallner. zo is het genoeg. U gebruikt uw cijfercode of u raakt uw radio kwijt.' En bijna ritmisch scanderend kwam Wallner weer met zijn cijfercode; op muzikale wijze zong hij zijn cijfertjes de nacht in.

Vratno en Gottlob bleven bij het toestel zitten doezelen; soms werden ze wakker en knuffelden elkaar even – lachend door hun twee jaar oude baarden heen – en dan doezelden ze weer weg, terwijl de radio op ontvangen bleef staan. Nog eenmaal hoorden ze Wallner iets mompelen. 'Welterusten, Herr Kommandant Wut, ouwe lul.' Alsof hij het nog één keer zwakjes probeerde of al half in slaap was. Maar Gottlob Wut grinnikte alleen en bleef zwijgen.

Lang voor het eerste licht van de dag laadden Vratno en Gottlob de motorfietsen op en reden een achttal kilometers naar het noorden tot vlak boven Limbus. Daar camoufleerden ze de motoren en hun spullen, namen de afgekoppelde radio mee en liepen nog een kilometer verder noordwaarts langs een uitgestrekte rotsrichel – totdat ze de zon zagen opkomen aan de rechterkant van de torenspits van Limbus. Toen sloegen ze hun kamp op, met een onbelemmerd uitzicht op de weg naar Maribor en nog geen kilometer ervandaan.

Een hele dag en een hele nacht bleven ze daar wachten, zonder een hap te eten of een glimp van een gemotoriseerde verkenner op te vangen. 's Nachts stemden ze opnieuw af op Wallner, maar ze hoorden alleen cijfercodes – en niet één ervan werd gemompeld door Wallners stem. Pas de volgende morgen hoorden ze luidere cijfers die afkomstig waren van Gortz en eenmaal, kort voor het middaguur, zei Gortz: 'Toch is het zielig voor Wallner.' Bronsky antwoordde dat die arme Wallner altijd al zo gespannen was geweest.

Daarna zei de alles horende, onbekende stem: 'Herr Kommandant Gortz, gebruik uw cijfercode alstublieft.' En Gortz beloofde dat hij dat zou doen.

Die middag ontdekte Gottlob de slordige Heini Gortz op een van de 600 cc-modellen uit 1938 zonder zijspan. Bronsky reed achter hem – op zulke zachte banden, dat Wut het helemaal vanaf de rotsrichel kon zien.

En die nacht trok een grote troepenmacht door Limbus, waar de verduisteringsmaatregelen zorgvuldig in acht werden genomen. Toen de staart van de legertrein nog maar nauwelijks de stad uit was, pleegde mijn vader een overval op een zuivelhandel in Limbus en keerde bij Gottlob terug met melk en kaas.

Ze bleven nog twee dagen op hun plekje boven Limbus en toen kregen ze een tweede troepentransport van de Duitsers in het oog – ditmaal begeleid door motorverkenners die ze niet herkenden. Ze waren in elk geval niet van Balkan 4; misschien was het een verkenningsgroep uit Oostenrijk. Ze verrichtten hun diensten voor een smoezelige strijdmacht, een wanordelijk optrekkende groep zonder tanks en slechts voorzien van een paar vrachtwagens. Hun doortocht werd niet voorafgegaan door de cijferreeksen op de radio. Sommige soldaten marcheerden zonder helm; vele andere lieten zeer on-Duitse stoppelbaarden groeien. Het was een goede gok en mijn vader en Gottlob Wut waagden hun kans. Voorbij Limbus, aan de kant van Maribor, voegden ze zich bij deze troepen; ze wachtten hen op langs de weg en vertelden dat ze motorpech hadden gehad, zodat ze hun onderdeel Balkan 4 waren kwijtgeraakt. Ze kregen te eten en de motorolie werd ververst en zo reden ze naar Maribor zonder te weten of ze nu naar het front trokken of bezig waren aan een terugtocht.

Eigenlijk deed het er niet toe. Toen de inkwartiering werd geregeld, zei Gottlob dat hij en zijn maat liever doorreden naar hun oude onderdeel.

In wat de Oude Stad genoemd werd konden ze tegen een geringe vergoeding hun motorfietsen opbergen in het schuurtje van een tippelaarster; daarna overvielen en beroofden ze ergens in de bovenstad een Duitse officier – vermomd in Borsfa Durds afgedragen kleren was dat zo gebeurd; toen ontdekten ze ergens een sauna waar hun baarden uit de klit raakten en begonnen te glanzen. Gekleed in uniform gingen ze vervolgens de stad in – twee soldaten die een avond wilden stappen.

Maar helaas. Je zou toch denken dat Gottlob Wut in het uitgestrekte Maribor wel een nachtclub had kunnen vinden die *niet* de uitverkoren plek was van de resten van Balkan 4.

Misschien dacht Wut dat zijn baard van twee jaar hem onherkenbaar had gemaakt. Hoe dan ook, hij begaf zich met zwier onder de soldaten in de Sv. Benedikt-kelder. Er was een Turkse buikdanseres met de verdacht Joegoslavische naam Jarenina; haar dansende buik vertoonde alle sporen van een keizersnede. Het bier was aangelengd. En wat verbazingwekkend was: nergens waren Ustašatroepen in Wehrmacht-uniform te bekennen. Boven de bar hing wel een sterk vergrote foto die met werppijltjes was doorzeefd – Ustaši in Wehrmacht-uniform, ergens in Kroatië op mars met *partizanen*!

Mijn vader zorgde ervoor dat hij de umlautklinkers nauwkeurig uitsprak; hij had het gevoel dat die baarden hen verdacht maakten.

Het was al erg laat toen hij Wuts ineenkrimpende loopje volgde in de richting van het onverwarmde herentoilet. De damp sloeg van het urinoir; de tegels rond het verschrikkelijke gat van de staplee zaten vol barsten. Een man zat wankel op zijn hurken; met zijn broek tot op zijn enkels hing hij boven de stinkende krocht, zich vastklampend aan de stang die aan de muur zat en die moest voorkomen dat hij erin viel. Vier mannen stonden te stomen boven de waterplaats; twee andere kwamen samen met Gottlob en mijn vader binnen.

Met het hoofd over de pisbak gebogen, de adem ingehouden vanwege de opwalmende stoom en stank, stonden de acht mannen te frunniken en te plassen. Een van hen liet zijn sigaret in de afvoergoot vallen.

Toen uitte de man boven de plee een doordringende kreet en hij zal wel geprobeerd hebben zich met een ruk omhoog te trekken aan de stang.

'Wut!' schreeuwde de man en Gottlob, die zich haastig omdraaide en over mijn vaders broekspijp pieste, zag hoe de slordige Heini Gortz de stang uit de half vergane tegelwand trok en – nog steeds met de broek strak om zijn enkels – achterover tuimelde met zijn zitvlak in het gat van de plee. 'Godallemachtig!' kermde Heini Gortz en met zijn benen in de lucht, terwijl zijn kleingeld overal rondom hem neerviel, riep hij: 'Wut! In Jezusnaam, Bronsky, dat is die ouwe Wut! Word wakker, Metz! Je staat vlak naast Wut te pissen!'

En voordat mijn vader zijn eigen plas kon laten ophouden, hadden Bronsky en Metz de arme Gottlob al omgedraaid en bogen ze hem achterover tot in de pisbak. Heini Gortz krabbelde op uit het gruwelijke gat. Mijn vader werkte hem weer in zijn broek, maar de slordige Heini Gortz zei: '*Jij* daar! Wat doe jij samen met Wut?' Maar Gottlob keek niet eens naar Vratno; ze leken elkaar niet te kennen.

En mijn vader zei, terwijl hij elke Duitse lettergreep op volmaakte wijze uitsprak: 'Ik heb die man net ontmoet. We hadden allebei een baard, zie je. Het was een soort wederzijdse bewondering.'

En Bronsky of Metz zei: 'Die ouwe Wut! Kijk hem nou toch eens!'

'Vuile verrader,' zei Heini Gortz. En een van hen bracht een knie omhoog onder Gottlobs kruis en deed hem dubbelslaan en iemand anders rukte aan zijn baard. Ze sleurden hem naar het hoekje met de sta-plee. Toen zetten ze hem ondersteboven en zo, met zijn hoofd naar beneden, duwden ze hem in de blubber vol ademnood. De verkenningsgroep van Balkan 4 werkte weer als een hecht team. De nieuwe commandant Heini Gortz, van zijn ruggengraat tot in zijn knieholten onder de stront en nog altijd met de broek op zijn hielen, hield Wuts ene been vast en perste hem in het gat van de plee.

Terwijl mijn vader zijn gulp dichtdeed en een schouderophalen plus enig hoofdschudden wisselde met de andere mannen, die stomverbaasd stonden te kijken bij het dampende urinoir.

'Wut?' vroeg iemand. 'Wie is die Wut?'

'We hadden alleen onze baarden gemeen,' zei Vratno. 'Gewoon een wederzijdse bewondering,' herhaalde hij met nadruk, al kon mijn arme vader nauwelijks nog iets uitbrengen zo verpletterd was hij door het verschrikkelijke teamwerk van de verkenners van Balkan 4 – en al leek het of hij moest schreeuwen om zijn woorden eerder naar buiten te krijgen dan zijn in opstand komende maag.

Toen mijn vader stilletjes het herentoilet van de Sv. Benedikt-kelder verliet, waren alleen Wuts voeten nog maar te zien in het afschuwelijke gat. Net als de arme Borsfa Durd werd ook Gottlob Wut zonder doodskist begraven; net als Borsfa Durd kon ook Gottlob Wut ten slotte alleen nog maar herkend worden aan zijn schoenzolen.

Zestiende dierentuinwake: Dinsdag 6 juni 1967, 05.30 uur

Ik stel voor dat we het doen zoals ik tot nu toe heb gedaan. Laat in de middag kruipen we achter deze heg; we houden ons koest tijdens de wacht van de eerste bewaker. Als O. Schrutt het van hem overneemt, laten we hem een keer of twee zijn ronde doen. We moeten dan ook uitkijken met die gelada, al kunnen we hem misschien in ons voordeel laten werken.

Over één ding kan ik maar niet beslissen – namelijk of we O. Schrutt op subtiele wijze in een kwijlebabbelende gek moeten veranderen of hem bij de eerste de beste gelegenheid aan de Beroemde Aziatische Zwarte Beer moeten voeren.

Als we O. Schrutt op de tweede manier behandelen, kunnen zich bepaalde problemen voordoen. De Aziatische Zwarte Beer krijgt dan misschien zijn sleutelbos te pakken – en ik verzeker je dat je die daarna niet meer terugkrijgt. Bovendien krijgt O. Schrutt misschien net de tijd om zijn pistool te trekken en een schot te lossen. Of hij daarmee nu zijn leven redt of niet, er zal in Hietzing vast wel een agent rondlopen die zijn oren gespitst houdt op onraad in de dierentuin.

Ook als we de gelada gebruiken om O. Schrutt volkomen gek te maken, dan weet niemand welke vorm zijn krankzinnigheid ten slotte zal aannemen. Hij kan wel amok gaan maken in de hele dierentuin!

Dat is dus de moeilijkheid. Ik denk dan ook dat we O. Schrutt keurig te pakken moeten nemen in het Kleine Zoogdierenhuis. Gewoon ontwapenen, boeien en een prop in zijn mond – en daarna duwen we die buikschuiver in zo'n achterpaadje en rollen hem ergens in een glazen kooi. Daar zit hij veilig opgeborgen.

We zetten hem bij de grote miereneters! Die zullen hem wel rustig houden. O. Schrutt weet precies wie hij tegenover elkaar moet zetten, nietwaar; dus zal hij ook wel weten hoe stil en hoe braaf hij zelf moet zijn om de grote miereneters te vriend te houden. Toch zou het oneerlijk van ons zijn om ook de anderen niet te laten meedelen in O. Schrutt. De Indochinese viskat zal het natuurlijk prachtig vinden om een tijdje bij hem te mogen babysitten. En de ratel en de jaguarondi zullen het heerlijk vinden als O. Schrutt bij ze op bezoek komt, opgebonden als een gans die in de braadpan moet – terwijl hij vanachter die prop ligt te koeren als een duif en mompelt, met zijn gezicht in het zaagsel gedrukt: 'Zoet, zoet rateltje *oooooh*! Je bent toch een lief rateltje, hè? En je bent toch niet boos op me, lief rateltje?'

Misschien is het zelfs nog beter om hem te blinddoeken en hem te laten *raden* bij welk dier hij wordt ondergebracht – welk snuffelend, zwaar ademend beest een koude, beweeglijke neus tegen zijn oor drukt.

Leer om leer, O. Schrutt!

De uiterst selectieve autobiografie van Siegfried Javotnik: Voorgeschiedenis II (vervolg)

Mijn vader hield zich schuil in Maribor. Hij moest de prostituée een vrij hoge huur betalen voor het schuurtje in de Oude Stad, maar zo bleven de motoren tenminste veilig uit het zicht. Niet dat hij zoveel vertrouwen stelde in de hoer – een hekserig wijf dat hem niet eens haar naam verklapte. En op een avond, toen hij naar het schuurtje terugkeerde om naast de motorfietsen te gaan slapen, trof hij er een oude Serviër aan die benzine uit de 600 cc-zijspancombinatie tapte. Ook de Serviër wilde zijn naam niet noemen, maar mijn vader begon in het Servo-Kroatisch tegen hem en toen verloor de oude man zich in seniele uitweidingen – waarbij hij de algemene ontmoediging als onderwerp koos; eerst ging het bijvoorbeeld over de verraderlijke koning Peter, die per slot van rekening door Mihajlović gered en naar Londen gestuurd was. Kende mijn vader het liedje dat de Serviërs zongen? Nee, want het had met politiek te maken. Dus zong de oude Serviër het voor Vratno:

Kralju Pero, ti se naše zlato
Churchill-u si na čuvanje dato...

Koning Peter, jij bent ons goud,
we sturen je naar Churchill om je voor ons te bewaren...

Maar, raaskalde de oude Serviër, de lafhartige koning was door de Engelsen gedwongen te kiezen voor *wat het beste was voor de eenheid van Joegoslavië.* Op 12 september 1944 had koning Peter afgekondigd dat de beste kansen voor Joegoslavië gelegen waren in algehele steun aan het Volksleger van maarschalk Tito. De koning had Mihajlović en de Četniks openlijk veroordeeld – en al degenen die zich niet bij het partizanenleger wilden aansluiten, had hij 'Verraders van het Vaderland' genoemd. Wist de koning wel, vroeg de oude Serviër zich af, dat de Četniks nog pas zes dagen vóór zijn verraad hun leven in de waagschaal hadden gesteld om de verjaardag van de koning te vieren – door 's nachts grote vreugdevuren te ontsteken op de bergen en hun liefde voor de koning uitdagend uit te zingen? En dat terwijl er zulke verduisteringsvoorschriften waren!

Wist mijn vader dat eigenlijk wel? En Vratno bekende dat hij zelf ook een tijdje in de bergen had gezeten – maar dan niet in de bergen van Servië.

Nou, wist mijn vader dan wat de Serviërs tegenwoordig zongen?

Nećemo Tita Bandita –
Hoćemo Kralja, i ako ne valja!

We willen Tito de Bandiet niet –
we willen de Koning, ook al deugt hij niet!

Dan moet je hem ook niet willen, zei mijn vader tegen de Serviër. Maar de man sloeg om als een blad aan een boom en siste:

Bolje grob nego rob!
Beter een graf dan een slaaf!

'Nee,' zei mijn vader. 'Alles is beter dan een *grob*.' Waarbij hij ongetwijfeld dacht: Vooral een vers graf als dat van Gottlob Wut.

Maar Vratno doodde de oude Serviër niet omdat hij benzine had gestolen. Hij ging een handeltje met hem aan. De 600 cc-zijspancombinatie en drieëntwintig overgebleven handgranaten in ruil voor een vakkundig stukje handwerk van de Servische ondergrondse – een doorgangspas, compleet met naam en foto, waarmee Vratno op de racemotor over de Oostenrijkse grens kon komen. Want hij ging naar Berlijn om Hitler te vermoorden, zei hij.

'Waarom vermoord je Tito niet?' vroeg de Serviër. 'Dan hoef je niet zo ver te rijden.'

Maar de koop werd gesloten. Een zekere Siegfried Schmidt kreeg een doorgangspas voor speciale koeriersdiensten ten behoeve van de Duitse bevelhebber uitgereikt – door de sterk onderbezette maar zeer doeltreffende ondergrondse van Maribor. En op een koude maar heldere morgen in december 1944 reed Siegfried Schmidt, voorheen Vratno Javotnik, Oostenrijk binnen en stak de rivier de Mur over op een Grand-Prixracer uit 1939 die (vanwege de speciale koeriersdiensten) van alle oorlogstierelantijnen was ontdaan. Hij spoedde zich noordwaarts, naar de stad Graz, over wat nu Rijksweg 67 wordt genoemd.

En ik verkies te geloven dat het dezelfde koude maar heldere ochtend in december 1944 was waarop de Četnik-leider Raković eindelijk door de partizanen gegrepen werd en naar Čačak werd teruggebracht – waar zijn lichaam iets anders werd gerangschikt en daarna tentoongesteld werd op de marktplaats.

Maar ik kan slechts raden naar de gebeurtenissen die mijn vader meemaakte na de koude, heldere morgen waarop hij Oostenrijk binnenreed. In elk geval kan Siegfried Schmidt niet lang beschermd zijn door zijn Wehrmacht-uniform, zijn Grand-Prixracer en zijn speciale papieren – die alleen maar speciaal bleven zolang de Duitsers Oostenrijk in hun macht hadden.

Op zekere morgen is mijn vader naar Graz gevlucht, maar hij is nooit erg duidelijk geweest over de vraag hoe lang hij in Graz is gebleven of wanneer hij precies is doorgereden naar het noordnoordoosten, naar Wenen. Maar erg lang zal hij niet in Graz gebleven zijn, want spoedig na hem trokken de Joegoslavische partizanen over de Oostenrijkse grens – en zij hadden geen speciale papieren nodig. En Wenen kan voor Siegfried Schmidt, motorordonnans, evenmin erg veilig geweest zijn; op 13 april 1945, vier maanden nadat mijn vader Maribor had verlaten, werd Wenen door de Sovjets ingenomen met de steun van het Oostenrijkse verzet. Men veronderstelde dat de Sovjets de stad kwamen bevrijden, maar voor een bevrijdingsleger pleegden ze verbazend veel verkrachtingen en dergelijke. De Sovjets hadden er blijkbaar moeite mee om Oostenrijk als een slachtoffer van de Duitsers te beschouwen; ze hadden zoveel Oostenrijkse soldaten gezien die aan het Russische front aan de kant van Duitsland vochten.

Maar hoe de omstandigheden ook waren, op 13 april 1945 moet Siegfried Schmidt ondergedoken zijn.

En op 30 april 1945 drongen Franse troepen Oostenrijk binnen via Vorarlberg; de volgende dag rukten de Amerikanen op vanuit Duitsland – en toen de Britten een week later vanuit Italië het land binnenvielen, ontdekten ze tot hun verbazing dat Joegoslavische partizanen nogal tekeergingen in de provincies Karinthië en Stiermarken.

Oostenrijk werd volkomen onder de voet gelopen – en Wenen bleef maar liever binnenshuis; het had geleerd dat het niet verstandig was om de bevrijders met open armen te ontvangen.

In mijn vaders verslag van deze gebeurtenissen zit eigenlijk maar weinig dat echt duidelijk is. Verlaten flatgebouwen waren in die tijd de mooiste plekjes – bijzonder in trek, maar vaak overbevolkt en niet erg gesteld op de aanwezigheid van een halvegare die zijn laakbaar geachte motorfiets niet wilde wegdoen. Vratno onthield het zo: kwarten van gezichten, schuin achter brievenbusgleuven – 'Hier is geen plaats voor soldaten; kruip jij maar ergens anders.'

Met voedsel kwam je wel tijdelijk binnen, maar omwille van het voedsel kon je ook vermoord worden.

Vratno onthield binnenshuis doorgebrachte maanden vol warm weer; hij herinnerde zich een week waarin hij een Rus in de val trachtte te lokken om aan diens uniform te komen – want in de kleren van de Wehrmacht waren ook mijn vaders taalvaardigheden niet overtuigend genoeg.

Maar hij herinnerde zich vooral die ene zomeravond. Een sector in de buurt van de binnenstad en schijnwerpers die zijn vluchtpoging steeds weer oppikten aan het eind van ieder steegje waar de Grand-Prixracer er dan brullend vandoor ging, op een zigzagkoers en dus moeilijk te raken. Hij herinnerde zich iets wat het Belvédèrepark moet zijn geweest; soldaten met schijnwerpers in de bomen – terwijl Vratno met de racemotor vlak langs de hoge betonnen muur flitste, waar hij wel een slecht doelwit was maar ook zijn elleboog en zijn knie openhaalde aan de scherp gerande gaten waar de granaten waren ingeslagen. Hij herinnerde zich een fontein die het niet deed; dat kan de Schwarzenbergplatz geweest zijn. En hij wist nog hoe hij als een haas had moeten omkeren toen hij in een verbijsterende drukte van schijnwerpers en Russische schreeuwstemmen terechtkwam.

En dit zou Vratno altijd bijblijven: Gottlob Wut die achter hem zat en zijn lessen in de indigoblauwe ooropening fluisterde – en zo, zijn bochten nemend volgens Wuts feilloze aanwijzingen, bonkte mijn vader tegen stoepranden op en suisde hij over trottoirs, scheerde hij rakelings langs gevels en zwenkte hij soms om een deur heen die openstond; zo denderde hij zonder licht door steeds donkerder wordende straten, terwijl hij voortdurend wachtte op de muur of de deur die hij *niet* zou zien en waartegen hij te pletter zou slaan.

Vratno zou zich altijd de grote vleugeldeuren herinneren waarvan er een uit de hengsels was geslagen – en de hal waar hij binnenstoof, donker als een grot en koel als marmer. Hij herinnerde zich hoe hij heel even zijn koplamp durfde te gebruiken en toen de brede wenteltrap zag die minstens vier verdiepingen omhoog ging – naar verlaten appartementen, hoopte hij. Hij vergat het nooit: hoe hij zijn voorwiel op de onderste trede zette en de motor éénmaal fel liet razen en daarna waanzinnig hobbelend de brede maar niet al te hoge treden op daverde tot aan de eerste overloop, waar hij de koppeling van de felle Grand-Prixracer met een ruk liet schieten en zich zo een weg boorde in het eerste het beste appartement. Waarop hij zijn ogen weer opendeed, de motor afzette en wachtte op het schot. Daarna draaide hij de schroeven van het slot weer in het hout en sloot de opengesprongen deur van het appartement.

En hij zou altijd onthouden hoe de schijnwerpers de straat in kwamen en zelfs de hal in. En hoe stemmen in het Russisch riepen: 'Nee, hier staat geen motor.'

En later, toen het licht werd – overal sigarettenpeukjes op de grond en kapotgegooid porselein dat van goede kwaliteit moest zijn geweest; in de keuken een stinkende, uitgebeten hoek die door andere onderduikers, van deze of een vorige bezetting, als urinoir was gebruikt. Alle kasten natuurlijk leeg. Alle matrassen met messen opengesneden en sommige ondergepiest. En van de vele opgezette dieren was er maar één waarvan de ogen niet waren losgepulkt – op de vensterbank van een kamer die van een meisje moest zijn geweest.

Vratno zou altijd weten hoe gek hij het vond dat in dit stadsappartement hier en daar een kippenveer op de grond lag. Maar vóór alles bleef hij dit vasthouden – omdat het dagenlang de enige lichtende plek was in de hele sombere straat: een koperen bal die elke dag een poosje de zon opving; de bal zat in de handen van een cupido geklemd; het hoofd van de cupido was voor de helft weggeschoten, maar hij bleef zich engelachtig verheffen boven wat altijd de Bulgaarse ambassade was geweest – het enige ambassadegebouw in de Schwindgasse.

Zeventiende dierentuinwake: Dinsdag 6 juni 1967, 05.45 uur

Weet je, Graff, in Wenen is de dierentuin al eens overvallen. Die mislukking is nu een weinig bekende geschiedenis. En de bijzonderheden zijn niet allemaal even duidelijk.

Niemand schijnt precies te weten wat er tijdens de laatste oorlogsjaren allemaal in de dierentuin gebeurde. Maar er is een periode geweest – laten we zeggen in het begin van 1945, toen de Russen de stad hadden ingenomen en de geallieerden het nog niet eens waren geworden over de bezettingsvoorwaarden – dat er niets meer voorhanden was om de bevolking te voeden. De hemel mag weten hoe de dieren toen aan eten kwamen. Er gaan echter wel verhalen over de manier waarop de mensen toen aan eten kwamen – want men had de mankracht noch de behoefte om de dierentuin goed te bewaken.

En met een man of vier kon je een aardige slag slaan, zelfs al was je ongewapend – en bijna iedereen die op straat kwam *was* toen gewapend. Met een man of vier kon je aan de haal gaan met een redelijk grote antilope; zelfs met een kameel of met een kleine giraf.

Dat is dan ook gebeurd. Zulke rooftochten kwamen voor, ook al werd de dierentuin zogenaamd bewaakt door een afdeling van de stedelijke politie. Maar de mensen dachten aan de toekomst; zij zagen de dieren gewoon als noodrantsoen.

Dit is voor jou en voor jou en voor jou; hier heb je de linkerachtervoet van deze kangoeroe. En jij krijgt klapstuk van het nijlpaard; denk erom dat je het een flinke tijd laat sudderen.

Ondanks de politiebewaking had menige inbraakpoging succes. Een hongerig maar brutaal groepje ging ervandoor met een wilde Tibetaanse yak. En iemand stal op zijn dooie eentje een hele zeehond.

Er zullen ongetwijfeld plannen zijn gemaakt voor een overval op grote schaal. Op den duur zou een goed georganiseerde groep burgers of militairen – van welk leger dan ook – tot de ontdekking zijn gekomen dat in een uitgehongerde stad veel geld valt te verdienen met de zwarte handel in vlees.

Maar tot zo'n organisatie is het nooit gekomen.

Want in de stad liep ook een nobele figuur rond, iemand die graag de held uithing en die vond dat de dieren al genoeg geleden hadden; hij voorzag een uitgebreide slachting en zon op een manier om die georganiseerde slagers een loer te draaien. Niemand weet wie de man was; hij is slechts bekend geworden door zijn schamele resten.

Want natuurlijk aten de dieren *hem* op. Op een nacht drong hij de dierentuin binnen en liet ieder dier vrij dat hij op zijn pad tegenkwam. Volgens de geruchten heeft hij vrijwel alle kooien kunnen openen voor hij opgegeten werd. Want de dieren hadden natuurlijk ook honger. Daar had hij aan moeten denken.

En zo kwamen zijn goede bedoelingen neer op zijn eigen, arme hoofd. Ik weet niet of er ook dieren buiten de poort gekomen zijn; misschien werden ze allemaal al binnen de hekken aangepakt. Ik veronderstel dat sommige door andere dieren zijn opgegeten voordat het gepeupel doorkreeg wat er gebeurd was en de chaos kwam vergroten met keukengerei en oude handgranaten.

Nogmaals, de bijzonderheden zijn niet erg duidelijk. Maar er liepen in de hele stad zoveel kleine zoogdieren rond – wie zou dan ook de moeite nemen om precies bij te houden waar de dieren bleven? De verwarring moet in elk geval enorm zijn geweest, en ik denk wel dat de Russen tijdens die lange nacht tussenbeide hebben moeten komen; met al dat lawaai dachten ze misschien dat er een opstand was uitgebroken – toen al.

Ik geloof niet dat er tanks of vliegtuigen werden ingezet, maar voor de rest moet het een heel gedoe zijn geweest.

Hopelijk is iedereen die zo'n dier heeft opgegeten erin gestikt. Of uit elkaar geklapt omdat zijn ingewanden verstopt raakten.

Per slot van rekening voerden de *dieren* geen oorlog.

Ze hadden alle O. Schrutts moeten opeten!

De uiterst selectieve autobiografie van Siegfried Javotnik: Voorgeschiedenis III (begin)

De Amerikanen bezetten de provincie Salzburg, waartoe ook Kaprun behoorde; dat was zo'n vreedzaam plekje dat de weinige Amerikanen, die helemaal in het dorpje doordrongen, er vreselijk vriendelijk van werden. De enige niet-vredige gebeurtenis die men mij verteld heeft – en die al vóór de komst van de Amerikanen voorviel – was het in brand steken van mijn grootvaders broer, de postdirecteur van Kaprun. Maar verder zat men naar verhouding in Kaprun zo goed, dat ik niet veel wijsheid kan ontdekken in mijn grootvaders besluit om met zijn gezin en Ernst Watzek-Trummer naar Wenen terug te keren. Ze hadden toch minstens kunnen afwachten hoe de viervoudige bezetting van de stad in de praktijk zou werken.

Maar in het begin van de zomer van 1945 had mijn moeder er belang bij om naar de *bevrijde* stad terug te gaan. Dit was nog voordat de geallieerden een definitieve regeling hadden bereikt met de Sovjets. Alleen al de verhalen over de Russische bezetting hadden voldoende moeten zijn om hen van zo'n spoedige terugkeer te laten afzien.

Eigenlijk kwam het vooral door Hilkes ideeën over Zahn Glanz. Ze dacht dat Zahn wel naar haar zou zoeken, nu de oorlog voorbij was. En mijn grootmoeder wilde natuurlijk weten hoe het haar appartementje en haar achtergelaten porselein vergaan was. En grootvader popelde wellicht om – zeven jaar en drie maanden te laat – de veertien boeken terug te brengen die hij geleend had uit de Leeszaal Buitenlandse Talen van het Internationale Studentenheim waar hij de hoofdbibliothecaris was geweest. Wat Ernst Watzek-Trummer betreft, ik kan geen reden bedenken waarom hij terug wilde gaan – of het zou moeten liggen aan zijn beschermende gevoelens jegens de familie Marter. Maar misschien ging hij om nog meer boeken te lenen uit grootvaders bibliotheek; want na zeven jaar met mijn grootvader te hebben geleefd, was Watzek-Trummer de waarde van een goede opleiding gaan inzien.

Maar welke reden – of welke combinatie van redenen – ook de oorzaak mag zijn geweest, het tijdstip was in elk geval slecht gekozen toen ze Kaprun in de eerste week van juli 1945 verlieten.

Grootvaders reis werd extra bemoeilijkt door de jammerlijke staat waarin de oude taxi van Zahn Glanz verkeerde. Gelukkig werd de reis vergemakkelijkt door grootvaders politieke staat van dienst – in brieven en visa vastgelegd door verzetsleiders die wisten dat de nazirol van grootvaders broer slechts een vermomming was geweest en die met de familie meevoelden vanwege de laaiende dood van de postdirecteur. Ook Watzek-Trummer had een staat van dienst die niet zonder betekenis was – grotendeels vanwege een aantal slim geregelde treinontsporingen en schrandere brandstichtingen in het Duitse depot te Zell-am-See.

In de vroege ochtend van 9 juli 1945 begonnen grootvader Marter en zijn metgezellen dus aan een lange en onvoorstelbare reis door puinhopen en bezettende machten; laat in de avond reden ze Wenen binnen, nadat ze met de paperassenwinkel van de Sovjets meer moeite hadden gehad dan met de veiligheidsvoorschriften van alle anderen bij elkaar.

Het was de dag waarop de geallieerden een overeenkomst hadden gesloten over de sectorindeling van de stad. De Amerikanen en de Engelsen pakten de mooiste woonbuurten en de Fransen wilden de winkelwijken. De Russen waren realisten op de lange termijn: zij nestelden zich in de woonwijken van de arbeiders en kropen rond de binnenstad – dus vlak in de buurt van ambassades en regeringsgebouwen. Zo bezetten de Russen onder andere – en zeer tot ongenoegen van mijn grootvader – ook het vierde district waarin de Schwindgasse lag.

Zestien van de eenentwintig stadsdistricten hadden een communistisch hoofd van politie. In de voorlopige, door de Russen geïnstalleerde regering-Renner zat een minister van Binnenlandse Zaken, Franz Honner, die aan de zijde van de Joegoslavische partizanen had gevochten. Renner zelf was echter een Oostenrijkse socialist van de oude stempel en hij had zo zijn angstige voorgevoelens over de bedenkelijk op de toekomst gerichte bezetting door de Sovjet-*bevrijders*.

Ook mijn grootvader had zijn bange voorgevoelens toen hij door een Schwindgasse reed die donkerder was en minder vensterruiten bevatte dan hij ooit had meegemaakt.

Ernst Watzek-Trummer zei: 'Het is een spookstad, zoals cowboys ze altijd tegenkomen.'

Op de achterbank zat grootmoeder in zichzelf te neuriën of te kermen.

Toen grootvader de stoep op reed en de grote hal in draaide, werden ze vanaf de overkant in de schijnwerpers gezet door de Russische soldaten in de voormalige Bulgaarse ambassade. Opnieuw werden de papieren getoond en grootvader deed zijn best in een enigszins verouderd Russisch; dankzij zijn ervaring met de Leeszaal Buitenlandse Talen wist hij de soldaten weer weg te krijgen. Daarna, nog voordat ze de taxi uitlaadden, klommen ze naar de eerste verdieping, ontdekten dat het sleutelgat verroest was en zetten kracht tegen een paar slotbouten die al verzwakt waren – zodat de deur opensprong.

'Jasses, ze hebben hier staan pissen, de schooiers,' zei Ernst Watzek-Trummer; in het donker stootte hij zijn scheen tegen een groot, zwaar, metalig ding dat nog geen meter van de deuropening stond. 'Maak eens licht,' zei hij. 'Ze hebben hier een kanon laten staan of zo.'

Grootmoeder stapte knarsend op wat haar porselein moet zijn geweest; ze kermde even. En grootvader richtte zijn zaklantaarn op een sterk gehavende en zeer bemodderde motorfiets die tegen een fauteuil leunde omdat hij geen standaard had om zich overeind te houden.

Niemand zei iets, niemand verroerde zich; maar toen hoorden ze hoe aan de overkant van het halletje, in mijn moeders kamer, iemand de adem liet ontsnappen die hij al veel te lang had ingehouden – hoe iemand iets uitblies dat kon worden aangezien voor een laatste, wanhopige zucht. Grootvader deed onmiddellijk zijn zaklantaarn uit en Hilke zei: 'Zal ik de soldaten halen?' Maar niemand verroerde zich. Mijn moeder hoorde haar oude bed kraken. 'In mijn bed?' zei ze tegen grootvader en toen maakte ze zich los uit zijn greep om haar arm; ze bonkte tegen de stoel en de motor en schuifelde door het halletje naar haar kamer. 'Zahn?' zei ze. 'Oh, Zahn! Zahn?' En ze holde in het donker naar de open deur. Maar Ernst Watzek-Trummer graaide de lamp uit grootvaders hand en greep Hilke vlak voordat ze bij de deuropening was. Hij rukte haar achteruit – toen liet hij het licht van de lantaarn in haar kamer spelen en gluurde om de hoek.

Op het bed zat een donkere man met een lange baard en een wittige korst op zijn lippen, alsof zijn verdroogde mond met watten was gevuld. Hij zat precies in het midden van het bed en hield zijn motorlaarzen in zijn handen. Zo staarde hij in de lichtbundel.

'Niet schieten!' riep hij in het Duits – en toen herhaalde hij dat in het Russisch, in het Engels en in een onherkenbare Slavische taal. 'Niet schieten! Niet schieten! Niet schieten!' Hij wapperde met de motorlaarzen boven zijn hoofd, meer als begeleiding bij zijn stem dan als dreigement.

'Hebt u papieren?' vroeg grootvader in het Duits en de man wierp hem een portefeuille toe.

'Ze zijn niet goed!' riep de man in het Russisch – terwijl hij probeerde te ontdekken wie zijn belagers waren achter dat verblindende licht.

'Bent u Siegfried Schmidt?' vroeg mijn grootvader. 'Belast met speciale koeriersdiensten?'

'Koeriersdiensten, mijn reet!' zei Watzek-Trummer. 'Daar ben je dan wel laat mee.'

'Nee, ik heet Javotnik,' zei de man op het bed, die zich maar bij het Russisch hield – bang dat ze hem in de val wilden laten lopen met hun Duits.

'Hier staat Siegfried Schmidt,' zei mijn grootvader.

'Vals!' zei mijn vader. 'Ik heet Vratno, Vratno Schmidt,' mompelde hij. Toen zei hij: 'Nee, Javotnik.'

'Siegfried Javotnik?' vroeg Watzek-Trummer. 'En waar heb je dat smerige Wehrmacht-pak vandaan?'

En mijn vader ging over op een ratelend Servo-Kroatisch; de anderen bleven verbaasd naar hem staan kijken in de deuropening. Ten slotte riep mijn vader zangerig:

Bolje rob nego grob!
Beter een slaaf dan een graf!

'Joegoslaaf?' vroeg grootvader, maar Vratno hoorde hem niet; hij kromp ineen op de opengesneden matras en grootvader liep de kamer in en ging naast hem op het bed zitten. 'Kom kom, jongen,' zei grootvader. 'Rustig nu maar.'

En Watzek-Trummer vroeg: 'Voor welk leger houd jij je schuil?'

'Voor allemaal,' zei mijn vader in het Duits – en daarna in het Engels en daarna in het Russisch en daarna in het Servo-Kroatisch. 'Voor allemaal, voor allemaal, voor allemaal.'

'Oorlogspsychose,' verkondigde Ernst Watzek-Trummer, die veel gelezen en onthouden had van de inhoud van grootvaders sterk verlate boeken.

Dus gingen ze terug naar de taxi om kleren en voedsel te halen en ze brachten water mee uit de pomp op het binnenplaatsje vlak achter de grote hal. Daarna voedden en wasten ze mijn vader en trokken hem een nachthemd van Watzek-Trummer aan. Watzek-Trummer sliep die nacht in de taxi, waar hij behoedzaam de wacht hield; Hilke en mijn grootmoeder sliepen in de ouderslaapkamer en grootvader hield de wacht bij de oorlogspsychoticus in Hilkes oude bed. Tot drie of vier uur in de ochtend van 10 juli 1945, toen mijn moeder hem kwam aflossen en de wacht van grootvader overnam.

Drie of vier uur in de ochtend was dat – bij het spaarzame licht van vóór de dageraad en een lichte regen, zoals Watzek-Trummer, die in de taxi sliep, het zich herinnerde. Drie of vier uur in de ochtend was het en Hilke legde haar hand op mijn vaders slapende baard en ze bemerkte dat zijn voorhoofd ongeveer de leeftijd had die ze ook bij het voorhoofd van Zahn Glanz veronderstelde – en ze bemerkte dat ook zijn handen nog jong waren. En Vratno, die wakker werd en overeind schoot in mijn moeders oude en opengesneden bed, zag een slank meisje met een droeve mond – eerder de groene stengel dan de bloem – en zei: 'Dabrinka! Ik zei al tegen die gekke Wut dat *jij* degene moest zijn die niet opgeblazen was!' In het Duits, in het Engels, in het Russisch, in het Servo-Kroatisch.

Hilke hield zich maar bij één taal en antwoordde in het Duits: 'Alles is goed, hoor. Stil maar, je bent veilig. Je bent weer terug – wie je ook mag zijn.' En zachtjes duwde ze mijn vader terug op het bed, en toen hij weer op zijn rug lag, ging ze boven op hem liggen – want het was een vochtige, koude, licht regenachtige nacht met die dunne zomerhemden aan.

Vele talen werden gefluisterd; al was de regen licht, hij hield lang aan en er vielen vele druppels. De onvermoeibare Ernst Watzek-Trummer, die zo licht sliep als de regen, herinnert zich nu nog het geritsel op het oude, opengesneden bed waarmee ik op mijn lange weg door deze schrikaanjagende wereld werd gezonden. Bij het spaarzame licht van vóór de dageraad. Terwijl er een lichte regen viel. Om drie of vier uur in de ochtend van 10 juli 1945, toen Ernst Watzek-Trummer ongewoon licht sliep.

De goede Watzek-Trummer, geschiedkundige zonder weerga, heeft alle details zorgvuldig onthouden.

Achttiende dierentuinwake: Dinsdag 6 juni 1967, 06.00 uur

De bintoerong met zijn vreemde ziekte ligt te hoesten – de sukkelende beermarter uit Borneo met zijn merkwaardige, onnoembare kwaal.

En O. Schrutt wacht totdat hij van zijn bevel ontheven wordt. Zijn eigen, niet in de handel zijnde roesmiddelen hebben hem eindelijk gekalmeerd. In het Kleine Zoogdierenhuis heerst een vredige rust; het infrarode licht is uit en een lome, gedwee aandoende O. Schrutt begroet de nieuwe dag met een sigaret – waaraan hij trekt alsof het een dure sigaar is. Ik zie grote rookkringen oprijzen boven de vijvers van de Verschillende Watervogels.

En nu het zo licht wordt – en nog snel ook – staat het voor mij vast dat wij ons werk voor het overgrote deel moeten doen terwijl het nog donker is. Voordat de dag aanbreekt moeten we O. Schrutt veilig opgeborgen hebben en daarna, als de sleutels eenmaal in ons bezit zijn, meteen beginnen met loslaten volgens een goed uitgedachte volgorde.

De grootste moeilijkheid ligt natuurlijk hierin: Hoe krijgen we de dieren zo gauw van het terrein van de dierentuin af? Het is eenvoudig genoeg om de kooien open te zetten, maar hoe krijgen we ze daarna de poort uit? Hoe kunnen we ze op vrije voeten stellen in Hietzing zelf – en hoe sturen we ze in de richting van het platteland?

Dit is van het grootste belang, Graff. Het is een van de redenen waarom die andere dierentuinkraak is mislukt. Wat moet je beginnen met een stuk of veertig dieren die vrij rondlopen op de terreinen van de dierentuin? Je kunt ze niet één voor één de poort uit zetten of in de Tiroler Garten laten. De een of andere oen uit Hietzing zal er algauw een zien lopen – en alarm slaan voordat wij daarbinnen klaar zijn met ons werk. Nee, de dieren moeten met zijn allen in één keer weg.

Zouden ze netjes in de rij blijven staan, denk je?

Toch zullen we ze op een nette manier moeten indelen. Duidelijke vijanden zullen we tot het laatst moeten bewaren en misschien kunnen we de grotere exemplaren uit de achterdeur laten gaan, via de Tiroler Garten; dan kunnen ze nog voor het krieken van de dag door Maxing Park wegsluipen.

Laat ik maar eerlijk zijn – dit wordt een zaak voor het Noodlot.

Zie je het al voor je? De olifanten doen aan watersport in de vijvers van de Verschillende Watervogels; talloze Gemengde Steppedieren knabbelen aan de potplanten langs de paden; de losgeslagen apen treiteren de zebra's en zitten kwetterend achter de heen en weer trappelende, verbijsterde giraf aan; bepaalde kleine zoogdieren kunnen gemakkelijk zoekraken.

En de dwergalk, indien nog in leven, zal dan zeker onder de voet gelopen worden.

Als ze eenmaal losgelaten zijn, hoe zorg je dan dat ze naar je luisteren? Hoe zeg je: 'Hup, het hek uit – en gauw een beetje!'?

Sommige *gaan* misschien niet eens weg.

Ik heb ook altijd getwijfeld aan dat trucje van Noë om ze in paren de loopplank van de ark op te laten gaan.

Ik denk dus dat we gewoon vertrouwen moeten hebben. Het heeft geen zin om de mogelijkheden van een chaos te blijven bepraten; op het moment zelf draait het gewoon om het algemeen gevoelen. Ofwel we brengen ze de juiste geestesgesteldheid bij ofwel het lukt ons niet dat te doen.

Er is gewoon geen grens te trekken. Ditmaal niet.

De uiterst selectieve autobiografie van Siegfried Javotnik: Voorgeschiedenis III (vervolg)

Op 2 augustus 1945 zag mijn moeder haar vermoedens bevestigd door een Russische legerarts; ze trouwde met Vratno Javotnik in de Stephansdom, tijdens een eenvoudige maar luidruchtige plechtigheid waarbij mijn grootmoeder onafgebroken neuriede of kermde en Ernst Watzek-Trummer voortdurend nieste. Ernst had kougevat toen hij in de taxi sliep.

En er klonk nog meer lawaai – van het opruimingswerk achter een van de zijaltaren, waar een groepje Amerikaanse geniesoldaten met het zweet in de handen bezig was een blindganger te demonteren die door het mozaïekdak van de Stephansdom was gekomen en nu tussen een paar orgelpijpen beklemd zat. Sinds het bombardement was de organist steeds te zenuwachtig geweest om goed of hard genoeg te kunnen spelen.

Na het jawoord drukte mijn moeder een schuchtere kus op het fris geschoren gezicht van mijn vader, zoals bij elke andere bruiloft gebeurt. Daarna liepen ze door het middenpad de kathedraal uit, klossend gevolgd door een paar stevige Amerikanen die hun bom als een loodzware dopeling meedroegen.

Het bruiloftsfeest werd gehouden in een pas geopende Amerikaanse hamburgertent aan de Graben. Het jonge paar was erg op zichzelf. Ja, mijn kennis van de manier waarop ze met elkaar omgingen, bestaat zelfs grotendeels uit verhalen die niet met bewijzen worden gestaafd – en die in feite berusten op de interpretaties, zo niet observaties, van Ernst Watzek-Trummer. Het langste gesprek dat hij hen ooit in het openbaar heeft horen voeren, was de discussie over Hilkes wens dat Vratno zich voor de bruiloft zou scheren. En dat was een heel bescheiden gesprekje, zelfs voor zo'n huiselijke kwestie.

Hoe dan ook, het staat in de annalen. Op 2 augustus 1945 werd Hilke Marter aan Vratno Javotnik ten huwelijk gegeven door haar vader, voormalig bibliothecaris, in het bezit van veertien boeken die zeven jaar en drie maanden over tijd waren. Ernst Watzek-Trummer stond de bruidegom bij als getuige.

De annalen vermelden ook dat 2 augustus 1945 de laatste dag was van het gekibbel op de conferentie van Potsdam – de enige dag waarop Truman en Churchill een beetje langzaam reageerden. De Britten en de Amerikanen waren goed voorbereid naar Potsdam gekomen;

ditmaal kenden ze de middelen en de motieven die de Russen bij hun bezetting aanwendden, zoals in de Balkan en in Berlijn al te zien was geweest. Maar Churchill en Truman hadden sinds 17 juli heel hard moeten nadenken en op de laatste dag van Potsdam verslapte hun aandacht een beetje. Het ging toen over *oorlogsbuit* en over de Russische aanspraken in het oostelijk deel van Oostenrijk. De Russen verklaarden dat hun land grote schade had geleden door de oorlog en dat Duitsland die zou moeten vergoeden. Russische statistieken zijn altijd nogal overdonderend; ditmaal spraken ze over de vernietiging van 1710 steden en 70 000 dorpen, het verlies van 6 000 000 gebouwen, waardoor 25 000 000 personen dakloos waren geworden – om nog maar te zwijgen van de schade aan 31 850 fabrieken en andere bedrijven. De schade die door Duitsland vergoed moest worden, was tegelijkertijd schade waarvoor Oostenrijkse oorlogsbuit kon worden meegenomen. Er was duidelijk een spraakverwarring gaande; de Russen hadden het over de bevrijding van Oostenrijk – en in één adem noemden ze Oostenrijk medeverantwoordelijk voor de oorlog.

Later werd door de heer I.M. Maisky, Sovjet-vertegenwoordiger in de economische commissie van Potsdam, meegedeeld dat met oorlogsbuit alle eigendommen bedoeld werden die naar de Sovjet-Unie konden worden overgebracht. Maar al was die vage omschrijving in een eerder stadium aan hun aandacht ontsnapt, ditmaal waren Churchill en Truman voorbereid op Stalins bedoelingen.

Wenen zelf was ook niet helemaal onvoorbereid – althans niet ten tijde van Potsdam. De stad had in het begin wel voor verrassingen gestaan, maar later had ze een paar zeer onafhankelijke kunstgrepen uitgevoerd.

Op 11 september 1945 belegde de Geallieerde Controlecommissie haar eerste vergadering in het door de Sovjets gevorderde Imperial Hotel aan de Ringstrasse, onder voorzitterschap van de Russische maarschalk Konev.

En ook Vratno Javotnik was niet helemaal onvoorbereid – zelfs niet op het ongewisse gezinsleven. Mijn grootvader wist hem geldige vluchtelingenpapieren te bezorgen plus een baantje als assistent-vertaler bij hemzelf – want grootvader had een mooie positie bemachtigd als documentalist voor de zorgvuldig bijgehouden notulen van de vergaderingen van de Geallieerde Controlecommissie.

Precies veertien dagen na de eerste vergadering organiseerde Wenen de eerste vrije verkiezingen sinds de *Anschluss*. En in weerwil van alle moeite die de Sovjets hadden gedaan, kreeg de communistische partij maar zes procent van het totaal aantal stemmen – slechts vier zetels van de honderdvijfentwintig die de *Nationalrat* telde. De socialisten en de Volkspartij gingen ongeveer gelijk op.

Op één ding waren de Weners zeker niet voorbereid – dat de Sovjets zulke slechte verliezers konden zijn.

En Ernst Watzek-Trummer was volkomen onvoorbereid op de officieel geboekstaafde bevindingen van de districtspolitie te Hacking, die hem sinds 12 maart 1938 als overleden beschouwde zijnde het slachtoffer van een felle brand die zijn kippenhok in de as had gelegd. Ik betwijfel of Watzek-Trummer zich erg beledigd voelde door het gebrek aan vertrouwen dat de plaatselijke politie in hem getoond had. Hoe dan ook, Ernst weigerde een baan te zoeken en op voorstel van mijn grootvader hield hij zich voortaan bezig met reparaties en verbouwingen aan het huis van de familie Marter in de Schwindgasse.

Zo hadden Ernst Watzek-Trummer en het vrouwvolk de hele dag het rijk alleen in hun appartement. En als de een of andere wasvrouw hem soms plaagde met zijn luiheid en zijn gescharrel in en om het huis, antwoordde Ernst: 'Officieel ben ik dood. Er is toch geen mooier excuus om niet te werken?'

Watzek-Trummer scheidde allereerst een stuk van de keuken af als slaapkamer voor zichzelf. Daarna nam hij de veertien verlate boeken onder zijn arm en ging op zoek naar de Leeszaal Buitenlandse Talen van het Internationale Studentenheim, dat niet meer in gebruik was – aangezien het gebombardeerd en leeggeroofd was. Dus scheurde Ernst Watzek-Trummer alle bibliotheeketiketten uit de boeken en nam ze weer mee naar huis, waarbij hij afzag van zijn plan om ze te ruilen voor veertien boeken die hij nog niet gelezen had. Grootvader bracht nieuwe lectuur voor hem mee, al waren boeken in die tijd nog erg schaars; het leeuwendeel van de literatuur die in de Schwindgasse voorhanden was, bestond uit het thuiswerk van grootvader en Vratno – de notulen van de vergaderingen van de Geallieerde Controlecommissie. Maar die vond Watzek-Trummer veel te saai en te wijdlopig.

Ondanks zijn ontevredenheid over zijn leesmateriaal deed Ernst Watzek-Trummer iets heel aardigs – bij wijze van huwelijksgeschenk voor Hilke en mijn vader. Hij schrapte alle camouflageverf van de Grand-Prixracer uit 1939, ontdeed hem van alle ongerechtigheden – zoals legeraanduidingen, de laatste sporen van radiobeugels en de onmiskenbare schrammen van machinegeweervuur – en schilderde hem matzwart. Daardoor maakte hij er een particulier vervoermiddel van dat niet zo gauw als Russische oorlogsbuit in aanmerking zou komen. En mijn moeder en Vratno hadden iets om te genieten – ook al was de benzine erg duur en het reizen tussen de verschillende bezettingszones erg omslachtig, zelfs voor een assistent-vertaler met een kantoorbaan bij de Geallieerde Controlecommissie.

Zo bezorgde Ernst Watzek-Trummer de schuchtere jonggehuwden een mogelijkheid er samen op uit te trekken, waarbij ze natuurlijk meer op hun gemak waren en beter met elkaar konden praten dan in het Schwindgasse-appartement ooit mogelijk was. Watzek-Trummer beweert dat ze altijd erg verlegen waren tegen elkaar, althans in het openbaar en bij iedere gelegenheid dat Watzek-Trummer hen kon observeren. Als ze praatten gebeurde dat 's nachts – terwijl Ernst weer zo typisch licht lag te slapen achter het lichte wandje van zijn afgeschutte slaapkamertje in de keuken. Watzek-Trummer houdt vol dat ze nooit echt hun stem verhieven – en dat zij nooit huilde en dat hij haar nooit sloeg – en het geritsel dat Ernst door en over zijn dunne afscheiding hoorde, was altijd teder van aard.

Vaak kwam Vratno ver na middernacht nog de keuken binnen om zichzelf te trakteren op een boterham en een glas wijn. Waarop Watzek-Trummer dan opdook vanachter zijn wandje en vroeg: 'Is er bloedworst vannacht? En wat voor kaas is er?' En dan gingen ze samenzweerderig zitten eten, terwijl ze zwijgend hun brood smeerden en schijfjes worst afsneden. Toen er weer cognac was, bleven ze langer op en dan vertelde mijn vader van een buitengewoon fantastisch motorfietsengenie met net zo'n baard als hij. En veel later, toen er zowel wijn als cognac was, begon Vratno tegen Ernst Watzek-Trummer te fluisteren. 'Zahn Glanz,' zei Vratno dan. 'Zegt die naam jou iets?' En Ernst kaatste terug: 'Je hebt een zekere Wut gekend, zeg je. Wat wist je allemaal van die man?' En samen behandelden ze de politiek, soms tot diep in de nacht, waarbij ze elkaar de *Österreichische Zeitung* probeerden te verklaren, een krant die door de Russen op de been gehouden werd – bijvoorbeeld het nummer van 28 november 1945, waarin verteld werd hoe nazibandieten in Russische uniformen de Sovjets in diskrediet hadden willen brengen door een reeks moorden en verkrachtingen op het platteland, om maar te zwijgen van die paar afzonderlijke gevallen in het centrum van de stad. Of de editie van 12 januari 1946, waarin stond dat een zekere Herr H. Schien uit Mistelbach, Niederösterreich, door de Sovjets gearresteerd was nadat hij valse geruchten had verspreid over Russische soldaten die zijn huis zouden hebben geplunderd. Zo nu en dan spraken ze over het thuiswerk van mijn vader en mijn grootvader, de notulen van de vergaderingen van de Geallieerde Controlecommissie – met name over het gedeelte dat handelde over een incident op 16 januari 1946 met de 'Mozart'-trein, een Amerikaanse militaire trein die troepen overbracht van Salzburg naar Wenen. Een Amerikaanse sergeant eerste klas, ene Shirley B. Dixon van de Militaire Politie, weigerde de toegang aan een Russische grenspatrouille met onder anderen de kapitein Klementjev en de eerste luitenant Salnikov. De Russen grepen naar hun wapens, maar sergeant eerste klas Shirley B. Dixon, USA, MP, een razendsnelle revolvertrekker, schoot beide Russen neer – waarbij kapitein Klementjev gedood werd en eerste luitenant Salnikov gewond. In de vergadering van de Geallieerde Controlecommissie beweerden de Sovjets dat hun mensen het slachtoffer waren geworden van een spraakverwarring, en maarschalk Konev eiste dat de revolverheld Shirley B. Dixon gestraft werd. Maar Dixon, zo sprak een krijgsraad als zijn oordeel uit, had alleen zijn plicht gedaan.

Watzek-Trummer, die zich in een orgie van wildwestfilms had gestort, beweerde dat de naam Shirley B. Dixon hem iets zei. Was dat niet de huurmoordenaar die sheriff was geworden in die film over die vergiftigde waterputten in Wyoming? Maar mijn vader meende dat Shirley eigenlijk een meisjesnaam was en dat deed Ernst onmiddellijk denken aan die film over die rondborstige vrouwelijke desperado die ten slotte om ging – of plat ging – voor een wat verwijfde, pacifistische vrederechter. Dus kwamen ze tot de slotsom dat Shirley B. Dixon, de snelste schutter van de Mozarttrein, iemand van het Vrouwelijk Hulpkorps moest zijn geweest.

Opnieuw vroeg Vratno dan: 'Zahn Glanz? Je moet hem gekend hebben.'

Maar Watzek-Trummer kaatste terug: 'Je hebt me nooit verteld wat er gebeurd is nadat je met Gottlob Wut in Maribor kwam. Had die Wut er een vriendinnetje zitten? Waarom is hij niet met je meegekomen?'

En dan Vratno weer: 'Wie van jullie was die fabeltjesadelaar? En waarom mag Frau Drexa Neff, de wasvrouw van de overkant, daar niets van weten? Ze is een vriendin van Mutti Marter – ik heb met haar gesproken. Ze begint steeds over die grote vogel en dan zetten jullie allemaal een raar gezicht op. Wie was die vogel, Ernst? Was Zahn Glanz de adelaar? Was hij het? En wat is er met die Glanz gebeurd?'

Maar Ernst Watzek-Trummer, geschiedkundige zonder weerga, behoeder van elk detail – Ernst Watzek-Trummer praatte er dan gauw overheen: 'Goed, goed, tot een bepaald punt kan ik je wel volgen. Maar nadat al die Slivnica's waren opgeblazen, min één natuurlijk, en na dat gedoe in de bergen met die radio – dus toen Borsfa Durd al dood en begraven was, op zijn manier bedoel ik, en nadat jullie Balkan 4 voorbij hadden laten gaan en met de volgende groep naar Maribor waren gereden... Want dat bedoel ik, Vratno – wat is er met die Gottlob Wut gebeurd toen jullie eenmaal in Maribor waren aangekomen?'

Zo ging het maar door, als een dolgedraaide grammofoonplaat, totdat mijn moeder in de andere kamer begon te ritselen en mijn vader haastig alles opat, opdronk en oppraatte en het verder aan Ernst Watzek-Trummer overliet om de rest van de nacht in het oog te houden. Wat hij deed, met toenemende slapeloosheid – wellicht veroorzaakt door het groeiende ongemak van mijn moeders zwangerschap, want van februari tot ver in maart bleef ze nogal hoorbaar liggen draaien. Totdat Ernst zijn afgeschutte slaapkamertje vaarwel zei; hij bleef maar liever bij het keukenraam zitten, want dan kon hij voor mijn moeder een glas melk inschenken als ze wegens slaapgebrek de keuken in kwam waggelen. En verder keek hij naar de soldaten die de wacht hielden in de Schwindgasse – en naar de schijnwerpers die voortdurend oplichtten uit de voormalige Bulgaarse ambassade en naar de voordeuren die elk uur in de hele straat gecontroleerd werden.

Een Russische officier liep dan met getrokken revolver vlak langs de gevels van de huizen, waar hij een moeilijk doelwit was voor bloemenvazen of schalen kokendhete macaroni; bij iedere hal voelde hij aan het deurslot. Hij werd gedekt door een Russische infanterist met een machinepistool die vlak naast de trottoirband op de straat liep en zo een moeilijk doelwit was voor weggeslingerde bloembakken, want er is heel wat wilskracht voor nodig om zoiets zwaars zo ver op straat te gooien. De mitrailleurschutter hield de ramen in het oog; de officier voelde eerst met zijn hand langs de deurpost voordat hij een portiek in stapte. De schijnwerpers uit de voormalige ambassade gleden voor hen uit. Er was niet echt sprake van een spertijd, maar een simpele lamp die na middernacht nog brandde wekte al argwaan en dus hield Ernst Watzek-Trummer het maar bij een kaars op de keukentafel en hing het rolgordijn steeds tot op een paar centimeter van de vensterbank. Door die venstercentimeters keek Watzek-Trummer altijd naar de Russen die de wacht hielden; Ernst beweert dat hij lange tijd een soort vrede in de Schwindgasse heeft kunnen handhaven door een verwensing, een beheksing, een vervloeking, een bezwering of zelfs een zegening over de mitrailleurschutter uit te spreken als hij langskwam. Want het eerste wat Ernst Watzek-Trummer bij de soldaat met het machinepistool opmerkte, was dat hij veel te zenuwachtig deed; hij keek vaker naar de ramen achter zich dan naar de ramen die voor hem in het verschuivende schijnwerperlicht opdoemden – en hij haalde de veiligheidspal van zijn wapen voortdurend over, onder een luid geklik. Dus beweert Ernst dat zijn taak aan het keukenraam eruit bestond de mitrailleurschutter rustig te houden – en beschikbaar te zijn voor de ochtendlijke exodus van wasvrouw Drexa Neff, ook al zo'n nachtkijker achter het raam, die elke morgen uit haar kelderhokje kwam opduiken en over de straat naar Ernst brulde: 'Hoe staat haar koffie erbij, Herr Trummer? Nog maar weinig, zeker? Zal ik haar rantsoen meteen maar meebrengen als ik ga?' En dan riep Watzek-Trummer meestal zoiets terug als: 'Nee, koffie is er nog genoeg, Frau Neff, maar we kunnen wel wat luxe amandelgebak gebruiken en de beste Franse cognac die vandaag op de bon te krijgen is.' En de luidruchtige Drexa dan weer: 'Haha! Wat u nodig hebt is *slaap*, Herr Trummer. Haha! Dat is het hele eieren eten!'

Zo ging dat in februari en het grootste deel van maart, in 1946, terwijl Drexa – naarmate de maand maart verstreek – elke morgen aan Watzek-Trummer vroeg of Hilke mij al had gekregen en er verder nauwelijks incidenten voorvielen, behalve dit: in de Plösslgasse, twee zijstraten ten zuiden van Watzek-Trummers raamcentimeters, werd een man kort na middernacht doodgeschoten omdat hij uit zijn raam in een steegje plaste (aangezien zijn toilet verstopt was, zoals later bleek). Bij dat geluid begon de machinepistoolschutter van de Schwindgasse op straat in het rond te draaien en met zijn veiligheidspal te klikken en de nachtelijke hemel af te speuren naar aansuizende bloembakken, keukengereedschappen en natte, tot een prop gemaakte sokken. Die natuurlijk niet kwamen, want anders had hij wel het vuur geopend.

En voorts dit incident: onder het mom van oorlogsbuit maakten de Sovjets zich meester van alle bedrijfsmiddelen van de Donau Scheepvaartmaatschappij. Iets wat hun daarna betwist werd in een paar vergaderingen van de Geallieerde Controlecommissie.

Maar verder gebeurde er niets totdat ik zo spectaculair werd geboren.

Watzek-Trummer herinnert zich dat het licht sneeuwde en dat mijn moeder kort na middernacht de keuken in waggelde en niet gekalmeerd kon worden met haar gebruikelijke glaasje melk. Hij weet nog hoe grootvader en Vratno zich haastig aankleedden en vanuit de hal-deur het Russische wachtlokaal in de voormalige Bulgaarse ambassade aanriepen. Daarna stoven ze gedrieën in een Russische patrouillewagen naar de kliniek van de Sovjet-sector.

Dat moet vroeg in de morgen geweest zijn, om één of twee uur in de ochtend van 25 maart 1946. En het was drie of vier uur, weet Ernst nog, toen grootvader naar huis belde om aan Watzek-Trummer en mijn grootmoeder het nieuws mede te delen over mij – een jongen! Achtenhalf pond en dat is groot, mag ik wel zeggen, gezien de rantsoenen van dat bezettingsjaar. En mijn grootmoeder pakte de kaars en holde de keuken door naar het rolgordijn dat altijd tot op een paar centimeter van de vensterbank hing – en met de kaars in haar hand liet ze het rolgordijn omhoogschieten en riep naar de overkant, naar haar vriendin de wasvrouw: 'Drexa! Het is een jongen! En nog ruim acht pond ook!'

Watzek-Trummer weet het nog precies: hij was ergens halverwege de telefoon en grootmoeder, midden in een stap – met gespreide benen in de lucht, één hand uitgestrekt om de kaars te doven – toen de schijnwerpers de keuken binnenkwamen en grootmoeder in zijn richting werd gedreven, vlak langs hem heen. Hun wegen kruisten elkaar; hij weet nog dat hij omkeek, toen ze voorbijgeslingerd werd – naar haar zeer verbaasde gezicht, dat nog niet eens bloedde. Ja, voor zover Ernst Watzek-Trummer het zich herinnert, *hoorde* hij het machinepistool pas nadat hij door de keuken op haar toe was gelopen en haar rechtop trachtte te zetten.

Eigenlijk heeft Drexa Neff hem de nadere bijzonderheden verteld. Hoe de soldaat een paar meter voorbij het keukenraam was en juist weer over zijn schouder keek, zoals hij altijd deed, toen grootmoeder Marter hem de stuipen op het lijf joeg met haar spookachtige kaarslicht en haar geroep in een taal die de Rus niet verstond. En nadat hij haar had neergeschoten – Drexa is hier heel stellig over – werd de hele straat in het schijnwerperlicht gezet, maar nergens kon je de gezichten achter de ramen onderscheiden, want die bevonden zich op slechts een paar centimeter boven de vensterbanken. Je zag ze althans niet totdat Watzek-Trummer riep: 'Ze hebben Frau Marter doodgeschoten! En ze zei alleen dat ze grootmoeder was geworden!' En Drexa Neff vertelde hoe het daarna op straat keukengerei en serviesgoed begon te regenen; hoe de machinepistoolschutter iets verderop, een paar deuren voorbij het huis waar Frau Marter was doodgeschoten, in zijn nek geraakt werd door het eerste, welgemikte stuk aardewerk of lood of tafelzilver; hoe hij zich op één knie liet zakken, wiebelend als een bokser die tegen het canvas gaat, en daarna opnieuw het vuur opende – ditmaal op een rij vensters op de derde verdieping, ongeveer vanaf de hoek van de Argentinierstrasse tot halverwege de Prinz Eugenstrasse. En dat hij de hele straat onder vuur zou hebben genomen als de Russische officier niet tussenbeide was gekomen – of liever gezegd, als het de man gelukt was om *niet* tussenbeide te komen; want de soldaat schoot zijn eigen officier omver en pas daarna brak hij zijn salvo af. Hij verborg zijn hoofd tussen zijn armen en kromp tot een bal ineen in het midden van de straat en al het keukengerei – waarvan Drexa Neff een groot deel herkende en wel zo goed, dat ze tegenover Watzek-Trummer de prijs kon noemen en waar het gekocht was – begon de Russische soldaat langzaam maar zeker te bedekken, terwijl hij daar schuin tegenover de voormalige Bulgaarse ambassade lag vanwaar niemand het waagde om hem te komen halen.

Zo werd ik geboren op 25 maart 1946, maar mijn geboorte werd niet alleen overschaduwd door de vergissing die hierboven is beschreven. Ofschoon ik achtenhalf pond woog en mijn moeder maar weinig weeën had en een vlot verlopende bevalling, zou niemand daar ooit nog aan denken. Ofschoon er zelfs ernstige onenigheid ontstond over mijn naam – of ik een *Zahn* moest worden, maar mijn vader vroeg: 'Wie was *Zahn*?' en kreeg geen antwoord; of ik dan een *Gottlob* moest worden, maar mijn moeder vroeg: 'Wat betekende hij voor jou?' en kreeg geen antwoord, zodat toen maar het voorstel van grootvader werd aangenomen, want er zouden geen vragen en geen antwoorden nodig zijn met een *Siegfried*, de naam die Vratno in veiligheid had gebracht – dus ook al ontstond er ter zake een heftige discussie, toch zou niemand mij later in verband brengen met de datum van mijn geboorte. Want niet alleen werd mijn grootmoeder binnen enkele ogenblikken na mijn komst gemitrailleerd – waaraan trouwens ook slechts weinig mensen zouden blijven denken –, maar de vijfentwintigste maart 1946 was ook de dag waarop Tito's partizanen eindelijk de Četnik-generaal Draža Mihajlović opspoorden en gevangennamen – de laatste oprechte, eigenwijze volksbevrijder en revolutionair die nog op aarde rondliep.

Negentiende dierentuinwake:
Dinsdag 6 juni 1967, 06.15 uur

Ik weet het, Graff, ik weet het; je zult misschien de indruk krijgen dat ik al mijn oude principes laat varen. Tja, ik zie nu pas in dat er bepaalde dingen zijn waarover je niet moet muggenziften.

Ik bedoel maar, als puntje bij paaltje komt *moet* je een keer beslissen, nietwaar? En wat heeft het voor zin om een zorgvuldige selectie te maken, als je ten slotte blijft zitten met meer dieren *in* de dierentuin dan dieren die hebben kunnen uitbreken? Ik wil echt geen bloedbad bepleiten en ik vind nog steeds dat we de grotere, woestere exemplaren voor het laatst moeten bewaren. Maar wat voor uitbraakpoging zou het nu toch zijn, als we alles wat een beetje groot of een beetje gevaarlijk is in zijn kooi laten zitten?

Laat ik je dit vertellen – ik begrijp deze dieren. En zij weten waar de hele zaak om draait; dat *zullen* ze althans weten, als je ze maar de weg wijst.

Ik zeg niet dat het altijd en overal opgaat, maar juist de bevrijders met onwankelbare principes krijgen hun revoluties nooit van de grond.

Ik ben er zeker van. Als je deze dieren laat voelen dat je hier bent voor hen *allemaal* – zelfs voor de gelada, ook al zullen we hem bijna tot het allerlaatst moeten bewaren –, ik bedoel, dat je hier bent om ze *allemaal* uit hun kooien te laten, dan zullen ze voor de volle honderd procent staan te trappelen voor de poort. Niemand stelt immers vertrouwen in vriendjespolitiek!

Ik meen het echt; zelfs die verrekte gelada. Ik ben niet iemand die geestelijk van slag raakt door één kleine, persoonlijke ervaring, al was zij nog zo onaangenaam.

De uiterst selectieve autobiografie van Siegfried Javotnik: mijn echte geschiedenis (begin)

Aan de dood van grootmoeder Marter werd verder niets gedaan. De notulen van de Geallieerde Controlecommissie staan vol incidenten die als ongeluk nog onbegrijpelijker zijn dan dit. Zoals de duidelijk *beraamde* ongelukken, die men aanzag voor het werk van de huurmoordenaars van het Oepravlenje Sovjietskovo Imoesjtsjestva v Avstrii – het Beheersinstituut voor Sovjet-eigendommen in Oostenrijk. Dat zich, onder het mom van oorlogsbuit, uit de voeten maakte met vierhonderd Oostenrijkse bedrijven: metaalgieterijen, weverijen, fabrieken van machinerieën, chemische producten, elektrische apparaten, glas en staal – plus een complete filmmaatschappij. Gehuurde moordenaars rekenden af met Oostenrijkers die zich tegen dit beheersinstituut verzetten.

Deze moorden waren grotendeels van een ander type dan de dood van mijn grootmoeder. Schieten in het wilde weg, verkrachten, iets opblazen – dat lag meer in de lijn van de Russische soldaat. De Geallieerde Controlecommissie maakte zich eerder zorgen over de ontvoeringen; deze schenen te worden uitgevoerd door de bende van de beruchte Benno Blum – een organisatie die sigaretten smokkelde en actief was op de zwarte nylonkousenmarkt. De Benno Blum Bende ruimde mensen op in ruil voor een zekere vrijheid van handelen in de Russische zone. De jongens van Benno Blum belaagden de mensen in heel Wenen, maar als de grond te heet onder hun voeten werd, slopen ze terug naar de Sovjet-sector – ook al beweerden de Russen dat zij eveneens jacht maakten op Benno Blum. Ja, het gebeurde ten minste tweemaal per maand dat een Russische soldaat iemand doodschoot en dan beweerde dat hij hem voor Benno Blum had aangezien. Ofschoon niemand de man ooit te zien had gekregen en dus ook niemand wist hoe hij eruitzag – en of hij eigenlijk wel bestond.

Zodoende hing er een nogal illegaal sfeertje rond de gebeurtenissen in de Russische sector van Wenen, en dat verdreef natuurlijk elke belangstelling die de Geallieerde Controlecommissie had kunnen hebben in zoiets alledaags als mijn grootmoeders dood door machinegeweervuur.

Gelukkig had mijn grootvader een hele steun aan Ernst Watzek-Trummer. Deze verdeelde zijn nachten tussen zijn afgeschutte stukje keuken en de ouderslaapkamer – waar hij zich van tijd tot tijd naast grootvader uitstrekte op het tweepersoonsbed; met de koppen vlak bij elkaar gaven ze lucht aan hun woede en daarbij gingen ze soms zo heftig tekeer, dat de schijnwerpers uit de voormalige Bulgaarse ambassade aarzelend stilhielden bij het keukenraam vol herinneringen en even knipperden, alsof ze wilden zeggen: Ga slapen, daar, en hou op met klagen. Het was een ongeluk. Lig niet tegen ons te samenzweren.

Maar er gebeurden zoveel incidenten die duidelijk géén ongelukken waren, dat ze de aanleiding werden voor de Nieuwe Controle Overeenkomst van 28 juni 1946, waarin het vetorecht van de Sovjets in het wettig gekozen parlement geschrapt werd. Daarmee kwam ook een einde aan het Russische Buitbureau, ofschoon Benno Blum – wellicht op wraak belust – actiever leek te zijn dan ooit en een derde deel van de anti-Sovjets in Wenen wegwerkte. Waarop kanselier Figl in een bedroefde toespraak in Oberösterreich opmerkte: 'We hebben achter een lange lijst met namen eenvoudig het woord "verdwenen" moeten schrijven.'

'Net als Zahn Glanz, hè?' zei Vratno. 'Is dat soms ook met hem gebeurd?'

En een geprikkelde Watzek-Trummer zei: 'Vraag het maar aan je vrouw. Of praten jullie alleen maar beddenpraat in bed?'

Niet dat ze een hekel aan elkaar hadden gekregen. Maar het onderwerp was al zo vaak opgediend; ze waren er al zo dikwijls over begonnen.

Eén keer vochten ze het toch uit – al behoor ik me dat niet zo goed te herinneren als ik doe, want ik was toen net vier maanden oud. Maar ik denk dat Ernst Watzek-Trummer het voor me onthouden heeft, net als de meeste dingen die belangrijk waren.

Hoe dan ook, op een mooie zomeravond – op de avond van de zeventiende juli 1946, om precies te zijn – kwam mijn vader in een praatzieke dronkenmansbui thuis, nadat hij net gehoord had dat Draža Mihajlović door een vuurpeloton van partizanen was terechtgesteld. En Watzek-Trummer zei: 'En wat zou dat? Wat was die Mihajlović nu eigenlijk?' Maar Vratno riep: 'Hij werd in de steek gelaten!' En hij begon Watzek-Trummer een afschuwelijk tafereel te schilderen – over een fantastische motormecanicien die in Maribor was opgeslokt door een sta-plee. Hij had het natuurlijk niet over Mihajlović maar over Gottlob Wut, met wie hij dezelfde baard gedragen had. Hij riep de vraag van de slordige Heini Gortz weer naar boven: 'Wat doe jij samen met Wut?' En hij fantaseerde hoe hij diezelfde Heini Gortz weer in de plee had kunnen trappen en daarna Bronsky had kunnen grijpen of Metz of *allebei* en hen achterover tot in de pisbak had kunnen buigen, terwijl Gottlob zich losrukte en hun schedel insloeg met zijn geheime Amal-racecarburateur.

En ineens vroeg Watzek-Trummer: 'Wou je beweren dat je dat allemaal *niet* hebt gedaan? Dat je niet eens een *poging* hebt gedaan?'

'Ik zei dat we elkaar net ontmoet hadden,' antwoordde mijn vader. 'En Gottlob was fideel genoeg om het daarbij te laten.'

'Oh ja, *was* hij dat?' bulderde Watzek-Trummer.

'Enfin, ik heb het nu verteld, Trummer,' zei Vratno. 'En nu vertel jij het aan mij, afgesproken? Eerlijk is eerlijk. Wie was Zahn Glanz?'

Maar Watzek-Trummer keek mijn vader strak aan en zei: 'Ik vind die informatie van een heel ander gehalte.'

Mijn vader schreeuwde: 'Zahn Glanz, verdomme!' En de schijnwerpers staken de straat over en speurden de ramen af, dichtbij en ver weg.

Toen stond mijn moeder ineens in haar kamerdeur – in een nachthemd dat zo ver openstond dat Ernst Watzek-Trummer een andere kant op keek. 'Wat was dat?' vroeg ze. 'Wie is er?'

'Zahn Glanz!' brulde Vratno tegen haar. 'Zahn Glanz is er!' En met een zwierig gebaar in de richting van haar kamer zei hij: 'Zahn Glanz. Zoals jij me daar soms noemt – en meestal nog op de *mooiste* momenten ook!'

Waarop Ernst Watzek-Trummer over de keukentafel heen een klap uitdeelde – met zijn hakmeshand, met zijn kippen ontkoppende hand – en mijn vader achteruit tegen de gootsteen wierp, waar hij met zijn elleboog tegen de kraan stootte zodat het water begon te lopen.

Grootvader Marter kwam zijn kamer uit en fluisterde: 'Zeg, blijf alsjeblieft bij dat raam vandaan. Je weet hoe gevaarlijk het is op dit uur van de nacht.' Hij keek hen allemaal aan, volkomen overdonderd; de anderen bleven nijdig staan, hun blik op de grond gericht. Mijn grootvader zei: 'En laat de kraan niet zo hard lopen. Het is zomer, nietwaar, en dus is er waarschijnlijk niet zo vreselijk veel water.'

Toen begon ik te huilen, herinnert Watzek-Trummer zich, en daarom ging mijn moeder terug naar haar kamer. Vreemd toch, hoe gauw een huilende baby de mensen weer bij hun verstand brengt. Zelfs de schijnwerpers gingen uit toen ik begon te huilen. Baby's huilen nu eenmaal; dat is volkomen in orde.

Maar zo kwam het dus allemaal naar buiten, hoe dan ook. Op 17 juli 1946, de dag dat Draža Mihajlović als verrader werd doodgeschoten. Waarop de *New York Times* opperde dat de Russen wel een standbeeld voor hem konden oprichten op het Rode Plein, aangezien

Draža Mihajlović door de zonderlinge loop der gebeurtenissen toch ook de Redder van Moskou kon worden genoemd.

Ernst Watzek-Trummer, die nog altijd alles las wat hij in zijn handen kreeg, probeerde de vrede in de keuken te herstellen door op te merken: 'Vind je dat niet verbazingwekkend? Achteraf hebben die Amerikanen toch zoveel goede ideeën!'

Dat was natuurlijk volkomen waar. In dat opzicht zijn ze net als de Russen: ze reageren het snelst op statistieken en hebben weinig oog voor details.

Zo gebeurde het bijvoorbeeld – en er waren getuigen van – dat een Weense maatschappelijk werkster, Anna Hellein genaamd en negenentwintig jaar oud, bij de Steyregg Brücke, een doorlaatpost aan de Amerikaans-Russische demarcatielijn, uit haar trein werd gesleurd door een Russische schildwacht, die haar vervolgens verkrachtte, vermoordde en op de rails achterliet. Kort daarna werd ze onthoofd door een trein. Maar voor de Geallieerde Controlecommissie was dit nauwelijks een aanleiding om op te treden; het leek hun veel minder belangrijk dan de *lijst* van kanselier Figl met elf recente moorden die gepleegd waren door mannen in Sovjet-uniform. Zo ziet men dat ze vooral onder de indruk raakten van *aantallen*. Maar Figls verzoek om de Oostenrijkse politie te mogen bewapenen, zodat ze zichzelf en de overige burgers konden beschermen tegen mannen in het uniform van welk leger dan ook, werd op de lange baan geschoven omdat de Russen zelf met een lijst op de proppen kwamen: gebruikmakend van een anonieme bron telden de Russen niet minder dan zesendertighonderd 'bekende nazi's' in de Oostenrijkse politiemacht. Alweer aantallen, begrijpt u.

Het ware probleem bij de politie was hoe men deze van communisten kon zuiveren – iets wat langzaam gebeurde in de loop van vijf jaar. Het bewapenen van de politie – of, anders gezegd, de politie dusdanig te veranderen dat ze het weer waard was om wapens te dragen – was een proces dat zelfs nog langer duurde. Nog op 31 maart 1952, toen ik net mijn zesde verjaardag had gevierd, verhinderden de Sovjets dat het hoofd van politie in hun sector een gewapende macht stuurde om een bende oproerige communisten in te tomen die een aanval deed op de Griekse ambassade – uit protest tegen de executie van Beloiannis en nog drie Griekse communisten. De oproerkraaiers waren dan ook ter plaatse afgeleverd in vrachtwagens van het Russische leger.

Later plachten de Sovjets de politie in hun sector te ontwapenen als er weer zo'n rel op komst was; ze namen de agenten hun gummiknuppels af, die bij het beteugelen van relletjes erg doeltreffend waren gebleken, ook al waren ze niet precies wat kanselier Figl bedoeld had toen hij zijn mensen wilde 'bewapenen'.

Maar de Sovjets begonnen Wenen te verliezen en dat maakte hen steeds onredelijker. Bovendien traden overal tegenslagen op.

In juni 1948 werd de Joegoslavische communistische partij uit de Kominform gestoten – Tito had geen steun meer nodig – en in november 1948 probeerden Russische soldaten iemand op de Schweden Brücke in Wenen te arresteren, maar ze werden verdreven door een woedende menigte die te hulp snelde. En woedende menigten deden de Sovjets geen goed, zeker niet in hun eigen sector.

En vanwege hun ruzie met Joegoslavië onthielden de Russen voortaan hun steun aan de Joegoslavische aanspraken op Oostenrijks zuidelijke gebieden Karinthië en Stiermarken – met als gevolg dat de Joegoslaven hun hele plan moesten laten varen om ten koste van Oostenrijk uit te breiden.

Dit leidde er overigens toe dat een merkwaardig allegaartje Joegoslaven naar Wenen kwam; vreemde Joegoslaven – onder wie ook een paar Ustaši, heb ik gehoord – die midden in allerlei complotten en tegencomplotten langs de Oostenrijks-Joegoslavische grens zaten toen ze van hun land werden afgesneden. Wat inhoudt dat ze daarna werk vonden bij Benno Blum, die altijd wel verlegen zat om een paar goede ontvoerders of zomaar een stel rauwe klanten. Want ook al beweren de notulen van de Geallieerde Controlecommissie dat Benno Blum zo goed als uitgeschakeld was – namelijk op 10 maart 1950, toen het bendelid Max Blair onderwerp van een vergadering was –, toch zijn er aanwijzingen geweest dat althans een gedeelte van Benno daarna nog doorleefde.

Dat beweert Ernst Watzek-Trummer tenminste en ik heb mijn geschiedenis nu eenmaal van hem.

Ernst was erbij – ook op 5 maart 1953. Toen het nog maar twintig dagen scheelde voordat ik zeven werd, ging Stalin dood. Mijn grootvader en Watzek-Trummer vierden dat op hun eigen manier met een glaasje cognac aan de keukentafel en in een stemming die hoger steeg dan hun portie drank. Maar mijn ouders waren de stad in, dus zal ik moeten vertrouwen op Watzek-Trummers verslag van hun doen en laten. Niet dat ik haast nooit met mijn ouders mee mocht – alleen niet om *dit* te vieren. En zelfs ik moet bekennen, ook al heeft Watzek-Trummer me daarin zeker beïnvloed, dat de relatie tussen mijn ouders er een was van grote bedeesdheid en weinig woorden. Maar van tijd tot tijd mocht ik wel degelijk met hen mee – op zeer gedenkwaardige, zonnige ritjes met de Grand-Prixracer, terwijl mijn moeder haar armen om mij en mijn vader geslagen hield, zodat ik tegen zijn maag gedrukt werd en mijn knieën stevig de benzinetank omklemden waarop ik schrijlings zat. Terwijl mijn vader de grondregels van het motorrijden op Wut-achtige wijze in mijn oor fluisterde.

Maar op 5 maart 1953 stierf Jozef Stalin en dus gingen Hilke en Vratno die avond samen uit om het te vieren; ze lieten mij achter op het oudemannenfeestje aan de keukentafel. Ik kan me niet herinneren dat mijn moeder thuiskwam, al moet het een hele schok zijn geweest.

Want ze kwam alleen naar huis, eerder verbaasd dan ongerust, en ze ging bij grootvader en Watzek-Trummer (en mij, misschien) aan de keukentafel zitten, terwijl ze zich hardop afvroeg wat Vratno bezield kon hebben.

Want, zei ze, nadat ze lekker gegeten en gedronken hadden, waren ze nog even blijven zitten in het Servische restaurant waar Vratno zo graag kwam, ergens in de buurt van de Südbahnhof – dus nog in de Russische zone – en toen was ineens die man binnengekomen. Klein maar met felle ogen, met een baard en een donkere huid – en toch wel aardig, hield mijn moeder tegenover Watzek-Trummer vol. De man was aan hun tafeltje komen zitten.

'De moordenaar is dood!' zei hij tegen hen, in het Duits, en daar hadden ze samen op gedronken. Toen had de man in Vratno's arm geknepen en iets gezegd dat volgens mijn moeder ongeveer zo klonk:

Bolje grob nega rob!
Liever een graf dan een slaaf!

En Vratno schrok op, hoewel niet zo erg – een beetje maar; misschien omdat hij niet gedacht had dat hij zozeer op een Joegoslaaf leek, terwijl hij daar Duits zat te praten met een Weense dame.

Maar de man ging verder; soms een stuk in het Servo-Kroatisch en dan weer even in het Duits, uit beleefdheid tegenover Hilke. Hij sloeg zijn arm om mijn vader heen en mijn moeder veronderstelde dat hij hem wilde meetronen om ergens anders nog wat te gaan drinken. Maar dan wel alleen – want Vratno antwoordde in het Duits dat hij zijn vrouw hier liever niet achterliet, ook niet voor een poosje of voor een paar glaasjes en zelfs niet om nog een paar landgenoten te ontmoeten. Alles verliep heel opgewekt, totdat de man iets zei dat volgens mijn moeder ongeveer zo klonk:

Todor.

Gewoon dat woord, een paar keer achter elkaar – helemaal apart of in een enkele Servo-Kroatische zin. Vratno leek opnieuw te schrikken en ditmaal zelfs heel erg. Maar de man bleef voortdurend glimlachen.

En toen begon Vratno heel onbeleefd tegen mijn moeder te fluisteren, zodat de andere man het niet zou kunnen verstaan; het kwam erop neer dat mijn moeder naar het damestoilet moest gaan en dan een openbare telefoon moest zoeken en zo gauw mogelijk Watzek-Trummer moest opbellen. Maar de man bleef voortdurend lachen en Vratno op zijn rug kloppen en hij boog zich ver voorover, tot tussen de gezichten van mijn vader en mijn moeder – zodat er van hun gefluister niet veel terechtkwam.

En op dat moment, zei mijn moeder, kwam die *andere* man binnen.

Hilke Javotnik-Marter heeft altijd volgehouden dat hij de grootste man was die ze ooit had gezien en dat mijn vader zich bij zijn binnenkomst over het tafeltje boog en haar stevig op de lippen zoende; toen stond hij op en bleef even aarzelen, turend naar zijn voeten, maar de eerste, de kleinere man, zei in het Duits: 'Je vrouw is heel knap, maar ze is volkomen veilig – bij mij.' En Vratno keek op naar de grote man en liep langs hem heen de deur uit.

De grote man, die door de ander Todor werd genoemd, ging mijn vader onmiddellijk achterna.

Het verschrikkelijkste aan die grote man was dat zijn gezicht volkomen scheefgedrukt was, zei mijn moeder, of anders was er een gedeelte afgebeten of weggeblazen. Bovendien zat het vol blauwige littekens; sommige waren hoekig en scherp en kleefden als gomstrepen op zijn gezicht, maar andere waren vliesdun en zaten zo diep dat ze de omringende huid straktrokken en deden rimpelen.

De kleine man mankeerde niets. Hij bleef zitten en dronk nog wat met haar; toen ging hij weg om Vratno te halen, zei hij, maar hij keerde niet terug. En mijn vader ook niet.

Mijn moeder zei dat de Grand-Prixracer nog steeds voor het Servische restaurant stond, dus liepen grootvader en Watzek-Trummer ernaartoe om hem op te halen. Onderweg informeerden ze bij de Russische soldaten.

'Een heel grote man,' zei mijn grootvader tegen hen. 'Volgens mij heet hij Todor Slivnica. Hij heeft een paar lelijke littekens, want ooit heeft hij een handgranaat in zijn auto gekregen. Hij is samen met mijn schoonzoon en misschien met nog een andere man.' Maar niemand had een sterveling gezien – behalve natuurlijk mijn moeder, die eerder op de avond naar huis gekomen was in het gezelschap van een Russische soldaat, degene die er het meest als een heer had uitgezien; toen ze hem tegenkwam, had ze durven te vragen of hij haar naar huis wilde brengen. Het was nog een jonge jongen; pas bij het laatste blok had hij haar hand vastgepakt, maar ik denk dat dat alles was wat hij wilde.

De soldaten op die route hadden verder de hele avond niemand meer gezien.

Toen grootvader en Trummer bij het Servische restaurant kwamen, stond de racemotor nog altijd buiten. Binnen bracht een zangeres Servo-Kroatische liedjes ten gehore en een paar groepjes donkere mannen klapten mee of zongen mee vanachter hun tafeltje. Kortom, het was één en al vrolijkheid.

Maar Ernst Watzek-Trummer dacht dat die hele Servische tent in het complot zat. Hij brulde: 'Todor Slivnica!' En de zangeres viel stil en wrong zich de handen. Niemand verweet Watzek-Trummer zijn onbeschaafde optreden; de kelners schudden alleen maar omstandig het hoofd.

Ze stonden op het punt om weer weg te gaan, toen grootvader zei: 'Oh, lieve God, Ernst.' Hij wees op een enorme man die alleen aan een tafeltje bij de deur zat; hij begon net pap te eten van een glazen bordje. Bij hun binnenkomst waren ze vlak langs hem heen gelopen.

Dus stapten ze nu af op de man, wiens gezicht in het kaarslicht zo veelkleurig en zo veelvormig leek als een half verbrijzeld prisma.

'Todor Slivnica?' vroeg Ernst Watzek-Trummer. De grote man glimlachte en kwam overeind – tot op een ontzagwekkende meter boven grootvader en Ernst, leek het wel. Todor probeerde te bukken, alsof hij klein was.

Mijn grootvader, die geen Servo-Kroatisch kende, kon alleen maar zeggen: 'Vratno Javotnik?'

En Todor Slivnica liet het bloed naar zijn littekens vloeien, zodat zijn hele gezicht opgloeide als een neonreclame. Hij pakte het glazen bordje, schepte de smeuïge pap in zijn grote klauw en stak deze met uitgespreide vingers tot vlak onder grootvaders neus, waar de pap als een zeldzaam cadeau lag te lillen; toen liet hij zijn andere vuist erop neerdalen – *fop!* en *skwieietsj!*

En daarna ging Todor Slivnica zitten en glimlachte, terwijl een klodder pap in een van de dieper ingevreten littekens gleed. En hij wees – naar de pap op de muren, naar de pap over het hele tafeltje, naar de pap die op grootvader en Ernst zat en die zelfs lag te dampen op de laaghangende lamp boven het tafeltje. Overal pap. Todor Slivnica glimlachte en wees.

Waar Vratno Javotnik is? Nou, hij is *hier, op je neus, en hier, op de lamp boven het tafeltje – en zelfs hier! In de ruimte.*

Zo heeft Ernst Watzek-Trummer het onthouden, zo heeft hij het zorgvuldig opgeborgen in zijn geest om er een betekenis aan te ontlenen; de raadselachtige vraag waar mijn vader is gebleven, kan niet los gezien worden van Todor Slivnica's symbolische gebaar.

Todor stond met name bekend om zijn gevoel voor humor.

Twintigste dierentuinwake:
Dinsdag 6 juni 1967, 06.30 uur

Heel interessant. O. Schrutt heeft zich verkleed. Oh, hij heeft geen *andere* kleren aangetrokken, maar hij heeft ze verborgen. Hij heeft een regencape omgedaan; die bedekt nu zijn naamplaatje en zijn epauletten. En hij heeft heel netjes en heel opzettelijk zijn broekspijpen uit de legerlaarzen gehaald. Nu lijkt het of hij gewone schoenen aanheeft – of laarsjes met van die halfhoge hakken.

O. Schrutt maakt zich gereed voor de klaarlichte dag en voor de oppassers die hem zullen aflossen. O. Schrutt is niet gek; hij dekt zijn uitspattingen zorgvuldig toe. O. Schrutt wil met zijn verslaving natuurlijk niet in de openbaarheid treden. Hij heeft zijn opkikker gehad; uiterlijk kan hij nu weer een geweldloze dag verdragen.

Ik wil er geen pennenstrijd van maken, maar als je het mij vraagt zijn er twee manieren om je in deze wereld van een lang leven te verzekeren. Enerzijds door geweld te zien als een kracht die zijn vrije loop moet hebben en te doen wat daartoe dienstig is, zonder het door liefde of idealen te laten overvleugelen; als je nooit een rechtstreeks antwoord geeft, zal ook nooit ontdekt worden dat je liegt om buiten schot te blijven. Maar wat die andere manier is om lang te leven weet ik niet precies – al denk ik wel dat er een ongelooflijke hoeveelheid geluk bij komt kijken. Toch bestaat er zo'n andere manier, want het zijn niet *altijd* de O. Schrutts die zo lang leven. Er lopen ook een paar langstlevenden rond die heel anders zijn.

Ik geloof dat geduld er ook iets mee te maken heeft.

Zo durf ik bijvoorbeeld te wedden dat er nog een paar overlevenden te vinden zijn van de kleine zoogdieren die O. Schrutt in een vorige periode onder zijn hoede heeft gehad. Als ze geduldig genoeg zijn geweest om te *leven*, zullen ze ten slotte de man te zien krijgen voor wie ze zo geduldig waren. Ze zullen hun verwezen gezicht met een ruk over hun krant buigen en hun oude, kapotgeslagen handen zullen trillen in hun afgeleefde schoot; een krampachtige schok zal hen omhoog brengen uit hun tv-stoel – O. Schrutt is weer in het nieuws! – en ze zullen hem herkennen door de stekende pijn in een litteken dat twintig jaar of langer als verdoofd is geweest; hun kreupele voeten zullen de kramp lang genoeg kwijtraken om naar een telefoon te kunnen wankelen; ze zullen hun spraakgebrek vergeten als ze met de telefoniste praten; ze zullen twintig achter hen liggende jaren van geduld in de telefoonhoorn ademen.

Echt waar, beste Franz, hij is het; ik heb zijn foto gezien, dus bel in vredesnaam onmiddellijk naar Stein – om hem eindelijk wat op te vrolijken. Het was O. Schrutt, ik ben er zeker van; hij liep te razen en te tieren tegen een groepje wilde dieren – als hun oppasser, natuurlijk. En natuurlijk deed hij 's nachts dienst, compleet met uniform. Ja, nog met dat naamplaatje – gewoon op de TV! Ik moet het aan Weschel laten weten, want die heeft geen telefoon en geen krant en geen TV ook, met die ogen van hem. Maar bel jij nu even naar die arme Stein en zo gauw als je kunt. Wat zal hij het prachtig vinden als hij het hoort!

Want iedereen blijft zoeken naar mensen die verdwenen zijn. Alleen degenen wier dood onherroepelijk vaststaat, zullen nooit worden wat jij van hen verwacht of verlangt.

Het moet mijn onwankelbare geloof zijn, O. Schrutt; dat geeft me het vertrouwen dat sommige kleine zoogdieren – ook al waren ze onder jouw hoede gesteld – zelfs jou zullen overleven.

De uiterst selectieve autobiografie van Siegfried Javotnik: mijn echte geschiedenis (vervolg)

25 maart 1953. Op mijn zevende verjaardag stapte mijn moeder met me op de trein naar Kaprun – precies twintig dagen na de dood van Stalin en de papperige verdwijning van mijn vader. Ernst Watzek-Trummer en grootvader voegden zich in Kaprun bij ons met de Grand-Prixracer, die vanuit Wenen een zenuwachtige reis had gemaakt met een onbeholpen slakkengangetje.

Zo vestigde de rest van ons zich in Kaprun, dat destijds nog een erg klein dorpje was; dit was nog in de tijd voordat de stuwdam met de waterkrachtcentrale in het gebergte werd gebouwd en voordat de grote skilift de minder geharde skiër naar het dorp lokte.

Mijn grootvader werd directeur van het postkantoor in Kaprun; Ernst Watzek-Trummer werd de gemeentelijke klusjesman en bracht de post rond – 's winters in ruwe bruine zakken, die hij voorttrok op een slee waarover ik de baas speelde als er geen post was. Soms reed ik mee, boven op de stapel postzakken op de slee, en zo liet ik me door Ernst meevoeren door de steile winterstraatjes. Mijn moeder haakte rode, ineengevlochten koorden om de zakken vast te binden en een stukje koord met een wollen bal aan het uiteinde werd aan mijn gebreide muts genaaid.

's Zomers bracht Ernst Watzek-Trummer de post rond met een hoog, tweewielig karretje dat aan het achterspatbord van de Grand-Prixracer werd vastgemaakt. Waardoor Gottlob Wut zich ongetwijfeld heeft omgedraaid in zijn graf, als je het een graf kunt noemen.

We waren in Kaprun echt gelukkig; we zaten nu natuurlijk in de Amerikaanse zone – en binnen het radiobereik van Salzburg. 's Avonds luisterden we naar de Amerikaanse zender, die alle negermuziek ten gehore bracht met welluidende, klagende vrouwenstemmen en jodelende trompetten en gitaren: blues vanuit de lendenen. Die muziek kan ik me herinneren zonder de hulp van Watzek-Trummer, echt waar. Want op een dag zat er in Gasthof Enns in het dorp een Amerikaanse negersoldaat die verlof had; hij begeleidde de radio met zijn mondharmonica en zong met een stem als een grote ijzeren emmer die in de regen had gelegen. Het was winter; tegen de achtergrond van de sneeuw was hij het zwartste dat ze in Kaprun ooit hadden gezien – de mensen raakten hem aan om te weten of hij ook aanvoelde als hout. Hij bracht mijn moeder naar huis vanuit Gasthof Enns en trok mij achter hen aan op de slee van het postkantoor. Soms zong hij een paar regels en dan gaf hij me een teken en toeterde ik vanaf de slee op zijn mondharmonica – terwijl we zachtjes door het V-vormige dorp schoven en nog laat ook, geloof ik. Grootvader kon Engels met hem praten en later stuurde de neger aan Watzek-Trummer een fotoboek over de burgerrechten in Amerika.

Verder herinner ik me niet zoveel en Watzek-Trummers kieskeurige geheugen heeft ook niet veel belangrijks aangetroffen in die jaren – toen ik acht jaar was en daarna negen. Alleen dit maar: toen de laatste Sovjet-soldaat op 19 september 1955 uit Wenen vertrok, kreeg mijn grootvader een lichte beroerte waardoor hij achterover-viel op een stapel ongesorteerde post. De mensen zagen hem in vierkantjes langsvallen vanaf hun kant van de postbussen in de hal van het postkantoor. Maar grootvader herstelde spoedig. Alleen: zijn wenkbrauwen verbleekten in één nacht van grijs tot wit. En dat is ook weer zo'n bijzonderheid die ik misschien zelf onthouden heb of die Watzek-Trummer misschien voor me heeft onthouden – of, wat het waarschijnlijkst is, misschien was het een samengevoegd, herhaald onthouden van ons allebei.

Maar het allerbelangrijkste weet ik nog heel goed – en helemaal alleen, daar ben ik zeker van. Want Ernst Watzek-Trummer heeft ofwel moeite om het voor zichzelf te onthouden ofwel om het zich hardop te herinneren waar ik bij ben.

Ik was toen tienenhalf en het was 25 oktober 1956 – de eerste verjaardag van het officiële einde van de bezetting. Grootvader en Ernst hadden negen uur lang stevig doorgedronken in Gasthof Enns, waarna ze begonnen te neuzen in de oude koffers in de kelder van het postkantoor – wat ook de opslagplaats van de familie was. Ik weet niet wat hem bezield heeft, maar mijn oude grootvader vond (of zocht, al die tijd) het adelaarspak – nu geheel zonder veren, want de reuzel was allang verdroogd. Het was nu een enigszins plakkerig, glimmend kostuum van gedeeltelijk aangevreten eierrekjes; de kop – en dan vooral de snavel – was één bonk roest. Maar mijn grootvader trok het ding aan, terwijl hij tegenover Watzek-Trummer verklaarde dat het nu zijn beurt was om adelaar te zijn, aangezien zowel Ernst als Zahn Glanz het al eens had geprobeerd. En bestond er een mooiere dag voor de Oostenrijkse adelaar dan deze Nationale Gedenkdag?

Alleen werd deze Nationale Gedenkdag een beetje ontsierd. Althans voor mijn moeder. Nog pas twee dagen geleden had er plotseling bloed gevloeid in de straten van Boedapest; gelukkig beschikten de Hongaren over een onbelemmerde ontsnappingsroute, want na de Russische aftocht uit Wenen hadden de Oostenrijkse autoriteiten het prikkeldraad weggehaald en de mijnenvelden langs de Oostenrijks-Hongaarse grens opgeruimd. En dat was maar goed ook. Want de Hongaarse staatspolitie en het Russische leger hadden meer dan 170 000 vluchtelingen over de grens gedreven – waar Wenen, vol meegevoel met bezette volkeren, hen onder zijn adelaarsvleugels had genomen. Zelfs op deze Nationale Gedenkdag staken er nog mensen de grens over.

En al kan ik er alleen maar naar raden – de reden dat dit mijn moeder zo sterk aangreep, ging natuurlijk terug tot maart 1938, toen Zahn Glanz ofwel de Hongaarse grens bij Kittsee overstak ofwel helemaal niets overstak. En als je aan Zahn Glanz wilde denken als zijnde overgestoken, dan zou je nu natuurlijk aan hem kunnen denken als bezig zijnde *terug* over te steken – tezamen met zo'n 170 000 andere vluchtelingen uit Hongarije.

Ik zeg dit alleen maar omdat zulke gedachten rondgespookt moeten hebben in Hilkes hoofd; anders zou ze nooit zo op grootvader gereageerd hebben toen hij in al zijn luister onze keuken te Kaprun binnenschreed en begon te kakelen onder zijn kale vogelhelm. '*Kawk*!' riep hij. 'Oostenrijk is vrij!'

Mijn moeder kermde; ze begroef haar vingers in mijn vlees, want ik moest juist een nieuw gebreide trui passen. Toen sprong ze op, stormde op de verbaasde, onbevederde adelaar in de deuropening toe en greep hem waar hij stond, met zijn rug tegen de deurpost. Ze dreef haar knie tussen zijn benen, waarbij ze de zoom van zijn maliënkolderpak oplichtte; ze rukte en rukte om de helm van zijn hoofd te krijgen.

'Mijn God, Zahn!' jammerde ze – zodat grootvader zich hardhandig van haar losmaakte en zelf de adelaarskop afzette. En haar niet durfde aan te kijken, maar zo'n beetje zijn gezicht afwendde en mompelde: 'Ik kwam het ding tegen in het postkantoor, Hilke. Oh, Hilke, het spijt me verschrikkelijk – maar, mijn God, het is *achttien jaar* geleden!' En toch durfde hij haar niet aan te kijken.

Ze bleef slap tegen de deurpost hangen; haar gezicht vertoonde geen leeftijd, zelfs geen sekse – het vertoonde helemaal niets. Ze zei, met de stem van een radio-omroeper: 'Ze komen nog steeds de grens over. Al meer dan honderdzeventigduizend. Heel Hongarije komt naar Wenen. Vindt u ook niet dat we terug moeten gaan – voor het geval hij ons probeert te vinden?'

'Oh, Hilke,' zei grootvader. 'Nee hoor, nee. Wij hebben in die stad niets meer te zoeken.'

Nog altijd met die radiostem zei ze: 'Hoofdredacteur Lennhoff heeft *wel* naar Hongarije kunnen ontsnappen. Dat staat vast.'

Grootvader probeerde zo stil te staan dat zijn eierrekjes niet meer rammelden, maar ze hoorde het toch en nu keek ze naar hem op; haar echte stem en haar echte gezicht kwamen terug.

Mijn moeder zei: 'U hebt hem daar achtergelaten, nietwaar? U hebt hem laten blijven vanwege uw bankboekje, maar hij had best met ons mee gekund.'

'Pas op je woorden, meisje,' zei Watzek-Trummer en hij pakte haar haar beet. 'Probeer je te beheersen, hoor je?'

'U hebt Zahn in Wenen laten stikken!' gilde mijn moeder tegen de vogel, die nu luid rammelde onder zijn eierrekjes en zich helemaal omdraaide. Watzek-Trummer rukte aan mijn moeders haar.

'Hou op!' siste hij. 'Verdomme, Hilke, jouw Zahn Glanz *hoefde* toch niet zo lang in de stad te blijven? En hij *hoefde* toch geen redacteuren naar Hongarije te brengen, nietwaar? Hoe weet je trouwens zo zeker dat hij dat *deed*?'

Maar mijn moeder trok haar haar los uit zijn greep en wankelde weer op mij toe, want ik zat nog steeds op mijn passtoel – min of meer gekruisigd, in een trui die nog niet in elkaar genaaid was maar die met spelden aan me zat vastgeprikt.

Watzek-Trummer nam de diep gebogen adelaar mee terug naar de kelder van het postkantoor en die avond maakte mijn moeder me heel laat wakker; ze wreef haar koude, natte gezicht over het mijne en kietelde me onder de dekens met de bontkraag van de jas die ze alleen maar droeg als ze op reis ging. En daarna ging ze dan ook. Zonder een symbolisch gebaar achter te laten waaraan we een betekenis konden ontlenen – waaruit we bijvoorbeeld konden opmaken hoe lang ze weg zou blijven of waar en bij wie ze terecht zou komen.

Zelfs zonder iets achter te laten in de trant van pap op de muren of schoenzolen die herkend kunnen worden als het definitieve einde.

Al had mijn grootvader geen bewijzen nodig om te beseffen dat ze niet meer terug zou komen. Nog geen twee weken later, in november 1956, beleefden Kaprun en de omringende Salzburger Alpen hun eerste sneeuwval van dat jaar – een natte, dichte sneeuwjacht die 's avonds in ijs veranderde. Waarop grootvader na het avondeten de postslee tevoorschijn haalde en – zonder dat iemand het zag – de blikken wapenrusting van de adelaar aantrok. Hij sjouwde vier kilometer tegen de gletsjer op, in de richting van de Kitzsteinhorn. Hij had een zaklantaarn bij zich en toen hij een paar uur weg was, stond Ernst Watzek-Trummer van tafel op en keek uit het keukenraam naar de bergen. En zag daar een zwak licht dat haast niet meer bewoog en dat halverwege de gletsjer naar ons pinkte, aan de voet van de zwarte piek die de Kitzsteinhorn was. Toen kwam het licht naar beneden; de slee moest erg schuin hangen, want het licht schoot recht omlaag, maakte een sprong en daarna een zigzagbeweging en koos toen een route met veel meer omwegen dan tijdens de klim: een geul die vanaf de rand van de gletsjer door het onderste deel van de berghelling sneed en waarlangs de houthakkers hun boomstammen naar beneden lieten glijden. De oude skiërs noemden deze baan de Katapult. Hij dook heel steil en met veertien S-bochten omlaag, tot aan de rand van het dorp en over een afstand van vijf kilometer.

Nu is er natuurlijk een kabelbaan waarmee je naar boven gaat en de nieuwe skiërs noemen het traject de Zelfmoordpiste.

Maar mijn grootvader zette de postslee op wat toen de Katapult werd genoemd en Trummer en ik volgden het licht van zijn afdaling vanachter ons keukenraam.

'Dat is je grootvader, jongen,' zei Ernst. 'Kijk hem eens gaan.'

We zagen hem door acht, zelfs negen bochten komen tussen het hakhout – hij moet rechtop gezeten hebben, sturend met zijn voeten – en toen werd zijn zaklamp/koplamp zo'n vage streep, dat het een hele rij snelverkeer op een autoweg leek. Desondanks beweert Watzek-Trummer dat hij *nog* een bocht heeft geteld die mijn grootvader wist te nemen voordat we hem geheel uit het oog verloren. Dat zouden er dan tien van de veertien zijn geweest, wat geen slecht gemiddelde is voor een postslee bij nacht.

Ernst zei tegen me dat ik niet mee mocht en sloot me op in de keuken, vanwaar ik bleef kijken naar het groepje zaklantaarns dat de berghelling aan de voet van de Kitzsteinhorn uitkamde tot de dag aanbrak – want toen pas vonden ze mijn grootvader, op de plek waar hij als door een katapult van de Katapult was geschoten omdat hij een boomstam had geraakt die bijna helemaal schuilging onder de verse sneeuw. De postslee was, dankzij een mystiek stuurvermogen dat ik nooit zal begrijpen, op zijn eentje in het dorp teruggekeerd.

Toen ze grootvader uit het geboomte hadden gehaald, stond Watzek-Trummer erop dat ze ook de postslee gingen zoeken. En toen ze die gevonden hadden en bij Ernst hadden teruggebracht, legde hij mijn grootvader erop en sleede voorzichtig met hem de berg af en het dorp door naar Gasthof Enns. Waar hij vier koppen koffie met cognac dronk en op de pastoor wachtte. Die zich opwond omdat Ernst weigerde het adelaarskostuum uit te trekken. Watzek-Trummer zwoer dat mijn grootvader begraven zou worden zoals hij erbij lag, in wapenrusting – zonder veren maar met masker. Ernst kreeg weinig weerwerk. Grootvader had lang geleden al te verstaan gegeven dat de katholieken met *zijn* lijk hun zin niet zouden krijgen na wat die verraderlijke kardinaal Innitzer in 1938 had uitgehaald. Dus zei Ernst, om aan alle discussies een eind te maken: 'Herinnert u zich kardinaal Innitzer nog, eerwaarde? Hij heeft Wenen aan Hitler verkocht. Hij moedigde zijn schaapjes aan om de Führer te steunen.'

En de pastoor zei: 'Daar heeft het Vaticaan nooit achter gestaan.'

'Het Vaticaan,' zei Watzek-Trummer, 'staat erom bekend dat het altijd op een nette manier te laat is met zijn uitspraken.' Want de goede Ernst las nog altijd alles wat hij in zijn vingers kreeg.

Toen werd ik gehaald en samen bogen we grootvaders eierrekjes recht. Ernst en ik. En we schepten sneeuw om hem heen, zodat hij goed koud bleef terwijl de doodskist werd gemaakt.

Tegen mij zei Watzek-Trummer: 'Het was een beroerte of iets dergelijks: het was zijn hart, op de een of andere manier. En deze begrafenis is tenminste beter dan wat ik van andere mensen heb gehoord.'

Waarna we samen naar huis gingen, Ernst en ik. Ik was tien en vol vertrouwen; zo ik me al door mijn familie in de steek gelaten heb gevoeld, dan wist ik me tenminste in goede handen. Beter dan met Ernst Watzek-Trummer kon je het niet treffen. Bewaarder van de familiekronieken – eierboer, postbode, geschiedkundige, eeuwige overlevende. En in laatste instantie verantwoordelijk voor het feit dat *ik* in leven bleef en mijn erfenis aanvaardde.

Twintigste dierentuinwake:
Dinsdag 6 juni 1967, 06.45 uur

De schoonmakers werden kort na halfzeven binnengelaten. O. Schrutt deed de hoofdpoort voor hen open en liet hem daarna openstaan. Hij deed wel een ketting voor de ingang; er hangt een bordje aan, waarschijnlijk met GEEN TOEGANG erop – al hangt het natuurlijk zo dat ik het niet kan lezen.

Het is een sacherijnig en sjofel stelletje, die kooienschrobbers. Ze gingen met hun hele hebben en houden het Reptielenhuis binnen, kwamen weer naar buiten en sjokten toen massaal naar het Dikhuidigenhuis.

Ik zei bij mezelf: Als O. Schrutt nu even bij dat hek vandaan gaat, dan kan ik meteen ervandoor. Zie je, ik wilde nonchalant rondhangen voor de poort, wanneer O. Schrutt naar huis vertrok. Misschien kon ik zien waar hij heen ging!

Zou O. Schrutt een *normaal* ontbijt eten?

Maar er kwam een soort ochtendbewaker die zich bij O. Schrutt meldde aan de poort. Er werden niet veel woorden tussen hen gewisseld. Misschien werd O. Schrutt door de nieuwe man geplaagd omdat hij een regencape droeg bij zoveel zon. Hoe dan ook, daarna is O. Schrutt eenvoudig verdwenen; hij stapte over de ketting die voor de ingang zit en ik heb niet eens gezien welke kant hij uit ging!

Ik moest wachten tot de nieuwe bewaker slenterend aan een weinig enthousiast rondje begon. Toen hij eindelijk in het Kleine Zoogdierenhuis verdween, waren de schoonmakers nog altijd bezig in het Dikhuidigenhuis. En net toen ik mijn schuilheg verliet en naar de hoofdingang rende, zag ik dat de nieuwe bewaker het infrarode licht aandeed! Het is gek, maar ik kan me niet herinneren wanneer O. Schrutt het heeft uitgedaan. Deze nachtwake heeft me wel aangepakt, geloof ik.

Toen ik eenmaal de poort uit was, kon ik nergens meer een spoor van O. Schrutt ontdekken. Ik stak over naar het café op de hoek van Maxing Strasse. Ik ging aan een tafeltje op het trottoir zitten, maar ik kreeg te horen dat ik tot zeven uur moest wachten. Eerder werd ik niet bediend.

Mijn interessante Balkan-kelnertje was bezig de asbakken op de tafeltjes te zetten. Waarschijnlijk werkt hij 's morgens en 's middags en heeft hij 's avonds vrij om slimme krantenberichten te vergaren die hij de volgende dag kan laten lezen.

Hij bekeek me met mateloze sluwheid. Hij wachtte tot ik hem aankeek en toen liet hij me met een zijdelingse blik weten dat hij mijn motor had zien staan – precies op dezelfde plek als gistermiddag. Dat was alles; hij liet me alleen maar weten dat hij *dat* doorhad.

En ineens begon ik een beetje zenuwachtig te worden over mijn terugkeer naar Waidhofen – en over het feit dat deze kelnerende buikschuiver me op de dag van de dierentuinkraak zou kunnen herkennen. Ik zou me moeten vermommen! Dus besloot ik al mijn haar te laten afknippen.

Maar toen de kelner een asbak op mijn tafeltje kwam zetten – hij schoof hem over het tafelblad alsof hij een speelkaart uitdeelde! – kreeg ik weer een beetje lef en ik vroeg hem of hij erbij geweest was toen de Hietzinger Tiergarten een uitbraakpoging had gekend – zo'n jaar of twintig geleden.

Hij was er niet bij geweest, zei hij.

Dus zei ik: 'Maar u zult er vast wel van gehoord hebben. Ze weten nog steeds niet *wie* op dat idee gekomen is. De man is nooit geïdentificeerd.'

'Wie het ook geweest mag zijn,' zei hij, 'ik heb begrepen dat hij zijn leven eindigde als een soort lamskotelet.'

Zie je wel? De slimmerd! Hij wist er alles van.

Dus vroeg ik: 'Wat voor iemand zou zoiets nu doen?'

'Een gek,' antwoordde hij. 'Een geval voor de psychiater.'

'U bedoelt iemand met erfelijke afwijkingen?' opperde ik. 'Iemand met een achtergrond vol onzekerheden en frustraties – zo'n type uit een gebroken gezinnetje?'

'Natuurlijk, natuurlijk,' zei hij – vreselijk toegeeflijk tegen me, de vuile frotteur. 'Dat bedoelde ik inderdaad.'

'Een typisch geval van overdracht,' zei ik.

'Een beoordelingsfout,' verklaarde hij.

'Een gebrek aan logica,' zei ik.

'Een totaal *gemis* aan logica,' zei de kelner; hij keek me stralend aan. Zijn armvol asbakken van gepolijst glas kaatste het zonlicht in kleine, spitse driehoekjes over zijn gezicht.

Maar ik heb zo mijn eigen gedachten over de vraag wie de krankzinnige dierentuinkraker geweest is. Het is volkomen in de haak om in deze kwestie je eigen theorie aan te hangen, nietwaar; het is en blijft een open vraag. Ik kan wel iemand bedenken die de volmaakte persoon voor dat werkje zou zijn geweest; te oordelen naar wat ik over hem gehoord heb, moet hij ervoor geknipt zijn geweest – niet alleen voor het schitterende idee als zodanig, maar ook voor de misrekening in zijn jeugdige plannenmakerij waardoor hij ten slotte werd opgegeten. Hij was ergens nog familie van me ook; het gerucht gaat dat hij een achternagezeten hoofdredacteur met een taxi naar Hongarije heeft gebracht en niet is teruggekeerd. Maar iedereen weet dat die hoofdredacteur het er levend afgebracht heeft en dus is het mogelijk om aan te nemen dat de taxichauffeur naar Hongarije kan zijn gegaan *en* teruggekomen kan zijn – op een tijdstip dat degenen naar wie hij het meest verlangde, niet aanwezig bleken te zijn. Het is en blijft mogelijk. En die persoon hield veel van dieren. Toevallig weet ik dat hij eens zijn grote bezorgdheid uitsprak over een eekhoorn die getatoeëerd was – en wel zo diep, dat zijn geest daarna alleen nog maar kringetjes kon draaien.

Het kan evengoed deze man geweest zijn als iemand anders – laten we zeggen, een met schuldgevoelens beladen familielid van Hinley Gouch.

Toen vroeg die slimme Balkan-kelner: 'Voelt u zich wel goed, meneer?' Om me te laten denken dat ik me *niet* goed voelde, snap je; om het idee te wekken dat ik rare dingen had zitten doen met mijn handen of met mijn mond, misschien.

Je moet uitkijken met die jongens van de Balkan. Ik heb er een gekend die zijn beste vriend niet herkende terwijl ze samen voor een pisbak stonden.

Maar ik was niet van plan me door die Balkan-buikschuiver te laten ringeloren. Ik zei: 'Ik voel me uitstekend. U ook?' En ik zag al voor me wat er binnenkort met zijn armvol asbakken gebeuren zal, als hij op een morgen zijn slimme oogjes opslaat en zijn eigengereide kalmte verliest – bij het zien van een Zeldzame Brilbeer die vanaf de overkant komt aanstormen.

'Ik dacht alleen dat u misschien een slokje water wilde hebben, meneer,' zei de kelner. 'U leek even duizelig te worden – of de kluts kwijt te zijn, zoals dat heet.'

Maar ik wilde me niet laten kennen. Ik zei:

Bolje rob nego grob!
Beter een slaaf dan een graf!

'Nietwaar?' zei ik. 'Dat is zo, nietwaar?'

Ongelooflijk geslepen, als een edelsteen, vroeg hij: 'Wilde u soms iets eten?'

'Nee. Ik wil alleen een kop koffie,' zei ik.

'Dan zult u moeten wachten,' zei hij, vast van plan me op mijn nummer te zetten. 'Voor zevenen bedienen we niet.'

'Vertel me dan maar waar de dichtstbijzijnde kapper is,' zei ik.

'Maar het is nu bijna zeven uur,' zei hij.

'Ik zoek een kapper,' zei ik venijnig.

'Voor zevenen knippen ze uw haar toch ook niet,' zei hij.

'Hoe weet u dat ik mijn haar wil laten knippen?' vroeg ik en daar had hij niet van terug. Hij wees naar de Platz aan de andere kant van Maxing Strasse; ik deed net of ik de rood-wit gestreepte kapperspaal niet zag.

Ik bleef tot ver na zeven uur aan mijn tafeltje zitten, alleen maar om hem in de war te brengen. Ik krabbelde wat in mijn notitieblok. Ik deed net of ik zijn portret tekende en ik bleef voortdurend naar hem kijken om hem zenuwachtig te maken terwijl hij een paar andere vroege gasten hielp.

Om zeven uur openen ze de dierentuin. Maar er is niemand die zo vroeg al naar binnen wil. Er is alleen een dikke man met een groen pokerschermpje boven zijn ogen en die zit welgedaan als een sultan in zijn kaartverkopershokje. Daarboven doemt van tijd tot tijd de kop van de giraf op.

De uiterst selectieve autobiografie van Siegfried Javotnik: epiloog

In Kaprun groeide ik op als een zeer belezen kind, want Ernst Watzek-Trummer kende de waarde van boeken; en als een kind met historisch inzicht, want Ernst bracht me geleidelijk op de hoogte – al liet hij hier en daar ook stukken weg, dat wel, totdat ik oud genoeg was om *alles* aan te horen.

Voordat hij me naar de universiteit van Wenen stuurde, zorgde hij ervoor dat ik op de Grand-Prixracer uit 1939 leerde rijden – waarbij hij de indruk wekte dat ik het ding bijna langs genetische weg had geërfd. Zo had ik alles wat mijn hartje begeerde; ik bezat zelfs mijn eigen scheurijzer. Het eerste wat ik deed was dat ontluisterende postkarretje eraf slopen.

Maar toen ik een poosje over Gottlob Wut had nagedacht, begon ik de Grand-Prixracer te zien als iets wat te uniek was om aan mijn jongelingsjaren op te offeren. Ik peuterde alle details uit Ernst los en vertrok voor mijn eerste rit buiten Kaprun. Dat was in de zomer van 1964. Ik was achttien.

Ik reed met de Grand-Prixracer naar de NSU-fabriek in Neckarsulm, waar ik met iemand van de directie wilde praten over de motorfiets die mij als erfenis was toegevallen en die een ereplaats verdiende. Ik vertelde het eerst aan een monteurstype, want dat was de eerste die ik in de fabriek tegenkwam – dat dit de motor was geweest van Gottlob Wut, de meesterlijke en mystieke mecanicien van de Italiaanse Grand Prix in 1930. Maar de monteur had nog nooit van Wut gehoord – en ook het jonge managerstype niet dat ik daarna ergens vond.

'Wat heb jij daar?' vroeg hij. 'Een tractor?'

'Van Wut,' zei ik. 'Gottlob Wut. Hij is in de oorlog omgekomen.'

'Nee toch?' zei de manager. 'Ik heb gehoord dat dat met nog een paar mensen is gebeurd.'

'De Grand Prix van Italië,' zei ik. 'In negentiendertig. Wut was daar de sleutelfiguur.'

Maar de jonge manager herinnerde zich alleen de coureurs, Freddy

Harrell en Klaus Worfer. Een Wut kende hij niet.

'Enfin, zeg maar op,' zei hij. 'Hoeveel moet je hebben voor dat ouwe ding?'

En toen ik opperde dat het misschien een museumstuk was – want NSU had toch wel een plek waar ze haar oude racers in ere hield? – begon de manager te lachen.

'Je zou een goede verkoper zijn,' zei hij, maar ik vertelde hem niet dat ik van plan was geweest de motor cadeau te doen – als ze er een goede plek voor hadden.

De werkplaats stond vol lelijke, kwaadaardige motorfietsen die knettergeluiden maakten als er aan het gas werd gedraaid. Dus startte ik mijn racemotor en liet – in gedachten – al hun ordinaire aluminium onderdelen lostrillen.

Ik reed terug naar Kaprun en zei tegen Watzek-Trummer dat we de motor ergens zorgvuldig moesten opslaan en hem alleen nog maar in noodgevallen moesten berijden. Natuurlijk was hij het daar onmiddellijk mee eens – met *zijn* historisch inzicht.

Toen ging ik naar Wenen en probeerde mee te doen met het studentenleven. Maar ik kwam eigenlijk niemand tegen die de moeite waard was; de meesten hadden lang niet zoveel gelezen als ik en niemand wist zoveel als Ernst Watzek-Trummer. Er was echter één student die ik me nog kan herinneren – een joodse jongen, die naast zijn studie ook nog speurwerk deed voor een geheime joodse organisatie die oude nazi's opspoorde. De jongen had alle achtennegentig leden van zijn familie verloren – allemaal verdwenen, zei hij –, maar toen ik dóórvroeg en informeerde hoe hij dan kon weten dat hij zelf tot die familie behoorde, toen bekende hij dat hij ze 'geadopteerd' had. Want voor zover hij wist, had hij zelf nooit familie gehad. Hij herinnerde zich tenminste niemand, behalve de RAF-piloot die hem met zijn vliegtuig had weggebracht vanuit Bergen-Belsen, toen dat kamp eenmaal bevrijd was. Maar hij had deze familie van achtennegentig leden geadopteerd omdat het in de verslagen, die hij had gelezen, de grootste familie had geleken die verdwenen was zonder iemand achter te laten. Louter en alleen voor hen, zei hij, had hij zichzelf tot het negenennegentigste lid van de familie benoemd – de enige overlevende, al was het alleen maar in naam.

Het was wel een aardige kerel, met zijn halve baan als leerling-spion, maar het schijnt dat hij erg goed werd in zijn werk en dat hij er ten slotte zo over opschepte, dat zijn foto in een van de Weense dagbladen verscheen omdat hij op zijn dooie eentje verantwoordelijk was voor de opsporing en de arrestatie van een zekere Richter Muil, een oorlogsmisdadiger. Helaas maakte die publiciteit hem veel te zenuwachtig en daarom werd hij door zijn geheime joodse organisatie verstoten. Sindsdien hing hij rond in allerlei studenten-*Kellers*; omdat hij wist wat er in Amerika met Wild Bill Hickok was gebeurd, ging hij nooit met zijn rug naar een raam of een deur zitten. Toen ik Ernst Watzek-Trummer over hem vertelde, zei deze: 'Oorlogspsychose.' Dat was iets waarover hij gelezen had.

Verder was er mijn goede vriend Dragutin Svet. In mijn tweede jaar aan de universiteit ontmoette ik hem tijdens een skivakantie in Tauplitz. Hij studeerde iets wat met de Balkan te maken had; hij was Serviër van geboorte en we hebben samen heel wat geskied. Hij zei altijd dat hij Watzek-Trummer graag zou ontmoeten.

Maar we kregen ruzie. Om iets heel doms. Op een keer ging ik met hem naar Zwitserland om te skiën en toen we daar waren, hoorden we in de hal van ons Gasthaus een groepje mannen Servo-Kroatisch praten. Het bleek dat er een soort congres van verbannen Serviërs aan de gang was, hoofdzakelijk bestaande uit gevaarlijk uitziende oude kerels en een paar jonge, idealistische, militair aandoende knapen. Een paar van die ouwetjes – zo werd er gefluisterd – hadden nog gevochten aan de zijde van de Četnik-generaal Draža Mihajlović.

We kwamen in dezelfde eetzaal terecht als zij, ook al wekten onze leeftijd en onze zenuwachtigheid wel enige argwaan. Ik probeerde net iets geestigs in het Servo-Kroatisch te bedenken, toen een van die oude kerels – die gemeen naar me zat te loeren vanaf het hoofd van hun tafel – ineens in het Duits aan me vroeg: 'En waar kom jij vandaan, jongeman?' Waarop ik geheel naar waarheid antwoordde: 'Van Maribor, ofschoon via Slovenjgradec.' En verscheidene mannen zetten hun cocktail neer en vroegen met barse stem: 'Kroaat? Sloveen?' En aangezien ik mijn vriend Dragutin Svet, Serviër van geboorte, niet in verlegenheid wilde brengen, flapte ik er het enige Servo-Kroatisch uit dat ik me zo gauw kon herinneren:

Bolje rob nego grob!
Beter een slaaf dan een graf!

Wat, zoals Watzek-Trummer later uitlegde, precies het omgekeerde was van wat ik had moeten zeggen; het was mijn vaders weinig heldhaftige bewerking van hun leuze, die mij nu in aanvaring bracht met de onverzettelijke Četniks. Want aan het hoofd van hun tafel zat ineens een zwaar beledigd man, die zich ver naar me overboog; hij had nog maar één hand, maar die wist hij opmerkelijk goed te gebruiken toen hij een glas whisky in mijn gezicht gooide.

Mijn vriend Dragutin Svet weigerde iets van het voorval te begrijpen en hij betichtte me van slechte smaak, omdat ik een woordgrapje had uitgehaald met een devies dat de Serviërs zo ernstig opvatten. En daarna heb ik Svet niet veel meer gezien.

Ik kreeg een baantje bij een zekere Herr Faber, om mijn handigheid te behouden met – en mijn ogen open te houden voor – motorfietsen. Bovendien had ik geld nodig om mijn opleiding te betalen, want die scheen iets langer te gaan duren dan nodig was. Louter en alleen omdat mijn scriptie geweigerd werd door een zekere Herr Doktor Ficht.

Die scriptie had mijn UITERST SELECTIEVE AUTOBIOGRAFIE moeten zijn, want ik vond dat verhaal uitvoerig genoeg en zelfs nog literair ook. Maar Ficht was woedend. Hij beweerde dat het een volkomen scheefgetrokken, onvolledig beeld van de nabije geschiedenis was en nog oneerbiedig ook – en er stonden geen voetnoten in. Enfin, bij mijn pogingen hem te kalmeren, ontdekte ik dat Herr Doktor Ficht ooit Herr Doktor Fichtstein is geweest, jood, die tijdens de oorlog ondergedoken heeft gezeten aan de Nederlandse kust – waar hij ten slotte toch gegrepen werd; later is hij ontsnapt, maar pas nadat ze zijn tandvlees hadden ingespoten met een middel om het gebit te laten afsterven, een chemisch goedje dat nog te nieuw en te experimenteel was om veilig te kunnen gebruiken. De voormalige Fichtstein was ziedend dat ik het lef had gehad om de oorlog in een sneltreinvaart te behandelen en daarbij de joden zo weinig te noemen. Ik probeerde hem uit te leggen dat hij mijn autobiografie moest zien als *fictie*, zoals de weinig nauwkeurige omschrijving meestal luidt – dus laten we zeggen, een roman. Want mijn tekst is niet bedoeld als *echte* geschiedenis. Bovendien zei ik dat de Doktor zich volgens mij schuldig maakte aan een Amerikaans-Russisch waardeoordeel, als hij wilde beweren dat het beeld van de wreedheid nooit volledig geschilderd kan worden zonder de miljoenen joden. Alweer die aantallen, ziet u. Mijn zienswijze leek Ficht of Fichtstein volkomen te ontgaan, maar ik moet toegeven dat statistieken je dikwijls de baas zijn. Bij bijna alles kunnen ze – geheel alleen – de schijn wekken dat er van wreedheid hoegenaamd geen sprake is.

Hoe dan ook, door deze onenigheid leek mijn universitaire loopbaan een langdurige kwestie te gaan worden. Dat wil zeggen, ik zou moeten doorgaan totdat ik het een of andere academische onderwerp onder de knie had gekregen – in plaats van te laten zien wat ik al wist en wat ik daarmee gedaan had.

Watzek-Trummer begrijpt natuurlijk niets van universiteiten. Hij beweert altijd dat ze daar te veel gelezen moeten hebben voordat ze ergens belang in stellen, wat hun later belet om belangstelling te krijgen voor wat ze lezen. Op dit punt bezorgt hij je wel eens hoofdbrekens. Autodidacten weten niet van wijken, ziet u.

Ernst leest nog altijd als een bezetene. Elk jaar ga ik met Kerstmis naar hem toe, maar ik verschijn nooit zonder een stapel boeken. Anders dan bij de meeste oude mensen, wordt zijn leeshonger steeds kieskeuriger; dat wil zeggen, hij leest niet meer alles wat hij in zijn vingers krijgt. Ja, vaak is hij nauwelijks onder de indruk van de boeken die ik voor hem meebreng. Hij begint erin, snuffelt ze door en dan houdt hij op bij bladzijde tien. 'Dat weet ik al,' zegt hij dan en daarna legt hij het boek weg.

Als ik met Kerstmis naar huis ga, doe ik dat tegenwoordig eerder om de boeken van Watzek-Trummer te lezen dan dat ik mezelf vlei met de mening dat ik *hem* zoveel genoegen doe met mijn geschenken.

Watzek-Trummer is nu als postbode gepensioneerd en staat hoog in aanzien in de stad. Hij bewoont drie kamers in Gasthof Enns; hij is zelfs zoiets als een toeristische attractie, wanneer hij dat goedvindt.

Een van zijn kamers zit boordevol boeken, een kamer bevat de Grand-Prixracer uit 1939 en een kamer is voorzien van een bed en een keukentafel – ook al eet Ernst tegenwoordig alleen maar in de Gasthof. De keukentafel is om aan te zitten, op te leunen en overheen te praten – een gewoonte waarmee hij niet meer kan breken, zegt hij, ook al woont hij nu helemaal alleen.

Als ik thuis ben, slaap ik in de kamer met de Grand-Prixracer uit 1939. En ik geniet altijd volop van de kerstdagen.

Geloof me, Ernst Watzek-Trummer heeft altijd heel wat te vertellen.

Tweeëntwintigste en allerlaatste dierentuinwake: Dinsdag 6 juni 1967, 07.30 uur

Ik ben even gestopt voor een kop koffie – in Hütteldorf-Hacking, zo'n anderhalve kilometer ten westen van Hietzing. Hier begint het platteland al een beetje, al bestaat het voornamelijk uit kleine wijngaarden; als je koeien wilt zien, moet je nog anderhalve kilometer verder.

De spiesbok zal dus ten minste drie kilometer moeten afleggen voor zijn eerste vrijpartij.

Hütteldorf-Hacking is geheel ontdaan over mij. Ik heb me in Hietzing een pracht van een kapsel laten aanmeten.

Ik liep de Platz rond volgens de aanwijzingen die dat gluiperige kelnertje me had gegeven en bleek de eerste klant van Hugel Furtwängler.

'Knippen of scheren?' vroeg de kleine Hugel Furtwängler. Je kon zien dat hij het graag allebei wilde doen of anders het liefst alleen knippen – scheren is immers goedkoper.

'Alleen maar scheren,' zei ik. 'Maar dan ook *helemaal*.'

En met een aanmatigend knikje – alsof hij me begreep – begon hij warme handdoeken rondom mijn wangen op te stapelen. Maar ik zei: 'En vergeet de wenkbrauwen niet, wil je?' Dat maakte dat hij er ineens niet meer zo wijsneuzig bij stond.

'Uw wenkbrauwen?' zei Hugel. 'Wilt u uw wenkbrauwen afscheren?'

'Ik wil *helemaal* geschoren worden, Hugel,' zei ik. 'En nu alsjeblieft geen onzin meer.'

'Nou, mij best,' zei hij. 'Ik heb in het ziekenhuis gewerkt en daar kregen we ze soms als ze gevochten hadden. Dan moest je ook hun wenkbrauwen afscheren.'

'Bij mij alles,' zei ik. 'Wees zo goed en scheer mijn hele hoofd, Hugel.'

Dat bracht hem opnieuw van zijn stuk, al deed hij zijn best om net te doen alsof hij niet verbaasd was.

'U bedoelt dat u geknipt wilt worden,' zei hij.

'Ik wil geschoren worden,' hield ik vol. 'Ik wil mijn haar niet laten *knippen*, ik wil het helemaal af laten scheren – tot ik daar zo glad ben als het puntje van mijn neus.' En hij tuurde met open mond naar mijn neus, alsof dat hem hielp om me te begrijpen.

'Als ik uw hoofd moet *scheren*,' zei hij ten slotte, 'dan zal ik het haar toch eerst moeten *knippen*. Ik moet het heel kort knippen om het af te kunnen scheren.'

Maar ik was niet van plan me te laten toespreken als een kind of als een krankzinnige die zoet gehouden moet worden. Ik zei: 'Hugel, doe wat je nodig vindt om het karwei te klaren. Alleen géén schrammen op mijn hoofd, wil je? Ik ben een bloeder, zie je; er zit al jaren een tikje hemofilie in de familie. Dus geen jaap, alsjeblieft, anders ga ik hier in jouw stoel zitten bloeden als een rund.'

En Hugel Furtwängler lachte gemaakt – nog steeds om me zoet te houden, want hij dacht echt dat hij de situatie meester was.

'Jij lacht heel wat af, nietwaar, Hugel?' zei ik. En hij lachte maar door.

'Wat een gevoel voor humor hebt u,' zei hij. 'En dat zo vroeg in de ochtend.'

'Soms lach ik zo hard, dat ik uit mijn oren begin te bloeden,' zei ik. Maar hij giechelde door en ik bemerkte dat hij me als een kind wilde *blijven* behandelen. Dus ging ik over op een ander onderwerp.

'Heb je lang in de dierentuin gezeten, Hugel?' vroeg ik. Waarop hij luidruchtig zijn keel schraapte.

'Heb je ooit een uitbraak meegemaakt, Hugel?' vroeg ik. 'Uit de dierentuin, bedoel ik?' En hij dook weg achter mijn hoofd in de spiegel, terwijl hij net deed of hij mijn nekhaar moest knippen.

'Dat *is* een keer gebeurd, weet je,' zei ik.

'Maar ze kwamen er niet uit,' zei hij – want hij wist er natuurlijk alles van, de vuile frotteur.

'Was je hier toen al?' vroeg ik.

'Ach, het is zo lang geleden,' zei hij. 'Ik weet niet meer waar ik toen zat.'

'Ben je altijd barbier geweest, Hugel?' vroeg ik.

'Het zit in de familie,' zei hij. 'Net als uw bloederziekte!' En hij vond zichzelf zo grappig, dat hij bijna mijn oor afsneed.

'Voorzichtig,' zei ik, verstijvend in mijn stoel. 'Je hebt de huid toch nergens beschadigd, hè?' Dat bracht hem weer tot zichzelf; hij werkte met grote behoedzaamheid verder.

Maar toen hij zo ver gekomen was dat het nog net op een normale knipbeurt leek, zei hij: 'Het is nog niet te laat. Ik kan er hier mee ophouden.'

'*Scheren*,' zei ik, terwijl ik met een uitdrukkingloos gezicht in de spiegel staarde. En hij deed het.

Na afloop begon hij weer te giechelen. Ik stond juist mijn hoofd in de spiegel te bekijken, van voren en van achteren, toen zijn tweede klant van die dag binnenkwam.

'Ach, Herr Ruhr,' zei Hugel. 'Ik kom zo bij u.'

'Goedemorgen, Hugel,' zei een gezette Herr Ruhr.

Maar ik deinsde terug voor de spiegel en staarde Herr Ruhr aan. Hij wierp me een verontruste blik toe en ik zei: 'Die kapper is een lachende gek! Ik zei dat hij me moest scheren – en kijk nu toch eens wat hij gedaan heeft!'

Hugel uitte een zwak piepkreetje – met het scheermes in zijn tengere hand en scheerschuim op zijn knokkels.

'Kijk maar uit met hem, Herr Ruhr,' zei ik, terwijl ik met mijn hand over mijn glanzende schedel ging. 'Hij is een gevaarlijk man met dat mes.' En Herr Ruhr staarde naar het scheermes in de hand van de kleine Hugel.

'*Hij* is gek!' riep Hugel Furtwängler. 'Hij wilde zelf dat ik het deed!' Maar Hugel leek echt een beetje raar, zoals hij daar stond te dansen met dat scheermes – en met een vuurrood hoofd. 'En hij is nog een bloeder ook!' riep Hugel.

'Hugel denkt vanmorgen alleen maar aan bloed,' zei ik tegen Herr Ruhr. Toen betaalde ik Hugel het scheertarief.

'Scheren *en* knippen!' riep de uiterst verwarde Furtwängler.

Maar ik keek Herr Ruhr aan en vroeg: 'Dit kun je toch geen *knippen* noemen?' En opnieuw wreef ik over mijn bol. 'Ik heb alleen om scheren gevraagd.'

En Herr Ruhr keek op zijn horloge en zei: 'Ik begrijp niet waar de tijd vanmorgen blijft. Ik zal vandaag maar eens overslaan, Hugel.'

Hugel zwaaide heftig met zijn scheermes en deed een onhandige poging om Herr Ruhr bij de deur tegen te houden. Maar Herr Ruhr glipte haastig de straat op en ik volgde hem naar buiten, zodat de arme Hugel Furtwängler eenzaam achterbleef, bespat met scheerschuim en heftig gebarend met zijn mes.

Ongeveer in dezelfde toestand, dacht ik, waarin de arme Hugel zou verkeren wanneer hij het aardvarken over de Platz zou zien aankomen om een shampoo te halen voor zijn borstelhaar.

Daarna sloop ik naar de motor terug, zonder dat die doortrapte Balkan-kelner mijn nieuwe hoofd in het oog kreeg; ik zette haastig mijn helm op, zodat hij niet zou merken hoezeer ik veranderd was, als ik met mijn kickstarter ging staan pompen. Maar met die helm reed ik toch niet verder dan Hütteldorf-Hacking, want hij zit heel vervelend – hij past niet meer en hij danst op en neer op mijn prikkende schedel; ik vrees dat Hugel er niet in geslaagd is mijn hoofd zonder een schrammetje af te leveren.

Ik heb de helm met zijn kinband vastgemaakt aan de riem van mijn jekker, want ik heb hem niet meer nodig. Ik heb nu mijn eigen helm.

Daarna dronk ik ergens een kop koffie, terwijl ik rook hoe de zon de kleine druiven in de wijngaarden aan de overkant liet stoven en terwijl ik trachtte te berekenen waar precies het kippenhok heeft gestaan van iemand die ik ken; eigenlijk was het eerder een laboratorium, waar ooit een vogel werd uitgevonden die veel stof heeft doen opwaaien. Maar ik kon me niet oriënteren tussen al die gebouwen die er zo nieuw uitzagen of minstens toch herbouwd leken.

Het terrein waaraan ik nu denk, zou trouwens toch moeilijk terug te vinden zijn omdat het kippenhok allang geleden is verbrand.

Het doet er weinig toe. Momenteel ligt er een belangrijker kwestie voor ons.

Ik ben op weg, Graff, en maak je maar geen zorgen. Ik zal heel voorzichtig zijn. Ik kom Waidhofen heel listig binnen langs een andere weg; ik laat de motor buiten de stad staan en ga te voet verder zonder mijn eendenjekker – en zonder mijn oude, gemakkelijk te herkennen hoofd. Je moet altijd je koppie gebruiken, nietwaar?

En over dat andere hoef je je ook niet ongerust te maken, Graff – over Italië. We gaan ernaartoe. Misschien komen sommigen van hen ons achterna, als ze eenmaal vrij zijn.

We zullen die verrekte stranden van jou te zien krijgen, Graff. En we krijgen de zee te zien.

Eerlijk gezegd weet ik in de buurt van Napels een interessant plaatsje. Daar hebben ze een groot aquarium waarin vele en wonderschone vissen worden gehouden – in brak zeewater onder glas. Ik heb er foto's van gezien. Dat gebouw ligt om de hoek van het haventje.

Het zou een gemakkelijk karweitje zijn. We hoeven de vissen niet ver te laten kronkelen en niet lang buiten het water te houden. Eén of twee straten op z'n hoogst – en vlak bij de kademuur is misschien ook nog een parkje, als ik me goed herinner. Vandaar kunnen we ze dus in alle vrijheid in de Baai van Napels gooien.

Als je het mij vraagt, Graff, zal het zelfs nog gemakkelijker zijn dan de Hietzinger Tiergarten.

DERDE DEEL

Het loslaten

P.S.

Natuurlijk bevat het notitieblok meer dan dat. En natuurlijk staan de dierentuinwaken en de autobiografie in het origineel niet door elkaar; het was mijn idee om het een tussen het ander te voegen. Want voor mijn gevoel was zowel de woordenvloed van Siggy's opgefokte levensverhaal als het fanatisme van zijn verrekte dierentuinwaken vrijwel onverteerbaar – wanneer je ze althans in één ruk wilde lezen. Zo kwam het in elk geval op mij over; ik merkte dat ik voortdurend heen en weer zat te bladeren, al kan dat ook gelegen hebben aan de ongemakkelijke omstandigheid dat ik alles moest lezen in Tante Tratts badkuip, waar ik een hele week – of haast zo lang – mijn bijensteken heb laten weken.

Ik blijf echter van mening dat de twee verslagen zo'n uiteenrafeling nodig hebben, al was het alleen maar om literaire redenen. En Siggy heeft wel degelijk een paar duistere verbindingslijnen getrokken tussen zijn verschrikkelijke geschiedenis en zijn plan om de dierentuin te kraken – al heb ik persoonlijk geen hoge dunk van de logica die erin zit.

Eveneens om literaire redenen vond ik het nauwelijks zinvol om hier de overige gedenkwaardige feiten uit het notitieblok weer te geven. Al die verrekte spreuken en gedichten. Al zijn uitroeptekens, zijn adressen en telefoonnummers, de geheugensteuntjes voor bibliotheekboeken waarvan de inleveringsdatum verliep. En al datgene waaruit zijn slecht bijgehouden bibliografie bestond.

Ik vrees dat Doktor Ficht gelijk had toen hij aanmerkingen maakte op Siggy's verzuim om iets aan voetnoten te doen. Hij putte blijkbaar even vaak uit Watzek-Trummers boekerij als uit de ooggetuigenverklaringen van de oude Ernst zelf.

Om maar een paar van Siggy's notities te noemen:

Ik ben nogal in mijn schik met Brook-Shepherds *Anschluss.* B.S. weet echt wat er aan de hand is geweest.

D. Martin weet In *Verraden Bondgenoot!* door te dringen tot in de kern van de zaak.

De arme L. Adamic is met zijn *Mijn geboorteland* een hopeloze propagandist.

Alle informatie staat in *De Sovjetunie en de bezetting van Oostenrijk* van Stearman. Maar zijn voetnoten zijn langer dan de tekst.

In *Wereld zonder einde* van Stojan Pribičević en *Gevallen bastions* van G.E.R. Gedje zit een hoop emotioneel geschrijf.

En andere aantekeningen, zonder zijn stellige commentaar:

Kurt von Schuschniggs *Oostenrijks requiem* en Sheridons *Kurt von Schuschnigg.*

De verslagen van het proces Schmidt, vooral de getuigenverklaringen van Skubl, Miklas en Raab. En *Getuigenissen te Neurenberg,* vooral die van Göring en Seyss-Inquart.

De officiële notulen van de vergaderingen van de Geallieerde Hoge Raad en Controlecommissie, 1945-1955.

Plamenatz' *De waarheid over Mihajlović.* Althans vergeleken met Vaso Trivanovićs *Het verraad van Mihajlović.*

Waarom de geallieerden zich hebben afgekeerd van het Joegoslavische leger van generaal Mihajlović door kolonel Zivan Knezević.

En talloze verwijzingen naar:

Wat Ernst Watzek-Trummer heeft gezegd.

Het duurde echter een paar dagen voordat ik hier iets van kon lezen – gekluisterd als ik was aan de badkuip. Veel epsomzout en om het uur vers badwater.

Natuurlijk werden de spullen van Siggy bij mij gebracht, ook al zat alles dik onder de honing. Het kostte me enige tijd om de bladen van het notitieblok los te krijgen; ik moest ze openstomen boven mijn badwater. En daarna moest ik een paar dagen wachten, totdat ik goed genoeg kon zien om ze te kunnen lezen – totdat mijn bijenzwellingen voldoende geslonken waren om mijn ogen open te kunnen houden. Ik heb ook koorts gehad en zelfs een beetje gebraakt, zo overdadig was de portie vergif die in mijn stofwisseling zat.

Maar mijn bijendosis mag dan overdadig geweest zijn, ik had toch niet willen ruilen voor de overdosis die Siggy's deel moet zijn geweest. En niemand wilde me vertellen of het zijn hoofd was dat ik BOING! had horen doen – zodat hij buiten westen was geraakt voordat de bijen hem volspoten –, of dat ik me alleen maar *verbeeld* had dat hij onder de aanhangwagen had liggen spartelen, nadat hij de bijenkorven eraf had gegooid.

Zoals het notitieblok zegt:

God weet het. Of raadt er ook maar naar.

Maar toen ik eenmaal begon te lezen, kwam ik plekken tegen die gemener staken dan mijn bijenwonden – dat kan ik u verzekeren. Zoals deze:

Vandaag kennisgemaakt en motor gekocht met Hannes Graff. Erg aardige kerel. Maar hij ligt vanbinnen behoorlijk aan stukken.

En ondanks zijn talrijke genezende baden lag Hannes Graff nog altijd behoorlijk aan stukken, dat kan ik u wel vertellen.

Er kwamen nog meer van zulke steken uit het notitieblok:

Wat Draža Mihajlović op zijn proces gezegd heeft: 'Ik wilde veel... ik begon veel... maar de storm van de wereld heeft mij en mijn werk weggeblazen.'

Tja, Siggy, dat weet ik niet precies. Ik geloof dat het niet de storm van de wereld was die jou te pakken kreeg. Als bij zoveel andere – en net niet kloppende – gedeelten van je levensverhaal en je dierentuinplannen, raak ik ook nu niet overtuigd van de logica in je vergelijkingen – die slechts vaag aangeduid zijn of overijld getrokken en dus niet helder.

Het was niet de storm van de wereld die jou te pakken kreeg, Siggy. Jij maakte je eigen wind en die blies jou weg.

AAN STUKKEN

De honingbij (stuifmeeldragend): een sociaal gerichte, honing vervaardigende bijensoort (geslacht *Apis* en aanverwante geslachten), met name de *Apis mellifera*, inheems in Europa maar thans in een groot deel van de wereld geteeld om zijn honing, zijn was en zijn bestuivingsfunctie.

De honingbij bestaat uit verschillende delen.

Welke ik grotendeels in geplette en uiteengerukte staat ontdekte – zoals Siggy het geschreven zou hebben:

In broekomslag en sokken,
borstrok en okselhaar –
bij stukken en bij brokken,
hier en daar.

Een borstpartij tussen de spiraal in de rug van Siggy's notitieblok; een paar harige achterpoten op de vloer van de badkamer – waar ik vermoedelijk uit mijn kleren werd gepeld, voordat men mij onderdompelde in de verzachtende zoutoplossing; angels, ogen en koppen, lelijke onderlijven en prachtige vleugels in de talloze vouwen en zakken van Siggy's eendenjekker, die geheel door de honing bedorven was.

Ik vond ook bijen die nog heel waren. Een ervan liet ik langzaam verdrinken in de badkuip, maar ik geloof dat hij al dood was.

Een paar dagen lang drenkte Hannes Graff zijn eigen stukken en brokken. Maar bezoek was niet toegestaan; Frau Tratt verzorgde me.

Wat ironisch toch, dacht ik; de vrouw die zich zozeer gestoten had aan Siggy's overrompelende naaktheid, deed nu heel gewoon over de mijne. Wat beledigend toch, dacht ik. Maar Tante Tratt verontschuldigde zich met een verwijzing naar haar leeftijd.

'Iemand moet u toch verzorgen?' zei ze. 'Of kunt u zich soms een dokter veroorloven? Vergeet niet dat er nog altijd een schuld openstaat aan mij. Bovendien had ik uw grootmoeder kunnen zijn. Voor mij is het gewoon het zoveelste blote kontje.'

En ik dacht: Zoveel blote kontjes zul jij niet te zien hebben gekregen. Nooit van je leven.

Maar ze was elke dag present, met soep en spons; onder haar toeziend oog begon mijn algehele gezwollenheid af te nemen.

'Ze hadden een voorliefde voor uw nek,' zei ze – de wrede, oude feeks – en ze ontweek al mijn vragen, wanneer ik wilde weten wat ze met Siggy deden. Of zijn lijk ook behandeld werd of zo.

Want natuurlijk hoefde niemand me te vertellen dat hij dood was. Alleen al het feit dat ze eindeloos kwam aansjouwen met dingen van hem. Zijn eendenjekker. Zijn pijpen. Zijn notitieblok.

Frau Tratt vroeg wel eens op vormelijke toon: 'Waar moet hij heen gestuurd worden?'

Dat was nog voordat ik het notitieblok voldoende had doorgekeken om me een beeld te vormen van zijn familieleden.

Later, toen ik weer kon lezen, stelde ik me een vermoeide Ernst Watzek-Trummer voor, afgemat door zijn verantwoordelijkheden als begraver. Altijd en eeuwig beschikbaar voor drie generaties doden in één familie – soms een verscheiden dat direct en definitief was, soms een einde dat stilzwijgend werd aangenomen.

Siggy moest natuurlijk naar Kaprun, maar ik kon me hem daar niet voorstellen – een paar dagen tussen de bloemen, opgebaard in de kamer met de Grand-Prixracer uit 1939.

'Enfin, u boft maar,' zei de oude Tratt. 'Dit soort dingen kan erg prijzig zijn, maar Keff is zo aardig om een kist voor hem te timmeren.'

'Keff?' zei ik. 'Waarom juist Keff?'

'Dat weet ik echt niet,' zei Frau Tratt. 'Het is maar een gewone kist, hoor – heel eenvoudig. Voor niets krijg je niet veel, nietwaar?'

Bij jou zeker niet, dacht ik. Maar ik vroeg: 'Waar is Gallen?'

'Wat kan het u schelen waar ze is?' informeerde Tante Tratt.

Maar die voldoening gunde ik haar niet. Ik zweeg en bleef gebukt op mijn stapel handdoeken zitten, waar ik opdroogde van mijn laatste bad van die dag en me schrap zette voor het moment waarop de ruwe handen van Frau Tratt opnieuw over me heen zouden gaan – zodat ik weer zou gaan tintelen van die sterke, naar noten geurende lotion van de toverhazelaar.

La Tratt vroeg opnieuw: 'Wat kan het u schelen waar Gallen is? Was u soms iets met haar van plan?'

Maar ik zei: 'Ik vroeg me alleen af waar ze zat. Ze is niet één keer bij me komen kijken.'

'Nou,' zei de Frau, 'ze komt pas bij u op bezoek als het geen pijn meer doet om *kleren* te dragen.' En bij het woord *kleren* spetterde ze een golf ijskoude lotion op mijn rug en toen ik, snakkend naar adem, half overeind schoot onder haar hand, groef ze haar onderarm in mijn nek en duwde me met mijn hoofd tussen mijn knieën. Ze goot het goedje over mijn schouders en omdat haar handen zo spetterig begonnen te wrijven, raakte er een beetje lotion in mijn oor. Daarna kwam haar stem weer terug, half onder water, zoekend en tastend, alsof ik een paling was die onder een rots vandaan gelokt moest worden – voor het definitieve einde in de pan. 'Of hebt u momenteel geen plannen, Herr Graff?' polste ze.

'Nee, ik heb geen plannen,' zei ik haastig, en ik bedacht ineens dat dit het eerste hoopvolle besef was dat sinds die vervloekte bij-en bij me opkwam. Waarbij ik me natuurlijk herinnerde wat Siggy ooit over plannen had gezegd. Hij had immers precies geweten hoe we het niet moesten verknoeien. *Geen plannenmakerij, Graff. Geen routes uitzetten. Geen vaste data om ergens aan te komen, geen vaste datum om terug te zijn.* En ik begon te lachen, op een vreemd knarsende manier; het was ook zo komisch dat hij dit als de voornaamste, gewichtigste voorwaarde had gezien voor een leuke reis met z'n tweeën. Vergeleken met die opvatting deed zijn rare, ingewikkelde ontwerp voor de dierentuinkraak nogal grappig aan.

'Doe ik u pijn, Herr Graff?' vroeg Tratt, die zelfs met haar grove, gevoelloze eeltplekken iets bemerkt moet hebben van de vreemde trillingen in mijn lijf.

Maar ik lachte haar vierkant uit. 'Geen plannen, Frau Tratt!' riep ik. 'Ik heb geen plannen. En ik wil ze niet ook! Geen plannen, hoor. Verrekte plannen! Ik mag doodvallen,' bulderde ik tegen haar, 'als ik er ooit aan *denk* om nog eens plannen te maken!'

'Lieve hemel,' zei de zeldzame Tratt. 'Ik vroeg het alleen maar om iets te zeggen.'

'Dat liegt u!' zei ik en ze deinsde achteruit, terwijl de geurige lotion aan haar handen zo snel opdroogde dat je hem *zag* verdwijnen – zoals het wit onder je duimnagel in roze verandert zodra je je gebalde vuist ontspant.

WAAR GALLEN WAS

Ten slotte – nadat ik zover was genezen dat ik althans iets kon dragen dat op een lendedoekje leek en nadat ik de oude Tratt voldoende had beledigd om een bediening door anderen noodzakelijk te maken – werd de zorg rondom bad en bed weer door Gallen overgenomen.

Ik mocht haar mijn minder intieme bijenbulten laten zien; ze zagen nog altijd rood, zelfs na al die langdradige behandelingen. Dat kwam, had ik me laten vertellen, doordat mijn arme antilichamen bij de vijfendertigste of zesendertigste steek mijn bloedstroom ontvlucht waren, zodat ik was achtergebleven met een weerstandsvermogen dat nogal laag was.

'Hoe gaat het met je, Graff?' vroeg Gallen.

'Mijn weerstandsvermogen is laag,' zei ik en we bespraken op kiese toon mijn arme antilichamen.

Ze vroeg: 'En wat ga je nu doen?'

'Ik heb geen plannen,' zei ik haastig en ze kwam in een zogenaamd nonchalante houding tegen mijn bed hangen, terwijl ze telkens haar handen vouwde en ontvouwde. Ze werd te groot; ze dwong te veel vormen in die kleine-meisjeskleren van haar. Pofmouwtjes en plooimanchetten deze keer – een afwerende, hoog dichtgeknoopte bloes. Een keuze van de oude Tratt, daar was ik zeker van. Alweer zo'n slinkse verdediging van haar tegen mij. Ze kon wegrotten.

'Kom zitten, Gallen,' bood ik aan en ik schoof een stukje op.

'Je weerstandsvermogen is laag,' wees ze me terecht, het brutaaltje; alsof ze zo oud en zo wereldwijs was – een geliefkoosde vermomming van haar – onder die kleren.

'Wat heb je al die tijd gedaan?' vroeg ik.

'Nagedacht,' zei Gallen en ze trok met één hand aan haar kin. Alsof ze er op dit moment mee begon. Om mij te overtuigen.

'Waarover?' vroeg ik.

'Over wat jij nu gaat doen,' zei ze.

'Ik heb geen plannen,' herhaalde ik. 'Maar ik moet wel iets doen aan Siggy.'

'Keff heeft een mooie kist getimmerd,' zei Gallen.

'Wat attent,' zei ik. 'Wat denk jij van hem?'

'Oh, Keff vindt het heel erg,' zei Gallen.

'Ik bedoel Siggy!' zei ik. 'Hoe vind je *hem*? Die Keff kan me geen lor schelen.'

'Het spijt hem heel erg,' zei ze. 'Hij vraagt steeds hoe het met je gaat.'

'Hoe gaat het met *Siggy*?' vroeg ik. 'Hoe ziet hij eruit?'

'Tja, ik heb hem niet *gezien*,' zei ze. Maar zoals ze haar schouders ophaalde toen ze '*gezien*' zei... Volgens mij had ze echt wel een kijkje genomen.

'Lekker opgezwollen?' vroeg ik, een beetje hatelijk. 'Tweemaal zo erg als ik?' En ik kneep een flinke bult bij elkaar op mijn blote, betoverhazelaarde maag.

'Keff wilde niet dat iemand hem zag,' zei Gallen.

'Die verrekte Keff!' zei ik. 'Waar bemoeit die buikschuiver zich mee? Vindt hij het dan zo leuk?'

'Hij is erg aardig, Graff,' zei ze.

'En hij zit ook achter jou aan,' zei ik. 'Ongetwijfeld.'

Dus vertelde ze me wat er later was gebeurd. Hoe het de bijenhouder in volle wapenrusting gelukt was om de arme Siggy onder de wagen vandaan te krijgen. Ze hadden hem met z'n allen naar de dokter gebracht, die in hem was gaan prikken – om te zien of hij zou leeglopen –, en daarna had de burgemeester een paar woorden gesproken bij het lijk. Vervolgens had Keff het gevraagd, zeggende dat hij de kist zou maken.

'Waar moet hij naartoe gestuurd worden?' vroeg Gallen. 'Keff zei dat ik het aan jou moest vragen.'

'Naar Kaprun,' zei ik. 'Als Keff zich tenminste los kan rukken van het lijk.'

'Het was Keffs schuld niet, Graff,' zei ze. En ze zei dat Siggy volgens haar een beetje getikt was geweest. Dus vertelde ik haar van het waanzinnige notitieblok en het uiteindelijke, onzinnige dierentuinplan en alle onbesuisde gevolgtrekkingen die Siggy gemaakt had over O. Schrutt en de Beroemde Aziatische Zwarte Beer. Ik was het met haar eens, zei ik, dat de arme Siggy misschien over zijn toeren was geraakt. Toen ging ik rechtop zitten in bed en trok haar naast me.

Nu we wat dichter bij elkaar waren en ik haar over dit onderwerp aan de praat had gekregen, vroeg ik waaraan hij volgens de dokter gestorven was. 'De doodsoorzaak,' zei ik streng. 'Wat was het precies?'

'Een hartstilstand,' zei Gallen. 'Wat veroorzaakt kan zijn door de schok.'

'Of door te veel bijen,' zei ik. Ik zei tegen mezelf dat er te veel bijenviezigheid in hem was terechtgekomen, waardoor er een soort samenklontering was ontstaan die zijn hart had doen dichtslibben. Toen werd ik duizelig van het rechtop zitten; ik begon overal te jeuken.

'Toverhazelaar, Graff?' vroeg Gallen.

Maar omdat ik de noodzaak van een soort plan op korte termijn wel inzag, zei ik – zo vlug en zo kordaat als ik kon: 'Zeg tegen Keff dat er geen tierelantijnen nodig zijn en geen bloemen en dergelijke. En de kist moet goed verzegeld worden. Alleen de naam erop, geen gebeitel. Zet hem op de trein naar Kaprun – geadresseerd aan een zekere Ernst Watzek-Trummer. Die zal het ongetwijfeld betalen. En daarna breng je me een telegramformulier. Dan zal ik iets sturen om het lijk aan te kondigen.'

'Keff vroeg zich af of je soms iets te lezen moest hebben,' zei Gallen. Alsof ik nog niet genoeg gelezen had.

Ze legde het toverhazelaarwashandje over mijn ogen, zodat het een stuk gemakkelijker werd om een raak antwoord te geven – nu ik niet kon zien hoe ze over me heen gebogen stond. 'Alleen een seksboek of zo,' zei ik. 'Keff weet vast wel waar hij zoiets kan vinden. Als hij het tenminste niet te druk heeft – met al dat gefriemel aan Siggy en aan jou.'

Toen ik het washandje van mijn gezicht haalde en weer kon ademen zonder notengeur, had Gallen me alleen gelaten in de kamer. Met mijn twijfels over haar. En met mijn gruwelijke gedachten over Keffs eventuele neiging tot necrofilie.

WAT KEFF DEED

Keff kocht een boek en gaf het aan Gallen mee, maar het was een deugdzaam, wetenschapperig soort seksboek – het heilzame teamwerk van een Deens echtpaar. Het heette *Het ABZ van de Liefde.*

'Er staan tekeningen in,' zei Gallen, zonder mij aan te kijken. Waarschijnlijk bang dat ik pal onder haar neus in een van die tekeningen zou veranderen.

'Je hebt het al van voor tot achter verslonden, hè?' zei ik.

'Niet waar,' zei ze, heel duidelijk, en toen liet ze me liggen met Keffs merkwaardige geschenk.

Eigenlijk is het een heel verstandig en eerlijk boek, dat probeert af te rekenen met oude taboes en ons wil aanzetten tot gewoon, gezond plezier. Maar ik sloeg het lukraak open en toen kreeg ik op het eerste gezicht een verkeerde indruk van het boek – door deze vreemde anekdote.

> In de vorige eeuw gebeurde het dat een dame 's nachts wakker werd met het gevoel dat er aan haar geduwd werd. Iemand liep de kamer in en uit en soms waren er handen die haar aanraakten. Omdat ze alleen was gaan slapen en verder ook niemand verwachtte, werd ze zo bang dat ze bezwijmde. Pas veel later kwam ze weer bij en toen zag ze bij het licht van de aanbrekende dag dat haar butler (die een ongeveinsde slaapwandelaar was) haar bed gedekt had voor een diner van veertien personen. Maar dit soort dingen zijn natuurlijk heel ongewoon, vooral in onze tijd, nu nog maar weinig mensen over bedienden beschikken.

Maar ik ging me van alles afvragen over Keff en zijn bedoelingen.

Toch las ik verder en zo wist ik mijn gedachten een tijdje te bevrijden van een zekere planloze duisternis. Ik schoof het oningevulde telegramformulier voor Ernst Watzek-Trummer nog even van mij af. Deze opzienbarende regels vormden mijn afleiding:

Een keertje flink niezen is een volkomen natuurlijke, spontane en vrijmoedige handeling, waarvan sommige mensen echter een beetje bang schijnen te zijn – zoals ze het ook akelig vinden om zich spontaan te laten gaan in hun seksleven.

Men heeft betoogd dat er een rechtstreeks verband moet bestaan tussen iemands vermogen om stevig te niezen en zijn vermogen om tot een bevredigend orgasme te komen.

En dat was zo'n boeiende zaak, dat ik mijn best deed niet in slaap te vallen voordat Gallen terugkeerde om te zien of ik nog wat toverhazelaar nodig had.

'Hoe vind je het boek?' mompelde ze.

'Het heeft mijn weerstandsvermogen nog verder doen zakken,' zei ik. Ik voelde me lekker en ik was in een speelse bui; dus wachtte ik tot ze in mijn buurt zou komen met dat naar noten ruikende washandje. Maar ze gaf het aan mij, zodat ik mezelf kon insmeren, en ze ging op de rand van mijn bed zitten, helemaal aan het voeteneinde. Ze sloeg haar leuke benen over elkaar en schopte daarbij – slechts heel even – die lange, schortachtige rok omhoog.

Zo kwam het dat ik haar brandblaren zag; twee volmaakt gevormde schroeiplekken aan de binnenkant van haar benen, zo groot als een vuist en ergens tussen enkel en kuit – precies op de plek waar ik de mijne had opgelopen van de motorfiets.

'Hoe kom je daaraan?' vroeg ik, terwijl ik met een ruk overeind ging zitten – om haar te laten voelen dat ik bliksems goed wist *waaraan* zij ze te danken had.

'Keff heeft de motor gemaakt,' zei Gallen. 'Hij leert me rijden.' En toen ik haar met grote ogen aankeek, zei ze: 'Ik kan het al erg goed, behalve het starten. Ik heb niet genoeg trap over me, zegt Keff.' Maar ik bleef haar aanstaren, dus vervolgde ze: 'Ik liet hem afslaan, Graff, en toen ik hem weer wilde starten, viel hij over me heen. Terwijl ik op het startpedaal trapte, begrijp je?'

'Gallen,' vroeg ik, 'wat heeft dit allemaal te betekenen?'

‘Nou, zo ben ik dus aan die brandplekken gekomen,’ zei ze. ‘Echt waar. Toen ik tegen de uitlaten aan kwam, snap je?’

‘En waarom leert die verdomde Keff jou op de motor rijden?’ brulde ik.

‘Dan is er tenminste iemand die het kan,’ zei Gallen. ‘Iemand van ons tweeën – als jij me meeneemt wanneer je weggaat, Graff. Als je het tenminste wilt.’

Ik boog me voorover om haar vast te pakken en ditmaal sprong ze niet op om ervandoor te gaan.

‘Alleen als jij me mee *wilt* nemen, Graff,’ zei ze. Maar toen ik me zo ver naar haar overboog dat ik haar hoofd in de buiging van mijn hals kon trekken, gleed Keffs seksboek van mijn schoot op de vloer. Waarop we er allebei naar bleven staren en weer losbraken uit de betovering die we op elkaar uitoefenden.

Nog terwijl ze naar *Het ABZ* keek, schoot ik omhoog in bed en nieste op een verschrikkelijke manier; het ging zo luidruchtig, dat haar blik onmiddellijk terugvloog naar mijn gezicht.

Enfin, ze bloosde zo erg, dat ik het onmiddellijk begreep, ze had het boek wel degelijk gelezen, voordat ze het bij me had gebracht. Dat stukje over het niezen zou niemand kunnen vergeten. En toen ze mijn kamer uit holde, kon ik alleen maar hopen dat ik haar niet had laten schrikken van haar eigen plannetje.

Het was geen echt *uitgewerkt* plan of zo; eigenlijk stelde het even weinig voor als het plan waarmee Siggy en ik waren weggereden. Terwijl ik erover nadacht en me erop verheugde, leek het me in elk geval beter – en minder strak geregeld – dan het plan waarover ik net nog gelezen had. Ik hoopte dat mijn hoofd erdoor zou worden afgeleid van Siggy’s dierentuinideeën.

Hoe dan ook, het was fijn om Gallen op die manier door mijn gedachten te laten gaan. Fijn genoeg om het telegram aan Ernst Watzek-Trummer nog één avondje van me af te zetten.

Ik sliep zelfs goed en daarbij droomde ik de droom der lafaards over een volslagen onmogelijk alleen-zijn. Het landschap was niet te herkennen en er was geen ander dierlijk leven dan het onze – Gallen en ik, in een daglicht dat duurde zolang wij het wensten, in een weertje naar ons welbehagen; op bostapijten die niet vochtig waren en langs kusten zonder stekende insecten. Ongelooflijk ongestoord dansten we door de houdingen die ik me herinner van de ijle, onscherpe tekeningen in *Het ABZ van de Liefde.*

Terwijl Siggy, in Keffs kist, niet tussenbeide kon komen met al zijn verschrikkelijke bijzonderheden. En de dieren, die mijn volmaakte vrede bedreigden, allemaal veilig opgeborgen zaten in de Hietzinger Tiergarten.

WAT ERNST WATZEK-TRUMMER PER POST ONTVING

Op zaterdag 10 juni 1967 vertrok Siggy in Keffs eenvoudige maar verzegelde kist met de avondtrein naar Kaprun. Mijn telegram ging een paar uur aan het lijk vooraf – lang genoeg om Ernst Watzek-Trummer te waarschuwen dat hij op zondag om twaalf uur op het station moest zijn.

Ik maakte verschillende ontwerpen voor het telegram. Ik begon met:

> Herr Watzek-Trummer – ik heb begrepen dat u de voogd bent van Siegfried Javotnik – een vriend van mij – die verongelukte op een motorfiets – en die zondagmiddag twaalf uur in Kaprun zal aankomen – Hannes Graff – die u op een later tijdstip zal schrijven.

Maar ik herschreef dat als volgt:

> Geachte Herr Watzek-Trummer – zondagmiddag twaalf uur zal bij u aankomen – uw pupil Siegfried Javotnik – die is omgekomen bij een motorongeluk – hij was mijn vriend – ik zal contact met u opnemen – geheel de uwe – Hannes Graff.

En als volgt:

> Zeer geachte Watzek-Trummer – tot mijn droefenis moet ik u mededelen dat uw pupil en mijn vriend – Siegfried Javotnik – is omgekomen bij een vreemdsoortig motorongeluk te Waidhofen – hij zal zondagmiddag twaalf uur aankomen in Kaprun – ikzelf hoop u spoedig te bezoeken – Hannes Graff.

En ten slotte besloot ik tot het volgende:

> Geachte Ernst Watzek-Trummer – het spijt mij u te moeten mededelen dat mijn zeer goede vriend en uw familielid – Siegfried Javotnik – met een motorfiets is verongelukt terwijl hij werkte aan een geheime missie – waarvan ik u de bijzonderheden zal uiteenzetten als ik nader contact met u opneem – u kunt trots zijn op zijn werk – mijn hartelijke deelneming – Hannes Graff.

En dat stuurde ik dus, omdat ik nauwelijks hoop koesterde dat er iets beters uit zou komen en omdat ik niet meer durfde te denken aan de dag dat ik moest gaan kennismaken met deze Trummer, tegen wie je natuurlijk haast niet kon liegen. Maar op het moment zelf was ik eenvoudig niet opgewassen tegen zo'n begrafenis à la Watzek-Trummer.

En ik bedacht dat Ernst niet erg onder de indruk zou zijn van mij – iemand die er geen flauw idee van had wat *zijn* soort familierampen kon inhouden. Want als Siggy ooit de spijker op de kop had geslagen, dan was het wel in dit opzicht: mijn familie had inderdaad de hele oorlog gemist en daar voelde ik me, vreemd genoeg, een beetje schuldig over.

Van de oorlog herinner ik me maar één ding en dat gebeurde in Salzburg, tegen het einde van de Amerikaanse bezetting; mijn moeder, die in haar tijd een soort bebopverslaafde was, vertelde hoe erg ze het vond dat Salzburg weer terug zou moeten naar de *oude* muziek – omdat de Amerikanen hun radiostations met de negertrompetten zouden meenemen.

Ik geloof dat dit het enige was dat mijn familie door de oorlog heeft verloren. En mijn moeder zou het nooit gehad hebben als er geen oorlog was geweest.

Dus kon ik me bij Watzek-Trummer nooit op mijn gemak voelen met de weinige verschrikkingen die ik de mijne kon noemen. Ik mag doodvallen als ik het niet heb zitten denken, maar mijn tegenzin om Siggy's lijk te begeleiden hield rechtstreeks verband met mijn overtuiging dat ik niet genoeg rampen op mijn naam had staan om ook maar aan Trummer te kunnen tippen. Of aan zijn akelige begrafenisverplichtingen, direct of indirect, met zekerheid of slechts van horen zeggen, één voor één.

Dus liet ik het allemaal over aan Keff en zei ik dat ik binnenkort bij Trummer op bezoek zou gaan; maar ik maakte geen *plannen.* Ik niet. Ik had gezien wat de uitwerking van zulke plannenmakerij kon zijn.

Die verrekte Siggy ook! Wat me vooral trof, was dat hij onherroepelijk tegen de lamp gelopen zou zijn, als hij de kans had gekregen om ermee door te gaan. Tegen het einde was hij volkomen paranoide geworden, met al zijn gevraag aan die kelner van de Balkan en aan de kleine Hugel Furtwängler; als hij werkelijk geprobeerd had de dierentuin te kraken, zouden die twee hem onmiddellijk aangebracht hebben. Door zoveel wijsneuzige vragen te stellen over die vorige dierentuinkraak, had hij de misdaad al bekend voordat die was begaan. En je hoofd kaalscheren was, zacht gezegd, een domme vermomming.

Men moet nu eenmaal nooit de aandacht vestigen op zijn extremiteiten, vind ik.

En ik mag doodvallen als we ooit naar Italië waren gegaan om er alleen maar rond te dollen aan de stranden – zonder plannen, zoals Siggy aanvankelijk beloofd had. Als er een aquarium is in Napels, is er waarschijnlijk ook een dierentuin in Rome. En zou het daar dan niet op uitgelopen zijn – dat we alle dierenhokken op het continent zouden zijn gaan openzetten, totdat het Regent Park in Londen extra oppassers was gaan inhuren voor het geval dat de beruchte dierentuinkrakers ook daar zouden toeslaan?

Maar terwijl ik daar op mijn kamer in mijn bed zat en uitkeek over de nachtelijke forsythia, miste ik hem echt; ik wist dat hij nooit meer over de vensterbank zou opduiken. Ergens was het toch net alsof ik zat te wachten tot hij van die verkenningstocht terugkeerde. En ik vroeg me af wat er gebeurd zou zijn als hij *wel* voorbij die wegversperring had kunnen komen of als ik meteen met hem mee was gegaan, toen hij die eerste keer over de vensterbank kwam klimmen. Ik denk dat ik dan meegedaan zou hebben met zijn plan. Ik bedoel maar, het idee *was* natuurlijk gedoemd te mislukken en bovendien was het verkeerd dat hij alle redelijkheid verloor – met zijn besluit om *alle* dieren vrij baan te geven, ook de verscheurende, maar toch denk ik dat ik hem niet op zijn eentje had laten aantobben. Ik zou meegedaan hebben om mijn gematigde aard, dat trekje van grenzeloze nuchterheid, aan zijn plannen toe te voegen. Ik zou meegedaan hebben om te zien of ik *hem* weer veilig uit de dierentuin kon krijgen, zonder dat hij verscheurd werd – waarbij ik in het voorbijgaan misschien ook wel een paar antilopen zou hebben losgelaten.

Dat was het vreemde gevoel dat wazig en geel op me afkwam vanuit de forsythiatuin, overdekt met de sproeiregen van de waterval: ik zou *echt* met hem meegegaan zijn, maar alleen omdat hij iemand nodig had die op hem lette.

Ik wil maar zeggen – koeltjes beschouwd was het gewoon een hersenloos en onmogelijk plan.

Maar met Gallen zou ik direct meegaan – en eigenlijk om dezelfde redenen waarom ik aan Siggy zou hebben toegegeven. Al moest ik bekennen dat ik aan haar nog niet veel gehad had. Tot dusver niet. Eerlijk gezegd leek het erop dat Gallen net zo moeilijk klein te krijgen was als de dierentuin in Hietzing.

WAT KEFF NOG MEER DEED

Keff maakte alle plannen. Ik wilde er niets mee te maken hebben en dat had Gallen tegen hem gezegd.

Dus zat ik die zaterdagavond, 10 juni 1967, nog altijd rechtop in bed. Ik probeerde te raden waar Siggy nu was, maar ik wist niet precies hoe de spoorlijnen liepen. De vraag was of Siggy eerst in Keffs kist naar Salzburg zou reizen en vandaar naar het zuiden zou gaan of dat hij al bij Steyr in zuidelijke richting zou afslaan – in welk geval hij nu al die kant op ging, want Steyr lag even ten westen van Waidhofen en Siggy was een uur geleden vertrokken.

Ik stelde me een uiterst melodramatische wedren voor. Tussen Siggy, die verstijfd voortdenderde in zijn kist – een onbuigzaam reiziger – en mijn telegram, waarvan ik me afvroeg of het al uit Waidhofen verzonden was, al maakte dat niet veel uit; ergens onderweg zou het over Siggy heen springen, waar hij zich ook mocht bevinden, om vervolgens als eerste bij Ernst Watzek-Trummer in zijn kamers in Gasthof Enns te belanden.

Trummer zat natuurlijk aan zijn onnodige keukentafel. Terwijl Siggy languit liggend toesnelde.

En toen hoorde ik de kruipende, krabbelende geluiden in de klimopranken onder mijn raam en ik geloof dat al mijn bijensteken me opnieuw aan alle kanten staken. Ik zag de knuisten die graaiend over de rand van de vensterbank kwamen; ik hoorde gegrom en gehijg. Ik sprong uit mijn bed, deinsde achteruit en riep: 'Goed, goed! Ik ga met je mee! We laten ze los, als je dat zo graag wilt!'

Maar het was Keff. En hij leek erg verbaasd over mijn geschreeuw. Ik hielp hem niet, want ik kon me nauwelijks verroeren, en dat leek hij op te vatten als een soort standje; toen hij zijn dikke benen binnenboord zwaaide, keek hij verlegen een andere kant uit.

'Ik wilde je niet laten schrikken,' zei hij treurig. 'Maar we zijn klaar, slimmerik.'

'Waarom zou ik gaan?' antwoordde ik. Want het viel me moeilijk om de reusachtige Keff te geloven.

'Omdat ze je hier in de tang hebben,' zei hij. 'Jij mag de rekeningen voldoen. Hoe langer je blijft, hoe meer je ze schuldig wordt – al was het alleen maar voor je kamer. En dat ongeluk is er ook nog. Windisch zegt dat jij die bijen moet vergoeden, zie je. Ze laten jou ervoor opdraaien, slimmerik. Als je niet maakt dat je wegkomt, zullen ze jou voor alles laten bloeden.' Hij durfde me niet aan te kijken; hij schudde zijn gebogen apenhoofd.

'Waar is Gallen, Keff?' vroeg ik.

'Tussen de boomgaarden,' zei hij. 'Aan deze kant van de berg.'

'Met de motor?' vroeg ik.

'Ik heb hem laten overschrijven op mijn naam,' zei Keff. 'Dan weten ze niet hoe ze hem kunnen opsporen – als ze tenminste zin hebben om er echt naar te zoeken. Als jij weg bent, blijf ik hier. En als Frau Tratt komt, houd ik haar hier tot morgenochtend. Dan heb je tenminste een voorsprong.'

'Wat schiet jij ermee op, Keff?' vroeg ik en ik zag hoe hij zijn wenkbrauwen samentrok; ze bolden als tennisballen uit zijn voorhoofd.

'Hè, slimmerik,' zei hij. 'Ik meen het echt goed met je.' Maar toen keek hij me aan – en er lag een vage dreiging in zijn ogen. 'Dat aardige grietje van je staat daarginds op je te wachten. Dus je gáát, al moet ik je erheen slepen, slimmerik.'

'Dat hoeft niet,' zei ik en ik begon in te pakken wat er was. Notitieblok, slaapzakken, helmen – alles in de rugzak of erbovenop gebonden. De eendenjekker was niet de moeite van het bewaren waard en Siggy's pijpen deed ik cadeau aan Keff. Daarna gaf ik hem *Het ABZ van de Liefde* terug.

'Hè, slimmerik,' zei Keff.

'Het was jouw schuld niet, Keff,' zei ik en ik kneep zelfs even in zijn arm, althans in een gedeelte waar ik mijn vingers omheen kon krijgen.

Toen greep Keff me onder mijn oksels en liet me tot halverwege de kasteelmuur zakken; dan hoefde ik niet zo ver te vallen en zou ik niet zo luidruchtig in de tuin ploffen als ik neerkwam. Heel even dacht ik dat hij me niet wilde loslaten. Hij liet me recht naar beneden hangen, een stukje bij de kasteelmuur vandaan; ik kon hem zelfs horen ademen. Al hangend zei ik tegen hem: 'Keff, het is jammer dat jij Todor Slivnica nooit hebt gekend. Jij had hem vast wel aangekund, denk ik.'

Ik keek recht omhoog en zag hoe hij me een niet-begrijpend, O-vormig grijnslachje schonk boven zijn drie dikke kinnen.

'Daar ga je, slimmerik,' zei Keff en hij liet me los. Ik viel zachtjes in de tuin en draafde regelrecht naar de forsythia's. In de bosachtige stilte van de kasteelhof keek ik om me heen en tuurde naar het hek. Ik wachtte of de omgeving inderdaad verlaten was, of er geen geluid zou klinken op de keitjes.

Maar voordat ik mijn uitval deed naar de openbare weg, wierp ik nog één blik op mijn voormalige slaapkamerraam en toen zag ik Keff tegen het traliewerk gedrukt staan; de reusachtige omvang van zijn schaduw verduisterde hele bosjes en grote stukken tuin. Zijn schim, onderverdeeld door ijzeren staven, rees eindeloos veel groter op dan die van Siggy. En hoe aardig de grote Keff ook tegen me geworden was, toch leek zijn gekooide schaduw me veel gewelddadiger en veel bezetener dan iedere donkere plek die Siggy ooit geworpen had.

En de Gallen naar wie ik op weg was, leek ook heel andere beloften in te houden dan het meisje van de eerste avond, toen ik haar zo luchtig had omvat; het meisje dat ik in de sproeiregen van de waterval had laten staan, terwijl ik me naar de kamer van vriend Siggy haastte om te vragen waarom hij gekooide dieren nadeed aan het roosterwerk voor het raam.

Zo, met deze warboel in mijn hoofd, sjokte ik de weg tussen de boomgaarden af en deed mijn uiterste best om zelfs het kleinste plannetje te beletten om ook maar het kleinste worteltje te schieten in mijn veel gestoken hoofd.

Terwijl Siggy, zonder verweer, steeds verder weggereden werd van het toneel van zijn plannen – en terwijl, naar ik aannam, de wacht van O. Schrutt nog niet was ingegaan en de Beroemde Aziatische Zwarte Beer, die van zijn korte rust trachtte te genieten zolang het kon, even roerloos lag te slapen als Siggy.

Maar daar zette ik een streep onder al die fantasieën. Ik doorbrak mijn sukkelgangetje en rende uit alle macht verder op mijn verslapte badkuipbenen, op zoek naar Gallen, terwijl ik in mijn hoofd alleen de kwesties toeliet die onmiddellijk meetelden. Alleen wat wezenlijk van belang was.

Zou ze er zijn, op de plaats die Keff had genoemd? Zou de motor starten? En aangezien zij de lessen had gekregen die haar tot onze bestuurder promoveerden – waar moest ik mijn handen leggen als ik haar vasthield terwijl ze ons wegreed?

HOE DE NACHT AANVOELDE

Ik moest uitkijken waar ik mijn handen legde. Dit meisje deed er erg schichtig over en aan het stuur was ze nog zenuwachtig ook. Gallen had de techniek van het rijden wel goed geleerd – het schakelen en het overhellen in de bochten –, maar verder had ze dat voorzichtige trekje over zich en dat ging soms net iets te ver. Ze schrok nogal gauw en dan vooral van dingen op de weg die er niet waren.

'Nou, Keff heeft het me ook niet *'s nachts* geleerd,' zei ze met die helm zo grappig boven op haar hoofd, terwijl haar vlecht van de ene naar de andere kant zwaaide wanneer ze uitkeek naar dingen *naast* de weg. Dingen die op het punt stonden ons te bespringen, denk ik.

Dus wilde ik haar zenuwachtigheid niet nog groter maken en bleef ik bescheiden met mijn handen; ik hield ze om haar middel – behalve wanneer we rustig een helling afdaalden, want dan liet ik ze heel licht op haar heupen liggen. Ze had haar meisjesjack van bruin leer aan; Keff had haar een oude riem gegeven om het goed dicht te houden. Ik schoof mijn handen ter hoogte van haar middel onder de jekker en legde ze tegen haar warme bloes. Maar daar zaten de meest verstrakte buikspieren die ik ooit gevoeld had, dus schoof ik zelf liever niet tegen haar aan.

Eenmaal zei ik in de ooropening van haar helm: 'Gallen, je rijdt prima.'

Maar daar schrok ze ook al van. Ze draaide haar hoofd om en zei: 'Wat?' En liet ons bijna onderuitgaan.

Als we bij de dorpjes vaart minderden, kon ik beter met haar praten. Ik zei: 'Het wordt laat. We kunnen nu wel een kampeerplaats opzoeken.' Maar ze was ervan overtuigd dat we de hele nacht moesten doorrijden om zo ver mogelijk uit de buurt van Waidhofen te komen – een flink eind de bergen in die naar het zuidoosten liepen. Als ze soms erg hun best deden om ons te zoeken, zouden we daar moeilijk te vinden zijn.

Maar ik geloof eerder dat ze die nacht niet met mij onder de blote hemel wilde doorbrengen. Ik begon me zelfs af te vragen of ze geen reisplan had opgesteld waardoor we *nooit* zouden kunnen slapen wanneer het donker was. Ik voorzag al dat we iedere nacht zenuwachtig zouden doorrijden, de hele nacht, zolang we bij elkaar waren; zelfs als een plekje ons goed genoeg beviel om er even te blijven, dan zouden we toch weer op de motor stappen en in rondjes eromheen blijven rijden tot de dag aanbrak.

En toen verbaasde ze me ineens weer. Nog voor middernacht hield ze stil in de belangrijkste plaats die we tot nu toe waren tegengekomen. Dat was Mariazell – groot en toeristerig. De hele stad was een soort aan de zomer aangepast skioord en de luidruchtigste club die nog open was, bevatte een jong en swingend publiek van vlot geklede lieden – en de rock-'n-rollmuziek maaide de bloemen in de plantenbakken neer.

Mijn Gallen bleef een poosje stationair staan draaien voor het gebouw; ze tuurde door de open ramen en keek naar de paartjes die stonden te roken op de toegangstrap. Zij namen ons eveneens met belangstelling op.

Toen pas besefte ik dat Gallen von Sankt Leonhard nog nooit buiten Waidhofen was geweest; dit was voor haar het ware stadsleven en het was om stil van te worden. Voor haar was het *aantrekkelijk.*

Het was onweerstaanbaar grappig, ofschoon ook een beetje eng, dat er zo'n hang naar de grote wereld kon bestaan – zelfs bij haar.

En toen we weer onderweg waren, waagde ik het om mijn vingers wat steviger in haar buikje te graven; een beetje kneedwerk, zou je kunnen zeggen. Ik meende te voelen dat haar spieren niet meer zo gespannen waren. Ik kuste haar nogal onhandig, door de ooropening van haar helm heen – en zij liet iets van haar lichaamsgewicht tegen me aan hangen.

Even buiten de stad trok ze de motor flitsend-schuin door een bocht en daar schrok ik zo van, dat ik ineens veel harder in haar buikje kneep – wat ze natuurlijk voelde, zodat ze wist dat ze me even in paniek had gebracht. Ik voelde haar buikje giechelen.

Maar ze wilde niet stilhouden. We reden nu pal naar het zuiden en elke volgende plaats lag weer méér in duisternis gehuld. Ze begon ook enig gevoel voor snelheid te krijgen. Die hele nacht gebeurde er eigenlijk niets noemenswaardigs, alsof we uit de storm van de wereld waren gestapt, zoals Siggy's oude Četnik-held gezegd zou hebben – de vergetelheid in. Alsof we nergens heen gingen.

Ergens in mijn gedachten was de onnodige, door ellebogen versleten keukentafel voortdurend aanwezig – en Siggy, die zich languit voortspoedde in zijn kist. Toch raakte ik door het grootste deel van de nacht zonder hen echt te zien. Pas toen we afsloegen naar het oosten, via Stübming, werd mijn innerlijke rust verstoord.

Want daar was alweer zo'n dronken dorpslummel die stond te piesen in alweer zo'n dorpsfontein, alsof iemand het expres zo georganiseerd had; alsof ik altijd degene moest zijn die hen erop betrapte. Maar deze ging niet in dekking; misschien reed Gallen niet zo bombardementachtig als Siggy had gedaan. Deze bleef gewoon staan staren met zijn koude lid uitgestoken in zijn hand. We deden hem verstarren in het licht van onze koplamp en toen denderden we langs hem heen; ik voelde Gallens buikje verstrakken, een beetje maar.

Maar de herinnering was voldoende om mijn laatste uur in deze vlietende duisternis te vergallen. Een vol uur lang, totdat de dag aanbrak, was het *mijn* beurt om dingen te zien aan de kant van de weg –

net als in de nacht dat Siggy over de verduistering begonnen was en we ook van alles gezien hadden wat ons vanuit de berm beloerde.

Eenmaal meende ik een oude spiesbok te zien die roerloos en met mos op zijn horens tussen de hoge wijnstokken stond. En later zag ik, heel onthutsend, een adelaar in een maliënkolder van eierrekjes; hij stond er alsof hij daar was gegroeid of allang geleden naar beneden was gevallen, vleugellam, en daarna wortel had geschoten.

Bij Krieglach staken we de Mürz over en toen viel het daglicht over ons heen. Vanaf de rivier rees plotseling een sterke wind op die de motor over de middenstreep duwde, maar Gallen sjorde ons weer terug naar onze weghelft en de wind sloot zich bij ons aan en blies ons nu in de rug.

Dat is verdomme de storm van de wereld, dacht ik. Als je hem niet tegen hebt, pal in je gezicht, dan zit hij achter je en blaast je harder vooruit dan je zelf wilt. Misschien doet hij zelfs al het stuurwerk.

Maar dat hield ik voor me en ik liet Gallen denken dat zij onze gids was.

WAT GALLEN EINDELIJK DEED

Boven op de Semmeringpas stopte ze voor een lange, gulzige lunch die ook ontbijt was. Ze was met veel gekronkel naar het zuiden gereden en daarna naar het oosten en zelfs weer even naar het noorden, zodat we nu weliswaar ten zuidoosten van Waidhofen zaten, maar ook ver genoeg naar het oosten om bijna pal ten zuiden van Wenen uit te komen en bijna pal ten noorden van Italië of Joegoslavië – al waren we niet van plan het land te verlaten; dat wil zeggen, *zij* koesterde zulke plannen niet. Ikzelf had helemaal geen plannen en dat zei ik ook, toen we ons geld telden – dat misschien toereikend was voor twee weken, als we zo bleven rondreizen. Want dat kon ik nog wel berekenen. Als we één keer per dag aten en ver genoeg buitenaf bleven om er nog een maaltje bij te vissen en als we dan in de openlucht zouden slapen en nooit een kamer namen, zouden we genoeg eten en brandstof hebben voor twee weken en daarna moest er een baantje komen.

En een baantje betekende dat we Oostenrijk niet konden verlaten. Vanwege alle problemen met een werkvergunning voor buitenlanders – wat we zouden worden als we het land uit gingen.

Dat gesprekje was goed om mijn gedachten af te leiden en ik zou me prima gehouden hebben, als we niet rond het middaguur op de bergpas gezeten hadden – want toen moesten de kerkklokken in het hele Semmeringdal zo nodig laten weten dat het twaalf uur was.

Het tijdstip waarop Siggy in Kaprun aankomt, dacht ik – waar het merendeel van zijn familie zich op zeker ogenblik heeft teruggetrokken. En ik zag de oude Watzek-Trummer naast de ruwe, languit aangedragen kist.

'Wil je nog meer bier, Graff?' vroeg Gallen.

En ik zei: 'Nu is hij er. En ik zou er ook moeten zijn.'

'Hè, toe nou, Graff,' zei ze.

Maar ik kon alleen denken dat de oude Trummer aan te veel begrafenissen had deelgenomen om deze laatste op zijn eentje te kunnen volbrengen. En die gedachte was net iets te zielig-zoetsappig om erdoor besprongen te worden in het van toeristen vergeven motel annex restaurant op de Semmeringpas, waar ze de muziek van de Oude Wereld naar binnen pompten om ons te laten trillen boven onze soep.

Dus opperde Gallen dat ik eigenlijk op de motor moest leren rijden, want dan konden we het tenminste allebei. En ze nam me mee het restaurant uit en we kronkelden door het dal naar het noordwesten. Daarna klommen we nog hoger dan de Semmeringpas, helemaal naar Vois, waar ik twee flessen wijn kocht en een pakje boter.

Even buiten het dorpje Singerin vonden we een oever vol dennennaalden aan de snelle, zwarte Schwarza. Er was ruimte om met de motor te oefenen; er was stromend water om de wijn te koelen en een paar vissen te verschalken voor Frau Freina's koekenpan. En we zaten een flink eind van de weg vandaan, zodat we zeker konden zijn van een nacht in afzondering.

Ik begon langs de oever te rijden, terwijl Gallen achter me zat en zei: 'Keff zegt dat het gevoel voor de versnellingen het eerst moet komen.' Maar ik luisterde niet echt naar haar. Ineens zat ik op de brede rug van Todor Slivnica en de wereldwijze Bijelo zei: 'Scherpe bocht naar links, Vratno, beste jongen.' En toen stoof ik de oever op en neer, terwijl Gallen bedeesd iets tegen me zei – maar het was Gottlob Wut die reed en hij zei luid en duidelijk: 'Zie je wel? Zo moet het.' En daarna besteeg ik een marmeren wenteltrap, omdat ik de opgejaagde Siegfried Schmidt was die met zijn speciale koeriersdiensten door de steegjes van het oude Wenen jakkerde. Maar ik bonkte over een wortel, waardoor ik naar voren schoot op de benzinetank en de arme Gallen stijf tegen me aan gleed – en ik moest met mijn tenen naar achteren graaien om het schakelpedaal te kunnen vinden. Toen zag ik opnieuw die steil aflopende weg tussen de boomgaarden en Siggy zei: 'Eerste versnelling hier, Graff. Je moet het wel *doen*, hoor.'

Ik wist zeker dat mijn knieën onder het stuur zaten en me voor altijd vasthaakten aan het oude beest; ik wist dat een naar honing geurende bijenkrans neerdaalde rond mijn pijnlijke hoofd – en toen scheurde ik dwars over onze kampeerplaats, die gelukkig nog niet ingericht was, en reed over onze rugzak heen.

'Grote hemel, Graff,' zei Gallen. 'Je hebt het niet helemaal in de hand.'

Maar toen ze achter me van de buddyseat sprong en omliep naar voren, omdat ze zich waarschijnlijk afvroeg waarom ik de motor niet afzette, moet ze de dromerige blik in mijn ogen gezien hebben. 'Oh, Graff. Toe nou maar. Zo is het wel genoeg,' zei ze.

En toen ik geen antwoord gaf en het toerental alleen maar liet klimmen – zodat de motor zich onder mij tot waanzin loeide –, drukte ze op de afzetknop en schakelde alles uit. Het lawaai stierf weg. 'Laat maar eens zien hoe goed je kunt vissen, Graff,' zei ze.

Dat deed ik dus, al stroomde de rivier hier veel te snel; bovendien was de oever niet geschikt om af te dalen in het water. Ik had een paar keer beet, maar ik raakte ze telkens weer kwijt totdat ik eindelijk drie kleine forellen had bemachtigd die licht genoeg waren om zo vanuit het water op de kant te rukken.

'Enfin,' zei ik, 'het is altijd goed om een beetje hongerig naar bed te gaan.'

'Hoezo?' vroeg Gallen.

'En na twee flessen wijn,' zei ik en ik grinnikte.

Maar ze wendde zich pruilend af, weer even schichtig als daarstraks.

De forellen waren gelukkig erg lekker. Ze maakten Gallen aan het niezen – een *naaisj!* van een nies, half weggevangen in haar hand. En ik zei: 'Aha!'

'Hoezo "*Aha*"?' zei Gallen.

En ik friste haar herinnering op: '"Een keertje flink niezen is een volkomen natuurlijke, spontane en vrijmoedige handeling, waarvan sommige mensen echter een beetje bang schijnen te zijn." ' Op dat punt zweeg ik – om te zien wat ze zou doen.

Ze zei: 'Graff.' En gooide haar wijn om.

'Er is nog meer, hoor,' zei ik. 'Er ligt nog een fles in de rivier.'

'Jij hebt overal aan gedacht, hè?' zei ze, ofschoon niet boos.

Dus dacht ik nog wat verder – een soort beramen op zeer korte termijn. Ik herinnerde me dat Siggy de twee slaapzakken tegelijkertijd en in dezelfde winkel had gekocht; dat ze precies eender waren en dat ze ofwel apart ofwel samen konden worden dichtgeritst. Je kon er een tweepersoons van maken.

Voor jou wordt het de tweepersoons, Gallen, dacht ik. Maar het was nog niet eens donker en we hadden nog een hele fles voor ons, in de rivier.

Dus zei ik: 'Gallen, haal jij die tweede fles even, dan zal ik het vuur een beetje oprakelen. Dat geeft minder muggen, zie je.' Er waren overigens helemaal geen muggen, de hemel zij dank. We zaten gewoon te hoog; het was koud.

En na zonsondergang zou het nog kouder worden, wist ik, terwijl ik naar de winters aandoende rivier keek die je je ook 's zomers haast niet kon voorstellen zonder een dunne taartrand van ijs aan de kanten – en zonder rillende herten die de oever afdaalden om een likje te nemen, terwijl ze hun poten hoog optilden en met hun hoeven sloegen, alsof herten ook koude voeten konden krijgen. Wat misschien best kan.

Alles is mogelijk, had Siggy ergens gezegd. En ik kreeg weer een soort aanval, terwijl ik me daar over ons kampvuur boog.

Als alles mogelijk was, kon Siggy ook zoekraken in de trein; dan konden ze hem naar München of Parijs sturen. Ik zag Siggy al rechtop opgeslagen worden in een Parijse spoorwegloods.

Of er kon van alles gebeuren in de kleine kamertjes van Ernst Watzek-Trummer. Natuurlijk zou hij Siggy in de kamer met de racemotor zetten. En natuurlijk zouden er ook kaarsen branden. Een van die kaarsen stond misschien te dicht bij de Grand-Prixracer. Natuurlijk hadden ze er een beetje benzine in laten zitten om te voorkomen dat de tank ging roesten. Ik zag Gasthof Enns al de lucht in gaan.

Maar ik had absoluut geen gevoelens bij alles wat ik zag, ook al zag ik het allemaal in de korte tijd die nodig was om de as te laten opwaaien uit het vuur en die Gallen nodig had om de wijn te halen. Ik was gewoon te afgestompt om ergens op te reageren – zelfs op de as die ik opwierp. De as viel recht naar beneden; er was geen wind.

Dus vannacht is de storm van de wereld gaan liggen, dacht ik. En ik dacht: Nou en? Want ik had mezelf volkomen murw geslagen met dingen die ofwel geen ofwel te veel verband hielden met elkaar.

En dit alles gebeurde in de korte tijd waarin de as omhoog wolkte of waarin Gallen de wijn haalde – zo leek het tenminste; al was het al aardig donker toen het tot me doordrong dat Gallen niet alleen terug was met de wijn, maar ook de helft ervan had opgedronken. En het was volkomen donker toen ik ten slotte zei: 'Het wordt tijd om de slaapzak klaar te maken.' *De slaapzak*, enkelvoud – want ik spinsde nog steeds op de tweepersoons voor ons beiden.

'Ik heb hem al klaargemaakt,' zei Gallen. *Hem*, zei ze enkelvoud.

En ik besefte ineens dat zij ze aan elkaar geritst had – misschien om me te troosten. Liever niet uit medelijden.

Ik ging naar de rivier en spoelde de vis van mijn tanden. Toen sloop ik terug naar de slaapzak, die al door Gallen werd voorverwarmd. Maar ze was nog aangekleed. Dat wil zeggen, nog met haar bloes en de corduroy broek aan. Haar beha had ze in elk geval afgedaan; ik zag dat ze geprobeerd had hem te verstoppen onder haar leren jasje dat naast de slaapzak lag.

Kleine dingen maken soms een groot verschil, reken maar.

Maar toen ik naast haar kroop, zei ze: 'Welterusten, Graff.' Nog voordat ik goed en wel was gaan liggen! En ik was nog wel zo fatsoenlijk geweest om mijn akelig wijde onderbroek aan te houden.

De rivier stroomde zo snel dat hij een hoop lawaai maakte. En vanaf de overkant rees het gekwaak van kikvorsen op. Er is altijd wel een stuk moerasland waar je dat niet verwacht.

Zo lag ik te denken – kleine filosofietjes die vanzelf naar boven kwamen. Gallen lag met haar rug naar me toe, in elkaar gerold, met opgetrokken knieën. 'Wel wel, jij bent zeker moe, Gallen,' zei ik, opgewekt en pittig.

'Ja, heel erg, welterusten,' zei ze nog eens, terwijl ze een suffe stem nadeed alsof ze al geslapen had. Dus schoof ik naar haar toe en legde mijn schouder tegen de warme achterkant van haar bloesje – en ze verstijfde. 'Je hebt je kleren uitgetrokken,' zei ze beschuldigend.

'Ik heb mijn hangzak aangehouden,' zei ik.

'Je *wat*?' vroeg Gallen.

'Mijn hangzak,' zei ik. 'Zo'n wijde boksersbroek, weet je wel. Thuis noem ik hem altijd zo.'

Heel even dacht ik dat ze een lamp zou eisen om mijn miserabele onderbroek te bekijken; ik zou er van schaamte in gebleven zijn. Ze ging rechtop zitten in de slaapzak.

En ze zei: 'Is het geen prachtige nacht, Graff?'

'Ja, nou,' zei ik, weggedoken in mijn hoekje van de slaapzak – waar ik wachtte tot ze weer ging liggen.

'En maakt de rivier geen herrie?' vroeg Gallen.

'Ja, nou,' zei ik, quasi verveeld. Ik bleef in mijn deel van de slaapzak naar haar liggen loeren en keek hoe de wind haar bloesje bol blies.

En ik weet nog dat ik heel lang wachtte of ze weer ging liggen en dat ik ten slotte slaperig werd omdat ze maar bleef zitten. Ik dacht: Straks doet ze natuurlijk haar beha weer aan.

Dus liet ik me meevoeren op het water van de snelle, zwarte winterrivier. Ik doezelde stroomafwaarts weg; soms werd ik even wakker en dan zwom ik tegen de stroom in. Maar altijd in grote kalmte, zonder me echt in te spannen. Ik liet me door de rivier verleiden om te worden meegedragen langs steden die helverlicht aan de overkant lagen; langs een karakteristieke zaagmolen en naar pek ruikende houtblokken die waren vastgelopen tegen de kant; langs jonge meisjes die hun flinterdunne wasgoed spoelden. En toen gleed ik, terwijl elk geluid gedempt werd, tussen hoge rivieroevers door; er lag sneeuw en het was bijna donker of bijna licht en de herten kwamen naar beneden om te drinken. Een grote hertenbok met een harem van hinden die als een makke kudde achter hem aan kwamen; eerlijk gezegd leek het mannetje nogal op de spiesbok. Hij waagde het om op de dunne ijsrand langs de oever te stappen. Heel voorzichtig liet hij zijn forse lijf neerkomen; hij zette zijn zorgvuldig gerichte, scherpe hoeven tastend neer. De hinden kropen warmpjes tegen elkaar aan. Ik wilde niet meer verder drijven; ik begon ter plekke water te trappen.

Die hinden wrijven zich te luidruchtig tegen elkaar, dacht ik. Maar het was Gallen, die ergens boven me bezig was met het aantrekken van haar verrekte beha, natuurlijk. Alleen gingen haar benen naast me nogal vreemd tekeer. Ze ligt te fietsen in de slaapzak, dacht ik. Wat nou weer? Ze trekt haar kuisheidsgordel aan die voorzien is van een groot hangslot. Dit meisje neemt geen risico's.

Maar toen glipte ze weer de slaapzak in en strekte zich naast me uit. Ik voelde dat haar knie omhoogkwam en mijn hand aanraakte.

Ze had haar kleren *uitgetrokken*! Ik deed alsof ik sliep.

'Graff?' zei Gallen en haar voeten legden zich als handen om mijn enkels.

Ik schurkte een beetje dichter naar haar toe. Nog altijd slapend, natuurlijk.

'Hé, Graff,' zei ze. 'Word eens wakker.' Maar al raakten onze voeten elkaar aan, ze bleef mijn buik afweren met haar handen. Toen schoof ze weer weg; nu raakte ze me nergens meer aan. En ineens kwam ze op me vallen van boven uit de zak; het eerste wat over me neerdaalde, was haar lange haar waarvan ze de vlecht had losgemaakt. Het contact van onze huid was heel heet of koud; in een oogwenk lagen we stijf aaneen. Ik voelde hoe de ijsrand losbrak van de oever, zodat de grote hertenbok op drift raakte.

Gallen zei: 'Word wakker, alsjeblieft.' En drukte zich zo stijf tegen me aan dat ik me niet meer kon verroeren.

'Ik ben wakker,' zei ik, ergens diep in mijn keel. Maar ik brabbelde het zo schuchter; ik probeerde mijn hals van haar schouder te krijgen, want dan kon ze me tenminste verstaan.

Maar voordat ik nog iets kon uitbrengen, kroop ze over me heen en begon mijn mond te zoenen. Dus brabbelde ik maar weer iets. Haar gezicht lag nat tegen het mijne; ze lag nota bene op me te huilen.

Ik moet toegeven dat ik nogal in de war raakte. Ik zei: 'Je hoeft het niet voor mij te doen – alleen maar uit medelijden of zoiets.'

'Helemaal niet,' zei ze, heel heftig voor haar doen.

'Echt niet?' vroeg ik, toch een beetje beledigd, en toen hield ik haar op halve armslengte boven mijn borst. Haar lokken bedekten mijn gezicht en het hare. Toen drong haar knie in mijn lijf en ik knakte dubbel en half omhoog, tegen haar aan, en haar lichaam scheen te weten dat ik kwam – want ze greep me bij mijn schouders, liet zich opzij rollen en trok me boven op zich.

Nu huilde ze hardop en ik kuste haar lippen om daar een eind aan te maken. We rolden heen en weer om in die vervloekte slaapzak beenruimte te krijgen.

Ik voelde me ertoe verplicht – dus zei ik: 'Ik hou van je, Gallen, echt waar.' En zij zei hetzelfde tegen mij.

Dit was het enige wat een beetje geforceerd aandeed – of wat we ons meenden te herinneren van een geschiedenis vol noodzakelijke voorvoegsels, die tussen ons niet ongedwongen te gebruiken waren.

Ze wond haar haar om mijn nek; ze bond mijn hoofd op haar borst – die zo hoog en mager en brekelijk was, dat ik vreesde erdoorheen te zullen vallen tot in haar binnenste. Ik deed één oog dicht tegen de hartenklop in haar keel; die ging licht en snel.

Net als de winterrivier, die de waaghalzerige hertenbok nu stroomafwaarts voerde; hij dreef weg op de ijsschots die onder hem wegsmolt en zijn hinden sjokten met hem mee, veilig aan de wal.

En Gallen vroeg: 'Wat is dit ook alweer? Hoe noemde je hem?'

'Een hangzak,' zei ik, ofschoon erg zachtjes. Voor niets ter wereld had ik haar hartenklop willen verstoren.

'Nou,' zei ze (en haar heupbeen stak naar me; ze draaide zich om onder me), 'die van mij zou je strakzak kunnen noemen.' Er kwamen geen tranen meer; ze stelde het alleen nog even uit. Toen zei ze: 'Doe hem maar uit.'

Ik dacht: De arme ziel die nu in deze verrekte slaapzak zou kunnen kijken...

Maar toen ik keek, zag ik de hertenbok – in wankel evenwicht; zijn plak ijs was bijna verdwenen.

En als ik mijn duimen aan de voorkant van Gallens taille samenbracht en mijn handpalmen neerdrukte waar haar heupen begonnen – en als ik dan hard perste –, wisten of leken mijn middelvingers elkaar te raken op haar ruggengraat. Zo tilde ik haar op.

En ze snaterde, alsof ze het midden in de snelstromende winterrivier kwijt moest: 'Hé, Graff, waar heb je mijn broekje gelaten – ik had het nieuw gekocht voor deze reis.'

Toen tilde ze mee, toen ik haar optilde. De hinden liepen in de pas.

Gallen zei: 'Oh, Graff!' En er piepte iets in haar keel, een paar centimeter voorbij haar hartenklop die erdoor versneld werd.

Ik zag hoe de harde hoef van de hertenbok door het ijs brak; zijn borst viel het eerst omlaag en spleet de vliesdunne ijskorst. Hij dreef weg; hij kwam langs helverlichte steden die aan de overkant lagen en zag zaagmolens die geurden naar pek – en de rivier was donker en muf van de vele schilfers boombast. Hij dook weer op tussen smetteloze sneeuwoevers en zag dat zijn hinden hem aan land wilden hebben. Hij deed een paar lome slagen, in grote kalmte, en dreef door het kantwerk van ijs dat in het water tastte.

Ik was weer in de war; ik hield mijn adem in, want ik was opgehouden met watertrappen en was al veel te lang gezonken. Ik duwde mijn voeten tegen de dekenzachte rivierbodem. Toen ik mij afzette, ging de hertenbok aan land.

En ik niesde, nota bene. Ik was bovengekomen.

Vanuit de zaagmolengeur in de slaapzak legde Gallen haar handen tegen mijn oren en omsloot mijn hoofd. De hertenbok wankelde duizelig tegen de oever op. Gallen kuste me op de mond en mijn hoofd werd helder. De hertenbok, terug op vaste grond, draafde naar zijn warme hinden toe.

Toen liet Gallen haar handen luchtig wegvallen van mijn oren; mijn polsslag daalde en de echte geluiden waren weer het enige wat tot mij doordrong.

De rivier die langsraasde. En het gekwaak van kikkers in het moerasland dat je hier nooit verwacht zou hebben.

WAT GALLEN OPNIEUW DEED

Ik werd vroeg wakker – met een schuldig gevoel *omdat* ik geslapen had. Want ik wist dat Ernst Watzek-Trummer de nacht al ellebogend boven zijn keukentafel had doorgebracht en zelfs langer was opgebleven dan de bordenwassers die beneden in Gasthof Enns werkten.

Gallen was al wakker; ze tastte voorzichtig rond naar haar broekje en probeerde haar beha, die nog steeds buiten lag, aan de haak te slaan zonder dat ik iets van haar te zien kreeg. Goddank betrok ze mijn schuldige blik op zichzelf, want ze zei: 'Graff, het is goed, hoor. Ik maak het prima.' En ze probeerde heel opgewekt te kijken – maar niet naar mij; haar schitterende ogen schuwden de mijne.

Dus zei ik: 'Als je je maar lekker voelt.' Om haar te laten denken dat ik aan haar gedacht had. Toen dacht ik aan haar en ik gaf haar een zoen en daarna begon ik heel energiek uit de slaapzak te kruipen.

Maar Gallen zei: 'Wacht even. Hier is je hangzak.' En ze draaide zich om, zodat ik me niet in bochten hoefde te wringen in de diepten van de naar pek geurende slaapzak.

'Die slaapzak kan ook wel wat frisse lucht gebruiken,' zei ik.

'Ben ik dat?' vroeg ze. 'Ruik ik ook zo?'

'Tja,' zei ik en we keken allebei rond. Ik hoopte dat er een vreemdsoortig diertje of een felgekleurde vogel op het toneel zou verschijnen waarvan ik kon zeggen: 'Lieve hemel, Gallen. Zie je dat?' Om vervolgens handig op een ander onderwerp over te gaan. Maar ik zag niets, behalve natuurlijk de met dauw overdekte motorfiets en de rivier onder een dikke laag mist. De ochtendlucht was koud.

'Laten we gaan zwemmen,' zei ik dapper.

Maar ze wilde niet uit de slaapzak komen voordat ik haar beha had gehaald. En dat wilde ze weer niet aan me vragen, dus wipte ik eruit en graaide in het rond en toen ik hem gevonden had, hield ik hem omhoog. 'Hé, wat is dit voor een vreemd voorwerp?' zei ik.

'Geef maar hier,' zei Gallen, met veel haar over haar ogen. En ik liep naar de rivier en wachtte op haar.

God, wat was dat water gemeen; mijn tanden gingen ervan rinkelen als glas en de stroming trok bijna die ellendige onderbroek van mijn lijf. Gallen zwom niet; ze ging alleen een paar keer kopjeonder. Met dat natte haar zag ik pas goed hoe smalletjes haar hoofd was. Haar oren deden een beetje komisch aan – te lang en zelfs een ietsje puntig. Haar kinnetje bibberde van de kou. Toen ze weer uit de rivier kwam, zat haar beha vol water. Ze begon op een allerliefste manier in zichzelf te knijpen; ze wrong als het ware haar borsten uit en daarna kleefde de beha aan haar vast. Ze zag me kijken en huppelde weg over de oever, met haar rug naar me toe, wel wetend hoe strak haar strakzak zat.

Ik klom tegen de oever op, waarbij ik gedwongen was te lopen als een aap – want die verwenste broek plakte overal vast en het kruis hing tot tussen mijn knieën. Toen ze zag wat voor figuur ik sloeg, proestte ze van het lachen. 'Ik geloof dat je een kleinere maat hangzak moet kopen,' zei ze.

Maar ik begon louter uit verlegenheid te joelen; ik sprong op haar af en danste om haar heen. 'Kijk!' brulde ik. 'Je hebt twee schillingen in je beha!'

Want daar leken haar tepels precies op, in grootte en kleur – een prachtige bijna-koperkleur, eenvoudig verrukkelijk. Twee schillingen waren het, echt waar.

Ze tuurde ernaar en draaide zich met een ruk om. En ik dacht: Lach alsjeblieft, Gallen – ook om je eigen lichaamsdelen. Een beetje humor is van het allergrootste belang.

'Heb jij een hemd dat ik aan kan trekken?' vroeg Gallen, werkelijk bezorgd. 'Mijn bloesje zou doornat worden en ik heb geen handdoeken meegenomen.'

En toen ik haar mijn beroemde rood-wit gestreepte voetbaltrui gaf, hield ze haar handen voor haar schillingen – maar ze glimlachte breed en in haar ene mondhoek zat een plukje haar dat nattig tegen haar wang kleefde; ze duwde het weg met haar tong.

'Zullen we ontbijten?' vroeg ik. 'Ik kan wel naar Singerin rijden om eieren en koffie te halen en ondertussen maak jij dan een vuurtje. Kun je dat?'

'Dat kan ik,' zei ze, voor zich heen lachend om iets grappigs, 'als jij me even hiermee helpt.' En ik liep om haar heen om de beha onder de voetbaltrui los te maken. Ze wriggelde met haar bovenlijf en het natte ding zakte tot op haar middel; ik gleed heel even met mijn handen omhoog – totdat ze om haar natte, koude, harde borsten lagen. Ze was als een standbeeld dat net was schoongespoten.

'Ik moet mijn haar borstelen,' zei ze, maar ze deed geen poging om weg te gaan. Ze leunde tegen me aan.

De rivier zwol; het leek of hij over ons heen spoelde. Maar het was alleen de wind die opstak en de mist in onze richting dreef. Ik zag herten in het bos, zo mak als schapen. Alleen was het bos door iets omgeven. Rivieren, misschien, aan alle kanten; of misschien zelfs een omheining. En links van de herten – als een herder, ook al had hij geen staf – stond Siggy en hij zei: 'Geduld, mijn hertjes. Ik haal jullie hieruit, wees maar niet bang.'

Toen zei Gallen: 'Graff, je doet me pijn – een beetje.' Ik had een ringvormige, vuurrode plek in haar nek gebeten, dwars door een haarlok heen. En toen ze me opnieuw zo schuldig zag kijken, dacht ze dat het kwam door mijn gebijt.

'Joh, ik mankeer niets,' zei ze. 'Graff, ik ben echt niet zo teer.'

Ik liet het maar zo; ik liet haar denken dat mijn vreemde blik alleen haar gold. Ze begon haar natte, donkere haar te borstelen en bracht de roodbruine tint erin terug. En ik dook de bosjes in om die afschuwelijke hangzak uit te doen.

Daarna reed ik naar Singerin om eieren en koffie te halen. En toen ik terugkwam, had ze een vuur aangelegd waarin veel te veel hout zat, zodat er haast niet op te koken viel. Maar ze had ook de slaapzak opengeritst en hem tot in het geboomte gesleept, een stuk hoger dan de rivier. Tot mijn verlegenheid zag ik dat ze mijn hangzak aan een lange stok had bevestigd – een speer die in de grond gestoken was en waaraan mijn onderbroek hing te wapperen, alsof de krijger onder dit ruwe baken begraven lag.

We aten heel wat. Ik vond ergens een heel oud brood – onder in de rugzak, waar het minstens een week geleden moest zijn opgeborgen. Maar het smaakte prima als het in Freina's vettige koekenpan geroosterd werd. Want ik zag er nauwkeurig op toe dat de pan nooit *echt* werd schoongemaakt. Op die manier blijft de herinnering leven aan alle goede maaltijden die je hebt genoten.

Gallen was nog steeds bezig haar haar te drogen. Ze borstelde het naar voren, over haar gezicht, en dan blies ze het puffend van zich af – zodat alleen haar mond en neus vrijkwamen. Het haar golfde alsof het leefde; daar, tegenover me, bleef ze ermee spelen. Dus bootste ik een paar uitbundige geeuwen na en kroop ten slotte de bosjes in, waar ik me liet neervallen op de slaapzak. Die was groter dan een beddensprei en beter uitgespreid dan een tafellaken – en omringd door bomen en gedragen door een dikke laag dennennaalden. Zacht als water; je zonk er gewoon in weg.

Maar Gallen bleef redderend bezig met het vuur en daarna ging ze haar handen wassen in de rivier. Ze had haar corduroy broek weer aangetrokken, maar ze had zich niet verstout om haar eigen strakzak in top te hijsen – op de manier waarop ze mij onsterfelijk had willen maken.

Vanaf mijn grote bed tussen de bomen deed ik een paar uitgeputte zuchten na. Toen riep ik naar beneden: 'Heb jij ook zo'n slaap, Gallen? Ik zou de hele dag wel kunnen pitten.'

'Dat zou je niet lukken,' zei ze, 'als ik daar bij je kwam liggen.'

Enfin, zoveel eigendunk leek te vragen om een ferme aanpak van mijn kant, dus stormde ik de bosjes uit en zette haar na langs de oever. Ze vluchtte het open veld in. Maar ik ben nog nooit een meisje tegengekomen dat echt hard kon hollen. Dat ligt aan hun bouw, denk ik; ze zijn gewoon te *heuperig* – of daar nu veel vlees zit of niet – en die constructie dwingt hen ertoe hun benen te veel naar buiten te draaien als ze hollen.

Bovendien ben ik onvermoeibaar op de korte afstand. Dus toen ze terug wilde lopen om in de bosjes weg te kruipen, had ik haar te pakken. Ze zei, volkomen buiten adem – en alsof ze er al die tijd over had lopen nadenken: 'Waar moeten we nu heen, denk je? Waar wil jij naartoe?' Maar zo gemakkelijk liet ik me niet wegsturen. Ik droeg haar terug naar de slaapzak en voordat ik haar neerlegde, had ze me alweer in haar haar gebonden. Toch merkte ik dat ze even ineenkromp toen ik over haar heen rolde.

'Gallen, heb je pijn?' vroeg ik. Ze keek natuurlijk een andere kant uit.

'Ach, een beetje,' zei ze. 'Er is toch niets fout met me, hè?'

'Nee, hoor,' zei ik. 'Het spijt me.'

'Ach, zo erg is het nu ook weer niet,' zei ze. En ze meende het, want ze liet haar lokken om mijn nek zitten.

Mijn hemel, op klaarlichte dag, dacht ik – zelf nogal verlegen. Maar ze liet me alweer verbaasd staan.

'Je draagt er geen hangzak onder,' zei ze.

'Ik heb er maar één bij me,' zei ik bedremmeld.

'Je kunt er een van mij krijgen, Graff,' zei Gallen. 'Ze rekken heel erg mee.'

'Maar ze zijn blauw,' zei ik.

En Gallen zei: 'Ik heb een groene en een blauwe en een rode.'

Maar ze had slechts één beha, wist ik – want ik had natuurlijk de bagage gezien.

'Dan mag jij mijn voetbaltrui houden,' zei ik.

En toen ik die trui daar zo zag liggen, naast onze sprei, moest ik denken aan die oenige jongen die op de middelbare school in mijn voetbalploeg zat. Hij had net zo'n hekel aan die sport als ik, dat is wel zeker, maar hij had zo zijn eigen handigheidjes – en dan vooral in die afschuwelijke situatie waarin je naar de bal rent om hem weg te schoppen en er van de tegenpartij óók iemand aankomt die het eerste bij de bal wil zijn. Je weet nooit wie de bal zal raken, maar als *hij* het is, trapt hij hem waarschijnlijk in je gezicht of anders dringt de neus van zijn voetbalschoen tot in je keel. Enfin, die knaap uit mijn team begon altijd luid te brullen als hij in zo'n situatie belandde. Hij smeerde 'm niet, hij stoof heel serieus op de bal af – en onder het lopen schreeuwde hij: '*Jaaaii! Jaaaii!*' En hij bleef schreeuwen tot pal onder de neus van zijn tegenstander. Hij maakte iedereen bang door te laten zien hoe bang hij was.

Juist daardoor was hij een goede speler, denk ik. Hij was altijd het eerste bij de bal. Je was niet zo happig meer op die bal, als hij tekeerging alsof hij een mitrailleursnest bestormde.

En ik dacht: Zo is het. Als we bang zijn, horen we het allemaal hardop te zijn – zodat niemand de held met de oen kan verwarren. De oen maakt je aan het lachen en laat je denken dat hij getikt is. Maar het is juist de held, die stom is. De held zit vol vage ideeën en platvloerse waarheden en in feite kan het hem geen bliksem schelen of hij het eerste bij de bal is. Wat mij betreft – ik ben een oen, dacht ik.

En Gallen zei: 'Graff?' – waarschijnlijk in verlegenheid gebracht door het feit dat ik niet naar haar keek. Terwijl ze zich erop had voorbereid om zich aan me te laten zien.

Ze was geen standbeeld; ze was zacht, ondanks de botten die er waren. Ergens boven de rivier brulde iemand:

Geprezen zij de groene stengel boven de bloem!

Dat moest Siggy geweest zijn, die mij languit en plechtig toesprak vanuit het kaarslicht naast de Grand-Prixracer uit 1939.

'Waarom heb je daar haar groeien?' vroeg Gallen.

Er is altijd een moeras waar je dat het minst verwacht, dacht ik. En ik legde mijn hoofd haastig neer tussen haar hoge, kleine borsten. Ditmaal wilde ik niet afgeleid worden. Ditmaal geen rotherten, alsjeblieft – niet bij de winterrivier en ook niet onder de hoede van een herderachtige Siggy. Ik vroeg me af – nu pas, vreemd genoeg – of ik soms gek werd. Of alleen maar excentriek.

Dat maakte me zo bang, dat ik mijn ogen niet dicht wilde doen. Ik keek neer langs haar lange lendenen; ik zag haar bekken bewegen, als dat een bekken was. Ik keek op naar haar hals en zag de hartenklop bonken op het plekje waar haar huid zo dun was, maar ik durfde er niet aan te voelen. Haar mond ging open en haar ogen keken op mij neer – nog altijd verbaasd, natuurlijk, over de plaatsen waar ik haar had en waar niet.

Toen lag ik over haar mond en zo dicht bij haar ogen, dat ik de haartjes van haar oogwimpers kon tellen; ik zag hoe het vocht ertussendoor geperst werd, maar echt huilen deed ze niet.

En ditmaal zag ik geen dingen die niet klopten – alleen haar gezicht en de vloed van haar lokken. De handen die over me gingen, waren zeer zeker de handen van Gallen van Sankt Leonhard; er waren geen afleidingen. En ook geen geluidseffecten, alleen datgene wat ik opving van Gallens ademhaling.

Haar ogen gingen dicht; ik nipte een traan van haar wang. Ze sloeg opnieuw haar handen over mijn oren, zoals alleen zij kon doen. Mijn hoofd gonsde, maar ik wist precies waardoor dat veroorzaakt was.

Ik had geniesd. En zij ditmaal ook. Want toen haar ogen opengingen, stonden ze erg bang. Ze zei: 'Graff?' Ik dacht: Nee, daar was niets verkeerds aan. Dat was volkomen juist. Maar zij vroeg: 'Graff, heb je dat gevoeld? Heb ik mezelf iets aangedaan?'

'Nee, je hebt alleen maar geniesd,' zei ik, luchtigjes. 'En dat hoort,' zei ik, als de eerste de beste dokter. Maar ditmaal hoorde ik elk woord en iedere ademtocht van haar en ik wist dat ik niet verder dan de slaapzak was geweest. Geestelijk was ik in orde; ik wist dat Gallen en ik hier alleen waren, alleen wij samen, en dat al het andere of alle anderen ofwel dood ofwel niet aanwezig waren. Op dat ogenblik.

'Er was iets wat uit me viel,' zei ze. 'Graff? Ik geloof het echt.'

'Je hebt gewoon geniesd,' zei ik. 'En wat er ook uit gevallen is, het komt terug.'

Ik dacht: Een zeker gevoel voor humor is van het allergrootste belang, Gallen. Dat telt echt mee. Glimlach alsjeblieft.

Maar Gallen zei – nog altijd zenuwachtig en toch was ik niet bij haar vandaan gegaan: 'Graff, denk jij wel eens aan andere dingen als je dit doet?'

'Ik zou het niet kunnen,' antwoordde ik. En ik durfde mijn blik niet van haar af te wenden of mijn ogen dicht te doen, want ik wist dat de bossen rondom ons wemelden van herten en spiesbokken en herders die popelden om mijn aandacht te trekken. Ze konden doodvallen.

Gallen glimlachte; ze lachte zelfs een beetje, daar onder me. 'Ik denk ook nergens aan,' zei ze. 'Zelfs nu kan ik me nog niets te binnen brengen.'

Dan ben je een erg gezond meisje, dacht ik. Kijk maar uit met me. Hannes Graff staat bekend om al zijn rondzwervende stukken en brokken.

Later die middag vroeg Gallen: 'Denk je dat het terugkomt? Zo te voelen is het nog altijd weg.'

'Wat?' vroeg ik en omdat ze tegen me praatte, durfde ik mijn ogen dicht te doen.

'Wat ik uit me voelde vallen,' zei Gallen. 'Je weet wel.'

Ze deed er een beetje al te somber over, dacht ik.

'Hoor eens,' zei ik, 'sommige meisjes niezen hun hele leven niet. Je mag van geluk spreken.'

'Maar komt het ooit terug?' vroeg ze. 'Dat bedoel ik eigenlijk.'

'Natuurlijk,' zei ik.

'Wanneer dan?' vroeg Gallen, iets opgewekter – zelfs een beetje jolig. Omdat haar enige beha nog steeds hing te drogen, duwde ze mijn voetbaltrui alle kanten uit zodra ze zich bewoog.

'Hannes Graff heeft tijd nodig om bij te komen,' zei ik.

En dat was maar al te waar, dacht ik, nog steeds met mijn ogen dicht. Ik kon mijn hoofd een beetje verschuiven – eerst naar een plek waar de zon op mijn gezicht scheen en mijn duisternis van zwart in rood veranderde. En daarna weer terug naar het zwart, waar mijn duisternis omrand werd met rode en witte strepen, net als op mijn voetbaltrui.

Blijf alsjeblieft tegen me praten, Gallen, dacht ik.

Maar waarschijnlijk lag ze zich voor te stellen hoe de verschillende fasen van mijn bijkomen verliepen – een geruisloos wonder waarover ik ook vaak heb nagedacht.

Met gesloten ogen verschoof ik mijn hoofd van zwart naar rood en van rood naar zwart – een simpel kunstje met bliksemeffecten – maar de werkelijke kern van mijn duisternis ging open als de sluiter van een fototoestel. Eigenlijk gebeurde het niet zonder opzet; ik had het kunnen tegenhouden door haastig mijn ogen te openen en snel met Gallen te gaan praten. Maar ik schikte me erin – om mezelf op de proef te stellen. Nog steeds met gesloten ogen zei ik: 'Je vroeg daarstraks waar we heen gaan. Heb je er zelf al over nagedacht?'

‘Ja, ik heb wel liggen denken,’ zei Gallen.

Maar mijn sluiteroog ging wijder open en bood uitzicht op de winterrivier – als een beginnende film, nog zonder titels en zonder dat de acteurs in beeld kwamen. *Denken*, Gallen, en doe het hardop, dacht ik. Maar ze zei geen woord meer – of misschien deed ze het wel, maar was het voor mij te laat om haar te verstaan. Zo snel verliep mijn reis.

De rivier ging overal heen; hij kwam langs iedere plek op de wereld. Maar ik zat niet in de film, ik was alleen het cameraoog. Nu en dan stonden er groepjes mensen langs de kant, allemaal met hun koffers. En er waren ook dieren – in de ark, bedoel ik. Die had ik nog niet genoemd: een soort vlot dat nogal slordig in elkaar was gezet. Het was blijkbaar een ophaaldienst, geëxploiteerd door iemand in een adelaarspak; hij had de leiding over het schip – hij rende tenminste in het rond en suste de ruzies die aan boord uitbraken; hij stak een roeiriem tussen katten en wombats en scheidde de beren van de krijsende vogels. *Mensen* kwamen aanzwemmen en wilden aan boord van de ark klimmen. Ze probeerden hun koffers boven water te houden; hun kinderen zonken weg.

De ark en de rivier gingen door een stad. De man in het adelaarspak nam een paar vreemde dieren aan boord. Koeien kwamen nijdig loeiend langszij – ontsnapt uit het slachthuis. Een taxi reed de rivier in.

Siggy zei tegen de koeien: ‘Het spijt me verschrikkelijk, maar van jullie zijn er al twee. Het is en blijft een willekeurige zaak.’

De taxi dreef nog steeds. Een onmogelijk aantal passagiers sprong eruit en iedereen ging ter plekke watertrappen. Iemand gaf de chauffeur een fooi en hij zonk met zijn wagen naar de diepte.

En toen zag ik mezelf, terwijl ik door het water ploeterde met mijn koffer boven mijn hoofd; mijn medepassagiers uit de taxi praatten met elkaar.

Iemand zei: ‘Er is geen enkel bewijs dat de taxichauffeur inderdaad Zahn Glanz was.’

‘Wie hij ook was, je fooi was te groot,’ zei een vrouw, en iedereen lachte.

Toen ik langszij de ark kwam, zei Siggy: 'Het spijt me, maar van jou zijn er al twee, geloof ik.'

Ik zei: 'In godsnaam, Siggy, een zeker gevoel voor humor is van het allergrootste belang.'

'Als je echt met ons meedoet, Graff, mag je aan boord,' zei Siggy. Maar een valse oosterse beer begon te protesteren. 'En ik bedoel *echt*, Graff,' zei Siggy. 'We kunnen het schip niet in de steek laten.'

Toen sloeg Gallen een arm om mijn middel en trok me onder. 'Ik heb liggen denken waar we heen kunnen, Graff,' zei ze.

'Goed, goed! Ik doe mee!' brulde ik en ik schoot overeind op de slaapzak, in haar armen en tegen de beweeglijke voetbaltrui aan.

'Graff?' zei ze. 'Graff, ik zei alleen maar dat ik had nagedacht. Over de vraag waar we heen kunnen.'

'Ja, ik heb er ook over gedacht,' zei ik en ik klampte me aan haar vast.

Ik sperde mijn ogen open, zo wijd mogelijk. Ik telde de strepen op de voetbaltrui. Het waren mooie, brede strepen – twee witte en een rode die van de kraag naar beneden liepen tot aan de plaats waar haar borsten begonnen en de lijnen ombogen; daarna waren er vijf rode en vier witte strepen die vanaf haar borsten afdaalden tot aan de zoom die op haar dij lag. Ik legde mijn hoofd op de zoom.

Deze strepen gaven meer rust dan schapen tellen.

'Of walrussen, Graff,' zei Siggy ergens. 'Dartele, spartelende walrussen.'

'Goed, goed, hou maar op,' zei ik. 'Ik doe mee.'

'Ja, allicht, Graff,' zei Gallen.

PLANNEN

Tegen het vallen van de avond verzamelde ik mijn krachten en maakte een lange wandeling stroomopwaarts tot aan een aardig stekkie, waar ik de rivier in kon waden en met mijn werphengel de stille poelen kon bereiken tussen de rotsen aan de overkant. Daar haalde ik ze soepel binnen, terwijl Gallen naar Singerin was om bier te kopen.

Nog voordat ze terug was, had ik al een vuurtje aangelegd en lagen er zes forellen schoongemaakt te wachten op Freina's veelgeurige koekenpan.

Mijn hoofd was volkomen helder. Het is altijd goed om een paar financiële plannetjes aan je hersens op te dringen; het voorkomt dat je je gaat bezighouden met andere, vagere plannen.

We hadden gepraat over de vraag waar we heen zouden gaan en volgens Gallen was Wenen het meest geschikt – omdat ik wist waar je daar aan een baantje kon komen; maar vooral, denk ik, omdat Gallen – sinds die nachtelijke glimp van Mariazell – haar blik gericht hield op het grotestadsleven zoals zij zich dat voorstelde. Ik was bang dat ze er te honkvast zou worden, maar ik moest toch ook toegeven dat Wenen voor ieder van ons de beste kansen bood om aan werk te komen. Het enige waarover ik met haar gekibbeld had, was dit: Wenen was ook een plaats waar je meer geld *uitgaf* dan elders, terwijl je nog naar zo'n akelig buikschuiversbaantje *zocht.* En het geld waarmee we op het platteland twee weken lang konden eten en slapen, zou in Wenen nog niet toereikend zijn voor vijf à zes dagen – als we tenminste iets wilden eten. We konden natuurlijk iedere avond de stad uit rijden en gaan kamperen tussen de wijngaarden, vooropgesteld dat we niet zouden worden opgevreten door de waakhonden. Maar in Wenen kon je in elk geval geen maaltje vis vangen.

Anderzijds bevatte de wildernis, waar we ons nu bevonden, te veel plekken waar allerlei *dingen* konden wegkruipen – die dan voor mijn ogen tevoorschijn sprongen. In de stad krijg je minder kans voor dagdromerij en Hannes Graff kon daar wel wat minder van gebruiken.

Toen we die zondagavond hadden gegeten, namen we een biertje en praatten er nog eens over.

'Ik heb zitten denken,' zei Gallen.

Nou, denken is goed voor je, dacht ik – althans dit soort drukdoenerige gedachten. Het voorliggende probleem leek haar aardig af te leiden van haar eerste genies. En over dat onderwerp moet niemand lang blijven piekeren, vind ik.

'Weet je wat de moeilijkheid is, Graff?' zei ze bemoeierig. 'Voor zover ik het zie, hebben we meer geld nodig dan we bezitten – als we tenminste op ons gemak naar werk willen zoeken. Tot ons eerste loonzakje, bedoel ik.'

'Dat is precies de moeilijkheid,' beaamde ik. 'Je slaat de spijker op zijn kop.'

'Nou, dat is dan opgelost,' zei ze. Ze trok de lange, kastanjebruine vlecht over haar schouder en stak hem mij toe, zoals een marktkoopman je zijn groenten en fruit laat zien.

'Heel mooi haar,' zei ik niet-begrijpend.

'Ik verkoop het,' zei Gallen. 'Het brengt veel geld op als je het verkoopt aan een pruikenmaker.'

'Wou je het verkopen?' zei ik. Mij leek het een soort ontaarde hoererij.

'We moeten alleen een chique friseur zien te vinden,' zei Gallen.

'Wat weet jij van pruikenmakers af?' vroeg ik.

'Dat heeft Keff me verteld,' zei Gallen.

'Die verrekte *Keff*,' zei ik. 'Wat weet hij daarvan?'

'Hij is onder de oorlog in Parijs geweest,' vertelde Gallen. 'Daar werd het veel gedaan, zelfs toen – allerlei dames verkochten hun haar.'

'In Parijs?' zei ik. 'Onder de oorlog? Ik heb gehoord dat ze toen nogal wat haar hebben afgeknipt, niet dat ze het kochten.'

'Nou, sommigen wel,' zei Gallen. 'Tegenwoordig is het een heel chique handel. En van echt haar maken ze de beste pruiken.'

'Heeft Keff je verteld dat hij in Parijs is geweest?'

'Ja,' zei Gallen. 'Toen we over mijn haar zaten te praten.'

'O ja?' zei ik en ik probeerde me Keff voor te stellen in Parijs. Dat riep geen prettige beelden bij me op. Ik zag een zeer jonge Keff voor me, met een waggelende gang en een stierennek – en handelend in dameshaar of anderszins bezig met haar. In zijn vrije uren.

'Nou, we hadden het toen ook over geld,' zei Gallen. 'En toen begon hij over mijn haar.'

'Wilde *hij* het kopen?' vroeg ik.

'Natuurlijk niet,' zei Gallen. 'Hij zei alleen dat we er een goede prijs voor konden maken als we kort bij kas zaten.' En ze streek over haar lokken alsof ze een kat aaide.

'Gallen, ik hou erg veel van je haar,' zei ik.

'Als ik het niet had, zou je dan niet van me houden?' vroeg ze en ineens trok ze het samen boven haar hoofd, zodat haar oren en haar lange hals goed zichtbaar werden. Het maakte haar gezichtje smaller en haar schouders tengerder; ze leek breekbaarder dan ooit. Ik dacht: Hannes Graff, vuile buikschuiver – dat meisje is bereid om haar haar voor je af te knippen.

'Ik zou van je houden zonder één haar op je hoofd,' zei ik, maar ik wist zeker van niet. Ik zag haar al voor me – terwijl ze me in al haar kaalheid toeglansde, getooid met haar eigen helm vol vlekken van geplette insecten en putjes als bij een perzikpit. Ik nam Gallens vlecht in mijn handen.

Toen snauwde Siggy's stem naar me vanuit het vuur: 'Ik wil *helemaal* geschoren worden. En nu alsjeblieft geen onzin meer.' En ik liet Gallens haar los.

Ze moet bemerkt hebben dat mijn ogen weer naar verre verten reisden, want ze zei: 'Graff? Je hebt er toch geen hekel aan om naar Wenen terug te gaan, hè? Ik bedoel maar, als je liever ergens heen gaat waar je nog nooit geweest bent – als je geen oude dingen wilt zien die je aan alles herinneren, misschien – dan zou het mij niet kunnen schelen, Graff. Heus niet, als Wenen momenteel geen goede plek voor je is. Ik dacht alleen dat er makkelijker aan geld te komen is – op den duur.'

Op den duur? dacht ik.

'Weet je,' zei Gallen, 'het zou ons net genoeg geld kunnen bezorgen om ergens onderdak te vinden. Alleen maar een kamer, misschien, in het begin.'

In het begin? dacht ik. Ik mag doodvallen als ze het allemaal al niet heeft uitgedacht.

'Zou jij dan geen kamer willen hebben met een lekker groot bed erin?' vroeg ze en ze bloosde.

Maar de plannen van dit meisje klonken me gevaarlijk in de oren – dat vage gedoe in de verre toekomst loopt nooit goed af. Deze plannenmakerij reikte te ver voor ons uit, dat was wel zeker.

Ik zei: 'Nou, laten we eerst maar naar Wenen gaan om te zien of we een baantje kunnen krijgen. Dan kunnen we daarna misschien doen wat we willen. Misschien willen we dan wel naar Italië,' zei ik hoopvol.

'Nou,' zei ze, 'ik dacht dat jij wel een kamer met een bed zou willen hebben.'

'Nou, we zullen wel zien hoe het loopt,' zei ik. 'Wat doet het ertoe? Vind je onze slaapzak niet goed?'

'Natuurlijk wel,' zei Gallen. 'Maar je kunt niet eeuwig onder de blote hemel blijven slapen, weet je.'

Jij misschien niet, dacht ik. En wie had het over *eeuwig*?

'Nou, je moet het een beetje nuchter bekijken,' zei ze en dat klonk mij te veel naar haar verwenste Tantetje. 'Over een paar maanden valt de kou in – en als het sneeuwt, kun je niet in de buitenlucht slapen of op een motor rondrijden.'

Nou, dat was een waarheid als een koe. *Een paar maanden?* Dan moest ik de motor in het zuiden zien te krijgen *voordat* het ging sneeuwen, dacht ik. En ineens was de factor *tijd* betrokken bij alle plannen die je wel of niet maakte. Morgen was het bijvoorbeeld maandag 12 juni 1967. Een echte *datum*. En morgen was het precies een week geleden dat Siggy in de plensregen uit Waidhofen was weggereden – langs het gevallen paard en de melkwagen, op weg naar de Hietzinger dierentuin. En vandaag was het zondag en Siggy was bij de oude Watzek-Trummer in Kaprun, waar ze zich liggend respectievelijk zittend ophielden boven de mensen die in Gasthof Enns aan het diner zaten.

'Nou, dan vertrekken we morgenochtend vroeg naar Wenen,' zei ik. En ik dacht: Misschien giet het wel, net als een week geleden.

‘Ken jij de Weense buitenwijken een beetje?’ vroeg Gallen. ‘Het is misschien handiger om een chique dameskapper te zoeken in een van de voorsteden.’

‘Ik ken maar één voorstadje,’ zei ik. ‘En dat is Hietzing.’

‘Is het moeilijk om er te komen?’

‘Je rijdt erdoorheen als je naar het centrum gaat,’ zei ik.

‘Nou, dat komt dan goed uit,’ zei Gallen.

‘Daar is de dierentuin,’ zei ik en ze werd erg stil.

‘Het Noodlot bestemt onze weg!’ kwam Siggy weer opduiken vanuit ons kampvuur.

Barst met dat verhaal, dacht ik. Ik ga gewoon mijn eigen gang.

‘Och, Graff,’ zei Gallen quasi luchtig. ‘Wat zou dat. We *hoeven* die dierentuin toch niet te bekijken?’

‘Nou,’ zei ik, ‘eigenlijk mag je Wenen niet binnengaan voordat je gezien hebt hoe de lente in de dierentuin heeft toegeslagen.’

En ofschoon de dieren alleen tijdens de eerste wacht een kans kregen om wat te slapen, zag ik dat ze allemaal wakker werden en hun diverse oren spitsten bij die opmerking.

Maar, beste dieren, jullie begrijpen me verkeerd, dacht ik. Het heeft geen enkele zin om hoop te koesteren. Ik kom alleen maar even kijken. Toch bleven ze allemaal wakker en door hun tralies staarden ze me beschuldigend aan. Ik brulde: ‘Ga slapen!’

‘Wat?’ zei Gallen. ‘Graff? Wil je er rustig over nadenken of zo? Dan ga ik wel even het bos in, als je alleen wilt zijn – als je niet met me wilt praten of zo.’

Maar ik dacht: Je wilt je haar al opgeven voor mij – dus doe in godsnaam niet *nog* meer voor me. En toen ze opstond om weg te gaan, gooide ik haar omver. Ik begroef mijn gezicht in haar schoot en ze tilde haar voetbaltrui op en trok mijn hoofd eronder, met mijn wang tegen haar warme ribbelbuikje. Ze wiegde me heen en weer; overal zaten er kleine, levendige hartenklopjes in haar.

Ik dacht: Hannes Graff, haal alsjeblieft je stukken en brokken bij elkaar. Dit levende meisje is zo kwetsbaar – ze zal zich door het minste of geringste in de steek gelaten voelen.

Even voorbij Hütteldorf-Hacking, aan de uiterste rand van Hietzing, vonden we een keurig-nette coiffeur die Orestic Szirtes heette – een Griekse Hongaar of een Hongaarse Griek. Zijn vader was Zoltan Szirtes, vertelde hij ons; zijn moeder was de voormalige schoonheid Nitsa Papadatoe, die ons zat te bekijken vanaf haar troon – de beste scheerstoel van de zaak.

'Mijn vader is weggegaan,' zei Orestic. En niet alleen maar voor de lunch, begreep ik – uit de manier waarop de voormalige Nitsa Papadatoe haar glanzende, zwarte manen schudde en de fonkelende juwelen liet rinkelen op haar lange, zwarte japon; de lage V-hals onthulde de zwelling van haar machtige, bil-grote, nog nimmer verzakte borsten en de felle gleuf daartussen. Een voormalige schoonheid, dat zeker.

Gallen vroeg: 'Koopt u haar?'

'Waarom zouden we?' antwoordde de oude Nitsa. 'Dat hoeven we niet – onze hele vloer ligt vol.'

Maar dat was niet zo; de zaak zag er piekfijn uit en een licht, smaakvol parfum sloeg over je heen zodra je de deur binnenstapte. Maar hoe dichter je bij Nitsa kwam, hoe meer het naar muskus ging ruiken. En het enige haar op de vloer lag onder Nitsa's stoel, alsof niemand onder haar door mocht vegen zolang ze daar troonde.

'Het meisje bedoelt voor *pruiken*, mama,' zei Orestic. 'Natuurlijk, ja, we kopen haar.' En hij voelde aan Gallens vlecht; hij wierp er een beetje mee – om te zien hoe het haar zich gedroeg als je eraan zat. 'Oh, prachtig, ja,' zei Orestic.

'Dat vind ik ook,' zei ik.

'Jong haar is het beste,' zei hij.

'Nou, ze *is* jong,' zei ik.

'Maar het is *rood*,' zei Nitsa geschokt.

'Des te meer vraag is ernaar,' beweerde ik. Terwijl Orestic de vlecht streelde.

'Hoeveel?' vroeg Gallen, wereldwijs en zo hard als een spijker.

Orestic boog zich peinzend over de vlecht. Zijn eigen haar was dik en glimmend-schoon als het natte, zwarte, scherp getande gras dat soms in moerassen groeit. Ik slenterde naar de rij hoofden die op staken in de etalage stonden; elk hoofd droeg een pruik en een halsketting en had een wipneus zonder neusgaten.

'Tweehonderd schilling,' zei Orestic. 'En voor die prijs knip ik haar nog ook – in iedere coupe die ze wil.'

'Driehonderdvijftig,' zei ik. 'In uw etalage staan prijzen vanaf zevenhonderd.'

'Nou ja,' zei Orestic, 'ik heb er heel wat werk aan om er een pruik van te maken. En wat zij heeft is nauwelijks genoeg voor een haarstukje.' En met die woorden wierp hij de vlecht van zich af.

'Driehonderd dan,' zei ik.

'Tweehonderdvijftig,' zei Nitsa. 'En dan prik ik gratis haar oren door.'

'Doorprikken?' zei ik. 'Haar oren?'

'Mama prikt oren door,' zei Orestic. 'Hoeveel oren zijn het nu al, mama?'

Waarschijnlijk allemaal bewaard in haar dressoir, dacht ik.

'Ach, ik ben allang de tel kwijt,' verklaarde Nitsa. Toen keek ze Gallen aan. 'Wat dacht je van tweehonderdvijftig inclusief je oren?'

'Graff,' zei Gallen, 'dat met die oren heb ik altijd al gewild – vooral sinds ik in de stad ben.'

'In vredesnaam,' fluisterde ik, 'niet *hier*, alsjeblieft. Je zou ze allebei kwijtraken.' En tegen Orestic zei ik: 'Driehonderd, maar zonder de oren.'

'En na afloop doet u mijn haar,' bedong Gallen. 'Goed?' Ze wierp de vlecht over haar schouder; het ding lonkte naar Orestic als een bezwerende slang.

'Goed,' zei hij.

Maar de voormalige Nitsa Papadatoe spuwde op de grond. 'Slappeling!' siste ze tegen haar zoon. 'Je bent net als die halfzachte vader van je; je hebt ook geen ruggengraat.' Ze ging rechtop zitten in de beste kappersstoel en bonkte met een hand op haar wervelkolom.

Nitsa had wel degelijk een ruggengraat. Ze stak ons misprijzend haar voorgevel toe; haar wonderbaarlijke gleuf ging wijd open en stevig dicht, opende en sloot zich opnieuw.

'Mama, *alstublieft*,' zei Orestic.

Maar toen hij mijn Gallen in de lege, minder goede kappersstoel installeerde, bleek Nitsa voor mij een welkome afleiding. Want het deed me echt pijn om te zien hoe gretig Orestic de vlecht losmaakte en begon te borstelen – totdat het haar ruisend en vol over de stoelleuning hing, bijna tot aan de zitting. Daarna graaide hij het bijeen, hield het boven haar hoofd en borstelde het met forse, trefzekere bewegingen omhoog tot in zijn volle lengte – alsof hij het wilde verleiden om nog een paar centimeter te groeien voordat hij het zou opeisen. Ik zat recht achter Gallen en kon goddank haar gezicht in de spiegel niet zien; ik wilde haar ogen niet zien, toen Orestic een bos haar als een enorme paardenstaart bijeenpakte en het afknipte bij de wortels – zo leek het tenminste. Ik tuurde schuin in de spiegel en keek neer in de welgevulde, weerspiegelde gleuf van Mama Nitsa.

Orestic liet de kastanjebruine staart ritselend ronddraaien; ik moest plotseling rillen, alsof ik zojuist een onthoofding had bijgewoond; Gallen duwde haar beide handen tegen haar schedel. De kwieke Orestic legde haar haar op een kussen in de vensterbank, keerde terug naar de stoel en begon om haar heen te dansen – zijn schaar deed *tzik-tzik* boven haar oren en langs haar lange, kale nek.

'Ziezo. En wat doen we nu?' vroeg hij. 'Een beetje pony laten zitten? Of niet?'

'Geen pony,' zei Gallen. Hij begon te knippen, maar hij liet genoeg haar zitten om het naar achteren te kunnen borstelen; hij werkte het bij boven haar voorhoofd, liet het net over de punt van haar oren vallen en zorgde dat het vol en los neerhing langs haar achterhoofd, ofschoon omkrullend naar haar nek. Bij de haarwortels leek het kastanjebruin veel donkerder van kleur.

'Niet uitdunnen,' zei hij. 'We houden het lekker dik.' En hij pakte een handjevol beet, alsof hij een pluk uit haar hoofd wilde trekken.

‘Zo dik als een deken!’ riep hij opgewonden. Maar Gallen tuurde alleen naar haar nieuwe voorhoofd; zo nu en dan wierp ze een steelse blik langs de zijkant van haar hoofd en staarde naar haar onthutsende oren.

Misschien kwam het door het gedraai van de kappersstoel dat ik van streek raakte. Ik dacht juist dat het eigenlijk niet eens zo lelijk stond en dat een echte schande haar bespaard werd omdat haar kaak en haar jukbeenderen zo fijn gevormd waren en haar nek zo mooi bloot was – toen Orestic haar rond begon te draaien in de stoel, terwijl hij een laatste blik wierp op zijn werk.

‘Ziet u wel?’ zei hij trots tegen mij. ‘Hoe gelijk het hangt? Overal in de rondte.’ En hij liet haar nog wat harder draaien, zodat er telkens een flits van haar in de spiegel verscheen en ze dubbel naar mij teruggeflitst werd, aan weerszijden van de stoel, alsof we plotseling in een overvolle kapsalon waren met een ronddraaiende rij duizelige klanten en waanzinnige kappers, aangevoerd door een waarzegster in de beste stoel. Het was zo raar; ik probeerde mijn ogen wat rust te gunnen.

Maar toen gaf hij haar een shampooing en voordat ik het wist – al had ik allang gezien dat de rij cliënten kaal werd van dat gedraai – stopte hij Gallens hoofd in een grote, verchroomde haardroger; hij legde haar achterover in de stoel, met haar rug naar me toe, en ik staarde naar de zacht gonzende koepel die daar lag te glimmen.

‘Ik heb alleen om scheren gevraagd,’ zei iemand. ‘Dit kun je toch geen *knippen* noemen?’ En ineens werd Nitsa’s gleuf, die zich tot alles verwijdde, weerspiegeld in de kruin van Gallens koepelvormige haardroger.

‘Zal ik *jouw* oren dan maar doorprikken?’ vroeg Nitsa aan mij. ‘Ik weet het wel, hoor – de mannen willen meestal maar één oor gedaan hebben.’

‘Niet in *dit* land, mama,’ zei Orestic.

En de kleine Hugel Furtwängler gluurde over de bepruikte hoofden in de etalage. Hij zwaaide met een vlaggetje van de kappersbond en zei: ‘Hij is gek! Hij wilde zelf dat ik het deed!’

Hè, ik ga ervandoor, dacht ik – alleen maar omdat die haardroger het zo warm maakt in de zaak; het is gewoon ongezond.

Nitsa Szirtes trok haar japon een stukje van haar verkleefde borsten vandaan en blies met gespitste lippen een straaltje adem in haar gleuf.

Toen vroeg ik aan Orestic: 'Bent u hier al lang – in dit land? Of alleen maar sinds de oorlog?'

'Sinds de oorlog en daarvoor,' zei de oude Nitsa. 'Zijn vader, Zoltan Szirtes, heeft ons heen en weer gesleept naar Hongarije – en een armzaliger plek heb ik nooit gezien.'

'Mijn vader is weggegaan,' bracht Orestic in herinnering.

'Hij was een verachtelijke man vol haar,' zei Nitsa.

'Mama, *alstublieft*,' zei Orestic.

'Ik had nooit uit Griekenland weg moeten gaan,' zuchtte het voormalige meisje Papadatoe.

'Ja hoor, we zijn hier al een poosje,' zei Orestic tegen mij en hij haalde Gallens opgedroogde en verschrompelde hoofd uit de glanzende bol. Hij begon haar verwoed te borstelen, waarbij ze achterover moest blijven liggen. Omdat ik over de leuning van haar schuin geplaatste stoel keek, zag ik haar onder een vreemde hoek; van haar gezicht was niet meer te zien dan haar smalle neusrug. Afgezien natuurlijk van wat ik sterk vervormd in de haardroger weerspiegeld zag – een uitgerekt oor.

En dat werd vuurrood toen het me aan Orestic hoorde vragen: 'Was u dan hier toen die man is binnengedrongen in de dierentuin?'

'Bah!' zei Nitsa. 'Die is opgevreten!'

'Ja, inderdaad,' zei ik.

'Maar wij waren niet hier, mama,' zei Orestic.

'O nee?' zei ze.

'Wij waren in Hongarije,' zei Orestic.

'Toch hebt u er blijkbaar van gehoord,' zei ik.

'Toen al die dingen gebeurden, waren wij in Hongarije,' zei hij.

'Wat voor dingen gebeurden er dan nog meer?' vroeg ik.

'Hoe zou ik dat weten?' zei hij. 'Wij waren in Hongarije.'

'Toen hadden we het dus zo armzalig,' zei Mama Nitsa. 'Bij die verachtelijke man vol haar.'

'U bent klaar,' zei Orestic. Gallen voelde zenuwachtig aan haar kruin.

'Ziezo, dan krijg je dus tweehonderdvijftig van ons,' zei Nitsa.

'Driehonderd,' zei ik.

'Driehonderd,' zei Orestic. 'Eerlijk is eerlijk, mama.'

'Slappeling!' snoof ze. Ongetwijfeld net zo slap als die verachtelijke man vol haar. De arme verguisde Zoltan Szirtes zal zich wel in zijn graf hebben omgedraaid – als hij een graf had of er al in lag. En als mensen met een graf zich kunnen omdraaien.

'Alles is mogelijk!' riep Siggy uit de glanzende koepel van de haardroger – uit Keffs kist naast de Grand-Prixracer uit 1939.

Ik keek op mijn horloge. Tijd was weer een deel van mijn leven geworden. Het was maandag 12 juni 1967, omstreeks het middaguur. Zodat alles volgens schema verliep als we nu meteen weggingen, de motor ergens in de Maxing Strasse parkeerden, op zoek gingen naar het café met de Balkan-kelner en die middag de dierentuin binnenwandelden.

Waar we ongetwijfeld de omstandigheden zouden aantreffen die vandaag een week geleden waren beschreven.

'Je haar zit leuk, Gallen,' zei ik. Ze voelde zich nog een beetje opgelaten, maar ze probeerde er trots op te zijn. Haar nieuwe haar zat pluizig om haar hoofd, net als bij een lynx.

Omdat ze nonchalant probeerde te doen en dus niet op haar woordkeus lette, vroeg ze opgewekt: 'En wat zijn de verdere plannen?' Waardoor mijn verwarde brein gedwongen werd te erkennen – al was het alleen maar tegenover mezelf – dat ik inderdaad een plan had.

HOE DE DIERENRADAR MIJN TERUGKEER OPMERKTE

Ik reed de Maxing Strasse af tot aan het Maxing Park en daar zette ik de motor neer.

'Is dit de dierentuin?' vroeg Gallen.

'Nee,' zei ik. 'Die ligt een stukje verder, aan het plein.'

'Waarom parkeren we dan zo'n eind weg?' vroeg ze.

'Oh, het is een leuke wandeling,' antwoordde ik. En terwijl zij voor het zijspiegeltje aan haar nieuwe haar stond te frunniken en twee handen tegen haar hoofd drukte in de hoop dat haar oren daardoor plat gingen liggen, laadde ik onze bagage en de slaapzak af en bond alles samen tot één groot pak met de helmen erbovenop. Daarna kroop ik diep de bosjes van Maxing Park in en zorgde dat de hele mikmak niet meer te zien was.

'Waarom heb je alles afgeladen?' vroeg Gallen.

'Nou, ik wil niet graag bestolen worden,' zei ik.

'Maar we blijven toch niet lang weg, Graff? Nee toch?'

'Tegenwoordig loopt iedereen te jatten,' zei ik en ik liet haar niet merken dat ik het notitieblok onder mijn jasje en mijn hemd stopte.

Dat was alleen maar verstandig. Als er een handleiding beschikbaar is voor het werk dat je gaat doen, moet je die natuurlijk wel meenemen.

'Oh, wat is het prachtig hier,' zei Gallen.

We kwamen langs de Tiroler Garten en ik zei: 'Daar heb je kilometers mos en varens en je kunt er je schoenen uittrekken.'

'Dat is net als bij ons op het land,' zei ze teleurgesteld. Toen we op het plein kwamen, maakte het netwerk van bovenleidingen een grotere indruk op haar. 'Wat een trams,' zei ze. En daarna: 'Is dat het café waarover je het had?'

Natuurlijk was dat zo, maar we liepen nu aan de overkant van het plein, waar de dierentuin was, en van daaruit kon ik de kelner van de Balkan niet herkennen tussen de andere witte jasjes rondom het café.

We wilden net oversteken, toen ik een van de Katachtige Roofdieren hoorde die achter ons in de dierentuin een keel opzette.

'Wat is dat?' vroeg Gallen.

'Een leeuw,' zei ik. 'Of een tijger, een luipaard, een poema – een jaguar, een jachtluipaard, een panter.'

'Gosj,' zei Gallen. 'Waarom zeg je niet gewoon *kat*? Een heel grote kat?'

Maar ik werd ineens te ongeduldig om me nog met die Balkankelner te bemoeien. Bovendien wist ik hoe sluw hij was en ik wilde me niet in de kaart laten kijken, dus zei ik: 'In de dierentuin is een veel leukere tent. Dat is een Biergarten en het is er fijner dan in een café.'

Misschien heb ik haar toen iets te snel omgedraaid en ben ik te hard weggelopen, want Gallen zei: 'Graff? Is alles goed met je? Is het wel verstandig om daar weer naartoe te gaan?'

Maar ik trok haar mee; ik kon niet naar haar kijken. Want dan zou ik gezien hebben hoe weinig ze op haar hoede was. En volgens mij moest er een beter tijdstip te vinden zijn waarop ik haar mijn plan kon mededelen.

'Ach, natuurlijk,' zei ik. 'En hier is de Hietzinger Tiergarten.'

Nog altijd stenen poorten. En de toegang nog altijd welwillend toegestaan door een man met een groen pokerschermpje boven zijn ogen. Boven wiens hokje de kop van de giraf opdoemde.

'Oh, Graff!' zei Gallen. 'Kijk hem eens! Wat mooi!'

'Nou, kijk maar eens naar zijn kin,' antwoordde ik. 'Die is helemaal afgeschaafd door de omheining.'

'En kijk hem eens *lopen*!' zei Gallen, die niet eens opmerkte dat de kin van de arme giraf zo beschadigd was *omdat* hij gevangenzat. 'En wat hebben we *hier*?' riep ze, terwijl ze naar het bassin van de walrus dartelde.

Ja, wat *hebben* we hier? dacht ik. Ze was veel te vrolijk; ik kon het haast niet aanzien – zoals ze daar uitbundig stond te springen aan de rand van de slijmerige bak waarin die boerende dikzak huisde.

'Zegt hij iets?' vroeg Gallen. Ze keek naar me om – met één korte flits van haar nieuwe, spitse gezichtje. 'Kun je praten?' vroeg ze aan de walrus. '*Grrumpf!*' zei ze tegen hem. En de walrus, gewend om kunstjes uit te halen in ruil voor vis, rolde zijn grote, bolle kop opzij en liet een boer voor haar.

'BROP!' zei de walrus.

'Hij zei wat!' riep Gallen.

En hij zei meer dan ik te zeggen heb, dacht ik.

Ik voelde het notitieblok vochtig worden tegen mijn maag; bij iedere beweging kraste het ding in mijn vel. De bladzijden vol dierentuinwaken lagen zwaar tegen me aan. Het was of ik een heel tijdschrift had opgegeten en de papierflarden nu als één grote prop in mijn buik lagen.

'Oh!' zei Gallen – bij wijze van algemene opmerking, terwijl ze rondkeek naar wat er nu kwam.

Hannes Graff, dacht ik, zorg alsjeblieft dat je die maagklachten kwijtraakt. Deze dierentuin is een plek om plezier te hebben en anders niet.

Nog geen tien meter verderop stond een ijzeren papiermand. Ik tikte met mijn knokkels op mijn buik. Ik deed een eerste, luchtige stap. En toen gebeurde er iets met de giraf.

Hij begon te galopperen; hij sjokte heen en weer en de kop op de lange nek boog ver over de omheining heen, alsof deze een levende antenne was – een soort radar.

Mijn God, hij heeft me herkend, dacht ik.

'Wat is er aan de hand?' vroeg Gallen.

De giraf trappelde opgewonden met zijn hoeven. De walrus hief zijn kop ver boven de rand van het bassin; heel even wist hij die logge massa omhoog te houden en bekeek hij me met zijn uitpuilende ogen. In de hele dierentuin hoorde ik gevlieg en gedraaf in kooien en hokken. Mijn aanwezigheid en die ene stap in de richting van de papiermand waren al doorgegeven in het fluistercircuit van de dieren. Een halve dierentuin verderop begon de grote tralierammer, de Aziatische Zwarte Beer, luid te brullen.

'Wat is er aan de hand?' vroeg Gallen opnieuw.

'Ze moeten ergens van geschrokken zijn,' antwoordde ik verslagen.

'BROP!' zei de walrus, terwijl hij opnieuw omhoogkwam.

BROP zelf maar, dacht ik.

'BROP!' herhaalde hij, terwijl hij zijn trillende nek uitrekte om boven te blijven – en om mij in het oog te houden. En terwijl de galopperende giraf zijn lange hals op mij inzoomde.

'Waar is die Biergarten nou?' vroeg Gallen, alweer zo verrekte enthousiast.

En bij de Biergarten die mijn Gallen zo graag wilde zien, werd de hele dierentuin overstemd door het gebrul van de verschrikkelijke Aziatische Zwarte Beer.

'Gosj, wat is *dat*?' vroeg Gallen.

'BROP!' zei de onophoudelijk boerende walrus. 'Dat is onze angstwekkende leider. Dat is 'm nou.'

De giraf hield me aan de grond genageld met zijn nek. 'Hoe durfde je?' vroeg zijn radar. 'Hoe heb je er ooit aan kunnen *denken*?'

'BROP!' zei de walrus vermoeid. 'Was je O. Schrutt soms vergeten?'

Gallen trok aan mijn arm. 'Ga nou *mee*, Graff,' zei ze.

En terwijl ik half verblind naar de Biergarten strompelde, zag ik mijn oenige makker uit het voetbalteam op de middelbare school voor me. Ergens op het pad lag de bal en aan de andere kant, op volle snelheid naderend, bevond zich de Beroemde Aziatische Zwarte Beer die nooit zou toestaan dat O. Schrutt vergeten werd – en die een paar stappen sneller leek te zijn dan ik; zo te zien zou hij als eerste bij de bal komen.

Dus gauw langs het Apencomplex; mijn blik werd troebel door de snelheid van die vervloekte beer. En toen begon het, ergens diep in mijn keel. '*Aaaii, aaaii*,' riep ik zachtjes. 'Aaaaiii!' schreeuwde ik.

'Graff!' zei Gallen. 'Wat heb je toch?'

'Aaaaiii! Aaaaiii!' jammerden een paar apen, zeer bedreven in het nabootsen.

En Gallen lachte in volmaakte argeloosheid – nog veel kwetsbaarder dan ik, tot mijn onstuitbare verbazing, had gedacht. Ze greep mijn arm.

'Ik wist niet dat jij met apen kunt praten, Graff,' zei ze.

Maar ik dacht: Het ziet er eerder naar uit dat zij met mij praten. Om me tot een der hunnen te maken.

HOE IK VAN DE WAL IN DE SLOOT RAAKTE

De Zeldzame Brilberen gingen rechtop zitten en staarden me aan, nu ze me genoeglijk in de Biergarten zagen zitten met een nieuwe partner. Gallens haar glansde met een volle, roodbruine wijnkleur en haar nieuwe nek zag er bleek en misschien een beetje prikkerig uit in het zonlicht dat recht op haar neerviel. Ze zat buiten de schaduwrand van onze Cinzano-parasol; ze had haar stoel achteruitgeschoven – om me beter te kunnen bekijken, vanaf een afstand en vol schrik.

'Wil je zeggen dat je het steeds van plan bent geweest?' zei ze. 'Dan heb je me *bedonderd* door me mee te slepen naar hier.'

'Nee, dat niet precies,' zei ik. 'Eigenlijk helemaal niet. Ik weet niet meer wanneer ik *echt* wist dat ik ermee zou doorgaan.'

'Bedoel je dat je hier de hele nacht wilt gaan rondkruipen?' vroeg ze. 'Wil je ze allemaal loslaten, Graff? En *jij* zei nota bene dat het zo'n krankzinnig plan was! Dat heb je zelf gezegd, Graff. Jij vond ook dat hij niet goed snik was – alleen al omdat hij zoiets kon *bedenken*.'

'Nee, dat niet precies,' zei ik, terwijl dat verwenste notitieblok opkroop onder mijn hemd en langs mijn buik – als een haastig naar binnen geschrokte maaltijd die elk ogenblik weer naar buiten kon komen. 'Eigenlijk helemaal niet,' zei ik. 'Ik bedoel, ja, ik vind het een krankzinnig plan en ik geloof ook dat hij zichzelf niet meer in de hand had, ja. Maar ik wil maar zeggen – er moet toch ook een *goede* manier bestaan om het te doen? En in de grond is het idee nog lang zo gek niet.'

'Graff, jij bent ook getikt,' zei ze.

'Nee, dat niet precies,' hield ik vol. 'Eigenlijk helemaal niet. Ik geloof alleen dat er een *redelijke* manier is om het aan te pakken. Zijn grote fout was dat hij ze *allemaal* wilde laten gaan – ja, dat hij daar zelfs maar aan gedacht heeft. Nee heus, Gallen, het gaat alleen maar om een *redelijke keuze* uit de beschikbare dieren. Ik geef onmiddellijk toe dat je wel gek moet zijn om ze allemaal te willen bevrijden. Zoiets hou je nooit in de hand, natuurlijk.'

'Graff,' zei ze. 'Graff, je begint al net als hij te *praten*. Echt waar. En het wordt steeds erger. Ik heb het al eerder gemerkt. Je redeneert net als hij.'

'Nou, ik heb er niets van gemerkt,' zei ik. 'En wat dan nog? Ik bedoel maar – hij wilde te veel en ik zal de eerste zijn om dat toe te geven. Maar je kunt dit ook in de juiste verhoudingen zien, vind ik. Het zou namelijk best leuk kunnen zijn, als het met enige smaak werd gedaan.'

'Ja, *leuk*, hoor,' zei Gallen. 'En wat een goede *smaak*, hè. Al die lieve diertjes, die elkaar en de mensen doodbijten. Zoiets is erg leuk, ja. En ik moet toegeven dat het van smaak getuigt, Graff.'

'Het gaat om een *redelijke keuze*, Gallen,' hield ik vol; ik was niet van plan me te laten uitdagen tot een fikse ruzie.

'Oh, je bent werkelijk van slag, Graff,' zei ze. 'Dat moet wel.' Ze stond op. 'Ik blijf hier geen ogenblik langer,' zei ze.

Maar ik zei: 'Prima, hoor. En waar wou je naartoe?'

'Oh, Graff,' zei Gallen. 'We hebben nu al ruzie.' En ze greep naar haar oren – ongetwijfeld omdat ze zich herinnerde dat ze zo bloot lagen omwille van mij. Ik liep om ons tafeltje heen en hurkte neer naast haar stoel; ze zat ineengedoken te snotteren in haar hand.

'Gallen,' zei ik. 'Denk er eens over na, alsjeblieft – heel even maar.'

'Ik wilde met je gaan *winkelen* – of weet ik veel,' zei ze. 'Dat heb ik nog nooit gedaan.'

'Gallen,' zei ik. 'Een *paar* dieren maar, heus. Alleen een stel van de makste soorten. En ondertussen O. Schrutt een beetje pesten.' Maar ze schudde haar hoofd.

'Aan mij *denk* je niet eens,' zei ze. 'Je hebt me gewoon *genomen*!' fluisterde ze, heftig en theatraal. 'Je hebt me *bezeten*! Alleen daarvoor mocht ik mee,' zei ze beschuldigend, met een belachelijk gewapper van puntige ellebogen.

'Oh, verdorie,' zei ik.

'Je bent gek en je bent gemeen,' zei ze.

'Goed,' zei ik. 'Dat ben ik dus, mij best.' En toen fluisterde ik mijn eigen, heftige, theatrale zinnen: 'Siggy is dood, Gallen, en ik heb hem nooit serieus genomen – eigenlijk hebben we nooit goed met elkaar gepraat.' Maar zo te horen bedoelde ik dat niet precies, dus zei ik: 'Ik heb hem nauwelijks leren kennen. Ik bedoel, eigenlijk wist ik niets van hem.' Maar ook dat leidde niet tot een logische gevolgtrekking, dus zei ik: 'Het begon allemaal heel vlot en heel grappig – niet van dat moeilijke, weet je wel, het kon alle kanten uit. Eigenlijk zijn we nooit erg intiem tegen elkaar geweest – of serieus. We waren nog maar pas begonnen.' En ook daaruit zag ik geen conclusies op me afkomen. Dus hield ik er maar mee op.

'*Niemand* had Siggy serieus kunnen nemen,' zei ze.

'Maar ik vond hem *aardig* – snap je dat dan niet, klein kreng?' Ik hield me in. 'Enfin, het was zijn idee en misschien was het gek, ja. En misschien ben ik het ook.'

Maar toen greep ze mijn hand en schoof hem onder haar voetbaltrui tot op haar hete, harde buikje; ze leunde achterover in haar stoel en bleef mijn hand tegen zich aan drukken. 'Oh nee, jij bent niet gek, hoor,' zei ze. 'Dat vind ik echt niet, Graff. Het spijt me. Maar ik ben ook geen kreng, hè?'

'Nee,' zei ik. 'Natuurlijk niet. En het spijt *mij*.' Ze liet mijn hand daar lange tijd liggen, alsof ze mijn toekomst wilde lezen met haar buikje.

Alles is mogelijk.

'Maar wat doen we als het voorbij is?' vroeg ze.

'Ik wil het zo gauw mogelijk achter de rug hebben,' zei ik.

'En dan?' vroeg Gallen.

'Wat je maar wilt,' zei ik en ik hoopte het echt. 'We kunnen naar Italië gaan. Heb je de zee al eens gezien?'

'Nee, nog nooit,' zei ze. 'Echt, Graff – wat ik maar wil?'

'Wat je maar wilt,' zei ik. 'Ik wil alleen maar dit karweitje opknappen en meer niet.'

En ze zat weer zo rustig in haar stoel – met al dat verrekte vertrouwen van haar. En met mijn hand in haar schoot.

Ook de Zeldzame Brilberen ontspanden zich. Ze gingen op hun gewone manier tegen de tralies en tegen elkaar hangen, alsof ze helemaal geen belangstelling hadden voor de afloop van ons gekibbel – alsof *iedere* vorm van bijleggen, hoe simpel ook, in hun ogen van belang was.

Het klonk door in hun zuchten: Oh, maak toch geen ruzie met elkaar. Je moet nooit kibbelen. Wij weten dat. Het is niet verstandig als je zo dicht bij elkaar bent. Je zult merken dat er verder niemand is. Lijdzaam begonnen ze elkaar weer te omhelzen.

Maar ik dacht: Dit is vreemd. Hier klopt iets niet. Dit is de verkeerde stemming voor Siggy's plan. Ik wil aan zijn idee weer de juiste, jolige luchthartigheid verlenen. Maar ik zag te veel keerzijden aan de medaille en zo kon ik noch jegens Siggy noch jegens Gallen eerlijk zijn.

Mijn houding jegens de dierentuinkraak was niet goed. Het was een karweitje dat ik zo gauw mogelijk achter de rug wilde hebben – dat had ik letterlijk gezegd – en Siggy zou die ongelukkige kijk op zijn idee nooit goedkeuren; op die manier werd het zo'n miezerig, halfslachtig gebaar.

De Katachtige Roofdieren brulden. Maar ik dacht: Nee, het spijt me, Katachtige Roofdieren, ik ben hier niet voor jullie. Alleen voor een paar ongevaarlijke, alledaagse exemplaren. Het notitieblok waarschuwt ons aldus:

De meeste beslissingen vormen een anticlimax.

Zo leek het plan, vreemd genoeg, nog nauwelijks de moeite waard – althans op de manier waarop ik het veranderd had. Dankzij de redelijke keuze van Hannes Graff. Die keuze leek alleen steekhoudend als ik over het tafeltje naar mijn Gallen keek. Zij had toch minstens een *beetje* redelijkheid verdiend.

De Zeldzame Brilberen – lijdzaam, bedroefd, maar bereid om alles te aanvaarden – herhaalden het in hun zuchten: We moeten op z'n minst proberen om goed met elkaar om te gaan.

Maar er was iemand die dat betwistte. De Beroemde Aziatische Zwarte Beer had niet veel op met toegeeflijkheid.

Ik dacht, niet zonder verbazing: Wel allemachtig, ze zijn allemaal *anders* – die dieren! Net als mensen, want hun droevige geschiedenis toont ook aan dat ze allemaal akelig verschillend zijn. Nooit aan elkaar gelijk. Zelfs niet bij de geboorte.

Over dat onderwerp zegt het notitieblok:

Wat onvolmaakt. Wat komisch. Wat simpel. En ook – wat ontzettend jammer.

Ik stond op van ons tafeltje. Het personeel van de Biergarten had op de voorkant van het buffet een oude lachspiegel bevestigd die blijkbaar ergens anders was opgeduikeld; als je genoeg kreeg van de dieren, kon je in het grillig geslepen glas onder meisjesrokken kijken naar niet te identificeren stukken broekjes en dijen. Vreemd genoeg kwam ik daarin ineens mezelf tegen – of liever gezegd, ving ik daarin de griezelig verbrokkelde onderdelen op van mijzelf en van andere mensen en dingen. Poten van niet thuis te brengen stoelen, schoenen die niet bij elkaar pasten. In deze spiegel vertoonde ik een algehele onaangepastheid; mijn verschillende delen klopten helemaal niet met elkaar.

Terwijl het zweterige notitieblok op mijn buik juist zo'n sterke eenheid vormde – een stevig brok volmaakte gekkigheid.

'Oh, kijk eens,' zei ik tegen Gallen – of tegen iedereen. 'Niets past meer bij elkaar.'

En ze kwam naast me in de spiegel staan en haar delen hoorden evenmin bij elkaar, al waren ze gemakkelijker te onderscheiden – tussen de stoelen en de andere mensendelen. Want al *haar* delen waren eenvoudig prachtig; een spiegelstuk van een brede, dunlippige mond en een lange, donzige keel; de vouw van een wijd bloezende voetbaltrui tussen de ene borst en de halve andere. Zij lachte. Ik niet.

Ze vroeg: 'Hoe beginnen we ermee?' Op fluistertoon – en ineens zo verschrikkelijk gretig en vol vertrouwen in mij. 'Laten we ze los zodra het donker is? En wat doen we met de bewaker?' En toen ik in de spiegel naar mijn verbrijzelde ego bleef zoeken, zei ze met gespeelde heimelijkheid: 'Het is nooit goed om zo de aandacht te trekken, Graff. Kunnen we niet ergens wegkruipen om de plannen door te nemen?'

Ik keek naar het spiegelstuk met haar mond, die geheel alleen aan het praten was. Ik wist niet eens of ze me plaagde of dat ze het werkelijk meende. Ik kneep mijn ogen half dicht en tuurde. Ergens in die vervloekte spiegel had ik mijn hoofd verloren en nu kon ik het niet meer vinden.

VOLGENS DE RICHTLIJNEN

Het was makkelijk. We snuffelden tot laat in de middag rond en verkenden de dichte heg die langs het uitgestrekte gebied van de Gemengde Steppedieren groeide; achter de heg was het inderdaad zo knus als Siggy had beschreven. Kort voordat we daar wegdoken om te luisteren hoe de schoonmakers en de vegers om verdwaalde bezoekers riepen, liet ik Gallen het Kleine Zoogdierenhuis zien – en keek ik zelf nog eens goed naar de gesloten deur van wat het onderkomen van de bewakers moest zijn. We hadden zeeën van tijd om alles te bekijken voordat we in dekking gingen achter onze heg.

Het viel alleen een beetje tegen dat de spiesbok juist had zitten nadenken in zijn hok – over reisplannen, misschien zodat Gallen hem en zijn forse ballonnen niet had kunnen zien.

Maar dat wegkruipertje spelen was doodgemakkelijk en we werden er reuze vrolijk van, terwijl we daar vlak tegen de afzetting lagen en door de zeshoekige openingen naar het schuifelende allegaartje antilopen keken met hun verschillende familieleden. Al moet ik toegeven dat ik pas echt op mijn gemak raakte toen het daglicht helemaal verdwenen was.

Omstreeks halfnegen was het volkomen donker en vielen de dieren in slaap; ze ademden gelijkmatiger en maakten van die behaaglijke, onbewuste geluiden. Een poot sloeg spetterend in een drinkbak en iemand klaagde even. De dierentuin dommelde.

Maar ik wist dat de bewaker om kwart voor negen aan een nieuwe ronde zou beginnen en ik wilde alles precies doen zoals Siggy het had gedaan – zodat we bij de vijvers van de Verschillende Watervogels moesten zijn wanneer de bewaker naar buiten kwam.

Het was weer erg gemakkelijk om er te komen. Aan de rand van een van de vijvers liet ik mijn vingers in het water hangen. Slapende eenden dreven voorbij met weggestopte koppen en slap hangende zwempoten. Soms begon er een in zijn slaap met een poot te peddelen. Dan draaide hij in kringetjes rond, als een roeiboot die slechts met één riem wordt voortbewogen totdat hij tegen de vijverrand botste, wakker werd en ruzie kreeg met het beton; daarna zwom hij dan weer krachtig weg, doezelde wat, peddelde nog even en sliep weer in. Oh, het reilen en zeilen van die eerste wacht was toch zo lieflijk.

En Gallens hartenklop was niet meer dan een zachte trilling onder mijn hand, alsof een elfje in haar binnenste zat te blazen tegen de blanke huid onder haar linkerborst.

'Wat is het stil,' zei Gallen. 'Wanneer komt Schupp?'

'*Schrutt*,' zei ik en een eend schrok wakker. Hij kwaakte als een kikvors.

'Nou, wanneer komt hij dan?' vroeg Gallen.

'Dat duurt nog wel even,' zei ik en we keken naar de luchthartige bewaker van de eerste wacht, die zich geeuwend stond uit te rekken in het juiste, witte licht dat uit de deuropening van het Kleine Zoogdierenhuis kwam.

'Is dat de goede bewaker?' vroeg Gallen.

'Ja,' zei ik en onmiddellijk voelde ik alleen maar sympathie voor hem – nu ik hem zo door de dierentuin zag slenteren, terwijl hij zachtjes met zijn tong klakte tegen speciale vriendjes van hem. De boksende Australiër en zijn geliefde kudde zebra's.

'Is dit degene die het rood uit laat?' vroeg Gallen.

'Het infrarood,' zei ik. 'Ja, deze is oké.'

En toen hij het Dikhuidigenhuis binnenging – heel bedachtzaam, om vooral niemand wakker te maken – slopen wij terug naar onze heg, waar we het ons gemakkelijk maakten langs de omheining van de Gemengde Steppedieren, met onze benen ineengestrengeld en elkaars ellebogen als kussen tussen de wortels.

'Deze bewaker doet dus weer een ronde om elf uur,' zei Gallen.

'Kwart voor elf,' zei ik.

'Goed, *goed*,' zei ze en ze beet even in mijn wang. 'Elf uur of kwart voor elf – maakt dat zoveel verschil?'

'Kleine bijzonderheden kunnen een groot verschil maken,' zei ik. Want ik wist natuurlijk dat ook de kleinste bijzonderheden van groot belang zijn voor een goed plan. En ik wist natuurlijk dat ik een plan nodig had.

Maar ik was bezig er een te ontwerpen. En zoals bij een goed plan hoort, begon ik bij het begin en dat begin was O. Schrutt – het pakken en opbergen deszelven. Waarna mijn denken, eerlijk gezegd, weer een heel stuk vager werd. Maar daar achter de heg was ik heel kalm en Gallen leek in deze anticlimax zozeer aan mijn zijde te staan, dat ik althans jegens haar een geruster geweten had.

Ja, toen de ronde van kwart voor elf voorbij was en de dierentuin rondom ons in diepe rust lag, begon ik zelfs veelbetekenend met mijn neus in Gallens volle, dikke haar te wroeten; ik sloeg zachtjes op haar kontje en belaagde haar met meer van die manoeuvres, want ik vond onze heg gewoon te knus om hem verkeerd te gebruiken of helemaal niet te gebruiken.

Maar ze schoof bij me vandaan en wees door de zeshoekige openingen in de omheining naar de slapende, in elkaar geschoven massa Gemengde Steppedieren, die dicht opeen lagen in het midden van hun veldje. 'Niet waar *zij* bij zijn, Graff,' zei ze. En ik dacht: Dat dierengedoe begint me echt de keel uit te hangen.

Ik schaamde me zelfs een beetje, maar daar was ik snel overheen; want even later kwam Gallen boven op mij met haar eigen, zenuwachtige manoeuvres en ik dacht al dat ze van gedachten veranderd was. Maar ze zei, een beetje al te liefjes: 'Zie je nu wel hoe fijn het hier is, Graff? Waarom zou je dat toch allemaal doen?' Ze begon stuitend aan mijn kin te sabbelen, maar zo gemakkelijk liet ik me niet voor de gek houden.

Ik geef toe dat ik nogal afwerend deed; ik trok mij terug in de dikke heg. 'Graff?' fluisterde ze achter me. Maar ik kroop achterwaarts en op handen en voeten bij haar vandaan, langs de omheining, en daarna verdween ik tussen het gebladerte van de heg. Dus kon ze me niet meer zien en daarom riep ze, te hard: 'Graff!'

Van het Apencomplex kwam een soort venijnig knuppelgeluid en een zwaarlijvig hoefdier trappelde even op en neer. Een paar Katachtige Roofdieren schraapten hun keel en Gallen zei: 'Hè, Graff, toe nou. Het was zomaar een gedachte van me.'

'Maar die gedachte heb je al die tijd gehad, hè?' antwoordde ik, terwijl ik naar haar gluurde vanuit de diepten van de heg. 'Je bent alleen maar bij me gebleven om te proberen het uit mijn hoofd te praten.'

'Oh, Graff!' zei ze en de rest van de steppekudde kwam overeind en galoppeerde naar de tegenoverliggende omheining.

'Wees toch stil, Gallen!' fluisterde ik schor.

'Oh, Graff,' fluisterde ze terug en ik hoorde hoe ze haar adem liet stokken, klaar voor een flinke snik. 'Graff,' zei ze, 'ik *weet* gewoon niet wat je wilt. Of waarom je het wilt.'

Ik eigenlijk ook niet, dacht ik. Wat is het toch moeilijk om een besluit te nemen als je zo redelijk ingesteld bent als ik. Maar bij het nemen van besluiten krijg je soms hulp van dingen die, net als moerassen, opduiken wanneer je ze het minst verwacht.

Ik besefte ineens dat de dierentuin klaarwakker was – en niet door Gallens kleine uitbarsting. Iedereen was *echt* wakker, bedoel ik. Overal om ons heen balanceerden de dieren in verstarde kruipbewegingen, driepotige standen, verontruste hanghoudingen aan de piepende schommels van het Apencomplex. Ik keek op mijn horloge en zag dat ik veel te onzorgvuldig was geweest. Het was al na middernacht! Ik had het belletje voor de aflossing van de wacht niet eens gehoord, maar de eerste bewaker moest alweer vertrokken zijn. De hele dierentuin zat klaar. Ik luisterde naar de voetstappen op het pad langs onze heg. Ik zag zijn legerlaarzen en de broekspijpen die erin gestopt waren. En de gummiknuppel in de schede die zo keurig in de linkerlaars was genaaid.

Ik had geen tijd meer om Gallen te waarschuwen, maar ik zag haar silhouet – stijf tegen de omheining gedrukt, met de handen tegen de oren; ik zag de geopende lippen in het profiel. Zij zag hem dus ook, de hemel zij dank.

En toen hij voorbij was – nadat hij een paar maal zijn lichtbundel had laten rondschijnen en zich schokkerig had omgedraaid, zodat de sleutelbos rinkelde onder zijn arm – waagde ik het om mijn hoofd door een gat tussen de wortels te steken, tot ver op het pad, en toen zag ik hem als een robot doorstappen met zijn hoofd en zijn epauletten opgeheven tot boven de horizon die onze heg vormde tegen de nachtelijke hemel. Aan het einde draaide hij op soldateske wijze de hoek om; ik wachtte en toen hoorde ik zijn sleutelbos rinkelen in de verlaten Biergarten.

'Graff?' zei Gallen, weer op die medeplichtigentoon. 'Was dat Schupp?'

'Hij heet Schrutt,' zei ik en ik dacht: Dus die plotselinge spookverschijning was O. Schrutt.

Wiens welkom onmiddellijk door de dierentuin geslingerd werd en in luide echo's terugkaatste van de vijvers – de nachtelijke woedeaanval van de Beroemde Aziatische Zwarte Beer. Gallen kroop haastig naar mijn plekje in de dichte heg en daar bleef ik haar vasthouden tijdens de tweede fase van onze dierentuinwake op deze gedenkdag, precies een week later, van de onredelijke gevolgtrekkingen van onze arme Siggy; in het Hietzinger Theater, waar iedereen zijn eigen rol speelde – de rol van het *niet* goed met elkaar omgaan – en waar ik dringend een besluit moest nemen. En waar slechts gekozen kon worden uit deze drie mogelijkheden: de anticlimax; helemaal geen climax; of de woedende, onredelijke maar doorslaggevende climax die geëist werd door de Beroemde Aziatische Zwarte Beer.

BEGINNEN BIJ HET BEGIN

Toen O. Schrutt klaar was met zijn eerste ronde, ging hij terug naar het Kleine Zoogdierenhuis en deed het infrarode licht aan.

'Graff,' zei Gallen, 'laten we hier alsjeblieft vandaan gaan.' Ik hield haar in mijn armen achter onze heg. Een eind verderop werden de zeshoeken van de draadafzetting beschenen door een donkerrood licht dat door de openingen tussen de wortels viel.

Toen de eerste gedempte jammerklachten vanuit het Kleine Zoogdierenhuis tot ons doordrongen, zei Gallen: 'Toe, Graff, laten we gewoon naar de politie gaan.' En heel even dacht ik: Waarom niet? Wat zou dat gemakkelijk zijn.

Maar ik antwoordde: 'Hoe moeten we uitleggen dat we hier waren?'

'Ze zullen het best begrijpen, Graff,' zei ze. En al wil ik echt niet beweren dat ze *geen* begrip getoond zouden hebben, toch ging ik er niet op in. Mijn eigen variaties op het thema waren als anticlimax al erg genoeg.

En er kwam nog iets bij, zei ik tegen mezelf. Als je Siggy's geloof in zijn plan ook maar enigszins kon aanvoelen, dan wist je dat het idee van de dierentuinkraak vóór O. Schrutt kwam.

O. Schrutt was gewoon een bijkomend gegeven. Een gegeven dat toevallig het eerst aan de beurt was in een totaalplan.

'O. Schrutt komt het eerst aan de beurt,' zei ik en nadat ik het plan nog eens overdacht had, stuurde ik Gallen naar het Apencomplex.

Zelf liep ik een stukje verder en stelde me op achter het drinkfonteintje voor de kinderen.

De gelada zag me niet. Anders dan op Siggy's waakavond hield hij vandaag blijkbaar niet de wacht. Dus toen ik een seintje gaf in de richting van het complex, ging Gallen aan het werk in de bosjes naast het buitenterras met de schommels. Ik luisterde naar haar; ze schudde aan de struiken en maakte lage, meisjesachtige gromgeluiden waarin een onfatsoenlijke erotiek doorklonk. Ofschoon het natuurlijk niet zo onfatsoenlijk was voor de mannetjesgelada met zijn vuurrode borst, die ik plotseling zag opgloeien tussen de donkere tralies en die iets opving van de bloederige weerschijn uit de deur van het Kleine Zoogdierenhuis.

Daarna kon ik de oude baviaan niet meer onderscheiden. Maar ik hoorde hem tieren en aan de schommels rukken waarmee hij zich van de ene naar de andere kant op het buitenterras slingerde. Zodat Gallen wel even gebibberd moet hebben, in de veronderstelling dat hij dwars door de tralies zou komen om haar te grijpen.

De schommels raakten in elkaar verstrikt en bonkten tegen de muur. De gelada krijste van boosheid; hij ging tekeer – als een hond, als een kraai. Alle geluiden van alle dieren waren samengeperst en één geworden in deze verrekte baviaan.

En natuurlijk viel de hele dierentuin hem bij. En Gallen glipte weer de struiken uit; ik zag haar – alleen een stukje van haar mooie been, dat oplichtte in de baan van bloedrood licht uit O. Schrutts beproevingslokaal.

Toen verscheen O. Schrutt zelf; zijn litteken liep over zijn gezicht als een dunne slijtplek in een luchtballon. En toen hij langs me heen raasde, met zijn lantaarn gericht op het hoekje waar de gelada huisde, dook ik achter hem het pad op en rende de andere kant uit, naar het Kleine Zoogdierenhuis. Waar ik mij in loerende houding opstelde achter de deur van zijn kantoortje.

Rondom mij zag ik: het gaffelhaakding, de elektrische prikstok, het opengeslagen dierentuinlogboek op het bureau.

De bintoerong was nog altijd vreemd ziek; de ocelot was nog altijd drachtig; het reuzenwoudzwijn leed nog altijd aan zijn ingegroeide slagtand. Maar er stond niets over de konijnbandicoot die op sterven lag – en die dus ofwel dood ofwel genezen was.

Zeer waarschijnlijk dood, dacht ik – terwijl ik hoorde hoe O. Schrutt de gelada uitvloekte; zijn stem bereikte dezelfde toonhoogte als de schrilste apen en zijn sleutelbos deed de tralies galmen als een gong.

Ik pakte de elektrische prikstok en wachtte tot O. Schrutts norse voetstap naderbij kwam door de doolhof van paden.

Toen O. Schrutt zijn kamer binnenkwam, stapte ik achter hem en graaide het pistool uit die handige open holster. En toen hij zich omdraaide en naar de gummiknuppel in zijn laars greep, liet ik de prikstok dwars over zijn neusrug neersuizen. Hij wankelde achteruit, verblind door de slag. Hij smeet zijn lantaarn naar me toe; het ding bonkte tegen mijn borst. Maar voordat hij opnieuw naar zijn gummiknuppel kon grijpen, verdoofde ik zijn natte lippen met een stoot elektriciteit. Die schok leek hem behoorlijk suf te maken; hij draaide zich half om en struikelde over zijn eigen voeten – toen ging hij tegen de grond, waar hij duizelig bleef zitten. Hij sloeg beide armen om zijn hoofd en maakte spuuggeluiden, alsof hij die elektrische tinteling van zijn tandvlees probeerde te krijgen.

'O. Schrutt,' zei ik, 'als je je ogen opendoet, brand ik je oogkassen schoon met deze stroomstok. En ik schiet je ellebogen eraf met je eigen pistool.' Ik haalde de veiligheidspal klikkend over, alleen maar om hem te laten horen dat ik het wapen echt in mijn bezit had.

'Wie?' vroeg hij met omfloerste stem.

'O. Schrutt,' zei ik, met een stem die veel lager en ouder klonk dan de mijne – een stem uit vroeger tijden, probeerde ik. 'Eindelijk heb ik je dus gevonden, O. Schrutt,' zei ik op gedragen toon.

'Wie ben je?' vroeg hij en hij wilde zijn handen voor zijn ogen vandaan halen. Ik streek razendsnel met de prikstok langs zijn vingertoppen. Hij jammerde luid; toen hield hij zijn adem in en ik de mijne. In de kamer werd het zo stil als in een graf; zelfs de kleine zoogdieren in de doolhof van paden hielden zich koest.

'Dat is lang geleden, O. Schrutt,' zei ik met mijn gebarsten stem.

'Wie?' vroeg hij, een beetje nijdig. 'Zelker?' zei hij en hij drukte zijn handen zo stevig tegen zijn ogen, dat zijn vlekkerige knokkels er wit van werden.

Ik lachte een holle, knarsende lach.

'Nee? Beinberg dan?' vroeg hij en ik hield expres weer even mijn adem in. 'Wie *ben* je dan?' schreeuwde hij.

'Je verdiende loon,' zei ik plechtig. 'Je laatste oordeel.'

'*Mijn laatste oordeel*?' herhaalde onze O. Schrutt.

'Sta op,' beval ik en hij gehoorzaamde. Ik rukte de knuppel uit zijn laars en duwde hem onder zijn kin. 'Ogen dicht, Schrutt,' zei ik. 'Ik zal je de weg wijzen met deze bullenpees. En zorg ervoor dat je geen gekke bewegingen maakt, want ik sla je in elkaar. Net als vroeger,' voegde ik eraan toe, al wist ik zelf niet wat dat moest betekenen. Maar ik hoopte dat het hem ergens aan deed denken – dat hij zich iets ergs uit vroeger tijden zou voorstellen.

'Zelker!' zei hij. 'Het *is* Zelker, nietwaar?' Maar ik duwde hem al porrend de deur uit en de doolhof van het Kleine Zoogdierenhuis in. 'Ben je Zelker?' schreeuwde hij en ik gaf hem een niet te harde tik op zijn hoofd.

'Rustig, hè?' zei ik, terwijl ik met de knuppel aan zijn oor bleef frunniken.

'Zelker, het is al zoveel jaar geleden,' zei hij. 'Dit is toch niet meer nodig!' Ik zei niets; ik duwde hem alleen maar door de gangen, op zoek naar een geschikte kooi.

Het grootste glazen huis stond leeg – de verblijfplaats van de grote miereneters, die door O. Schrutt natuurlijk waren weggezonden voor een angstopdracht. Ik liep om naar het kruippad tussen de rijen kooien en dwong O. Schrutt al porrend om erin te gaan.

'Wat doe je?' vroeg hij, voor zich uit tastend met twee handen. 'Hier zitten een paar gemene beesten tussen.'

Maar ik porde hem verder, tot aan de deur waarvan het bordje luidde: MIERENETERS, GROTE. Daarna kostte het even moeite om O. Schrutt in de kuilachtige kooi te krijgen, maar ten slotte kronkelde hij toch in het zaagsel, dat onmiddellijk tegen zijn ogen en zijn keel plakte. En toen hij niet meteen werd aangevallen, kwam hij half overeind – zodat ik hem kon insnoeren tot één grote, logge klomp vlees; met behulp van zijn brede, van vele gespen voorziene patroongordel bond ik zijn armen en benen kruiselings tegen zijn romp, en zo liet ik hem ingepakt achter met zijn gezicht in het zaagsel.

'En hou die ogen dicht, Schrutt,' zei ik.

'Het spijt me, Zelker,' kreunde hij. 'Het was voor ons allemaal een vreselijke tijd – dat weet jij toch ook wel?' En toen ik niet antwoordde, zei hij: 'Toe nou, Zelker, ben jij het?'

Hij lag het nog steeds te vragen, toen ik in het achterpaadje klom en de deur achter me op slot deed. Hij kon daar de hele nacht blijven schreeuwen, maar zolang de glazen voorruit niet weggeschoven werd, zou niemand hem horen. Zijn kreten zouden evenzeer worden afgekapt als die van zijn mishandelde buren.

In het gangpad bleef ik even staan om hem te bekijken in dat infrarode licht. Hij gluurde naar het nietszeggende glas; hij moet gevoeld hebben dat ik hem in het oog hield. Zijn litteken klopte tweemaal zo snel als daarstraks en op dat moment had ik misschien medelijden met hem kunnen krijgen, maar toen zag ik aan de overkant van het pad een andere droefenis. De zwangere ocelot hield zich bereid voor het gezelschap dat haar was opgedrongen – de doodsbange wombat, *Phascolomis ursinus*, een klein, beerachtig schepsel met een soort knaagdierensnuit of een reusachtige hamster die leek op een miniberenjong met vooruitstekende tanden.

Het begin is er, dacht ik. En ik holde door het middenpad naar de deur van het Kleine Zoogdierenhuis.

'Gallen!' riep ik en de dierentuin antwoordde – met een gebonk en geschreeuw dat veel brutaler klonk dan mijn roep. 'Alles veilig!' schreeuwde ik en de apen deden het na. Ik kon bijna voelen hoe de Katachtige Roofdieren lagen te snorren.

En toen ik opmerkte: 'De ocelot is zwanger!' was Gallen meteen bereid om te helpen; onverschrokken stond ze me bij in mijn moeilijke taak om O. Schrutts onfortuinlijke pupillen van elkaar te scheiden. Ze bleef zelfs even staan bij de kooi van O. Schrutt en staarde naar hem met ogen die bijna aan haten toekwamen – een van afschuw verstarde blik door het eenzijdig doorzichtige glas. Terwijl onze O. Schrutt zenuwachtig rondwurmde in het zaagsel en elk ogenblik gezelschap verwachtte.

Maar zodra de moederocelot weer alleen was gezet en ontspannen in haar strooien bedje lag, keerden Gallens bedenkingen terug. 'Graff?' zei ze. 'Vind je het niet onlogisch om die dieren nu uit elkaar te halen, omdat ze elkaar bang maken of elkaar zelfs kunnen aanvliegen – terwijl je ze straks allemaal in één grote hoop wilt loslaten, zodat ze elkaar *echt* kwaad kunnen doen?'

'Ik heb gezegd dat ik ze niet *allemaal* wil laten gaan,' zei ik; maar nu ik mezelf daaraan herinnerd had, werd ik een beetje triest.

Misschien was het dan ook een opwelling achteraf – maar toen Gallen was weggegaan om alle paden af te lopen en te kijken of er soms nieuwsgierigen waren aangetrokken door onze rustverstorende activiteiten, vond ik ineens dat ik O. Schrutt niet alleen in zijn kooi mocht laten. En omdat ik toch niet wist waar ik de grote miereneters moest laten – want ik had ze net uit de kooien van de ratel en de civetkat gehaald –, vond ik dat O. Schrutt best mocht weten wie er thuiskwam, als de achterdeur van zijn kooi geopend werd.

De grote miereneter is van het puntje van zijn neus tot aan het puntje van zijn staart ongeveer twee meter lang; hij bestaat voor ongeveer twee vijfde uit staart en twee vijfde uit neus en één vijfde uit haar. Zijn lijf is nauwelijks het vermelden waard.

En O. Schrutt herkende ze natuurlijk aan hun merkwaardige gegrom – en aan de manier waarop ze hun lange neus onderzoekend in de kooi staken, voordat ze zich met een flinke duw in hun rechtmatige woonstee lieten schuiven. Waartoe O. Schrutt zich ditmaal *niet* wederrechtelijk toegang had verschaft, al stonden de miereneters hem afkeurend te bekijken vanaf de andere kant van de kooi. En toen ze zagen dat O. Schrutt geen gaffel en geen prikstok bij zich had en zichzelf blijkbaar tot een logge vleesklomp had opgebonden, waren ze niet meer bang voor hem. Ze gooiden een beetje met zaagsel en toen begonnen ze naar hem te knorren; ze begonnen om hem heen te sjokken – ofschoon de miereneter helemaal geen vlees eet en geen belangstelling heeft voor mensen, omdat hij de voorkeur geeft aan insecten – terwijl onze O. Schrutt zei: 'Nee! Ik wilde hier helemaal niet komen. Ik zal jullie niets doen, hoor. Denk maar niet dat ik een bedreiging voor jullie ben. Helemaal niet!' En daarna, fluisterend en op een andere toonhoogte: 'Zie je wel, het is hier best gezellig, hè? Vinden jullie ook niet? Nou, ik vind van wel.' Maar ze bleven om hem heen lopen snuffelen – terwijl ze soms een lange tong naar buiten lieten glippen en even aan zijn wang proefden om te zien hoe onschendbaar hij was.

Toen ik wegging, zei hij misschien net: 'Hé, zeg, hebben jullie een leuk bezoekje gebracht aan de ratel en de civetkat? Dat was alleen maar voor de pret – ik hoop dat jullie dat begrijpen. En voor een beetje lichaamsbeweging, want dat heb je nodig. Er is immers niets ergs gebeurd, nietwaar?' Maar ik overtuigde mezelf ervan dat de miereneters hem niet zouden doodbijten en hem niet al te hard zouden slaan met hun loodzware staart, en dat ze evenmin met hun scherpe klauwen door hem heen zouden graven, zoals ze dat kunnen doen met boomstammen of minstens toch met wortels die zo dik zijn als een mensendij.

Ik *had* hem natuurlijk kunnen achterlaten bij de Chinese viskat, dacht ik. En als je geen brave O. Schrutt bent, doe ik dat alsnog!

Daarna verliet ik het Kleine Zoogdierenhuis, terwijl ik in gedachten naging welk handjevol dieren ik als volkomen veilig kon beschouwen. Maar voor de deur zag ik Gallen staan, die nogal angstig keek, en toen ik weer de echte nacht binnenging, hoorde ik het lawaai dat de hele dierentuin maakte. De Katachtige Roofdieren sputterden als motorschuiten op de Donau, de apen kwetterden en bonkten tegen hun tralies, de vogels zongen allemaal luidkeels hun lofprijzingen aan mijn adres – en boven alles uit, met een laag en eentonig stemgeluid, klonk de Beroemde Aziatische Zwarte Beer.

Ze begroetten me allemaal, toen ik de dierentuin betrad die nu geheel aan mijn hoede was toevertrouwd. Werkelijk *allemaal.* Stuk voor stuk liet elk rotbeest zijn begroeting horen en wachtte op de beslissing van Hannes Graff.

MIJN HERENIGING MET DE ECHTE EN ONREDELIJKE WERELD

'Graff,' zei Gallen, 'ik weet zeker dat dit door iemand gehoord wordt.' En ik vroeg me af of zulke luidruchtige nachten in de dierentuin vaker voorkwamen en of de Hietzinger buitenlui eraan gewend zouden zijn; of ze zich alleen maar zouden omdraaien en zwakjes zouden klagen: die beesten hebben vannacht weer geen rust. Maar ik kon mezelf niet wijsmaken dat er ooit zo'n kabaal had geheerst als nu. De dieren stampten op de grond, rammelden aan de tralies en brulden als razenden. En mijn mede-apen waren het ergst van allemaal.

Ik liet het infrarood aan omdat ik niet wilde dat iemand insliep; de kleine zoogdieren moesten zich gereedhouden – en bovendien mocht O. Schrutt van mij in het duister tasten, als het ware. Ik bleef even staan in het pad van purperen licht dat uit het Kleine Zoogdierenhuis naar buiten viel en probeerde de labels aan de sleutelring te ontcijferen. Toen ik de sleutel van het Apencomplex gevonden had, haastte ik me langs het buitenterras waar woeste, verschrompelde gezichten tegen de afscheiding gedrukt werden en mij met veel gekrijs binnen nodigden. Ik durfde geen lamp aan te doen, uit vrees dat een voorbijganger iets vreemds in de dierentuin zou opmerken en dat zou melden. Ik gebruikte de zaklantaarn van O. Schrutt en ging van kooi tot kooi, waar de tralies omklemd werden door lange rijen zwarte, leerachtige handen. Ik pakte het voorzichtig aan; ik las de namen van alle aanwezige dieren.

Brul-, baard-, neus-, spin-, doodskop-, wol- en resusapen. Allemaal kleine soorten, dus liet ik ze eruit.

Daarna de venijnig grauwende bavianen: de glimlachende mantelbavianen met hun sneeuwwitte manen en de gelada's met hun hondensnuit; ook mijn roodborstige mannetje, dat al zijn ergernissen op slag vergat. En de beerbavianen, de grootste van allemaal; al had ik dat ene mannetje van honderdtwintig pond misschien niet moeten laten gaan.

Toen de gibbons – een hele horde. En de chimpansees, alle zes – waarbij een heel dikke, die de andere steeds wegduwde en een spinaap in zijn staart beet. Maar al schaamde ik me ervoor, de tweehonderd pond zware orang-oetan en de laaglandgorilla van de Golf van Guinee, die minstens een kwart ton woog, liet ik zitten. Ze konden het niet geloven; ik was alweer bijna bij de deur, voordat ze een woedend en zeer jaloers gebrul aanhieven. De orang-oetan rukte zijn autobandschommel van het touw en perste hem tussen de tralies door, waarbij hij hem fijn kneep totdat hij zo dun was als een fietsband. De laaglandgorilla vouwde zijn metalen drinkbak in de vorm van een envelop.

En de apen die ik had losgelaten, hielden zich maar niet stil – de ondankbare frotteurs! Ik hoorde hoe ze de asbakken van de tafeltjes in de Biergarten kapotgooiden.

'Graff,' zei Gallen, 'je moet ze kalmeren – of zorgen dat wij hieruit komen.'

'Die antilopetypen zijn redelijk ongevaarlijk,' zei ik. 'Misschien dat zij de apen een beetje kunnen bezighouden.' Dus holde ik naar hun verblijven, die zich uitstrekten van het Apencomplex tot aan de Kleine Kolonie van Australiërs, en ik liet haastig de argali, de anoa en de addax los; ik bevrijdde de gerenoek, de grantgazelle en de gaur. Misschien had ik bij die verrekte gaur – de grootste wilde os ter wereld – iets beter moeten nadenken, maar ik las alleen het naambordje en zag hem in het donker niet staan. De schofthoogte van deze stier bleek ruim één meter tachtig en ik *dacht* dat de gaur een klein soort geit was. Toen hij langs me heen het hek uit denderde, gilde Gallen: 'Wat is *dat*, Graff?' En hij stoof aan haar voorbij en begon heggen te vertrappen, blind van angst. 'Wat was dat, Graff?'

vroeg Gallen, als aan de grond genageld bij de zebra's. 'Denk aan wat je beloofd hebt, Graff?' riep ze.

'Een vergissing!' riep ik terug. 'Laat jij de zebra's even los?' En ondertussen stelde ik de impala en de Siberische steenbok in vrijheid. En al de Australiërs en nog wat uitverkorenen.

Maar de dierentuin werd er niet rustiger op. De olifanten schetterden hun koperklanken rond – die galmend terugkaatsten van de vijvers vol snaterende vogels.

Een olifant zou ook geen kwaad kunnen, dacht ik. Eéntje maar, natuurlijk. Bovendien kon ik een mak exemplaar uitzoeken.

Dus holde ik die kant uit, waarbij ik een groep samenzwerende gibbons uiteenjoeg die zich ophield tussen het onderkomen van de Katachtige en Luidruchtige Roofdieren en het geheimzinnig-stille Nijlpaardenhuis, waarvan de bewoner waarschijnlijk onder water zat en niets bemerkte van alle drukte. En dat was maar goed ook, dacht ik – gezien zijn enorme, naar planten stinkende bek.

In het Dikhuidigenhuis stonden de olifanten zachtjes te wiebelen. Ze tilden hun geketende poten op en sloegen hun slurven met zachte ploffen tegen elkaars flanken. Ik koos een grote, oude Afrikaan met afgekloven oren en zette mijn sleutel in zijn voetboeien. Hij was zo aardig; ik moest hem aan zijn slurf meenemen tot in de deuropening, waar hij nauwelijks doorheen paste en waar hij met zijn verschijning paniek zaaide onder de konkelende gibbons. Maar de olifant was blijkbaar een beetje doof; hij had binnen alleen maar zo mak geleken omdat hij het lawaai niet *gehoord* had. Eenmaal buiten rukte hij zijn slurf uit mijn hand en ging ervandoor met een bezadigd, schuins afwijkend sukkeldrafje dat echter steeds sneller werd en waarmee hij bosjes vertrapte en de ijzeren hekjes langs de paden platwalste.

Ik dacht: Lieve hemel, als Gallen hem maar niet ziet. En ik hoorde nog meer asbakken te pletter slaan bij het spelletje dat de samenspannende apen in de Biergarten aan het doen waren.

Toen kwam ik langs de hoge, met gaas afgedekte ruïnes van de grote roofvogels en ik dacht: Jullie niet. Jullie zouden de kleinere apen opeten. En heel even dacht ik: Al zouden ze daar wel rustig van worden.

Maar ik ging naar het Kleine Zoogdierenhuis terug om mijn gedachten te ordenen en te zien hoe het boterde tussen O. Schrutt en de grote miereneters. Op het stoepje kwam ik Gallen tegen; ze zat ineengedoken in het donkerrode licht.

'Ik heb een olifant gezien, Graff,' zei ze. 'Ik wil weg. En nu meteen.'

'Ach, die ene olifant,' zei ik, terwijl ik naar binnen holde om O. Schrutt te bekijken. Hij lag danig verfomfaaid in een hoekje en zijn ogen traanden van het zaagsel; de miereneters zaten gezellig in het midden van hun glazen huisje, streken met hun lange tong over hun lange snuit en hielden kalmpjes de wacht bij hun gast.

Dit klopt niet, dacht ik – O. Schrutt hoort in alle staten te zijn van angst. Dus kroop ik opnieuw in het achterpaadje, lokte en porde de miereneters weer uit hun kooi en riep tegen O. Schrutt dat ik de Chinese viskat bij hem zou zetten als ik hem maar één keer naar me zag kijken.

Natuurlijk deed ik dat niet. Ik ruilde de grote miereneters om voor de ratel – een kribbig, grommend, eivormig geheel van haar en klauwen, met een dasachtig uiterlijk en ongetwijfeld met de nodige onprettige herinneringen betreffende O. Schrutt. Maar ik wist dat de ratel te klein was om een aanval op grote schaal te ondernemen – ook nu O. Schrutt zich in zo'n opgebonden en samengeklonterde toestand bevond.

Dus deed ik de achterdeur open en riep tegen O. Schrutt: 'Hier is je lieve rateltje!' En ik duwde de snauwerige dikzak naar binnen. Ik bleef naar hen staan kijken door het glas aan de voorkant; in het begin namen ze elkaar met ontzag op vanuit twee tegenoverliggende hoeken, maar toen begreep de ratel in wat voor situatie O. Schrutt zich bevond en hij begon met veel machtsvertoon heen en weer te lopen in het midden van de kooi.

Toen ik elders met ruiten begon te schuiven om allerlei kleine maar redelijke zoogdieren los te laten, kreeg ik het weer aan de stok met Gallen.

'Van die moederocelot blijf je af,' zei ze.

'Natuurlijk,' zei ik en ik liet haar prompt zien hoeveel gezond verstand ik had – door de onverschillige luiaard en de zuur kijkende wombat te bevrijden, maar de lenige, laag gebouwde en leverkleurige jaguarondi te laten zitten. En daarna de kwieke bergcoati los te laten.

De miereneters waren natuurlijk wel een beetje lastig. Ze blokkeerden al het verkeer in het gangpad waar ze zaten te kijken naar de ratel en O. Schrutt.

Gallen zei: 'Toe, Graff. Kunnen we nu weg?'

En ik zei: 'We moeten ze bij elkaar zien te krijgen voor een van de poorten.' Daarna liet ik de faraorat los, waar Gallen het niet mee eens was, en bevrijdde de ringstaartmaki en de grote plompe lori, ook al deed hij nog zo weerspannig. En ik voelde me steeds redelijker worden.

Om u te laten zien hoe redelijk ik was: ik heb de arme bintoerong, de beermarter uit Borneo, niet laten gaan omdat ik niet wilde dat de andere dieren zijn vreemde ziekte zouden overnemen.

En ik heb zwijgend een buiging gemaakt voor de lege kooi van de konijnbandicoot die deze wereld reeds verlaten had.

Enfin, toen ik de zeurende Gallen van me had afgeschud en weer naar buiten ging, werd ik op het trapje begroet door alle dieren die ik niet had uitgekozen. En ditmaal juichten ze me niet toe. Ze tiranniseerden hun omgeving; ze raasden en tierden van afgunst. De alomtegenwoordige gibbons zaten op de onderste tree, haalden hun schouders op en spuwden. Toen ik afdaalde naar het pad, riepen ze me beschuldigingen toe. Ze gooiden met stenen; ik gooide er een paar terug. Ik haalde met mijn sleutelbos uit naar de dichtstbijzijnde aap en hij huppelde naar het hekje langs het pad en dook in de bosjes. Daarna werd ik bestookt met graspollen, takjes en aarde in het algemeen.

'Je bent vrij om weg te lopen!' schreeuwde ik. 'Waarom doe je dat dan niet? Je moet het niet overdrijven!' Mijn kreet werd beantwoord met iets wat op de definitieve sloop van de Biergarten leek. Ik rende erheen door een knarsende laag van vergruizelde asbakken. Dit was waarlijk een vernieling die door primaten was aangericht; een vandalisme van een schrikbarend *menselijk* karakter. Ze hadden de lachspiegel kort en klein geslagen; de stukken lagen overal verspreid op het terras. Ik keek neer op mijn legpuzzelweerspiegelingen, waarboven ik nu zo hoog uittorende.

'Nog één en dan vind ik het welletjes,' zei ik. En ik liep naar de sterk geurende kooi van de Zeldzame Brilberen. Toen ik de deur opende, zaten ze weggekropen achter hun drink-en-poedelbak. Ik moest een barse stem opzetten om ze tevoorschijn te laten komen. Schouder aan schouder trippelden ze over de vloer en ze lieten de kop hangen als geslagen honden. Daarna gingen ze rondjes lopen in de verwoeste Biergarten, maar ze bleven te dicht bij elkaar en daarom liepen ze steeds tegen omgevallen parasols en sissende apen op.

Zo is het genoeg, dacht ik. Meer dan genoeg. En ik slenterde vermoeid langs de andere berenkooien, toen ik Gallen hoorde gillen. O. Schrutt is los! dacht ik. Maar toen ik dwars door de kooien en langs de donkere paden in de richting van het Kleine Zoogdierenhuis tuurde, zag ik een gestalte als een forse man die min of meer op handen en voeten liep en die juist bij het Apencomplex de hoek om ging – gevolgd door een andere gestalte die op hem leek, maar die niet zo breed van borst was. De orang-oetan en de laaglandgorilla – met vereende krachten.

Ik dacht: Hoe hebben *die* eruit kunnen komen, verdomme? En toen zag ik hem schuins achter ze aan slenteren – de Afrikaanse olifant, een vage grijze vlek ter grootte van een huis, met de wand van een kooi in zijn slurf; één grote rechthoek van ijzeren staven die naar alle kanten waren gebogen.

Toen hij de kooiwand ergens neergooide, maakte dat een vreselijke herrie op het beton – alsof de grootste klok van de Stephansdom losgeschoten was en uit de toren was gevallen op de orgelpijpen achter het hoofdaltaar.

En ineens bleven al die rennende gedaanten staan; ikzelf probeerde mijn adem in te houden. In de dierentuin werd het zo stil als in een kerk, want nieuwe hoop brengt altijd een gespannen zwijgen met zich mee. Ik ging er langzaam op af, langs de ijsberen en de bruine beren en de Amerikaanse grizzlybeer; ik sloeg het pad langs de Beroemde Aziatische Zwarte Beer in, die als een moordenaar overeind stond in zijn kooi. Maar onmiddellijk was ik gedwongen om over het veiligheidstouw te springen en me tegen zijn polsdikke tralies te werpen – want vóór mij verscheen ineens de olifant als een vage massa op het pad, en terwijl ik me tegen de deur van de verschrikkelijke beer drukte, denderde hij langs me heen. De Afrikaanse dikhuid joeg dwars door de Biergarten, waar hij Cinzano-parasols plat stampte en de gevallen spiegelscherven tot gruis vermaalde onder zijn mammoetpoten. En ik stond alweer op het punt om door te lopen, toen de Beroemde Aziatische Zwarte Beer zijn voorpoten om mijn borst sloeg en me stevig tegen zijn kooi trok. Ik haalde diep adem en hield de lucht in mijn longen; ik stond met mijn rug naar hem toe en voelde hoe zijn vunzige adem door mijn haar streek. Ik dacht, heel kalm: Als hij beseft dat hij zijn dikke kop niet door die tralies krijgt om mij op te vreten, zal hij mijn buik openrijten en eerst mijn ingewanden opslokken. Maar dat deed hij niet; in plaats daarvan keerde hij me om. Zijn kop was zo groot als die van een bizon; maar toen ik hem recht in de ogen durfde te kijken, zag ik dat hij met een schuin oog naar de sleutelbos loerde die over mijn schouder hing.

'Oh nee!' zei ik tegen hem. Hij omhelsde me nog wat steviger; ik stond met mijn borst tegen de zijne en de tralies persten zich tegen mijn ribben. Ik voelde hoe zijn klauwen aan mijn ruggengraat krabden. 'Knijp me maar fijn,' steunde ik. 'Maar je hoeft niet naar die sleutels te kijken, want jou laat ik niet los. Nooit van mijn leven.' Hij brulde midden in mijn gezicht; hij tierde zo heftig mijn neusgaten binnen, dat ik er bijna in stikte. 'Nooit!' kermde ik. 'Ergens moet je een grens trekken!'

Maar toen gilde Gallen opnieuw. Ik dacht: Die olifant heeft O. Schrutt losgelaten! Of die macho orang-oetan heeft mijn Gallen te pakken – ongetwijfeld het beste dat hij ooit gehad heeft.

Mijn hand gleed naar de sleutelbos; de Aziatische Zwarte Beer gaf mijn ruggengraat een tikkeltje speling. Ik tastte naar de sleutel en tuurde in het donker op de label, die waarschijnlijk zou vermelden: NOOIT GEBRUIKEN! Maar er stond gewoon: KRAAGBEER. Dat was nogal zwak uitgedrukt, vond ik, maar ik stak de sleutel in het slot. De beer bleef me ongelovig vasthouden. Ik voelde de deur naar mij toe draaien; samen zwaaiden we naar buiten over het pad, de beer en ik, ieder aan een kant van het opengaande traliehek. Heel even bleef hij me omklemmen, omdat hij niet echt geloofde dat hij vrij was. Toen liet hij me los; we kwamen allebei op handen en voeten terecht.

Nu loopt hij om die deur heen en vreet me op, dacht ik. Maar op dat moment hoorden we allebei de Katachtige Roofdieren – een korte brul die aanzienlijk luider klonk dan wat ze tevoren hadden geroepen, alsof ook bij hen de huisdeur was opengezet. En toen hoorde ik de *verschrikkelijke* Katachtige Roofdieren grommen in de buurt. De Katachtige Roofdieren waren los en *slopen rond*! Ik kroop een stukje achteruit. Maar die ruige oosterling leek het niet te bemerken; vreemd genoeg bleef hij zitten waar hij zat, terwijl hij zo nu en dan zijn neus in de lucht stak en een beetje kwijlde en het lange, grove haar op zijn flanken liet trillen.

De Beroemde Aziatische Zwarte Beer zit *na te denken*! dacht ik. Of iets ergs te verzinnen.

En ik wachtte niet langer – tot hij zijn gruwelijke besluit genomen zou hebben. Ik stoof om zijn geopende kooi heen, terug naar het pad, en rende langs de vijvers naar het Kleine Zoogdierenhuis. Waar ik mijn arme Gallen aantrof die in het middenpad zat weggekropen, vlak om de hoek van de deuren met uitzicht op het van bloed doordrenkte pad waar een tijger, wiens strepen zwart en donkerpaars getint waren in het infrarode licht, gebogen stond over een grote, vaalbruine antilope met een brede borst en horens die voor de helft geringd waren. En met een grote massa als hersens kronkelende ingewanden die uit zijn zij kwamen. En met een achterhoef die gebroken of opgetrokken onder zijn ene dijbeen lag waarop zijn vertrouwde, duidelijk te herkennen, volleybalgrote ballonnen rustten.

'Oh, Siggy, het is de spiesbok,' zei ik.

'Het is een tijger,' zei Gallen, kouder dan de winterrivier. 'En ik ben *niet* Siggy.'

En ik vroeg, al net zo koud: 'Gilde je?'

'Oh, heb je het gehoord?' antwoordde ze met een half waanzinnige opgewektheid in haar stem. 'Nou, wat het ook was, ik heb me weten te redden zonder jou.'

'Waar zijn die mensapen heen?' vroeg ik. Maar ze bleef zwijgend en met een bits gezicht zitten, dus drong ik niet verder aan.

Ergens in de doolhof van paden klonk een gedempte stem die namen mompelde. Ik ging even kijken. O. Schrutt zat rechtop tegen het glas en de ratel zat bijna speels tegen hem te grommen – als een kleine opschepper in het midden van de kooi. En O. Schrutt noemde namen. Of vroeg ze.

'Zelker?' riep hij. 'Beinberg? Muffel? Brandeis? Schmerling? Frieden?' En naam voor naam liet O. Schrutt zijn geest wegglippen.

Dus liep ik terug naar Gallen, net op tijd om de laatste donderstem te horen: het doorslaggevende gebrul van de Beroemde Aziatische Zwarte Beer. Het ondier, eindelijk bekomen van zijn verrassende vrijlating, had zijn besluit genomen. De dierentuingeluiden van de overige beesten rezen tot een hysterische toonhoogte, alsof deze beer een fabeldier was wiens mythe ze erger vreesden dan zijn werkelijkheid – omdat ze allemaal wisten hoe lang hij over Hinley Gouch had nagedacht en hoezeer zijn geest daardoor van slag was geraakt.

'Je hebt die beer ook losgelaten,' zei Gallen.

'Niet waar!' zei ik. 'Ik bedoel, ik *moest* wel. Hij had me te pakken. Ik moest het wel op een akkoordje gooien met hem.' Maar ze staarde me aan alsof ze me net zomin herkende als de gesneuvelde spiesbok, die ze nooit gezien had toen hij nog zo wonderbaarlijk heel op zijn poten stond.

‘Oh, Graff,’ fluisterde ze. Haar ogen stonden glazig.

Ik keek uit de deur van het Kleine Zoogdierenhuis en zag dat de Aziatische Zwarte Beer het trapje op kwam stuiven. Gallen was als verdoofd; ze kromp nauwelijks ineen, toen hij op ons af en langs ons heen rende en zijn gesnuif door het gebouw liet galmen. Maar hij bleef staan en zweeg abrupt toen hij O. Schrutt zag. Die net zei: ‘Weinstürm? Bottweiler? Schnuller? Steingarten? Frankl? Kleine Frisch?’

En ik dacht: Waarom niet Wut? Javotnik? Marter? Trummer? Of ook Hannes Graff met al zijn stukken en brokken?

Nu de Beroemde Aziatische Zwarte Beer gevonden had wat hij zocht, ging hij verbijsterd op de grond zitten en tikte een paar keer hoopvol tegen de glazen voorkant van de kooi met een vreemd ingehouden, roffelende klauw. O. Schrutt onderbrak zijn opsomming. ‘Wie is daar?’ riep hij. ‘Ik weet dat jij het bent, Zelker!’ Maar de Aziatische Zwarte Beer wenste O. Schrutts geschreeuw niet langer te verdragen. Hij kwam in zijn volle lengte overeind en bonkte tegen de kooi; hij deed een stapje terug en bonkte nog eens en toen ging hij verbaasd weer zitten.

En O. Schrutt riep: ‘Vertel op! Wie ben je? Ik weet dat je daar staat te kijken!’ En de Aziatische Zwarte Beer begon te brullen. Een toenemend kabaal, dat kracht putte uit zijn eigen echo’s in het gebouw. O. Schrutt sloeg achterover in het zaagsel en rolde boven op de ratel, die naar hem beet maar zelf ook terugdeinsde. Samen bleven ze bij de achterdeur zitten bibberen onder het nabije gebrul dat zo bekend was bij alle bewoners van de Hietzinger dierentuin.

O. Schrutt schreeuwde: ‘Nee. *Jij* niet! Laat hem alsjeblieft niet binnen! Nooit! Nee! *Alsjeblieft*! Zelker? Beinberg? Frankl? Schnuller? Schmerling? Kleine Frisch? *Alsjeblieft*!’

En ik werkte Gallen haastig de deur uit – het gebrul leek ons een duwtje in de rug te geven – en een dierentuin binnen die in zijn geheel op hol was geslagen, nu de woede opklonk van het dier dat niemand durfde te trotseren. De Katachtige Roofdieren niet en de olifanten niet; en ook de apen niet, die ergens heen renden – naar de hoofdingang, leek het wel. Net als alle anderen. Het was geen ongeregelde bende meer; de dierentuin verzamelde zich. De Aziatische Zwarte Beer was los en niemand stelde prijs op *dat* onredelijke gezelschap.

Maar toen Gallen en ik om de hoek van het kaartverkopershokje kwamen en naar de hoofdingang wilden gaan, zag ik buiten het hek een zee van koplampen die naast elkaar stonden opgesteld – en ik hoorde het onduidelijke geroezemoes van een wachtende mensenmassa. En ik zag hoe een hele rij dieren met haastige poten, hoeven, klauwen door de vijvers van de Verschillende Watervogels plonsde en ploeterde en een goed heenkomen zocht in de nacht – allemaal op weg naar de achteringang die uitkwam op de Tiroler Garten. Waar zoveel mos en varens groeien, helemaal tot aan Maxing Park.

Bij het hek ontstond een file, maar de olifant was zo gedienstig geweest om een gat te maken dat iedereen kon doorlaten – behalve hem. Hij had één scharnier kunnen verbreken, maar het onderste had standgehouden en nu hing het hek scheef voor de uitgang.

Gallen en ik slopen langs de vastgelopen, wanhopig aanmodderende olifant en baanden ons een weg door groepjes samengestroomde apen.

Maar in de Tiroler Garten stond ook een heel leger; een dageraadsdetachement dat meer burgers dan politiemannen omvatte – burgers uit de buitenwijken, in nachtkleding en met zaklantaarns. We werden in de algehele verwarring niet opgemerkt; we liepen op een holletje langs huisvrouwen die schriller krijsten dan de apen.

Pas toen we bij de hogere, donkerder bosjes van Maxing Park kwamen, rees te midden van de chaos in mijn achterhoofd de bange vraag op wat de gevolgen zouden zijn. En in de bosjes zag ik hen wegschuilen. Naamloze mannen met ouderwetse wapens – met haardtangen, schoffels en glimmende spanzagen; met rieken, mokers en halvemaanvormige sikkels. En vele *mensen*stemmen verhieven zich nu boven het lawaai van de Aziatische Zwarte Beer – die ver achterbleef.

En toen ik Gallen zo ver mogelijk had meegesleept en ze ten slotte snikkend neerviel op een stenen parkbank, waar ik naast haar neerknielde, toen zag ik dat de wegschuilende mannen in uniform waren en er oud en uitgehongerd uitzagen; een leger van onverzettelijke vleeseters dat zich sinds jaar en dag ophield in de parken rond de Hietzinger Tiergarten. Sinds de dag dat Zahn Glanz – of wie het ook geweest mag zijn – verslonden werd.

Ik hoorde een paar schoten; de bomen schudden van de vogels en de apen. Naast ons, op een ander bankje, zat een gibbon gezellig te likken aan de wikkel van een chocoladereep.

Ik vroeg aan Gallen: 'Zul je me beloven dat je hier bij deze gibbon blijft zitten?' Haar gezicht was even kalm of versuft als de snuit van de smikkelende aap.

Ik holde naar de Maxing Strasse, waar ik het trottoir afspeurde naar de motor en het bosje opzocht waarin onze propvolle rugzak was weggestopt.

Het was nog donker, maar de huizen langs de straat waren allemaal verlicht. Auto's met felle koplampen raasden voorbij: taxi's laadden klanten uit die van alles bij zich hadden – stokken, bezems, zwabbers, braadspitten. Mannen begaven zich gretig in het lawaai van de strijd; een lawaai dat ze in jaren niet hadden gehoord.

Ik gespte de bagage op de motor en reed de Maxing Strasse af, terwijl ik luidkeels om Gallen riep. Ik betwijfelde of ik hoorbaar was te midden van al die herrie – zoals het janken van de groene politie-Volkswagens op de Maxing Platz achter mij. Hun blauw-flitsende lichtstralen gleden langs de bomen in de Tiroler Garten. Hele rijen mensen stroomden het Maxing Park binnen en hele rijen dieren stroomden eruit.

Ik zag Gallen aan de stoeprand staan wachten, alsof ze een bus moest halen die ze 's morgens altijd nam – op dit uur en bij dit soort verkeer. Ze klom als verdoofd achter me en op dat moment kreeg ze een duwtje van de Siberische steenbok, die als een blinde geit over de trottoirband struikelde. Een groot stuk huid was van zijn lijf gescheurd en hing als een lap over zijn schouder; de wond had zo te zien een soort schoffelvorm.

En ik luisterde maar naar de Beroemde Aziatische Zwarte Beer – naar een allerlaatste gebrul van wanhoop of van voldoening. Maar ik kon hem niet horen bij al het lawaai dat de *mensen* maakten; zelfs zijn stem werd gesmoord.

Gallen zat als een standbeeld achter me en ik stuurde de motor tussen het verkeer in de Maxing Strasse. De politie patrouilleerde nu ook door het Maxing Park; ik zag de deinende koplichten en de glanzend-witte kuipen van hun BMW-motoren tussen de struiken door laveren, terwijl ze de mensen probeerden te verjagen. Binnen een snel kleiner wordende kring van motorkoplampen rekende de grote, grijze reuzenkangoeroe af met een man die zijn heggenschaar had laten vallen; het ding lag te glimmen in het gras, veilig vastgeklemd onder de grote jakkerpoot van de kangoeroe.

Tot minstens vijf zijstraten verder bleven we omringd worden door de opgewonden menigte. In een portiek aan de Wattmann Gasse zag ik de sneeuwpanter hijgend aan zijn poot likken. En op de Sarajevo Platz ontdekte ik vijf succesvolle jagers, die haastig wegdoken uit de lichtkring van mijn langsrijdende koplamp – ongetwijfeld in de veronderstelling dat ik op een politiemotor zat. Achter zich probeerden ze hun slachtoffer te verbergen – de bebloede gaur, die zich zonder protest liet meesleuren. En die, toen hij nog rechtop had gestaan, wel twee meter hoog was geweest.

De hele kudde zebra's, klein en stevig, kwam in een geluidloze golf aandraven over de gazons; ze slingerden behendig om de bosjes heen en hadden geen moeite om hun achtervolgers voor te blijven – drie mannen met een net en een grote trekzaag. Vlak voor me golfden ze over de stoeprand en hun hoeven sloegen vonken uit de keitjes. Maar ze schrokken van hun eigen hoefgekletter; ze zwenkten, zigzagden tussen de geparkeerde auto's door, staken over naar het trottoir aan de andere kant en stoven de smalle Wolter Gasse in, waar ze door aanstormende koplampen werden teruggedreven – terug naar de Maxing Strasse en vandaar weer naar het Maxing Park.

Toen waren Gallen en ik in het voorstadje Lainz, het griezelige en afgelegen district waar zoveel ziekenhuizen staan. We passeerden ze allemaal – het Bejaardenhuis, het Tehuis voor Minder Validen, het Stedelijk Ziekenhuis. Gazons onder schijnwerperlicht en overal dat strenge, beige stucwerk. Op de balkons glansden hele rijen rolstoelen; op de gazons en achter de ramen gloeiden sigaretten en pijpen. Alle bejaarden en zieken en gehandicapten zaten te luisteren naar de heibel in de dierentuin, als plattelandsmensen die naar de lichteffecten kijken boven een stad die gebombardeerd wordt.

En heel even sloot ik het gas af en luisterde met hen mee en keek uit, net als zij, naar dat ene talentvolle dier dat elk ogenblik kon opduiken nadat het deze wedloop met hindernissen succesvol had doorstaan. Die ene gibbon, misschien, die springend op handen en voeten het ziekenhuisterrein zou betreden – waar hij zou worden omsingeld door verpleegsters en bedolven onder rolstoelen die neerdaalden van de balkons; waar hij ten slotte gestrikt zou worden in rubber zuurstofslangen en gewurgd met een stethoscoop. Een vangst waarop patiënten en ziekenhuispersoneel zich nog lange tijd zouden beroemen.

Maar geen enkel dier kwam zo ver. Gallen ging steeds zwaarder tegen me aan hangen; ik voelde hoe haar hoofd lag te trillen tegen mijn nek. Dus stoof ik voorbij de wachtende ziekenhuizen, naar het platteland ten westen van de stad, terwijl Gallens natte wang langs de mijne streek en haar handen onophoudelijk aan mijn hemd frunnikten. En haar tanden in mijn schouder beten, heel fel.

Maar dat vond ik niet erg; ik hoopte van ganser harte dat ze nog harder zou bijten en me nog meer pijn zou doen. Terwijl ik nu eens snel en dan weer langzaam door de nacht reed – snel, om het lawaai achter me te laten vervagen en langzaam, om de dieren die hadden kunnen ontsnappen een kans te geven om mij in te halen en voor mij uit te gaan lopen in het licht van mijn koplamp. Om mij nog even van dienst te zijn als gids en waarin ik dolgraag wilde geloven.

Maar ik werd niet ingehaald; er ging helemaal geen verkeer in de richting die ik nam. Al het verkeer ging de andere kant op. Grote gezinsauto's, boeren met vrachtwagentjes – en alles rammelde en rinkelde van de wapens en de tuingereedschappen. In het donker van de vroege ochtend trokken de mensen vol enthousiasme naar het rampgebied.

Bij iedere koplamp die ik tegenkwam, zag ik mijn vroegere voetbalsituatie weer voor me. En steeds was ik te laat bij de bal.

NIEUWE PLANNEN MAKEN

De aanbrekende dag trof ons aan buiten de stad, ergens in het vlakke land boven de Donau, ten zuiden van Klosterneuburg. Waar nog altijd monniken waren.

Ik weet niet hoe lang ik al naast de weg geparkeerd stond en in die greppel zat, voordat het tot me doordrong dat het landvolkje vermoeid terugkeerde van die wonderbaarlijke, grootsteedse belevenis in de Hietzinger Tiergarten. Met vrachtwagens vol kwamen ze langs; een paar jongere boerenpummels floten naar Gallen, die ineengedoken tegenover me zat aan de andere kant van de weg.

We hadden geen woord tegen elkaar gezegd. Ik dacht: Het is niet verstandig om haar zo zwaar in haar dooie eentje te laten piekeren. Maar ik had niets te zeggen, dus hield ik de vredigheid van de weg maar tussen ons in. Totdat die boeren terugkeerden uit de stad.

Want toen dacht ik: We wekken argwaan. Het kan best zijn dat O. Schrutt ons niet gezien heeft en dat hij waarschijnlijk nooit meer bij zijn volle verstand komt, maar de Balkan-kelner en de kleine Hugel Furtwängler zijn er ook nog – en *zij* hebben misschien hun mond voorbijgepraat over een grote, schonkige motorfiets en een halvegare die het maar over de dierentuin had.

Maar O. Schrutt was in elk geval gevonden, dacht ik – met zijn naamplaatje op en zijn epauletten keurig vastgeknoopt. Dat was tenminste iets.

Het was niet alles, helaas. Want het laatste vrachtwagentje dat voorbij kwam, voerde iets mee in de laadbak – een grote bobbel onder een zeil dat afhing tot over de laadklep. Maar ik zag een hoef en een stukje poot uitsteken; ik herkende de bruinrode kleur en de roomwitte strepen die van hak tot scheen liepen. Dat de hemel hem genadig mocht zijn – de voormalige bongo, de mooiste van alle antilopen. Die nu zou worden opgegeten en wiens gewei zou worden opgehangen boven de schoorsteenmantel van een nederige boerenstulp. Zodat jagers nog vele generaties lang konden vragen: Waren die vroeger inheems in Oostenrijk?

Jazeker. De eerste zijn aangevoerd met een slavenschip.

Tegenwoordig zeker uitgestorven, hè?

Jazeker. Het was zo'n schadelijk stelletje – voor de tuinen. En de honden gingen eraan.

Door *hun*?

Jazeker.

Maar deze heeft zo'n smal, vriendelijk snuitje.

Jazeker. Maar in werkelijkheid was hij erg dik en smakelijk.

Deze?

Jazeker.

En toen de laatste wagen van de karavaan voorbij was, vond ik het tijd worden om Gallen uit deze ellende te redden. Ze zat aan de overkant van de weg en staarde over mijn schouder of dwars door mijn borst. Maar ik durfde haar niet aan te kijken; ik tuurde naar mijn broekspijp en daar zag ik ineens een plukje dierenhaar, dat nattig vastgeklonterd zat aan mijn sok.

Oh, Siggy, het spijt me erg, dacht ik. Maar je was niet alleen onlogisch, je had het ook nog volkomen mis.

Toen stak Gallen de weg over. Ze liep naar de motor en bleef even over de bobbelige rugzak gebogen staan voordat ze haar spullen eruit begon te halen.

Ze had inderdaad te zwaar zitten piekeren.

En omdat ik toch niets te zeggen had, zei ik: 'Ziezo – en wat wil je nu gaan doen?' Ze staarde me alleen maar aan. Dus zei ik: 'We doen wat jij wilt.' Maar ze begon haar spullen nog haastiger uit te pakken; ze maakte een zak van haar leren jasje; ik zag dat ze haar blauwe strakzak in een van de mouwen stopte. En dat deed me pijn.

Ik dacht: Straks geeft ze me mijn voetbaltrui terug. Maar uit niets bleek dat ze van plan was hem uit te trekken. Dergelijke kleinzieligheden bleven me gelukkig bespaard.

'Waar ga je heen?' vroeg ik.

'Naar Wenen,' zei ze. 'Mag ik alsjeblieft het geld van mijn haar hebben?'

'Naar Wenen?' zei ik.

'Zou jij het dan niet leuk vinden om terug te gaan en er alles over te lezen?' vroeg ze. 'Wil je dan niet *precies* weten wat er allemaal gebeurd is? Ben je dan niet geïnteresseerd in alle *bijzonderheden*, Graff?'

Maar ik liet me niet op stang jagen; zelfs om opgejaagd te worden, moet je grond onder de voeten hebben en die had ik niet. En voor de Hietzinger ongevalsstatistieken had ik zeker geen belangstelling. Na de spiesbok voelde ik geen behoefte om het aantal rampen bij te houden.

Ik zei: 'Nee, echt. Waarom ga je naar Wenen?'

'Omdat het volgens mij de enige plaats is waar jij me niet achterna zult komen,' zei ze.

En ineens had ik grond onder de voeten. Ik zei: 'Je zult nooit meer niezen, als je dat maar weet.' En ze keek me woedend aan. 'Reken maar van niet,' zei ik. 'Wie jou ook krijgt.'

'Het was *mijn* haar,' zei Gallen. 'Dus geef me alsjeblieft dat geld, wil je?' Ik gaf het. Ze nam het aan alsof het een lokmiddel was waaraan een luchtje zat. Alsof ze bang was dat ik haar zou aanraken.

'En waar ga *jij* naartoe, Graff?' vroeg ze met een opgewekte, koude, niks-aan-de-handstem. Maar ik liet me door haar niet belachelijk maken.

Ik zei, ernstig: 'Naar Kaprun.' En ze keek haastig een andere kant op. 'Als ik terugkom,' zei ik, 'hoe kan ik je dan vinden?'

'*Als* je terugkomt,' zei ze, nog altijd met haar rug naar me toe.

'Ik kom terug,' zei ik. 'En waar ben jij dan?'

'Oh, ik ben dol op *dierentuinen*,' zei ze, weer met die koude, opgewekte stem. 'Ik denk wel dat ik dikwijls naar de dierentuin zal gaan.

Misschien vind je me daar dan, als je er weer eens aanwipt – met een *nieuw* plan.'

Maar ik wilde niet dat we zo uit elkaar zouden gaan. Ik zei: 'Ik ga een poosje naar Kaprun, maar ik weet dat ik je weer zal willen zien.'

'Als je helemaal beter bent, bedoel je?' vroeg ze poeslief. 'Als je het allemaal verwerkt hebt?' Maar ik wist dat het zo gauw niet ging; voor mij was dat de verkeerde aanpak. Als je ergens doorheen moet, kun je dat nooit afraffelen. Zelfs het notitieblok is daarover erg duidelijk.

De getallen geven een bepaalde som,
hoe je ze ook optelt.

Bedillerig, als altijd. Alweer een halve waarheid, als altijd.

Ik zei: 'Gallen, het spijt me echt. En ik zal je niet vergeten.'

'Ga dan mee naar Wenen, Graff,' zei ze, maar ik kon niet precies bepalen welke klank haar stem nu had.

'Ik moet naar Kaprun,' zei ik.

'Maar hoe kun je me dan vinden?' vroeg ze – mijn eigen vraag. En dit was haar niet-scherpe, haperende, gewone stem weer; ze vroeg het *echt.*

'Kahlenberg,' zei ik, 'is een plek waarover je zeker zult horen praten als je in de stad bent. Neem een tram naar Grinzing en dan een bus die door het Wiener Wald gaat. Doe dat iedere woensdagavond,' zei ik. 'Er is een schitterend uitzicht over de Donau en heel Wenen.'

'En op een dag kom jij zeker opdagen?' zei ze.

'Zorg dat je er elke woensdagavond bent,' zei ik. Maar dat liet ze zich niet zomaar zeggen, zeker niet na de houding die ze eerst had aangenomen.

'Misschien,' zei ze. Met weer iets van die opgewekte koude in haar stem.

'Ik zal je naar de bus in Klosterneuburg brengen,' zei ik. 'De eerste tramhalte aan de rand van de stad is in Josefsdorf.'

'Ik wil niet meer met je op de motor,' zei ze. 'Ik ga wel lopen.'

En omdat ik voelde dat ik weer terrein begon te verliezen, zei ik: 'Mij best. Ik weet dat je sterke benen hebt. Een wandeling zal je geen kwaad doen.'

'Zei je *donderdag*?' vroeg ze.

'*Woensdag*,' zei ik haastig. 'Iedere *woensdagavond*.'

'Kom je dan?' vroeg ze.

'Reken maar,' zei ik en ze begon weg te lopen. Ik zei: '*Woensdag*.'

'Misschien,' zei ze en ze stapte met haar mooie benen bij me vandaan.

En om het allemaal niet zo zwaarwichtig te maken, zei ik: 'Ik zal naar je lieve kontje blijven kijken tot je uit het zicht verdwenen bent.'

Maar toen ze zich omdraaide, glimlachte ze niet. 'Toch geen lange afscheidsblik, hè?' zei ze. 'Of wel soms?'

'Nee!' zei ik – zo haastig, dat haar mond in de buurt van een glimlach kwam. Ze liep weer verder; ik keek haar na totdat ze vlak bij de bocht in de weg was.

Toen riep ik: '*Woensdag*!'

'Misschien,' riep ze, met een stem die niet nader uit te leggen was. En ze draaide zich niet meer om.

'Reken maar!' brulde ik en toen was ze verdwenen.

Ik bleef in de greppel zitten en liet haar helemaal tot Klosterneuburg lopen; ik wilde haar onderweg niet voorbijrijden.

Rondom mij liet de ochtend zich steeds meer gelden. Het huiselijk bestaan van de keurig omhaagde en omheinde velden. De repen hakhout die koeien van koren scheidden; de afzettingen tussen de percelen stonden ordelijk en onmiskenbaar in de zon. Alle koeien droegen een bel; alle schapen droegen een oormerk.

Alle mensen hebben namen en bepaalde plaatsen waar ze naartoe moeten.

De wind stak op en blies het stof van de weg in mijn gezicht. Ik zag hoe de motor zich schrap zette tegen de windvlaag en even trilde op zijn standaard. Ik keek naar de spiegel die op het stuur zat en waarin een anoniem en met teer besmeurd plekje kiezel te zien was aan de kant van de weg, plus een blaadje van een bloem die te dicht bij het wegdek groeide. Maar toen ik achter de motor ging kijken, kon ik werkelijk niet zeggen welke bloem zijn blaadje voor dat spiegelbeeld leende. Of welk stukje met teer besmeurde kiezel.

De dingen pasten niet beter bij elkaar dan voorheen.

En dat had geen verrassing voor me moeten zijn. Ik wist het al. Alle getallen in jouw persoonlijke rijtje geven een bepaalde som, maar verder bestaat er tussen die getallen geen enkel verband. Het zijn gewoon alle dingen waarvoor je al eens hebt moeten boeten. En die hebben evenveel met elkaar te maken als tandpasta en je eerste aanraking met een warme, opgerichte borst.

Gallen was nu in Klosterneuburg. Waar nog steeds kloosters waren. Met monniken die wijn maakten.

Maar Gallen, die mij wellicht ooit op woensdag in Kahlenberg zou ontmoeten, was heel iets anders dan de pap van Todor Slivnica – die overal heen gespetterd was en alleen als zodanig viel te begrijpen.

MIJN GELUKWENSEN AAN ALLE OVERLEVENDEN!

Hannes Graff, dacht ik, bestaat te veel uit stukken en brokken en gekloofde haren om ooit uit deze greppel te kunnen opstaan en met zijn beestachtige motorfiets weg te rijden uit dit bedrieglijk geordende landschap.

Zo geordend als alle steden zouden zijn waar ik doorheen zou komen. Als ik mezelf zover kreeg om te starten.

Het plan was heel eenvoudig. Door Klosterneuburg, Königstetten, Judenau en Mitterndorf; over Hankenfeld of Asperhofen, Perschling, Pottenbrunn en het kleine Sankt Hain; naar de grote stad Amstetten en vandaar drie uur westwaarts over de Autobahn, waar je gemakkelijk een hogere snelheid haalt dan die verwenste wind. Vanuit Salzburg nog een uurtje naar het zuiden, door het kleine Lofergebergte – en in Fürth wist ik een tent waar ik kon eten. En daarna de avondkoffie in Kaprun, aan die versleten keukentafel – een tweede stel ellebogen dat praatte. En dat eindelijk iets te vertellen had. Iets wat dwaas en onnodig genoeg was om de aandacht van de geduchte Ernst Watzek-Trummer te boeien. Want, dacht ik, Ernst Watzek-Trummer heeft genoeg ervaring met doelloze plannen om mij te kunnen aanvoelen.

Maar ik dacht ook dat ik nog helemaal geen zin had om op te staan uit die greppel. En als ik het deed, dan was het niet nodig om zoveel haast te maken met mijn bezoek aan Kaprun.

Laat er eerst maar wat gras over het graf groeien, zeg ik altijd. Gras is mooi en het zal je geen pijn doen, Siggy.

Natuurlijk zou ik in de richting van Kaprun rijden, maar voor mij zou het een sluipweg worden, om zo te zeggen; ik moest zelf nog wat meer vertrouwd zien te raken met de gedenkwaardige feiten die ik aan Trummer ging overbrengen.

Maar wat mij in die greppel vooral kapotmaakte, was het feit dat *geen* van mijn voornemens me echt beroerde. Er leek gewoon geen opwindende plannenmakerij te horen bij – bij deze *reis*.

Weer iets nieuws waaraan je moet wennen, dacht ik. Hannes Graff is volkomen willoos geworden. Bestaat er iets akeligers dan het besef dat alles beter zou zijn verlopen als jij helemaal *niets* had gedaan? Dat alle kleine zoogdieren beter af zouden zijn geweest als jij *niet* had ingegrepen in de onbevredigende gang van zaken?

En ik keek nog eens rond naar het onveranderlijke platteland om mij heen – zo goed te benoemen en te beheersen. Rechts van mij een weide met drie witte schuttingen en een bruine; bevolkt door negen ooien, een ram en een waakzame hond. Links van mij een weide met een stenen muurtje, een doornhaag, een draadafzetting en een bos dat de grens vormde aan de achterzijde; bevolkt door een paard en zes bonte melkkoeien – en, wat heel goed denkbaar was, wellicht een oude stier in het bos erachter. Maar geen spiesbok, dat zeker niet.

Aan de overkant lag ook een bos, waar de oude wind doorheen joeg en zich door de dennennaalden groef.

Toen blafte de waakzame herdershond naar het bos aan de overkant. Dus komt er iemand aan, dacht ik, en ik ging op de motor zitten; ik vond het beter om te vertrekken, of ik daar nu aan toe was of niet, want ik zou een rare indruk maken als ik hier zo zat.

De hond blafte opnieuw. Naar iemand die over een veel belopen pad aankwam door het keurig bijgehouden bos, dacht ik; iemand die waarschijnlijk altijd op dit uur kwam aanlopen, al jarenlang – en tegen wie deze hond al jarenlang blafte. Een huiselijke taak, net zoiets als kwispelen. Wat de hond nu meteen zal gaan doen, dacht ik – zodra de vrouw of de dochter van de boer uit dat bos komt en de weg op loopt. En mij hier ziet zitten, verdacht en willoos.

Maar toen ik op het startpedaal trapte, waren mijn benen zo slap als een spons; de hak van mijn laars vond maar geen houvast aan het pedaal. En ik was vergeten de benzinekraan open te zetten. Ik bukte me en rook onderzoekend aan de carburateur en mijn hoofd raakte vol nevelige gedachten over benzine die rondklotste binnen mijn schedel. Ik moest mijn uiterste best doen om de motor overeind te houden; ik zat heen en weer te wiebelen in het zadel.

Wie daar aankomt moet me dan maar goed bekijken, dacht ik berustend; ik zal hier een afwijkende bult blijven vormen in het landschap. Straks sturen ze de hond op me af. Of misschien blaft die hond wel tegen *mij*; misschien heeft hij alleen maar de onhebbelijke gewoonte – overgenomen van de schapen – om in een andere richting te kijken dan de kant waarheen hij blaft.

Maar de hond blafte nu als een razende. En ik dacht: *Als* hij tegen me blaft, waarom heeft hij dat dan niet eerder gedaan? Als het tenminste zo'n soort beest is – dat bij het minste of geringste begint te keffen.

De hond werd volkomen dol; hij rende bijtend om de kudde heen en dreef zijn schapen samen in een klein kringetje. Hij is van slag, dacht ik – vertrouwd als ik was met de symptomen. Die herdershond vreet straks zijn eigen schapen op!

Nog nooit had ik een hond gezien die zich zo onredelijk gedroeg.

Ik zat nog steeds naar hem te kijken, wiebelend op mijn motorfiets, toen de Zeldzame Brilberen schouder aan schouder opdoken uit het bos en op een holletje de weg overstaken, nog geen twintig meter bij me vandaan. De hond liet zich plat op zijn buik vallen – de poten uitgespreid, de oren plat tegen zijn kop.

Maar de Zeldzame Brilberen hadden geen belangstelling voor schapen of honden – of koeien in die andere weide of een eventuele stier in het bos. Ze renden gestadig door, vlak naast elkaar; ze doken in en uit mijn greppel en over de bruine schutting in de schapenweide. De hond hief een luid gehuil aan bij zijn kudde, maar de beren liepen door – met een niet onredelijke snelheid; eigenlijk haastten ze zich niet eens. Ze waren gewoon op weg naar het bos aan de andere kant van de weide, waar ze hoogstwaarschijnlijk zouden blijven rennen. Want de onvermoeibare, opmerkelijke en Zeldzame Brilberen holden terug naar de Andes in Ecuador. Of minstens toch naar de Alpen.

Toen ze aan het einde van de weide kwamen, hielden ze stil en draaiden hun kop in mijn richting. Ik wilde zwaaien, maar ik durfde niet. Ik had liever dat ze doorliepen. Als ze hadden teruggezwaaid of 'Hallo!' geroepen hadden – of als ze 'Bedankt!' hadden gezegd of 'Val dood!' – dan had ik nooit kunnen geloven dat ze daar echt waren. Maar ze bleven alleen even staan en toen liepen ze weer door; schouder aan schouder doken ze het bos in.

Ik was verschrikkelijk blij dat hun ontsnapping niet zo'n papachtig einde had gevonden als elders was gebeurd.

En ineens durfde ik daar geen ogenblik langer te blijven. Want je weet nooit, dacht ik; misschien komt nu de Beroemde Aziatische Zwarte Beer. Of al die gibbons. Of Siggy op de rug van de spiesbok – alle overgebleven lichamen en geesten van de Hietzinger dierentuin. Daarmee zou het bemoedigende teken, dat de Zeldzame Brilberen me hadden gegeven, weer teniet worden gedaan. Zodat ik ook niet meer in *hen* zou kunnen geloven.

Dus deed ik nu extra mijn best op de kickstarter. De motor begon onder me een gammel, zieltogend stationair geluid te maken. Ik zat nog steeds te beven. En toch kon ik daar niet blijven – voor het geval dat de Zeldzame Brilberen onverhoopt zouden terugkeren, gevolgd door alle anderen die ook maar tijdelijk hadden kunnen ontsnappen. Zoals Vratno Javotnik op de Grand-Prixracer uit 1939, nadat hij Gottlob Wut in de steek had gelaten. En andere uitverkoren zoogdieren.

Ik keek zenuwachtig naar het bos achter de schapenweide en was blij dat de Zeldzame Brilberen geheel verdwenen waren – en dat het landschap ineens niet meer hetzelfde was, althans niet op dit ogenblik. De koeien stonden te kniezen; de schapen gehoorzaamden maar net aan de hijgende hond. Ergens was iets doorbroken, al was er geen kwaad geschied – en natuurlijk wil ik niet beweren dat alles er plotseling rooskleurig uitzag. Maar ik kon me ineens goed voorstellen hoe ik hier op een woensdag zou terugkeren. En hoe ik iemand uit deze landstreek zou tegenkomen, die zou zeggen:

Er zijn beren gezien in Klosterneuburg.

Heus waar?

Jazeker. Beren.

Hebben ze nog schade aangericht?

Deze beren niet. Het zijn nogal vreemde beren.

Zeldzame Brilberen?

Tja, daar weet ik niets van.

En planten ze zich voort?

Daar weet ik ook niets van. Maar ze doen erg lief tegen elkaar, weet je.

Jazeker. Dat weet ik.

En dat was tenminste fijn om te weten. Fijn genoeg om de motor onder me goed aan het lopen te krijgen. Ik luisterde hoe de vrijloop steeds soepeler werd, al zaten er nog altijd ruwe kantjes aan. Maar ik zette mijn voeten stevig neer aan weerszijden van het beest en zo bleef hij rustig staan; hij wachtte op me. Toen ging ik in gedachten alle onderdelen na; er zit iets rustgevends in het feit dat dingen namen hebben. Ik noemde mijn rechterhand Gas en draaide hem open. Ik noemde mijn linkerhand Koppeling en trok hem in. Zelfs mijn rechtervoet reageerde op het schakelpedaal en vond de eerste versnelling – en toch is hij helemaal niet zo geweldig, als rechtervoet.

Maar alles werkte en daar ging het om. Oh, natuurlijk zou ik de eerste tijd voorzichtig moeten zijn en scherp moeten opletten hoe het hele mechanisme in elkaar greep. Maar op dat moment deed alles het, gelukkig. Ook mijn ogen; ik zag geen beren meer, maar ik zag het gras dat ze hadden platgetrapt op hun weg over het veld. Morgen zou dat gras weer overeind gekomen zijn en behalve ik zou alleen de waakhond nog weten dat ze er geweest waren. En hij zou ze eerder vergeten dan ik, reken maar.

En wat die ongevallen betrof in de Hietzinger Tiergarten – ik wilde best toegeven dat ik daarvoor verantwoordelijk was. Ook voor de geest van O. Schrutt, die hem naam voor naam en brul voor brul ontglipt was. Maar ik was van plan me te wenden tot Ernst Watzek-Trummer, geschiedkundige zonder weerga en behoeder van alle details. Hij zou een uitstekende biechtvader zijn, reken maar.

Dus voelde ik met mijn linkerhand aan de koppeling; met mijn rechterhand bediende ik het gas en de voorrem. Ik zette mijzelf in de versnelling en bleef aardig in evenwicht toen ik eindelijk de kiezel aan de wegrand achter me liet. En ik lag vast op de weg, ook toen ik opschakelde en wegreed in de volop waaiende wind. Ik raakte niet in paniek; ik ging leunend de bochten door; ik raakte nergens in de berm en begon steeds harder te rijden. Ten slotte reed ik harder dan de wind. Op dat moment was er althans geen storm die mij uit deze wereld blies.

En reken maar, Siggy, dat ik wat gras zal laten groeien over je graf.

En reken maar, Gallen, dat ik je op een woensdag kom opzoeken.

En reken maar dat ik nog grootse dingen hoop te vernemen over de Zeldzame Brilberen.

Prijs normaal: € 12,50
Prijs met kortingsbon: € 10,-
Periode: 23-06-2008 t/m 23-09-2008
Actienummer: 901-52702
ISBN 978 90 234 2925 8

Voor Vlaanderen:
VBB-actienummer 2443/1-08-43

98 26072 53250 5

KORTINGSBON

Prijs normaal: € 12,50
Prijs met kortingsbon: € 10,-
Periode: 23-06-2008 t/m 23-09-2008
Actienummer: 901-52719
ISBN 978 90 234 2921 0

Voor Vlaanderen:
VBB-actienummer 2443/1-08-42

98 26072 52250 6

KORTINGSBON

Prijs normaal: € 12,50
Prijs met kortingsbon: € 10,-
Periode: 23-06-2008 t/m 23-09-2008
Actienummer: 901-52726
ISBN 978 90 234 2923 4

Voor Vlaanderen:
VBB-actienummer 2443/1-08-44

98 26072 54250 4

KORTINGSBON

KORTINGSBON

€ 2,50 korting

Lever deze kortingsbon in bij uw boekhandel en ontvang € 2,50 korting op *Bidden wij voor Owen Meany* van John Irving

KORTINGSBON

€ 2,50 korting

Lever deze kortingsbon in bij uw boekhandel en ontvang € 2,50 korting op *Weduwe voor een jaar* van John Irving

Prijs normaal: € 12,50
Prijs met kortingsbon: € 10,-
Periode: 23-06-2008 t/m 23-09-2008
Actienummer: 901-52733
ISBN 978 90 234 2922 7

Voor Vlaanderen:
VBB-actienummer 2443/1-08-45

98 26072 55250 3

KORTINGSBON

Prijs normaal: € 12,50
Prijs met kortingsbon: € 10,-
Periode: 23-06-2008 t/m 23-09-2008
Actienummer: 901-52740
ISBN 978 90 234 2924 1

Voor Vlaanderen:
VBB-actienummer 2443/1-08-46

98 26072 56250 2

KORTINGSBON